中国古典文学
读本丛书典藏

宋文选

丁放 武道房 等 选注

人民文学出版社

图书在版编目（CIP）数据

宋文选 / 丁放等选注. —北京：人民文学出版社，2020（2022.3重印）
（中国古典文学读本丛书典藏）
ISBN 978-7-02-015763-1

Ⅰ.①宋… Ⅱ.①丁… Ⅲ.①古典散文—散文集—中国—宋代 Ⅳ.①I264.4

中国版本图书馆 CIP 数据核字（2019）第 220857 号

责任编辑　李　俊
装帧设计　陶　雷
责任印制　王重艺

出版发行　人民文学出版社
社　　址　北京市朝内大街 166 号
邮政编码　100705

印　　刷　三河市博文印刷有限公司
经　　销　全国新华书店等

字　　数　543 千字
开　　本　880 毫米×1230 毫米　1/32
印　　张　25.25　插页 3
印　　数　5001—7000
版　　次　2014 年 10 月北京第 1 版
印　　次　2022 年 3 月第 2 次印刷

书　　号　978-7-02-015763-1
定　　价　73.00 元

如有印装质量问题，请与本社图书销售中心调换。电话：010-65233595

目 录

前言 1

杨 亿
 驾幸河北起居表 1
鲁宗道
 请重亲民之官疏 7
孙 奭
 论天书 13
尹 洙
 息戍 17
 谏时政疏庆历二年至陇州上 22
宋 祁
 庆历兵录序 30
 杜甫传赞 36
 录田父语 38
蔡 襄
 送黄子思寺丞知咸阳序 43
石 介
 上颍州蔡侍郎书 47
 辨惑 51
王禹偁
 待漏院记 54

唐河店妪传　59
　　黄州新建小竹楼记　62
　　录海人书　65
范仲淹
　　岳阳楼记　69
　　答赵元昊书　73
　　桐庐郡严先生祠堂记　80
苏舜钦
　　沧浪亭记　83
　　石曼卿诗集序　87
韩　琦
　　谏垣存稿序　91
司马光
　　训俭示康　94
　　进资治通鉴表　102
欧阳修
　　送徐无党南归序　108
　　秋声赋　111
　　伶官传序　115
　　泷冈阡表　118
　　朋党论　125
　　醉翁亭记　128
　　与高司谏书　131
　　有美堂记　138
　　祭石曼卿文　141
　　六一居士传　144

谢致仕表　147
周敦颐
　　爱莲说　152
邵　雍
　　伊川击壤集自序　155
张　载
　　西铭　160
　　与吕微仲书　165
程　颢
　　论王霸劄子　169
程　颐
　　上太皇太后书　173
李　觏
　　袁州学记　186
曾　巩
　　战国策目录序　191
　　先大夫集后序　196
　　寄欧阳舍人书　200
　　墨池记　204
　　宜黄县学记　206
　　南轩记　211
　　抚州颜鲁公祠堂记　214
　　越州赵公救灾记　219
王安石
　　本朝百年无事劄子　224
　　原过　231

伤仲永 233

读孟尝君传 235

答司马谏议书 236

游褒禅山记 239

诗义序 242

祭欧阳文忠公文 245

泰州海陵县主簿许君墓志铭 248

苏 洵

春秋论 251

管仲论 256

六国 261

明论 264

木假山记 266

上富丞相书 268

上韩舍人书 274

上欧阳内翰第一书 276

送石昌言使北引 281

苏 轼

倡勇敢 285

超然台记 290

潮州韩文公庙碑 293

赤壁赋 300

后赤壁赋 303

答李鹰书 306

范增论 310

留侯论 313

秦始皇帝论　317
　　三槐堂铭并叙　322
　　上韩枢密书　325
　　书六一居士传后　329
　　问养生　330
　　喜雨亭记　332
　　黠鼠赋　335
　　与谢民师推官书　337
苏　辙
　　古今家诫序　342
　　汉昭帝　345
　　上枢密韩太尉书　350
　　上两制诸公书　353
　　黄州快哉亭记　364
　　齐州闵子祠堂记　367
　　武昌九曲亭记　370
沈　括
　　上欧阳参政书　374
　　活字板　376
　　雁荡山　378
　　正午牡丹　381
曾　肇
　　重修御史台记　383
李清臣
　　势原　391
范祖禹
　　论封桩劄子　399

晁补之
  答外舅兵部杜侍郎书 403
  新城游北山记 407
张　耒
  答李推官书 410
  贺方回乐府序 415
  投知己书 417
  敦俗论 421
黄庭坚
  小山集序 426
  黔南道中行记 429
  大雅堂记 432
秦　观
  逆旅集序 435
  精骑集序 437
陈师道
  上林秀州书 440
  思亭记 443
王　令
  师说 447
李格非
  书洛阳名园记后 454
罗从彦
  韦斋记 457
李　纲
  议国是 463

李清照
　　金石录后序　473
胡　铨
　　戊午上高宗封事　490
郑　樵
　　通志总序(节选)　499
李　焘
　　湖北漕司乖崖堂记　509
刘子翚
　　曾子论　516
岳　飞
　　论马　522
　　五岳祠盟　524
张九成
　　竹轩记　527
王十朋
　　上殿劄子　531
　　潇洒斋记　536
晁公武
　　郡斋读书志序　540
洪　迈
　　稼轩记　545
朱　熹
　　戊申封事(节选)　552
　　大学章句序　559
　　诗集传序　566

江陵府曲江楼记　572
　　百丈山记　576
张　栻
　　仰止堂记　579
陆九渊
　　送宜黄何尉序　583
杨万里
　　与张严州敬夫书　587
　　景延楼记　594
　　玉立斋记　598
陆　游
　　灉亭记　601
　　烟艇记　603
　　陈氏老传　606
　　放翁家训（节选）　608
　　入蜀记二则　613
范成大
　　吴船录（节选）　617
楼　钥
　　论风俗纪纲　624
薛季宣
　　袁先生传　629
陈傅良
　　民论　638
叶　适
　　母杜氏墓志　643

陈　亮
　　中兴论　649
　　甲辰秋与朱元晦书　662
辛弃疾
　　审势　680
姜　夔
　　白石道人诗集自序　687
陈　淳
　　仁智堂记　690
真德秀
　　潭州示学者说　694
　　送萧道士序（节选）　700
岳　珂
　　冰清古琴　704
魏了翁
　　论士大夫风俗　711
罗大经
　　能言鹦鹉　718
　　格天阁　719
黄　震
　　玉笥山道士徐师澹诗集序　726
周　密
　　观潮　729
　　放翁钟情前室　732
文天祥
　　瑞州三贤堂记　738

指南录后序　745
　　正气歌序　756
谢枋得
　　交信录序　759
林景熙
　　青山记　763
王炎午
　　望祭文丞相文　767
邓　牧
　　君道　772
郑思肖
　　心史总后序　778
谢　翱
　　登西台恸哭记　782

前　言

宋代是古代文化发展的高峰,陈寅恪先生有"华夏民族之文化,历数千载之演进,造极于赵宋之世"(陈寅恪《邓广铭〈宋史职官志考证〉序》)的著名论断。在这个文化高度繁荣的时代,各个文化部类均取得了极高的成就,其中宋文的创作,继往开来,成就了我国古文创作的全盛局面,并对后世产生了极大的影响。

宋文创作,近师唐代韩、柳的古文传统,远承中国古代文章写作的优秀遗产,成就卓异。陆游论有宋文章"抗汉、唐而出其上"(《尤延之尚书哀辞》),殆不为过。这首先突出的表现在作者和作品的数量上。清代编撰的《全唐文》共收作家三千余人,文章二万余篇,加上后人陆续增补的一万多篇,仍不超四万篇之数。而近年出版的《全宋文》收作者九千余人,文章十七万余篇,分别是前者的三倍和五倍以上。即以代表作家而论,韩愈、柳宗元作为唐代文章大家,现存文章数量分别只有三百和五百余篇,而宋人苏轼即有四千余篇文章存世,欧阳修也有两千余篇。简单的数字对比或许说明不了太多的问题,但庞大的数量,无疑是宋文创作取得成就的坚实基础。其次,宋文的成就还突出的表现在创作质量上。高步瀛谓"明清之世,言唐宋文者,必归宿于八家"(《唐宋文举要·甲编》卷一"卷首")。八家之中,宋居其六,可见宋文对后世的影响。而这种影响,自然是建立在宋文创作较高质量的基础上。最后,从相关理论总结方面也可以看出宋文创作取得的成就。丰富和高质量的创作实践,必然会带来相关批评实践的发展,进而在理论思考方面表现出来。宋文创作的成就激发了人们探讨文章创作规律的热情,带动了相关理论著作的兴盛。王水照先生指出:"古文研究与批评之真正成为一门学科,即文章学之成立,殆在宋代。"(《历代文话·序言》)由王先生主编的《历代文话》收有宋代论文专著二十部。此外尚有相当数量的论文专著,如见于《宋史·艺文志》记载的《文格》、《修文要诀》等,没能保存下来。由一斑而窥全豹,我们已可以想见当时此类著作的兴盛。所以,从宋文的数量、质量和理论著作几个方面来看,宋濂评价"自秦汉以来,文莫盛于宋"(《苏平仲文集序》),洵非虚誉。

宋文创作在两宋三百余年的时间里,大致经历了五个发展阶段。

自宋太祖代周自立的建隆元年(960)至欧阳修登第的天圣八年(1030),这七十年是宋文发展的第一阶段。宋初主要的作家都是由五代而入宋,他们的创作风格自然不会因为新朝的建立而一朝突变,多是继承了前代的遗风。首先表达对五代文风不满的是柳开,他有感于"五代文格浅弱",故"慕韩愈、柳宗元为文"(《宋史》本传)。他不满于当时"偶俪工巧"的习尚,在创作实践上转而以"断散拙鄙为高"(叶适《习学记言》卷四十九),不免给人以"词涩言苦"之感,算不得健康的文风。和他同时提倡韩、柳古文而影响更大的是王禹偁。王禹偁提倡一种明白晓畅的文风,他在《答张扶书》中说:"夫文,传道而明心也,圣人不得已而为之也。……既不得已而为之,又欲乎句之难道邪?又欲乎义之难晓邪?必不然矣。"他的创作实践,像《待漏院记》明白条达,《黄州新建小竹楼记》清新可诵,都有较高的成就。

在柳、王二人之后,古文并未取得优势的地位,统治文坛的是以杨亿为代表的典丽文风。这里面的原因是复杂的,韩愈在中唐倡导古文的同时,也提出了儒家的"道统",是"文与道俱"的。如何处理"道"以及文道之间的关系,宋初作家还处在摸索之中,认识并不清晰、统一。这自然限制了古文创作在当时的影响。而文道关系也成为此后宋文发展过程中的一个重要话题。而更为主要的还是时代原因,宋自太祖、太宗两朝后,发展到真宗朝,朝廷主政者喜好太平,粉饰盛世,给人一种豫泰安乐的景象。这种情况之下,杨亿所倡导的典丽文风,正当其时。所以四库馆臣评价杨亿《武夷新集》"春容典赡"的同时,也不忘加一句"时际升平"的话。

自欧阳修登第到北宋末期,这是宋文发展的第二个阶段。这一阶段的作家群体可以用群星璀璨来形容。在欧阳修和苏轼这两代文坛盟主的周围,活跃着苏洵、王安石、曾巩、张耒、秦观、苏辙等大家,他们一起开创了宋文艺术的高峰,完成了文体革新,确立了古文的主流地位,其中起到关键作用的是欧阳修与苏轼。

其实,在杨亿为代表的"西昆体"盛行的时候,就有穆修默默写作古文,《宋史》说当时"杨亿、刘筠尚声偶之辞,天下学者靡然从之,修于是时独以古文称"。而和欧阳修同时而稍早的尹洙也以古文写作谈兵论阵之文,都有一定的影响。他们的创作对欧阳修都有启发。欧阳修能最终完成文体转变的实绩,首先是他对文道关系有了深刻的理解。欧阳修也和韩愈一样,说:"我所谓文,必与道俱。"(苏轼《祭欧阳文忠公文》)他认为"君子之学也务为道,为道必求知古"(《与张秀才第二书》);而"道胜者,文不难而自至"(《与乐秀才第一书》)。他理解的道是孟子式的,他说:"孔子之后,惟孟轲最知道。然其言不过于教人树桑麻、畜鸡豚以为养生送死,为王道之本。"可见他所谓道,正如自己所说是"盖切于事实而已。"(《与张秀才第二书》)这样把道落到实处,也就避免了空谈道理的毛病,文章创作也就有为而作,内容充实。其次,欧阳修提倡古文写作,却并不废弃四六骈文,也讲究文采修辞,创作了一大批文从字顺、委曲晓畅的优秀作品。他的文章,不疾不徐,丰润饱满,叙事能透彻,说理带感情,具有很强的感染力。像《与高司谏书》、《醉翁亭记》、《有美堂记》、《泷冈阡表》等等都具有这样的特点。苏洵评价欧阳修的文章说:"执事之文,纡余委备,往复百折,而条达疏畅,无所间断;气尽语极,急言竭论,而容与闲易,无艰难劳苦之态……盖执事之文,非孟子、韩子之文,而欧阳子之文也。"可见当时他已经形成了自己独特的风格,影响和推动了古文创作的发展。最后,欧阳修不但以自己的创作实绩影响文坛,更利用自己的地位,汲引后进,指引路向,壮大古文写作的声势。在嘉祐二年(1057)的科举考试中,他坚持以自然平易的文风衡士,摈弃怪异艰涩的"太学体",录取了苏轼、苏辙、曾巩等人,一举扭转了文风。所以,《宋史·文苑传序》在叙述宋代文风变化时,积极地评价了欧阳修的作用,说:"国初杨亿、刘筠犹袭唐人声律之体,柳开、穆修志欲变古而力弗逮。庐陵欧阳修出,以古文倡,临川王安石、眉山苏轼、南丰曾巩起而和之,宋文日趋于古矣。"

欧阳修之后,主盟文坛的是苏轼。苏轼的文章写作从心所欲,挥洒自如,体现了书写的自由,传递出独特的美感。正如他自己所说的那样:"某平生无快意事,惟作文章,意之所到,则笔力曲折无不尽意,自谓世间乐事无逾此者。"(《春渚纪闻》卷六)文章写作已经成为苏轼生命存在的方式。

苏轼论文,标举辞达:"夫言止于达意,疑若不文,是大不然。求物之妙,如系风捕影,能使是物了然于心者,盖千万人而不一遇也;而况能使了然于口与手者乎?是之谓辞达。辞至于能达,则文不可胜用矣。"(《与谢民师推官书》)苏轼的文章也正是做到了这一点,无意不可达。特别是那些议论、说理的文章,最能代表他的成就。这类文章以宏通的视野、深邃的思想为基础,翻空出奇,机锋横出,通脱而犀利。他早年的史论对策之文,"皆以古今成败得失为议论之要"(苏辙《历代论·引》)。议论历史,多发人之所未发,见解新颖,如《范增论》《留侯论》等。但不免作意为之,带有纵横家的色彩。中年之后,议论之文变得平实沉稳,而一些记文则融合说理、叙事、写景为一体,达到了新的高度。像《赤壁赋》《后赤壁赋》《石钟山记》等,融诗情画意和至理奇趣为一体,意境美妙深邃。而一些短文杂记,像《日喻》《记承天寺夜游》

等,更是文笔超妙,充满隽永的意味。总体来说,苏轼文章写作,确如他自己所说的那样:"吾文如万斛泉源,不择地皆可出。在平地滔滔汩汩,虽一日千里无难。及其与石山曲折,随物赋形,而不可知也。所可知者,常行于所当行,常止于不可不止。"苏轼文理自然,姿态横生。

和苏轼同时,也是欧阳修后辈的文章大家还有曾巩、王安石、苏辙等人。记理言事是曾巩所长,他的文章委曲详备近欧阳修,而质朴严正则是自己的特色。王安石主要是一位极有个性的政治家,为文讲究实用,一向以廉悍的风格著称。苏辙的文章,不似父兄那样辨博有气势,而是冲和淡泊,正如他自己的评价"吾文但稳耳"(苏籀《栾城先生遗言》)。曾、王等人的文章,各具特色,但要论及对后世的影响,都不如苏轼。在这一代作家退出历史舞台之后,文坛上活跃的大都是苏门弟子,如黄庭坚、张耒、秦观等人。

以欧、苏为核心的古文写作群体,绵延三代,创作活动期长达八十余年,取得了很大的成就。古文在他们手中充分展示了自己的表现力和艺术感染力;记、序、杂记等各种文体都臻于成熟;也表现出千姿百态的艺术风貌,是宋代古文创作的巅峰时期。

自苏轼谢世(1101),到南宋高宗绍兴三十二年(1162)的六十余年,是宋文发展的第三个阶段,也是一个过渡期。在苏轼的晚年,他和他的门生就因为党争的原因,受到政治上的打击,这种打击还进一步地发展到禁止苏轼文集流传的地步,这是政治力量对文学创作的粗暴干预。此外,靖康二年开封失守,宋政权被迫迁到江南,经过十几年的时间才得以立足并稳固自己的统治。政权的波荡,社会的混乱也影响了文学的正常发展。这都使此一阶段的宋文创作陷入了低潮。

不过,在政权存亡之际,伴随着和与战的争论,这一期的政论文大放异彩。特别是那些主战人士,他们的奏议文章,以批判主和派和积极抗战为主要内容,充满着道德的自信、殷切的期待,显得气盛言宜,尤为动人。如李纲的《议国是》一文,透彻分析时局形势,指出一味主和之不可恃。高屋建瓴,细致深刻。胡铨的《戊午上高宗封事》从民族大义出发,抨击主和派的主张,措辞尖锐,气势凌厉,在当时影响很大。而岳飞《五岳盟祠记》中又表现出主战将领对胜利的信心和报国的壮志,慷慨激昂。

自隆兴元年孝宗登基(1163),至宁宗开禧三年(1207)陆游去世,计四十余年的时间,可以视作宋文发展的第四个阶段,也是南宋文章发展的一个小高潮。这一期的创作和北宋中期相比,虽略微逊色,但也出现了陆游、杨万里、尤袤、朱熹等文章大家,而且在文体和作者群体方面也表现出一定的特色。

尤、杨、范、陆四人一般被视作中兴诗人的翘楚,他们的文章也佳作纷呈,其中尤以陆游的古文创作成就最高。陆游的文集中长篇大论不多,有特色的是记体文,如《烟艇记》《澽亭记》等,描写日常生活,抒发文人的感情世界,文辞修洁,清新隽永。南宋中期文坛上,另一个引人注目的现象是理学家创作群体的涌现。理学家受自己学术背景的影响,在文道关系上,一般都有重道轻文的倾向,对文学创作似乎不怎么热心。但是在南宋中期,像朱熹、吕祖谦这样的理学家对文章写作都颇为留心。吕祖谦曾编著《古文关键》,选取韩、柳、欧、苏等人的文章,分析其作法,为后学指示门径。而朱熹也多有论文之语,如称"东坡文字明快,老苏文雄浑"(《朱子语类》卷一百三十九),是颇有眼光的见解。他自己的文章也得到了后人好评,清人洪亮吉就说:"南宋之文,朱仲晦大家也。"(《北江诗话》卷三)朱熹论文讲究"作文字须是靠实,说得有条理乃好,不可架空细巧"(《朱子语类》卷一百三十九)。他的文章正是如此,文笔简练明净。南宋中期的政论文也表现出新的特色。隆兴和议之后,宋金关系渐趋平稳,但如何对待金国,仍是这一时期政论文的热点。相对于南宋前期此类文章的慷慨激昂,此时辛弃疾、陈亮的奏议文章,议论周详,文辞磊落,具有堂堂之阵的气象。

自宁宗嘉定年间(1028—1225)开始,直至宋亡(1279)是宋文发展的第五个阶段。这一时期理学成为官方的意识形态,牢笼一切,给文学创作带来很大的冲击。真德秀编选《文章正宗》,以"明义理切世用"(《文章正宗纲目》)为标准,实际上是"主于论理而不论文"(《四库全书总目》卷一百八十七),他自己的文章也喜欢论哲理、谈心性,即使是写景之文也不免此弊。这也是当时文坛的通病,周密《浩然斋雅谈》卷上引叶适之言云:"洛学兴而文字坏",正是精辟的评价。

不过,南宋末年,面对国家沦亡的危急局势,一批仁人志士为爱国的热情所驱动,颇有一些忠愤激切、慷慨悲壮的作品,像文天祥《指南录后序》、王炎午《望祭文丞相文》、谢翱《登西台恸哭记》等等,是南宋文章最后的闪光。

宋代文章创作的历史地位和发展阶段,上面已经作了简要的介绍。最后简略地交代一下我们编选这本《宋文选》的想法。四库馆臣将总集分为两类,其中一类是"删汰繁芜,使莠稗咸除,菁华毕出"(《四库全书总目·总集类一》),这里说的正是选集的作用。要做到这一点,必须明了所选对象的特点。具体到宋文来说,和此前的文章相比,大体上有几点值得注意。

首先,各类文体的成熟。一些传统的文体如论、记、序等继续发展,取得了很高的成就。一些新兴的文体也开始显示出自己的生命力,像文赋、笔记、序跋之类,或为宋人所创立,或在宋人手中走向成熟。

其次,议论文的兴盛。宋人好议论,在文中体现尤为明显。翻开宋人的文集,不用说奏章、策论之类,就是记文、序跋之中,也不免大发议论。王安石评价苏轼《醉白堂记》为"韩白优劣论"(《苕溪渔隐丛话·前集》卷三十五),正是这种风气具体而微的一个表现。

其三,理学家之文的出现。宋代理学兴盛,对文学创作多有影响。

理学中人,由于自己观察和思考世界的角度较为特殊,他们的文章,也显示出独特的风貌。南宋真德秀编选《文章正宗》,"别出谈理一派"(《四库全书总目·总集类一》)。作为宋文创作中的一派,自然不能为我们所忽视。

本着以上的粗浅认识,我们在选编时,既选编了一些历来受到选家重视的文章,也增添了一些新的作家和篇目,以期相对全面地反映宋文的面貌和成就。这是我们的良好愿望,能否达到这个目的,还要留待读者去检验。

本书的选注工作由丁放、武道房主持并统稿,作者有丁放、武道房、王开春、曲惠勤、曹秀兰、李佳、曲景毅、陈昌云。其中北宋部分由丁放带领众人完成,王开春出力较多,南宋部分主要由武道房完成。人民文学出版社副总编周绚隆先生、责任编辑李俊博士为此书的出版付出了辛勤的劳动,谨此致谢。本书撰写过程中,参考了许多前贤时彦的成果,因体例所限,无法一一注明,谨此一并致谢。

杨 亿

杨亿(974—1020),字大年。建州浦城(今福建浦城)人。年十一,宋太宗闻其名,诏送阙下,试诗赋,援笔顷刻而成,词采靡丽,太宗大加赞赏。授秘书省正字。淳化三后(992)赐进士,曾为翰林学士兼史馆修撰,官至工部侍郎。性耿介,尚气节,在政治上支持宰相寇准抵抗辽兵入侵。又反对宋真宗大兴土木、求仙祀神的迷信活动。天禧四年(1020),受宰相寇准密令草表请以太子监国,事泄受连累,十二月,忧惧而卒。谥文,人称杨文公。杨亿天资聪颖,文思敏捷,作诗效法李商隐,是宋初诗坛"西昆体"的领军人物,文章写作也以典丽精工著称,尤长章表偶俪之体。有文集一百九十四卷,今存《武夷新集》二十卷,《宋史》卷三百零五有传。

驾幸河北起居表[1]

臣某言,今月八日,得进奏院状报去年十二月三日御札[2],取五日车驾暂幸河北者。毳幕稽诛[3],銮舆顺动[4]。羽卫方离于象魏[5],天威已震于龙荒[6];慰边甿徯后之心[7],增壮士平戎之气。臣某中谢。

臣闻涿鹿之野,轩皇所以亲征[8];单于之台,汉帝因之耀武[9]。用歼夷于凶丑[10],遂底定于边陲[11]。五材并陈[12],盖去兵之未可;六龙时迈[13],固犯顺以必诛。矧朔漠余妖[14],腥膻杂类[15],敢因胶折之候[16],辄为鸟举之谋[17]。固已命将出师,擒俘献馘[18]。虽达名王之帐[19],未焚老上之庭[20]。是用亲御戎车,躬行天讨[21]。劳军细柳之壁[22],巡狩常山之阳[23]。师人多寒,感恩而皆同挟纩[24];匈奴未灭,受命而孰不忘家[25]。行当肃静塞垣[26],削平夷落[27]。枭冒顿之首[28],收督亢之图[29]。使辽阳八州之民[30],得闻声教[31];榆关千里之地[32],尽入提封[33]。蛇豕之穴悉除[34],干戈之事永戢[35]。然后登临瀚海[36],刻石以铭功[37];陟降云亭[38],泥金而展礼[39]。逮追八九之迹[40],永垂亿万之年。

臣忝守方州[41],莫参法从[42]。空励请缨之志[43],惭无扈跸之劳[44]。唯聆三捷之音[45],远同百兽之舞[46]。臣无任云云。

《浦城遗书》本《杨大年先生武夷新集》卷十二

〔1〕据《宋史·真宗本纪》,咸平二年(999)契丹大举入侵,十一月乙未,真宗下诏亲征,十二月戊午驻跸澶州。甲子,次大名。三年(1000)春正月庚子,还京师。当时杨亿出守处州,于三年正月方得真宗亲征消息,上此表为贺,对真宗御驾亲征的行动表示赞赏。此表工整典丽,是杨亿文风的典型体现。

〔2〕进奏院:宋初,各路监司、州、军、场均在京师设立进奏院,收受本地章奏,承受中央政府各种命令,转发本司。太平兴国七年(982)并天下进奏院为都进奏院,总领天下邮递,掌管全国各地与中央政府之间

的往来邮递事务。去年:即宋真宗咸平二年(999)。

〔3〕毳(cuì脆)幕:毡帐,这里指契丹。毳,鸟兽的细毛。稽诛:稽延讨伐。《韩非子·非难》:"稽罪而不诛。"

〔4〕銮舆:天子之车驾。顺动:顺天而动。《易·豫》:"豫,顺以动。故天地如之,而况建侯行师乎?天地以顺动,故日月不过,而四时不忒。圣人以顺动,则刑罚清而民服。"

〔5〕羽卫:仪仗。象魏:古代天子、诸侯宫门外的一对高台建筑,也叫"阙"或"观",是悬示教令的地方。又借指朝廷宫殿。

〔6〕龙荒:《汉书·叙传》:"龙荒幕朔,莫不来庭。"颜师古注云:"龙,匈奴祭天龙城……朔,北方也。"这里指契丹境内。

〔7〕甿(méng盟):农民。徯:等待。后:君王。《尚书》伪古文《仲虺之诰》里记载,汤征伐各地,被征伐地区的人民都等待着他的到来,说:"徯予后,后来其苏。"这里指边境地区的人民盼望宋真宗的到来。

〔8〕涿鹿:地名,在今河北省。《史记·五帝本纪》:"黄帝乃征师诸侯,与蚩尤战于涿鹿之野,遂禽杀蚩尤。"轩皇:即黄帝,黄帝为轩辕氏,故称。

〔9〕"单于"二句:《汉书·武帝本纪》,元封元年(前110)冬十月,武帝亲率大军"行自云阳,北历上郡、西河、五原,出长城,北登单于台,至朔方,临北河。勒兵十八万骑,旌旗径千余里,威震匈奴"。

〔10〕夷:消灭。凶丑:对契丹的蔑称。

〔11〕底定:平定。

〔12〕五材并陈:《左传·襄公二十七年》:"天生五材,民并用之,废一不可,谁能去兵?兵之设久矣,所以威不轨而昭文德也。"五材,金、木、水、火、土。

〔13〕六龙:皇帝车驾的六匹马,马高八尺称龙。

〔14〕矧(shěn沈):况且。

3

〔15〕腥膻:腥臭味。"腥膻杂类"和"朔漠余妖"均指契丹,是一种蔑称。

〔16〕胶折:即折胶。胶为制作弓箭的原料,喜燥恶湿,至秋天则劲而可折,故以折胶指秋天弓弩可用,利于作战。

〔17〕鸟举:鸟飞。《史记·平津侯主父列传》,主父偃引秦李斯之言云"夫匈奴无城郭之居、委积之守,迁徙鸟举,难得而制也"。本指其逐水草迁徙,机动灵活,这里指军队行动。

〔18〕馘(guó 国):左耳。古代战争中割取敌人左耳以计数论功。

〔19〕名王:诸王中之著名者。《汉书·宣帝纪》:"单于遣名王奉献。"颜师古注:"名王者,谓有大名以别诸小王者。"又,《汉书·匈奴传》谓卫青、霍去病与匈奴战十余年,"虏名王贵人以百数"。

〔20〕老上:《汉书·匈奴传》:"冒顿死,子稽粥立,号曰老上单于。"班固《燕然山铭》:"焚老上之龙庭。"这里指敌人的巢穴。

〔21〕躬:亲自。

〔22〕劳军:慰劳军队。细柳:地名,在今陕西咸阳市西南。汉文帝时,为防备匈奴入侵,在霸上、棘门、细柳三地驻扎大军。文帝前往三处慰劳,细柳之军纪律最为严明,文帝称赞其主将周亚夫说:"嗟乎,此真将军矣!曩者霸上、棘门军,若儿戏耳,其将固可袭而虏也。"事见《史记·绛侯周勃世家》。

〔23〕巡狩:帝王离开国都巡行境内。《孟子·梁惠王下》:"天子适诸侯曰巡狩。巡狩者,巡所守也。"常山:即恒山,为避宋真宗讳,故改名常山。主峰在河北曲阳县西北,曾为五岳之北岳。阳:山的南边。

〔24〕挟纩(kuàng 况):披着绵衣。据《左传·宣公十二年》,楚人围萧,时值冬日,"申公巫臣曰:'师人多寒。'王巡三军,拊而勉之,三军之士,皆如挟纩"。杜预注云:"纩,绵也。言说(悦)以忘寒也。"

〔25〕孰:谁。忘家:《史记·卫将军骠骑列传》记载,霍去病很受武

4

帝的宠爱,武帝为他治第,让他去看,他回答说:"匈奴未灭,无以家为也。"

〔26〕塞垣:边境地带。

〔27〕夷落:夷,指中原以外的少数民族。落,居处。这里指契丹境内。

〔28〕枭:杀人而悬其头于木杆之上。冒顿(mò dú 默读):(?—前174)秦末汉初匈奴单于。这里代指敌人的首领。

〔29〕督亢:地名,今河北涿州。此地战国时为燕国膏腴之地,燕太子丹曾使荆轲以向秦王献督亢地图(实指欲将这块地方献给秦王)为名,伺机刺杀秦王。事见《史记·燕召公世家》。这里借指宋军收复这一地区。

〔30〕辽阳:地名,在今辽宁省。辽置辽阳郡,为东京。据《辽书·地理志》,东京辽阳郡辖州、府、军城八十七。八州:《五代会要》卷二十九《契丹》:"契丹本鲜卑之种也,居辽泽之中……泽饶蒲苇。其族本姓大贺氏,后分为八部。"八部即八州,杨亿此处是混其先世而言。

〔31〕声教:声威教化。《尚书·禹贡》:"东渐于海西,被于流沙,朔南暨声教,讫于四海。"

〔32〕榆关:即山海关。

〔33〕提封:指管辖的疆域。《旧唐书·东夷传》:"魏晋已前,近在提封之内,不可许以不臣。"

〔34〕蛇豕:封豕长蛇的省语,比喻贪残害人之物。

〔35〕戢:止息。

〔36〕瀚海:《史记·卫将军骠骑列传》记载霍去病大败匈奴,"封狼居胥山,禅于姑衍,登临翰海"。司马贞索隐引崔浩之言曰:"北海名,群鸟之所解羽,故云翰海。"这里不是实指,只是借用来形容宋军的功绩。

〔37〕铭:记载。《释名·释言语》:"铭,名也。记名其功也。"

〔38〕陟降:升降、上下。云亭:云云、亭亭二山合称。据《史记·封禅书》记载,神农、尧、舜等封泰山,禅云云;黄帝封泰山,禅亭亭。张守节正义引《括地志》云:"云云山在兖州博城县西南三十里也。"亭亭山,位置相同。

〔39〕泥金:金屑。用于涂饰笺纸,这里指泥金涂饰之纸张,用于重要的典礼。《旧唐书·礼仪志二》载唐乾封二年诏:"检玉泥金,升中告禅。"

〔40〕逮:及。八九之迹:指传说行封禅之礼的七十二位君王。

〔41〕忝:谦词。方州:指州郡。

〔42〕法从:跟随皇帝的车驾,追随左右。《汉书·扬雄传》:"是时赵昭仪方大幸,每上甘泉,常法从。"颜师古注云:"法从者,以言法当从耳,非失礼也。一曰从法驾也。"

〔43〕请缨:汉人终军使南越,欲说服其王入朝。终军出发前向朝廷表示决心说:"愿受长缨,必羁南越王而至阙下。"事见《汉书》本传。后来,遂称自请从军击敌为请缨。

〔44〕扈跸:随从帝王的车驾。跸,帝王出行时,止行清道,后泛指帝王的车驾。

〔45〕三捷:连续的胜利。《诗经·小雅·采薇》:"岂敢定居,一月三捷。"

〔46〕百兽之舞:《尚书·舜典》:"夔曰:'吁!予击石拊石,百兽率舞。'"极言皇帝的教化感动天下。

鲁宗道

鲁宗道(966—1029),字贯之,亳州(今安徽亳州)人。少年孤贫,生活于外祖父家。咸平二年(999)进士,为濠州定远尉,继任海盐县令、歙州军事判官司,迁秘书丞。天禧初为右正言,多所论列,真宗书殿壁曰"鲁直"。仁宗天圣初拜右谏议大夫、参知政事。他直言敢谏,为权贵所惮,人称"鱼头参政",卒后谥"肃简"。《宋史》卷二百八十六有传。

请重亲民之官疏[1]

臣尝读近书,自唐季接五代[2],或三四年,或五六年,乱离涂炭[3],冤号天地。金血之气[4],铄尽冲和[5];愁苦之声,求息不暇。天祸既悔,至圣勃兴。故太祖皇帝以神武大略定天下,有反掌之易[6];太宗皇帝以至仁善继恢域中,成光大之业[7]。陛下奉而守之[8],勤而行之,彝伦叙矣[9]。故云亭泥检[10],脽壤恭祀[11]。谒太清之真馆[12],荐玉皇之大号[13]。至于必躬听断[14],励精理道,以宵旰为晏乐[15],处菲薄而久安[16],从古王者徒载简策耳[17]。惟亲民之官,政事最切,未见区别,其如民何?今审官例差一知州[18],纵耄昏无识[19],以何道推降之。铨司平配一县令[20],虽菽麦不分[21],且无由摈斥之。今与天下亲民之官,以十分论之,黩货害政[22],未寘刑章者有其三[23];清浊混然,巧于情伪[24],使在上知而不能纠举者,又次焉。暗懦不能制猾吏[25],不能审法令,凝滞于物者[26],又次焉;贵游亲属,望风护养而不言者[27],又次焉;是则介然自守[28],约己恕物[29],不谄上[30],不渎下[31],为陛下孜孜于民政者,十不一二焉。欲民之安,其可得乎?汉宣帝凡拜刺史、守相必亲见之[32],考察其言,观其能否[33]。今或未然[34]。凡除知州、通判、京朝官知县[35],候满三五人,且令大臣具宴见之,礼以遣之,讯之以言而察其应对,观其词气而考其臧否[36]。才能者奖之,不肖者退之[37]。县令则择台阁有风鉴闻望臣僚者遣之[38],能否之间,各如其状,恐于圣政稍得其宜。又审官之任,本宰相之职,宜妙选英哲以委之[39],庶激浊扬清,渐得良牧贤宰,则斯民之大幸也。或诏参预宰司[40],覆令按验[41],亦不为烦。唐故事,宰相带兵、吏部者[42],午前在中书[43],午后归本司治事,是亦内外兼领之制。臣不任狂狷[44],干犯冕旒[45],待罪之至[46]。

上海古籍出版社1999年点校本《宋朝诸臣奏议》卷六十八

[1] 州县行政长官是国家政策法令的直接实施者,是贴近百姓之官,负担着重要的职责。而宋真宗即位后,忙于迎天书、封泰山,好大喜功,疏于理政,对派遣州县长官缺少考察、鉴别,使得这两级官员鱼龙混杂,多不称职。这封奏章请求真宗皇帝重视州县长官的选拔任用,强调宰相应当对这些官吏加强审查、管理。全文语气真切,颇中时弊。原题

作《上真宗乞委大臣铨择守宰》,文末注:"天禧元年上,时为右正言。"

〔2〕唐季:唐末。五代:即后梁、后唐、后晋、后汉、后周。

〔3〕涂炭:烂泥和炭火,比喻灾难困苦。

〔4〕金血:兵器、鲜血,指战乱杀伐。

〔5〕铄(shuò硕):熔化、削弱。冲和:《老子》:"冲气以为和。"后以冲和指生养万物的元气、真气。

〔6〕太祖:赵匡胤(927—976),宋王朝的建立者,太祖是其庙号。反掌:犹反手,比喻事情非常简单。《文选》枚乘《上书谏吴王》:"易于反掌,安于泰山。"李善注:"反掌,言易也。"

〔7〕太宗:赵匡义(939—997),太祖弟,后改名光义。太祖死,以晋王继位,平定南唐、吴越、北汉,统一全国。

〔8〕奉:遵行、遵守。

〔9〕彝伦:天地人之常理、常道。《尚书·洪范》:"王乃言曰:'呜呼,箕子!惟天阴骘下民,相协厥居,我不知其彝伦攸叙。'"蔡沈集传:"彝,常也;伦,理也。"叙:次序、次第。

〔10〕云亭:云云、亭亭二山合称。参见杨亿《驾幸河北起居表》注〔38〕。检:封缄。古代的书信写在竹木简上,再用另一块木简覆盖,用皮条或者丝绳绑好,在绳子的结头处封泥,在泥上钤印,谓之检。泥检,即泥封。宋真宗大中祥符元年(1008)十月,以降天书,封禅泰山。参见《宋史纪事本末》卷二十二《天书封祀》。

〔11〕脽(shuí谁)壤:即脽丘,地名。在今山西省境内。汉武帝元鼎四年(前113)立后土祠于此。《史记·封禅书》:"于是天子遂东,始立后土祠汾阴脽丘,如宽舒等议。"宋真宗大中祥符三年(1010)八月丁未,诏:"明年春,有事于汾阴。"大中祥符四年二月辛酉,真宗诣脽上,祀后土地祇。参见《宋史纪事本末》卷二十二《天书封祀》。

〔12〕太清之真馆:即太清宫。大中祥符六年(1013)八月庚申,诏

来春亲谒太清宫,加号太上老君混元上德皇帝。七年正月己酉,谒太清宫。参见《宋史纪事本末》卷二十二《天书封祀》。

〔13〕荐玉皇之大号:真宗天禧元年(1017)正月,御玉清昭应宫,上玉皇大天帝衮服、宝册。参见《宋史纪事本末》卷二十二《天书封祀》。

〔14〕躬:亲自。听断:听取陈述而作出决定。常指听讼断狱。《荀子·荣辱》:"政令法,举措时,听断公。"

〔15〕"以宵旰"句:宵旰(gàn 赣):宵衣旰食的省称。天不亮就穿衣起身,天黑了才吃饭。形容非常勤劳,多用以称颂帝王勤于政事。旰,晚。唐罗隐《淮南送李司空朝觐》诗:"圣君宵旰望时雍,丹诏西来雨露浓。"晏乐:安逸。

〔16〕菲薄:刻苦俭约。《文选》张衡《东京赋》:"又躬自菲薄,治致升平之德。"薛综注:"菲薄,谓俭约。"

〔17〕简策:以竹为简,合数简穿联为策。此处代指史册记载。

〔18〕审官:审官院的省称。宋代选拔京朝官的机关。分东西二院,东院主文选,西院主武选。元丰改制后,其职能并入吏部。

〔19〕耄昏:年老昏愦。

〔20〕铨司:吏部流内铨的别称,元丰新制改为吏部侍郎左选,职掌选人常调。

〔21〕菽:豆类的总称。

〔22〕黩:贪污、贪求。

〔23〕置:处置。

〔24〕情伪:弄虚作假。《管子·七法》:"言实之士不进,则国之情伪不竭于上。"

〔25〕暗懦:愚昧懦弱。

〔26〕凝滞:拘泥、不干练。

〔27〕护养:保护养育。

〔28〕介然:耿介、高洁。

〔29〕约:约束。恕:推己及人,仁爱待物。

〔30〕谄:奉承、献媚。

〔31〕渎:亵渎、轻慢。

〔32〕汉宣帝:刘询(前91—前49)。幼年时长于民间,即位后,励精图治,重视吏治。刺史:古代官名。汉武帝时,分全国为十三部(州),部置刺史,定时巡查所领部州,以督查部内各郡守。后来州逐渐由督察区变为郡国之上的一级行政区,刺史也随之成为州的首长。守相:郡守和诸侯王之相。

〔33〕能否:有才能与否。

〔34〕或:语助,无实义。

〔35〕知州:官名。宋初鉴于五代藩镇之乱,留居诸镇节度于京师,而以朝臣出守列郡,称"权知某军州事",意为暂行主管某军州兵政、民政事务。其后文武官参为知州军事,总理郡政,省称曰知州。通判:官名。宋初始于诸州府设置,即共同处理政务之意。地位略次于州府长官,但握有连署州府公事和监察官吏的实权,号称监州。京朝官:宋代升朝官和京官的总称。陆游《老学庵笔记》卷八:"唐自相辅以下皆谓之京官,言官于京师也。其常参者曰常参官,未常参者曰未常参官。国初以常参官预朝谒,故谓之升朝官,而未预者曰京官。"京朝官是寄禄官,表示官员的品阶,不是具体的职事差遣。京朝官之下的低阶官员,称选人。知县:官名。掌管一县的政事。知县之名始于唐,宋代多以中央官员为县官,结衔称某官知某县事。所谓京朝官知县,指以寄禄官达到京朝官品阶之官员作知县。

〔36〕臧否:善恶、得失。

〔37〕不肖:不成材、不正派。

〔38〕县令:一县行政长官。宋代以京朝官为县官者,称知县。以选

人为之者,则称县令。台阁:尚书省的简称。风鉴:以风貌品人。闻望:名望。

〔39〕英哲:才能和识见卓越的人。阮籍《清思赋》:"内英哲与长年兮,笞离伦与膺贾。"

〔40〕参预:预闻而参议其事。宰司:谓百官之长,处宰辅之位者。

〔41〕覆:审察、查核。按验:查验。

〔42〕故事:先例、旧例。宰相带兵、吏部者:宰相而身兼兵部、吏部长官的人。

〔43〕中书:指中书省。唐初,作为宰相集体办公场所的政事堂就设在中书省。

〔44〕狂狷:狂妄褊急。书疏中常用作谦辞。

〔45〕冕旒:皇冠,顶有延,前有旒,故曰"冕旒"。天子之冕十二旒。借指皇帝、帝位。南朝梁沈约《劝农访民所疾苦诏》:"冕旒属念,无忘夙兴。"

〔46〕待罪:等待处分、等待处置。是奏章结尾的套语。

孙 奭

孙奭(962—1033),字宗古,博州博平(今山东茌平)人。他自幼读经书,笃学成才,端拱二年(989)《九经》及第,为莒县主簿。迁大理评事、国子监直讲。真宗时,为诸王侍读,累官至龙图阁待制。仁宗即位,他以名儒被召为翰林侍讲学士,判国子监,后迁兵部侍郎、龙图阁学士、礼部尚书。晚年以太子少傅致仕,卒于家。《宋史》卷四百三十一有传。

论天书[1]

臣窃见朱能者[2],奸险小人,妄言祥瑞,而陛下崇信之,屈至尊以迎拜,归秘殿以奉安[3]。上自朝廷,下及闾巷[4],靡不痛心疾首,反唇腹非[5],而无敢言者。昔汉文成将军,以帛书饭牛,扬言牛腹中有奇书,杀视得之,天子识其手迹[6]。又有五利将军妄言,方多不雠[7]。二人皆坐诛。先帝时有侯莫陈利用者,以方术暴得宠用,一旦发其奸,诛于郑州[8]。汉武可谓雄材,先帝可谓英断。唐明皇得《灵宝符》、《上清护国经》、《宝券》等,皆王钅共、田同秀等所为,明皇不能显戮,怵于邪说,自谓德实动天,神必福我[9]。夫老君圣人也,倘实降语,固宜不妄,而唐自安史乱离,乘舆播越,两都荡覆[10],四海沸腾,岂天下太平乎[11]?明皇虽仅得归阙[12],复为李辅国劫迁[13],卒以馁终,岂圣寿无疆、长生久视乎?夫以明皇之英睿,而祸患猥至,曾不知者[14],良由在位既久,骄亢成性[15],谓人莫己若,谓谏不足听,心玩居常之安[16],耳熟导谀之说。内惑宠嬖[17],外任奸回[18],曲奉鬼神,过崇妖妄。今日见老君于阁上,明日见老君于山中。大臣尸禄以将迎[19],端士畏威而缄默。既惑左道[20],即紊正经[21],民心用离,变起仓卒。当是之时,老君宁肯御兵,宝符安能排难邪?今朱能所为,或类于此。愿陛下思汉武之雄材,法先帝之英断,鉴明皇之召祸,庶几灾害不生[22],祸乱不作。

《四部丛刊》本《宋文鉴》卷四十三

〔1〕天书指从天而降的书,一般指神仙之书。据《续资治通鉴长编》记载,宋真宗天禧三年(1019),奸臣朱能在终南山修道观时,与刘益等人"造符命,托神灵,言国家休咎,或臧否大臣"。并撺掇寇准"奏天书降乾祐山中",实际上是朱能伪造的。但这一假天书,却迷惑了宋真宗。天禧三年夏四月,真宗"备仪仗至琼林苑迎导天书入内",上演了迎天书的闹剧。直臣鲁宗道曾上书谏之,时知河阳的孙奭也上了这封谏章。这篇文章以史为鉴,列举汉武帝、宋仁宗不信帛书及方术之事,赞二帝之英明。又举唐玄宗为反面教材,以其佞信天书,导致安史之乱,两京失守,以致流离窜蜀,归朝后又为宦官李辅国软禁,郁郁而终,并未长生不老。文章从正反两面证明天书之虚妄,措辞尖锐,文风犀利。作者敢于逆龙鳞,实有铮铮之骨。

〔2〕朱能:据《续资治通鉴长编》卷九十三"天禧三年三月"条,朱能

本单州团练使田敏门客,妄谈神怪事,宦官周怀政将他推荐给真宗,获得宠信。后因参与废立之事,为丁谓所杀。

〔3〕"屈至尊"句:指宋真宗天禧三年夏四月辛卯,真宗"备仪仗至琼林苑迎导天书入内"事。

〔4〕闾巷:犹里巷,借指民间。《史记·韩信卢绾列传》:"陛下擢仆起闾巷,南面称孤,此仆之幸也。"

〔5〕反唇:谓唇动,表示心中不服。《史记·平准书》:"(颜)异与客语,客语初令下有不便者,异不应,微反唇。"腹非:即腹诽。口里不言,心中讥笑。

〔6〕文成将军:据《汉书》卷二十五,有方士少翁,善术数。武帝所幸李夫人卒,少翁能用方术显示其貌状,为武帝宠幸,封为文成将军。后来,他的方术不再灵验,为重获武帝的信任,他提前写好帛书,塞给牛吃,然后骗武帝说自己看出此牛腹中有奇异之物。武帝命人将牛杀死,果然发现有帛书,但被武帝认出帛书上是少翁的字迹,于是将其处死。

〔7〕五利将军:名栾大,本胶东国宫人,以方术取信于武帝,封五利将军。后来"妄言见其师,其方尽,多不雠(应验)",为武帝所诛杀。见《汉书》卷二十五。

〔8〕侯莫陈利用:人名。侯莫陈,复姓;利用,名。天平兴国初年,他以幻术获得太宗皇帝的宠信,于是肆意妄为,人们都怕他。后来赵普查到他的不法行为,劝说太宗将其处死。事见《续资治通鉴》卷二十九、《宋史·太宗本纪》"端拱元年"条。

〔9〕王铁(hóng宏):太原人,有吏能,善于敛财,为唐玄宗所宠幸,身兼二十余使。据《旧唐书·仪礼志》四,玄宗天宝九载(750),王铁奏称太白山人王玄翼在宝山洞见到了老子,于是皇帝派王铁、张均、王倕、王济、王翼、王岳灵等人前往,于洞中得玉石函《上清护国经》、宝券、纪箓等"天书"。参见《旧唐书》本传。田同秀:据《资治通鉴》"天宝元年"

15

条载:(正月)甲寅,陈王府参军田同秀上言:"见玄元皇帝于丹凤门之空中,告以'我藏灵符,在尹喜故宅'。"

〔10〕两都:长安和洛阳。

〔11〕"安史乱离"句:天宝十四载(755)安禄山、史思明起兵反唐,攻陷洛阳、长安。这场动乱直至广德元年(763)史朝义为李怀仙所杀后才得平定。兵事持续九年(755—763),唐王朝遭到巨大打击,由此一蹶不振。

〔12〕仅:张相《诗词曲语辞汇释》谓:"庶几之辞。"指侥幸。

〔13〕李辅国:本名静忠,少为宦官,粗通文墨,表面上对人客气恭敬,内心却很阴险,受到肃宗信任,权势很大。代宗即位后,将其权力逐渐收回,并派刺客将其刺杀。劫迁:玄宗以太上皇的身份回到长安后,居于南内。李辅国挑拨肃宗,谓南内有异谋。因矫诏迁上皇于西内,加以软禁。参见《旧唐书》本传。

〔14〕猥:聚集。

〔15〕骄亢:骄纵不逊。

〔16〕玩:玩有欣赏义,这里指习惯于。

〔17〕宠嬖:指得宠的佞幸之人。

〔18〕奸回:奸恶邪僻。《尚书·泰誓下》:"崇信奸回。"

〔19〕尸禄:空受俸禄而不治事。《文选》曹植《求自试表》:"虚受谓之尸禄。"

〔20〕左道:邪门旁道。多指非正统的巫蛊、方术等。《礼记·王制》:"执左道以乱政,杀。"郑玄注:"左道,若巫蛊及俗禁。"孔颖达正义:"卢云左道谓邪道。地道尊右,右为贵……故正道为右,不正道为左。"

〔21〕正经:指儒家经典。以别于诸子百家之书。晋葛洪《抱朴子·百家》:"正经为道义之渊海,子书为增深之川流。"

〔22〕庶几:或许、也许。表示希望。

尹　洙

尹洙(1001—1047),字师鲁,河南(今河南洛阳)人。天圣二年(1024)登进士第,授绛州正平县主簿,历任河南府户曹参军等职。后充馆阁校勘,迁太子中允。时值范仲淹因指责宰相吕夷简而贬饶州,尹洙上疏自言与仲淹义兼师友,当同获罪,于是被贬为崇信军节度掌书记,监郢州酒税。陕西用兵,尹洙被起用为经略判官,累迁至右司谏,知渭州,兼领泾原路经略公事。坐以公使钱为部将偿债,贬监均州酒税。病卒。有《河南先生文集》二十七卷。尹洙年轻时从穆修学《春秋》,力为古文,为北宋古文运动先驱,韩琦《祭龙图尹公师鲁文》曰:"首倡古文,三代是追。学者翕从,圣道乃夷。名重天下,无人不知。"《宋史》卷二百九十五有传。

息戍[1]

国家割弃朔方,西师不出三十年[2],而亭徼千里[3],环重兵以戍之。虽种落屡扰[4],即时辑定[5],然屯戍之费亦已甚矣[6]。西戎为寇,远自周世[7]。西汉先零[8],东汉烧当[9],晋氐、羌[10],唐秃发[11],历朝侵轶[12],为国剧患。兴师定律[13],皆有成功,而劳敝中国[14]。东汉尤甚,费用常以亿计。孝安世,羌叛十四年,用二百四十亿。永和末,复经七年,用八十余亿。[15]及段纪明,用才五十四亿,而剪灭殆尽[16]。今西北泾源、邠宁、秦凤、鄜延四帅,戍卒十余万,一卒岁给,无虑二万。(原注:平骑卒与冗卒,较其中者总廪给之数,恩赏不在焉[17]。)以十万众较之,岁用二十亿。自灵武罢兵[18],计费六百余亿。方前世数倍矣。平世屯戍,且犹若是。后虽无他警,不可一日辍去[19],是十万众有益而无损期也[20]。国家厚利募商入粟[21],倾四方之货,然无水漕之运,所挽致亦不过被边数郡尔。岁不常登[22],廪有常给[23],顷年亦尝稍匮矣。倘其乘我荐饥[24],我必济师[25],馈饷当出于关中[26],则未战而西垂已困[27],可不虑哉。为今之计,莫若籍丁民为兵,拟唐置府,颇损其数。(原注:唐府兵,上府千二百人,中府千人,下府八百人[28]。)又,今边鄙虽有乡兵之制[29],然止极塞数郡,民籍寡少,不足备敌。料京兆、西北数郡[30],上户可十余万[31],中家半之,当得兵六七万。质其赋无他易(原注:赋以泉石者,不易以五谷[32]),畜马者又蠲其杂徭[33]。民幸于庇宗[34],乐然隶籍。农隙讲事,登材武者为什长、队正[35]。盛秋旬阅,常若寇至。以关内、河东劲兵傅之[36],尽罢京师禁旅[37]。慎简守帅,分其统,专其任。分统则柄不重,专任则将益励。坚其守备,习其形势,积粟多,教士锐,使虏众无隙可窥,不战而慑[38]。兵志所谓:"无恃其不来,恃吾有以待之。"[39]其庙胜之策乎[40]。

《四部丛刊》本《河南先生文集》卷二

〔1〕《宋史·尹洙传》:"西北久安,洙作《叙燕》、《息戍》,以为武备不可弛也"。故知此文作于元昊反叛之前。当时的形势是,为了防备西夏,北宋朝廷在西北囤聚了庞大的军事力量,给国家财政造成了极大的负担。这篇文章提出采用寓兵于农的方法,改革现有戍卫之法,来解决这一问题。这是借用唐代府兵制的做法,一方面节省开支,另一方面又不弛武备。作者既熟知史实,又熟悉军事,长期在西边前线,深知利害短长,故本文有理有据,要言不烦。

〔2〕朔方:汉武帝时所立郡,郡治在今内蒙古自治区境内。自唐僖宗时李思恭被封为"夏国公"起,历唐末五代,李氏世有其地。太宗太平兴国七年(982)李继捧入朝,献夏、银、绥、宥四州地。其族弟李继迁不从,遂反,请降于契丹,被封为西夏王,开始不停袭扰北宋边境。宋庭多次用兵,不能成功。至道三年(996),李继迁遣使纳款,时真宗初继位,许之,授定难军节度使,割夏、银、绥、宥、静五州地与之。真宗咸平五年(1002),继迁又攻取灵州。原朔方地区,尽为继迁所得。所谓割弃朔方,指此。咸平六年,继迁死,子德明奉表归款,真宗许之。边境得以平静三十余年,直至仁宗宝元元年(1038),德明子元昊复叛,战事又起。参见《宋史纪事本末》卷十四、卷三十。

〔3〕亭徼(jiào 叫):边境上的防御工事,亦指边防要地。《史记·平准书》:"新秦中或千里无亭徼,于是诛北地太守以下,而令民得畜牧边县。"裴骃集解引晋灼曰:"徼,塞也。"

〔4〕种落:种族部落。《晋书·刘元海载记》:"天未悔祸,种落弥繁。"这里指西夏。

〔5〕辑定:安抚、平定。《后汉书·段颎传》:"先零、东羌造恶反逆,而皇甫规、张奂各拥强众,不时辑定。"

〔6〕"然屯戍之费"句:屯戍,驻防。"之"字原脱,据《宋史》卷二百九十五补。

〔7〕"周世"句:据《史记·周本纪》,周幽王时,西夷犬戎攻杀幽王,平王继位,东迁洛邑,避其锋芒。

〔8〕先零:汉代时羌族的一支。这里代指西边游牧族群。下文烧当、氐、羌、秃发,都是历史上活动于西北的游牧族群,他们与中原王朝或和或战,成为困扰中原王朝的一个重要问题。宣帝时,先零及诸羌连结匈奴,为乱西边,赵充国破之。参见《汉书·赵充国传》。

〔9〕烧当:汉代西羌部族名。《后汉书·西羌传·羌无弋爰剑》:"从爰剑种五世至研,研最豪健,自后以研为种号。十三世至烧当,复豪健,其子孙更以烧当为种号。"

〔10〕氐(dī 低):我国古代西部的一个族群。晋时曾建立前秦、后凉、后汉等国。羌(qiāng 枪):亦为我国古代西部的一个族群,东晋时曾建立后秦。

〔11〕秃发:鲜卑族复姓。这里指吐蕃。《新唐书·吐蕃上》:"吐蕃本西羌属,盖百有五十种,散处河、湟、江、岷间,有发羌、唐旄等,然未始与中国通。居析支水西。祖曰鹘提勃悉野,健武多智,稍并诸羌,据其地。蕃、发声近,故其子孙曰吐蕃,而姓勃窣野。或曰南凉秃发利鹿孤之后。"

〔12〕侵轶:侵犯袭击。

〔13〕定律:依法定罪。

〔14〕劳敝:使劳累疲弊。

〔15〕"孝安世"六句:汉顺安帝永和元年(136),先零别种滇零反,十二月,邓骘将兵五万屯汉阳以备羌,至顺帝建康元年(144),西羌衰落,"十余年间,费用八十余亿。诸将多断盗牢禀,私自润入,皆以珍宝货赂左右,上下放纵,不恤军事,士卒不得其死者,白骨相望于野"。事见《后汉书·西羌传》。

〔16〕段纪明:段颎(?—179),字纪明,武威姑臧人。汉桓帝时为护羌校尉,屡次建立功勋。桓帝曾向他咨询如何解决西羌骚扰的问题,

他主动请缨,率兵一万五千出击西羌。自汉灵帝建宁元年(168)至三年,段颎率部与西羌"凡百八十战,斩三万八千六百余级,获牛马骡驴骆驼四十二万七千五百余头,费用四十四亿"。彻底解除了西羌骚扰的问题。参见《后汉书·段颎传》。又自"孝安世"以下至此,是尹洙据段颎所答桓帝问的内容改写。

〔17〕平:平均。意谓将骑卒和冗卒所耗给养综合起来,平均计算每一卒之耗费。恩赏:正常薪俸之外的赐予。

〔18〕灵武罢兵:真宗咸平五年(1002),西夏李继迁攻陷灵州,宋军救援,战不利,遂放弃灵州,后继迁死,其子德明归顺,双方息兵。参见本篇注〔2〕。

〔19〕辍:废止。

〔20〕期:原文作"明",据《宋史》卷二百九十五校改。

〔21〕厚利募商人粟:北宋为了保证西北边境粮食供应,鼓励商人贩运粮食。凡运粮到西北者,国家以官职、茶引、盐引与其交换。

〔22〕登:成熟、丰收。

〔23〕廪:奉米,这里指军粮供应。

〔24〕荐饥:连续的饥荒。

〔25〕济师:增加军队。

〔26〕关中:函谷关以西,今陕西渭河流域。当时紧靠西夏前线。

〔27〕西垂:原文作"西夏",据《宋史》卷二百九十五校改。

〔28〕唐府兵:府兵制兴起于北周,唐初整顿成为兵农合一的军事制度。府兵终身服役,无战事则务农,征发时自备兵器资粮,定期宿卫京师,戍守边境。玄宗时废罢。参见《新唐书·兵志》。

〔29〕乡兵:是宋代兵制的一种。宋代的正规军如禁军和厢军,都是征募的职业军人。乡兵则不脱离生产,亦兵亦农,他们农闲训练,主要保卫本土。《宋史·兵志四》:"乡兵者,选自户籍,或土民应募,在所团结

21

训练,以为防守之兵也。"

〔30〕京兆:汉代京畿的行政区划名,为三辅之一。这里指长安附近地区。

〔31〕上户:古代籍定户口时,按照人口、财产的多少,将户口分为不同等级。

〔32〕质:核定。无他易:不用其它东西来替换。

〔33〕蠲(juān 绢):免除。核定为负责养马的,则免除其它徭役。

〔34〕庇宗:守护宗族。

〔35〕登:培养、选取。什长、队正:都是低级武官。

〔36〕傅:迫近。这里指以关内、河东劲兵为前线乡兵之后盾。

〔37〕禁旅:北宋军队分为禁军和厢军。厢军是地方部队,战斗力较差。禁军则是精锐的野战部队,一半驻扎在京师,一半驻扎在各要地。有事时由中央调集。

〔38〕慑:威慑,使屈服。

〔39〕兵志:兵书。所引文字见《孙子·九变》。

〔40〕庙胜:指朝廷预先制定的克敌制胜的谋略。《尉缭子·战威》:"刑如未加,兵未接,而所以夺敌者五:一曰庙胜之论……"

谏时政疏 庆历二年至陇州上[1]

皇帝陛下:臣闻汉文帝盛德之主[2],贾谊论当时事势,犹云可为恸哭[3]。孝武帝外攘四夷,以强主威[4],徐乐、严安尚以陈胜亡秦、六卿篡晋为诫[5]。二帝不以危乱灭亡为讳[6],故子孙保天下者十余世。秦二世时[7],关东盗起。

或以反者闻,二世怒,下吏;或曰"逐捕今尽,不足忧",乃悦[8]。隋炀帝时,四方兵兴[9]。左右近臣皆隐贼数,不以实闻。或言贼多者,辄被诘责[10]。二帝以危乱灭亡为讳,故秦、隋之宗社数年为丘墟[11]。陛下视今日天下之治,孰与汉文[12]？威制四夷,孰与汉武？国家基本仁德,陛下孝慈爱民,诚万万于秦、隋。至于西有不臣之虏[13],北有强大之邻[14],非特闾巷盗贼之势也[15]。自西虏叛命者四年[16],旁塞数扰,内地疲远输,兵久于外而休息无期。卒有乘弊而起,兵法所谓"智者不能善其后"[17]。当此之时,陛下当夙夜忧惧[18],所以虑事变而塞祸源也。陛下延访边事[19],容纳直言,前世人主勤劳宽大,未有能远过者也。然未闻以宗庙为忧,危亡为惧,此贱臣所以感愤於邑而不已[20]。何者？今命令数更,恩宠过滥,赐与不节,此三者戒之慎之,在陛下所行耳,非有难动之势也。陛下因循不革,敝坏日甚。臣是以谓陛下未以宗庙为忧、危亡为惧者以此。夫命令者,人主所以垂信于天下也[21]。异时民间闻朝廷降一令,皆竦视之[22];今则不然,相与窃语[23],以为不久当更,既而信然[24]。此命令日轻于下也。命令轻则朝廷不尊矣。又闻群臣有献忠谋者,陛下始甚听之,后复一人沮之[25],则陛下意移矣。忠言者以陛下信之不能终,颇自诎其谋[26],以为无益。此命令数更之弊也。夫爵赏,陛下所持之柄也[27]。近时外戚、内臣以及士人,或因缘以求[28],恩泽从中而下,谓之内降[29]。臣闻唐氏政衰,或母后专制,或妃主擅朝,树恩私党,名为斜封[30]。今陛下威柄自出[31],外戚、内臣贤而才者,当与大臣公议而进之,何必袭斜封之弊哉?且使大臣从之,则坏陛下纲纪[32];不从,则沮陛下德音[33]。坏纲纪,忠臣所不忍为;沮德音,则威柄日轻。臣又闻尽公不阿[34],朝廷所以责大臣[35],今乃自以私昵挠之[36],而欲责大臣之守正不私,难矣。此恩宠过滥之弊也。夫赐与者[37],国家所以劝功也[38]。比年以来[39],嫔御及伶官、太医之属,赐与过厚。民间传言:内帑金帛[40],皆祖宗累朝积聚。陛下用之不甚爱惜,今之所存无几。疏远之人,诚不能详内府丰匮之数[41],但见取于民者日烦,即知蓄于公帑者不厚[42]。臣亦知国家自西方用兵[43],用度寖广[44],帑藏之积,未必皆为赐予所费。然下民不可家至而户晓,独见陛下行事感动耳。往岁闻边将王珪以力战赐金[45],则无不悦服;或见优人所得过厚,则往往愤叹,人情不可不察。此赐予不节之弊也。臣所论三事,皆人人所共知,近臣从谀而不言,以至今日。方今非独夷狄之为患,朝政日弊而陛下不寤[46],人心日危而陛下不知,故臣愿先正于内以正于外,然后忠谋渐进,纪纲渐举,国用渐足,士心渐奋,夷狄之患,庶乎息矣。伏惟陛下深察秦、隋恶闻忠言所以亡,远法汉主不讳危乱所以存。日新盛德,与民更始[47],则非独贱臣幸甚,实亦天下幸甚。干犯斧钺,臣无任战汗激切俟命之至[48]。臣洙再拜昧死上疏。

《四部丛刊》本《河南先生文集》卷十八

〔1〕本文作于宋仁宗庆历二年(1042)。四月,时西夏赵元昊反,陕西用兵,大将葛怀敏知泾州,辟尹洙为判官。此前尹洙已在西北为官,对边事十分熟悉。有感于朝廷对元昊用兵多年而仍未取胜,东北的辽国早已霸占大宋的燕、云十六州,且日益强盛,而仁宗皇帝却未意识到眼前的深重危机,尹洙因此上书言事。文章先说汉文帝、武帝等有为之主,能察纳忠言,有危机意识,故子孙保有天下十余代。秦二世、隋炀帝讳言危乱,故很快亡国。目前强敌环伺,仁宗皇帝虽勤于边事,却未能真切认识到国家已处于危急存亡之秋,在为政方面,存在三大弊端,即:朝廷法令经常变更,恩宠过滥,轻与官爵;国库空虚,赏赐无度。尹洙痛陈此三弊,认为眼下是夷狄为患,朝政日非,希望皇帝能改弦更辙,实行新政。这篇文章在分析问题时,直击要害,言简意赅,显示出作者卓越的见识和非比寻常的勇气。全文语气愤激,直书无隐,是一篇酣畅淋漓的政论文。本文原题为《论命令恩宠赐与三事疏》。据题下注,知作于庆历二年(1042)。《宋史·尹洙传》载,上此疏后,"仁宗嘉纳之,改太常丞、知泾州"。次年,宋仁宗即任用范仲淹、富弼等人实行革新,史称"庆历新政"。

〔2〕汉文帝:刘恒(前202—前157),刘邦之子,封为代王,吕后死后,为周勃、陈平迎立为帝。为政主张清静无为,与民休息,使得经济渐次恢复,政治稳定。

〔3〕贾谊(前200—前168):西汉政治家。他曾给汉文帝上疏,其中有云:"臣窃惟事势,可为恸哭者一,可为流涕者二,可为长太息者六。"见《汉书》卷四十八。

〔4〕孝武帝:即汉武帝刘彻(前156—前87),景帝之子,承文景之治,对内改革,对外用兵,开疆拓土。

〔5〕徐乐:燕郡人。武帝时上疏,谓:"臣闻天下之患在于土崩,不在瓦解,古今一也。何谓土崩,秦之末世是也。陈涉无千乘之尊,尺土之

地,身非王公大人名族之后,乡曲之誉,非有孔、曾、墨子之贤,陶朱、猗顿之富也。然起穷巷,奋棘矜,偏袒大呼,天下从风。"严安:临淄人。上疏武帝,认为当时文教不兴,国家危险,其中有"六卿分晋"之语。以上并参见《汉书》卷六十四。所谓六卿,指晋国之范、中行、知、赵、韩、魏六氏。其时晋公室日弱,大权落入六氏手中。他们之间相互争夺,范、中行、知三氏灭绝,最后,韩、赵、魏三氏将晋国瓜分。

〔6〕讳:顾忌。

〔7〕秦二世:即胡亥(前230—前207)。始皇崩,他在赵高的帮助下继位,统治残暴,激起陈胜起义。后为赵高所杀。

〔8〕"关东"句:关东,函谷关以东,为六国故地。据《史记·秦本纪》,陈胜等起义后,天下响应,"谒者使东方来,以反者闻二世。二世怒,下吏。后使者至,上问,对曰:'群盗,郡守尉方逐捕,今尽得,不足忧。'上悦"。

〔9〕隋炀帝:杨广(589—615),隋文帝次子。在位十四年,对外用兵,国内赋役繁重,民不堪命,各地起义,彼此相接。后被臣下宇文化及等缢死。

〔10〕诘:责备、质问。

〔11〕宗社:宗庙和社稷的合称。蔡邕《独断》卷上:"天子之宗社曰泰社,天子所为群姓立社也。"丘墟:废墟、荒地。《管子·八观》:"众散而不收,则国为丘墟。"宗社变为丘墟,意味着国家灭亡。

〔12〕孰与:比对方如何,表示疑问语气。用于比照。

〔13〕不臣之虏:指西夏。不臣,不称臣屈服。西夏国主本来接受宋的册封,但仁宗宝元元年(1038)西夏王元昊称帝,故谓之"不臣"。

〔14〕强大之邻:指辽,为契丹族政权。唐末阿宝机统一各部,建立国家,趁中原内乱,割走燕、云之地,后来对北宋王朝形成极大威胁。

〔15〕非特:不仅、不只。《韩非子·六反》:"此非特无术也,又乃

无行。"

〔16〕"自西羗叛命"句:西羗,指西夏。宝元元年(1038)李元昊叛宋,本文作于庆历二年(1042),正及四年,故云。参见《宋史纪事本末》卷三十。

〔17〕智者不能善其后:原文见《孙子兵法》。其《作战篇》中说:"夫钝兵挫锐,屈力殚货,则诸侯乘其弊而起,虽有智者,不能善其后。"

〔18〕夙夜:朝夕,日夜。《尚书·旅獒》:"夙夜罔或不勤。"孔安国传:"言当早起夜寐。"

〔19〕延访:延请求教、请教。

〔20〕於(wū乌)邑:忧愤郁结、忧懑压抑。

〔21〕垂信:垂的本义是"悬挂"。垂信,这里指展示自己的政策前后一贯,可以信任。

〔22〕竦:肃敬、恭敬。《说文解字·立部》:"竦,敬也。"

〔23〕窃语:私下里交谈。

〔24〕既而:时间副词。犹不久。信然:果然如此。

〔25〕沮:诋毁、诽谤。

〔26〕诎(chù亄):贬低、贬退。

〔27〕爵赏:爵禄和赏赐。

〔28〕因缘:攀附、勾结。《汉书·王莽传》:"奸虐之人,因缘为利,至略卖人妻子,逆天心,悖人伦。"

〔29〕内降:自宫内皇帝直接批旨或处分,不经过中书或三省,直接附有司施行者,又称"中旨"。

〔30〕斜封:不经中书、门下条拟。由内廷直接下达的封授。李上交《近事会元·斜封》:"唐睿宗景云元年八月,以中宗时官爵逾滥,因依妃主墨敕而受官者,时谓斜封,禁之。"

〔31〕威柄自出:自己掌握权力,大权未曾旁落。

27

〔32〕纲纪:法度、纲常。《汉书·礼乐志》:"夫立君臣,等上下,使纲纪有序,六亲和睦,此非天之所为,人之所设也。"

〔33〕德音:用以指帝王的诏书。至唐宋,诏敕之外,别有德音一体,用于施惠宽恤之事,犹言恩诏。

〔34〕不阿:不曲从、不逢迎。

〔35〕责:要求。

〔36〕私昵:指所亲近、宠爱的人。《尚书·说命上》:"官不及私昵,惟其能;爵罔及恶德,惟其贤。"挠:扰乱、阻挠。

〔37〕赐与:即赐予。指常赐以外的特殊恩赐。《周礼·天官·大府》:"币余之赋,以待赐予。"郑玄注:"赐予,即好用也。"孙诒让正义:"凡赐有常赐,有好赐。常赐者,岁时颁赐,著于秩籍者;好赐则常赐之外,以恩泽特受赐,非恒典也……此赐予专据好赐言也。凡经云赐予者,并为好赐。"

〔38〕劝:激励。

〔39〕比年:近年。《三国志·魏书·锺会传》:"比年以来,曾无宁岁。"

〔40〕内帑(tǎng 躺):乾德三年(695),宋太祖于讲武堂后置内库,掌岁终国用赢余钱物,以备军用和灾荒,号"封桩库",宋太宗太平兴国三年(978)改为景福内库。帑,指国家收藏财物的仓库,又可指钱币、财物。内帑,即内库。

〔41〕匮:空乏。

〔42〕公帑:公款。

〔43〕宿兵:驻扎军队,指长久的陷于战争状态。西夏元昊称帝,宋廷随即下诏征讨,双方争战不休,至庆历四年(1044)始达成和议。

〔44〕寖(jìn 晋):逐渐。

〔45〕王珪:北宋大臣。《续资治通鉴长编》卷一百二十九宋仁宗康

定元年(1040)十月"甲午,赐泾州驻泊都监、礼宾副使王珪名马二匹、黄金三十两、裹疮绢百匹,仍遣使抚谕之。复下诏暴其功塞下,以励诸将"。又卷一百二十八记王珪以三千之众,遇西夏大军,自己负伤,战马也被弓矢射中,仍然坚持作战。

〔46〕寤:醒悟、觉醒。

〔47〕更始:重新开始,除旧布新。《逸周书·月令》:"数将几终,岁将更始。"

〔48〕无任:敬词。犹不胜。旧时多用于表状、章奏或笺启、书信中。战汗:恐惧出汗。激切:激烈直率。俟命:等待命令。这几句都是奏疏结尾的套语。

宋　祁

宋祁(998—1061),字子京,安州安陆(今湖北安陆)人,后徙居开封雍丘(今河南杞县)。天圣二年(1024)与兄郊(后更名庠)同登进士第,历任大理寺丞、国子监直讲。庆历元年(1041)出知寿州,二年徙陈州,三年,还知制诰。为翰林学士,四年,兼侍读学士,五年,改龙图阁学士、史馆修撰。与欧阳修同修《唐书》。皇祐三年(1051)出知亳州,四年,迁礼部侍郎,徙定州。嘉祐元年(1056),知益州,五年,入判尚书都省,拜翰林学士承旨。《唐书》成,进工部尚书,拜翰林学士承旨。嘉祐六年(1061)卒,年六十四,谥景文。宋祁博学能文,自布衣时即名动天下,著述宏富,然多散佚,四库馆臣辑有《宋景文集》六十二卷,孙星华又辑《宋景文集拾遗》二十二卷。《宋史》卷二百八十四有传。

庆历兵录序[1]

世之言兵者,本之轩辕时[2]。书缺有间矣,夏、商以来[3],乃能言之。缘井田[4],作乘车[5],即乡为军,因田为搜[6],周法则然。外制郡国,内强京师,兵非虎符不得发[7],汉法则然。开府籍军,混兵于农,使士皆土著,有格死无叛上,唐法则然[8]。然晚周力分诸侯,其弊弱者常分,暴者常并,故公国相轧而亡[9]。汉衰,权假强臣,其弊势侔则疑[10],力寡则随[11],故僭邦鼎峙而立[12]。唐季,乱生置帅[13],其弊乐姑息[14],厌法度,故群不逞[15],糜溃而争。由是观之,始未尝不善而后稍陵迟也[16]。宋兴,划五姓余乱[17],一天下之权。僭藩纳地[18],梗帅婴法[19],经武制众,罔不精明。凡军有四:一曰禁兵,殿前、马、步三司隶焉[20]。卒之锐而剽者充之[21],或挽强[22],或蹋张[23],或戈船突骑[24],或投石击刺,故处则卫镇[25],出则更戍[26]。二曰厢兵,诸州隶焉。卒之力而悍者募之。天下已定,不甚恃兵[27],惟边蛮夷者,时时与禁兵参屯,故专于服劳[28],间亦更戍。三曰役兵,群有司隶焉[29]。人之游而惰者入之。若牧置,若漕挽,若管库,若工技[30],业一事专,故处而无更,凡军有额[31],居有营[32],有常廪[33],有横赐[34]。四曰民兵,农之健而材者籍之。视乡县大小而为之数,有部曲[35],无营壁,阙者辄补,岁一阅焉,非军兴不得擅行。此国家制军人抵如此。然兵九常帅,帅九常镇[36],权不外假,力不他分,此其所以维万方[37],憺四夷[38],鼓行无前,而对天下者也[39]。庆历五年,今参预贰卿济阳丁公以壮猷宿望[40],进使枢省[41]。惟是本兵柄,按军志,无不在焉。而丛纷几阁[42],非甚有纪。公乃搜次首末,钩考纤微[43]。掇其攻守战者为《禁兵》、《民兵》、《兵录》五篇。合群曹所分[44],擿诸条所隐[45],汇而联之,部分班如也[46];离而判之,区处戢如也[47]。弥众而易见,愈详而不繁。虽伍符猥并,边锁曲折,岁列废置,月比耗登,披文指要,坐帷而判。盖简稽之决要[48],搜乘之总凡[49]。录成,乃上于官,且俾序作者之意[50]。谨按《军篇》之首,公各述所由,前创后因,圣继神承,既有第矣;近卫别录,示有尊也;余军不载,略所缓也。文约事明,成一王法[51]。惟公达练多闻,以忠力自结于上,处机宥不周岁[52],擢贰铉台[53],曝诚明[54],翊权纲[55],有德有言,天子之宝臣欤。

《湖北先正遗书》本《宋景文集》卷四十五

〔1〕庆历五年(1045)枢密副使丁度整理相关文件,成《庆历兵录》,详细记载了宋代的兵制,这是宋祁在庆历六年应丁度之邀而写的序文,时丁度为参知政事,宋祁任龙图阁学士、史馆修撰。本文先历叙历代兵制,指出其特点与不足,后又详论宋初兵制防微杜渐之法,文中列举了宋初军队设置的四种方式,即禁兵、厢兵、役兵和民兵,指出其各自的特点和作用,肯定这一"兵无常帅、帅无常镇、权不外假、力不他分"军队系统有利于中央对军队的控制。本文还称赞丁度作《庆历兵录》的功劳,赞其"有德有言",不愧为国家重臣。宋祁是著名史学家,是《新唐书》的主要作者之一,本文既有历史眼光,也体现了《新唐书》事增文省、简洁有序的行文风格。

〔2〕轩辕:即黄帝。《汉书·艺文志》著录兵书五十三家,其中有《黄帝十六篇》。至宋时或已亡佚,故下文说:"书缺有间。"

〔3〕夏:朝代名,即夏后氏。是我国历史上第一个朝代。相传为禹子启所创立。商:朝代名。公元前十六世纪商汤灭夏所建,都亳(今河南商丘)。中经几次迁都,盘庚时迁殷(今河南安阳县小屯),因亦称殷。传至纣,为周武王所灭。

〔4〕井田:古代的一种土地制度。以方九百亩为一里,划为九区,形如"井"字,故名。其中为公田,外八区为私田,八家均私百亩,同养公田。公事毕,然后治私事。

〔5〕乘车:一种战斗组织。战车一乘(一车四马),有甲士三人,步卒七十二人。

〔6〕因田为搜:搜,检阅,春猎为搜。借围猎的机会检阅军队。

〔7〕虎符:古代帝王授予臣下兵权和调发军队的信物,为虎形。背有铭文,剖为两半,右半留中央,左半给予地方官吏或统兵的将帅。调发军队时,朝廷使臣须持符验对,符合,始能发兵。

〔8〕"开府籍军"五句:唐代前期施行府兵制,是一种兵农合一的军事制度。参见《息戍》注〔28〕。

〔9〕相轧:相互倾轧、攻击。

〔10〕侔:相等。疑:通"擬",即"拟"的繁体字,是比拟、类比的意思。势侔则疑,意谓权臣如果势力强大到可以和天子抗衡,那么就会有类拟天子之心,即不臣之心。《吕氏春秋·慎势》:"故先王立法,立天子,不使诸侯疑焉;立诸侯不使大夫疑焉……疑生争,争生乱。"陶鸿庆注云:"'疑'皆读为'擬',谓相比擬也。"

〔11〕隋:隋的简化字,"隋"通"惰"。结合前句,这里意谓,权臣力量大则比拟天子,力量不够大,则惰息不尽心。

〔12〕僭:超越本分。

〔13〕帅:各地节度使。唐末节度使不受中央节制,唐王朝有名无实,最终灭亡。

〔14〕姑息:无原则的宽容。李肇《唐国史补》卷中:"德宗自复京阙,常恐生事,一郡一镇,有兵必姑息之。"

〔15〕不逞:泛指为非作歹。

〔16〕稍:副词,有很、甚之义。陵迟:败坏、衰败。

〔17〕五姓:指五代。

〔18〕僭藩:各地割据势力。

〔19〕梗帅:各地豪横的节度使。婴法:受制于法。

〔20〕三司:北宋禁军的最高指挥机构,即殿前司、侍卫亲军马军司、侍卫亲军步军司。三司互不统属,直接隶属于皇帝。

〔21〕锐:精锐的士兵。剽:强悍。

〔22〕挽强:挽强弓。

〔23〕蹋张:用脚踩踏弩的机括而发箭。

〔24〕戈船:古代战船的一种。突骑:用于冲锋陷阵的精锐骑兵。

〔25〕卫镇:卫戍、镇守。

〔26〕更:轮番、更迭。

〔27〕恃:依靠。

〔28〕服劳:服事效劳,主要负责地方治安。

〔29〕有司:各政府部门。

〔30〕"若牧置"四句:役兵主要从事各种杂役。诸如放牧、漕运、管理仓库、各种制作工作等。

〔31〕额:规定的数目。

〔32〕营:营房。

〔33〕常廪:俸禄。

〔34〕横赐:额外的赐予。

〔35〕部曲:部队的编制单位。这里指民兵也有一定的组织单位。

〔36〕"然兵无"二句:北宋规定禁军必须在各地轮番调动、驻扎,不专守一处。这样各地将领就不能保持对军队的长期控制,从而避免形成私人武装集团。这是宋代保证中央朝廷对军队的绝对控制权而采取的举措。

〔37〕万方:指天下各地。

34

〔38〕惮(dān 丹):安定。四夷:泛指外族。

〔39〕鼓行:击鼓行军。

〔40〕丁公:丁度,字公雅,恩州清河人。参预:即参知政事。丁度庆历五年(1045)四月除枢密副使,六年七月迁参知政事。本文写于庆历六年,故云"今参预"。贰卿:指侍郎。古代尚书称卿,侍郎副之,故称贰卿。丁度任枢密副使和参知政事时的寄禄官都是工部侍郎,故云。

〔41〕枢省:枢密院,专掌兵事。

〔42〕丛纷:杂乱。几阁:桌子和橱柜。

〔43〕搜次:搜集整理。钩考:探求考核。

〔44〕群曹:分科办事的官署或部门。

〔45〕摘(tī 踢):揭示。

〔46〕部分:分别,条分类举。班:明显、明白。

〔47〕戢(jí 集):收敛、收藏。

〔48〕简稽:查核、考察。决要:关键。

〔49〕搜乘:检阅兵车,指查检军队的情况。总凡:概括。

〔50〕俾(bǐ 比):使。

〔51〕成一王法:谓一代之法。《汉书·儒林传序》:"(孔子)缀周之礼,因鲁《春秋》,举十二公行事,绳之以文之道,成一王法,至获麟而止。"

〔52〕机宥(yǒu 有):指枢密院。枢密院掌兵事机要,又称"宥府"。

〔53〕铉(xuàn 绚)台:铉,举鼎的器具。四古代以台鼎喻三公之位,后用"铉"来代替"鼎"。来指宰相职位。

〔54〕曝:表白、显示。

〔55〕翊(yì 艺):辅助。

35

杜甫传赞[1]

赞曰：唐兴，诗人承陈、隋风流，浮靡相矜[2]。至宋之问、沈佺期等[3]，研揣声音[4]，浮切不差[5]，而号律诗[6]，竞相沿袭。逮开元间[7]，稍裁以雅正[8]。然恃华者质反[9]，好丽者壮违[10]。人得一概[11]，皆自名所长[12]。至甫浑涵汪茫，千汇万状，兼古今而有之。它人不足，甫乃厌余。残膏剩馥[13]，沾丐后人多矣[14]。故元稹谓："诗人以来未有如子美者。"[15]甫又善陈时事[16]，律切精深，至千言不少衰[17]，世号"诗史"。昌黎韩愈于文章慎许可[18]，至歌诗，独推曰："李杜文章在，光焰万丈长。"[19]诚可信云。

中华书局1975年点校本《新唐书》卷二百零一

[1] 这是宋祁为《新唐书·杜甫传》写的赞文。在简短的篇幅中，作者评述了初盛唐诗歌发展的历史，高度评价了杜甫诗歌的成就，指出杜甫之诗兼备古今诗歌众体之长，善陈时事，多宏篇巨制，格律精深，具有崇高的历史地位。特别是在正史中正式提出"诗史"说和"李杜并称"说，对宋代及后世的诗歌理论产生了极大影响。

[2] 陈、隋风流：这里主要指六朝的文风。风流，犹遗风、流风余韵。浮靡：浮艳绮靡。矜：自夸。

[3] 宋之问（？—713）：一名少连，字延清，汾州西河（今山西汾阳）人。高宗上元二年（675）登进士第，中宗时为修文馆学士。则天朝谄事张易之等人，睿宗继位，诛死。沈佺期（656？—714？）：字云卿，相州内黄

(今属河南)人。与宋之问同年登进士第,武后时,为通事舍人,谄事张易之,中宗神龙元年(705),被流放至骧州,遇赦还,神龙三年(707)为修文馆学士,后历中书舍人、太子少詹事,开元初卒。工诗,与宋之问齐名,时称"沈宋"。

〔4〕研揣:研究揣摩。

〔5〕浮切:浮声与切响。指字音的轻、重声。一说浮声即平声,切响即仄声。《宋书·谢灵运传论》:"若前有浮声,则后须切响。"不差:无差错。

〔6〕律诗:诗体名。近体诗的一种。起源于南朝,成熟于唐初。格律要求严格。

〔7〕开元:唐玄宗年号,713—741。

〔8〕稍:逐渐。裁:节制、约束。《毛诗序》云:"言天下之事,形四方之风,谓之雅。雅者,正也。"后用雅正指典雅纯正的文风。

〔9〕华:华美、有文采。质:朴实。这是两种差异很大的文风。

〔10〕丽:绮丽。壮:豪迈的文风。

〔11〕一概:一端、一方面。王充《论衡·问孔》:"今宰予虽无力行,有言语。用言,令行缺,有一概矣。"

〔12〕自名:以某方面的成就而闻名。

〔13〕残膏剩馥:犹余泽。剩余的美好事物。

〔14〕沾丐:谓给人以利益。"丐"通"溉"。

〔15〕元稹(779—831):字微之。中唐时期著名诗人。所引语见其《唐故工部员外郎杜君墓系铭序》中。

〔16〕时事:当时的政事、世事。杜甫诗歌中,有许多反映时事的作品,代表作有《自京赴奉先县咏怀五百字》、《北征》、"三吏"、"三别"等。

〔17〕不少衰:辞气不衰。元稹《唐故工部员外郎杜君墓系铭序》中称赞杜诗:"铺陈终始,排比声韵,大或千言,次犹数百。词气豪迈,而风

调清深;属对律切,而脱弃凡近。"

〔18〕韩愈(768—824):中唐著名诗人、政治家。河南河阳(今河南孟州)人,昌黎为其郡望。慎:谨慎、慎重。

〔19〕"李杜"句:韩愈《调张籍》:"李杜文章在,光焰万丈长。不知群儿愚,那用故谤伤。蚍蜉撼大树,可笑不自量。"

录田父语[1]

岁维孟冬[2],京县大穰[3];户既还定[4],乡无捐瘠[5],室家溱溱[6],厥声载路[7]。于是先生命从者具柴毂[8],适野而观之。汁者满箐[9],秭者如茨[10],盍者弗仇饷[11],钼者无德色[12]。籴不闭邻[13],输不争承[14],欣欣然以尽四友之敏[15]。先生乃揖田父[16],进而劳之曰[17]:"丈人甚苦暴露[18],勤且至矣,虽然,有秋之时[19],少则百囷[20],大则万箱[21]。或者其天幸然!其帝力然[22]!"

田父俯而笑,仰而应,曰:"何言之鄙也[23]!子未知农事矣[24]。夫春膏之烝[25],夏阳之暴[26],我且踦跂竭作[27],扬芟捽屮[28],以趋天泽。秋气含收,冬物盖藏,我又州处不迁[29],亟屋除田[30],以复地力。今日之获,自我得之,胡'幸'而'天'也?且我俯有拾,仰有取[31],合锄以时[32],衰征以期[33],阜乎财求[34],明乎实利,吏不能夺吾时[35],官不能暴吾余[36]。今日乐之,自我享之,胡'力'而'帝'也?吾春秋高,阅天下事多矣,未始见不昏作而邀天幸[37],不强勉以希帝力也[38]。"遂去不顾。

　　先生引车而归,从者曰:"夫子何让也?我直彼曲,请得还辩之。"先生曰:"不可。浅丈夫悻悻然[39],盗天功以私己力,乃自记之矣。奚独父之诛焉[40]?"

《湖北先正遗书》本《宋景文集拾遗》卷十五

　　[1] 这是一篇颇有思想的文章,类似于后世的杂文。本文通过和田父的问答,展开全文。作者写道,在一个丰收后的冬天,先生(或许有作者的影子在内)来到乡下,看到一片丰收后的富足景象感到十分欣慰,于是向一位老农表示慰问,并且询问丰收的原因是上苍的眷顾还是帝王的功劳,此问遭到老农激烈的反驳,他说丰收是我们农民辛勤劳作的结果,既无关于天时,又不借乎帝力。先生听后,深受启发。本文主要化用了古代(帝尧时)击壤老人的故事。王充《论衡》卷五曰:"尧时,五十之民击壤(一种游戏)于途,观者曰:'大哉尧之德也。'击壤者曰:'吾日出而作,日入而息,凿井而饮,耕田而食,尧何等力。'"晋人皇甫谧《帝王世纪》、《高士传》记载略同,唯老人年龄作"八十"。《录田父语》实际上是"击壤"故事的翻版。本文结尾,用介之推不贪天之功为己功的典故(见《左传》的相关记载),肯定了农民的创造力和贡献。婉转地批评了某些人"盗天功以私己力"的行为。

　　[2] 维:助词,用于句中或句首,无实义。孟冬:冬季的第一个月,农历十月。

　　[3] 京县:国都所辖之县。泛指京畿。穰(rǎng 嚷):丰收。

　　[4] 还定:指安定。《诗经·小雅·鸿雁》之小序云:"《鸿雁》,美宣王也。万民离散,不安其居,而能劳来还定安集之,至于矜寡,无不得其所焉。"

39

〔5〕捐瘠:《汉书》卷二十四:"故尧、禹有九年之水,汤有七年之旱,而国亡捐瘠者,以畜积多而备先具也。"颜师古注云:"瘠,瘦病也。言无相弃捐而瘦病者耳。"

〔6〕室家溱溱:语见《诗经·小雅·无羊》。毛传云:"溱溱,众也。"

〔7〕厥声载路:语见《诗经·大雅·生民》。载,满;载路,充满于道路,谓遍布四处。

〔8〕柴毂:柴车。泛指身份低微者所乘之车。《后汉书·袁绍传》:"士无贵贱,与之抗礼,辎軿柴毂,填接街陌。"李贤注:"柴毂,贱者之车。"

〔9〕汁:不详。但《史记·滑稽列传》中有"汙邪满车"之说,张守节正义:"汙邪,下地田也。"则此处之"汁"或即"汙"之误字。满篝:《史记·滑稽列传》:"瓯窭满篝,汙邪满车。"张守节正义:"窭音楼,篝音沟,笼也。瓯楼谓高地狭小之区,得满篝笼也。"意谓丰收。

〔10〕稆(lǔ屡):野生的稻谷。茨(cí词):堆积,填塞。

〔11〕馌(yè业):往田野送饭。《诗经·豳风·七月》:"同我妇子,馌彼南亩。"毛传:"馌,馈也。"仇(chóu愁)饷:谓杀饷者而夺其食物。饷,用食物等款待。《尚书·仲虺之诰》:"乃葛伯仇饷,初征自葛。"孔安国传:"葛伯游行,见农民之饷于田者,杀其人,夺其饷,故谓之仇饷。仇,怨也。"

〔12〕鉏:通锄。德色:《汉书·贾谊传》:"商君遗礼义,弃仁恩,行之二岁,秦俗日败……借父耰鉏,虑有德色。"颜师古注:"耰,摩田器也,言以耰及鉏借与其父,而容色自矜为恩德也。耰音忧。"

〔13〕籴(dí迪):买进谷物。《公羊传·庄公二十八年》:"臧孙辰告籴于齐。"何休注:"买谷曰籴。"籴不闭邻,即不闭邻籴。

〔14〕输:交出;献纳。这里指交赋税。争承:意谓争多争少,不愿多出。语出《左传·昭公十三年》:"及孟,子产争承。"杜预注:"承,贡赋之

次。"孔颖达正义:"承者,奉上之语。后承前,下承上,故以承为次。争贡赋之次,言所出贡赋多少之次,当承何国之下,故言争承也。郑众云:争所为承次贡赋之轻。"

〔15〕四友之敏:或云"友"当作"支",即肢也。《国语·齐语》:"尽其四支之敏,以从事于田野。"可通。

〔16〕揖:拱手行礼。

〔17〕劳:慰劳。

〔18〕暴露:露在外面,无所遮蔽。这里指在野外劳动。

〔19〕有秋:指丰收、有收成、丰年。《尚书·盘庚上》:"若农服田力穑,乃亦有秋。"

〔20〕囷(qūn 逡):圆形的仓库。

〔21〕箱:指车厢。语出《诗经·小雅·甫田》:"乃求千斯仓,乃求万斯箱。"

〔22〕帝力:帝王的作用或恩德。

〔23〕鄙(bǐ 比):浅陋。

〔24〕农事:指耕耘、收获、贮藏等农业生产活动。《礼记·月令》:"(季秋之月)乃命冢宰,农事备收。"

〔25〕春膏之烝:指春天土地湿润肥沃。《国语·周语》:"阳气俱蒸,土膏其动。"韦昭注:"蒸,升也。膏,润也。其动,润泽欲行也。"

〔26〕夏阳:夏季的阳光。暴:暴晒。

〔27〕踦跂(yī qì 以气):行走困难貌。竭作:尽力劳作。

〔28〕芟(shān 山):大镰,除草工具。捽(zuó 昨):揪。屮(cǎo 草):"草"的古字。

〔29〕州处:聚居。《国语·齐语》:"处工就官府,处商就市井,处农就田野,令夫士群萃而州处。"韦昭注:"州,聚也。"

〔30〕亟屋:《诗经·豳风·七月》:"亟其乘屋。"毛传:"亟,急;乘,

41

治也。七月定星将中,急当治野庐之屋。"除田:整治田地。《管子·山国轨》:"春十日不害耕事,夏十日不害芸事,秋十日不害敛实,冬二十日不害除田。此之谓时作。"

〔31〕"且我俛有拾"二句:言节俭也。《史记·货殖列传》:"鲁人俗俭啬,而曹邴氏尤甚,以铁冶起,富至巨万。然家自父兄子孙约,俛有拾,仰有取。"

〔32〕合锄:两人各持一耜并肩而耕,指相互佐助。《周礼·地官·里宰》:"以岁时合耦于锄,以治稼穑。"郑玄注:"《考工记》曰:'耜广五寸,二耜为耦。'此言两人相助耦而耕也。"

〔33〕衰(cuī 崔)征:视土地之差等以征税。《国语·齐语》:"相地而衰征,则民不移。"韦昭注:"衰,差也。视土地之美恶,及所生出,以差征赋之轻重也。"

〔34〕阜:富有、丰富。

〔35〕夺吾时:使我不能按时进行劳动。

〔36〕暴吾余:不详。或谓用暴力夺取我劳动所获得的粮食。

〔37〕昏(mǐn 敏)作:勤勉劳作。

〔38〕强(qiǎng 抢)勉:努力、尽力而为。

〔39〕悻悻然:刚愎傲慢貌。

〔40〕"奚独"句:何必单单责备这个田父呢?独,只、单。父,即文中的田父。诛,指责、责备。

蔡　襄

蔡襄(1012—1067),字君谟,号莆阳居士,仙游(今福建仙游)人,天圣八年(1030)进士及第。景祐三年(1036)为西京留守推官,时范仲淹等人以言事贬,蔡襄作《四贤一不肖》诗,称赞范仲淹等人,一时知名。后为馆阁校勘,庆历三年(1043)知谏院,支持范仲淹等人的改革,论事无所回挠。庆历四年,"庆历新政"失败,蔡襄出知福州。皇祐二年(1050)以右正言召,进知制诰,五年,获赐"君谟"二字。至和元年(1054)知开封,二年,知泉州。嘉祐五年(1060)入为翰林学士,治平二年(1065)出知杭州,治平四年卒。赠礼部侍郎,孝宗淳熙三年五月,赐谥"忠惠"。蔡襄为人忠厚正直,学识渊博,尤善书法,字体浑厚端庄,淳淡婉美,与苏轼、黄庭坚、米芾齐名,天下称"苏黄米蔡",为北宋书法四大家。清人刻有《宋端明殿学士蔡忠惠公文集》。《宋史》卷三百二十有传。

送黄子思寺丞知咸阳序[1]

　　天子之尊,下视民人,远绝不比[2]。然出政化[3],行德泽[4],使之速致而均被者[5],盖其所关行[6],有以始而终之者也。恶乎始[7]？宰相以始之[8]；恶乎终？县令以终之。辅相天子[9],施政化德泽,自朝廷下四方而止于县者,承其上之所施,然后周致于其民也[10]。近天子莫如相,相必得贤,故能辅其政化德泽之施也。近民莫如令,令无良焉,虽政教之美,德泽之厚,而民莫由致之也[11]。相近天子而令近于民,其势固殊然[12]。其相与贯连[13],以为本末[14],是必动而相济者也[15]。民知其所赖[16],而相休养以业其生[17],惟令而已。令之于民,察其土风井间[18],而别其善恶、强弱、富贫、勤堕、冤隐、疾苦[19],以条辨而均治之[20],使咸得其平焉[21],令之负岂轻也哉[22]!今之取令,率以岁年,不称其能否[23]。是故天下之令有贤有不贤,天下之民有幸有不幸。必尔尽天下之令无有不贤,则尽天下之民亦无有不幸矣。

子思黄君,业儒[24],以才名于时。前此为狱官[25],莅囚必直其情[26],而未尝以色语威之[27]。今之为县,从可知矣[28]。故予序其行,既属子思以为令之重[29],而又庆咸阳之民之幸也。

宋刻本《莆阳居士蔡公文集》卷二十一

[1] 黄孝先,字子思,浦城人。天圣二年(1024)进士及第,为广州尉。以善治狱迁大理丞,改知咸阳县。历太常博士,通判石州,卒。寺丞:这里指大理寺丞。宋初大理寺有判寺事、大理少卿为正、副长官,寺丞次之,协助处理各种案件。

[2] 不比:不可相比、不同于。

[3] 政化:政治和教化。《孔子家语·相鲁》:"强公室,弱私家,尊君卑臣,政化大行。"

〔4〕德泽：恩德、恩惠。《韩非子·解老》："有道之君，外无怨雠于邻敌，而内有德泽于人民。"

〔5〕"使之速致"句：之，代指上文的政化、德泽。致，达到。均，全面。被，覆盖。

〔6〕关行：关，是一种公文。关行，即发布公文，这里指行政的运作。

〔7〕恶乎始：始于何处。

〔8〕宰相：指历代辅助皇帝、统领群僚、总揽政务的最高行政长官。具体称谓各朝不同，宋初称"同中书门下平章事"。

〔9〕辅相：辅助、帮助。

〔10〕周：遍、遍及。

〔11〕"近民莫如令"五句：意谓如果县令不贤明的话，百姓就没有机会享受到皇帝的德泽。由：机会、办法。

〔12〕势：形势、地位。固：本来、原来。殊：不同。

〔13〕相与：一道、一起。

〔14〕本末：即上文所谓"始终"。意谓宰相和县令是行政运作得以实施、贯彻的关键。

〔15〕相济：互相帮助、促成。

〔16〕赖：依靠、凭借。

〔17〕业：从事。生：生活，生业。这句指百姓能安定地从事生产、安排生活。

〔18〕土风：当地的风俗。井间：市井、里巷。

〔19〕冤：枉曲、冤屈。隐：忧伤、疾苦。

〔20〕条辨：逐条辨析。南朝梁陶弘景《真灵位业图序》："事事条辨，略宣后章。"均：公平。

〔21〕咸：都。

〔22〕负：责任。

〔23〕取令:选择县令。岁年:以资历为标准。称:衡量。能否:有才能与否。

〔24〕业儒:以儒为业。这里指读书。

〔25〕狱官:黄孝先此前是大理寺丞,故云狱官。

〔26〕莅:治理。莅囚,审问囚犯。直其情:公正地了解其情况。

〔27〕色语:严厉的面目和语言。

〔28〕从:从而、因而。

〔29〕属:告诉。

石　介

石介(1005—1045),字守道,兖州奉符(今山东泰安东南)人。家居徂徕山下,故又称"徂徕先生"。石介为北宋著名理学家,与胡瑗、孙复被后人合称为"宋初三先生"。宋仁宗天圣八年(1030)进士,曾历任秘书省校书郎、郓州观察推官、镇南军节度掌书记、嘉州军事判官、国子监直讲等职。石介性格耿直,直言敢谏。曾参与范仲淹等人庆历间推行的"新政",写《庆历圣德颂》,指名道姓地品评人物、褒贬大臣,并因此获罪。有《徂徕石先生文集》二十卷,有陈植锷点校本。事见《欧阳文忠公集》卷三十四《徂徕先生墓志铭》,《宋史》卷四百三十二有传。

上颍州蔡侍郎书[1]

侍郎阁下:夫物生而性不齐[2],裁正物性者[3],天吏也[4];人生而材不备[5],长育人才者[6],君宰也。裁正而后物性遂[7],故曲者、直者、酸者、辛者、仆者、立者皆得其和[8],《易》曰:"乾道变化,各正性命"是也[9]。长育而后人材美,故刚者、柔者、恭者、舒者、急者,各得其中[10],《洪范》曰:"会其有极,归其有极"是也[11]。和谓之至道,中谓之大德[12]。中和而天下之理得矣。介者正所谓不合其中而不得其和者也。喜怒哀乐未发谓之中[13]，喜怒哀乐之将生，必先几动焉[14]。几者，动之微也，事之未兆也[15]。当其几动之时，喜也、怒也、哀也、乐也，皆可观焉[16]。是喜怒哀乐合于中也，则就之[17]；如喜怒哀乐不合于中也，则去之。有不善，知之于未兆之前而绝之，故发而皆中节也[18]。《易》曰："吉之先见。"[19]易不言凶而言吉者，其能知善、不善于几微之时，善则行之，不善则改之，凶何由而至也。介见天下之人有未得其治[20]，则愤闷发于内，而言语形于外。已暴著于外[21]，犹不知协于中邪？咈于事邪[22]？欲其吉之先见，发而皆中节，其得能乎？故凶、悔、吝常随之[23]。冬至集阙下[24]，有人密道阁下之语于介者，箴规训诫，丁宁切至，如听箕子"皇极"之义[25]，若闻孔思《中庸》之篇，释然大觉前日之非[26]。噫！天以刚方直烈之性授于介，不纳介于中。夫刚方直烈不以中辅之，暴残戕折，日可待矣。今阁下驱介归之于中，是天以刚方直烈付于介，阁下纳之令德也[27]；天欲暴残戕折于介[28]，而阁下赐之更生也[29]。介荷阁下仁育陶钧为至厚矣[30]，今西走蜀四千里，不敢以跋涉为劳，以平生未得一登阁下之门为恨，引首南望[31]，不胜拳拳之心[32]。不宣[33]。介再拜[34]。

中华书局1984年陈植锷点校本《徂徕石先生文集》卷十七

[1] 石介在当时被人目为"狂士"，这篇文章为请见之文，但言辞不卑不亢，颇有骨力。蔡侍郎：即蔡齐，字子思，莱州人。《宋史》卷二百八十六本传谓其"方重有风采，性谦退，不妄言"。蔡齐于景祐四年（1037）

罢为户部侍郎、知颍州,宝元二年(1039)卒,此文当作于宝元元年。

〔2〕性:本性。

〔3〕裁正:裁之使正。裁,本义为剪裁。

〔4〕天吏:本意指奉天治命的人,这里指天。语见《孟子·公孙丑上》:"无敌于天下者,天吏也。"赵岐注:"天吏者,天使之也。为政当为天所使,诛伐无道,故谓之天吏也。"

〔5〕材:资质、本能。

〔6〕长育:本义为养育,引申为培育、培养。

〔7〕遂:完成、成功。

〔8〕和:适中、恰到好处。

〔9〕"乾道变化"句:乾道,即天道。语见《易·乾·彖辞》,孔颖达正义云:"言乾之为道,使物渐变者,使物卒化者,各能正定物之性命。"

〔10〕中:合适,恰当。

〔11〕"会其有极"句:语见《尚书·洪范》,孔安国传:"言会其有中而行之,则天下皆归其有中矣。"孔颖达正义:"'会'谓集会,言人之将为行也,集会其有中之道而行之,行实得中,则天下皆归其为有中矣。"

〔12〕"和谓之至道"句:中和是儒家重要的观念,是中庸之道的主要内涵。儒家认为能"致中和",则天地万物均能各得其所,达于和谐境界。《礼记·中庸》:"喜怒哀乐之未发谓之中,发而皆中节谓之和;中也者,天下之大本也。和也者,天下之达道也。致中和,天地位焉,万物育焉。"

〔13〕"喜怒"句:语见《礼记·中庸》,孔颖达正义云:"言喜怒哀乐缘事而生,未发之时,澹然虚静,心无所虑而当于理,故'谓之中'。"

〔14〕几:多指事物的迹象、先兆。《易·系辞下》:"几者,动之微,吉之先见者也。"韩康伯注:"几者,去无入有,理而无形,不可以名寻,不可以形睹者也。"孔颖达正义:"几,微也,是已动之微。动,谓心动、事

49

动,初动之时,其理未著,唯纤微而已。"

〔15〕兆:本义指古人占卜时烧灼甲骨所呈现的预示吉凶的裂纹,引申为征兆。

〔16〕"当其"二句:这是说在喜怒等情绪未动之时,可以通过一些征象,即所谓的"几",来体察这些情绪。

〔17〕就:赴、到。与"去"相对。

〔18〕"有不善":这句话指在情绪未发之前,通过体察几兆,绝去其中不合乎中庸之道的部分,便能做到发而中节。中节:合乎礼义法度。

〔19〕吉之先见:语见《易·系辞下》,孔颖达正义:"此直云吉不云凶者,凡豫前知几,皆向吉而背凶,违凶而就吉,无复有凶,故特云吉也。"

〔20〕治:平顺、和顺。

〔21〕暴著:显露、昭著。

〔22〕咈(fú 浮):违背、违逆。这句是说自己情绪已发于言语行动之后,犹未能意识到它们是否合乎中和之道。更不用说,能体察先动之几兆,在其未发时就加以节制了。故下文说"其能得乎"。

〔23〕凶:形容死亡、灾难等不幸,与"吉"相对。悔:过失、灾祸。吝:悔恨、遗憾。

〔24〕阙下:即京城。冬至集阙下:北宋官员任期满后,每年冬季到吏部报道,等待分配新的职务。冬:当指景祐四年(1037)的冬天。石介于次年到嘉州军事判官任,作此文,则其获得任命当在本年。

〔25〕箕子:商纣的叔父,封于箕,故称箕子。今《尚书》有《洪范》篇,相传为其所作。皇极:即所谓大中至正之道。《尚书·洪范》:"五,皇极,皇建其有极。"孔颖达正义:"皇,大也;极,中也。施政教,治下民,当使大得其中,无有邪僻。"

〔26〕孔思:即子思(前483?—前402),名伋,是孔子的孙子。相传《中庸》是其所作。

50

〔27〕令：美好。

〔28〕暴残：欺凌残害。戕折：仓卒。谓非常事变。这都是指极坏的遭遇。

〔29〕更生：再生、再起。

〔30〕仁育：以仁德教化培育。陶钧：本指制作陶器所用的转轮，这里是比喻陶冶、造就。

〔31〕引首：伸长头颈，多形容盼望。

〔32〕拳拳：形容诚挚。

〔33〕不宣：谓不　　细说。旧时书信末尾常用此语。语出杨修《答临淄侯笺》："反答造次，不能宣备。"

〔34〕再拜：敬词。旧时用于书信的开头或末尾。

辨 惑[1]

吾谓天地间必然无者有三：无神仙、无黄金术[2]、无佛。然此三者，举世人皆惑之[3]，以为必有，故甘心乐死而求之[4]。然吾以为必无者，吾有以知之[5]。大凡分天下而奉之者[6]，一人也[7]。莫崇于一人[8]，莫贵于一人，无求不得其欲[9]，无取不得其志。天地间苟所有者，惟不索焉[10]，索之，莫不获也。秦始皇之求为仙[11]，汉武帝之求为黄金，萧武帝之求为佛[12]，勤已至矣。而秦始皇帝远游死[13]，萧武帝饿死，汉武帝铸黄金不成[14]。推是而言[15]，吾知必无神仙也，必无佛也，必无黄金术也。

中华书局 1984 年陈植锷点校本《徂徕石先生文集》卷八

〔1〕文章以秦始皇求神仙、汉武帝求黄金术、梁武帝佞佛为例,批驳世人求仙、求佛、求长生之术虚妄。作者用笔简洁,文风廉悍。

〔2〕黄金术:这里指长生术。据《史记·封禅书》,汉武帝时有李少君者,善方术,上言云:"祠灶则致物,致物而丹沙可化为黄金,黄金成,以为饮食器则益寿,益寿而海中蓬莱仙者乃可见,见之以封禅,则不死,黄帝是也。"于是,武帝"始亲祠灶,遣方士入海求蓬莱、安期生之属,而事化丹沙诸药剂为黄金矣"。

〔3〕惑:指迷惑。

〔4〕乐死:以死为乐。不惜以死为代价。

〔5〕有以:有原因、有道理。《诗经·邶风·旄丘》:"何其久也?必有以也。"

〔6〕穷:穷尽。奉:供给、奉献。

〔7〕一人:古代称天子。亦为天子自称。语出《尚书·周官》。

〔8〕崇:高贵。

〔9〕得:得到、满足。

〔10〕惟:助词。也作"唯"、"维"。用于句首,无实义。索:索取。

〔11〕"秦始皇"句:《史记·始皇本纪》,始皇二十八年(前219),"齐人徐市(fú浮)等上书,言海中有三神山,名曰蓬莱、方丈、瀛洲,仙人居之。请得斋戒,与童男女求之。于是遣徐市发童男女数千人,入海求仙人"。

〔12〕"萧武帝"句:萧武帝,即梁武帝萧衍(464—549),字叔达。他迷信佛教,三次舍身同泰寺为奴,寺院遍境内。太清二年(548),他接纳东魏叛将侯景。八月,侯景又叛梁,围攻京城。武帝困守台城。城陷,饿死。

〔13〕远游死:《史记·封禅书》:"始皇南至湘山,遂登会稽,并海

上,冀遇海中三神山之奇药。不得,还至沙丘,崩。"

〔14〕汉武铸黄金不成:据《史记·封禅书》,武帝听信少君之言,冀求化丹沙诸药剂为黄金,不久,少君死,而黄金未成。后又任用方术栾大,封为五利将军,亦无效验。

〔15〕推:推断、推论。推是,由此推断。

王禹偁

王禹偁(954—1001),字符之,巨野(今山东巨野)人。出身农家,宋太宗太平兴国八年(983)进士。历官左司谏、知制诰、翰林学士,人品文章,皆为时所称道。《宋史》曰:"禹偁词学敏赡,遇事敢言,喜臧否人物,以直躬行道为己任。"曾三次被贬,作《三黜赋》明志。他反对五代以来的浮靡文风,提倡文学韩愈、柳宗元,诗宗杜甫、白居易。其所作诗文,风格简淡,对扭转当时文风,起了一定的推动作用,是宋代古文运动的先驱之一。有《小畜集》、《小畜外集》。《宋史》卷二百九十三有传。

待漏院记[1]

天道不言[2],而品物亨、岁功成者[3],何谓也?四时之吏[4]、五行之佐[5],宣其气矣[6]。圣人不言[7],而百姓亲[8]、万邦宁者[9],何谓也?三公论道[10],六卿分职[11],张其教矣[12]。是知君逸于上[13],臣劳于下[14],法乎天也[15]。古之善相天下者[16],自咎、夔至房、魏[17],可数也。是不独有其德,亦皆务于勤耳[18]。况夙兴夜寐[19],以事一人,卿大夫犹然[20],况宰相乎?朝廷自国初[21],因旧制[22],设宰臣待漏院于丹凤门之右[23],示勤政也。至若北阙向曙[24],东方未明,相君启行[25],煌煌火城[26]。相君至止,哕哕鸾声[27]。金门未辟[28],玉漏犹滴[29]。撤盖下车[30],于焉以息[31]。待漏之际,相君其有思乎?其或兆民未安[32],思所泰之[33];四夷未附,思所来之[34];兵革未息[35],何以弭之[36];田畴多芜,何以辟之;贤人在野,我将进之;佞人立朝[37],我将斥之;六气不和[38],灾眚荐至[39],愿避位以禳之[40];五刑未措[41],欺诈日生,请修德以厘之[42]。忧心忡忡[43],待旦而入[44]。九门既启[45],四聪甚迩[46]。相君言焉,时君纳焉。皇风于是乎清夷[47],苍生以之而富庶。若然,则总百官[48],食万钱[49],非幸也,宜也。其或私仇未复,思所逐之;旧恩未报,思所荣之;子女玉帛[50],何以致之;车马器玩,何以取之;奸人附势,我将陟之[51];直士抗言,我将黜之[52]。三时告灾[53],上有忧色,构巧词以悦之[54];群吏弄法,君闻怨言,进谄容以媚之[55]。私心慆慆[56],假寐而坐[57],九门既开,重瞳屡回[58]。相君言焉,时君惑焉。政柄于是乎隳哉[59],帝位以之而危矣。若然,则死下狱[60],投远方[61],非不幸也,亦宜也。是知一国之政,万人之命,悬于宰相,可不慎欤?复有无毁无誉,旅进旅退[62],窃位而苟禄[63],备员而全身者[64],亦无所取焉。

棘寺小吏王某为文[65],请志院壁[66],用规于执政者[67]。

《四部丛刊》本《小畜集》卷十六

〔1〕待漏院是百官早晨入宫等待朝见皇帝的地方。漏指滴漏,古代计时工具。本文通篇运用对比手法,劝说宰相应当勤政爱民,大公无私,使天下归于太平,人民生活幸福安康,而不可私欲膨胀,媚君固位,败乱国政,或尸位素餐,庸碌无为。全文骈散兼用,笔致流畅,义正辞严,针对性极强。当作于宋太宗淳化(990—994)初年王禹偁兼任大理寺判官时期。

〔2〕天道:大自然的运行变化。

〔3〕品物:众物、万物。亨:通达顺利。品物亨,指万物蓬勃生长。岁功:一年农事的收获。岁功成,指一年的农产品丰收。

〔4〕四时之吏:指司四时之神,他们助天为治,故曰吏。据《礼记·乐令》记载,分别指春神句芒、夏神祝融、秋神蓐收、冬神玄冥。

〔5〕五行之佐:指掌管金、木、水、火、土之神。

〔6〕宣其气:泄导阴阳四时之气。

〔7〕圣人:皇帝。

〔8〕亲:亲和。

〔9〕万邦宁:万国安宁、天下太平。

〔10〕三公:周代三公有两说,一说是司马、司徒、司空;一说是太师、太傅、太保。西汉以丞相(大司徒)、太尉(大司马)、御史大夫(大司空)合称三公。东汉以太尉、司徒、司空合称三公,为共同负责军政的最高长官。唐宋仍沿此称,但已无实际职务。论道:讨论治国的方略。

〔11〕六卿:《周礼》将执政大臣分为六官,即天官、地官、春官、夏官、秋官、冬官,亦称六卿。后世往往称吏、户、礼、兵、刑、工六部尚书为六卿。此指朝廷各部主事的长官。

〔12〕张:施行、举用。教:教导、感化。

〔13〕君逸于上:人君高高在上,无为而治。逸:闲适、安乐。

〔14〕臣劳于下:人臣勤于王事,十分辛苦。

〔15〕法乎天:效法天地自然之理。

〔16〕善相(xiàng向)天下者:相,辅佐。善于辅佐君王治理天下的大臣。

〔17〕"自咎、夔"句:咎,通"皋",即皋陶(yáo姚)。夔,后夔。二人均为帝舜的贤臣。房、魏,唐太宗时的著名宰相房玄龄和贤臣魏徵。

〔18〕务于勤:忠于职守、勤奋工作。

〔19〕夙兴夜寐:起早贪黑地工作。《诗经·卫风·氓》:"夙兴夜寐,靡有朝矣。"

〔20〕卿大夫:指朝廷高级官吏。犹然:尚且如此,指夙兴夜寐,勤于王事。

〔21〕国初:宋朝初年。

〔22〕因旧制:承袭旧制,此指承袭唐代制度。据李肇《唐国史补》,待漏院建于唐宪宗元和初年。

〔23〕丹凤门:宋朝汴京皇城的南门。原名明德,宋太宗时改为丹凤。

〔24〕北阙:古代宫殿北面的门楼,此指宫殿。

〔25〕相君:对宰相的尊称。

〔26〕火城:旧时百官上朝,须在夜间即出门,其仆从以灯笼照明,由于朝臣众多,灯笼数量也很可观,而且多用灯笼围绕聚集在一起,故称火城。可参阅李肇《唐国史补》的相关记载。

〔27〕哕(huì汇)哕:象声词,徐缓而有节奏的响声。銮:铃,系于马衔两边。

〔28〕金门:又称金马门,汉代官署门旁有铜马,故名。借指宋朝宫门。辟:开启。

〔29〕玉漏犹滴:计时的漏壶水尚未滴完,指天未明。

〔30〕撤:除去。盖:车盖。

〔31〕于焉以息:在此休息。

〔32〕兆民:万民,指百姓。

〔33〕泰之:使其(指百姓)安定、幸福。

〔34〕来:招徕。

〔35〕兵革:战争。息:停止。

〔36〕弭:停止、消除。

〔37〕佞人:善于花言巧语、阿谀奉承的人。

〔38〕六气不和:天时不正。六气,阴、阳、风、雨、晦、明、六种自然现象。

〔39〕灾眚(shěng省)荐至:眚,原义为日食或月食,后引申为灾异。荐至,接连而来。荐,一再、屡次。

〔40〕愿避位以禳(ráng瓤)之:愿意让位于贤才以消除灾祸。禳,除邪消灾的祭祀。

〔41〕五刑未措:各种刑罚还不能弃置不用。五刑,古代的五种刑罚,此处泛指各种刑罚。

〔42〕修德以厘之:以德化人。德,德行、德政。厘,治理。

〔43〕忧心忡忡:满心忧虑的样子,此指时刻关怀国家大事。

〔44〕待旦而入:指到了天明后入朝。

〔45〕九门既启:指天子所居皇宫的大门被打开。

〔46〕四聪:能远闻四方的听觉,一般用来称赞皇帝明了下情,这里代指皇帝。迩:近。

〔47〕皇风:朝廷的风气。清夷:清平。

〔48〕总百官:统领百官,此为宰相的职责。

〔49〕食万钱:指俸禄优厚。

〔50〕子女玉帛:《左传·僖公二十三年》:"子女玉帛,则君有之;羽毛齿革,则君地生焉。"杨伯峻注:"子女盖指男女奴隶。"此指荣华富贵。

〔51〕陟之:此处指提拔、进用。

〔52〕黜之:此处指降职、贬谪。

〔53〕三时:春、夏、秋三个农忙季节。告灾:通报灾情。

〔54〕构巧词:编造好听的话。

〔55〕谄容:谄媚的姿态。

〔56〕慆(tāo滔)慆:纷乱不息的样子。

〔57〕假寐:不解衣冠而小睡。

〔58〕重瞳屡回:皇帝屡屡关注。《史记》上说舜目中有重瞳子(两个瞳仁),后世常以重瞳代指天子。

〔59〕隳(huī灰):崩毁、毁坏。

〔60〕死下狱:死于狱中。

〔61〕投远方:贬谪到边远地区。

〔62〕旅进旅退:同进同退,此处指随大流,无所作为。

〔63〕苟禄:无功而受禄。

〔64〕备员:凑数、充数。

〔65〕棘寺小吏:作者自称。棘寺,大理寺,亦称廷尉,古代最高刑狱机关。《周礼》载:朝臣之位,树棘以为标志。《旧唐书·刑法志》:"(唐)太宗以古者断狱,必讯于三槐、九棘之官。"称大理寺为棘寺,本此。王禹偁曾任大理评事,后来又以左司谏、知制诰判大理寺,故谦称"棘寺小吏"。

〔66〕志:记载,此处指书写或镌刻。

〔67〕规:规劝、劝诫。

唐河店妪传[1]

唐河店,南距常山郡七里[2],因河为名。平时虏至店饮食游息,不以为怪。兵兴以来,始防捍之,然亦未甚惧。

端拱中[3],有妪独止店上[4]。会一虏至[5],系马于门,持弓矢坐定,呵妪汲水。妪持绠缶,趋井[6],悬而复止[7],因胡语呼虏为王[8],且告虏曰:"绠短不能及也。妪老力惫[9],王可自取之。"虏因系绠弓弰[10],俯而汲焉。妪自后推虏堕井,跨马诣郡[11]。马之介甲具焉[12],鞍之后复悬一馘首[13]。常山民吏观而壮之。噫!国之备塞[14],多用边兵,盖有以也[15],以其习战斗而不畏懦矣。一妪尚尔,其人可知也。

近世边郡骑兵之勇者,在上谷曰"静塞"[16],在雄州曰"骁捷"[17],在常山曰"厅子",是皆习干戈战斗而不畏懦者也。闻虏之至,或父母骖马[18],妻子取弓矢,至有不俟甲胄而进者。顷年胡马南下[19],不过上谷者久之,以"静塞"骑兵之勇也。会边将取"静塞"马分隶帐下以自卫,故上谷不守[20]。

今"骁捷"、"厅子"之号尚存,而兵不甚众,虽加召募,边人不应。何也?盖选归上都[21],离失乡土故也。又月给微薄[22],或不能充[23];所赐介胄鞍马,皆脆弱羸瘠[24],不足御胡。其坚利壮健者,悉为上军所取[25]。及其赴敌,则此辈身先[26],宜其不乐为也。

诚能定其军,使有乡土之恋;厚其给,使得衣食之足;复赐以坚甲健马,则何敌不破!如是得边兵一万,可敌客军五万矣[27]。谋人之国者,不于此而留心,吾未见其忠也。

故因一妪之勇,总录边事,贻于有位者云〔28〕。

《四部丛刊》本《小畜集》卷十四

〔1〕唐河即滱水,源出于山西省浑源县,因流经今河北唐县而得名。文中的"虏"指辽(契丹)。北宋立国以来,为了解除辽对中原地区的威胁,曾两次出兵抗辽,均以失败告终。宋太宗端拱元年(988),辽军大举南侵,占领了唐河以北诸州,唐河一带成为辽军经常出没之地。端拱二年王禹偁曾上书宋太宗,陈述御辽备边之策,本文当作于稍后。文中描述了唐河店一位老妪的机智、勇敢,力图借此事说明边地百姓是有战斗力和爱国热情的,是英勇无畏的。从而指出,抗辽战争失败的原因在于宋朝政府处置不当,故作本文以引起当权者注意。

〔2〕常山郡:治所在今河北省定州,是北宋的军事要地,境内有井陉等重要关口。唐河店,通常注为地名,意为唐河边上的小市镇,但细玩上下文之意,"店"在此处应指旅馆、客店。

〔3〕端拱:宋太宗赵光义的年号,988—989。

〔4〕妪(yù 玉):老年妇女。止:居住。

〔5〕会:恰巧。虏:指北方辽国的军人。当时宋国与北方的辽国处于战争状态,互为敌国。

〔6〕"妪持绠缶"二句:绠(gěng 耿),汲水的绳子。缶(fǒu 否),贮水的瓦罐。趋井,来到井口。

〔7〕悬而复止:将瓦罐放到水井的半空中却又停下。

〔8〕胡语:北方少数民族的语言。呼虏为王:称这个辽兵为王。

〔9〕惫(bèi 备):衰弱、衰老。

〔10〕弓杪(miǎo 秒):弓的末端。杪,树木末端。

〔11〕诣(yì 义):到、往见。

〔12〕介甲:铠甲,即马背上的护具。具:完备。

〔13〕彘(zhì志)首:猪头。当为敌人掳掠来的战利品。

〔14〕备塞:在边塞布署军队以防备敌军入侵。

〔15〕有以:有原因。

〔16〕上谷:古代郡名,后改名易州,治所在今河北省易县。静塞:易州地方武装的名称。下文的"骁捷"、"厅子"分别为雄州和常山地方武装的名称。

〔17〕雄州:古代郡名,治所在今河北省涿州。

〔18〕父母縶马:父母为儿子牵马。

〔19〕顷年:近年。胡马:指辽军。

〔20〕"会边将"二句:李焘《续资治通鉴长编》卷二十九端拱元年曰:"先是,易州静塞兵尤骁果,(李)继隆取以隶麾下,留其妻子城中。(袁)继忠言于继隆曰:'此精卒,止可令守城,万一寇至,城中谁与捍敌?'继隆不从。既而敌果入寇,易州遂陷,卒之妻子皆为敌所掠。"这就是"上谷不守"的原因。

〔21〕选归上都:指选为禁军,驻守京城。

〔22〕月给:每月的给养。

〔23〕充:充足。

〔24〕羸瘠:瘦弱。

〔25〕上军:禁军。

〔26〕此辈:指上述"静塞"、"骁捷"、"厅子"等民间武装。身先:在前面冲锋陷阵。

〔27〕敌:抵得上。客军:指朝廷从内地调来的军队。

〔28〕贻:给予、赠予。有位者:当权者。

黄州新建小竹楼记[1]

黄冈之地多竹,大者如椽[2]。竹工破之,刳去其节[3],

用代陶瓦。比屋皆然[4],以其价廉而工省也。

　　子城西北隅[5],雉堞圮毁[6],蓁莽荒秽[7],因作小楼二间,与月波楼通[8]。远吞山光[9],平挹江濑[10],幽阒辽夐[11],不可具状[12]。夏宜急雨,有瀑布声;冬宜密雪,有碎玉声。宜鼓琴,琴调虚畅;宜咏诗,诗韵清绝;宜围棋,子声丁丁然[13];宜投壶[14],矢声铮铮然。皆竹楼之所助也。

　　公退之暇[15],披鹤氅[16],戴华阳巾[17],手执《周易》一卷,焚香默坐,消遣世虑[18]。江山之外,第见风帆沙鸟烟云竹树而已[19]。待其酒力醒,茶烟歇,送夕阳,迎素月,亦谪居之胜概也[20]。

　　彼齐云、落星[21],高则高矣!井干、丽谯[22],华则华矣!止于贮妓女,藏歌舞[23],非骚人之事[24],吾所不取。吾闻竹工云:"竹之为瓦,仅十稔[25],若重覆之,得二十稔。"噫!吾以至道乙未岁[26],自翰林出滁上[27],丙申移广陵[28];丁酉,又入西掖[29]。戊戌岁除日[30],有齐安之命[31]。己亥闰三月到郡[32]。四年之间,奔走不暇;未知明年又在何处!岂惧竹楼之易朽乎?幸后之人与我同志,嗣而葺之[33],庶斯楼之不朽也[34]。

　　咸平二年八月十五日记。

《四部丛刊》本《小畜集》卷十七

〔1〕本文是作者任黄州刺史时所写,时在宋真宗咸平二年(999)。文章通过记叙修建黄冈竹楼的印象与感慨,表现了作者达观的心态、文人的雅趣,同时也对自己不断迁官、四处奔波而不被重用,表露出强烈的

牢骚与不平。

〔2〕 椽(chuán 船):椽子,放在檩子上架屋面板和瓦的木条。

〔3〕 刳(kū 哭):剖开。

〔4〕 比屋:家家户户。

〔5〕 子城:大城所属的小城,又名月城、瓮城。

〔6〕 雉堞(dié 碟):城墙上排列如齿状的矮墙。圮(pǐ 痞)毁:坍塌。

〔7〕 蓁(zhēn 真)莽:即榛莽,丛生的草木。荒秽:荒凉而杂乱。

〔8〕 月波楼:黄州城的一座城楼。

〔9〕 远吞山光:远处的山光尽收眼底。吞,容纳,实指望见。

〔10〕 平挹江濑:平视时江流近在咫尺,似可舀取。挹,汲取。濑,从沙石上流过的激流。

〔11〕 阒(qù 去):寂静。敻(xiòng 凶去声):辽阔。

〔12〕 具状:完全描写出来。

〔13〕 丁丁(zhēng 争):象声词。

〔14〕 投壶:古代游戏,投矢入壶口,以中多者为胜。

〔15〕 公退:办完公务之后。

〔16〕 鹤氅(chǎng 厂):用鸟羽做成的外套。

〔17〕 华阳巾:道士的一种帽子。

〔18〕 消遣:这里指打消、排遣。世虑:世俗之念。

〔19〕 第见:只见、但见。

〔20〕 胜概:佳境、良好的状况。

〔21〕 齐云:楼名,在今江苏苏州市,唐代曹恭王所建。落星:楼名,在今江苏南京市,东吴时孙权所建。

〔22〕 井干(hán 寒):楼名,在今陕西西安,汉武帝所建。丽谯:魏王曹操所建。

〔23〕 歌舞:指歌舞艺人。

〔24〕骚人:诗人。

〔25〕十稔(rěn 忍):十年。谷物一熟为一稔,引申为一年。

〔26〕至道乙未岁:宋太宗至道元年(995)。

〔27〕自翰林出滁上:由翰林学士被贬为滁州刺史。

〔28〕丙申:宋太宗至道二年(996)。移广陵:调到广陵(今江苏扬州)任职。

〔29〕丁酉:宋太宗至道三年(997)。西掖:中书省。此年作者被召入朝任刑部郎中、知制诰。

〔30〕戊戌岁除日:宋真宗咸平元年(998)除夕。

〔31〕有齐安之命:被任命为黄州刺史。齐安即黄州。

〔32〕己亥:宋真宗咸平二年(999)。

〔33〕嗣而葺(qì 气)之:继续修缮它。葺,修。

〔34〕庶:表示希望的语气词。

录海人书[1]

秦末有海岛夷人上书诣阙者[2],曰:"月日[3],东海岛夷人臣某谨昧死再拜上书皇帝阙下[4]:臣世居海上,盗鱼盐之利以自给[5]。今秋乘潮放舟,下岸渐远[6]。无何[7],疾飙忽作[8],怒浪四起,飘然不自知其何往也。经信宿[9],风恬浪平[10],天色晴霁[11],倚桡而望[12],似闻洲岛间有语笑声,乃叠棹而趋之[13]。至则有居人百余家,垣篱庐舍,具体而微,亦小有耕垦处。有曝背而偃者[14],有濯足而坐者[15],有男子网钓鱼鳖者,有妇人采撷药草者,熙熙然殆非人世之所能及也[16]。臣因问之,有前揖而对臣者[17],则曰:'吾族本中国之人也[18]。天子使徐福求仙[19],载而至此,童男卯女[20],即吾辈也。夫徐福,妖诞之人也,知神仙之不可求也,蓬莱之不可寻也,至是而作终焉之计[21]。舟中之粮,吾族播之[22],岁亦得其利;水中之物[23],吾族捕之,日亦充其腹。又取洲中葩卉以芼之[24],由是吾族延命而未死焉。死则葬于此水矣,生则育于此洲矣,怀土之情亦已断矣[25]!且不闻五岭之戍[26]、长城之役[27],阿房之劳也[28],虽太半之赋[29],三夷之刑[30],其若我何[31]!'且出食以饷臣[32]。明日,臣登舟而回,复谓臣曰:'子能以吾族之事闻于天子乎?使薄天下之赋,休天下之兵[33],息天下之役,则万民怡怡如吾族之所居也,又何仙之求,何寿之祷邪?'臣因漂遐方[34],得此异说,弗敢隐匿,谨录以闻,惟陛下详览焉。"

后序:此书献时,盖秦已乱而不得上达,故《史记》缺焉。余因收而录之,以示于后。

《四部丛刊》本《小畜集》卷十四

〔1〕所谓海人之书,无非是王禹偁的假托。作者描述了一个桃花源式的故事,歌颂没有剥削、压迫和争斗的世外桃源,其实是对现实政治的一种讽刺,也是对当权者的劝诫。

〔2〕夷人:旧时对少数民族的称呼,含贬义。阙:宫门前的观楼,后作为皇宫的代称。

〔3〕月日:某月某日,是一种简写,在正式文字中,要改为具体月日。

〔4〕谨:恭谨。昧死:冒死。

〔5〕盗鱼盐之利:私取鱼盐的收入。自给:维持自己的生活。

〔6〕下岸:离岸。

〔7〕无何:没多久。

〔8〕疾飙:疾,迅疾。飙,暴风。

〔9〕信宿:两三天。

〔10〕风恬浪平:即风平浪静。恬,安静。

〔11〕霁:雨后天晴。

〔12〕倚桡(ráo 饶):停船。桡,船桨,借指船。

〔13〕叠棹:收起船桨。

〔14〕曝(pù 瀑)背而偃:背朝天躺着晒太阳。

〔15〕濯足:洗脚。

〔16〕熙熙然:和乐、和美的样子。

〔17〕前揖:向前拱手施礼,表示尊敬。

〔18〕吾族:即我们这些人。

〔19〕徐福:秦朝方士,他上书给秦始皇说海上有蓬莱、方丈、瀛洲三座仙山,请求率领童男童女数千人入海求仙人及不死之药,结果一去不返。

〔20〕丱(guàn 贯)女:即幼女。丱,儿童将头发梳成两角状。

〔21〕终焉之计:终老于此的打算。

〔22〕播之:指播种所带来的粮食。

〔23〕水中之物:鱼虾之类。

〔24〕葩(pā 趴)卉:花草。芼(mào 冒):择取。

〔25〕怀土:怀念中原故土。

〔26〕五岭之戍:秦始皇曾派遣五十万大军戍守五岭。五岭,越城、都庞、萌渚、骑田、大庾五岭的总称,在今湖南、江西、广西、广东等省边界

地区。

〔27〕长城之役:秦始皇三十三年(前214)开始将原来的长城予以修缮,并且连贯为一体。修筑长城耗费了大量的人力、物力。

〔28〕阿房(ē páng 额旁)之劳:阿房,秦宫殿名,直至秦亡时尚未完工。

〔29〕太半之赋:占总收入大部分的高额赋税。

〔30〕三夷之刑:指秦朝夷三族的刑法。三族,指父族、母族、妻族。夷,杀戮。

〔31〕其若我何:能把我怎么样呢?

〔32〕饷:用食物招待人。

〔33〕兵:指战争。

〔34〕遐方:远方。

范仲淹

范仲淹(989—1052),字希文,苏州吴县(今江苏苏州)人。宋真宗大中祥符八年(1015)进士。为广德军司理参军,历秘阁校理、右司谏等职,直言立朝,屡遭贬黜。曾任陕西经略安抚使,为西夏所惧,谓其胸中有数万甲兵。庆历三年(1043)七月,授参知政事,主持庆历改革,因守旧派阻挠而失败。次年罢政,自请外任,历知邠州、邓州、杭州、青州,卒谥文正。他不仅是北宋著名的政治家、军事家,文学成就亦粲然可观,其《岳阳楼记》为千古名篇,而"先天下之忧而忧,后天下之乐而乐",尽显心怀天下的胸襟。有《范文正公集》,《宋史》卷三百一十四有传。

岳阳楼记[1]

庆历四年春[2],滕子京谪守巴陵郡[3]。越明年[4],政通人和[5],百废具兴[6],乃重修岳阳楼,增其旧制[7],刻唐贤、今人诗赋于其上[8],属予作文以记之[9]。予观夫巴陵胜状[10],在洞庭一湖。衔远山[11],吞长江[12],浩浩汤汤[13],横无际涯[14]。朝晖夕阴[15],气象万千[16]。此则岳阳楼之大观也[17],前人之述备矣[18]。然则北通巫峡[19],南极潇湘[20],迁客骚人[21],多会于此。览物之情,得无异乎[22]?

若夫霪雨霏霏[23],连月不开[24],阴风怒号,浊浪排空[25];日星隐曜[26],山岳潜形[27];商旅不行,樯倾楫摧[28];薄暮冥冥[29],虎啸猿啼。登斯楼也,则有去国怀乡[30],忧谗畏讥[31],满目萧然[32],感极而悲者矣。

至若春和景明[33],波澜不惊,上下天光,一碧万顷[34];沙鸥翔集[35],锦鳞游泳[36],岸芷汀兰[37],郁郁青青[38]。而或长烟一空[39],皓月千里,浮光耀金[40],静影沉璧[41],渔歌互答,此乐何极!登斯楼也,则有心旷神怡,宠辱偕忘[42],把酒临风[43],其喜洋洋者矣。

嗟夫!予尝求古仁人之心[44],或异二者之为[45],何哉?不以物喜,不以己悲[46]。居庙堂之高[47],则忧其民[48];处江湖之远[49],则忧其君。是进亦忧,退亦忧,然则何时而乐耶?其必曰:"先天下之忧而忧,后天下之乐而乐"乎!噫!微斯人,吾谁与归[50]!

时六年九月十五日。

《四部丛刊》本《范文正公集》卷七

[1] 岳阳楼,在今湖南省岳阳市,面临洞庭湖,自唐代以来,即负盛名,为历代墨客骚人登临赋咏之所。本文借写岳阳楼,既安慰了友人滕宗谅,又是借他人酒杯浇自己块垒。中间两段写阴雨、晴朗不同天气的文字,极具神采,且能将个人悲喜之情自然融入。文末指出无论在朝、在野,均心忧天下,而且提出"先天下之忧而忧,后天下之乐而乐"这一极具影响力的说法,更是将文章的境界大大提高,对后世知识分子有强烈

的激励作用。本文作于庆历六年(1046),作者时贬知邓州。

〔2〕庆历四年:即宋仁宗庆历四年(1044)。

〔3〕滕子京:名宗谅,字子京。与范仲淹同年举进士,知庆州(治所在今甘肃省庆阳),被人诬告贪污,降官知岳州。谪:官吏降职。守:指做州郡的长官。巴陵:郡名,即岳州,治所在现在湖南岳阳。岳阳楼即为此地名胜。王象之《舆地纪胜·岳州》引《岳州风土记》:"岳阳楼,城西门楼也。下瞰洞庭,景物宽广。"

〔4〕越明年:到了第二年(即庆历五年,1045)。越,超过、过了。

〔5〕政通人和:政事顺利,百姓和乐。

〔6〕百废:各种废弛不办的事情。具:通"俱",全、皆。

〔7〕增:扩大。制:规模。

〔8〕刻于其上:指刻石立于壁间。

〔9〕属:通"嘱",嘱托。

〔10〕胜状:胜景、好景色。

〔11〕衔:包含。

〔12〕吞:吞纳。

〔13〕浩浩汤汤(shāng 伤):水波浩荡的样子。

〔14〕横无际涯:宽阔无边。横,广远。际涯,边。

〔15〕朝晖夕阴:或早或晚(一天里)阴晴多变化。晖,日光。

〔16〕气象:景象。

〔17〕大观:雄伟景象。

〔18〕前人之述备矣:前人的记述很详尽了。备,详尽。

〔19〕巫峡:长江三峡之一,西起重庆市巫山县,东迄湖北省巴东县官渡口。

〔20〕南极潇湘:南面直到潇水、湘水。潇水是湘水的支流,湘水流入洞庭湖。极,尽。

〔21〕迁客:迁谪的人。骚人:诗人。战国时屈原作《离骚》,因此后人也称诗人为骚人。

〔22〕得无:怎能不。

〔23〕淫雨:连绵不断的雨。霏霏:雨(或雪)繁密的样子。

〔24〕开:指天放晴。

〔25〕排空:冲向天空。

〔26〕日星隐曜:太阳和星星隐藏起光辉。曜,光辉。

〔27〕山岳潜形:山岳隐没了形体。潜,隐没。

〔28〕樯倾楫摧:桅杆倒下,船桨断折。樯,桅杆。楫,桨。

〔29〕薄暮冥冥:傍晚天色昏暗。薄暮,傍晚太阳快落山的时候。

〔30〕去国怀乡:离开国都,怀念家乡。

〔31〕忧谗畏讥:担心别人说自己的坏话,惧怕他人的批评。

〔32〕萧然:萧条冷落的样子。

〔33〕春和:天气晴朗,春风和煦。景:日光。

〔34〕上下天光,一碧万顷:天色湖光相接,一片碧绿,广阔无际。

〔35〕沙鸥:沙洲上的鸥鸟。翔集:时而飞翔,时而停歇。集,鸟停息在树上。

〔36〕锦鳞:美丽的鱼。

〔37〕岸芷汀兰:岸上的小草,小沙洲上的野花。芷,一种香草。汀,小洲。

〔38〕郁郁:形容香气浓烈。青青(jīng 精):通"菁菁",花叶茂盛的样子。

〔39〕长烟一空:天上大片的云雾完全消散。

〔40〕浮光耀金:波动的光闪着金色。这里描写月光照耀下的水波。

〔41〕静影沉璧:静静的月亮的倒影像沉入水中的玉璧。这是写无风时水中的月影。璧:圆形的玉。

〔42〕宠辱偕忘:光荣和屈辱一并忘记。宠,荣耀。偕,都、一起。

〔43〕把酒临风:在清风吹拂中端起酒杯畅饮。

〔44〕尝:曾经。求:探求。古仁人:古时品德高尚的人。

〔45〕或异二者之为:或许不同于(以上)两种心情。二者,指览物而悲与览物而喜的两种心情。

〔46〕不以物喜,不以己悲:不因外物(好坏)和自己(得失)而或喜或悲。

〔47〕居庙堂之高:在朝廷里做官。庙堂,指朝廷。

〔48〕忧:担忧、关怀。

〔49〕处江湖之远:处在僻远的江湖间,即未在朝廷为官。下文的"退",即指"处江湖之远"。

〔50〕微斯人,吾谁与归:(如果)没有这种人,我同谁一道呢?微,没有。斯人,这样的人。谁与归,即"与谁归",此为古汉语习用的倒装句。

答赵元昊书〔1〕

正月日,具位某谨修诚意奉书于夏国大王〔2〕:伏以先大王归向朝廷〔3〕,心如金石,我真宗皇帝命为同姓,待以骨肉之亲,封为夏王。履此山河之大,旌旗车服降天子一等,恩信隆厚,始终如一。齐桓、晋文之盛〔4〕,无以过此。朝聘之使,往来如家。牛马驼羊之产,金银缯帛之货,交受其利,不可胜纪〔5〕。塞垣之下,逾三十年,有耕无战,禾黍云合,甲胄尘委,养生葬死,各终天年〔6〕。使蕃汉之民,为尧、舜之俗,此真宗皇帝之至化,亦先大王之大功也。自先大王薨背[7],今皇震悼[8],累日嘻吁[9],遣使行吊赗之礼[10],以大王嗣守其国,爵命崇重,一如先大王。昨者,大王以本国众多之情,推立大位,诚不获让,理有未安,而遣行人告于天子,又遣行人归其旌节[11]。朝廷中外,莫不惊愤,请收行人,戮于都市。皇帝诏曰:"非不能以四海之力,支其一方,念先帝岁寒之本意,故夏王忠顺之大功,岂一朝之失而骤绝之。"乃不杀而还。假有本国诸蕃之长,抗礼于大王,而能含容之若此乎?省初念终[12],天子何负于大王哉!二年以来,疆事纷起,耕者废耒[13],织者废杼,边界萧然,岂独汉民之劳弊耶?使战守之人,日夜豺虎,竞为吞噬,死伤相枕,哭泣相闻,仁人为之流涕,智士为之扼腕。天子遣某经度西事,而命之曰:"有征无战,不杀非辜,王者之兵也,汝往钦哉。[14]"某拜手稽首[15],敢不夙夜于怀。至边之日,见诸将帅多务小功,不为大略,甚未副天子之意[16]。某与大王虽未尝高会,向者同事朝廷,于天子则父母也,于大王则兄弟也,岂有孝于父母而欲害于兄弟哉?可不为大王一二而陈之。

《传》曰:"名不正,则言不顺;言不顺,则事不成。"[17]大王世居西土,衣冠语言皆从本国之俗,何独名称与中朝天子侔拟,名岂正而言岂顺乎?如众情莫夺,亦有汉唐故事:单于、可汗皆本国极尊之称,具在方册。某料大王必以契丹为比,故自谓可行。且契丹自石晋朝有援立之功,时已称帝[18]。今大王世受天子建国封王之恩,如诸蕃中有叛朝廷者,大王当为霸主,率诸侯以伐之,则世世有功,王王不绝。乃欲拟契丹之称,究其体势,昭然不同,徒使疮痍万民,拒朝廷之礼,伤天地之仁。《易》曰:"天地之大德曰生,圣人之大宝曰位。何以守位?曰仁。"[19]是以天地养万物,故其道不穷;圣人养万民,故其位不倾。又《传》曰:"国家以仁获之,以仁守之者百世。"[20]昔在唐末,天下恟恟[21],群雄咆哮,日寻干戈,血我生灵,腥我天地,灭我礼乐,绝我稼穑。皇天震怒,罚其不仁,五代土侯,覆亡相续。老氏曰:"乐杀人者,不可如志于天下。"[22]诚不诬矣。后唐显宗祈于上天曰:"愿早生圣人,以救天下。"是年,我太祖皇帝应祈而生[23]。及历试诸难,中外忻戴[24],不血一刃,受禅于周。广南、江南、荆湖、西川,有九江万里之阻,一举而下,岂非应天顺人之至乎?由是罢诸侯之兵,革五代之暴,垂八十年,天下无祸乱之忧。太宗皇帝,圣文神武,表正万邦,吴越纳疆,井晋就缚[25]。真宗皇帝,奉天体道,清净无为,与契丹通好,受先人王贡礼,自兹四海熙然同春。今皇帝坐朝全晏,从谏如流,有忤雷霆,虽死必赦。故四海之心,望如父母,此所谓以仁获之,以仁守之,百世之朝也。某料大王建议之初,人有离间,妄言边城无备,士心不齐,长驱而来,所向必下。今以强人猛马,奔冲汉地,二年于兹,汉之兵民固有血战而死者,无一城一将愿归大王者,此可见圣宋仁及天下,邦本不摇之验也。与夫间者之说,无乃异乎?今天下久平,人人泰然,不习战斗,不熟纪律。刘平之徒[26],忠敢而进,不顾众寡,自取其困,余则或胜或负,杀伤俱多。大王国人必以获刘平为贺,昔郑人侵蔡,获司马公子燮,郑人皆喜,惟子产曰:"小国无文治而有武功,祸莫大焉。"[27]而后郑国之祸,皆如子产之言。今边上训练渐精,恩威以立,有功必赏,败事必诛,将帅而下,大知纪律,莫不各思奋力效命,争议进兵,如其不然,何时可了?今招讨司统兵四十万,约五路入界,著其律曰:"生降者赏,杀降者斩;获精强者赏,害老幼妇女者斩。"遇坚必战,遇险必夺,可取则取,可城则城。[28]纵未能入贺兰之居,彼之兵民,降者死者,所失多矣。是大王自祸其民,官军之势不获而已也。某又念皇帝有征无战,不杀非辜之训,夙夜于怀。虽师帅之行,君命有所不受,奈何锋刃之交,相伤必众。且蕃兵战死,非有罪也,忠于大王耳;汉兵战死,非有罪也,忠于天子耳。使忠孝之人,肝脑涂地,积累怨魄,为妖为灾,大王其可忽诸[29]?朝廷以王者无外,有生之民,皆为赤子,何蕃汉之限哉?何胜负之言哉?某与招讨太尉夏公经略[30]、密学韩公[31],尝议其事,莫若通问于大王,计而决之,重人命也,其美利甚众。大王如能以爱民为意,礼下朝廷,复其王爵,承先大王之志,天下孰不称其贤哉?一也。如众多之情,三让不获,前所谓汉唐故事,如单于、可汗之称,尚有可稽于本国语言为便,复不失其尊大,二也[32]。但臣贡上国,存中外之体,不召天下之怨,不速天下之兵,使蕃汉边人,复见康乐,无死伤相枕、哭泣相闻之丑,三也。又大王之国,府用或阙,朝廷每岁必有物帛之厚赐,为大王助,四也[33]。又从来入贡,使人止称蕃吏之职,以避中朝之尊。按汉诸侯王相皆出真拜,又吴越王钱氏,有承制补官故事,功高者受朝廷之命,亦足隆大王之体,五也。昨有边臣上言,乞招致蕃部首领,某亦已请罢。大王告谕诸蕃首领,不须去父母之邦,但回意中朝,则太平之乐,遐迩同之,六也。国家以四海之广,岂无遗才,有在大王之国者,朝廷不戮其家,安全如故,宜善事上,以报国士之知,惟同心向顺,自不失其富贵,而宗族之人必更优恤,七也[34]。又马牛驼羊之产,金银缯帛之货,有无交易,各得其所,八也。大王从之,则上下同其美利,生民之患,几乎息矣。不从,则上下失其美利,生民之患,何时而息哉?某今日之言,非独利于大王,盖以奉君亲之训,救生民之患,合天地之仁而已乎。惟大王择焉,不宣。某再拜。

《四部丛刊》本《范文正公集》卷九

〔1〕本文是宋仁宗庆历元年(1040)正月范仲淹写给党项羌人首领赵元昊的一封信。当时,赵元昊发动的攻宋战争已经进行了两年多,战争给宋、夏双方都造成了巨大损失。为了争取早日结束战争,实现和平,范仲淹针对赵元昊的无理苛求,写了这封答书。在信中,范仲淹提出了停战、和谈的总原则,这些原则虽然一时未能被赵元昊接受,但却为以后宋、夏庆历和议的签订打下了基础。在陕西战场上,在处理宋、夏战争的实践中,范仲淹也不同于北宋军队的其它统帅,他反对用大兵征讨,而主张采取"招抚"政策,并取得了很好的效果,在历史上起了进步作用。

〔2〕夏国大王:赵元昊,即李元昊,党项人。其先拓拔思恭唐僖宗时平定黄巢起义有功,被赐姓李,封夏国公。数世相承,至李德明时,又受

真宗赐姓赵。故范仲淹称赵元昊。

〔3〕先大王:即李元昊之父李德明。

〔4〕齐桓、晋文之盛:齐桓公(前685—前643),春秋时齐国国君,姜姓,名小白。任用管仲,号召"尊王攘夷",成为春秋五霸之首。晋文公(前697—前628),姬姓,名重耳,春秋五霸之一。

〔5〕"朝聘"六句:意谓宋与夏互通朝聘之使,友好往来,互通贸易,双方均受其利。

〔6〕"塞垣"七句:意谓边塞三十多年的和平时期,人民无战争之虞,安心生产,生死各尽天年。禾黍云合,指辽阔的庄稼与天上之云相合,一片祥和景象。甲胄尘委,因久无战争,武器沾满尘土。

〔7〕薨(hōng 轰)背:古代称诸侯死去为"薨"。

〔8〕今皇:即宋仁宗皇帝。

〔9〕嘻呼(xī xū 西虚):象声词,表示叹息。

〔10〕赙(fù 付):送给丧家布帛钱财。

〔11〕行人:使者的通称。旌节:旌和节是皇帝赐给臣子,赋予其赏杀大权,专制一方重任的符信。唐制,节度使赐双旌、双节。宋朝封元昊为王,必曾赐与旌节,此时元昊自立为帝,故遣使将旌节奉还。

〔12〕省(xǐng 醒)初念终:思前想后。省,反思。

〔13〕耒(lěi 垒):指耕地用的农具。

〔14〕汝往钦哉:汝,你。往,去某处。钦,谨慎、戒慎。《尚书·尧典》:"帝曰:往,钦哉!"孔安国传:"敕鲧往治水,命使敬其事。"

〔15〕拜手:亦作拜首。古代跪拜礼的一种,跪后两手相拱,俯头至手。

〔16〕副:相称、符合。

〔17〕"名不正"四句:意谓名分不正,说话就不顺当合理;说话不顺当合理,事情则不能成功。见《论语·子路》。范仲淹称"《传》曰",盖

误记。

〔18〕"且契丹"二句：契丹，即辽。据《辽史·太祖纪》，辽太祖称皇帝在916年，时中原地区尚处在五代的混乱时期。937年，后唐河东节度使石敬塘，以割让燕、云十六州为代价，请契丹出兵，灭后唐，自己在契丹的帮助下建立后晋，为历史上有名的"儿皇帝"，所谓"援立之功"指此。

〔19〕"天地之大德曰生"四句：见《易·系辞下》。"天地"句，孔颖达正义："欲明圣人同天地之德，广生万物之意也。""圣人"句，李鼎祚《周易集解》引崔憬曰："言圣人行易道，当须法天地之大德，宝万乘之天位，谓以道济天下为宝，而不有位，是其大宝也。""何以"句，《周易集解》引宋衷曰："守位当得士大夫公侯，有其仁贤，兼济天下。"

〔20〕"国家"二句：意谓国家只有以仁获得，并且以仁守国方能长久不衰。

〔21〕恟恟（xiōng 凶）：喧扰、纷扰，指天下动荡不定。

〔22〕"乐杀人"二句：见《老子》三十一章，"如志"原文作"得志"，当是范仲淹误记。意谓喜欢杀人的人，就不能在天下得到成功。

〔23〕应祈而生：这是范仲淹美化本朝开国皇帝的话。祈，指上文所说的后唐显宗皇帝的祈祷。

〔24〕忻（xīn 心）：同"欣"。

〔25〕井晋就缚：指把北汉纳入宋的版图。井晋，北汉的代称。山西简称晋。东有太行山，西有吕梁山，南有中条山，北有长城，形如井字，五代时属北汉疆域，故称。

〔26〕刘平：字士衡，开封祥符人。宝元元年（1038）为环庆路马步军副总管，康定元年（1040）在三川口之战中，因轻敌战败，为西夏所擒。《宋史》卷三百二十五有传，并参见《续资治通鉴长编》卷一百二十六。

〔27〕"小国"二句：见《左传·襄公八年》。

〔28〕"遇坚必战"四句：强调了汉军的英勇无敌，意在说明藩汉发

79

生战争,汉军必胜。

〔29〕"使忠孝之人"五句:从兵士之忠的角度,强调双方不可轻易用兵,免使忠孝之人不得其终。

〔30〕太尉夏公经略:夏公,即夏竦(985—1051),字子乔,江州德安(今属江西)人。时判永兴军,兼陕西经略安抚招讨使。《宋史》卷二百八十三有传。太尉:官名。秦至西汉设置,为全国军政首脑,与丞相、御史大夫并称三公。此处是对夏竦的尊称。

〔31〕密学:即枢密院直学士。韩公,即韩琦(1008—1075),字稚圭,相州安阳人。时以枢密院直学士,担任为经略安抚招讨使夏竦的副手。见《宋史》卷三百一十二本传。

〔32〕"大王如能"十三句:从对西夏有利的角度,劝说对方不可轻易用兵。因为既能使天下称贤,又能不失尊大。

〔33〕"又大王"五句:希望以丰厚的岁贡打动西夏不要发动战争。希望以财换和,见出宋之软弱。

〔34〕"国家以四海之广"十一句:意谓对于在西夏的宋人,宋朝廷不但不会怪罪,反而会优待其家属,使其安心效力于西夏。

桐庐郡严先生祠堂记[1]

先生,汉光武之故人也,相尚以道。及帝握赤符,乘六龙[2],得圣人之时,臣妾亿兆[3],天下孰加焉!惟先生以节高之[4]。既而动星象[5],归江湖,得圣人之清,泥涂轩冕,天下孰加焉?惟光武以礼下之[6]。

在《蛊》之上九,众方有为,而独"不事王侯,高尚其事"[7],先生以之[8]。在《屯》之初九,阳德方亨,而能"以贵下贱,大得民也"[9],光武以之。盖先生之心,出乎日月之上;光武之器,包乎天地之外。微先生不能成光武之大[10],微光武岂能遂先生之高哉[11]?而使贪夫廉[12],懦夫立[13],是有大功于名教也[14]。某来守是邦,始构堂而奠焉[15],乃复其为后者四家,以奉祠事[16]。又从而歌曰:云山苍苍[17],江水泱泱[18]。先生之风,山高水长。

《四部丛刊》本《范文正公集》卷七

〔1〕严先生,即严光,字子陵,少与汉光武帝刘秀同学。刘秀称帝后,严光变姓名隐遁,刘秀觅访征召至京。同床共寝,严光以足加光武帝腹上,次日,"太史奏客星犯御坐甚急。帝笑曰:'朕故人严子陵共卧耳。'"后辞官不受,退隐于富春山(今浙江桐庐),后人称其所居之地为严陵濑。事见《后汉书·隐逸传》。范仲淹于宋仁宗明道年间出知睦州(辖境相当于今浙江桐庐、建德、淳安),始构严先生祠堂,使其后人奉祀,并作此记。

〔2〕赤符:新莽末年谶纬家所造符箓,谓刘秀上应天命,当继汉统为帝。汉为火德,火色赤,故称。后亦泛指帝王受命的符瑞。六龙:古代天子的车驾为六马,马八尺称龙,因以为天子车驾的代称。

〔3〕臣妾:古时对奴隶的称谓。男曰臣,女曰妾,后亦泛指统治者所役使的民众和藩属。这里是使之为奴,引申为统治、管辖。亿兆:指庶民百姓。

〔4〕"惟先生"句:意谓严光能以节操为高,平交光武帝而不卑不亢。

〔5〕动星象:即刘秀与严光共卧,严光以足加秀腹上,次日"太史奏

81

客星犯御坐甚急"事。参见注〔1〕。

〔6〕"惟光武"句:谓光武帝能以礼屈身降尊平等对待严光。

〔7〕"不事王侯"句:语见《易·蛊》卦辞:"上九,不事王侯,高尚其事。"孔颖达正义:"不复以世事为心,不系累于职位,故不承事王侯,但自尊高慕尚其清虚之事,故云'高尚其事'也。"

〔8〕以:运用、使用。之:上引《蛊》上九卦辞所揭示的道理。

〔9〕"在《屯》之初九"三句:《易·屯》初九《象》辞曰:"以贵下贱,大得民也。"孔颖达正义:"贵谓阳也,贱谓阴也。言初九之阳在三阴之下,是'以贵下贱'……既能'以贵下贱',所以大得民心也。"

〔10〕微:无、没有。

〔11〕遂:成就。

〔12〕廉:不苟取。

〔13〕立:指立志。《孟子·万章下》:"故闻伯夷之风者,顽夫廉,懦夫有立志。"

〔14〕名教:指以正名定分为主的儒家礼教。

〔15〕奠:谓置祭品祭祀。

〔16〕祠事:祭礼,祭祀之事。

〔17〕苍苍:茫无边际。

〔18〕泱泱:水深广貌。

苏舜钦

苏舜钦(1008—1048),北宋诗人,字子美,绵州盐泉(今四川绵阳东南)人,生于开封,参知政事苏易简之孙。父耆,有文名,尝为工部郎中,直集贤院。舜钦少时,慷慨有大志。以父荫补太庙斋郎,调荥阳县尉。景祐元年(1034)中进士,改光禄寺主簿,历任县令、大理评事。庆历四年(1044)以范仲淹荐,为集贤殿校理、监进奏院。因支持范仲淹的庆历革新,为保守派所倾轧,称其用鬻废纸公钱召妓宴请宾客,罢职除名,寓居苏州。后复起为湖州长史,不久病卒。文学上,他反对"时文",与穆修同好为古文。诗歌则反对西昆体,诗名与梅尧臣齐,人称"梅苏"。有《苏学士文集》十六卷,《宋史》卷四百二十二有传。

沧浪亭记[1]

予以罪废[2],无所归,扁舟南游[3],旅于吴中[4],始僦舍以处[5]。时盛夏蒸燠[6],土居皆褊狭[7],不能出气,思得高爽虚辟之地[8],以舒所怀,不可得也。

一日过郡学[9],东顾草树郁然,崇阜广水[10],不类乎城中[11]。并水得微径于杂花修竹之间,东趋数百步,有弃地,纵广合五六十寻[12],三向皆水也。杠之南[13],其地益阔,旁无民居,左右皆林木相亏蔽[14]。访诸旧老,云钱氏有国[15],近戚孙承祐之池馆也[16]。坳隆胜势[17],遗意尚存。予爱而徘徊,遂以钱四万得之,构亭北碕[18],号"沧浪"焉[19]。前竹后水,水之阳又竹[20],无穷极。澄川翠干[21],光影会合于轩户之间,尤与风月为相宜。予时榜小舟[22],幅巾以往[23],至则洒然忘其归[24]。觞而浩歌[25],踞而仰啸[26],野老不至,鱼鸟共乐。形骸既适则神不烦[27],观听无邪则道以明[28]。返思向之汩汩荣辱之场[29],日与锱铢利害相磨戛[30],隔此真趣,不亦鄙哉[31]!

噫!人固动物耳[32],情横于内而性伏[33],必外寓于物而后遣。寓久则溺,以为当然;非胜是而易之,则悲而不开[34]。惟仕宦溺人为至深[35],古之才哲君子[36],有一失而至于死者多矣[37],是未知所以自胜之道[38]。予既废而获斯境,安于冲旷[39],不与众驱[40],因之复能见乎内外失得之原[41],沃然有得[42],笑闵万古[43]。尚未能忘其所寓目[44],用是以为胜焉[45]!

《四部丛刊》本《苏学士文集》卷十三

〔1〕沧浪亭,在今江苏苏州市三元坊附近。五代时为吴越国中吴军节度使孙承祐的园池。北宋庆历年间,此地已荒废,为苏舜钦购得,建沧浪亭,游处其中。本文用朴素简洁的语言,自然流畅的笔调,记述了自己建造沧浪亭的始末,以及徜徉于其间的感受,展现了自己不以罢官为悲,"安于冲旷,不与众驱"的高洁情怀。

〔2〕予以罪废:庆历四年(1044),苏舜钦任集贤校理时,进奏院祀

神,他用卖废纸的公款召妓乐会宾客,遭弹劾,以自盗罪被除名。

〔3〕扁(piān篇)舟:小船。

〔4〕吴中:今江苏苏州市。

〔5〕僦(jiù就)舍:租赁房屋。

〔6〕蒸燠(yù郁):天气闷热。

〔7〕褊狭:指地域、面积等狭窄。

〔8〕高爽:高朗清爽。虚辟:开阔敞朗。

〔9〕郡学:指苏州的官立学校。

〔10〕崇阜:高高的小山丘。广水:水面宽阔。

〔11〕不类乎:不同于。

〔12〕纵广:纵横。寻:八尺。

〔13〕杠:小桥。

〔14〕亏蔽:有的地方有树木遮蔽,有的无遮蔽。

〔15〕钱氏有国:指五代十国时钱镠(liú刘)任吴越王。

〔16〕近戚孙承祐:钱镠之孙(最后一任吴越王)纳孙承祐的姐姐为妃,故称孙为近戚。"祐",原作"佑",今据《吴都文粹》校改。

〔17〕坳(ào傲):低洼处。隆:高处。

〔18〕碕(qí齐):曲折的堤岸。

〔19〕号"沧浪"焉:寓有政治昏暗则退隐之意。沧浪,屈原《渔父》:"沧浪之水清兮,可以濯吾缨;沧浪之水浊兮,可以濯吾足。"

〔20〕水之阳:水的北面。

〔21〕澄川:清澈的流水。翠干:翠绿的竹子。

〔22〕榜:划船的工具,此处指划船。

〔23〕幅巾:用布包头,代替帽子,是一种洒脱的装束。

〔24〕洒然:洒脱的样子。

〔25〕觞:盛满酒的杯子,此指饮酒。浩歌:放声高歌。

〔26〕踞:蹲坐。仰啸:仰天长啸。

〔27〕形骸:躯体。

〔28〕观听无邪:所观所听没有邪恶之物。道以明:事理得以明白。

〔29〕汩汩(gǔ古):像流水一样急速连续地运动。

〔30〕锱铢(zī zhū 姿珠):古代重量单位,六铢为锱,二十四锱为两,比喻极微量。磨戛(jiá 荚):摩擦击打,比喻勾心斗角。

〔31〕不亦鄙哉:不是很可笑吗。

〔32〕人固动物耳:人本来就是感于物而后动的。"人",原作"情",今据《四部丛刊》本《宋文鉴》校改。

〔33〕情横于内而性伏:欲望充斥于内心,使得人的自然本性湮没。横,充溢。

〔34〕"外寓于物"五句:人的欲望充满内心,遇到外在的功名利禄,就会为其所吸引,久而久之,沉溺其中,以为这些都是当然如此的。假如没能以更好的东西战胜这些,那么就会陷入悲苦的境地,而不能自拔。

〔35〕仕宦溺人为至深:仕途最能使许多人沉迷不返。

〔36〕才哲:有才学、有品德之人。

〔37〕有一失而至于死者众矣:意谓被仕宦的欲望牵引,失去了本性,直到死都不醒悟的人很多。一失,指失去自然本性。

〔38〕自胜:克制自我的私欲。

〔39〕冲旷:本指空旷辽阔的环境,此指虚静的心境。

〔40〕不与众驱:不与众人一道追逐名利。

〔41〕见:原文无,今据《全宋文》校补。

〔42〕沃然:形容获得上述感悟时怡悦的心情。

〔43〕笑闵万古:意谓觉得那些人可笑可怜。

〔44〕尚未能忘其所寓目:仍然未能完全忘怀外物,还欣赏着沧浪亭的美景。

〔45〕用是以为胜焉:用它来克服名利之心。是,指沧浪亭周围的美景。

石曼卿诗集序[1]

诗之作[2],与人生偕者也[3]。人函愉乐悲郁之气[4],必舒于言[5]。能者财之传于律[6],故其流行无穷,可以播而交鬼神也[7]。古之有天下者,欲知风教之感[8],气俗之变[9],乃设官采掇而监听之[10]。由是弛张其务[11],以足其所思[12],故能长久,弊乱无由而生。厥后官废[13],诗不传,在上者不复知民志之所向,故政化烦悖[14],治道亡矣[15]。呜呼!诗之于时,盖亦大物[16],于文字尤为古尚[17],但作者才致鄙迫不扬[18],不入其奥耳[19]。

国家祥符中[20],民风豫而泰[21],操笔之士率以藻丽为胜。惟秘阁石曼卿与穆参军伯长[22],自任以古道作之[23]。文必经实[24],不放于世[25]。而曼卿之诗又时震奇发秀[26],盖取古之所未至,托讽物象之表[27],警时鼓众,未尝徒役[28]。虽能文者累数十百言,不能率其意,独以劲语蟠泊[29],会而终于篇,而复气横意举,洒落章句之外[30],学者不可寻其屏阈而依倚之[31],其诗之豪者欤?

曼卿资性轩豁[32]。遇者辄咏,前后所为不可胜计。其逸亡而存者才四百余篇,古律不异[33],并为一帙。曼卿一日觞予酒[34],作而谓予曰[35]:"子贤于文而又知诗[36],能为叙我诗乎[37]?"予诺之。因为有作于篇前,后观者知诗之原于古,至于用而已矣。

《四部丛刊》本《苏学士文集》卷十三

〔1〕石曼卿,即石延年(994—1041),字曼卿,先世幽州人,其祖迁于宋州宋城。累举进士不第,真宗选三举进士不中者,授三班奉职。历大理寺丞、馆阁校勘等职,后迁秘阁校理。他留心边事,深谙军情,但终未得重用,郁郁而终。其为人跌宕有气节,为文劲健,是当时著名的诗人,又是作者的好友。这篇诗序强调了诗歌对现实的反映和干预,是北宋士人以天下为己任的士风的反映。此文又见石介《徂徕石先生全集》卷十六。

〔2〕作:兴起、发生。

〔3〕偕:俱、同。这是说诗歌是伴随着人类的产生而产生的。

〔4〕函:包含、容纳。

〔5〕舒:抒发、发泄。

〔6〕财:通"裁"。裁之,有才能的人将这种感情的表达加以剪裁,符合音乐的韵律。财之,《徂徕石先生全集》卷十六作"述之",义较胜。

〔7〕交鬼神:与鬼神相交,这是形容诗歌的感染力。

〔8〕风教:《诗大序》:"风,风也,教也。风以动之,教以化之。"后以"风教"指风俗教化。

〔9〕气俗:风气习俗。《汉书·辛庆忌传》:"其风声气俗自古而然,今之歌谣慷慨,风流犹存耳。"

〔10〕掇(duó夺):拾取。我国古代有采诗的制度,设有专门机构采诗,是统治集团观风俗、知得失的一项政治措施。《汉书·艺文志》:"古有采诗之官,王者所以观风俗、知得失,自考正也。"《汉书·食货志上》:"孟春之月,群居者将散,行人振木铎徇于路,以采诗,献之大师,比其音

律,以闻于天子。"

〔11〕弛张:谓弓弦拉紧和放松。这里指政治措施的变更。《礼记·杂记下》:"一张一弛,文武之道也。"

〔12〕足:满足。

〔13〕官废:采诗之官废而不置。

〔14〕烦悖:纷乱谬误。

〔15〕治道:治理国家的方针、政策、措施等。

〔16〕大物:指非常重要、重大的事情。

〔17〕占尚:即尚占、上占。这是说诗歌在文学诸部类之中尤为源远流长。

〔18〕鄙迫:鄙陋局促。

〔19〕奥:奥妙、微妙。

〔20〕祥符:大中祥符的简称,宋真宗的年号,1008—1016。

〔21〕豫而泰:安乐、安宁。

〔22〕"秘阁"句:石曼卿曾任秘阁校理,故称其为秘阁。秘阁,太宗端拱元年(988),于崇文院置秘阁,择三馆书万卷置于其中,置秘阁校理若干员。穆伯长,即穆修(979—1032),字伯长。真宗东封,诏举齐鲁经行之士,穆修入选,赐进士出身,调泰州司理参军。二人事迹并参《宋史·文苑四》。

〔23〕作:振起。

〔24〕经实:经世实用。

〔25〕不放于世:不与世俗同流合污,不随波逐流。放,通"倣",仿效。

〔26〕时:时常、经常。

〔27〕托讽:谓托物以寄讽谕之意。

〔28〕未尝徒役:徒,徒然。这句指石延年的诗歌都是有为而作,不

为空言。

〔29〕蟠泊:充满、布满。这是说石延年的诗歌充满了有力的语言。

〔30〕洒落:横溢、不拘束。

〔31〕屏阈(yù 玉):犹门户,比喻奥秘之处。阈,门槛。依倚:倚靠、依傍。

〔32〕轩豁:谓轩昂开朗,气宇不凡。

〔33〕古律:古诗和近体律诗。

〔34〕觞予酒:敬我一杯酒。

〔35〕作:起身。

〔36〕贤:擅长。

〔37〕叙:指写序,为我的诗写序。

韩 琦

韩琦(1008—1075),字稚圭,安阳(今河南安阳)人,韩国华第六子。天圣五年(1027)进士,授将作监丞,通判淄州,累迁起居舍人、知制诰。西夏李元昊反,任陕西安抚使、陕西经略安抚招讨副使等职,与范仲淹共同主持西北边事。嘉祐元年(1056)除枢密使,三年(1058)为同中书门下平章事,封仪国公。拥立英宗,加门下侍郎兼兵部尚书、平章事,进封魏国公。英宗崩,又被顾命立神宗。他执政三朝,卒谥"忠献"。有《安阳集》五十卷行世。另著有《二府忠论》五卷、《谏垣存稿》三卷、《陕西奏议》五十卷等。《宋史》卷三百一十二有传。

谏垣存稿序[1]

夫善谏者,无讽也,无显也,主于理胜而已矣[2]。故主于讽者,必优柔微婉,广引譬喻,冀吾说之可行,而不知事不明辨,则忽而不听也[3]。主于显者,必暴扬激讦[4],恐以危亡,谓吾言之能动,而不知论或过当,则怒而不信也[5]。夫欲说而必听,言而必信,苟不以理胜之为主,难矣哉[6]!琦景祐中任三司度支判官[7],以族贫,求外补,得舒州。将行,而上以谏官缺,擢授右司谏而留之。窃惟言责之重,非面折廷争之难[8],盖知体得宜为难。夫得通明端朴、高识博学之士,则动必中理,日益君听[9],而使愚不肖者冒而处之,固不胜其任矣。遂两上章辞,不报。乃喟然自谓曰:"上之知汝任汝之意,厚矣!汝之所言,当顾体酌宜,主于理胜,而以至诚将之。兹所以报陛下而知任之意。若知时之不可行,而徒为高论,以卖直取名[10],汝罪不容诛矣!"在职越三载,凡明得失、正纪纲、辨忠良、击权幸,时人所不敢言,必昧死论列之。上宽而可其奏者十八九,卒免重戮,进登掖垣[11],实前日为诚之力也。其所存稿,欲敛而焚之,以效古人谨密之义[12]。然念《诗》、《书》所载,从谏而圣君之德也,衮阙而补臣之忠也[13]。前代谏诤之臣,嘉言谠议[14],布在方册,使览之者知人主从善之美,致治之原,若皆削而燔之,则后世何法焉?于是存而录之,厘为上、中、下三卷[15],命曰《谏垣存稿》,以藏于家。窃志夫上之聪仁大度,自三代汉唐以来虚怀纳谏、甚盛德之主,皆所不及。复俾子孙传而阅之,知直道之无咎[16],忠教之有迹云。时庆历二年三月十五日,秦亭西斋序。

明正德九年张士隆刻本《安阳集》卷二十二

〔1〕《谏垣存稿》是韩琦效法古人编辑自己奏章成书,欲使后人知君主从谏之美德以及自己为臣之忠贞。在他看来,讽谏失之曲,有难明之弊;直谏失之激,有卖直之嫌。都不是好的方式,进谏君主,要"主于理胜",对进谏的文字提出"顾体酌宜"的主张。

〔2〕"夫善谏者"四句:意谓善于进谏者,不在于是婉讽巧说,也不在于是否能廷争面折,而在识大体、通情理。

〔3〕"故主于讽者"六句:意谓力主以婉讽进谏的人,必广征博引,

含蓄地说出自己的想法,却没有意识到自己说的太委婉反而被对方忽略不听。

〔4〕"主于显者"二句:指力主通过直接显露的方法进谏的人。

〔5〕激讦(jié 杰):激烈率直地揭发、斥责别人的隐私、过失。

〔6〕"夫欲说而必听"四句:意谓自己说了让别人去听从、去相信,只能以理取胜。如果不能以理服人,肯定是行不通的。

〔7〕景祐:宋仁宗年号,1034—1037。三司:即盐铁、度支、户部三司,主掌天下财政收支。三司在宋代或分或合,元丰五年(1082)新官制行,罢三司,其主要职权归户部。度支判官:三司合并时,设三司使主其事,其下三部各设判官、推官若干名,主管本部事。

〔8〕面折:当面批评、指责。廷争:指在朝廷之上争辩。

〔9〕日益君听:有益于君主。日,名词作状语,每天。

〔10〕卖直:故意表示公正忠直以获取名声。

〔11〕掖垣(yè yuán 夜原):唐代称门下、中书两省。因分别在禁中左右掖,故称。后世亦用以称类似的中央部门。据《宋史》卷三百一十二,韩琦为谏官时,"宰相王随、陈尧佐,参知政事韩亿、石中立,在中书罕所建明,琦连疏其过,四人同日罢。又请停内降,抑侥幸。凡事有不便,未尝不言,每以明得失、正纪纲、亲忠直、远邪佞为急,前后七十余疏。王曾为相,谓之曰:'今言者不激,则多畏顾,何补上德? 如君言,可谓切而不迂矣。'曾闻望方崇,罕所奖与,琦闻其语,益自信。"

〔12〕谨密:严谨秘密。古人以章表进谏皇帝,为严谨起见,其谏章多不外示他人,还有人将草稿也一并焚烧。

〔13〕衮阙(gǔn quē 滚缺):指帝王职事的缺失。

〔14〕谠(dǎng 党)议:正直的言论。

〔15〕厘:整理。

〔16〕直道:指按正道而行。无咎:没有祸殃、没有罪过。

司马光

司马光(1019—1086),字君实,号迂叟,陕州夏县(今山西夏县)涑水乡人,世称涑水先生。宋仁宗宝元元年(1038)中进士甲科。历大理评事,国子监直讲,后知谏院。时仁宗未立嗣,司马光屡次上书谏言。英宗立,判吏部流内铨。神宗立,擢为翰林学士,除御史中丞。因反对王安石新法,以端明殿学士出知永兴军,后退居洛阳,以书局自随,专修《资治通鉴》。哲宗立,召为门下侍郎,元祐元年(1086)拜尚书左仆射兼门下侍郎,尽废新法,史称"元祐更化",九月卒。追赠太师,温国公,谥文正,有《温国文正公集》。《宋史》卷三百三十六有传。

训俭示康[1]

吾本寒家[2],世以清白相承[3]。吾性不喜华靡[4],自为乳儿,长者加以金银华美之服[5],辄羞赧弃去之[6]。二十忝科名[7],闻喜宴独不戴花[8],同年曰[9]:"君赐不可违也。"乃簪一花[10]。平生衣取蔽寒,食取充腹,亦不敢服垢弊以矫俗干名[11],但顺吾性而已。

众人皆以奢靡为荣,吾心独以俭素为美[12]。人皆嗤吾固陋[13],吾不以为病[14],应之曰:孔子称"与其不逊也宁固"[15],又曰"以约失之者鲜矣"[16],又曰"士志于道,而耻恶衣恶食者,未足与议也"[17]。古人以俭为美德,今人乃以俭相诟病[18]。嘻,异哉[19]!

近岁风俗尤为侈靡[20],走卒类士服[21],农夫蹑丝履[22]。吾记天圣中[23],先公为群牧判官[24],客至未尝不置酒,或三行、五行,多不过七行[25]。酒酤于市[26],果止于梨、栗、枣、柿之类,肴止于脯、醢、菜羹[27],器用瓷、漆。当时士人夫家皆然,人不相非也[28]。会数而礼勤[29],物薄而情厚。近日士大夫家,酒非内法[30],果肴非远方珍异[31],食非多品,器皿非满案,不敢会宾友,常数月营聚,然后敢发书[32]。苟或不然,人争非之,以为鄙吝[33]。故不随俗靡者,盖鲜矣[34]。嗟乎!风俗颓弊如是[35],居位者虽不能禁[36],忍助之乎[37]!

又闻昔李文靖公为相[38],治居第于封丘门内[39],厅事前仅容旋马[40]。或言其太隘[41],公笑曰:"居第当传子孙,此为宰相厅事诚隘,为太祝奉礼厅事已宽矣[42]。"参政鲁公为谏官[43],真宗遣使急召之,得于酒家[44],既入,问其所来,以实对。上曰[45]:"卿为清望官[46],奈何饮于酒肆?"对曰:"臣家贫,客至无器皿、肴、果,故就酒家觞之[47]。"上以无隐[48],益重之。张文节为相[49],自奉养如为河阳掌书记时[50],所亲或规之曰[51]:"公今受俸不少,而自奉若此。公虽自信清约[52],外人颇有公孙布被之讥[53]。公宜少从众[54]。"公叹曰:"吾今日之俸,虽举家锦衣玉食,何患不能?

95

顾人之常情,由俭入奢易,由奢入俭难。吾今日之俸岂能常存?一旦异于今日[55],家人习奢已久,不能顿俭,必致失所[56]。岂若吾居位、去位、身存、身亡,常如一日乎[57]?"呜呼!大贤之深谋远虑[58],岂庸人所及哉!

御孙曰:"俭,德之共也;侈,恶之大也。"[59]共,同也,言有德者皆由俭来也。夫俭则寡欲,君子寡欲,则不役于物[60],可以直道而行[61];小人寡欲,则能谨身节用[62],远罪丰家[63]。故曰:"俭,德之共也。"侈则多欲,君子多欲则贪慕富贵,枉道速祸[64];小人多欲则多求妄用[65],败家丧身。是以居官必贿[66],居乡必盗。故曰:"侈,恶之大也。"

昔正考父饘粥以糊口[67],孟僖子知其后必有达人[68]。季文子相三君[69],妾不衣帛,马不食粟,君子以为忠[70]。管仲镂簋朱纮[71],山节藻棁[72],孔子鄙其小器[73]。公叔文子享卫灵公,史䲡知其及祸,及戌,果以富得罪出亡[74]。何曾日食万钱[75],至孙以骄溢倾家[76]。石崇以奢靡夸人,卒以此死东市[77]。近世寇莱公豪侈冠一时[78],然以功业大,人莫之非,子孙习其家风[79],今多穷困。

其余以俭立名,以侈自败者多矣,不可遍数,聊举数人以训汝。汝非徒身当服行,当以训汝子孙,使知前辈之风俗云。

《四部丛刊》本《温国文正公集》卷六十九

[1] 在本文中,作者紧紧围绕着"成由俭,败由奢"这一古训,以自己的闻见和切身体验,结合许多典型事例,对儿子进行了耐心细致、深入浅出的教诲。司马光认为俭朴是一种美德,并大力提倡,反对奢侈腐化。

作者既旁征博引,又议论剀切,不仅可以用来教育其子孙后代,而且至今仍有相当大的现实意义。

〔2〕寒家:贫寒家族。

〔3〕世以清白相承:代代以清白家风相传。

〔4〕华靡:豪华奢侈。

〔5〕长者:长辈。

〔6〕赧(nǎn 南上声):因害羞而脸红。

〔7〕忝科名:考中进士。忝,列名,是一种谦词。

〔8〕闻喜宴:新进士及第,皇帝赐宴,称为"闻喜宴"或"琼林宴"。戴花:赴"闻喜宴"的进士都要戴花。

〔9〕同年:同榜登科的人,彼此称"同年"。

〔10〕乃簪一花:于是勉强插戴一枝花。簪,这里作动词用。

〔11〕"亦不敢服垢弊"句:也不敢穿肮脏破烂的衣服,故意违背世俗常情来求得名誉。服,穿。矫俗,违背世俗常情。干名,求名誉。

〔12〕俭素:节俭朴素。

〔13〕嗤吾固陋:讥笑我荒陋而不通达。

〔14〕病:缺点、缺陷。

〔15〕与其不逊也宁固:语出《论语·述而》:"子曰:'奢则不逊,俭则固。与其不逊也,宁固。'"意思是说,奢侈就显得骄傲,节俭就显得固陋。与其骄傲,宁愿固陋。

〔16〕以约失之者鲜矣:语出《论语·里仁》。意思是说,因为俭约而犯过失的情况很少。约,俭约。鲜,少。

〔17〕"士志于道"句:语出《论语·里仁》。意思是说,读书人有志于大道,却以吃得不好穿得不好(生活不如人)为羞耻,这种人是不值得跟他谈论的。

〔18〕相诟病:相讥笑、嘲讽。

〔19〕异:奇怪。

〔20〕近岁:指宋神宗元丰年间。

〔21〕走卒:供使唤奔走的人。

〔22〕蹑丝履:穿丝质的鞋子。蹑(niè 聂),踩,这里作穿鞋讲。

〔23〕天圣:宋仁宗年号,1023—1032。

〔24〕先公为群牧判官:先公,司马光称他死去的父亲司马池。群牧,即群牧司,宋朝主管国家公用马匹的机构。判官是群牧使(群牧司的最高长官)属下的官员。

〔25〕"客至"三句:置酒,摆设酒席。行,斟酒。主人斟酒给客人一次为一行。

〔26〕酒酤于市:酒是在市上买的。酤,同"沽",买。

〔27〕肴:下酒的菜。脯:干肉。醢(hǎi 海):肉酱。羹:汤。

〔28〕非:讥评、责难。

〔29〕会数(shuò 硕)而礼勤:聚会频繁,礼意殷勤。

〔30〕内法:宫内酿酒的秘法。内,指宫内。

〔31〕珍异:珍贵奇异之品,即所谓"山珍海错"。

〔32〕常数月营聚,然后敢发书:往往先用几个月的时间准备珍贵的食品,然后才敢发请柬。营聚,准备、张罗。发书,发出请柬。

〔33〕人争非之,以为鄙吝:人们都认为他不对,说他鄙吝。鄙,没见过世面。吝,吝啬。

〔34〕随俗靡:跟着习俗顺风倒。靡,倾倒、倒下。

〔35〕颓弊:败坏。

〔36〕居位者:指职位高有权势的人。

〔37〕忍助之乎:忍心助长这种恶劣风气吗?

〔38〕李文靖公:即李沆(hàng 杭去声),字太初,洺州肥乡(今河北肥乡)人。宋真宗时官至宰相,谥文靖。

〔39〕治居第于封丘门内：在封丘门内建造住宅。治，建筑。居第，住宅。封丘门，北宋汴京(今河南开封)的城门。

〔40〕厅事前仅容旋马：厅事，处理公事或接待宾客的厅堂。仅容旋马，仅仅能够让一匹马转个身，形容客厅十分狭窄。

〔41〕隘：狭窄。

〔42〕太祝、奉礼：即太祝和奉礼郎，这是太常寺的两个官，主管祭祀。品位较低，往往以恩荫的形式授给功臣子弟。

〔43〕参政鲁公为谏官：鲁宗道(966—1029)，字贯之，亳州谯(今安徽亳州)人。宋仁宗时拜参知政事。下面所讲他在酒家宴客之事，是在他作谕德(负责教育太子的官)时，而司马光误记为他做右正言(谏官)时。参见《宋史》卷二百八十六本传。

〔44〕得于酒家：在酒店里找到他。

〔45〕上：皇上，指宋真宗。

〔46〕清望官：地位显贵，有名望的官职。唐宋时的中央高级官员，常备顾问。

〔47〕故就酒家觞之：所以在酒店招待他。觞，酒杯，这里作动词用，是请人喝酒的意思。

〔48〕无隐：没有隐瞒实情。

〔49〕张文节：即张知白，字用晦，沧州清池(今河北沧州东南)人。宋真宗时为河阳(今河南洛阳)节度判官，宋仁宗初年为宰相，谥文节。

〔50〕自奉养如为河阳掌书记时：自己的生活水平跟在河阳作节度判官时一样。掌书记，唐朝官名，相当于宋朝的判官，主公文签批。古人作文，常用前代的官名称当代的官职。

〔51〕所亲：亲近的人。

〔52〕清约：清廉节俭。

〔53〕公孙布被之讥：如同公孙弘盖布被那样矫情作伪。公孙弘，汉

武帝时为丞相,封平津侯。《汉书·公孙弘传》:"汲黯曰:'弘位在三公,奉(同"俸")禄甚多,然为布被,此诈也。'"

〔54〕少从众:稍微附和一下众人行事。

〔55〕一旦异于今日:(如果)有一天(我被罢官或者病死了),情况和现在不一样。

〔56〕必致失所:一定会(因为挥霍净尽而至于)饥寒无依。

〔57〕"岂若吾"句:哪里如我这样不论做不做官、在不在世,家中的生活作风都没有大的变化呢?

〔58〕大贤:指上文所述李、鲁、张三人。

〔59〕"御孙曰"句:引自《左传·庄公二十四年》。御孙,春秋时期鲁国的大夫。

〔60〕不役于物:不为外物所役使,不受外物的牵制。

〔61〕直道而行:行正直之道。语出《论语·卫灵公》。意思是说,一个人如果无所贪慕,就敢于诚实不欺地去做任何事情。

〔62〕谨身节用:约束自己,节约用度。语出《孝经·庶人章》:"谨身节用,以养父母。"

〔63〕远罪丰家:避免犯罪,丰裕家室。

〔64〕枉道速祸:不循正道而行,招致祸患。枉,屈。速,招。

〔65〕多求妄用:多方搜求,任意挥霍。

〔66〕居官必贿,居乡必盗:作官必然贪赃受贿,在乡间必然盗窃他人财物。这两句话,上句承接君子,下句承接小人。

〔67〕正考父:人名。宋国上卿,孔子祖先。饘粥以糊口:《左传·昭公七年》正考父铭云:"饘于是,粥于是,以糊余口。"饘(zhān 沾),稠粥。粥,古代指稀粥。

〔68〕孟僖子知其后必有达人:孟僖子,春秋时鲁大夫。他称赞正考父当世若不显达,其后人必然显达。

〔69〕季文子相三君：季文子，春秋时鲁大夫季孙行父。他在鲁宣公、成公、襄公在位时都任执政，因此说他"相三君"。

〔70〕"妾不衣帛"三句：是季文子卒后的家境实录及时人对他的评价。

〔71〕管仲：春秋时齐桓公的国相。镂簋朱纮：簋（guǐ 鬼），古代高级精美的盛食物之器，圆口，两耳。纮（hóng 洪），帽带的一种。

〔72〕山节藻棁：是一种奢侈性的房屋装饰。山节，将柱头刻成像山形一样的斗拱。藻棁，装饰藻草的梁上短柱。藻，用藻草装饰。棁（zhuō 捉），梁上短柱。

〔73〕孔子鄙其小器：见《论语·八佾》："子曰：'管仲之器小哉！'"小器，目光短浅，器量狭小。这是批评管仲的奢侈。

〔74〕"公叔文子"四句：《左传·定公十三年》载，公叔文子要宴请卫灵公，史䲡对他说："子以及祸矣！子富而君贪，罪其及子乎？"公叔文子死后，卫灵公果然将公叔文子的儿子公叔戍驱逐出境。公叔文子，卫国大夫公叔发，富于家财。史䲡（qiū 秋），卫国大夫，字鱼。

〔75〕何曾日食万钱：何曾，字颖考，晋武帝时官至太尉。《晋书·何曾传》说他"性奢豪，厨膳滋味过于王者，食日万钱，犹曰'无下箸处'"。

〔76〕至孙以骄溢倾家：何曾的子孙也极其奢侈，至晋怀帝永嘉末年，全族被灭。

〔77〕"石崇以奢靡夸人"二句：石崇，字季伦，西晋时大富豪，富可敌国，与贵戚王恺、羊琇等人以奢靡相尚，后被赵王司马伦所杀。东市，此指刑场。

〔78〕近世寇莱公豪侈冠一时：寇莱公，寇准，宋真宗初年任宰相，澶渊之盟的缔造者，封莱国公。《宋史·寇准传》说他"少年富贵，性豪奢，喜剧饮"，生活极度奢靡。

〔79〕习其家风:指沾染其豪奢的坏习惯。习,沾染。

进资治通鉴表[1]

臣光言:先奉敕编集《历代君臣事迹》[2],又奉圣旨赐名《资治通鉴》,今已了毕者。

伏念臣性识愚鲁,学术荒疏[3],凡百事为[4],皆出人下,独于前史,粗尝尽心,自幼至老,嗜之不厌[5]。每患迁、固以来[6],文字繁多,自布衣之士[7],读之不遍,况于人主,日有万机,何暇周览[8]!臣常不自揆[9],欲删削冗长,举撮机要[10],专取关国家兴衰,系生民休戚,善可为法,恶可为戒者,为《编年》一书,使先后有伦[11],精粗不杂。私家力薄,无由可成。

伏遇英宗皇帝[12],资睿智之性[13],敷文明之治[14],思历览古事,用恢张大猷[15],爰诏下臣[16],俾之编集[17]。臣夙昔所愿[18],一朝获伸,踊跃奉承,惟惧不称[19]。先帝仍命自选辟官属[20],于崇文院置局[21],许借龙图、天章阁、三馆、秘阁书籍[22],赐以御府笔墨缯帛及御前钱以供果饵,以内臣为承受[23],眷遇之荣[24],近臣莫及[25]。不幸书未进御[26],先帝违弃群臣。陛下绍膺大统[27],钦承先志[28],宠以冠序[29],锡之嘉名[30],每开经筵[31],常令进读[32]。臣虽顽愚,荷两朝知待如此其厚,陨身丧元[33],未足报塞[34],苟智力所及[35],岂敢有遗!会差知永兴军,以衰疾不任治剧，乞就冗官[36]。陛下俯从所欲，曲赐容养[37]，差判西京留司御史台及提举嵩山崇福宫[38]，前后六任，仍听以书局自随，给之禄秩[39]，不责职业[40]。臣既无他事，得以研精极虑[41]，穷竭所有[42]，日力不足，继之以夜。遍阅旧史，旁采小说[43]，简牍盈积[44]，浩如烟海，抉摘幽隐[45]，校计毫厘。上起战国，下终五代，凡一千三百六十二年，修成二百九十四卷。又略举事目，年经国纬，以备检寻，为目录三十卷。又参考群书，评其同异，俾归一途，为《考异》三十卷，合三百五十四卷。自治平开局，迄今始成[46]，岁月淹久[47]，其间抵牾[48]，不敢自保，罪负之重，固无所逃。臣光诚惶诚惧[49]，顿首顿首[50]。

重念臣违离阙庭[51]，十有五年[52]，虽身处于外，区区之心[53]，朝夕寤寐[54]，何尝不在陛下之左右！顾以驽蹇[55]，无施而可，是以专事铅椠[56]，用酬大恩，庶竭涓尘[57]，少裨海岳[58]。臣今骸骨癯瘁[59]，目视昏近，齿牙无几，神识衰耗[60]，目前所为，旋踵遗忘[61]。臣之精力，尽于此书。伏望陛下宽其妄作之诛，察其愿忠之意[62]，以清闲之燕[63]，时赐省览[64]，监前世之兴衰，考当今之得失，嘉善矜恶[65]，取是舍非，足以懋稽古之盛德[66]，跻无前之至治[67]。俾四海群生，咸蒙其福，则臣虽委骨九泉，志愿永毕矣！

谨奉表陈进以闻。臣光诚惶诚惧，顿首顿首，谨言。

中华书局1956年标点本《资治通鉴》卷末

103

〔1〕《资治通鉴》是司马光主持编撰的史学巨著。这篇序文交代了编撰此书的源起和经过,表达了对当时政治的关心和希望皇帝以史为鉴的良苦用心。对《资治通鉴》写作过程及自己努力程度的描述,尤为生动感人,充分体现了作者忠君爱民的儒家情怀和直书无隐的良史风范。

〔2〕敕:皇帝的诏令。

〔3〕荒疏:指学业、技术因不常习用而致生疏。

〔4〕凡百:一切、一应。

〔5〕厌:满足。

〔6〕迁、固:司马迁(前145—前87?)和班固(32—92)的并称。司马迁著有《史记》,班固则是《汉书》的作者。

〔7〕布衣:布制的衣服,平民所穿,后指代平民。

〔8〕周览:遍览。

〔9〕揆:度量、揣度。

〔10〕举撮:犹择取。机要:关键、要领。

〔11〕伦:条理,次序。

〔12〕英宗:即宋英宗赵曙(1032—1067),1063—1067年在位。

〔13〕资:凭借、依靠。睿智:聪慧、明智。

〔14〕敷:施予、施行。文明:文教昌明。

〔15〕恢张:张扬、扩展。大猷(yóu 由):谓治国大道。《诗经·小雅·巧言》:"奕奕寝庙,君子作之。秩秩大猷,圣人莫之。"郑玄笺:"猷,道也;大道,治国之礼法。"

〔16〕爰:连词,于是、就。下臣:臣对君的谦称。

〔17〕俾(bǐ 比):使。

〔18〕夙昔:昔时、往日。

〔19〕不称:不胜任、不称职。

〔20〕仍:又、且。选辟:选拔征召。

〔21〕崇文院:昭文馆、集贤院、史馆三馆的总称。宋初,三馆仅有小屋数十间。太宗初继位,"诏有司度左升龙门东北旧车辂院,别建三馆",及成,"二月丙辰朔,诏赐名为崇文院……院之东廊为昭文书,南廊为集贤书,西廊有四库,分经、史、子、集四部,为史馆书。"参见《续资治通鉴长编》卷十九"太平兴国三年"条。

〔22〕"许借"句:龙图,即龙图阁,真宗大中祥符中建,阁上奉太宗御书、御制文集及典籍、图画、宝瑞之物,及宗正寺所进属籍、世谱。天章阁,始建于真宗天禧四年(1020),翌年成。座落于会庆殿西、龙图阁北。仁宗即位,专用以藏真宗御制文集、御书。秘阁,见苏舜钦《石曼卿诗集序》注〔22〕。

〔23〕内臣:内侍省宦官。承受:即承受官,负责承受及进呈有关修书文字和应办事务。

〔24〕眷遇:殊遇、优待。

〔25〕近臣:指君主左右亲近之臣。

〔26〕进御:进呈。

〔27〕先帝:指英宗。陛下:指宋神宗赵顼。绍:继承。膺:担当。大统:帝业、帝位。治平四年正月(1067)英宗崩,神宗继位。

〔28〕钦:旧时对帝王的决定、命令或其所做的事冠以"钦"字,以示崇高与尊敬。

〔29〕冠序:在书前加序言。这句是"以冠序宠之"的省略与倒装。

〔30〕锡:赐予。

〔31〕经筵:汉唐以来帝王为讲论经史而特设的御前讲席。宋代始称经筵,置讲官,以翰林学士或其它官员充任或兼任。宋代以每年二月至端午节、八月至冬至节为讲期,逢单日入侍,轮流讲读。

〔32〕进读:在皇帝前讲读诗文。

〔33〕丧元:掉头颅。指献出生命。

105

〔34〕报塞:报答、报效。

〔35〕智力:才智与勇力。

〔36〕"会差知永兴军"三句:熙宁三年(1070)九月,因反对王安石新法,司马光罢翰林学士,以端明殿学士出知永兴军。永兴军,即今西安。熙宁四年四月,司马光罢永兴军,判西京留守司御史台。见《司马温公年谱》卷五、卷六。冗官,闲散无职事的官职。

〔37〕曲赐:敬词。称尊长的赐予、关照等。犹言承蒙赐予。容养:宽恕。

〔38〕"差判"句:西京,即洛阳。留守司御史台,无具体事务,宋初为前执政官员修养老病之所,熙宁二年(1069)后,成为安置不同政见者的去处。提举嵩山崇福宫,祠禄官名。不用赴任,亦无职事,领取俸禄而已。崇福宫,在西京洛阳。

〔39〕禄秩:俸禄。

〔40〕责:责令、督促。职业:职分应作之事。

〔41〕研精极虑:精深的研究,周全的考虑。

〔42〕穷竭:竭尽、用尽。

〔43〕小说:谓偏颇琐屑的言论。《汉书·艺文志》谓街谈巷语、道听途说者为小说,列于九流十家之末。其序称:"小说家者流,盖出于稗官,街谈巷语、道听涂说者之所造也。"后来称丛杂的著作为"小说"。

〔44〕简牍:指文书、书籍、书简。

〔45〕抉擿(tī 替):抉择、择取。

〔46〕迨:等到。

〔47〕岁月淹久:历时长久。英宗治平三年(1066)奉命设书局开始编撰,至神宗元丰七年(1084)完成,历时十九年,故云。

〔48〕抵牾:抵触、矛盾。

〔49〕诚惶诚惧:奏章中的套话,表示惶恐不安。

〔50〕顿首:书简表奏用语,表示致敬,常用于结尾。

〔51〕重念:犹再思。违离:离别、分离。阙庭:朝廷。

〔52〕十有五年:司马光自熙宁三年(1070)出知永兴军,至元丰七年(1084)上此表,正好是十五年。

〔53〕区区:自称的谦辞。

〔54〕寤寐:醒与睡,常用以指日夜。

〔55〕驽蹇:劣马,比喻能力低劣。

〔56〕铅椠(qiàn 欠):古人书写文字的工具,引申为写作、校勘。铅,铅粉笔。椠,木板片。

〔57〕涓尘:细水与微尘,喻微小的事物。

〔58〕海岳:大海和高山,这里用来形容皇帝。

〔59〕癯瘁(qú cuì 渠脆):瘦弱憔悴。

〔60〕衰耗:衰弱亏损。

〔61〕旋踵:掉转脚跟,形容时间短促。

〔62〕愿忠之意:愿,朴实、善良。忠,尽心竭力。

〔63〕清闲之燕:即清燕、清静悠闲,引申指暇时。《汉书·刘向传》:"愿赐清燕之闲,指图陈状。"

〔64〕省览:审阅、观览。

〔65〕矜:怜悯、宽恕。

〔66〕"足以"句:懋(mào 茂),勤勉、努力。稽古,考察古事。这里指可以达到古代圣王的德治。

〔67〕跻无前之至治:跻,登、升,此处指达到。至治,最好的治理。

欧阳修

欧阳修(1007—1072),字永叔,号醉翁,晚年又号六一居士,世称欧阳文忠公。吉州永丰(今江西吉安)人,宋仁宗天圣八年(1030)进士,为西京留守推官。庆历三年(1043),任右正言、知制诰,积极支持范仲淹等人变法革新。五年,贬知滁州,后改知扬州、颍州。至和初召为翰林学士,修《唐书》。嘉祐二年(1057),欧阳修以翰林学士身份主持进士考试,提倡平实文风,录取苏轼、苏辙、曾巩等人,对北宋文风转变有很大影响。累迁至枢密副使、参知政事。治平末,出知亳州。神宗立,徙知青州,与王安石议青苗法不合,于熙宁四年(1071)致仕,退居颍州(今安徽阜阳),次年卒,谥文忠。他一生经历真宗、仁宗、英宗、神宗四朝,是北宋著名的文学家、史学家、政治家。有《欧阳文忠公集》(《四部丛刊》本)、今人李逸安点校本《欧阳修全集》(中华书局2001年版)。《宋史》卷三百一十九有传。

送徐无党南归序[1]

草木鸟兽之为物,众人之为人,其为生虽异,而为死则同,一归于腐坏[2]、澌尽、泯灭而已。而众人之中有圣贤者,固亦生且死于其间,而独异于草木鸟兽众人者,虽死而不朽,逾远而弥存也[3]。其所以为圣贤者,修之于身,施之于事,见之于言[4]，是三者所以能不朽而存也[5]。修于身者，无所不获；施于事者，有得有不得焉；其见于言者，则又有能有不能也[6]。施于事矣，不见于言可也。自《诗》、《书》、《史记》所传，其人岂必皆能言之士哉？修于身矣，而不施于事，不见于言，亦可也。孔子弟子有能政事者矣，有能言语者矣[7]。若颜回者[8]，在陋巷，曲肱饥卧而已[9]，其群居则默然终日如愚人。然自当时群弟子皆推尊之，以为不敢望而及[10]，而后世更百千岁，亦未有能及之者[11]。其不朽而存者，固不待施于事，况于言乎？

予读班固《艺文志》、唐《四库书目》[12]，见其所列，自三代、秦、汉以来，著书之士多者至百余篇，少者犹三四十篇，其人不可胜数，而散亡磨灭，百不一二存焉。予窃悲其人，文章丽矣，言语工矣，无异草木荣华之飘风，鸟兽好音之过耳也。方其用心与力之劳，亦何异众人之汲汲营营[13]？而忽焉以死者，虽有迟有速，而卒与二者同归于泯灭[14]。夫言之不可恃也盖如此[15]。今之学者，莫不慕古圣贤之不朽，而勤一世以尽心于文字间者，皆可悲也。

东阳徐生，少从予学，为文章，稍稍见称于人[16]。既去，而与群士试于礼部[17]，得高第[18]，由是知名。其文辞日进，如水涌而山出。予欲摧其盛气而勉其思也，故于其归，告以是言。然予固亦喜为文辞者，亦因以自警焉。

《四部丛刊》本《欧阳文忠公文集·居士集》卷四十三

〔1〕本文作于宋仁宗至和元年(1054)。时作者在京师任翰林学士,兼史馆修撰。文中欧阳修借给学生徐无党写赠序之机,一方面强调立德、立功、立言的"三不朽"理论,勉励徐无党在言语文章之外,更要修身立德、施事立功;另一方面间接批评当时的浮奢文风,指出此类文章即使留传世,也无助于个人之声望。

〔2〕一:全、都。澌(sī思):尽。泯:灭。

〔3〕弥:更加。

〔4〕"修之于身"三句:加强自身修养,用来建立事功,进而体现在文章中。见,同"现"。

〔5〕"是三者"句:指"三不朽"之说,此说出自《左传·襄公二十四年》:"太上立德,其次有立功,其次有立言,虽久不废,此之谓不朽。"

〔6〕"修于身者"六句:意为修身立德是个人的事,只要身体力行,就能做到;施事立功是社会的事,不能完全决定于个人,所以"有得有不得";立言则因各人才能不同,所以"有能有不能"。

〔7〕"孔子弟子"二句:《论语·先进》:"德行:颜渊、闵子骞、冉伯牛、仲弓;言语:宰我、子贡;政事:冉有、季路;文学:子游、子夏。"

〔8〕颜回:即颜渊,孔子的弟子。《论语·雍也》:"子曰:'贤哉回也!一箪食,一瓢饮,在陋巷,人不堪其忧,回也不改其乐。回也如愚,退而省其私,亦足以发,回也不愚。'"

〔9〕曲肱(gōng工):曲着胳膊当枕头。

〔10〕不敢望而及:《论语·公冶长》:"子谓子贡曰:'汝与回也孰愈?'对曰:'赐也何敢望回?回也闻一知十,赐也闻一知二。'"

〔11〕更:历经。

〔12〕"予读"句:班固《艺文志》,即班固《汉书·艺文志》。唐《四库书目》,未明所指,或指唐人《开元四库书目》等。

〔13〕汲汲营营:不停息地经营、谋划。

〔14〕三者:指草木、鸟兽、众人。
〔15〕恃:依仗、凭借。
〔16〕见称:被称赞。
〔17〕礼部:尚书省六部之一,宋代主持进士试。
〔18〕高第:指中甲科。

秋声赋[1]

欧阳子方夜读书[2],闻有声自西南来者,悚然而听之[3],曰:异哉!初淅沥以萧飒[4],忽奔腾而砰湃[5],如波涛夜惊[6],风雨骤至。其触于物也,鏦鏦铮铮[7],金铁皆鸣。又如赴敌之兵,衔枚疾走[8],不闻号令,但闻人马之行声。予谓童子:"此何声也?汝出视之。"童子曰:"星月皎洁,明河在天[9],四无人声,声在树间。"

予曰:"噫嘻悲哉!此秋声也,胡为而来哉[10]?盖夫秋之为状也[11],其色惨淡,烟霏云敛[12];其容清明,天高日晶[13];其气栗冽[14],砭人肌骨[15];其意萧条,山川寂寥。故其为声也,凄凄切切,呼号愤发[16]。丰草绿缛而争茂[17],佳木葱茏而可悦[18];草拂之而色变,木遭之而叶脱[19]。其所以摧败零落者[20],乃其一气之余烈[21]。夫秋,刑官也[22],于时为阴[23];又兵象也[24],于行用金[25]。是谓天地之义气[26],常以肃杀而为心[27]。天之于物,春生秋实。故其在乐也,商声主西方之音[28],夷则为七月之

111

律[29]。商,伤也[30],物既老而悲伤;夷,戮也,物过盛而当杀[31]。

"嗟乎!草木无情,有时飘零。人为动物,惟物之灵[32]。百忧感其心,万事劳其形。有动于中[33],必摇其精[34]。而况思其力之所不及,忧其智之所不能,宜其渥然丹者为槁木[35],黟然黑者为星星[36]。奈何以非金石之质,欲与草木而争荣?念谁为之戕贼[37],亦何恨乎秋声[38]!"

童子莫对,垂头而睡。但闻四壁虫声唧唧[39],如助予之叹息。

《四部丛刊》本《欧阳文忠公文集·居士集》卷十五

[1] 本文作于宋仁宗嘉祐四年(1059)秋。此时,身居高位的欧阳修已五十三岁,回首往事,他有感于宦海沉浮、政治改革艰难,心情苦闷异常,于是以"悲秋"为题,抒发世事艰难、人生劳苦的无限感慨。文章描绘山川寂寥、草木零落的萧条景象,借以抒发对人事忧劳和与秋关联的音声情象的悲感,文末却以"念谁为之戕贼,亦何恨乎秋声"!归结为祸根在人,用意深刻。

[2] 欧阳子:作者自称。方:正在。

[3] 悚然:恐惧的样子。

[4] 淅沥(xī lì 西历):雨声。萧飒(sà 洒去声):风声。

[5] 砰湃:同"澎湃",波涛声,这里指风声。

[6] 惊:惊恐,这里有起伏、汹涌的意思。

[7] 鏦鏦(cōng 葱)铮铮(zhēng 争):金属撞击声。

[8] 衔枚:古代行军时,常令士卒口中衔枚(状似筷子),防止喧哗,以保守行军的秘密。疾走:快速行军。

〔9〕明河:天河、银河。

〔10〕胡为:何为,即为何、怎么。

〔11〕盖夫:都是发语词。盖,承接上文说明原由;夫,表示下文发表议论。

〔12〕烟霏云敛:烟净云收。敛,收拢。

〔13〕天高日晶:天空高远,日色明亮。

〔14〕栗(lì 立)冽:寒冷。

〔15〕砭(biān 边):古代用来治病的石针,这里是针刺的意思。

〔16〕愤发:即发愤、发怒。

〔17〕绿缛(rù 入):绿草茂盛。

〔18〕葱茏(lóng 龙):青翠茂盛的样子。

〔19〕拂:吹拂。这两句言繁荣茂盛的草木,遇到秋风的吹拂就会色变叶落。

〔20〕摧败零落:指草木的摧折、败毁、凋零、坠落。

〔21〕一气:指秋气。余烈:余威。

〔22〕夫秋,刑官也:《周礼·秋官司寇》:"乃立秋官司寇,使帅其属而掌邦禁,以佐王刑邦国。"郑玄《三礼目录》云:"象秋所立之官。寇,害也。秋者,遒也,如秋义杀害收聚敛藏于万物也。大子立司寇,使掌邦刑,刑者所以驱耻恶,纳人于善道也。"

〔23〕于时为阴:古人以阴阳配合四时,春夏为阳,秋冬为阴。《汉书·律历志上》:"春为阳中,万物以生。秋为阴中,万物以成。"

〔24〕兵象:战争的征象。《汉书·刑法志》:"秋治兵以狝。"颜师古注:"治兵,观威武也,狝,应杀气也。"狝,通"弥",即打猎。所谓"应杀气",即上注郑玄所说秋季为"杀害收敛"之时,所以说秋季有杀气,故以其为战争之征象。

〔25〕于行用金:在五行当中。五行,即金、木、水、火、土。用五行配

113

合四时,秋属金。

〔26〕义气:秋气,这里有正气的意思。《礼记·乡饮酒义》:"天地严凝之气,始于西南,而盛于西北,此天地之尊严气也,此天地之义气也。"

〔27〕肃杀:严酷摧残。

〔28〕商:五声(宫、商、角、徵、羽)之一。五声分配于四时,商声属秋。西方之音:以四方配四时,秋声属西。

〔29〕夷则:十二律(黄钟、大吕、太簇、夹钟、姑洗、仲吕、蕤宾、林钟、夷则、南吕、无射、应钟)之一。律:本来是正音的器具,后来配于十二个月。七月正相当于十二律中的夷则。《礼记·月令》:"孟秋之月,其音商,律中夷则。"

〔30〕商,伤也:商,指商声,属秋,秋气为肃杀之气,故曰伤,此处转指悲伤。

〔31〕杀:削弱。

〔32〕惟物之灵:为万物之灵。

〔33〕中:内心。

〔34〕精:指人的精神、元气。

〔35〕渥(wò 卧)然丹者:脸色红润,比喻年轻力壮。槁木:枯木,比喻衰老。

〔36〕黟(yī 衣)然黑者:指乌亮的头发,比喻健壮。星星:形容白发。左思《白发赋》:"星星白发,生于鬓垂。"

〔37〕戕(qiāng 枪)贼:残害、伤害。

〔38〕亦何恨乎秋声:意思是人的衰老是忧思折磨的结果,与秋声无关。

〔39〕唧(jī 机)唧:虫声。

伶官传序[1]

呜呼,盛衰之理,虽曰天命,岂非人事哉[2]!原庄宗之所以得天下[3],与其所以失之者,可以知之矣。

世言晋王之将终也[4],以三矢赐庄宗而告之曰[5]:"梁,吾仇也[6];燕王,吾所立[7];契丹与吾约为兄弟[8],而皆背晋以归梁。此三者,吾遗恨也。与尔三矢,尔其无忘乃父之志[9]!"庄宗受而藏之于庙。其后用兵,则遣从事以一少牢告庙[10],请其矢[11],盛以锦囊,负而前驱[12],及凯旋而纳之。方其系燕父子以组[13],函梁君臣之首[14],入于太庙,还矢先王而告以成功,其意气之盛,可谓壮哉!及仇雠已灭[15],天下已定,一夫夜呼[16],乱者四应,仓皇东出[17],未及见贼,而士卒离散,君臣相顾,不知所归,至于誓天断发,泣下沾襟,何其衰也!岂得之难而失之易欤?抑本其成败之迹而皆自于人欤[18]?

《书》曰:"满招损,谦得益。"[19]忧劳可以兴国,逸豫可以亡身[20],自然之理也。故方其盛也,举天下之豪杰莫能与之争[21];及其衰也,数十伶人困之[22],而身死国灭[23],为天下笑。夫祸患常积于忽微[24],而智勇多困于所溺[25],岂独伶人也哉!作《伶官传》。

中华书局1974年点校本《新五代史》卷三十七《伶官传》卷首

〔1〕本文是欧阳修为《新五代史·伶官传》作的序。清代文学家沈德潜认为本文"得《史记》神髓,是《五代史》中第一篇文字"。文章总结了后唐庄宗李存勖得天下而后失天下的历史教训,阐明了国家盛衰取决于人事,即"忧劳可以兴国,逸豫可以亡身"的道理,告诫北宋统治者力戒骄奢、防微杜渐、励精图治。文章语言气势充沛,文笔酣畅,波澜起伏。伶官,封建时代称演戏的人为伶,在宫廷中授有官职的伶人,叫做伶官。序,一种说明性文体。

〔2〕人事:为人之事,指人的主观努力。

〔3〕原:推究,考察。庄宗:后唐开国之君李存勖(885—926),923—926年在位。因贪图游乐,宠信伶官,终于覆灭。

〔4〕晋王:庄宗李存勖之父李克用(856—908)。本是西突厥沙陀人,因出兵助唐朝镇压黄巢起义有功,受封为晋王。

〔5〕矢:箭。

〔6〕梁:指后梁王朱温(852—912)。朱温原来是黄巢部将,投降唐朝,赐名全忠,受封为梁王。唐僖宗时,他设计谋杀李克用,李克用也屡次上表请求讨伐他。从此,梁、晋之间战争不息,仇恨颇深。

〔7〕燕王:唐末,刘仁恭借助李克用的力量占据幽州,李克用推举他为卢龙节度使。后刘仁恭归附梁朝,梁封他儿子刘守光为燕王。这里指刘氏父子。

〔8〕契丹与吾约为兄弟:李克用和契丹首领耶律阿保机订立盟约,结为兄弟,希望共同举兵攻打朱全忠。后来阿保机背盟,派人和朱全忠通好。

〔9〕其:副词,表示祈使语气,相当于"应当"、"一定"。乃:你。

〔10〕从事:属官、部下。少牢:羊、猪各一头。古代祭祀用牛、羊、猪各一头叫"太牢",用羊、猪各一头叫"少牢"。牢:本来是养牲畜的圈,这里指祭祀用的牲畜。告庙:天子或诸侯出巡、遇兵戎等重大事件而祭告

祖庙。

〔11〕请其矢:取出他父亲(留下)的箭。"请",与下文的"纳",都带有表示恭敬的意味。

〔12〕前驱:走在前面,开路的意思。

〔13〕方其系燕父子以组:912年,李存勖派兵攻破幽州,俘获刘仁恭及其家族;刘守光逃到沧州,仍被捕获,父子都被处死。方,正当。组,丝带,这里泛指绳索。

〔14〕函梁君臣之首:923年,李存勖攻破后梁首都开封。朱温之子梁末帝朱友贞和他的部将皇甫麟均自杀,李存勖得其首级而归。函,木匣。这里用作动词,意思为用木匣装着。

〔15〕仇雠(chóu 稠):仇人。

〔16〕一夫夜呼,乱者四应:926年,屯驻在贝州(今河北清河)的唐庄宗部下皇甫晖勾结党羽作乱,拥立指挥使赵在礼为帅,攻入邺都(今河南安阳)。而邢州(今河北邢台)、沧州驻军也相继作乱。

〔17〕仓皇东出:皇甫晖作乱以后,唐庄宗从洛阳往东走,到了万胜镇(今河南中牟境内),听说李嗣源(李克用的养子,当时已叛变)已经占据大梁(今河南开封)。唐庄宗神色沮丧,登高远望,叹息说:"吾不济矣!"立刻下令把军队开回去。一路上士兵叛逃,失散了一半。到洛阳城东的石桥西,饮酒痛哭,诸将一百多人相对号泣,都截断头发,放在地上,誓死以报。

〔18〕抑:或者。本:推究。

〔19〕"《书》曰"句:见《尚书·大禹谟》,原作"满招损,谦受益"。

〔20〕逸豫:安乐。指庄宗喜好音乐,宠爱伶人。

〔21〕举:全,所有的。

〔22〕数十伶人困之:伶人郭从谦乘庄宗已处于众叛亲离的境地,起兵作乱。庄宗率兵抵御,被乱箭射死。

117

〔23〕国灭:庄宗死后,李嗣源(明宗)即位,群臣中有人主张自建国号,此事虽未实行,但是庄宗死后,李克用嫡亲子孙都被杀,也可以说是"国灭"。

〔24〕忽微:微小的事。忽,一寸的十万分之一。微,一寸的百万分之一。

〔25〕所溺:所喜爱的事物。

泷冈阡表〔1〕

呜呼!惟我皇考崇公〔2〕卜吉于泷冈之六十年〔3〕,其子修始克表于其阡〔4〕。非敢缓也,盖有待也〔5〕。

修不幸,生四岁而孤〔6〕。太夫人守节自誓〔7〕,居穷〔8〕,自力于衣食〔9〕,以长以教〔10〕,俾至于成人〔11〕。太夫人告之曰:"汝父为吏廉,而好施与〔12〕,喜宾客。其俸禄虽薄,常不使有余,曰:'毋以是为我累。'故其亡也,无一瓦之覆、一垄之植,以庇而为生。吾何恃而能自守耶?吾于汝父,知其一二,以有待于汝也。自吾为汝家妇,不及事吾姑〔13〕,然知汝父之能养也〔14〕。汝孤而幼,吾不能知汝之必有立〔15〕,然知汝父之必将有后也。吾之始归也〔16〕,汝父免于母丧方逾年〔17〕。岁时祭祀〔18〕,则必涕泣曰:'祭而丰不如养之薄也〔19〕。'间御酒食〔20〕,则又涕泣曰:'昔常不足而今有余,其何及也!'吾始一二见之,以为新免于丧适然耳〔21〕。既而,其后常然,至其终身未尝不然。吾虽不及事姑,而以此知汝父之能养也。汝父为吏,尝夜烛治官书[22],屡废而叹[23]。吾问之,则曰:'此死狱也[24],我求其生不得尔[25]。'吾曰:'生可求乎?'曰:'求其生而不得,则死者与我皆无恨也。矧求而有得耶[26]?以其有得,则知不求而死者有恨也。夫常求其生,犹失之死,而世常求其死也。'回顾乳者抱汝而立于旁,因指而叹曰:'术者谓我岁行在戌将死[27],使其言然,吾不及见儿之立也,后当以我语告之。'其平居教他子弟,常用此语[28],吾耳熟焉,故能详也。其施于外事,吾不能知;其居于家无所矜饰[29],而所为如此,是真发于中者邪[30]。呜呼!其心厚于仁者邪[31],此吾知汝父之必将有后也。汝其勉之!夫养不必丰,要于孝[32];利虽不得博于物[33],要其心之厚于仁。吾不能教汝,此汝父之志也[34]。"修泣而志之,不敢忘。

先公少孤力学[35],咸平三年进士及第[36],为道州判官[37],泗、绵二州推官[38],又为泰州判官[39]。享年五十有九,葬沙溪之泷冈[40]。太夫人姓郑氏,考讳德仪[41],世为江南名族。太夫人恭俭仁爱而有礼,初封福昌县太君[42],进封乐安、安康、彭城三郡太君。自其家少微时[43],治其家以俭约,其后常不使过之。曰:"吾儿不能苟合于世[44],俭薄所以居患难也。"其后修贬夷陵[45],太夫人言笑自若[46],曰:"汝家故贫贱也,吾处之有素矣[47]。汝能安之,吾亦安矣。"

自先公之亡二十年[48],修始得禄而养。又十有二年,列官于朝,始得赠封其亲[49]。又十年,修为龙图阁直学士、尚书吏部郎中,留守南京[50]。太夫人以疾终于官舍[51],享年七十有二。又八年,修以非才入副枢密[52],遂参政事[53]。又七年而罢[54]。自登二府[55],天子推恩,褒其三世,故自嘉祐以来[56],逢国大庆,必加宠锡[57]。皇曾祖府君累赠金紫光禄大夫、太师、中书令[58]。曾祖妣累封楚国太夫人[59]。皇祖府君累赠金紫光禄大夫、太师、中书令兼尚书令。祖妣累封吴国太夫人。皇考崇公累赠金紫光禄大夫、太师、中书令兼尚书令。皇妣累封越国太夫人。今上初郊[60],皇考赐爵为崇国公,太夫人进号魏国。

于是小子修泣而言曰:"呜呼!为善无不报,而迟速有时[61],此理之常也。惟我祖考,积善成德,宜享其隆,虽不克有于其躬[62],而赐爵受封,显荣褒大,实有三朝之锡命。是足以表见于后世[63],而庇赖其子孙矣[64]。"乃列其世谱,具刻于碑。既又载我皇考崇公之遗训,太夫人之所以教而有待于修者,并揭于阡,俾知夫小子修之德薄能鲜[65],遭时窃位,而幸全大节不辱其先者,其来有自。

熙宁三年[66],岁次庚戌,四月辛酉朔,十有五日乙亥,男推诚保德崇仁翊戴功臣、观文殿学士、特进、行兵部尚书、知青州军州事、兼管内劝农使、充京东东路安抚使、上柱国、乐安郡开国公,食邑四千三百户,食实封一千二百户[67]修表。

《四部丛刊》本《欧阳文忠公文集·居士集》卷二十五

〔1〕欧阳修之父欧阳观卒于宋真宗大中祥符三年(1010),母亲卒于宋仁宗皇祐三年(1052),皇祐五年,作者护母丧归葬永丰泷冈时,作有《先君墓表》,未刻石。熙宁三年(1070)欧阳修据《先君墓表》改写成《泷冈阡表》,作者时年六十四岁、任青州知州。此表原碑今存于永丰县沙溪镇欧阳修故居,为欧公手书。此文与唐韩愈的《祭十二郎文》、清袁枚的《祭妹文》同被称为"千古至文"。作者怀着深沉的感情,以细腻生动的笔触,通过记述日常琐事,昭示了父亲的清廉、仁厚,母亲的节俭、安贫,以及父母对作者为人处世的教诲,从而表达了作者继承父母遗训,为官作宰决不苟合于世的思想和志向。全文平易质朴,情真意切,如话家常,历来被视为欧文的代表作。泷(shuāng双)冈:地名,在今江西省永丰县沙溪南凤凰山上。阡表:即墓碑。阡,墓道。

〔2〕惟:句首助词。皇考:亡父称考,皇是尊称。屈原《离骚》:"朕皇考曰伯庸。"崇公:欧阳修的父亲名观,后追封为崇国公。

〔3〕卜吉:占卜以择吉地,指安葬。

〔4〕"其子修"句:克,能够。表于其阡,树立墓前碑文。

〔5〕有待:有所待。指希望自己有所成就能够显荣其亲。

〔6〕孤:幼年丧父。

〔7〕太夫人:指欧阳修的母亲郑氏。古时列侯之妻称夫人,列侯死后,子称其母为"太夫人"。

〔8〕居穷:处境贫困。

〔9〕衣食:指生活。

〔10〕长(zhǎng掌):养育。

〔11〕俾:使。

〔12〕施与:以资财帮助别人。

〔13〕姑:婆母,这里指欧阳修的祖母。

〔14〕养:指欧阳观能侍养其母。《论语·为政》:"今之孝道,是谓

能养。"

〔15〕立:成才、建树。

〔16〕归:古代称女子出嫁。

〔17〕免于母丧:母亲死后,守丧期满。旧时父母去世,儿子须谢绝人事,做官的解除职务,在家守丧。免,期满。

〔18〕岁时祭祀:逢年过节时祭奠祖先。

〔19〕祭而丰,不如养之薄也:意思是,死后祭祀丰厚,不如活着时即使微薄却很虔敬地奉养。养,指诚心地奉养。

〔20〕间(jiàn件)或:有时。御:进、用。

〔21〕适然:偶然这样。

〔22〕治官书:治,处理。官书,官府的文书,这里指刑狱案件。

〔23〕屡废而叹:屡次放下文书叹息。

〔24〕狱:案件。

〔25〕求其生不得:指无法免除他的死刑。

〔26〕矧:况且。

〔27〕"术者"句:术者,占卜算命的人。岁行在戌,岁星运行到戌年。岁,即今之木星,古人谓之岁星。

〔28〕平居:平时。

〔29〕矜饰:夸耀。

〔30〕中:内心。

〔31〕厚:注重、重视。

〔32〕要:重要。

〔33〕博:普及、遍及。

〔34〕志:期望。

〔35〕先公:指作者的父亲。先,对去世者的尊称。

〔36〕咸平三年:1000年。咸平,宋真宗年号。

〔37〕道州:治所在今河南道县。判官:州郡长官僚属,掌管文书。

〔38〕泗、绵二州:泗州治所在今安徽泗县,绵州治所在今四川绵阳县。推官:州郡长官僚属,掌管审案、刑狱事务。

〔39〕泰州:治所在今江苏泰州市。

〔40〕沙溪:地名,在江西永丰县凤凰山北,欧阳修的家乡。

〔41〕考讳德仪:欧阳修之母的父亲名叫德仪。讳,古时对帝王将相或尊长不敢直呼其名,叫避讳。因而也用"讳"字指称他们的名字。

〔42〕县太君:古代妇女封号。

〔43〕少微:年轻时家境贫寒。

〔44〕苟合:无原则的附和、迎合。

〔45〕修贬夷陵:宋仁宗景祐三年(1036),范仲淹因反对保守派吕夷简而被贬官,欧阳修为之抗争,斥责谏官高若讷懦弱不敢讽谏,遂被贬为夷陵(今湖北宜昌)县令。

〔46〕自若:如常。

〔47〕素:平素、经常。

〔48〕自先公之亡二十年:天圣八年(1030),欧阳修考取进士后,任西京留守推官,进入仕途,获取俸禄。距其父去世(1010)恰好二十年。

〔49〕"又十有二年"三句:又十有二年,又过了十二年,即庆历元年(1041),欧阳修在朝任官,亲属得到封赠。

〔50〕"又十年"三句:龙图阁直学士,是职名,并无实际职事,是一种荣誉官名。有学士、直学士、待制等不同等级。尚书吏部郎中,尚书六部在元丰改制前,无实际职事,其官名仅表示俸禄等级。留守南京,宋代以应天府(今河南商丘)为南京,置留守一人为行政长官,以知府兼任。这才是实际的职掌所在。

〔51〕太夫人以疾终于官舍:欧阳修母亲死于皇祐四年(1051)。

〔52〕"又八年"二句:又八年,指宋仁宗嘉祐五年(1060),此年,欧

阳修任枢密副使。

〔53〕参政事:做参知政事,即副宰相。

〔54〕又七年而罢:欧阳修在宋英宗治平四年(1067)被罢免参知政事。

〔55〕二府:宋代枢密院主管军事,中书省主管政事,并称"二府"。

〔56〕嘉祐:宋仁宗年号,1056—1063。

〔57〕锡:通"赐"。

〔58〕府君:旧时子孙对其祖先的敬称。累赠:累加封赠。

〔59〕曾祖妣:曾祖母。

〔60〕今上:指宋神宗。初郊:宋神宗于熙宁元年(1068)登基,同年十一月首次举行祭天大典。郊,祭天。

〔61〕迟速:早晚。

〔62〕躬:亲身。

〔63〕见:同"现"。

〔64〕庇赖:护佑。

〔65〕鲜(xiǎn险):少。

〔66〕熙宁:宋神宗年号,1068—1077。

〔67〕功臣:是朝廷赐予的美名,作为对文武臣僚的嘉奖。宋制,宰相、枢密使初拜,必赐功臣号。参知政事、枢密副使遇恩赐之。文臣功臣号,多用"推忠"、"协谋"之类,可以累加,以字多为荣。此处"推诚保德崇仁翊戴"即欧阳修获得的功臣号。观文殿学士:为职名。诸殿大学士、学士等职名一般只授予宰执,有出入侍从、备顾问之名义。特进:为散官阶,正二品。散官阶,主要关系到章服,三品以上服紫。兵部尚书:为本官阶,表示俸禄品级,为正三品。行:官员散官品级高于本官品级,则本官前带"行"字。知青州军州事、兼管内劝农使、充京东东路安抚使:这些职务是"差遣",是表示其实际履行的职责。上柱国:是"勋名",为酬

124

赏勤劳之用。上柱国为十二转正三品。勋名,既无职事、亦无俸禄,完全是虚衔。乐安郡开国公:是爵位。封爵都同时授"食邑"。食邑四千三百户,食实封一千二百户:食邑,在宋代皆为虚封,户数只是用来表示等级,并不是真的享用封地租税。其中的"食实封"部分,按照每户二十五文钱的标准计算,和俸禄一起发放。

朋党论[1]

臣闻朋党之说自古有之[2],惟幸人君辨其君子、小人而已[3]。

大凡君子与君子以同道为朋[4],小人与小人以同利为朋,此自然之理也。然臣谓小人无朋,惟君子则有之,其故何哉?小人所好者禄利也[5],所贪者货财也。当其同利之时,暂相党引以为朋者[6],伪也。及其见利而争先,或利尽而交疏,则反相贼害[7],虽其兄弟亲戚不能相保。故臣谓小人无朋,其暂为朋者,伪也。君子则不然,所守者道义[8],所行者忠信,所惜者名节。以之修身,则同道而相益,以之事国,则同心而共济[9],终始如一。此君子之朋也。故为人君者,但当退小人之伪朋[10],用君子之真朋,则天下治矣。

尧之时[11],小人共工、驩兜等四人为一朋[12],君子八元、八凯十六人为一朋[13]。舜佐尧退四凶小人之朋[14],而进元凯君子之朋[15],尧之天下大治。及舜自为天子,而皋、夔、稷、契等二十二人并列于朝廷[16],更相称美,更相推让,凡二十二人为一朋,而舜皆用之,天下亦大治。《书》曰:"纣有臣亿万,惟亿万心;周有臣三千,惟一心。"[17]纣之时,亿万人各异心,可谓不为朋矣,然纣以亡国。周武王之臣,三千人为一大朋,而周用以兴[18]。后汉献帝时[19],尽取天下名士囚禁之,目为党人[20]。及黄巾贼起[21],汉室大乱,后方悔悟,尽解党人而释之[22],然已无救矣。唐之晚年,渐起朋党之论。及昭宗时[23],尽杀朝之名士,或投之黄河,曰:"此辈清流,可投浊流[24]。"而唐遂亡矣。

夫前世之主,能使人人异心不为朋,莫如纣;能禁绝善人为朋,莫如汉献帝;能诛戮清流之朋,莫如唐昭宗之世。然皆乱亡其国。更相称美推让而不自疑,莫如舜之二十二臣,舜亦不疑而皆用之,然而后世不诮舜为二十二人朋党所欺,而称舜为聪明之圣者,以能辨君子与小人也。周武之世,举其国之臣三千人共为一朋,自古为朋之多且大莫如周。然周用此以兴者,善人虽多而不厌也[25]。

夫兴亡治乱之迹[26],为人君者,可以鉴矣[27]。

《四部丛刊》本《欧阳文忠公文集·居士集》卷十七

[1] 本文是欧阳修于庆历四年(1044)写给仁宗皇帝的一封奏章。景祐三年(1036)范仲淹、欧阳修等因议论朝政,倡导改革,被吕夷简等诋为朋党,加以贬逐。自此"朋党之论"一直延续多年,阻碍着所涉人员的重新任用。庆历三年宋仁宗启用范仲淹等推行新政,政敌再次攻击范仲淹等为朋党,欧阳修作此文回击。他历数史实,分层对比,说明朋党自古而然,重要的问题是要分辨君子之朋党与小人之朋党,劝导人君"退小

人之伪朋,用君子之真朋"。文章融议论、抒情于一炉,令人折服。排偶句式的穿插运用,又增加了文章的气势。

〔2〕朋党:人们因某种相同的志趣、目的和利害关系而聚结在一起,古代使用时往往含有贬义。

〔3〕幸:希望。

〔4〕同道:在道义上彼此一致。

〔5〕禄:俸禄。古代当官才能得到俸禄,这里引申为官位。

〔6〕党引:勾结。

〔7〕贼害:伤害。

〔8〕守:信奉、坚持。

〔9〕共济:共同干一番事业。济,成事。

〔10〕但:仅,只。退:罢斥。

〔11〕尧:上古明君,三皇之一。

〔12〕共工、驩(huān 欢)兜:尧时奸臣,与三苗、鲧一起被称作"四凶"。

〔13〕八元、八凯:八元,指上古高辛氏的八个有才德的儿子。八凯,指上古高阳氏的八个有才德的儿子。元、凯,都是善良的意思。

〔14〕佐:辅助。

〔15〕进:任用。

〔16〕皋(gāo 高)、夔(kuí 奎)、稷(jì 记)、契(xiè 谢):都是舜时贤臣,分掌刑法、音乐、农事和教育。

〔17〕"纣有"四句:见《尚书·泰誓上》。纣,商朝亡国之君帝辛。亿万,极言人数众多。

〔18〕用以:因此。

〔19〕汉献帝:刘协,东汉最后一个皇帝,189—220 年在位。

〔20〕目:作动词用,看作。

〔21〕黄巾贼起:黄巾,指汉末张角为首的农民起义,义军以黄巾裹头,故称黄巾军。贼,统治阶级对起义军的蔑称。

〔22〕解:解除罪名。

〔23〕昭宗:唐昭宗李晔,889—904年在位。

〔24〕此辈清流,可投浊流:唐天祐二年(905),李振以"此辈常自谓清流,宜投之黄河,使为浊流"等话,唆使奸臣朱温杀死裴枢等朝臣三十多人,投入黄河。清流,指德行高洁的人。浊流,指黄河水。

〔25〕厌:满足。

〔26〕迹:迹象,事物发展变化的线索。

〔27〕鉴:鉴戒。

醉翁亭记[1]

环滁皆山也[2]。其西南诸峰,林壑尤美[3],望之蔚然而深秀者[4],琅琊也[5]。山行六七里,渐闻水声潺潺[6],而泻出于两峰之间者,酿泉也。峰回路转[7],有亭翼然临于泉上者[8],醉翁亭也。作亭者谁[9]?山之僧曰智仙也。名之者谁[10]?太守自谓也[11]。太守与客来饮于此,饮少辄醉[12],而年又最高,故自号曰醉翁也。醉翁之意不在酒,在乎山水之间也。山水之乐,得之心而寓之酒也[13]。

若夫日出而林霏开[14],云归而岩穴暝[15],晦明变化者[16],山间之朝暮也。野芳发而幽香,佳木秀而繁阴,风霜高洁[17],水落而石出者,山间之四时也。朝而往,暮而归,四时之景不同,而乐亦无穷也。

至于负者歌于途,行者休于树,前者呼,后者应,伛偻提携[18],往来而不绝者,滁人游也。临溪而渔,溪深而鱼肥;酿泉为酒,泉香而酒洌[19];山肴野蔌[20],杂然而前陈者,太守宴也。宴酣之乐,非丝非竹[21]。射者中[22],弈者胜[23],觥筹交错[24],起坐而喧哗者,众宾欢也。苍颜白发,颓然乎其间者[25],太守醉也。

已而夕阳在山,人影散乱,太守归而宾客从也。树林阴翳[26],鸣声上下,游人去而禽鸟乐也。然而禽鸟知山林之乐,而不知人之乐;人知从太守游而乐,而不知太守之乐其乐也[27]。醉能同其乐,醒能述以文者,太守也。太守谓谁?庐陵欧阳修也。

《四部丛刊》本《欧阳文忠公文集·居士集》卷三十九

〔1〕本文作于宋仁宗庆历六年(1046),欧阳修当时被贬任滁州太守。文中通过对优美的自然环境与和谐同乐的社会风气的描写,含蓄委婉地表现了作者贬官之后的复杂心境,虽然表面旷达,其实暗含牢骚。全文格调清丽、富有诗情画意。在语言上造诣极高,骈散兼行,连用二十一个"也"字,一气贯通,又舒徐起伏,形成音调上的回环和谐之美;极富锤炼功夫,字字难以改动。在写法上,全文贯穿一个"乐"字,结构严谨,层次井然,又变化多端,如行云流水。

〔2〕滁:滁州,今安徽滁州市。

〔3〕林壑(hè贺):树林和山谷。

〔4〕蔚然:草木茂盛的样子。

〔5〕琅琊(láng yá狼牙):琅琊山,在今滁州市西南。

〔6〕潺潺(chán缠):水流的声音。

129

〔7〕峰回路转:山势回环,路也跟着转弯。

〔8〕翼然:像鸟展翅的样子。临:坐落。

〔9〕作:修建。

〔10〕名:命名。

〔11〕太守:地方行政长官,这里是作者自指。

〔12〕辄:就。

〔13〕寓:寄托。

〔14〕若夫:至于。林霏:林中的雾气。

〔15〕暝:昏暗。

〔16〕晦:暗。

〔17〕风霜高洁:即"风高霜洁",指秋高气爽,霜色洁白。

〔18〕伛偻(yǔ lǚ 雨吕)提携:老人和孩子。伛偻:腰弯背曲的样子,这里指老人。提携,搀手领着走,这里指小孩。

〔19〕洌:清澈。

〔20〕山肴:山中的野味。野蔌:野菜。

〔21〕丝竹:泛指音乐。丝,弦乐器。竹,管乐器。

〔22〕射:古代宴会上的一种游戏。把供游戏用的短箭向壶里投,投中者为胜,败者罚酒。

〔23〕弈(yì 义):围棋。这里作动词用,下围棋。

〔24〕觥(gōng 工):酒器。筹:用来行酒令或饮酒计数的签字。交错:交互错杂。

〔25〕颓然:原指精神不振作,这里形容酒后无力的样子。

〔26〕阴翳(yì 义):树木浓密成荫。翳,遮蔽。

〔27〕乐其乐:第一个"乐"为动词,后一个"乐"是名词。

与高司谏书[1]

修顿首再拜白司谏足下[2]。某年十七时[3]，家随州[4]，见天圣二年进士及第榜[5]，始识足下姓名。是时予年少，未与人接[6]，又居远方[7]，但闻今宋舍人兄弟与叶道卿、郑天休数人者[8]，以文学大有名，号称得人[9]。而足下厕其间[10]，独无卓卓可道说者[11]，予固疑足下，不知何如人也[12]。

其后更十一年[13]，予再至京师。足下已为御史里行[14]，然犹未暇一识足下之面[15]，但时时于予友尹师鲁问足下之贤否，而师鲁说足下正直有学问，君子人也，予犹疑之。夫正直者，不可屈曲[16]；有学问者，必能辨是非。以不可屈之节[17]，有能辨是非之明，又为言事之官[18]，而俯仰默默[19]，尤异众人，是果贤者耶？此不得使予之不疑也。

自足下为谏官来，始得相识。侃然正色[20]，论前世事，历历可听[21]，褒贬是非，无一谬说。嘻！持此辩以示人，孰不爱之？虽予亦疑足下真君子也[22]。

是予自闻足下之名及相识，凡十有四年[23]，而三疑之。今者推其实迹而较之[24]，然后决知足下非君子也[25]。

前日范希文贬官后[26]，与足下相见于安道家[27]，足下诋诮希文为人[28]。予始闻之，疑是戏言。及见师鲁，亦说足下深非希文所为，然后其疑遂决。希文平生，刚正好学，通古今,其立朝有本末[29],天下所共知,今又以言事触宰相得罪[30]。足下既不能为辨其非辜[31],又畏有识者之责己,遂随而诋之,以为当黜[32],是可怪也。

夫人之性,刚果懦软,禀之于天[33],不可勉强,虽圣人亦不以不能责人之必能。今足下家有老母,身惜官位[34],惧饥寒而顾利禄[35],不敢一忤宰相以近刑祸[36],此乃庸人之常情,不过作一不才谏官尔[37]。虽朝廷君子,亦将闵足下之不能,而不责以必能也。今乃不然,反昂然自得,了无愧畏[38],便毁其贤,以为当黜[39],庶乎饰己不言之过[40]。夫力所不敢为,乃愚者之不逮[41];以智文其过[42],此君子之贼也[43]。

且希文果不贤邪?自三四年来,从大理寺丞至前行员外郎[44],作待制日[45],日备顾问[46],今班行中无与比者[47]。是天子骤用不贤之人[48]?夫使天子待不贤以为贤[49],是聪明有所未尽[50]。足下身为司谏,乃耳目之官[51],当其骤用时,何不一为天子辨其不贤,反默默无一语,待其自败,然后随而非之?若果贤邪,则今日天子与宰相以忤意逐贤人,足下不得不言。是则足下以希文为贤,亦不免责[52];以为不贤,亦不免责。大抵罪在默默尔。

昔汉杀萧望之与王章[53],计其当时之议[54],必不肯明言杀贤者也,必以石显、王凤为忠臣,望之与章为不贤而被罪也[55]。今足下视石显、王凤果忠耶,望之与章果不贤耶?当时亦有谏臣,必不肯自言畏祸而不谏,亦必曰当诛而不足谏也。今足下视之,果当诛耶？是直可欺当时之人[56],而不可欺后世也。今足下又欲欺今人,而不惧后世之不可欺耶？况今之人未可欺也！

伏以今皇帝即位已来[57],进用谏臣,容纳言论,如曹修古、刘越[58],虽殁犹被褒称[59]。今希文与孔道辅皆自谏诤擢用[60]。足下幸生此时,遇纳谏之圣主如此,犹不敢一言,何也？前日又闻御史台榜朝堂[61],戒百官不得越职言事,是可言者惟谏臣尔。若足下又遂不言[62],是天下无得言者也。足下在其位而不言,便当去之[63],无妨他人之堪其任者也[64]。昨日安道贬官、师鲁待罪[65],足下犹能以面目见士大夫[66],出入朝中称谏官,是足下不复知人间有羞耻事尔！所可惜者,圣朝有事[67],谏官不言,而使他人言之[68]。书在史册[69],他日为朝廷羞者,足下也。

《春秋》之法[70],责贤者备[71]。今某区区犹望足下之能一言者[72],不忍便绝足下而不以贤者责也。若犹以谓希文不贤而当逐,则予今所言如此,乃是朋邪之人尔[73]。愿足下直携此书于朝,使正予罪而诛之[74],使天下皆释然知希文之当逐,亦谏臣之一效也。

前日足下在安道家召予往论希文之事,时坐有他客,不能尽所怀[75],故辄布区区[76],伏惟幸察[77]。不宣。修再拜。

《四部丛刊》本《欧阳文忠公文集·外集》卷十七

〔1〕宋仁宗景祐三年(1036)五月,范仲淹因直言获罪,由天章阁待制、权知开封府被贬知饶州,起因是吕夷简执政,进用官吏往往出其门下,范仲淹认为进用官员之法,皇帝应当了解其迟速、升降的顺序,不应全部委托给宰相。于是他上给皇帝一个《百官图》,指出官员升降的顺序,哪些公正、哪些不公正,吕夷简非常不高兴,在宋仁宗面前说范仲淹越职言事,荐引朋党,离间君臣,范因此被贬。侍御史韩渎按照吕夷简的旨意,"请以范仲淹朋党榜朝堂,戒百官越职言事,从之"。余靖、尹洙救范仲淹而被贬,而谏官高若讷不仅没有挺身而出,为范仲淹辩护,反而诋毁范仲淹。于是,欧阳修给高若讷写了一封信,就是本文,将高定性为"君子之贼"。高将信交给朝廷,欧阳修由此被贬夷陵县令。蔡襄愤然而作《四贤一不肖》诗,以咏此事(事件经过,可参宋人王辟之《渑水燕谈录》卷二)。本文形式上虽为书信,内容上只是谴责高若讷对范仲淹的个人诋毁,实际上却是一封对迫害新政行为的"发于极愤而切责之"的政治宣言书。文章斥骂峻切,直言指斥,毫不隐晦,显现出刚直凛然之气,表现了作者嫉恶如仇的精神。全篇语言犀利,言辞激愤,冷嘲热讽,层层推进,气势逼人,行文酣畅淋漓。

〔2〕顿首:叩头致敬,旧时书信开头表示谦恭的套语。再拜:拜两次,表恭敬。白:禀告。足下:古代下称上或同辈相称的敬词。

〔3〕某:自称代词,相当于"我"。

〔4〕家随州:欧阳修四岁时父亲去世,随其母往随州投靠叔父。

〔5〕及第:旧时称科举考中为及第。

〔6〕未与人接:未与社会名流交往。接,交接、交往。

〔7〕远方:指随州。

〔8〕"但闻"句:宋舍人兄弟,指宋庠、宋祁。宋庠,字公序,安陆人,官至宰相。《宋史》本传载他曾"同修起居注",即起居舍人职事,故称舍人。宋祁,庠弟,字子京。《宋史》称"祁兄弟皆以文学显"。叶道卿,叶

清臣,字道卿,长洲(今江苏苏州)人,官至翰林学士。郑天休,郑戬,字天休,吴县(今江苏苏州)人,官至枢密副使。以上四人与高若讷同为天圣二年(1024)进士。

〔9〕得人:称道当时录取到了人才。

〔10〕厕其间:置身于他们之中。厕,置。

〔11〕卓卓:卓越、突出。

〔12〕固:本来。

〔13〕更:又。

〔14〕御史里行:这里是监察御史里行的简称。官员资历不足,而被任命为监察御史的,带"里行",寓有实习之意。

〔15〕未暇:没有空闲,这里是没有机会的意思。

〔16〕屈曲:无原则地屈从别人的见解。

〔17〕节:节操。

〔18〕言事之官:谏官。

〔19〕俯仰默默:随波逐流,默不作声。俯仰,形容无原则的迎合别人。

〔20〕侃(kǎn 砍)然正色:刚正严肃。侃然,刚直的样子。

〔21〕历历可听:清楚动听。

〔22〕虽:即使。

〔23〕凡:总共。

〔24〕推:推究。实迹:实际行为。较:考察。

〔25〕决知:确切知道。决,断然、肯定。

〔26〕范希文:范仲淹,字希文。

〔27〕安道:余靖(1000—1064),字安道,韶州曲江(今广东韶关)人。天圣二年(1024)进士,累迁秘书丞、集贤校理。因上疏谏罢范仲淹事被贬,后官至工部尚书。《宋史》卷三百二十有传。

〔28〕诋诮(qiào 俏):诋毁、讥诮。

〔29〕立朝有本末:在朝为官,秉公办事,有始有终。本,树根、树干,这里指开始。末,树梢,这里指终了。

〔30〕以言事触宰相得罪:指范仲淹景祐三年(1036)因批评朝政触怒宰相吕夷简。

〔31〕辜:罪、过失。

〔32〕黜(chù 触):贬谪。

〔33〕禀之于天:是从先天得来的。禀,受。

〔34〕身:自身、自己。

〔35〕顾:眷念。

〔36〕忤(wǔ 午):逆、不顺从。

〔37〕不才:没有才能的、不称职的。

〔38〕了无:毫无。

〔39〕便毁:随意诋毁。

〔40〕庶乎:也许可以,表示希望之意。

〔41〕不逮:不及、比不上。逮,及。

〔42〕以智文其过:智,聪明,这里指奸诈狡猾的行为。文,掩饰,把丑的打扮成美的。

〔43〕贼:害虫、败类。

〔44〕大理寺丞:掌管诉讼和刑罚的官。大理寺,当时最高的司法机关。前行员外郎:唐宋时,六部(吏、户、礼、兵、刑、工)分前行、中行、后行三等。吏、兵部属前行。

〔45〕待制:景祐二年(1035),范仲淹擢升尚书礼部员外郎、天章阁待制、权知开封府。

〔46〕备顾问:准备皇帝可能咨询的各种事情。

〔47〕班行:班次行列,这里指同僚。

〔48〕骤用:破格迅速提升。骤,突然。

〔49〕使:假使、假如。

〔50〕聪明有所未尽:指耳朵没听到,眼睛没看到。

〔51〕耳目之官:指御史、谏官等,负责监察、弹劾、进谏等职,犹如皇帝的耳目,即上文的"言事之官"。

〔52〕责:受到责备。

〔53〕"昔汉杀萧望之"句:萧望之,汉宣帝时任太子太傅,元帝即位,任丞相,颇有政绩,后因多次直谏,得罪皇帝和宦官弘恭、石显,被诬告下狱,服毒自杀。王章,汉成帝时京兆尹(首都的行政长官),因论帝舅大将军王凤专权,被诬死于狱中。

〔54〕计:估计、料想。

〔55〕被:遭受。

〔56〕直:只、只是。

〔57〕伏以:表示恭敬的发语词。

〔58〕曹修古、刘越:曹修古,字述之,建州建安人。累官监察御史、殿中侍御史,尚书刑部员外郎。刘越,字子长,大名(今河北大名)人。当章献太后垂帘听政时,曹修古遇事敢言,刘越也上书请太后还政。仁宗亲政时,二人已卒,乃追赠曹为右谏议大夫,刘为右司谏。

〔59〕殁(mò 墨):死。

〔60〕谏:直言规劝。擢(zhuó 琢):提升。

〔61〕御史台:全国最高监察机关。榜:张贴文告。

〔62〕遂:一直。

〔63〕去之:离开谏官的职位。去,离开。

〔64〕堪:禁得起、胜任。

〔65〕安道贬官、师鲁待罪:范仲淹落职后,余靖(安道)上书请求减轻处分范仲淹,被贬。尹洙(师鲁)上书自称仲淹党,也被贬。

〔66〕以:有。

〔67〕圣朝:封建时代臣子称呼本朝为圣朝。

〔68〕他人:指尹洙、余靖等人。

〔69〕书:写。

〔70〕《春秋》之法:孔子在撰修《春秋》时,把对人事的褒贬态度,寓于叙事用词之间,后人称之为"《春秋》笔法"。

〔71〕责贤者备:对于贤能的人要求全面严格。

〔72〕区区:微小的意思,自谦词。

〔73〕朋邪之人:与坏人勾结的小人。

〔74〕正:治罪。之:这里是第一人称代词,我。

〔75〕所怀:心里想的事情。

〔76〕布:表达。区区:一点心意。

〔77〕伏惟幸察:旧时书信套语,请您考虑的意思。伏惟,俯伏的意思。幸,希望对方做某事的客气用语。

有美堂记[1]

嘉祐二年,龙图阁直学士、尚书吏部郎中梅公出守于杭[2]。于其行也,天子宠之以诗[3],于是始作有美之堂,盖取赐诗之首章而名之[4],以为杭人之荣。然公之甚爱斯堂也,虽去而不忘[5]。今年,自金陵遣人走京师[6],命予志之,其请至六七而不倦。予乃为之言曰:

夫举天下之至美与其乐,有不得而兼焉者多矣。故穷山水登临之美者,必之乎宽闲之野、寂寞之乡而后得焉;览人物之盛丽,夸都邑之雄富者,必据乎四达之冲、舟车之会而后足焉。盖彼放心于物外[7],而此娱意于繁华[8],二者各有适焉。然其为乐,不得而兼也。

今夫所谓罗浮、天台、衡岳、庐阜、洞庭之广[9],三峡之险,号为东南奇伟秀绝者,乃皆在乎下州小邑[10]、僻陋之邦,此幽潜之士、穷愁放逐之臣之所乐也[11]。若乃四方之所聚,百货之所交,物盛人众,为一都会,而又能兼有山水之美以资富贵之娱者[12],惟金陵、钱塘,然二邦皆僭窃于乱世[13]。及圣宋受命,海内为一,金陵以后服见诛[14],今其江山虽在,而颓垣废址,荒烟野草,过而览者,莫不为之踌躇而凄怆。独钱塘自五代时知尊中国[15],效臣顺,及其亡也,顿首请命,不烦干戈[16]。今其民幸富完安乐,又其俗习工巧,邑屋华丽,盖十余万家。环以湖山,左右映带。而闽商海贾,风帆浪舶,出入于江涛浩渺、烟云杳霭之间[17],可谓盛矣!

而临是邦者[18],必皆朝廷公卿大臣若天子之侍从,又有四方游士为之宾客,故喜占形胜[19],治亭榭[20],相与极游览之娱[21]。然其于所取,有得于此者必有遗于彼。独所谓有美堂者,山水登临之美,人物邑居之繁,一寓目而尽得之。盖钱塘兼有天下之美,而斯堂者又尽得钱塘之美焉。宜乎公之甚爱而难忘也。

梅公清慎[22],好学君子也。视其所好,可以知其人焉。

四年八月丁亥,庐陵欧阳修记。

《四部丛刊》本《欧阳文忠公文集·居士集》卷四十

〔1〕宋仁宗嘉祐四年(1059),欧阳修应曾任杭州知州的梅挚之请写了这篇记文。作者当时在京城,并未见过有美堂,因此文章不正面写有美堂及其周围的景色,仅在开头点明皇帝赐诗,引出有美堂的命名后,便跌宕开去,泛写天下美景不外乎两类:山水之美与都市繁华之美。但这两美却不能在一处兼而有之,只有金陵(今江苏南京)、钱塘(今浙江杭州)能兼有,然而金陵又因战争而残破,故只有钱塘可称,而有美堂则"尽得钱塘之美",故十分难得。文章采用对比的手法,由远及近,由大到小,逐步突出有美堂兼有天下之美的特色。

〔2〕梅公:梅挚,字公仪,成都新繁(今属四川成都)人。天圣五年(1027)进士,嘉祐二年(1057)知杭州,累官至谏议大夫。《宋史》卷二百九十八有传。

〔3〕天子宠之以诗:梅挚出守杭州,仁宗有《赐梅挚知杭州》诗,首联为"地有吴山美,东南第一州"。

〔4〕首章:首句。

〔5〕虽去而不忘:嘉祐四年梅挚改任知江宁府(府治在古金陵,今江苏南京)。

〔6〕遣人走京师:派人到京城。京师,即汴京,今开封。

〔7〕放心于物外:怡情悦性于自然之中。物外,指大自然。

〔8〕娱意于繁华:在繁华富丽处得到快乐。

〔9〕"今夫"句:罗浮,罗浮山,在今广东省境内。天台,天台山,在今浙江省境内。衡岳,南岳衡山,在今湖南省境内。庐阜,庐山,在今江西省境内。

〔10〕下州:宋代把州分成数等,下州指辖境小、经济落后的州。

〔11〕幽潜:指隐居。

〔12〕资:供给。

〔13〕二邦皆僭(jiàn见)窃于乱世:指五代时,南唐李氏占据金陵立国,吴越钱氏占据杭州。僭窃,超越本分而自称帝王。

〔14〕金陵以后服见诛:南唐因最后向宋称臣而被严惩。金陵,五代十国南唐都城,即今南京。见,被。

〔15〕钱塘:五代十国吴越钱氏都城,即今杭州。中国:中原,指北方的宋朝。

〔16〕不烦干戈:宋太宗太平兴国三年(978),吴越王钱俶主动臣服于宋,两国之间没有发生战争。

〔17〕杳霭:遥远迷离的样子。

〔18〕临是邦者:指担任这里(杭州)长官的人。

〔19〕形胜:优越的地理环境。

〔20〕治:建。

〔21〕极:尽。

〔22〕清慎:指品性清淳谨慎。

祭石曼卿文[1]

维治平四年七月日[2],具官欧阳修[3],谨遣尚书都省令史李扬至于太清[4],以清酌庶羞之奠[5],致祭于亡友曼卿之墓下,而吊之以文曰:

呜呼曼卿!生而为英[6],死而为灵[7]。其同乎万物生死而复归于无物者[8],暂聚之形[9];不与万物共尽而卓然其不朽者[10]，后世之名。此自古圣贤，莫不皆然，而著在简册者[11]，昭如日星[12]。

呜呼曼卿！吾不见子久矣[13]，犹能仿佛子之平生[14]。其轩昂磊落[15]，突兀峥嵘而埋藏于地下者[16]，意其不化为朽壤[17]，而为金玉之精。不然，生长松之千尺，产灵芝而九茎[18]。奈何荒烟野蔓，荆棘纵横，风凄露下，走磷飞萤[19]。但见牧童樵叟，歌吟而上下[20]，与夫惊禽骇兽[21]，悲鸣踯躅而咿嘤[22]。今固如此，更千秋而万岁兮，安知其不穴藏狐貉与鼯鼪[23]？此自古圣贤亦皆然兮，独不见夫累累乎旷野与荒城[24]？

呜呼曼卿！盛衰之理[25]，吾固知其如此，而感念畴昔[26]，悲凉凄怆，不觉临风而陨涕者[27]，有愧乎太上之忘情[28]。尚飨[29]！

《四部丛刊》本《欧阳文忠公文集·居士集》卷五十

[1] 本文是欧阳修为亡友石延年（字曼卿，参见本书苏舜钦《石曼卿诗集序》注[1]）所写的一篇祭文，作于宋英宗治平四年（1067）时距曼卿之死已二十六年。作者在文中表达了对亡友的无限怀念，抒发了对亡友怀才不遇的惋惜和同情。文章感情真挚，于纡徐委婉中见沉痛深切，情调低回呜咽，音节悲壮凄怆，具有极强的艺术感染力。文体属于韵文，通篇押韵，却又突破骈体过于严整而板滞的局限。文中句式灵活，整散结合，长短交错。读之音节抑扬，琅琅上口。字里行间，激情流泄，不可遏止。

[2] 维：发语词。治平：北宋英宗年号，1064—1067。

〔3〕具官:唐宋以后,官吏在奏疏、函牍或其它应酬文字上,常把应写明的官职爵位写作"具官",表示谦敬。亦作"具位"。

〔4〕谨:副词,表示敬意。李扬:张存女婿,进士出身,时为欧阳修属官。太清:地名,今河南商丘东南。

〔5〕清酌:美酒。庶羞:各色食品。奠:祭品。

〔6〕英:不平凡的人。

〔7〕灵:神灵。

〔8〕乎:相当于"于"。

〔9〕形:这里指人的身体。

〔10〕卓然:优秀卓越。其:语气助词。

〔11〕简册:史书。简,竹简。

〔12〕昭:明亮。

〔13〕子:对人的尊称,指石曼卿。

〔14〕仿佛:依稀记得。平生:指石曼卿一生的经历。

〔15〕轩昂:相貌英俊,气度不凡。磊落:心地光明坦率。

〔16〕突兀峥嵘:本指山势高峻,这里指石曼卿的才气、品格超群出众。

〔17〕朽壤:腐烂的土壤。

〔18〕"产灵芝"句:灵芝,菌类植物,古人把它视为祥瑞仙草。九茎,形容灵芝的茎很多,古人认为九茎的灵芝更加珍贵。

〔19〕走磷:俗称鬼火,实际是飘动的磷火。萤:萤火虫。

〔20〕上下:在墓前来回走动。

〔21〕与夫:连接词,以及、还有。

〔22〕"悲鸣"句:踯躅(zhí zhú 直竹),徘徊不前。咿嘤(yī yīng 衣婴),哭声,这里形容禽兽悲鸣的声音。

〔23〕"安知"句:貉(hé 河),像狐狸的一种野兽。鼯(wú 无),飞

鼠,像松鼠。鼪(shēng 生),即黄鼠狼。

〔24〕累累:重叠相连的样子。荒城:这里指荒坟。

〔25〕盛衰:指事物的兴衰,此处借指人的生死。

〔26〕畴(chóu 稠)昔:从前。

〔27〕陨涕:落泪。涕,眼泪。

〔28〕太上:圣人。忘情:超脱世俗情感。语出《世说新语·伤逝》:"圣人忘情,最下不及情。情之所钟,正在我辈。"

〔29〕尚飨:旧时祭文套语,即请死者、鬼神享用祭品。

六一居士传[1]

六一居士初谪滁山,自号醉翁[2]。既老而衰且病,将退休于颍水之上[3],则又更号六一居士[4]。

客有问曰:"六一,何谓也?"居士曰:"吾家藏书一万卷,集录三代以来金石遗文一千卷[5],有琴一张,有棋一局,而常置酒一壶。"客曰:"是为五一尔,奈何?"居士曰:"以吾一翁,老于此五物之间,是岂不为六一乎?"客笑曰:"子欲逃名者乎[6],而屡易其号,此庄生所诮畏影而走乎日中者也[7]。余将见子疾走大喘渴死,而名不得逃也。"居士曰:"吾固知名之不可逃[8],然亦知夫不必逃也。吾为此名,聊以志吾之乐尔[9]。"客曰:"其乐如何?"居士曰:"吾之乐可胜道哉!方其得意于五物也[10],太山在前而不见,疾雷破柱而不惊[11];虽响九奏于洞庭之野[12],阅大战于涿鹿之原[13],

未足喻其乐且适也。然常患不得极吾乐于其间者,世事之为吾累者众也。其大者有二焉,轩裳珪组劳吾形于外[14],忧患思虑劳吾心于内,使吾形不病而已悴,心未老而先衰,尚何暇于五物哉?虽然,吾自乞其身于朝者三年矣[15]。一日天子恻然哀之,赐其骸骨[16],使得与此五物偕返于田庐,庶几偿其夙愿焉[17]。此吾之所以志也。"客复笑曰:"子知轩裳珪组之累其形,而不知五物之累其心乎?"居士曰:"不然。累于彼者已劳矣,又多忧;累于此者既佚矣[18],幸无患。吾其何择哉?"于是与客俱起,握手大笑曰:"置之[19],区区不足较也[20]。"

已而叹曰:"夫士少而仕,老而休,盖有不待七十者矣[21]。吾素慕之,宜去一也[22]。吾尝用于时矣[23],而讫无称焉[24],宜去二也。壮犹如此,今既老且病矣,乃以难强之筋骸贪过分之荣禄,是将违其素志而自食其言[25],宜去三也。吾负三宜去[26],虽无五物,其去宜矣,复何道哉!"

熙宁三年九月七日,六一居士自传。

《四部丛刊》本《欧阳文忠公文集·居士集》卷四十四

[1] 熙宁三年(1070)七月,欧阳修由青州改任蔡州(今河南汝南)知州,九月到任,自号"六一居士",写作本文。此时作者年已垂暮,政治上遭受多次打击,而且老病交加,故有退休的念头。本文反映了作者退休前夕的思想状况。文章采用了汉赋的主客问答方式,生动地记叙了晚年生活的乐趣,以及对官场的厌倦心情。行文逐层推进、跌宕多姿。语言平易晓畅。

〔2〕醉翁:庆历五年(1045)欧阳修贬滁州知州,次年四十岁,自称醉翁。

〔3〕颖水之上:指颖州。欧阳修曾被贬知颖州,爱其西湖风景,曾和梅尧臣相约,决定晚年退居于此。熙宁四年(1071),欧阳修退休后即定居颖州,于次年去世。

〔4〕更:改。

〔5〕金石遗文:指欧阳修《集古录》中所收的金石拓本。

〔6〕逃名:逃避名声。《后汉书·法真传》:"友人郭正称之曰:'法真名可得闻,身难得见,逃名而名我随,避名而名我追。'"

〔7〕"此庄生"句:这就是庄子所讥诮的那种怕见影子而在太阳下行走的人。《庄子·渔父》:"人有畏影恶迹而去之走者,举足愈数而迹愈多,走愈疾而影不离身,自以为尚迟,疾走不休,力绝而死。不知处阴以休影,处静以息迹,愚亦甚矣。"诮,讥讽。

〔8〕固:本来。

〔9〕志:记、标志。

〔10〕方其得意于五物也:其,我。得意,称心如意。五物,指书、金石遗文、琴、棋、酒。

〔11〕"太山在前"二句:意思是心有专注,不闻外物。刘伶《酒德颂》:"静听不闻雷霆之声,熟视不睹泰山之形。"太山,即泰山。疾雷破柱,《世说新语·雅量》:"夏侯太初尝倚柱作书。时大雨,霹雳破所倚柱,衣服焦然,神色无变,书亦如故。宾客左右,皆跌荡不得住。"

〔12〕虽响九奏于洞庭之野:语出《庄子·至乐》:《咸池》、《九韶》之乐,张之洞庭之野。"九奏,即九韶,虞舜时的音乐。

〔13〕"阅大战"句:阅,看。大战于涿鹿之原,《史记·五帝本纪》载,黄帝与蚩尤大战于涿鹿之原,黄帝胜利,被诸侯推举为天子。

〔14〕轩裳珪组:车马、服饰、印信、绶带(系印用的带子),借指

官场。

〔15〕乞其身:即"乞骸骨",意谓请求退休。古代做官,称全身都为皇帝尽忠,所以请求退休称为乞骸骨。三年:指熙宁三年(1070)。作者于熙宁元年春知亳州时上《亳州乞致仕第一表》,开始请求退休,本文作于三年,正好三年。

〔16〕赐其骸骨:指准予退休。

〔17〕庶几:也许、大概。夙:平素。

〔18〕佚:安逸。

〔19〕置之:放在一边。

〔20〕区区:形容事小。

〔21〕不待七十者矣:《礼记·曲礼上》:"大夫七十而致事。"郑玄注:"致其所掌之事于君而告老。"

〔22〕宜:应该。

〔23〕用于时:即用世,指做官。

〔24〕迄:至今。无称:没有值得称道的政绩。

〔25〕"是将"句:素志,平时的志向。自食其言,欧阳修五十二岁任翰林学士时,曾与韩绛等人相约五十八岁退休,现已过限,所以这么说。

〔26〕负:具有。

谢致仕表[1]

臣某言[2]:今月十七日,进奏院递到敕告[3],伏蒙圣恩除臣太子少师、依前观文殿学士致仕者[4]。愚诚恳至[5],曲轸于皇慈[6];宠命优殊[7],特加于常品[8]。本期得

147

谢[9]，更此叨荣[10]。臣某中谢。

伏念臣猥以庸近之材[11]，早遭休明之运[12]。不通之学，既泥古以难施[13]；无用之文，复虚言而少实。是以三朝被遇[14]，四纪服劳[15]，蒙德重于丘山，论报亡于毫发[16]。而年龄晚暮，疾病尪残[17]，辄希知止于前人，不待及期而后请[18]。自陈悃幅[19]，屡至渎烦[20]，既久历于岁时，始曲蒙于开可[21]。仍超加于异数[22]，非止赐于残骸[23]。道愧师儒，乃忝春宫之峻秩[24]；身居畎亩[25]，而兼书殿之清名[26]。至于头垂两鬓之霜毛，腰束九环之金带，虽异负薪之里[27]，何殊衣锦之归？使闾巷咨嗟，共识圣君之念旧；缙绅感悦[28]，皆希后福之有终。岂惟愚臣，独受大赐？

此盖伏遇皇帝陛下，无私覆物，博爱推仁。以其夙幸遭逢[29]，密契风云之感会[30]；曾经服御[31]，不忘簪履之贱微[32]。致此便蕃[33]，萃于衰朽。虽伏枥之马，悲鸣难恋于君轩[34]；而曳尾之龟[35]，涵养未离于灵沼。余生易毕[36]，鸿造难酬[37]。

《四部丛刊》本《欧阳文忠公文集·表奏书启四六集》卷五

[1]《续资治通鉴长编》卷二百二十四：熙宁四年六月甲子，"观文殿学士、兵部尚书、知蔡州欧阳修为太子少师、观文殿学士致仕"。欧阳修五十二岁任翰林学士时，曾与韩绛、王珪等相约五十八岁退休，但未能如愿，直到熙宁四年(1071)，已经六十五岁的欧阳修上奏表请求辞官归乡，才终于获准。从本文中可知欧阳修能够仕宦知止，见机祸福。宋代

朝廷所用表奏等多用骈文,欧阳修等首倡以古文之势,运用骈文之词句,促使骈文散文化。本文不尚用典,语言平易,感情真挚。致仕:旧时指"还禄位于君"(见《公羊传》注),即辞官退休。表即奏表,又称表文,是臣子给君王的上书。

〔2〕某:自称,相当于"我"。

〔3〕进奏院:官署名,隶属于给事中,掌传递公文。敕告:皇帝的命令。

〔4〕圣恩:帝王的恩宠。除:授予官职。

〔5〕至:极、最。

〔6〕曲轸(zhěn枕):犹曲垂。皇慈:皇帝的仁爱。

〔7〕宠命:加恩特赐的任命。优殊:优异、特别好。

〔8〕常品:常格。

〔9〕期:希望。谢:辞却、辞职。

〔10〕叨荣:添受恩荣。

〔11〕猥:身份卑下低微,自谦之词。庸近之材:平庸之材,此为谦词。

〔12〕早遘(gòu够):很早就遇到。休明之运:政治清明时代。

〔13〕施:实用。

〔14〕被遇:蒙受恩遇。

〔15〕纪:十二年为一纪。服劳:服事效劳。欧阳修1030年中进士,次年任西京留守推官,1071年退休,出仕超过四十年,但不足"四纪",此举其成数。

〔16〕亡于:比不上。

〔17〕尫(wāng汪)残:腿脚不方便,欧晚年得糖尿病,脚膝瘦削无力。尫:骨骼弯曲症,引申为孱弱。

〔18〕不待:等不到。期:期限。

〔19〕悃愊(kǔn bì 捆毕):至诚。悃,诚恳。愊,至诚。

〔20〕渎烦:亵渎麻烦。

〔21〕曲蒙:委曲承蒙。开可:许可。

〔22〕异数:特殊的情况,例外的情形。

〔23〕止:只。赐于残骸:指皇帝准许退休。

〔24〕乃忝春宫之峻秩:春宫,即东宫,旧时为太子所居之处。峻秩,高位、高官,这里指"太子少师"。这里指自己退休时还得到"太子少师"的官阶,自己很惭愧。

〔25〕身居畎(quǎn 犬)亩:畎亩,田野,引申指民间。畎,田间的水沟。这句及下句是说,自己退居田园,仍带着"观文殿大学士"的职名,感到很惶恐。据李心传《旧闻正误》卷二,宋代官员带职名致仕的前此只有王素,时间在本年的二月,欧阳修是第二个带职名致仕的官员。

〔26〕书殿:这里指观文殿。清名:清美的声誉,指"观文殿大学士"的职名。

〔27〕负薪之里:指落魄狼狈还乡。负薪,背着柴禾。

〔28〕缙绅:插笏于绅带间,旧时官宦的装束。亦借指士大夫。缙,插。绅,束腰的大带。感悦:感动喜悦。

〔29〕夙幸:早年幸运。

〔30〕契:契合。

〔31〕服御:使用、役使。

〔32〕簪履:簪笄和鞋子,常以喻卑微的旧臣。

〔33〕便蕃:频繁、屡次。

〔34〕轩:古代一种有围棚或帷幕的车。

〔35〕曳尾之龟:《庄子·秋水》云:"庄子钓于濮水,楚王使大夫二人往先焉,曰:'愿以境内累矣!'庄子持竿不顾,曰:'吾闻楚有神龟,死已三千岁矣,王以巾笥而藏之庙堂之上。此龟者,宁其死为留骨而贵乎,

宁其生而曳尾于涂中乎?'二大夫曰:'宁生而曳尾涂中。'庄子曰:'往矣!吾将曳尾于涂中。'"这里借指解脱了政事。灵沼:《诗经·大雅·灵台》:"王在灵沼,于牣鱼跃。"毛传:"灵沼,言灵道行于沼也。"后喻指帝王的恩泽所及之处。

〔36〕毕:结束、完结。

〔37〕酬:报答。

周敦颐

周敦颐(1017—1073),字茂叔,号濂溪,道州营道(今湖南道县)人,曾任洪州分宁主簿,南安军司理参军、郴州郴县令、大理寺丞等职,历官至提点广南西路刑狱、知南康军。他是北宋著名理学家,还是程颢、程颐的老师。《宋史·道学传》说:两汉而下,儒学"几至大坏。千有余载,至宋中叶,周敦颐出于舂陵,乃得圣贤不传之学,作《太极图说》、《通书》,推明阴阳五行之理,命于天而性于人者,了若指掌"。卒后追谥"元",称元公。有《周子全书》,今人整理有《周敦颐集》(岳麓书社2002年版)。《宋史》卷四百二十七有传。

爱莲说[1]

水陆草木之花,可爱者甚蕃[2]。晋陶渊明独爱菊[3];自李唐来,世人盛爱牡丹[4];予独爱莲之出淤泥而不染[5],濯清涟而不妖[6],中通外直[7],不蔓不枝[8],香远益清[9],亭亭净植[10],可远观而不可亵玩焉[11]。予谓菊,花之隐逸者也[12];牡丹,花之富贵者也[13];莲,花之君子者也[14]。噫!菊之爱[15],陶后鲜有闻[16];莲之爱,同予者何人[17];牡丹之爱,宜乎众矣[18]。

宋刻本《周元公集》卷六

〔1〕"说"是古代的一种文体,也称杂说。这种文体可以说明事理,也可以发表议论或记叙事物,都是为了阐明一个道理,给人某种启示或给自己明志。这篇文章以简洁省净的笔墨表现了自己对莲花的喜爱,寄托了自己高洁的人格。

〔2〕蕃(fán烦):多。

〔3〕晋陶渊明独爱菊:陶渊明(365—427),一名潜,字元亮,自称五柳先生,世称靖节先生,东晋浔阳柴桑(今江西九江)人,东晋著名诗人。陶渊明是著名的隐士,他独爱菊花,常在诗里咏菊,如《饮酒》诗里的"采菊东篱下,悠然见南山",向来称为名句。

〔4〕自李唐来,世人盛爱牡丹:唐朝以来,人们酷爱牡丹。李唐,指唐朝。唐朝的皇帝姓李,所以称为"李唐"。唐人爱牡丹,古书里有不少记载,如唐朝李肇的《唐国史补》里说:"京城贵游,尚牡丹……每春暮,车马若狂……种以求利,一本(一株)有直(同'值')数万(指钱)者。"唐人刘禹锡诗:"唯有牡丹真国色,花开时节动京城。"盛,特别、十分。

〔5〕淤泥:河沟或池塘里积存的污泥。染:沾染(污秽)。

〔6〕濯(zhuó琢)清涟而不妖:在清水里洗涤过,而不显得妖媚。濯,洗涤。清涟,水清而有微波,这里指清水。妖,美丽而不端庄。

〔7〕中通外直:(它的茎)内空外直。通,贯通。

〔8〕不蔓不枝:不生枝蔓,不长枝节。蔓,名词用作动词,生枝蔓。枝,名词用作动词,长枝节。

〔9〕香远益清:香气远播,更显得清芬。益,更加。

〔10〕亭亭净植:笔直而洁净地立在那里。亭亭,耸立的样子。植,立。

〔11〕亵(xiè谢)玩:玩弄。亵,亲近而不庄重。

〔12〕隐逸:指隐居的人。

153

〔13〕牡丹,花之富贵者也:牡丹是花中富贵的(花),因为牡丹看起来十分浓艳,所以这样说。

〔14〕君子:指道德高尚的人。

〔15〕菊之爱:对于菊花的喜爱。

〔16〕鲜有闻:很少听到。鲜,少。

〔17〕同予者何人:与我爱好相同的还有什么人呢?

〔18〕宜乎众矣:宜,应当,这里和"乎"连用,有"当然"的意思。众,多。

邵　雍

邵雍(1012—1077)，字尧夫，河北范阳人，随父徙居共城(今河南辉县)，北宋著名理学家。屡授官不赴，后至洛阳，富弼、司马光、吕公著等退居洛阳时，雅敬之，并为其购置田宅。遂岁时耕种，名其居处为"安乐窝"，自号"安乐居士"。仁宗嘉祐及神宗熙宁初，曾两度被荐举，均称疾不赴。元祐中赐谥"康节"。邵雍是宋代理学象数派的创始者，与张载、周敦颐、程颢、程颐并称"北宋五子"。理学著作有《皇极经世》、《渔樵问答》，诗集《伊川击壤集》二十卷。《宋史》卷四百二十七有传。

伊川击壤集自序[1]

《击壤集》，伊川翁自乐之诗也[2]。非唯自乐，又能乐时与万物之自得也。伊川翁曰：子夏谓"诗者，志之所之也[3]。在心为志，发言为诗，情动于中而形于言[4]，声成其文而谓之音[5]"。是知怀其时则谓之志[6]，感其物则谓之情，发其志则谓之言，扬其情则谓之声，言成章则谓之诗，声成文则谓之音，然后闻其诗，听其音，则人之志情可知之矣。且情有七[7]，其要在二，二谓身也、时也。谓身则一身之休戚也[8]；谓时则一时之否泰也[9]。一身之休戚，则不过贫富贵贱而已；一时之否泰，则在夫兴废治乱者焉。是以仲尼删《诗》，十去其九[10]。诸侯千有余国，《风》取十五[11]。西周十有二王，《雅》取其六[12]。盖垂训之道，善恶明著者存焉耳。近世诗人，穷戚则职于怨憝[13]，荣达则专于淫泆[14]。身之休戚发于喜怒，时之否泰出于爱恶。殊不以天下大义而为言者，故其诗大率溺于情好也[15]。噫！情之溺人也，甚于水。古者谓"水能载舟，亦能覆舟"[16]，是覆载在水也，不在人也。载则为利，覆则为害，是利害在人也，不在水也。不知覆载能使人有利害耶？利害能使水有覆载耶？二者之间，必有处焉[17]。就如人能蹈水[18]，非水能蹈人也。然而有称善蹈者，未始不为水之所害也。若外利而蹈水，则水之情亦由人之情也；若内利而蹈水，则败坏之患立至于前，又何必分乎人焉水焉，其伤性害命一也。

性者，道之形体也[19]，性伤则道亦从之矣。心者，性之郛廓也[20]，心伤，则性亦从之矣。身者，心之区宇也，身伤，则心亦从之矣。物者，身之舟车也[21]，物伤，则身亦从之矣。是知以道观性，以性观心，以心观身，以身观物，治则治矣，然犹未离乎害者也。不若以道观道，以性观性，以心观心，以身观身，以物观物，则虽欲相伤，其可得乎！若然，则以家观家，以国观国，以天下观天下，亦从而可知之矣。

予自壮岁业于儒术，谓人世之乐，何尝有万之一二，而谓名教之乐[22]，固有万万焉。况观物之乐[23]，复有万万者焉。虽死生荣辱转战于前，曾未入于胸中，则何异四时风花雪月一过乎眼也？诚为能以物观物，而两不相伤者焉，盖其间情累都忘去尔。所未忘者独有诗在焉，然而虽曰未忘，其实亦若忘之矣。何者？谓其所作异乎人之所作也。所作不限声律，不沿爱恶，不立固必[24]，不希名誉[25]，如鉴之应形[26]，如钟之应声。其或经道之余，因闲观时，因静照物，因时起志，因物寓言，因志发咏，因言成诗，因咏成声，因诗成音，是故哀而未尝伤，乐而未尝淫[27]。虽曰吟咏情性，曾何累于性情哉！钟鼓，乐也；玉帛，礼也，与其嗜钟鼓玉帛，则斯言也不能无陋矣。必欲废钟鼓玉帛，则其如礼乐何[28]？人谓风雅之道行于古而不行于今，殆非通论，牵于一身而为言者也。吁！独不念天下为善者少，而害善者多；造危者众，而持危者寡[29]。志士在畎亩[30]，则以畎亩言，故其诗名之曰《伊川击壤集》。时有宋治平丙午中秋日也[31]。

《四部丛刊》本《伊川击壤集》卷首

〔1〕这是邵雍文集的自序。邵雍作为理学家，在诗集自序中强调道在诗歌中的主导地位，重视人格修养对诗歌的影响，这种观点对后世理学家的诗学思想影响很大。击壤：王充《论衡》卷五："（帝尧之世）天下大和，百姓无事，有五十老人击壤于道。"后来击壤成为歌颂太平盛世的典故。

〔2〕伊川翁：邵雍自号。

〔3〕"子夏"数句：子夏，即卜商，相传曾经为《诗经》作序，下面所引的六句话即为《诗大序》中文字。志，志意、怀抱。所之，所往、所向。

〔4〕形于言：表现在语言上。

〔5〕声成其文:文指宫、商、角、徵、羽五音。

〔6〕怀其时:即怀济时之志。

〔7〕情有七:人有七情,即喜、怒、哀、惧、爱、恶、欲。

〔8〕休戚:喜乐和忧虑,泛指有利的和不利的遭遇。

〔9〕否泰:二卦名,否谓闭塞,泰谓通泰。

〔10〕仲尼删《诗》,十去其九:据《史记·孔子世家》,古诗本有三千余篇,孔子将其删至三百零五篇,并且"皆弦歌之"。

〔11〕《风》取十五:即取周南、召南等十五国风。

〔12〕西周十有二王,《雅》取其六:十二王,即武、成、康、昭、穆、共、懿、孝、夷、厉、宣、幽王。六王,即文、武、成、厉、宣、幽王。

〔13〕怨憝(duì 对):怨恨。

〔14〕淫泆(yì 亦):过度享乐、腐化。

〔15〕溺于情好:沉溺于个人情欲所好。

〔16〕水能载舟,亦能覆舟:《荀子·王制》:"水则载舟,水则覆舟。"指事物都有两面性。

〔17〕处:对待、安排。

〔18〕蹈水:游泳。

〔19〕"性者"句:邵雍认为人性和天道是相同的,是天道在人身上的体现。

〔20〕郛(fú 浮)廓:外城,这里比喻外围。

〔21〕"物者"句:外物就象承载人的舟车。

〔22〕名教:指以正名定分为主的儒家礼教。

〔23〕观物:体察外物。

〔24〕固必:语出《论语·子罕》:"毋必,毋固。"本指固执坚持,不可变通。后引申为必须遵守的规则或规定。

〔25〕希:谋求。

〔26〕如鉴之应形：诗歌的创作，就像镜子自然地照出人的影子一样，没有丝毫的造作在内。鉴，镜子。

〔27〕"是故哀而未尝伤"二句：语出《论语·八佾》："子曰：'《关雎》，乐而不淫，哀而不伤。'"这是指情感的抒发都动而中节，没有过分的表现。

〔28〕"必欲"二句：钟鼓是用来演奏音乐的，玉帛是礼制中不可缺少的，但是他们本身并不是音乐和礼。这里用它们之间的关系来比喻诗歌和感情之间的联系。

〔29〕持危者寡：持，扶持、护持。《论语·季氏》："危而不持，颠而不扶，则将焉用彼相矣。"

〔30〕畎亩：田地、田野，引申为民间。

〔31〕治平丙午：宋英宗治平三年，1066年。

张 载

张载(1020—1078),字子厚,家凤翔郿县(今陕西眉县)横渠镇,人称横渠先生。少力学,喜谈兵,以书谒范仲淹,仲淹劝其研读《中庸》,遂精研六经。仁宗嘉祐二年(1057)进士,授祁州司法参军,调丹州云岩令。迁著作佐郎,签书渭州军事判官。熙宁二年(1069),除崇文院校书。对新法持异议,有疾,告归。十年春,复召还馆,同知太常礼院。同年冬告归,十二月卒于道,年五十八。宋宁宗嘉定十三年(1220)赐谥明公。今人编有《张载集》(中华书局1978年版)。

西铭[1]

乾称父,坤称母[2]。予兹藐焉,乃混然中处[3]。故天地之塞,吾其体[4]。天地之帅,吾其性[5]。民,吾同胞;物,吾与也[6]。大君者,吾父母宗子[7],其大臣,宗子之家相也[8]。尊高年,所以长其长。慈孤弱,所以幼其幼[9]。圣,其合德;贤,其秀也[10]。凡天下疲癃残疾惸独鳏寡,皆吾兄弟之颠连而无告者也[11]。于时保之,予之翼也[12]。乐且不忧,纯乎孝者也[13]。违曰悖德,害仁曰贼[14]。济恶者不才,其践形唯肖者也[15]。知化则善述其事,穷神则善继其志[16]。不愧屋漏为无忝,存心养性为匪懈[17]。恶旨酒,崇伯子之顾养[18]。育英才,颖封人之赐类[19]。不弛劳而厎豫,舜其功也[20]。无所逃而待烹,申生其恭也[21]。体其受而归全者,参乎[22]！勇于从而顺令者,伯奇也[23]！富贵福泽,将厚吾之生也[24]。贫贱忧戚,庸玉汝于成也[25]。存吾顺事,没吾宁也[26]。

中华书局1978年点校本《张载集·正蒙·乾称篇》

[1]《西铭》原名《订顽》,为《正蒙·乾称篇》中的一部分。集中反映了张载对"人"的本质及其责任和义务的看法。在他看来,人的道德义务是天所赋予的,保有并践行这些义务,是人之所以成为人的关键。有了这样的认识,就能超越个人的利害穷达。本文采用了类比的方法,将人和天地的关系,比作孩子和父母。这种特殊的论说方式,是阅读时应该注意的。

[2]"乾称父"二句:《易·说》传曰:"乾,天也,故称乎父;坤,地也,故称乎母。"

[3]"予兹藐焉"二句:予,我。兹,语气词。藐,弱小,多指幼儿。《尚书·顾命》:"眇眇予末小子。""眇"通"藐"。混然,张伯行《近思录集解》卷二解释为:"形气与天地混合无间。"中处,处于天地之中。

[4]"故天地之塞"二句:《朱子语类》卷九十八曰:"塞只是气,吾之体即天地之气。"

[5]"天地之帅"二句:《朱子语类》卷九十八曰:"帅是主宰,乃天地之常理也,吾之性即天地之理。"

[6]"民,吾同胞"二句:民,人民。同胞,同一父母所生的兄弟。物,万物,此处指人类以外的生物。与,同类。

[7]"大君者"二句:大君,指天子。宗子,嫡长子。

〔8〕家相:家宰、家臣。

〔9〕"尊高年"四句:所以,以此、以之。长其长,前长字为动词,后长字为名词,意为尊重年长之人。幼其幼,意为爱抚年幼之人。《孟子·梁惠王上》:"老吾老以及人之老,幼吾幼以及人之幼。"

〔10〕圣,其合德:圣人与天地德性相合为一。《易·乾·文言》:"夫大人者,与天地合其德,与日月合其明,与四时合其序,与鬼神合其吉凶。"贤,其秀也:贤人是汇集了天地的灵秀之气而产生的。秀,灵秀。

〔11〕"凡天下"二句:疲癃,衰老龙钟的人。茕独,孤苦伶仃的人。鳏寡,鳏夫和寡妇。颠连,困顿、苦难。无告,无可诉告。一说为无靠,"告"通"靠"。《孟子·梁惠王下》:"老而无妻曰鳏,老而无夫曰寡,老而无子曰独,幼而无父曰孤。此四者,天下之穷民而无告者。"结合上句,这里是将圣人、贤人和天下各种穷困贫病之人,都看作是一家兄弟。圣和贤只不过是其中比较优秀的人而已。

〔12〕"于时保之"二句:语出《诗经·周颂·我将》:"我将夙夜,畏天之威,于时保之。"时,是。保之,保有、守护。之,代词,张载这里即上文"天地之帅,吾其性"的"性",即天地所赋予人的本性。翼,恭敬。这句是说,小心恭敬地保有我的本性。朱熹《西铭解义》:"畏天自保者,犹其敬亲之致。"

〔13〕"乐且不忧"二句:乐且不忧,语出《易·系辞上》:"易与天地准……乐天知命,故不忧。"纯乎孝者,语出《左传·隐公元年》:"君子曰:颖考叔,纯孝也。爱其母,施及庄公。《诗》曰:'孝子不匮,永赐尔类。'其是之谓乎!"所引诗见《诗经·大雅·既醉》。杜预注:"纯,犹笃也。"这两句是说自己对天地所赋予的责任,就像一个孝顺的孩子对父母的命令一样,是乐而不忧的。朱熹《西铭解义》:"乐天无忧者,犹其爱亲之纯也。"

〔14〕"违曰悖德"二句:《近思录集注》引朱熹曰:"不循天理而徇人

欲者,不爱其亲而爱他人也,故谓之悖德。戕灭天理而自绝本根者,贼杀其亲大逆无道者,故谓之贼。"

〔15〕"济恶者不才"二句:济恶,助长为恶。不才,不成才。《史记·五帝本纪》:"昔帝鸿氏有不才子,掩义隐贼,好行凶慝,天下谓之浑沌。"践形,体现出人的天赋品质。此二句是说,为恶者只是身形血气与圣贤相似而已。

〔16〕"知化则善述其事"二句:二"其"字都指天地乾坤而言。《易·系辞下》:"穷神知化,德之盛也。"孔颖达正义:"穷极微妙之神,晓知变化之道,乃是圣人德之极盛也。"

〔17〕"不愧屋漏为无忝"二句:不愧屋漏,语出《诗经·大雅·抑》:"相在尔室,尚不愧于屋漏。""相在尔室"意为诸侯卿大夫觐见助祭,"屋漏"为宗庙的西北隅,"不愧"意为有神见己所为而己不惭愧。无忝,无愧。存心养性,《孟子·尽心上》:"存其心,养其性,所以事天也。"夙夜,早晚。夙,早。匪懈,不懈,"匪"同"非"。朱熹《西铭解义》:"事天者,仰不愧俯不怍,则不忝事天地矣。……存养其性,则不懈乎事天矣。"

〔18〕"恶旨酒"二句:恶旨酒,《孟子·离娄下》:"禹恶旨酒而好善言。"崇伯子,夏禹之父鲧封于崇,史称崇伯,崇伯子即夏禹。顾养,顾念父母的养育之恩。《孟子·离娄下》:"孟子曰:世俗所谓不孝者五……博弈好饮酒,不顾父母之养,二不孝也。"这两句是说夏禹恶旨酒好善言的德政,就是对父母养育之恩的回报。这里的父母,朱熹认为是比喻,是指"天地乾坤"而言,他在《西铭解义》中说:"禹之恶旨酒,则所以顾天之养者,至矣。"

〔19〕"育英才"二句:育英才,《孟子·尽心上》:"孟子曰:君子有三乐,而王天下不与存焉。父母俱存,兄弟无故,一乐也。仰不愧与天,俯不怍于人,二乐也。得天下英才而教育之,三乐也。"颍封人,即颍考叔,曾任颍谷封人。春秋时郑国人,以事母至孝著称,《左传·隐公元年》有

记载。赐类,永赐尔类的简称,意谓能将自己的孝心传递给别人。

〔20〕"不弛劳而厎(zhǐ 止)豫"二句:不弛劳,勤劳不松懈。弛,本义为放松弓箭,引申为松懈、延缓、减弱。厎豫,使其快乐。厎,使、致。《孟子·离娄上》:"不得乎亲,不可以为人。不顺乎亲,不可以为子。舜尽事亲之道而瞽瞍厎豫,瞽瞍厎豫而天下化,瞽瞍厎豫而天下之为父子者定,此之谓大孝。"

〔21〕"无所逃而待烹"二句:申生,春秋时晋献公太子,晋献公宠爱骊姬,申生为其所僭,自经而死。文中所说"待烹",犹言待死。恭,申生死后的谥号,《谥法》:"敬顺事上曰恭。"《礼记·檀弓上》:"晋献公将杀其世子申生,公子重耳谓之曰:'子盍言子之志于公乎?'世子曰:'不可。君安骊姬,是我伤公之心也。'曰:'然则盍行乎?'世子曰:'不可。君谓我欲弑君也,天下岂有无父之国哉?吾何行如之!'使人辞于狐突曰:'申生有罪,不念伯氏之言也,以至于死。申生不敢爱其死,虽然,吾君老矣,子少,国家多难,伯氏不出而图吾君?伯氏苟出而图吾君,申生受赐而死。'再拜稽首,乃卒。是以为恭世子也。"事又见《左传·僖公四年》。

〔22〕"体其受而归全者"二句:体其受,身体发肤,受之于父母。归全,保全身体,归之于父母。参,曾参,字子舆,孔子弟子,以孝著称,相传《大学》《孝经》均为其所作。《孝经·开宗明义章》:"身体发肤,受之父母,不敢毁伤,孝之始也。"又《礼记·祭义》:"天之所生,地之所养,无人为大。父母全而生之,子全而归之,可谓孝矣。"

〔23〕"勇于从而顺令者"二句:勇于从而顺令,勇于顺从父母的旨意。《太平御览》卷五百一十一引蔡邕《琴操》曰:"尹吉甫,周卿也。子伯奇,母早亡,吉甫更娶后妻,妻乃谮之于吉甫曰:'伯奇见妾美,欲有邪心。'吉甫曰:'伯奇慈仁,岂有此也。'妻曰:'置妾空房中,君登楼察之。'妻乃取毒蜂缀衣领,令伯奇掇之。于是吉甫大怒,放伯奇于野。宣王出游,吉甫从之,伯奇作歌以感之。宣王闻之,曰:'此放子之辞也。'吉甫

乃求伯奇而感悟,遂射杀其妻。"

〔24〕福泽:福利恩泽。厚生:生计温厚,丰衣足食。

〔25〕忧戚:忧虑烦恼。戚,忧患、悲哀。庸:用、以、乃。玉汝于成:爱护而使之有成就。

〔26〕"存吾顺事"二句:存,生存。顺事,顺从天地之理。没,通"殁",死亡。宁,安宁。朱熹《西铭解义》:"仁人之身存,则其事天者,不易其理而已。"

与吕微仲书[1]

浮屠明鬼[2],谓有识之死[3],受生循环。亦出庄说之流[4],遂厌苦求免[5],可谓知鬼乎?以人生为妄见[6],可谓知人乎?天人一物[7],辄生取舍,可谓知天乎?孔、孟所谓天,彼所谓道者。惑者指"游魂为变"为轮回,未之思也。大学当先知天德[8],知天德则知圣人,知鬼神。今浮屠极论要归,必谓生死转流,非得道不免,谓之悟道可乎?悟则有命有义[9],均死生,一天人,推知昼夜,道阴阳,体之不二[10]。自其说炽传中国[11],儒者未容窥圣学门墙,已为引取,沦胥其间[12],指为大道。乃其俗达之天下,致善恶知愚,男女臧获[13],人人著信,使英才间气[14],生则溺耳目恬习之事[15],长则师世儒崇尚之言,遂冥然被驱[16],因谓圣人可不修而至,大道可不学而知。故未识圣人,心已谓不必事其迹[17];未见君子,志已谓不必事其文[18]。此人伦所以不察,庶物所以不明,治所以忽,德所以乱。异言满耳,上无礼以防其伪,下无学以稽其弊[19]。自古淫诐邪遁之词[20],翕然并兴,一出于佛氏之门者,千五百年。向非独立不惧,精一自信[21],有大过之才,何以正立其间,与之较是非,计得失?来简见发狂言,当为浩叹。所恨不如佛氏之著明也[22]。未尽,更冀开谕[23],倾俟[24]。

中华书局1978年点校本《张载集·文集佚存》

〔1〕张载是北宋著名理学家,针对北宋时期士大夫多佞佛的风气,有感而发,在文中批评了佛教不识人伦大体,强调儒家思想对人性的规定和要求。吕微仲:吕大防(1027—1097),字微仲,徙居京兆蓝田(今陕西蓝田)。皇祐初进士及第。累官至尚书左仆射兼门下侍郎,与范纯仁同心辅政,进退百官,不市恩以邀誉,八年始终如一,后来章惇等所构,贬死,追谥正愍。《宋史》卷三百四十有传。吕氏学术号称博杂,其中就有受佛教影响的明显印记。

〔2〕浮屠:梵语Buddha的音译,亦作浮图、佛陀。此指佛教。

〔3〕有识:佛教语,犹有情,指人和一切有情识的动物。

〔4〕"亦出"句:佛教主张生死轮回,因果报应。《庄子·知北游》:"人之生,气之聚也。聚则为生,散则为死。……故曰'通天下一气耳'。"张载这里认为佛教的轮回说和庄子的学说相同。

〔5〕"厌苦"句:指佛教希望能够超脱轮回之苦。

〔6〕妄见:佛教语。佛教认为一切皆非实有,肯定存在都是妄见,和"真如"相对。

〔7〕天人一物:张载认为,天人一体,其本源都是气的运动使然。

〔8〕天德:天的德性。

〔9〕悟则有命有义:命,张载认为"天所不能自已者谓之命"(《正蒙·诚明》)。义,就是合宜。张载说:"如义者,谓合宜也。以合宜推之,仁、礼、信皆合宜之事。"(《经学理窟·学大原下》)命是无法掌握的。义,则是人们可以掌握的。

〔10〕体之不二:张载认为,气是宇宙的本原,所以生死、天人、阴阳等不过是气的不同形态,没有本质的区别。

〔11〕炽:火旺盛。这里形容佛教的传播和影响力。

〔12〕沦胥:沦陷。

〔13〕臧狄:古代对奴婢的贱称。

〔14〕间气:古代谶纬之说,以五行附会人事,认为帝王臣民,各受五行之气以生。正气为若木,得之以生为帝;间气乃"不苞(包)一行"之气,得之以生为臣。

〔15〕恬:安也,安于所习。

〔16〕冥然:犹盲然。

〔17〕"因谓"句:张载认为气是宇宙的本原。气的本性是太虚湛一,所以人的本性中有太虚湛一之性。但是人在禀受气而成形的过程中,也有了气质之性。所以,相对于气的太虚湛一的本性,人性是有瑕疵的,所以要通过修为去"成性"。他说:"性未成则善恶混,故亹亹而继善者斯为善矣。"(《正蒙·诚明》)这个过程,就是学习、修行,即所谓的"事其迹"。这是批评世人放弃学习。

〔18〕文:相对于质来说,是外在的表现,指行迹。

〔19〕稽:考核、查考。

〔20〕"自古"句:淫诐邪僻,此指邪僻荒诞的言论。《孟子·公孙丑上》:"诐辞知其所蔽,淫辞知其所陷。"邪遁,《孟子·公孙丑上》:"邪辞知其所离,遁辞知其所穷。"后以"邪遁"谓言词不合正道而隐伏诡谲。

〔21〕精一:指道德修养的精粹纯一。语出《尚书·大禹谟》:"人心

惟危,道心惟微,惟精惟一,允执厥中。"孔安国传:"危则难安,微则难明,故戒以精一,信执其中。"

〔22〕著明:显明。

〔23〕开谕:启发解说。

〔24〕倾俟:等待、期待。

程　颢

程颢(1032—1085),字伯淳,人称"明道先生",河南(今河南洛阳)人。周敦颐弟子。宋仁宗嘉祐二年,(1057)进士,历官京兆府鄠县、江宁府上元县主簿,泽州晋城令。熙宁初,以吕公著荐,授太子中允、监察御史里行。新法行,议论与王安石不合,签书镇宁军判官,徙知扶沟县。除判武学,坐狱逸囚,责监汝州盐税。哲宗立,以宗正丞召,未行而卒。程颢毕生治经,与其弟程颐俱为当时大儒,其学泛涉诸家,出入老、释,而归结于六经。为学以"识仁"为主,在洛阳讲学十余年,弟子称受其教"如坐春风"。嘉定十三年(1220),赐谥"纯"。后人辑其兄弟的著作为《二程遗书》,今人整理有《二程集》(中华书局1981年版)。《宋史》卷四百二十七有传。

论王霸劄子[1]

臣伏谓得天理之正、极人伦之至者,尧、舜之道也。用其私心,依仁义之偏者,霸者之事也。王道如砥[2],本乎人情,出乎礼义,若履大路而行,无复回曲;霸者崎岖反侧于曲径之中,而卒不可与入尧、舜之道。故诚心而王则王矣,假之而霸则霸矣。二者其道不同,在审其初而已[3]。《易》所谓"差若毫厘,缪以千里"者,其初不可不审也。故治天下者,必先立其志,正志先立,则邪说不能移,异端不能惑,故力进于道而莫之御也[4]。苟以霸者之心而求王道之成,是炫石以为玉也[5]。故仲尼之徒,无道桓、文之事[6],而曾西耻比管仲者,义所不由也[7],况下于霸者哉?陛下躬尧、舜之资,处尧、舜之位,必以尧、舜之心自任,然后为能充其道。汉、唐之君有可称者,论其人则非先王之学,考其时则皆驳杂之政,乃以一曲之见,幸致小康,其创法垂统,非可继于后世者,皆不足为也。然欲行仁政而不素讲其具,使其道大明而后行,则或出或入,终莫有所至也[8]。夫事有大小,有先后,察其小,忽其大,先其所后,后其所先,皆不可以适治[9]。且志不可慢,时不可失,惟陛下稽先圣之言,察人事之理,知尧、舜之道备于己,反身而诚之,推之以及四海,择同心一德之臣,与之共成天下之务,《书》所谓"尹躬暨汤,咸有一德"[10],又曰"一哉王心"[11],言致一而后可以为也[12]。古者三公不必备,惟其人,诚以为不得其人而居之,则不若阙之之愈也[13]。盖小人之事,君子所不能同,岂圣贤之事,而庸人可参之哉[14]?欲为圣贤之事,而使庸人参之,则其命乱矣。既任君子之谋,而又入小人之议,则聪明不专而志意惑矣。今将救千古深锢之弊,为生民长久之计,非夫极听览之明,尽正邪之辨,致一而不二,其能胜之乎[15]?或谓人君举动不可不慎,易于更张,则为害大矣[16]。臣独以为不然,所谓更张者,顾理所当耳[17]。其动皆稽古质义而行[18],则为慎莫大焉,岂若因循苟简,卒致败乱者哉?自古以来,何尝有师圣人之言,法先王之治,将大有为而返成祸患者乎？愿陛下奋天锡之勇智,体乾刚而独断[19],霈然不疑,则万世幸甚。

中华书局1981年点校本《二程集·河南程氏文集》卷一

〔1〕王道、霸道是儒家政治学说中的老话题,程颢此文重心不在分别其异同,而是鼓励皇帝下定决心,精择大臣,"稽古质义"而行,以求救弊革新。原文下有注云:"熙宁元年上。"此后不久,王安石拜相,推行新法。虽然二程与王安石观点不同,但都主张振作有为,也可见当时政坛之风气。篇又题作"论王霸之辨"。

〔2〕砥(dǐ底):磨刀石,这里是平整的意思。

〔3〕"二者其道"二句:意谓王道、霸道的不同,缘于其最初的志向、动机。

〔4〕"故治天下者"六句:意谓治理天下要先确定正确的目标,如此方不会受异端邪说的蛊惑而改变想法。

〔5〕炫石以为玉:把像玉的石头当作玉来炫耀。

〔6〕"故仲尼之徒"二句:《孟子·梁惠王上》:"齐宣王问曰:'齐桓、晋文之事可得而闻乎？'孟子对曰:'仲尼之徒,无道桓、文之事者,是以后世无传焉,臣未之闻也。'"齐桓公,名小白。晋文公,名重耳,都是春秋时的霸主。这句话的意思是儒家只主张王道,而非霸道。

〔7〕"而曾西耻比管仲"二句:《孟子·公孙丑上》记载,曾有人问曾子,说:"吾子与管仲孰贤？"曾子很不高兴,说:"而何曾比予与管仲。管仲得君如彼其专也,行乎国政如彼其久也,功烈如彼其卑也,而何曾比予于是？"管仲,齐桓公之相,帮助齐桓公成就霸业。这里曾西耻与管仲相提并论,也反映了儒家对霸道的态度。

〔8〕"然欲行仁政"四句:意谓如果意欲推行仁政,要讲究方法,使得道理明朗,然后才能顺利实行。如果经常出尔反尔,则很难实现王道。

〔9〕"夫事有大小"七句:意谓事情有大有小,有先有后,只有弄清楚大小先后、轻重缓急的顺序,才能到达天下大治的目的。

〔10〕尹躬暨汤,咸有一德:见《尚书·咸有一德》,意谓商汤的君臣都有"一德"之心,所以得到上天的眷顾,最终获得胜利。一德,孔颖达解释说:"德者,得也,内得于心,行得其理,既得其理,执之必固,不为邪见更致差贰,是之谓'一德'也。而凡庸之主,监不周物,志既少决,性复多疑,与智者谋之,与愚者败之,则是二三其德,不为一也。"

〔11〕一哉王心:亦见《尚书·咸有一德》,孔安国传云:"能一德,则一心。"

〔12〕"言致一"句:致一,即上述的"一德"、"一心"。只有这样方能有所作为。

〔13〕"古者三公"四句:意谓如果那个职位没有合适的人选可以担当,那么就不如空着这个位子,而不是选择一个不合适的人去充位。

〔14〕"盖小人之事"四句:意谓小人所为,君子难以赞同;圣贤所为,庸人无法参赞,发挥作用。

〔15〕"今将救千古"五句:意谓欲除社会顽疾积弊,使百姓长久安居,必须广听博览,辨明正邪。

〔16〕"或谓"三句:意谓一般人都以为,作为人君,举动要慎重,不能轻易地改变政治法度,否则危害很大。

〔17〕"所谓更张"二句:程颐不赞同人君不可以"易于更张",轻易更改政治法度的观点。他认为只要是遵循王道的举措,人君就应该勇于施行。

〔18〕稽古:考察古事,以之为依据。质义:与义相对照、验证。意谓行事以义为准则。质,对照、验证。

〔19〕乾刚:君权。独断:独自断决。

程　颐

程颐(1033—1107),字正叔,号伊川先生,河南(今河南洛阳)人。少时与兄程颢共同受学于周敦颐。年十八,游太学,为胡瑗所称赏。哲宗初,以司马光、吕公著荐,召为西京国子监教授,力辞,召为秘书省校书郎,改授崇政殿说书。绍圣中,以党论放归,绍圣四年削籍窜涪州。徽宗继位,徙峡州,复原官。徽宗大观元年(1107)卒。嘉定十三年(1220),赐谥曰正。程颐与其兄俱有名于当时,人称"二程"。治学以《大学》、《论语》、《孟子》、《中庸》为标指,而达于六经,以穷理为本,著有《易传》、《春秋传》等。程颐以师道自任,又享高寿,门下弟子最多。不少弟子南渡之后成为大儒,程氏学术因此得到继承和发扬,影响南宋学术尤大。今人整理有《二程集》(中华书局1981年版)。《宋史》卷四百二十七有传。

上太皇太后书[1]

六月日,具位臣程颐,昧死再拜上书太皇太后陛下。

臣愚鄙之人,自少不喜进取[2],以读书求道为事,于兹几三十年矣。当英宗朝暨神宗之初,屡为当涂者称荐[3]。臣于斯时,自顾学之不足,不愿仕也。及皇帝陛下嗣位,太皇太后陛下临朝,求贤愿治[4],大臣上体圣意,搜扬岩穴[5],

首及微贱,蒙恩除西京学官[6]。臣于斯时,未有意于仕也。辞避方再,而遽有召命。臣门下学者,促臣行者半,劝臣勿行者半。促臣行者则曰:"君命召,礼不俟驾。"[7]劝臣勿行者则曰:"古之儒者,召之则不往。"[8]臣以为召而不往,惟子思、孟轲则可[9]。盖二人者,处宾师之位,不往,所以规其君也已[10]。而微贱食土之毛而为王民[11],召而不至,邦有常宪,是以奔走应命。到阙,蒙恩授馆职,方以义辞,遂蒙召对[12]。臣于斯时,尚未有意于仕也。进至帘前,咫尺天光,未尝敢以一言及朝政。陛下视臣,岂求进者哉?既而亲奉德音,擢置经筵[13],事出望外,惘然惊惕[14]。臣窃内思,儒者得以道学辅人主,盖非常之遇[15],使臣自择所处,亦无过于此矣。臣于斯时,虽以不才而辞,然许国之心,实已萌矣。尚虑陛下贪贤乐善,果于取人,知之或未审也,故又进其狂言,以觊详察[16],如小有可用,则敢不就职?或狂妄无取,则乞听辞避。章再上,再命祗受[17],是陛下不以为妄也,臣于是受命。供职而来,夙夜毕精竭虑[18],惟欲主上德如尧、舜,异日天下享尧、舜之治,庙社固无穷之基,乃臣之心也。臣本山野之人,禀性朴直,言辞鄙拙,则有之矣;至于爱君之心,事君之礼,告君之道,敢有不尽?上赖圣明,可以昭鉴。臣自惟至愚,蒙陛下特达之知[19],遭遇如此,愿效区区之诚,庶几毫发之补[20]。惟陛下留意省鉴,不胜幸甚。

伏以太皇太后陛下,心存至公,躬行大道,开纳忠言,委用耆德[21],不止维持大业,且欲兴致太平,前代英主所不及也。但能日慎一日,天下之事不足虑也。臣以为今日至大至急,为宗社生灵久长之计,惟是辅养上德而已[22]。历观前古,辅养幼主之道,莫备于周公[23]。周公之为,万世之法也。臣愿陛下扩高世之见,以圣人之言为可必信,以圣人之道为可必行,勿狃滞于近规[24],勿迁惑于众口[25]。

古人所谓周公,岂欺我哉?周公作《立政》之书,举言常伯,至于缀衣、虎贲,以为知恤兹者鲜[26]。一篇之中,丁宁重复,惟在此一事而已[27]。《书》又曰"仆臣正,厥后克正"[28];又曰"后德惟臣,不德惟臣"[29];又曰"侍御仆从,罔匪正人,以旦夕承弼厥辟,出入起居,罔有不钦"[30]。是古人之意,人主跬步不可离正人也[31]。盖所以涵养气质,熏陶德性,故能习与智长,化与心成[32]。后世不复知此,以为人主就学,所以涉书史、览古今也。不知涉书史、览古今,乃一端尔。若止于如是,则能文宫人,可以备劝讲;知书内侍,可以充辅导,何用置官设职,精求贤德哉?大抵人主受天之命,禀赋自殊。历考前史,帝王才质,鲜不过人。然而完德有道之君至少,其故何哉?皆辅养不得其道,而位势使之然也[33]。

伏惟皇帝陛下,天资粹美,德性仁厚,必为有宋令主[34],但恨辅养之道有未至尔。臣供职以来,六侍讲筵,但见诸臣拱手默坐,当讲者立案傍,解释数行而退。如此,虽弥年积岁,所益几何?与周公辅养成王之道,殊不同矣。或以为主上方幼,且当如此。此不知本之论也。古人生子,能食能言而教之。大学之法，以豫为先[35]。人之幼也，知思未有所主，便当以格言至论日陈于前[36]。虽未晓知，且当薰聒[37]，使盈耳充腹，久自安习，若固有之[38]，虽以他言惑之，不能入也。若为之不豫，及乎稍长，私意偏好生于内，众口辩言铄于外，欲其纯完，不可得也[39]。故所急在先入，岂有太早者乎？

或又以为主上天资至美，自无违道，不须过虑，此尤非至论。夫圣莫圣于舜，而禹、皋陶未尝忘规戒[40]，至曰："无若丹朱好慢游，作傲虐。[41]"且舜之不为慢游傲虐，虽至愚亦当知之，岂禹而不知乎？盖处崇高之位，儆戒之道不得不如是也[42]。且人心岂有常哉[43]？以唐太宗之英睿，躬历艰难，力平祸乱，年亦长矣，始恶隋炀侈丽，毁其层观广殿，不六七年，复欲治乾阳殿[44]。是人心果可常乎？所以圣贤，虽明盛之际，不废规戒，为虑岂不深远也哉？况冲幼之君，闲邪拂违之道[45]，可少懈乎？

伏自四月末间，以暑热罢讲，比至中秋，盖逾三月。古人欲旦夕承弼，出入起居[46]。而今乃三月不一见儒臣，何其与古人之意异也？今士大夫家子弟，亦不肯使经时累月不亲儒士。初秋渐凉，臣欲乞于内殿，或后苑清凉处，召见当日讲官，俾陈说道义。纵然未有深益，亦使天下知太皇太后用意如此。又一人独对，与众见不同，自然情意易通，不三五次，便当习熟[47]。若不如此渐致，待其自然，是辅导官都不为力，将安用之[48]？将来伏假既开[49]，且乞依旧轮次直日，所贵常得一员独对。

开发之道[50],盖自有方,朋习之益,最为至切。故周公辅成王,使伯禽与之处[51]。圣人所为,必无不当。真庙使蔡伯希侍仁宗[52],乃师古也。臣欲乞择臣僚家子弟,十岁已上,十二已下,端谨颖悟者三人[53],侍上左右。上所读之书,亦使读之,辨色则入[54],昏而罢归。常令二人入侍,一人更休。每人择有年宫人、内臣二人,随逐看承[55],不得暂离。常情笑语,亦勿禁止,唯须言语必正,举动必庄。仍使日至资善堂[56],呈所习业。讲官常加教劝,使知严惮。年才十三,便令罢去,岁月之间,自觉其益。

自来宰臣十日一至经筵,亦止于默坐而已。又间日讲读,则史官一人立侍。史官之职,言动必书,施于视政时则可[57]。经筵讲疑之所,乃燕处也[58]。主上方问学之初,宜心泰体舒,乃能悦怿。今则前对大臣,动虞有失,旁立史官,言出辄书。使上欲游其志,得乎?欲发于言,敢乎[59]?深妨问学,不得不改。欲乞特降指挥[60],宰臣一月两次,与文彦博同赴经筵[61]。遇宰臣赴日,即乞就崇政殿讲说,因令史官入侍。崇政殿说书之职,置来已久,乃是讲说之所。汉唐命儒士讲论,亦多在殿上,盖故事也[62]。迩英殿迫狭[63],讲读官内臣近三十人在其中。四月间尚未甚热,而讲官已流汗。况主上气体嫩弱,岂得为便?春夏之际,人气烝薄[64],深可虑也。祖宗之时,偶然在彼,执为典故[65],殊无义理。欲乞今后,只于延和殿讲读。后楹垂帘,帘前置御座。太皇太后每遇政事稀简,圣体康和时,至帘下观讲官进说。不惟省察主上进业,于陛下圣聪,未必无补[66]。兼讲官辅导之间,事意不少,有当奏禀,便得上闻。亦不可烦劳圣躬,限以日数,但旬月之间,意适则往,可也。

今讲读官共五人,四人皆兼要职,独臣不领别官,近复差修国子监太学条制,是亦兼他职也。乃无一人专职辅导者,执政之意可见也。盖惜人才,不欲使之闲尔。又以为虽兼他职,不妨讲读,此尤不思之甚也。不敢言告君之道,只以告众人言之[67]。夫告于人者,非积其诚意,不能感而入也[68]。故圣人以蒲卢喻政,谓以诚化之也[69]。今夫钟,怒而击之则武,悲而击之则哀,诚意之感而入也。告于人亦如是。古人所以斋戒而告君者[70],何谓也?臣前后两得进讲,未尝敢不宿斋豫戒,潜思存诚,觊感动于上心[71]。若使营营于职事,纷纷其思虑[72],待至上前,然后善其辞说,徒以颊舌感人,不亦浅乎[73]?此理,非知学者不能晓也。道衰学废,世俗何尝闻此?虽闻之,必以为迂诞[74]。陛下高识远见,当蒙鉴知。以朝廷之大,人主之重,置二三臣专职辅导,极非过当。今诸臣所兼皆要官,若未能遽罢,且乞免臣修国子监条制,俾臣夙夜精思竭诚,专在辅导。不惟事理当然,且使天下知朝廷以为重事,不以为闲所也。

陛下擢臣于草野之中,盖以其读圣人书,闻圣人道。臣敢不以其所学,上报圣明?窃以圣人之学,不传久矣[75]。臣幸得之于遗经[76],不自度量,以身任道。天下骇笑者虽多,而近年信从者亦众。方将区区驾其说以示学者[77],觊能传于后世。不虞天幸之至[78],得备讲说于人主之侧,使臣得以圣人之学,上沃圣聪[79],则圣人之道有可行之望,岂特臣之幸哉?如陛下未以臣言为信,何不一赐访问?臣当陈圣学之端绪,发至道之渊微,陛下圣鉴高明,必蒙照纳[80]。如其妄伪,愿从诛殛[81]。臣愚,不任恳悃惶惧待罪之至[82]。

中华书局1981年标点本《二程集·河南程氏文集》卷六

[1] 太皇太后,指哲宗的祖母,英宗的皇后高氏。当时哲宗年幼,高氏听政。本文作于宋哲宗元祐元年(1086)。本年程颐任崇政殿说书,五月受诏参与修立太学条例,程颐认为自己的主要职责,在于辅导年幼的哲宗,故而请辞兼差,以便专意"辅导上德",因此写下了本文。文中集中阐述了经筵讲读的重要性,认为其关键在于"涵养气质,熏陶德性",希望通过经筵,以儒家之道来引导君主,以期实现天下大治的目标。行义不避忌讳,言辞恳切,思虑周密细致,体现出极强的责任感和自信心。

[2] 自少不喜进取:指从小不喜欢在仕途上积极努力。

[3] 当涂者:指掌权者。称荐:举荐。

[4] 求贤:寻求贤能的人。愿治:祈求政治清明的局面。

[5] 搜扬:访求举拔。岩穴:岩穴之士,即隐逸之士。

[6] 西京学官:指西京国子监教授之职。西京,即洛阳。

[7] 君命召,礼不俟驾:《论语·乡党》:"君命召,不俟驾行矣。"俟,等待。不俟驾,即不等车备好,就出发了。

[8] 古之儒者,召之则不往:《孟子·公孙丑下》记载,齐王想在朝

堂之上召见孟子，而不去孟子住的馆舍拜访，孟子就借口生病而不去朝拜齐王。赵岐注："孟子虽仕齐，处师宾之位，以道见敬。……未尝趋朝而拜也。"

〔9〕子思：孔伋（前483—前402），字子思，孔子嫡孙，春秋战国时期著名思想家。子思受教于孔子的高徒曾参，孔子的思想学说由曾参传子思，子思的门人再传孟轲，即孟子。后人把子思、孟子并称为思孟学派。子思上承曾参，下启孟子，在孔孟"道统"的传承中有重要地位。

〔10〕"盖二人者"四句：宾师，古指不居官职而以道受到君主尊重的人。规君，《孟子·公孙丑下》中，孟子解释自己为何不应齐君之召云："天下有达尊三：爵一、齿一、德一，朝廷莫如爵，乡党莫如齿，辅世长民莫如德。恶得有其一以慢其二哉？故将大有为之君，必有所不召之臣，欲有谋焉则就之，其尊德乐道不如是，不足与有为也。"赵岐注："言古之大圣大贤有所兴为之君，必就大贤臣而谋事，不敢召也。"

〔11〕土之毛：指地上所生的植物，多指农作物。《管子·七臣七主》："夫男不田，女不缁，工技力于无用，而欲土地之毛，仓廪满实，不可得也。"

〔12〕"到阙"四句：据《二程子年谱·伊川先生年谱》卷四，哲宗元祐元年（1086）二月程颐至京师，除秘书省校书郎，上《辞免官职状》，三月赐召对，太皇太后面谕授崇政殿说书。

〔13〕"既而"二句：擢置经筵，指授予崇政殿说书的职务。德音，见尹洙《谏时政疏》注〔31〕。经筵，见司马光《进资治通鉴表》注〔35〕。

〔14〕惘然惊惕：惘然，不知所措。惊惕，惊惧。在程颐看来，崇政殿说书乃是古代宾师之任，非常重大，故而有此心情。

〔15〕"儒者"二句：道学，儒家的道德学问。非常之遇，指不一般的机遇。非常，不同寻常。

〔16〕"又进其狂言"二句：进其狂言，在获得崇政殿说书的任命后，

程颐连上《乞再上殿论经筵劄子》、《论经筵第一劄子》,表达自己的观点,所谓"狂言"指此。参见《二程子年谱·伊川先生年谱》卷四。觊(jì继):希望、企图。详察:意谓使皇帝详细地了解自己的主张。

〔17〕再命:两次命令。三月二十八日,正式任命下达后,程颐上章辞,不许,后接受任命。祗受:恭敬地领受。

〔18〕夙夜毕精竭虑:指日夜费尽心思,用尽精力,竭尽全力。

〔19〕特达:特殊知遇。

〔20〕区区:形容微不足道。庶几:或许、也许。毫发:犹丝毫、极少、极细微。

〔21〕"躬行大道"数句:躬,亲自、亲身。耆德,年高德劭、素孚众望者之称。

〔22〕"为宗社"二句:宗社,宗庙和社稷的合称,借指国家。生灵,人民、百姓。辅养,辅佐教导。辅养上德,指培养年幼皇帝的德行。

〔23〕周公:姬旦,周文王之子,武王之弟,辅佐武王克商。武王死,成王年幼,周公摄政。

〔24〕狃(niǔ扭)滞于近规:指拘泥于常规。

〔25〕迁惑于众口:指被众人的言论所迷惑。

〔26〕"周公"四句:《立政》,《尚书》中的一篇,是周公向成王讲述建立官长、组织行政机构、如何用人等事务的文献。常伯、常任、缀衣、虎贲,皆为西周时官名。常伯,指王畿以内地方官。常任,君主左右执掌政务的长官。缀衣,掌管衣服,为天子近臣。虎贲,掌天子出入仪卫。这里所举官名,有大臣,有小臣,意谓各级官员的任用都要慎重。知恤兹者鲜,《立政》:"周公曰:'呜呼!休兹知恤鲜哉!'"这是说能够留心于择人任官的人很少。

〔27〕"丁宁"二句:丁宁,即叮咛,再三嘱咐的意思。一事,即选贤任能之事。

〔28〕"仆臣正,厥后克正"句:见《尚书·冏命》,意谓仆侍近臣都正,他们的君主才能正。

〔29〕"后德惟臣"句:见《尚书·冏命》。意谓君主有德,由于臣下,君主失德,也由于臣下。

〔30〕"侍御仆从"句:见《尚书·冏命》。意谓侍御近臣,没有不正的人,早晚侍奉辅佐他们的君主,所以君主出入起居,没有不敬惧的事。

〔31〕跬(kuǐ亏上声)步:半步、跨一脚。

〔32〕习与智长,化与心成:意谓外在的培养、良好的习惯,伴随着心智的成熟,也内化到他的性格当中去了。

〔33〕位势使之然:帝王的权势地位使他们这样(指不能完德全道)。根据下文可知,这是因为帝王的权势地位使他生发骄奢之心。

〔34〕令主:好的君主。

〔35〕豫:同"预"。《礼记·学记》:"大学之法,禁于未发之谓豫。"

〔36〕"人之幼也"数句:意谓人在幼年时期,尚未形成占主导地位的思想,应当每天给他讲有警示意义的言论。格言,含有教育意义、可为准则的话。

〔37〕熏:熏陶、感染。聒:频繁的称说。

〔38〕固:本来。

〔39〕"若为之不豫"数句:意谓如果不能提前预防,等到年龄稍长,在内形成自己的主见,在外受众言的迷惑,再想使一个人的德行完美纯正,是不可能的。

〔40〕"夫圣莫圣于舜"句:禹,奉舜命治理洪水,后被选为舜的继承人,舜死后即位。皋陶,传说虞舜时的司法官。

〔41〕"无若"二句:见《尚书·益稷》:"禹曰:'俞哉,帝!……无若丹朱傲,惟慢游是好。'"丹朱,帝尧的儿子。

〔42〕儆戒:警戒、戒备、戒惧。《尚书·大禹谟》:"儆戒无虞,罔失

法度。罔游于逸,罔淫于乐。"

〔43〕人心岂有常哉:意谓人心难以永远保持稳定。

〔44〕层观:高耸的楼观。广殿:宽广的宫殿。治乾阳殿:此事见《旧唐书》卷七十五:"贞观四年,诏发卒修洛阳宫乾阳殿,以备巡幸。"

〔45〕"况幼冲之君"二句:幼冲,谓年龄幼小。《汉书·循吏传序》:"孝昭幼冲,霍光秉政。"闲邪,防止邪恶。《易·乾》:"闲邪存其诚。"李鼎祚《周易集解》引宋衷曰:"闲,防也。"拂(bì 必),矫正、纠正。违,过失、错误。

〔46〕承弼:承命辅佐。出入起居:指日常生活。《尚书·冏命》:"以旦夕承弼厥辟,出入起居,罔有不钦。"

〔47〕"又一人独对"五句:意谓经筵官独自和皇帝在一起,比较自在,双方容易交流,进而有利于经筵官对皇帝的辅导。

〔48〕"若不如此"四句:意谓如果让皇帝和经筵官相互不熟悉,那么他们的辅导就不会得力,设置这个职位也没有多大意义。

〔49〕伏假:即指上文中所说的从四月到八月,因为天气炎热而停讲。

〔50〕开发:开导、启发。

〔51〕伯禽:周公长子,鲁国的第一任国君。

〔52〕"真庙"句:真庙,即宋真宗赵恒(998—1022 年在位),真宗是庙号,故称真庙。蔡伯希,福州人,四岁随父龟从至京师,能诵诗四百首。真宗召对,应答周详,命为秘书省正字。参见《续资治通鉴长编》卷八十五。

〔53〕端谨:端正谨饬。颖悟:聪明、理解力强。

〔54〕辨色:犹黎明。谓天色将明,能辨清东西的时候。

〔55〕随逐:跟从、追随。看承:护持、照顾。

〔56〕资善堂:宋真宗大中祥符八年(1015)于元符观南置学堂,次

年命名为"资善堂",作为皇太子、皇子出阁(未建东宫、王府)前就学之所。

〔57〕视政:处理政事。

〔58〕燕处:休息的场所。

〔59〕"主上方问学"十一句:意谓皇上正当开始问学,应该心情愉悦。如果他身旁时时有大臣和史官,他就会担心出错,而不能尽其所想,也不敢轻易说话。这样反而妨碍了皇帝的问学。虞,担心、害怕。

〔60〕指挥:本指手的动作,引申为发令调遣。

〔61〕文彦博(1006—1097):字宽夫,汾州人。天圣五年(1027)进士,累官至宰相。熙宁年间,因反对王安石变法,出外,不久,退居洛阳。元祐初,以司马光荐,任命为平章军国重事,六日一朝,班序在宰相之上。《宋史》卷三百一十三有传。

〔62〕故事:旧例、先例。

〔63〕迫狭:狭小。

〔64〕人气烝薄:烝,热气蒸腾。薄,逼近。大意指空间狭小,人数一多,空气就变得污浊逼人。

〔65〕典故:典制和成例。故:成例。

〔66〕省察:审察、仔细考察。圣聪:旧称帝王明察之辞。

〔67〕"不敢言告君之道"二句:不敢说自己明白告谕君王的方法,姑且以告谕一般人的方法为例。告,告诉、使明白。

〔68〕"夫告于人者"三句:意谓不积诚心,就不能感动人。

〔69〕蒲卢喻政:《礼记·中庸》:"夫政也者,蒲卢也。"郑玄注:"蒲卢,螟蠃,谓土蜂也。《诗》曰:'螟蛉有子,螟蠃负之。'螟蛉,桑虫也。蒲卢取桑虫之子,去而变化之,以成为己子。政之于百姓,若蒲卢之于桑虫然。"

〔70〕斋戒:沐浴更衣、整洁身心,以示虔诚。

〔71〕潜思:深思。存诚:谓心怀坦诚。

〔72〕营营:纷乱错杂。纷纷:混乱的样子。

〔73〕"待至上前"四句:意谓如果要给皇帝进讲,就必须专心做这件事。如果还同时担任其它的职事,其思绪就会被扰乱,等到见皇帝时,只能粉饰言辞,徒以语言感人。

〔74〕迂诞:迂腐荒诞。

〔75〕"窃以圣人之学"二句:程颐认为儒家的学说自孟子之后,就没有人能真正领会,只有自己才真正重新掌握了儒家之道的核心。

〔76〕遗经:指古代留传下来的经书。

〔77〕驾其说:宣传自己的学说。驾,传布。

〔78〕不虞:没有料到。

〔79〕沃:启沃。

〔80〕照纳:察知采纳。照,察知。

〔81〕诛殛(jí极):诛杀。

〔82〕恳悃:恳切忠诚。惶惧:恐惧、惊慌。待罪:意谓自己的话冒犯了皇帝,等待处罚。表章中常用的谦词。

李　觏

李觏(1009—1059),字泰伯,建昌军南城(今江西资溪)人。他在南城江边创建盱江书院,故世称盱江先生。祖上曾为官,后家道衰落。少时聪颖能文,为前辈所称许。庆历二年(1042)举茂才异等不中,遂归,绝仕进之心,在郡教授生徒,学者常数百人,同时著书立说,集《退居类稿》十二卷,作《庆历民言》三十篇、《周礼致太平》五十篇等。皇祐初,以范仲淹荐,授将仕郎、试太学助教。嘉祐三年(1058),任太学说书,同年七月,除通州海门主簿。四年,权管勾太学,八月卒。李觏是一位经学家,史称其"俊辩能文",他反对浮靡流荡的文风,论学重"礼",论文主张羽翼六经。一生著述丰富,有《直讲李先生文集》三十七卷,今人整理有《李觏集》(中华书局1981年版)。《宋史》卷四百三十二有传。

袁州学记[1]

皇帝二十有三年,制诏州县立学[2]。惟时守令,有哲有愚。有屈力殚虑,祇顺德意;有假官僭师,苟具文书[3]。或连数城,亡诵弦声[4]。倡而不和,教尼不行[5]。

三十有二年,范阳祖君无泽知袁州[6]。始至,进诸生,知学宫阙状[7]。大惧人才放失,儒效阔疏,无以称上旨。通判颍川陈君伉闻而是之,议以克合[8]。

相旧夫子庙狭隘不足改为[9],乃营治之东北隅。厥土燥刚,厥位面阳,厥材孔良[10]。瓦甓、黝垩、丹漆举以法,故殿堂、室房、庑门各得其度[11]。百尔器备,并手偕作[12]。工善吏勤,晨夜展力。

越明年成,舍菜且有日。[13]盱江李觏谂于众曰[14]:"惟四代之学,考诸经可见矣。[15]秦以山西鏖六国[16],欲帝万世,刘氏一呼[17],而关门不守,武夫健将,卖降恐后,何邪?《诗》、《书》之道废,人惟见利而不闻义焉耳。[18]孝武乘丰富,世祖出戎行,皆孳孳学术[19]。俗化之厚,延于灵、献[20]。草茅危言者,折首而不悔[21];功烈震主者,闻命而释兵[22];群雄相视,不敢去臣位,尚数十年,教道之结人心如此[23]。今代遭圣神,尔袁得贤君,俾尔由庠序,践古人之迹[24]。天下治,则禅礼乐以陶吾民;一有不幸,犹当仗大节,为臣死忠,为子死孝[25]。使人有所法,且有所赖。是惟国家教学之意。若其弄笔以徼利达而已[26],岂徒二三子之羞,抑为国者之忧。"

此年实至和甲午夏某月甲子记。

《四部丛刊》本《直讲李先生文集》卷二十三

[1] 本文作于仁宗至和元年(1054),在文中李觏先是记录袁州学舍的兴建缘由及过程,然后以秦、汉为例,力证儒学对一国兴亡的重要作用。他指出儒学可以"结人心",可以存忠义大节。而文章最后一句对现代社会犹有警醒作用:读书不能作为谋取个人名利的工具!

〔2〕"皇帝"二句:皇帝二十有三年,宋仁宗庆历四年(1044)。宋仁宗于乾兴元年(1022)二月继位,至庆历四年,在位二十三年,故云。本年三月诏州县立学,这是"庆历新政"的一个方面。参见《续资治通鉴长编》卷一百四十七。

〔3〕屈(jué决)力:穷尽力量。屈,竭尽、穷尽。殚虑:竭尽思虑。祗顺:敬顺。假官僭师:意谓地方官员未能真正选贤任能,位居教职之位的都是不合格的人员。所以称他们为"假官僭师"。苟具文书:所有的设施都停留在字面上(指未落到实处)。

〔4〕弦诵:弦歌诵读。《礼记·文王世子》:"春诵,夏弦。"泛指吟咏诵读。

〔5〕倡而不和,教尼(nì腻)不行:意谓上面倡导而地方不响应,使得教令受阻,无法推行。尼,阻止、阻拦。

〔6〕"三十有二年"二句:三十二年,即仁宗皇祐五年(1053)。祖无泽(?—1085),字择之,上蔡人。宝元元年(1038)登进士第,累官至左谏议大夫。神宗熙宁年间,因反对新法,被贬黜,不久,复任光禄卿,元丰八年(1085)卒。《宋史》卷三百三十一有传。

〔7〕阙:通"缺"。

〔8〕通判:见鲁宗道《请重亲民之官疏》注〔35〕。陈侁:不详。

〔9〕相:察看。

〔10〕"厥土"三句:意谓东北一角土地干燥坚硬,地势朝南,建筑材料非常优良,非常适合建设学校。

〔11〕"瓦甓"二句:意谓学馆的陶瓦、墙壁、大门、房廊等,颜色都完全合乎法度。瓦甓(pì僻),泛称砖瓦。黝垩(yǒu è有恶),涂以黑色和白色。丹漆,用朱漆涂饰。庑门,走廊和房门。

〔12〕百尔器备:各种材料准备好了。百,泛指多。并手偕作:大家一起建设(房屋)。

〔13〕越明年:第二年。舍(shì是)菜:即释菜。古代学子入学时皆以蘋蘩之属祭祀先圣先师叫舍采。这里指开学。

〔14〕谂(shěn审):劝告。

〔15〕"惟四代之学"二句:意谓虞、夏、商、周四代办学的事情,在经书上有记载。

〔16〕"秦以山西"句:山西,战国、秦、汉时崤山、华山以西地区,又称关西。《史记·太史公自序》:"萧何填抚山西。"张守节正义:"谓华山之西也。"苏辙《六国论》:"窃怪天下之诸侯,以五倍之地,十倍之众,发愤西向,以攻山西千里之秦,而不免于灭亡。"鏖,激战、苦战。

〔17〕刘氏一呼:刘氏,即刘邦(前256—前195),字季,沛县人。起兵反秦,率先攻破咸阳,又击败项羽,建立汉朝。一呼,一声号召。

〔18〕"而关门不守"六句:意谓秦国将士纷纷投降刘邦,是因为秦国废弃了诗书之教,故人人重利而不重义。

〔19〕"孝武"三句:孝武,即汉武帝刘彻(前156—前87),他在位期间,罢黜百家,独尊儒术,建太学,立五经博士。世祖,即东汉光武帝刘秀(前6—57),世祖是他的庙号。他于王莽地皇三年(22)起兵,更始三年(25)即帝位,镇压赤眉军,削平公孙述等割据势力,统一全国,建立东汉。孳孳,勤勉、不懈怠。

〔20〕灵、献:汉灵帝(156—189)刘宏和汉献帝(181—234)刘协。灵帝在位时,黄巾军起事,严重冲击了东汉的统治。献帝建安二十五年(220),曹丕代汉自立,东汉灭亡。

〔21〕"草茅"二句:草茅,民间。危言,直言。折首,斩首,指被杀。

〔22〕功烈:功勋业绩。释兵:放弃兵权。

〔23〕"群雄"四句:东汉后期,群雄割据,但都在名义上尊奉汉室,不敢称帝,李觏认为这都是儒家教化的影响。

〔24〕"今代遭圣神"四句:意谓时逢圣君,袁州又幸遇贤明长官,定

189

能通过学校教育,追随古代圣贤遗迹。

〔25〕"天下治"六句:天下太平时,能陶冶百姓性情;天下有变时,可以使人坚守节操,为忠臣孝子。禅,传授。《庄子·寓言》:"万物皆种也,以不同形相禅。"《全宋文》作"撢"(tàn 探)。

〔26〕徼利达:徼(yāo 邀),招致、求取。利达,犹显达。《孟子·离娄下》:"由君子观之,则人之所以求富贵利达者,其妻妾不羞也,而不相泣者,几希矣。"

曾 巩

曾巩(1019—1083),字子固,建昌南丰(今江西南丰)人,世称"南丰先生"。曾巩生而聪明,年十二,文词甚伟,未冠,名闻四方。庆历元年(1041)入太学,上书欧阳修,得到欧阳修赏识。欧阳修曰:"过吾门者百千人,独于得生为喜。"(《上欧阳学士第二书》),但因其长于策论,轻于时文,故屡试不策。嘉祐二年(1057)登进士第,授太平州司法参军。嘉祐六年召编校史馆书籍,迁馆阁校勘、集贤校理。熙宁元年(1068)为《英宗实录》检讨官,后历知齐州、襄州、洪州、福州、明州、亳州,沧州、颍州。元丰五年(1083)拜中书舍人,次年,卒于江宁府。理宗时,赐谥文定。曾巩是"唐宋八大家"之一,为文主张先道德而后辞章,也许正是在这一思想支配下,曾巩的文章便显得自然淳朴,周详古雅。《宋史》本传论及其文时说:"为文章上下驰骋,愈出而愈工,本原六经,斟酌于司马迁、韩愈,一时工作文词者,鲜能计也。"又曰:"曾巩立言于欧阳修、王安石之间,纡徐而不烦,简奥而不晦,卓然自成一家,可谓难矣。"这些评价,比较切合曾巩文章的实际。有《元丰类稿》五十卷,今人整理有《曾巩集》(中华书局1984年版)。《宋史》卷三百一十九,有传。

战国策目录序[1]

刘向所定《战国策》三十三篇[2],《崇文总目》称第十一篇者阙[3]。臣访之士大夫家,始尽得其书,正其误谬,而疑其不可考者,然后《战国策》三十三篇复完。

叙曰:向叙此书,言周之先,明教化,修法度,所以大治;及其后,谋诈用而仁义之路塞,所以大乱,其说既美矣。卒以谓此书:战国之谋士度时君之所能行,不得不然,则可谓惑于流俗,而不笃于自信者也[4]。

夫孔、孟之时,去周之初已数百岁,其旧法已亡,旧俗已熄久矣;二子乃独明先王之道[5],以谓不可改者,岂将强天下之主以后世之不可为哉?亦将因其所遇之时,所遭之变,而为当世之法,使不失乎先王之意而已。

二帝三王之治[6],其变固殊,其法固异,而其为国家天下之意,本末先后,未尝不同也,二子之道如是而已。盖法者,所以适变也[7],不必尽同;道者,所以立本也,不可不一,此理之不易者也。故二子者守此,岂好为异论哉?能勿苟而已矣[8]。可谓不惑乎流俗而笃于自信者也。

战国之游士则不然[9]。不知道之可信,而乐于说之易合[10]。其设心注意[11],偷为一切之计而已[12]。故论诈之便而讳其败[13],言战之善而蔽其患[14]。其相率而为之者[15],莫不有利焉,而不胜其害也;有得焉,而不胜其失也。卒至苏秦、商鞅、孙膑、吴起、李斯之徒[16],以亡其身;而诸侯及秦用之者,亦灭其国。其为世之大祸明矣,而俗犹莫之寤也[17]。惟先王之道,因时适变,为法不同,而考之无疵[18],用之无弊[19]。故古之圣贤,未有以此而易彼也[20]。

或曰:"邪说之害正也,宜放而绝之[21]。则此书之不泯,其可乎[22]?"对曰:"君子之禁邪说也,固将明其说于天下,使当世之人皆知其说之不可从,然后以禁则齐;使后世之人皆知其说之不可为,然后以戒则明,岂必灭其籍哉?放而绝之,莫善于是。是以孟子之书,有为神农之言者[23],有为墨子之言者[24],皆著而非之[25]。至于此书之作,则上继《春秋》[26],下至楚汉之起[27],二百四十五年之间,载其行事,固不可得而废也。"

此书有高诱注者二十一篇,或曰三十二篇,《崇文总目》存者八篇,今存者十篇[28]。

《四部丛刊》本《南丰先生元丰类稿》卷十一

〔1〕此文作于曾巩在京师编校史馆书籍期间。该文首尾讨论《战国策》的篇目问题,中间几段则阐明己见,批判邪说,捍卫儒道,否定战国游士立说思想,但肯定了《战国策》的史料价值。本文驳中有立、议中有评,是一篇相当精彩的驳论文。吕祖谦《古文关键》卷下评:"此篇节奏从容和缓,且有条理,又藏锋不露。"近人王文濡《重校古文辞类纂·序跋类四》引方苞语曰:"南丰之文长于道古,故序古书尤佳。而此篇及《列女传》、《新序》目录序尤胜,淳古明洁,所以能与欧、王并驱,而争先于苏氏也。"

〔2〕刘向(前77—前6):西汉经学家、目录学家、文学家。本名更生,字子政,沛(今江苏沛县)人。曾领校秘阁所藏秘书,集战国事三十三篇,名曰《战国策》,并作有《书录》。《书录》云:"所校中战国策书,中书余卷,错乱相糅舛,又有国别者八篇,少不足。臣向因国别者,略以时次之,分别不以序者以相补,除复重得三十三篇……中书本号或曰国策,

或曰国事,或曰短长,或曰事语,或曰长书,或曰修书。臣向以为战国时游士辅所用之国,为之策谋,宜为《战国策》,其事继春秋以后,讫楚汉之起,二百四十五年间之事,皆定以杀青,书可缮写。"《汉书·艺文志》"春秋类"亦载为三十三篇。

〔3〕《崇文总目》:宋代官修藏书目录,王尧臣、欧阳修等奉敕纂,共六十六卷。

〔4〕笃:深厚、坚定。

〔5〕先王之道:尧、舜、禹、汤、文、武、周公治国之道。

〔6〕二帝三王:儒家以尧、舜为二帝,夏禹、商汤、周文王为三王。

〔7〕适变:适应社会的发展变化。

〔8〕苟:苟且。

〔9〕游士:战国时的游说之士。

〔10〕易合:易于投合所游说君主的心意。

〔11〕设心注意:设心,用心、居心。意,留意,谓把心神集中在某一方面。

〔12〕"偷为"句:偷,苟且。一切,权宜之计。《汉书·平帝纪》:"赐天下民爵一级,吏在位二百石以上,一切满秩如真。"颜师古注:"一切者,权时之事,非经常也。犹如以刀切物,苟取整齐,不顾长短纵横,故言一切。"

〔13〕便:方便、好处。

〔14〕蔽:掩盖。

〔15〕相率:相继。

〔16〕"卒至苏秦"句:苏秦,战国时东周洛阳人。西游秦说秦惠王,不成。又游说六国合纵抗秦。后客于齐,被齐大夫派人刺杀,事见《史记·苏秦列传》。商鞅,战国时卫国人,故亦称卫鞅。好刑名法术之学,佐秦孝公变法,封于商,因号商君。孝公死后,商鞅被秦惠王车裂而死,

事见《史记·商君列传》。孙膑,战国时齐国人,孙武后代,曾与庞涓同向鬼谷子学兵法。庞涓为魏惠王将,妒忌孙膑的才能,将孙膑骗到魏国,处以膑刑。孙膑后为齐威王军师,大破魏军,庞涓自杀,其事详见《史记·孙子吴起列传》。孙膑虽未"亡身",但他膑足残身,故文中亦归入此类。吴起,战国时卫国人。善用兵,事魏文侯。文侯死,遭疑逃奔至楚,楚悼王以之为相,实行变法,楚国因此富强。悼王死,吴起被宗室大臣所杀,事详见《史记·孙子吴起列传》。李斯,战国末楚国上蔡人。西入秦为客卿,在秦统一六国事业上起到了较大的作用,天下既定,李斯被任命为丞相。秦始皇死,李斯与赵高合谋立胡亥为皇帝,后为赵高嫉恨,被腰斩于咸阳市,事见《史记·李斯列传》。

〔17〕寤:醒悟、明白。

〔18〕疵:小毛病、过失。

〔19〕弊:弊病、害处。

〔20〕以此而易彼:用游士之说取代先王之道。

〔21〕放而绝之:废置舍弃。

〔22〕泯:灭、亡佚。

〔23〕"有为神农"句:见《孟子·滕文公上》"有为神农之言者许行"章,保存了信奉神农之道的许行关于人人自食其力的观点,然后孟子对之予以批驳。

〔24〕"有为墨子"句:《孟子·滕文公上》有"墨者夷之",记载了其关于薄葬的观点,之后孟子对之进行了批驳。

〔25〕非:批评、指责。

〔26〕《春秋》:我国最早的编年体史书,孔子据鲁史加以整理修订而成,记载自公元前722年至前481年共二百四十二年间的史事,后世亦因称这段时间为"春秋"。

〔27〕楚汉:指秦末项羽、刘邦争夺天下的战争时期,从公元前206

年至公元前202年。《汉书·艺文志》"六艺略"载陆贾有《楚汉春秋》九卷。

〔28〕高诱:东汉涿郡涿(今河北涿州)人。著有《孟子章句》(今佚)、《孝经注》(今佚)、《战国策注》(今残)及《淮南子注》(今与许慎注相杂)、《吕氏春秋注》等。高诱所注《战国策》,《隋书·经籍志》作二十一卷,《新唐书·经籍志》作三十二卷。

先大夫集后序[1]

公所为书,号《仙凫羽翼》者三十卷[2],《西陲要纪》者十卷[3],《清边前要》五十卷[4],《广中台志》八十卷[5],《为臣要纪》三卷[6],《四声韵》五卷[7],总一百七十八卷,皆刊行于世。今类次诗、赋、书、奏一百二十三篇[8],又自为十卷,藏于家。

方五代之际[9],儒学既摈焉[10],后生小子,治术业于闾巷[11],文多浅近。是时公虽少,所学已皆知治乱得失兴坏之理。其为文闳深隽美[12],而长于讽谕[13],今类次乐府已下是也[14]。

宋既平天下,公始出仕。当此之时,太祖、太宗已纲纪大法矣[15],公于是勇言当世之得失。其在朝廷,疾当事者不忠[16],故凡言天下之要[17],必本天子忧怜百姓、劳心万事之意,而推大臣、从官、执事之人[18],观望怀奸[19],不称天子属任之心,故治未久洽,至其难言[20],则人有所不敢言者。虽屡不合而出[21],而所言益切[22],不以利害祸福动其意也。

　　始公尤见奇于太宗,自光禄寺丞、越州监酒税召见[23],以为直史馆,遂为两浙转运使。未久而真宗即位,益以材见知。初试以知制诰[24],及西兵起,又以为自陕以西经略判官。而公常且方论大臣,当时皆不悦,故不果用[25]。然真宗终感其言,故为泉州,未尽一岁,拜苏州,五日又为扬州,将复召之也,而公于是时又上书,语斥人臣尤切,故卒以龃龉终[26]。

　　公之言,其大者,以自唐之衰,民穷久矣,海内既集[27],天子方修法度,而用事者尚多烦碎,治财利之臣又益急,公独以谓宜遵简易、罢管榷,以与民休息[28],塞天下望[29]。祥符初,四方争言符应,天子因之,遂用事泰山,祠汾阴,而道家之说亦滋甚。自京师至四方,皆大治宫观。公益诤,以谓天命不可专任,宜绌奸臣,修人事,反复至数百千言。呜呼!公之尽忠,天子之受尽言,何必古人?此非传之所谓主圣臣直者乎?何其盛也!何其盛也!

　　公在两浙,奏罢苛税二百三十余条。在京西,又与三司争论,免民租[30],释逋负之在民者[31],盖公之所试如此。所试者大,其庶几矣。公所尝言甚众,其在上前及书亡者,盖不得而集,其或从或否,而后常可思者,与历官行事,庐陵欧阳修公已铭公之碑特详焉,此故不论,论其不尽载者。

　　公卒以龃龉终,其功行或不得在史氏记。藉令记之[32],当时好公者少,史其果可信欤?后有君子欲推而考之,读公之碑与其书,及余小子之序其意者,具见其表里,其于虚实之论可核矣。公卒乃赠谏议大夫。姓曾氏,讳某,南丰人。序其书者公之孙巩也。至和元年十二月日谨序。

《四部丛刊》本《南丰先生元丰类稿》卷十二

〔1〕本文作于宋仁宗至和元年(1054),时作者三十六岁,这是曾巩为已故的祖父曾致尧的文集所作的后序。曾致尧(947—1012),字正臣,太平兴国八年(983)进士,官至户部郎中。为人刚直好谏诤,死后追赠谏议大夫,故文题称"先大夫"。全文以时间为序,亦各有所侧重,叙事从容,抒情曲折。明茅坤在《唐宋八大家文钞》中称赞该文"委曲感慨而气不迫晦"。

〔2〕《仙凫羽翼》:《崇文总目》将之收录于类书类,《宋史·艺文志》收入"子部类事"类,《玉海·艺文》引《中兴书目》曰:"淳化中,光禄丞曾致尧采经、史、子、集中可为诗赋论题者集之,据本经注解其下,取兴国八年御制赐进士诗名篇。"

〔3〕《西陲要纪》:书名,内容不详。

〔4〕《清边前要》:《崇文总目》录此书于"兵书"类,《宋史·艺文志》收入"史部故事"类。

〔5〕《广中台志》:《宋史·艺文志》收入史部传记类,《玉海·艺文》载李筌《中台志》十卷,引《中兴书目》曰:"景德中,曾致尧以筌叙事简略,褒贬未当,乃为《广中台志》八十卷,自黄帝得六相而下,至于唐末,类事为二十四类。"

〔6〕《为臣要纪》:《玉海·艺文》收录,不称"三卷",而称"十五篇"。

〔7〕《四声略》:书名,内容不详。

〔8〕类次:按照类别编辑。

〔9〕方五代之际:方,当、正当。五代,指后梁、后唐、后晋、后汉、后周五个朝代,曾致尧生于后汉天福十二年(947),后周亡时十四岁。

〔10〕摈,排斥、抛弃。

〔11〕闾巷:里巷,此处指街巷中的私塾。《礼记·学记》:"家有塾",孔颖达正义:"家有塾者,此明学之所在。周礼:百里之内,二十五家为闾,同共一巷,巷首有门,门边有塾。谓民在家之时,朝夕出入,恒受教于塾,故云家有塾。"

〔12〕闳深隽美:广博深远,意味深长,文辞华美。

〔13〕讽喻:用委婉的言语劝说。

〔14〕乐府:指乐府诗,古诗的一种体裁。

〔15〕"太祖、太宗"句:太祖,赵匡胤,宋朝开国皇帝,事迹具《宋史·太祖本纪》。太宗,赵光义,太祖弟,事迹具《宋史·太宗本纪》。纲纪,《诗经·大雅·棫朴》:"勉勉我王,纲纪四方。"郑玄笺注:"张之为纲,理之为纪。"孔颖达正义:"以举纲能张网之目,故张之为纲也;纪者别理丝缕,故理之为纪。以喻为政有举大纲、赦小过者,有理微细、穷根源者。"此处转指制定、拟定。

〔16〕疾:痛恨。当事者:当权的人。

〔17〕要:要点、纲要。

〔18〕"而推大臣"句:推,推究。从官,指君王的随从、近臣。《汉书·元帝纪》:"令从官给事宫司马中者,得为大父母、父母、兄弟通籍。"颜师古注:"从官,亲近天子常侍从者皆是也。"执事,主管具体事务的官员。《尚书·盘庚下》:"呜呼!邦伯师长百执事之人,尚有隐哉。"孔颖达正义:"其百执事谓大夫以下,诸有职事之官皆是也。"

〔19〕观望怀奸:观望,置身事外静观事态发展。怀奸,心怀奸诈。

〔20〕难言:不容易说、不敢说。

〔21〕出:离开京城去作地方官。

〔22〕切:恳切、率直。

〔23〕光禄寺丞:官名,负责膳食。《宋史·职官志》:"光禄寺:卿、少卿、丞各一人,卿掌祭祀、朝会、宴享酒醴膳羞之事,修其储备而谨其出纳之政,少卿为之贰,丞参领之。"监:州府所设掌管征收茶、盐、酒税事务的官员。《宋史·职官志》:"监当官掌茶、盐、酒税场务征输及冶铸之事,诸州军随事置官。"

〔24〕知制诰:职掌起草皇帝诏令。

〔25〕西兵起:西夏侵扰包围清武、灵武。经略:即经略使。判官:为经略幕职属官。不果用:终究没有实行。

〔26〕龃龉(jǔ yǔ 举雨):上下牙齿不配合。比喻与世道不合。亦作"钼铻"、"钼吾"。《楚辞·九辩》:"圆凿而方枘兮,吾固知其钼铻。"

〔27〕集:通"辑",和睦、安定。

〔28〕管榷:此指政府对盐茶酒等产销及课税制度。榷,专管、专卖。

〔29〕塞:充满、满足。

〔30〕三司:北宋最高财政机构。以盐铁、度支、户部合为三司,统筹国家财政。

〔31〕逋(bū 不阴平)负:拖欠赋税。逋,拖欠。

〔32〕藉令:即使。

寄欧阳舍人书[1]

巩顿首再拜舍人先生[2]:去秋人还,蒙赐书及所撰先大父墓碑铭[3],反复观诵,感与惭并。

夫铭志之著于世，义近于史，而亦有与史异者。盖史之于善恶无所不书，而铭者，盖古之人有功德、材行、志义之美者[4]，惧后世之不知，则必铭而见之。或纳于庙，或存于墓，一也。苟其人之恶，则于铭乎何有？此其所以与史异也。其辞之作，所以使死者无有所憾，生者得致其严[5]。而善人喜于见传，则勇于自立[6]；恶人无有所纪，则以愧而惧。至于通材达识、义烈节士，嘉言善状，皆见于篇，则足为后法。警劝之道，非近乎史，其将安近？

及世之衰，人之子孙者，一欲褒扬其亲而不本乎理。故虽恶人，皆务勒铭以夸后世[7]。立言者，既莫之拒而不为，又以其子孙之所请也，书其恶焉，则人情之所不得，于是乎铭始不实。后之作铭者，当观其人。苟托之非人，则书之非公与是，则不足以行世而传后。故千百年来，公卿大夫至于里巷之士，莫不有铭，而传者盖少，其故非他，托之非人，书之非公与是故也。

然则孰为其人，而能尽公与是欤？非畜道德而能文章者，无以为也。盖有道德者之于恶人，则不受而铭之；于众人则能辨焉。而人之行，有情善而迹非，有意奸而外淑，有善恶相悬而不可以实指，有实大于名，有名侈于实。犹之用人，非畜道德者，恶能辨之不惑，议之不徇。不惑不徇，则公且是矣。而其辞之不工，则世犹不传，于是又在其文章兼胜焉。故曰非畜道德而能文章者，无以为也，岂非然哉？

然畜道德而能文章者,虽或并世而有,亦或数十年、或一二百年而有之。其传之难又如此,其遇之难又如此。若先生之道德文章,固所谓数百年而有者也。先祖之言行卓卓[8],幸遇而得铭其公与是,其传世行后无疑也。而世之学者,每观传记所书古人之事,至其所可感,则往往蠢然不知涕之流落也[9],况其子孙也哉?况巩也哉!其追晞祖德而思所以传之之由[10],则知先生推一赐于巩而及其三世。其感与报,宜若何而图之?抑又思若巩之浅薄滞拙[11],而先生进之;先祖之屯蹶否塞以死[12],而先生显之;则世之魁闳豪杰不世出之士[13],其谁不愿进于门?潜遁幽抑之士[14],其谁不有望于世?善谁不为?而恶谁不愧以惧?为人之父祖者,孰不欲教其子孙?为人之子孙者,孰不欲宠荣其父祖?此数美者,一归于先生。

既拜赐之辱,且敢进其所以然。所论世族之次[15],敢不承教而加详焉[16]。幸甚,不宣[17]。巩再拜。

《四部丛刊》本《南丰先生元丰类稿》卷十六

[1] 本文作于宋仁宗庆历七年(1047),时作者二十九岁,尚未入仕。本文开篇即点明作铭立言之难,通过比较铭志与史书的异同,说明铭志的劝诫作用及价值;进而从反面批评后世滥为铭志的做法,然后从正面论述只有"畜道德而能文章"者才能写出可以传世的铭志,最后表达对欧阳修的感谢。明茅坤《唐宋八大家文钞》卷九十九评云:"此书纡徐百折,而感慨呜咽之气,博大幽深之识,溢于言外。"

[2] 舍人:官名。《宋史·职官志》:"中书省舍人,掌行命令,为制

诰。"欧阳修庆历八年(1048)才转起居舍人,曾巩为此文时,他尚未任舍人,此因其庆历中曾同修起居注知制诰,故称"舍人"。

〔3〕先大父:已故祖父,此指曾致尧。详见《先大夫集后序》注〔1〕。墓碑铭:指欧阳修所撰《尚书户部郎中赠右谏议大夫曾公神道碑铭》。《礼记·祭统》:"铭者,自名也,自名以称扬其先祖之美,而明著之后世者也。为先祖者,莫不有美焉,莫不有恶焉,铭之义,称美而不称恶,此孝子孝孙之心也,唯贤者能之。"铭志:墓铭和墓志。志多散文,铭用韵文。旧时墓中埋有正方两石,一刻志铭,为下底;一题死者姓字爵里,为上盖。两石相合,平放柩前。

〔4〕"盖古之人"句:功德,功业与德行。材行,才质行为。志义,犹志节。

〔5〕严:尊敬、敬意。《孝经·纪孝行》:"祭则致其严。"

〔6〕自立:依靠自己的力量有所建树。《礼记·儒行》:"力行以待取,其自立有如此者。"

〔7〕勒铭:镌刻铭文。

〔8〕卓卓:特立、高超出众。南朝宋刘义庆《世说新语·容止》:"嵇延祖卓卓如野鹤之在鸡群。"

〔9〕盡(xì 系)然:悲伤痛惜的样子。《尚书·酒诰》:"民罔不盡伤心。"孔安国传:"民无不盡然痛伤其心。"

〔10〕追睎(xī 希):追念仰慕。

〔11〕滞拙:迟钝笨拙。

〔12〕屯蹶否塞:屯蹶,亦作"屯蹷",谓艰难困顿。否塞,困厄。

〔13〕魁闳:形容器宇不凡,气量宏大。唐韩愈《上宰相书》:"枯槁沉溺、魁闳宽通之士,必且洋洋焉动其心,峨峨焉缨其冠,于于焉而来矣。"

〔14〕潜遁:隐退。幽抑:郁抑。

〔15〕世族之次:欧阳修《与曾巩论氏族书》中对曾氏家族的世次有所考证,见《欧阳修全集》卷四十七。

〔16〕承教:谦词,接受教诲之意。

〔17〕不宣:不尽。书信末尾用语,尊与卑曰"不具",以卑上尊曰"不备",朋友之间曰"不宣"。

墨池记[1]

临川之城东,有地隐然而高[2],以临于溪,曰新城。新城之上,有池洼然而方以长[3],曰王羲之之墨池者[4],荀伯子《临川记》云也[5]。羲之尝慕张芝[6],临池学书,池水尽黑,此为其故迹,岂信然邪[7]?

方羲之之不可强以仕,而尝极东方,出沧海,以娱其意于山水之间[8],岂其徜徉肆恣[9],而又尝自休于此邪?羲之之书晚乃善[10],则其所能[11],盖亦以精力自致者[12],非天成也[13]。然后世未有能及者,岂其学不如彼邪?则学固岂可以少哉,况欲深造道德者邪[14]?

墨池之上,今为州学舍[15]。教授王君盛恐其不章也[16],书"晋王右军墨池"之六字于楹间以揭之[17]。又告于巩曰:"愿有记。"推王君之心[18],岂爱人之善,虽一能不以废,而因以及乎其迹邪?其亦欲推其事以勉其学者邪?夫人之有一能,而使后人尚之如此[19],况仁人庄士之遗风余思被于来世者如何哉[20]!

庆历八年九月十二日,曾巩记。

《四部丛刊》本《南丰先生元丰类稿》卷十七

〔1〕本文作于庆历八年(1048),时作者三十岁,此文为曾巩应抚州州学教授之请而作。文章主要讲苦学方能成才的道理,言近而旨远,全文叙议结合,虚实相映,是曾巩的名篇。何焯《义门读书记》评此文曰:"词旨高远,后人无此雄厚。"

〔2〕隐然:隐隐约约的样子。

〔3〕洼然:凹陷的样子。方以长:方而长。

〔4〕王羲之:字逸少,东晋著名书法家,官至右军将军,世称"王右军"。其书诸体俱精,笔势"飘若浮云,矫若惊龙",被誉为"书圣"。

〔5〕荀伯子《临川记》:荀伯子,南朝宋颍川颍阴人,曾任临川内史,著有《临川记》六卷,已佚。乐史《太平寰宇记》卷一百一十引荀伯子《临川记》曰:"王羲之尝为临川内史,置宅于郡城东高坡,名曰新城。旁临回溪,特据层阜,其地爽垲,山川如画。今旧井及墨池犹存。"

〔6〕张芝:字伯英,东汉酒泉(今甘肃酒泉)人,东汉书法家。《后汉书·张奂传》章怀太子注引《文字志》曰:"(芝)尤好草书,学崔(瑗)、杜(度)之法,家之衣帛,必书而后练。临池学书,水为之黑。下笔则为楷则,号匆匆不暇草书,为世所宝,寸纸不遗,韦仲将谓之草圣也。"王羲之深慕张芝,认为其书法乃是勤学苦练的结果。王羲之曾在致友人书中说:"张芝临池学书,池水尽黑,使人耽之若是,未必后之也。"

〔7〕信:果真、的确。

〔8〕"方羲之之不可强以仕"四句:史载,骠骑将军王述与羲之并有美誉,而夙为羲之所轻。羲之任会稽内史时,王述为扬州刺史,检查会稽郡刑政,羲之深以为耻辱,于是称病去职,并在父母墓前发誓,不再出仕。从此羲之与骚人雅士纵情山水,弋钓为娱,自谓"我卒当以乐死"。强,

205

勉强。极,穷尽,游遍。

〔9〕徜徉:游览。恣肆:纵情尽意。

〔10〕羲之之书晚乃善:王羲之的书法到晚年才写得精妙。《晋书·王羲之传》载:"羲之书,初不胜庾翼、郄愔,及其暮年方妙。"

〔11〕能:擅长。

〔12〕"盖亦"句:精力,专心竭力。《汉书·张安世传》:"(张安世)用善书给事尚书,精力于职,休沐未尝出。"致,达到。

〔13〕天成:天然生成。

〔14〕深造:不断前进,以达到精深的境地。《孟子·离娄下》:"君子深造之以道,欲其自得之也。"朱熹注:"深造之者,进而不已之意。"

〔15〕州学舍:抚州州学的学舍。

〔16〕"教授"句:教授,学官名。《宋史·职官志七》载:"庆历四年,……始置教授,以经术行义训导诸生,掌其课试之事,而纠正不如规者。"章,通"彰",彰明、显著。

〔17〕楹:厅堂前部的柱子。揭:高举、标示。

〔18〕推:推想。

〔19〕尚:尊崇。

〔20〕被:影响。

宜黄县学记[1]

古之人,自家至于天子之国皆有学[2],自幼至于长,未尝去于学之中[3]。学有《诗》、《书》六艺[4]、弦歌洗爵[5]、俯仰之容[6]、升降之节[7],以习其心体、耳目、手足之举措;

又有祭祀、乡射、养老之礼[8]，以习恭让；进材、论狱、出兵授捷之法[9]，以习其从事[10]。师友以解其惑，劝惩以勉其进，戒其不率[11]，其所为具如此。而其大要，则务使人人学其性，不独防其邪僻放肆也[12]。虽有刚柔缓急之异，皆可以进之于中[13]，而无过不及[14]。使其识之明，气之充于其心，则用之于进退语默之际[15]，而无不得其宜；临之以祸福死生之故，无足动其意者。为天下之士，为所以养其身之备如此，则又使知天地事物之变，古今治乱之理，至于损益废置、先后终始之要，无所不知。其在堂户之上，而四海九州之业、万世之策皆得，及出而履天下之任，列百官之中，则随所施为，无不可者。何则？其素所学问然也。

盖凡人之起居、饮食、动作之小事，至于修身为国家天下之大体，皆自学出，而无斯须去于教也。其动于视听四支者，必使其洽于内；其谨于初者，必使其要于终。驯之以自然[16]，而待之以积久。噫！何其至也！故其俗之成，则刑罚措；其材之成，则二公百官得其士；其为法之永，则中材可以守；其入人之深，则虽更衰世而不乱。为教之极至此，鼓舞天下，而人不知其从之，岂用力也哉！及三代衰，圣人之制作尽坏，千余年之间，学有存者，亦非古法。人之体性之举动，唯其所自肆，而临政治人之方，固不素讲。士有聪明朴茂之质[17]，而无教养之渐[18]，则其材之不成，固然。盖以不学未成之材，而为天下之吏，又承衰弊之后，而治不教之民。呜呼！仁政之所以不行，贼盗刑罚之所以积，其不以此也欤！

宋兴几百年矣[19],庆历三年[20],天子图当世之务,而以学为先,于是天下之学乃得立。而方此之时,抚州之宜黄,犹不能有学。士之学者皆相率而寓于州,以群聚讲习。其明年,天下之学复废,士亦皆散去[21],而春秋释奠之事[22],以著于令,则常以庙祀孔氏,庙又不复理。皇祐元年[23],会令李君详至,始议立学。而县之士某某与其徒,皆自以谓得发愤于此,莫不相励而趋为之。故其材不赋而羡[24],匠不发而多。其成也,积屋之区若干,而门序正位,讲艺之堂、栖士之舍皆足。积器之数若干,而祀饮寝食之用皆具。其像孔氏而下,从祭之士皆备。其书经史百氏、翰林子墨之文章[25],无外求者。其相基会作之本末[26],总为日若干而已,何其周且速也[27]!当四方学废之初,有司之议,固以谓学者人情之所不乐。及观此学之作,在其废学数年之后,唯其令之一唱,而四境之内响应而图之,如恐不及。则夫言人之情不乐于学者,其果然也欤?

宜黄之学者,固多良士。而李君之为令,威行爱立,讼清事举,其政又良也。夫及良令之时,而顺其慕学发愤之俗,作为宫室教肄之所,以图书器用之须,莫不皆有,以养其良材之士。虽古之去今远矣,然圣人之典籍皆在,其言可考,其法可求。使其相与学而明之,礼乐节文之详[28],固有所不得为者。若夫正心修身,为国家天下之大务,则在其进之而已。使一人之行修[29],移之于一家,一家之行修,移之于乡邻族党,则一县之风俗成,人材出矣。教化之行,道德之归,非远人也[30],可不勉欤!县之士来请曰:"愿有记。"其记之。十二月某日也。

《四部丛刊》本《南丰先生元丰类稿》卷十七

〔1〕本文作于宋仁宗皇祐元年(1049),时曾巩三十一岁。庆历三年(1043)秋,宋祁、欧阳修等人建议朝廷兴学,庆历四年(1044)仁宗遂诏天下立学。本文是曾巩为宜黄建立县学所写的记文,文章首先从正面阐明办学的必要性,既而从废学所造成的时弊,论述兴学的重要意义。在此基础上,又进一步用宜黄建县学的例子来证明人心乐学。作者采取正反对比和夹叙夹议的手法,情感饱满,内容充实。清吴汝纶《古文辞类纂点勘》引姚鼐评云:"随笔曲注,而浑雄博厚之气,郁然纸上。"

〔2〕"古之人"二句:出自《礼记·学记》:"古之教者,家有塾,党有庠,国有学。"

〔3〕"自幼"二句:《汉书·食货志》:"八岁入小学,学六甲、五方书计之事,始知室家长幼之节。十五入大学,学先圣礼乐而知朝廷君臣之礼。"

〔4〕六艺:礼、乐、射、御、书、数。

〔5〕弦歌洗爵:弦歌,指礼乐教化。《论语·阳货》:"子之武城,闻弦歌之声。"洗爵,洗酒器。古时乡射、乡饮酒时所行的一种礼节。

〔6〕俯仰之容:低头和抬头的仪容,泛指应对之礼。

〔7〕升降之节:进与退的规矩。北齐颜之推《颜氏家训·杂艺》:"别有博射,弱弓长箭,施于准的,揖让升降,以行礼焉。"

〔8〕祭祀、乡射、养老之礼:古时在学校中举行的三种礼仪。

〔9〕"进材"句:进材,提拔、任用贤材。论狱,决罪、断狱。

〔10〕从事:办事。

〔11〕不率:不服从、不遵循。《左传·宣公十二年》:"今郑不率,寡

君使群臣问诸郑,岂敢辱候人?"杜预注:"率,遵也。"

〔12〕邪僻:乖谬不正。

〔13〕中:不偏不倚,无过无不及,即中庸。中庸之道是儒家最高的道德标准。

〔14〕过不及:事情做得过分和做得不够的状态,《论语·先进》:"过犹不及。"

〔15〕进退语默:进退,举止行动。《论语·子张》:"子夏之门人小子,当洒扫应对进退则可矣。"语默,亦作"语嘿",谓或说话或沉默。语本《易·系辞上》:"君子之道,或出或处,或默或语。"

〔16〕驯:通"训",教导、教训。

〔17〕朴茂:朴实厚道。

〔18〕渐:犹浸润,引申为渍染、教育感化。

〔19〕宋兴几百年:自赵匡胤建隆元年(960)建宋至仁宗皇祐元年(1049),接近百年,故称"几百年"。几,将近。

〔20〕庆历:宋仁宗年号,1041—1048。

〔21〕"其明年"句:据《续资治通鉴长编》卷一百五十五载:"庆历五年三月辛未,诏曰:顷者尝诏方州,增置学官,而吏贪崇儒之虚名,务增室屋,使四方游士竞起而趋之,轻去乡间,浸不可止。自今有学州县,毋得辄容非本土人入居听习。"

〔22〕释奠:古代在学校设置酒食以奠祭先圣先师的一种典礼。《礼记·文王世子》:"凡学,春官释奠于其先师,秋冬亦如之。凡始立学者,必释奠于先圣先师。"郑玄注:"释奠者,设荐馔酌奠而已。"

〔23〕皇祐:宋仁宗年号,1049—1053。

〔24〕不赋而羡:赋,敛、收取。羡,富余。

〔25〕翰林子墨:语出《汉书·扬雄传下》:"雄从至射熊馆,还,上《长杨赋》,聊因笔墨之成文章,故藉翰林以为主人,子墨为客卿以风。"

后因以"翰林子墨"泛指辞人墨客。

〔26〕相基:勘察地基。会作:会合匠作。

〔27〕周:完备。

〔28〕节文:礼节、仪式。

〔29〕行修:品行端正。

〔30〕"教化之行"句:出自《礼记·中庸》:"道不远人,人之为道而远人,不可以为道。"

南轩记[1]

得邻之莱地蕃之[2],树竹木灌蔬于其间[3],结茅以自休[4],嚣然而乐[5]。世固有处廊庙之贵[6],抗万乘之富[7],吾不愿易也。

人之性不同,于是知伏闲隐奥[8],吾性所最宜。驱之就烦,非其器所长[9],况使之争于势利、爱恶、毁誉之间邪?然吾亲之养无以修[10],吾之昆弟饭菽藿羹之无以继[11],吾之役于物,或田于食,或野于宿,不得常此处也,其能无欿然于心邪[12]?少而思,凡吾之拂性苦形而役于物者[13],有以为之矣。士固有所勤,有所肆[14],识其皆受之于天而顺之,则吾亦无处而非其乐,独何必休于是邪?顾吾之所好者远,无与处于是也。然而六艺百家史氏之籍,笺疏之书,与夫论美刺非、感微记远、山镵冢刻[15]、浮夸诡异之文章,下至兵权、历法、星官、乐工、山农、野圃、方言、地记、佛老所传,吾悉得于此，皆伏羲以来，下更秦汉至今[16]，圣人贤者魁杰之材[17]，殚岁月，愈精思，日夜各推所长，分辨万事之说，其于天地万物，小大之际，修身理人，国家天下治乱安危存亡之致，罔不毕载。处与吾俱，可当所谓益者之友非邪？

吾窥圣人旨意所出，以去疑解蔽，贤人智者所称事引类[18]，始终之概以自广[19]，养吾心以忠，约守而恕行之[20]。其过也改，趋之以勇，而至之以不止，此吾之所以求于内者。得其时则行，守深山长谷而不出者，非也。不得其时则止，仆仆然求行其道者[21]，亦非也。吾之不足于义，或爱而誉之者，过也。吾之足于义，或恶而毁之者，亦过也。彼何与于我哉？此吾之所任乎天与人者。然则吾之所学者虽博，而所守者可谓简；所言虽近而易知，而所任者可谓重也。

书之南轩之壁间，蚤夜览观焉，以自进也。南丰曾巩记。

《四部丛刊》本《南丰先生元丰类稿》卷十七

[1] 在本文中，曾巩自剖心迹，对于毁誉、出处、势利、得时与否，坦言其情志，有所乐有所守，顺天由人，自甘淡泊。篇中以自述口吻叙事，先言南轩之由来及珍爱之情，次叙轩中读书、明道之乐，最后抒其恬淡自守之志，酣畅通透，抒情意味较强。清人刘熙载在《艺概·文概》中评云："曾文穷尽事理，其气味尔雅、深厚，令人想见硕人之宽。"轩，房屋，常作书室的雅号。

[2] 茀(fú 芙)：长有很多野草，《说文解字·艸部》："茀，草多也。"藩：同"藩"，篱落，屏障。

[3] 灌蔬：栽种菜蔬。

〔4〕结茅:编茅为屋,指建造简陋的屋舍。自休:自得其闲逸。

〔5〕嚣然:闲适貌。

〔6〕廊庙:殿下屋和太庙,代指朝廷。

〔7〕抗:匹敌、抗衡。

〔8〕伏闲隐奥:躲在清静幽深之处,此处指过隐居的生活。伏,隐藏、埋伏。奥,河岸弯曲处。

〔9〕器:资质、才能。

〔10〕"然吾亲"句:养,供养、奉养。修,置备。《国语·周语》:"修其簠簋。"韦昭注:"备也。"

〔11〕饭菽藿羹:以菽为饭,以藿为羹,形容饭菜粗劣。菽,豆类。藿,豆叶。

〔12〕欿(kǎn 坎):遗憾。

〔13〕拂性苦形:拂性,违背自己的心性。拂,违背。《孟子·告子下》:"行拂乱其所为,所以动心忍性,曾益其所不能。"苦形,劳苦自己的身体。

〔14〕肆:放纵、安逸。

〔15〕山镌冢刻:刻于山岩和碑石上的文字。镌,刻、凿。

〔16〕更:经过、经历。

〔17〕魁杰:杰出。

〔18〕称事引类:引证同类事例以说明道理。

〔19〕始终:治学、修身的全部内容。《荀子·劝学》:"学恶乎始?恶乎终?曰:其数则始乎诵经,终乎读《礼》。其义则始乎为士,终乎为圣人。"

〔20〕"约守"句:约守,约束自己的行为,谨守儒家之道。恕,以恕道行事。恕,宽厚。

〔21〕仆仆然:劳顿的样子。

抚州颜鲁公祠堂记[1]

赠司徒鲁郡颜公,讳真卿,事唐为太子太师[2],与其从父兄杲卿皆有大节以死,至今虽小夫妇人皆知公之为烈也[3]。初,公以忤杨国忠,斥为平原太守[4],策安禄山必反,为之备[5]。禄山既举兵,与常山太守杲卿伐其后,贼之不能直窥潼关[6],以公与杲卿挠其势也。在肃宗时,数正言,宰相不悦,斥去之[7]。又为御史唐旻所构,连辄斥[8]。李辅国迁太上皇居西宫,公首率百官请问起居,又辄斥[9]。代宗时,与元载争论是非,载欲有所壅蔽,公极论之,又辄斥[10]。杨炎、卢杞既相德宗,益恶公所为,连斥之,犹不满意[11]。李希烈陷汝州,杞即以公使希烈,希烈初惭其言,后卒缢公以死[12]。是时公年七十有七矣[13]。

天宝之际,久不见兵,禄山既反,天下莫不震动,公以区区平原,遂折其锋,四方闻之,争奋而起,唐卒以振者,公为之唱也。当公之开土门[14],同日归公者十七郡,得兵二十余万。由此观之,苟顺且诚,天下从之矣。自此至公殁,垂三十年[15],小人继续任政,天下日入于弊,大盗继起[16],天子辄出避之。唐之在朝臣,多畏怯观望,能居其间,一忤于世,失所而不自悔者,寡矣。至于再三忤于世,失所而不自悔者,盖未有也。若至于起且仆,以至于七八,遂死而不自悔者,则天下一人而已。若公是也!公之学问文章,往往杂于神仙、浮图之说[17],不皆合于理,及其奋然自立,能至于此者,盖天性然也。故公之能处其死[18],不足以观公之大,何则? 及至于势穷,义有不得不死,虽中人可勉焉,况公之自信也欤? 维历忤大奸,颠跌撼顿[19],至于七八,而终始不以死生祸福为秋毫顾虑,非笃于道者,不能如此,此足以观公之大也。夫世之治乱不同,而士之去就亦异,若伯夷之清、伊尹之任、孔子之时[20],彼各有义,夫既自比于古之任者矣,乃欲睢顾回隐[21],以市于世[22],其可乎? 故孔子恶鄙夫不可以事君[23],而多杀身以成仁者[24]。若公,非孔子所谓仁者欤?

今天子至和三年[25],尚书都官郎中、知抚州聂君某[26],尚书屯田员外郎、通判抚州林君某[27],相与慕公之烈,以公之尝为此邦也,遂为堂而祠之。既成,二君过予之家而告之曰:"愿有述。"夫公之赫赫不可盖者[28],固不系于祠之有无,盖人之向往之不足者,非祠则无以致其至也。闻其烈足以感人,况拜其祠而亲炙之者欤[29]? 今州县之政非法令所及者,世不复议。二君独能追公之节[30],尊而事之,以风示当世,为法令之所不及,是可谓有志者也。

《四部丛刊》本《南丰先生元丰类稿》卷十八

[1] 此文约作于至和三年(1056),时曾巩年三十八,尚未进入仕途,家居抚州。文章先叙后议,文章怀念颜真卿的遗风余烈,突出"捍贼"和"忤奸"两大功业,写得极有正气,极具震撼力,最后叙立祠写记的原委。楼昉《崇古文诀》卷二十七云:"议论正,笔力高简而有法,质而不俚。"康熙《御选古文渊鉴》卷五十三云:"激昂顿挫,善于作势之文,末拈

215

一'仁'字,收煞处亦甚有力。"

〔2〕"赠司徒"三句:赠,古时朝廷赐官诰敕,生前称"封",身后称"赠"。司徒,官名,三公之一,是位极人臣的论道之官,在唐前中期,三公是极高的荣誉,非一般大臣能够获得。颜真卿(709—785),字清臣,京兆万年(今陕西西安)人,祖籍琅琊临沂(今山东临沂),开元间中进士。"安史之乱"中抗贼有功,历任吏部尚书,太子太师,封鲁郡开国公,故又世称"颜鲁公"。德宗时,李希烈叛乱,他以社稷为重,亲赴敌营,晓以大义,为李希烈缢杀,终年七十七岁。太子太师,官名,正一品,辅导太子的官,与太傅、太保并称"三师",见《旧唐书·职官志二》。

〔3〕"与其"二句:颜杲卿(692—756),字昕。和颜真卿同为颜师古五代孙,颜之推六代孙。初任范阳户曹参军,曾是安禄山的部下,安史之乱时,颜杲卿和儿子季明守常山(河北正定县西南),任太守,颜真卿守平原(山东陵县),设计杀安禄山部将李钦凑,擒高邈、何千年。河北有十七郡响应。次年史思明破常山,颜杲卿被押到洛阳,见安禄山,瞋目怒骂,被杀害。

〔4〕"初,公以"三句:《新唐书·颜真卿传》载,开元年间,颜真卿"迁殿中侍御史,时御史吉温(杨国忠私党)以私怨构中丞宋浑(宋璟第四子),谪贺州,真卿曰:'奈何以一时忿,欲危宋璟后乎?'宰相杨国忠恶之,讽中丞蒋洌奏为东都采访判官,再转武部员外郎。国忠终欲去之,乃出为平原太守。"杨国忠(?—756),本名钊,杨贵妃堂兄。天宝初因杨贵妃得宠,玄宗赐名国忠,李林甫死,即代为右相,安史之乱后,被杀于马嵬驿。

〔5〕"策禄山"二句:安禄山(703—757),唐营州柳城人,本姓康,胡人。玄宗擢为节度使,兼平卢、范阳、河东三镇,宠信异常。后举兵反叛,自称"雄武皇帝",国号"燕"。颜真卿任平原太守时,预料到安禄山将反,表面上终日饮酒作乐,暗自则修城储粮,做好了抗敌准备。

〔6〕窥潼关:窥,图谋、觊觎。汉贾谊《过秦论》:"君臣固守,以窥周室。"潼关,关隘名,古称桃林塞。东汉时设潼关,故址在今陕西省潼关县东南,处陕西、山西、河南三省要冲,素称险要。北魏郦道元《水经注·河水四》:"河在关内,南流,潼激关山,因谓之潼关。"

〔7〕"在肃宗时"四句:《旧唐书·颜真卿传》:"军国之事,知无不言。为宰相所忌,出为同州刺史,转蒲州刺史。"构,诬陷、陷害。辄,立即、就。

〔8〕"又为"二句:《旧唐书·颜真卿传》云:"(颜真卿)为御史唐旻所构,贬饶州刺史。"

〔9〕"李辅国"三句:《旧唐书·颜真卿传》:"李辅国矫诏迁玄宗居西宫,真卿乃首率百僚上表请问起居,辅国恶之,奏贬蓬州长史。"

〔10〕"代宗"五句:代宗自陕州还京,颜真卿请先谒陵,后回宫,元载认为不合时宜,遭到真卿的尖锐批评,元载从此怀恨在心。后元载多用私党,担心群臣论奏,遂请于帝曰:"百官凡欲论事,皆先白长官,长官白宰相,然后上闻。"真卿上疏激切反对,元载深恨之,借事贬真卿为硖州别驾、抚州刺史。详见《旧唐书·颜真卿传》。壅蔽,隔绝蒙蔽。《汉书·刘向传》:"赵高专权自恣,壅蔽大臣。"

〔11〕"杨炎、卢杞"四句:元载被诛后,颜真卿拜刑部尚书,德宗即位后又被任命为礼仪使。杨炎当政,真卿以直不容,改任太子少傅,外示崇宠,实去其权也。代宗立,任命卢杞为相,卢杞专权,忌恨颜真卿,改真卿为太子太师,而罢礼仪使。详见《旧唐书·颜真卿传》。

〔12〕"李希烈陷汝州"四句:李希烈德宗时任淮宁节度使,后反叛朝廷,其攻陷汝州后,卢杞推荐颜真卿为使前往宣谕,真卿至则被拘,后被希烈缢杀。

〔13〕公年七十有七:《旧唐书》本传载真卿"年七十七",《新唐书》本传载"年七十六"。

〔14〕土门:即井陉关,关在井陉东北土门山上,故名。又据《新唐书·颜真卿传》,斩敌将李钦奏,清土门者为颜杲卿,事后,推真卿为盟主。

〔15〕垂:接近、快要。

〔16〕大盗继起:吐蕃入长安,代宗幸陕州。姚令言反,德宗幸奉天。后李怀光反,德宗又幸梁州(发生于784年)。真卿卒于785年。

〔17〕神仙浮图:道家、佛家。道家称辟谷修养而得神通者为神仙。浮图,梵语音译,或译写为佛陀,即佛或佛教徒。

〔18〕处:对待、处置。

〔19〕颠跌撼顿:挫折动荡。

〔20〕"若伯夷之清"句:伯夷,商末孤竹君之长子。初,孤竹君欲以次子叔齐为继承人。及父卒,叔齐让位于伯夷。伯夷以为逆父命,遂出逃,而叔齐也不肯立,亦逃之。后来二人听说西伯姬昌善养老人,尽往归焉。及至,正值西伯卒,武王兴兵伐纣,二人叩马而谏。至武王克商后,天下宗周,而伯夷、叔齐认为以暴易暴,殊非正道,故耻食周粟,逃隐于首阳山,采集野菜而维生,最终饿死。伊尹,名挚,为商朝初年著名政治家,伊尹本是有莘氏的陪嫁奴隶,但他很有政治才能,后为成汤重用,任阿衡,委以国政,助汤灭夏。《孟子·万章下》:"伯夷,圣之清者也;伊尹,圣之任者也;柳下惠,圣之和者也;孔子,圣之时者也。"

〔21〕睠顾:同"眷顾",眷念、思念。《史记·屈原贾生列传》:"眷顾楚国。"回隐:回避、隐藏。《后汉书·任隗传》:"(隗)独与司徒袁安同心毕力,持重处正,鲠言直议,无所回隐。"

〔22〕市:求取、谄媚。

〔23〕"故孔子"句:语出《论语·阳货》,"子曰:'鄙夫可与事君也与哉?其未得之也,患得之。既得之,患失之。苟患失之,无所不至矣。'"

〔24〕"而多杀身以成仁"句：多，称赞。杀身以成仁，语出《论语·卫灵公》："子曰：'无求生以害仁，有杀身以成仁。'"

〔25〕至和三年：1056年。

〔26〕都官郎中：官名，属刑部，刑部属尚书省，故称尚书都官郎中。聂君某：聂厚载，皇祐中知秀州，以循政闻，至和二年（1055）知抚州。

〔27〕"尚书"句：尚书屯田员外郎，宋朝工部下设有屯田司，置屯田郎中、员外郎，掌屯田、营田、职田、学田、官庄之政令及其租入种刈，兴修给纳诸事。工部属尚书省，故称尚书都官郎中。通判，州郡设通判，作为副职，与权知军、州长官共同处理政事，其职责为："凡兵民、钱谷、户口、赋役、狱讼听断之事，可否裁决，与守臣通签书施行。"通判还有一个职责，"所部官有善否及职事修废，得刺举以闻。"林君某，林恺，至和中为抚州通判。

〔28〕赫赫：显赫盛大。《诗经·小雅·节南山》："赫赫师尹，民具尔瞻。"

〔29〕亲炙：谓亲受教育熏陶。《孟子·尽心下》："非圣人而能若是乎？而况于亲炙之者乎？"朱熹注："亲近而熏炙之也。"

〔30〕追：追念、追慕。

越州赵公救灾记[1]

熙宁八年夏[2]，吴越大旱[3]。九月，资政殿大学士右谏议大夫知越州赵公，前民之未饥，为书问属县，灾所被者有几乡？民能自食者有几？当廪于官者几人[4]？沟防构筑，可僦民使治之者几所[5]？库钱仓粟，可发者几何？富人可募出粟者几家？僧道士食之羡粟书于籍者[6]，其几具存[7]？使各书以对，而谨其备。州县吏录民之孤老疾弱不能自食者，二万一千九百余人以告。故事[8]，岁廪穷人，当给粟三千石而止。公敛富人所输，及僧道士食之羡者，得粟四万八千余石，佐其费。使自十月朔[9]，人受粟日一升，幼小半之。忧其众相蹂也[10]，使受粟者，男女异日[11]，而人受二日之食；忧其且流亡也，于城市郊野，为给粟之所，凡五十有七，使各以便受之，而告以去其家者勿给。计官为不足用也，取吏之不在职而寓于境者，给其食而任以事。不能自食者，有是具也。能自食者，为之告富人，无得闭粜[12]。又为之出官粟，得五万二千余石，平其价予民，为粜粟之所凡十有八[13]，使粜者自便如受粟。又僦民完城四千一百丈[14]，为工三万八千，计其佣与钱，又与粟再倍之。民取息钱者，告富人纵予之，而待熟，官为责其偿。弃男女者，使人得收养之。明年春，大疫，为病坊，处疾病之无归者。募僧二人，属以视医药饮食，令无失所恃。凡死者，使在处随收瘗之[15]。法：廪穷人，尽三月当止，是岁尽五月止。事有非便文者[16]，公一以自任[17]，不以累其属。有上请者，或便宜多辄行。公于此时，早夜惫心力不少懈，事细巨必躬亲。给病者药食，多出私钱，民不幸罹旱疫，得免于转死。虽死，得无失敛埋，皆公力也。是时旱疫被吴越，民饥馑疾疠死者殆半，灾未有巨于此也[18]。天子东向忧劳，州县推布上恩，人人尽其力。公所拊循[19]，民尤以为得其依归。所以经营绥辑[20]，先后终始之际，委曲纤悉[21]，无不备者。其施虽在越，其仁足以示天下。其事虽行于一时，其法足以传后。盖灾沴之行[22]，治世不能使之无，而能为之备。民病而后图之，与夫先事而为计者，则有间矣。不习而有为，与夫素得之者，则有间矣[23]。

予故采于越[24]，得公所推行，乐为之识其详[25]，岂独以慰越人之思？将使吏之有志于民者，不幸而遇岁之灾，推公之所已试，其科条可不待顷而具。则公之泽岂小且近乎？公元丰二年以大学士加太子少保致仕，家于衢[26]。其直道正行，在于朝廷；岂弟之实[27]，在于身者，此不著。著其荒政可师者[28]，以为越州赵公救灾记云。

《四部丛刊》本《南丰先生元丰类稿》卷十九

[1] 此文约作于元丰二年（1079）。赵公即赵抃（1008—1084），字阅道，号知非子，谥号清献公，衢州西安（今浙江衢州）人。曾任殿中侍御史，弹劾不避权幸，有"铁面御史"之誉。官至参知政事，因反对王安石变法，去位。文章总结了赵公赈灾的各种措施，文无虚语，是篇具有实用价值的文献。孙琮《山晓阁曾南丰文选》云："前幅叙饥叙疫，条列井井，笔力直可作史。入后忽发议论，一气数折，波澜不穷，又是论家高手，一篇之中兼有二美，赵公仁政传，此文当与之俱传。"

[2] 熙宁八年：公元1075年。熙宁，宋神宗年号，1068—1077。

[3] 吴越：两古国名，在今江苏、浙江一带，后即以此指江浙一带。

[4] 当廪于官者：应当从官府仓库得到救济的百姓。廪，仓库。

[5] 沟防构筑：沟渠和堤防之类的建筑。《墨子·迎敌祠》："凡守城之法，县师受事，出葆，循沟防，筑荐通涂，修城。"僦（jiù 就）：雇佣。

〔6〕羡:富余。《孟子·滕文公下》:"以羡补不足。"

〔7〕具存:全部存储,犹言实存。《汉书·扬雄传赞》:"自雄之没至今四十余年,其《法言》大行,而《玄》终不显,然篇籍具存。"

〔8〕故事:旧制、先例。《汉书·刘向传》:"宣帝循武帝故事,招名儒俊材置左右。"

〔9〕朔:每月初一。

〔10〕蹂(róu 柔):践踏。

〔11〕男女异日:区分男女,分日领取。

〔12〕粜(tiào 跳):卖出粮食。

〔13〕籴(dí 敌):买入粮食。

〔14〕完城:修缮城墙。完,修缮。《孟子·万章上》:"父母使舜完廪。"

〔15〕瘗(yì 义):埋葬。

〔16〕便文:依照法令条文。非便文,就是不依照法令条文。

〔17〕一以自任:一概独自担当。自任,当作自身的职责。《孟子·万章下》:"其自任以天下之重也。"

〔18〕巨于此:比这次更惨重。

〔19〕拊循:安抚、抚慰。《荀子·富国》:"垂事养民,拊循之,呃呕之。"杨倞注:"拊循,慰悦之也。"

〔20〕绥(suí 随)辑:安抚、安定。

〔21〕委曲纤悉:周到细密。

〔22〕灾沴(lì 丽):自然灾害。晋袁宏《后汉纪·顺帝纪下》:"礼制修,奢僭息,事合宜,则无凶咎,然后神圣允塞,灾沴不至矣。"沴,旧谓因天地四时之气不和而生的灾害。

〔23〕间:距离。《淮南子·俶真训》:"则丑美有间矣。"高诱注:"间,远也。"

〔24〕采:采访。

〔25〕识:通"志",记录。

〔26〕衢:今浙江衢州市。

〔27〕岂弟:通"恺悌",慈祥和蔼。

〔28〕荒政可师:救荒措施可以效法。

王安石

王安石(1021—1086),字介甫,小字獾郎,晚号半山,封荆国公,世人又称王荆公,抚州临川(今江西抚州)人。庆历二年(1042)进士及第,授签书淮南判官。神宗即位,起知江陵,召为翰林学士兼侍讲。熙宁二年(1069)拜参知政事,主持变法,陆续推行水利、青苗等措施,次年拜同中书门下平章事。七年,罢相,出知江宁,八年,复相,九年再罢,退居江宁。元丰三年(1080)封荆国公,元祐元年(1086)卒。绍圣中谥曰"文"。崇宁三年(1104),追封舒王。其文师法孟子,极力学习韩愈,主张文应"有补于世",语言简炼精警,雄健峭拔,说理透彻新颖,为"唐宋八大家"之一。著有《临川先生文集》一百卷。《宋史》卷三百二十七有传。

本朝百年无事劄子[1]

臣前蒙陛下问及本朝所以享国百年、天下无事之故。臣以浅陋,误承圣问,迫于日暮[2],不敢久留,语不及悉,遂辞而退。窃惟念圣问及此,天下之福,而臣遂无一言之献,非近臣所以事君之义,故敢昧冒而粗有所陈。

伏惟太祖躬上智独见之明[3],而周知人物之情伪[4],指挥付托必尽其材[5],变置施设必当其务。故能驾驭将帅,训齐士卒,外以捍夷狄[6],内以平中国。于是除苛赋,止虐刑,废强横之藩镇[7],诛贪残之官吏[8],躬以简俭为天下先[9]。其于出政发令之间,一以安利元元为事[10]。太宗承之以聪武,真宗守之以谦仁,以至仁宗、英宗,无有逸德[11]。此所以享国百年而天下无事也。仁宗在位,历年最久[12]。臣于时实备从官[13],施为本末,臣所亲见。尝试为陛下陈其一二,而陛下详择其可,亦足以申鉴于方今[14]。

伏惟仁宗之为君也,仰畏天,俯畏人,宽仁恭俭[15],出于自然,而忠恕诚悫[16],终始如一。未尝妄兴一役,未尝妄杀一人,断狱务在生之,而特恶吏之残扰。宁屈己弃财于夷狄,而终不忍加兵。刑平而公,赏重而信。纳用谏官、御史,公听并观[17],而不蔽于偏至之谗。因任众人耳目[18],拔举疏远,而随之以相坐之法[19]。盖监司之吏以至州县[20],无敢暴虐残酷,擅有调发,以伤百姓。自夏人顺服[21],蛮夷遂无大变,边人父子夫妇,得免于兵死,而中国之人,安逸蕃息,以至今日者,未尝妄兴一役,未尝妄杀一人,断狱务在生之,而特恶吏之残扰,宁屈己弃财于夷狄而不忍加兵之效也。大臣贵戚、左右近习[22],莫敢强横犯法,其自重慎或甚于闾巷之人[23],此刑平而公之效也。募天下骁雄横猾以为兵[24],几至百万,非有良将以御之,而谋变者辄败[25];聚天下财物,虽有文籍[26],委之府史,非有能吏以钩考[27],而断盗者辄发[28];凶年饥岁,流者填道,死者相枕[29],而寇攘者辄得[30],此赏重而信之效也。大臣贵戚、左右近习,莫能大擅威福,广私货赂,一有奸匿[31],随辄上闻;贪邪横猾,虽间或见用[32],未尝得久。此纳用谏官、御史,公听并观,而不蔽于偏至之谗之效也。自县令京官以至监司台阁,升擢之任,虽不皆得人,然一时之所谓才士,亦罕蔽塞而不见收举者,此因任众人之耳目、拔举疏远而随之以相坐之法之效也。升遐之日[33],天下号恸,如丧考妣[34],此宽仁恭俭出于自然,忠恕诚悫,终始如一之效也。

然本朝累世因循末俗之弊,而无亲友群臣之议。人君朝夕与处,不过宦官女子,出而视事[35],又不过有司之细故[36],未尝如古大有为之君,与学士大夫讨论先王之法以措之天下也[37]。一切因任自然之理势,而精神之运有所不加,名实之间有所不察。君子非不见贵,然小人亦得厕其间[38]。正论非不见容,然邪说亦有时而用。以诗赋记诵求天下之士,而无学校养成之法。以科名资历叙朝廷之位[39],而无官司课试之方[40]。监司无检察之人,守将非选择之吏。转徙之亟既难于考绩[41],而游谈之众因得以乱真。交私养望者多得显官,独立营职者或见排沮[42]。故上下偷惰取容而已[43]。虽有能者在职,亦无以异于庸人。农民坏于繇役[44],而未尝特见救恤[45],又不为之设官,以修其水土之利。兵士杂于疲老,而未尝申敕训练[46],又不为之择将,而久其疆埸之权[47]。宿卫则聚卒伍无赖之人,而未有以变五代姑息羁縻之俗[48]。宗室则无教训选举之实,而未有以合先王亲疏隆杀之宜[49]。其于理财,大抵无法,故虽俭约而民不富,虽忧勤而国不强。赖非夷狄昌炽之时,又无尧、汤水旱之变[50],故天下无事,过于百年。虽曰人事,亦天助也。盖累圣相继,仰畏天,俯畏人,宽仁恭俭,忠恕诚悫,此其所以获天助也。伏惟陛下躬上圣之质,承无穷之绪,知天助之不可常恃,知人事之不可怠终,则大有为之时,正在今日。臣不敢辄废"将明"之义[51],而苟逃讳忌之诛。伏惟陛下幸赦而留神,则天下之福也。取进止[52]。

《四部丛刊》本《临川先生文集》卷四十一

〔1〕此文为王安石熙宁元年(1068)任翰林学士时作,从宋太祖立国(960)至宋神宗熙宁元年共一百零八年,这里举其成数。神宗登基后不久向王安石询问开国百年太平无事的原因,此为安石的应对奏章。文章以仁宗朝为主要剖析对象,指出其朝政之得在于因任自然,不妄兴作,虽曰人事,更是天助,而各种矛盾在"承平百年"之中渐渐积累,时移势变,将不得因循苟且,必须改革。文章"纲举目应,章法高古。自首至尾,如一笔书"(高步瀛《唐宋文举要》甲编卷七引吴汝纶语)。茅坤评云:"此篇极精神骨髓,荆公所以直入神宗之胁,全在说仁庙处,可谓搏虎屠龙手。"文笔瑰伟雄放,言之凿凿,虽为奏劄公文,读之却琅琅上口。

〔2〕日晷(guǐ鬼):我国古代利用日影测得时刻的一种计时器,此处引申指时间。

〔3〕躬:自身。上智:大智慧。

〔4〕周知人物之情伪:指宋太祖敏察于人事。

〔5〕指挥付托必尽其材:指宋太祖用人有方,能人尽其才。如对西北边将李汉、马仁瑀等人的任用就很成功,使得"十余年无西北之忧"(《东斋记事》卷一)。

〔6〕捍(hàn 汉):古字作"扞",后作"捍",抵御之意。

〔7〕废强横之藩镇:此为宋朝著名的历史事件。自唐代"安史之乱"后,藩镇割据为困扰中央政府之痼疾。故宋太祖用宰相赵普"杯酒释兵权"之计,以和平手段削去石守信、王审琦等将领的兵权,废除了这一制度,以防止军事政变,这一措施对整个宋代都产生了重大影响。

〔8〕诛贪残之官吏:宋太祖建国后颁廉政诏,对于贪官暴吏采取严厉手段予以打击。

〔9〕躬以简俭为天下先:宋太祖以节俭治国,并以身作责。先,表率。

〔10〕元元:百姓、庶民。

〔11〕逸德:不好的行为。逸,过失。《尚书·胤征》:"天吏逸德,烈于猛火。"

〔12〕仁宗:名赵祯(1010—1063),1022—1063 年在位,共四十二年,是两宋时期在位时间最长的皇帝。

〔13〕从官:侍从亲近之官。王安石此时为翰林学士知制诰,专门为皇帝起草诏令,故有此称。

〔14〕申鉴:借鉴。

〔15〕宽仁恭俭:《宋史·仁宗纪四》:"仁宗恭俭仁恕,出于天性。"

〔16〕诚悫(què 确):诚朴、真诚。

〔17〕公听并观:广泛采取各方面的意见。《文选》邹阳《狱中上书自明》:"公听并观,垂明当世。"李善注:"公听,言无私也。并观,言无偏也。《尸子》曰:论是非者,自公心听之,而后可知也。"

〔18〕因任:根据才能加以任用。

〔19〕相坐之法:宋代荐举制度规定凡被举荐的官吏如有犯罪,举荐人须受连带处分。

〔20〕监司:宋代各路置提点刑狱司、转运使司、提举常平司,这三司

总称为监司,负有监察责任。

〔21〕夏人顺服:指西夏因多年征战,国力日臻衰竭,西夏王元昊于仁宗庆历三年(1043)向宋纳款称臣。

〔22〕近习:君主宠爱亲信的人。《韩非子·五蠹》:"今近习之请行,则官爵可买。"

〔23〕闾巷:乡里民间。

〔24〕骁雄横猾:凶猛强悍、强横刁滑之人。

〔25〕辄:就。

〔26〕文籍:文字书籍、文簿帐册。

〔27〕钩考:钩籍考查。

〔28〕"断盗"句:断盗,拦截抢劫。这里比喻贪污盗窃,中饱私囊。发,暴露。

〔29〕相枕:彼此枕藉,极言其多。《后汉书·桓帝纪》:"今京师厮舍,死者相枕。"

〔30〕寇攘:劫掠、侵扰。《尚书·费誓》:"无敢寇攘,逾垣墙,窃马牛,诱臣妾,汝有常刑。"

〔31〕奸慝(tè 特):奸恶的心术或行为。

〔32〕见用:被录用。

〔33〕升遐:升天,帝王去世的婉词。

〔34〕考妣(bǐ 比):本指父亲和母亲,《尚书·舜典》:"帝乃殂落,百姓如丧考妣。"后世多称已去世的父为"考"、母为"妣"。

〔35〕视事:就职治事,多指处理政事。

〔36〕细故:细小而不值得计较的事。《史记·匈奴列传》:"丈夫垂名动万年,记忆细故非高贤。"

〔37〕措:安置、处理。

〔38〕厕:置身、参与。

〔39〕科名资历:科名,科举功名。资历,资格和经历。宋代重科举,官吏升迁亦须循资历。

〔40〕课试:指对官吏业绩的考核。课,按一定规程检验、考核。

〔41〕转徙之亟:地方官调任频繁。考绩:按一定标准考核官吏的政绩。

〔42〕游谈:谓言谈浮夸不实。交私:暗中勾结。养望:培养虚名。独立:孤立无所依傍。营职:履行职责、从事本职工作。

〔43〕取容:取得天子或长官的包容。《文选》司马迁《报任少卿书》:"苟合取容,无所短长之效。"李善注:"《史记》:蔡泽曰:'吴起言不苟合,行不苟容。'"

〔44〕繇役:古代官方规定的平民(主要是农民)成年男子在一定时期内或特殊情况下所承担的一定数量的无偿社会劳动。一般有力役、军役和杂役。历代以来,繁多而苛严。繇,通"徭",劳役。

〔45〕救恤:救济抚恤。《三国志·魏书·张范传》:"救恤穷乏,家无所余,中外孤寡皆归焉。"

〔46〕申敕:整饬、整顿。

〔47〕疆埸(yì 易):边界、边境。《左传·桓公十七年》:"疆埸之事,慎守其一,而备其不虞。"孔颖达正义:"疆埸,谓界畔也。"杨伯峻注:"埸音易,边境也。疆埸为同义连绵词。"

〔48〕羁縻:笼络。

〔49〕隆杀:指尊卑高下之别。《礼记·乡饮酒义》:"至于众宾,升受,坐祭,立饮,不酢而降,隆杀之义别矣。"郑玄注:"尊者礼隆,卑者礼杀,尊卑别也。"杀,等差。《礼记·文王世子》:"其族食,世降一等,亲亲之杀也。"郑玄注:"杀,差也。"

〔50〕尧、汤水旱之变:《汉书·食货志上》:"禹有九年之水,汤有七年之旱。"

〔51〕将明:指人臣奉行王命,以明辨国事。《诗经·大雅·烝民》:"肃肃王命,仲山甫将之。邦国若否,仲山甫明之。"将,奉行。明,辨明。

〔52〕取进止:听候圣断,进奏札子的末尾套语。

原过[1]

天有过乎?有之,陵历斗蚀是也[2]。地有过乎?有之,崩弛竭塞是也[3]。天地举有过[4],卒不累覆且载者何[5]?善复常也[6]。人介乎天地之间,则固不能无过[7],卒不害圣且贤者何[8]?亦善复常也。故太甲思庸[9],孔子曰勿惮改过[10],扬雄贵迁善[11],皆是术也。予之朋,有过而能悔,悔而能改,人则曰:"是向之从事云尔[12],今从事与向之从事弗类,非其性也,饰表以疑世也[13]。"夫岂知言哉[14]!天播五行于万灵[15],人固备而有之。有而不思则失,思而不行则废。一日咎前之非[16],沛然思而行之[17],是失而复得,废而复举也。顾曰非其性[18],是率天下而戕性也[19]。且如人有财,见篡于盗[20],已而得之[21],曰"非夫人之财,向篡于盗矣",可欤?不可也。财之在己,固不若性之为己有也。财失复得,曰非其财,且不可;性失复得,曰非其性,可乎?

《四部丛刊》本《临川先生文集》卷六十九

〔1〕原过:推究人之过失的原由。本文中主张对悔过而能改正者,

应予以鼓励,而批评那些抓住别人错误不放的行为。后人评曰:"人不能无过,贵于善改。而能改则返于无过,而性可复。此义与孔、孟相发明,而行文特为矫健,不落宋人习气。"(孙琮《山晓阁选本宋大家王临川全集》卷一)作者举天地自然及古代先贤佐证其观点,文中所用财物失而复得的比喻新奇、简洁,全文不过三百字,富于转折变化。

〔2〕陵历斗蚀:古代描述特殊天象的术语。蚀,有时作"食"。《汉书·天文志》:"及五星所行,合散犯守,陵历斗食,彗孛飞流,日月薄食。"孟康注曰:"陵,相冒过也。食,星月相陵,不见者则所蚀也。"韦昭注曰:"经之为历,突掩为陵,星相击为斗也。"

〔3〕崩弛竭塞:山脉崩溃毁损,河流干涸不通。

〔4〕举:都。

〔5〕卒:最终。累:妨碍。覆且载:即覆载天地万物。《礼记·中庸》:"天之所覆,地之所载,日月所照,霜露所队,凡有血气者,莫不尊亲。"

〔6〕复常:恢复常态。

〔7〕固:本来。

〔8〕害:妨碍。

〔9〕太甲:商代国君,汤之长孙,太丁之子。《尚书·太甲序上》:"太甲既立,不明,伊尹放诸桐。三年,复归于亳,思庸。"孔颖达正义:"太甲既立,为君不明居丧之礼。伊尹放诸桐。三年,复归于亳,使之思过。三年复归于亳都,以其能改前过、思念常道故也。"思庸,思常道、悔过自责之意。

〔10〕勿惮:《论语·学而》:"过则勿惮改。"郑玄注:"惮,难也。"

〔11〕扬雄:西汉著名学者、辞赋家、语言学家,他主张高尚的人以从善为贵。《法言·修身》:"人之性也善恶混,修其善则为善人,修其恶则为恶人。"又《学行》:"君子贵迁善。"

〔12〕从事:辅助长官做具体事情的人。自汉以来,三公及郡县长官的僚属统称为从事。

〔13〕饰表:粉饰外表。

〔14〕知言:有见识之言。

〔15〕天播五行于万灵:《孔子家语·五帝》:"天有五行,水、火、金、木、土,分时化育,以成万物。"

〔16〕咎:厌恶。

〔17〕沛然:充实盛大貌。

〔18〕顾:但是。

〔19〕率:劝导。戕:本义为杀戮,这里是严重伤害之意。

〔20〕见篡:被(盗贼)夺取。

〔21〕已而:不久。

伤仲永[1]

金溪民方仲永[2],世隶耕[3]。仲永生五年,未尝识书具[4],忽啼求之。父异焉,借旁近与之[5],即书诗四句,并自为其名。其诗以养父母、收族为意[6],传一乡秀才观之。自是指物作诗立就,其文理皆有可观者[7]。邑人奇之,稍稍宾客其父[8],或以钱币乞之[9]。父利其然也[10],日扳仲永环谒于邑人[11],不使学。

予闻之也久,明道中,从先人还家[12],于舅家见之,十二三矣。令作诗,不能称前时之闻[13]。又七年,还自扬州,复到舅家,问焉,曰:"泯然众人矣[14]。"王子曰[15]:仲永之通悟,受之天也。其受之天也[16],贤于材人远矣[17]。卒之为众人,则其受于人者不至也[18]。彼其受之天也,如此其贤也,不受之人,且为众人。今夫不受之天,固众人,又不受之人,得为众人而已邪!

《四部丛刊》景明嘉靖本《临川先生文集》卷七十一

〔1〕这是一篇劝学文字,后人称赞此文"劝学之意,宛转切至"(乾隆《御选唐宋文醇》卷五十八)。文中借早慧儿童仲永变为庸材的事例,强调后天教育乃是成才的关键,因事而论,故显得真实生动,有教育作用。全文不枝不蔓,简而得当,是短文的经典之作。

〔2〕金溪:地名,位于今江西抚州市临川区。

〔3〕世隶耕:世代以务农为业。隶,属于、附属。

〔4〕书具:书写工具,指笔、墨、纸、砚等。

〔5〕旁近:邻居。

〔6〕收族:团结族人。《礼记·大传》:"敬宗,故收族;收族,故宗庙严。"陈澔集说:"收,不离散也。宗道既尊,故族无离散,而祭祀之礼严肃。"

〔7〕文理:文采和义理。

〔8〕稍稍宾客其父:稍稍,渐渐地。宾客其父,请其父做客。

〔9〕乞:给予。

〔10〕利其然:利,以这样为有利可图。

〔11〕"日扳仲永"句:扳,通"攀",拉着。环谒,四处拜访。一本作"环丐"。

〔12〕"明道中"二句:明道,宋仁宗年号,1032—1033。先人,先父。

〔13〕称(chèn 趁):相称、相符合。闻:名声。

〔14〕泯(mǐn 敏)然:消失貌。

〔15〕王子:王安石的自称。

〔16〕天:本作"人",据《全宋文》改。

〔17〕材人:指靠后天努力而有才干之人。《左传·文公十六年》:"国之材人,无不事也。"杜预注:"材人,有贤材者也。"

〔18〕受于人:与"受于天"相对,指后天努力。不至:没有达到。这句意谓后天努力不够。

读孟尝君传〔1〕

世皆称孟尝君能得士〔2〕,士以故归之。而卒赖其力,以脱于虎豹之秦〔3〕。

嗟呼!孟尝君特鸡鸣狗盗之雄耳〔4〕,岂足以言得士?不然〔5〕,擅齐之强,得一士焉,宜可以南面而制秦〔6〕,尚何取鸡鸣狗盗之力哉?夫鸡鸣狗盗之出其门,此士之所以不至也。

《四部丛刊》景明嘉靖本《临川先生文集》卷七十一

〔1〕这是一篇翻案文字,仅九十余字,却抑扬吞吐,语短意腴。孟尝君是战国时期四公子之一(其它三位是赵平原君、楚春申君、魏信陵君),齐愍王之相,门下食客三千。文章一反传统孟尝君擅于延揽人才的说法,认为他未能得到雄才大略、经世济时的真正人才,只不过凭鸡鸣狗盗之徒自保而已。写作上用笔简而有力,瘦硬通神,"疾转疾收,字字警策"(《古文观止》),"读之可以想见先生平生执拗,乃是一段气力"(金

圣叹《天下才子必读书》卷十五),清人赞其为"千秋绝调"(沈德潜《唐宋八大家文读本》),"短篇中之极则"(吴闿生语),诚为不虚之论。

〔2〕士:原本指武士,春秋战国时期以一技之长谋取利禄之人均称为士。

〔3〕脱于虎豹之秦:《史记·孟尝君列传》:"齐愍王二十五年,复卒使孟尝君入秦,昭王即以孟尝君为秦相。人或说秦昭王曰:'孟尝君贤,而又齐族也,今相秦,必先齐而后秦,秦其危矣。'于是秦昭王乃止。囚孟尝君,谋欲杀之。孟尝君使人抵昭王幸姬求解。幸姬曰:'妾愿得君狐白裘。'此时孟尝君有一狐白裘,直千金,天下无双,入秦献之昭王,更无他裘。孟尝君患之,遍问客,莫能对。最下坐有能为狗盗者,曰:'臣能得狐白裘。'乃夜为狗,以入秦宫藏中,取所献狐白裘至,以献秦王幸姬。幸姬为言昭王,昭王释孟尝君。孟尝君得出,即驰去,更封传,变名姓以出关。夜半至函谷关。秦昭王后悔出孟尝君,求之已去,即使人驰传逐之。孟尝君至关,关法鸡鸣而出客。孟尝君恐追至,客之居下坐者有能为鸡鸣,而鸡齐鸣,遂发传出。出如食顷,秦追果至关,已后孟尝君出,乃还。始孟尝君列此二人于宾客,宾客尽羞之。及孟尝君有秦难,卒此二人拔之。自是之后,客皆服。"

〔4〕特:只不过。

〔5〕不然:否则。

〔6〕南面而制秦:成为霸主而制服秦国。古以坐北朝南为尊。

答司马谏议书[1]

某启[2]:昨日蒙教,窃以为与君实游处相好之日久[3],而议事每不合,所操之术多异故也。虽欲强聒[4],终必不蒙见察[5],故略上报,不复一一自辨。重念蒙君实视遇厚[6],于反复不宜卤莽[7],故今具道所以,冀君实或见恕也。

盖儒者所争,尤在于名实[8]。名实已明,而天下之理得矣。今君实所以见教者,以为侵官、生事、征利、拒谏,以致天下怨谤也[9]。某则以谓受命于人主,议法度而修之于朝廷,以授之于有司[10],不为侵官;举先王之政,以兴利除弊,不为生事;为天下理财,不为征利;辟邪说,难壬人[11],不为拒谏。至于怨诽之多,则固前知其如此也。

人习于苟且非一日[12],士大夫多以不恤国事,同俗自媚于众为善。上乃欲变此[13],而某不量敌之众寡[14],欲出力助上以抗之,则众何为而不汹汹然[15]?盘庚之迁,胥怨者民也[16],非特朝廷士大夫而已。盘庚不为怨者故改其度,度义而后动[17],是而不见可悔故也。如君实责我以在位久,未能助上大有为,以膏泽斯民[18],则某知罪矣。如曰今日当一切不事事[19],守前所为而已,则非某之所敢知。无由会晤,不任区区向往之至[20]。

《四部丛刊》景明嘉靖本《临川先生文集》卷七三

[1] 熙宁三年(1070)二三月间,正当变法引起新旧两党激烈的斗争时,旧党领袖司马光连续三次写信给时任宰相的王安石,要求废止新法,恢复旧制,本文是王安石接到司马光第二封、长达三千三百多字的信之后的回复,信中对司马光的四点责难(侵官、生事、征利、拒谏)撮其要者进行辩难,文章在充分辩驳论敌的观点之后,还旗帜鲜明地表达了自己锐意改革、不愿同俗媚众的坚定态度。文章旗帜鲜明,结构严密,语言

犀利,王安石倔强的个性和峭拔的文风显露无遗,是历来传诵的名作。高步瀛《唐宋文举要》甲编卷七选录此文,引吴北江语:"傲岸倔强,荆公天性,而其平生志量政略,亦见于此。"又引吴汝纶语:"固由兀傲性成,亦理足气盛,故劲悍廉厉无枝叶如此。不似上皇帝书时,尚有经生习气也。"司马谏议:即司马光,时任右谏议大夫、翰林学士、御史中丞。司马光与王安石二人之间的政见不合,是思想观念上的不合,所谓"君子和而不同"者,而非君子小人之别。

〔2〕某启:古代书信抬头格式。启,书函。某启,即某人致书。

〔3〕"昨日蒙教"二句:蒙教,古代书信常用套语,即承蒙教诲之意。君实,司马光的字。

〔4〕强聒(guō 郭):在耳边絮叨。《庄子·天下》:"上说下教,虽天下不取,强聒而不舍者也。"

〔5〕见察:被体察。

〔6〕视遇:对待。二人虽政见明显对立,但私交甚笃,当时文人圈子里相传的"嘉祐四友"就是指王安石、司马光、韩维和吕公著。

〔7〕反复不宜卤莽:反复,指书信往来。王安石与司马光曾先后交换过三次书信,争辩变法之事。卤莽,冒失粗疏。

〔8〕名实:即名和实相符,这是中国古代哲学的一个重要概念。

〔9〕"以为侵官、生事"句:侵官,侵犯他官的权限,即"财利不以委三司而自治之",破坏行政程序。生事,平添事端,即"侵官扰民"。征利,从商贾百姓手中攫取财利,即"为政尽夺商贾之利"。拒谏,拒绝对变法的指责和非难的声音。此四者为司马光《与王介甫书》对王安石变法的批评,指出其"用心太过,自信太厚"。王安石在《上仁宗皇帝言事书》、《上时政疏》、《本朝百年无事札子》、《乞制置三司条例》等文有详细说明。怨谤,怨恨非议。

〔10〕有司:主管部门。

〔11〕"辟邪说"二句:辟,通"避",排除。难,诘难。壬(rén人)人:巧言献媚之人。《汉书·元帝纪》:"是故壬人在位,而吉士壅蔽。"颜师古注:"壬人,佞人也。"

〔12〕苟且:得过且过,敷衍了事。

〔13〕上:指宋神宗,1067—1085年在位,支持王安石变法。

〔14〕量:估测。

〔15〕汹汹:大吵大闹貌,形容人心动荡不安。

〔16〕"盘庚之迁"二句:盘庚之迁,《尚书·盘庚》载盘庚为巩固商王朝的统治,躲避自然灾难,决定将国都由商(今河南商丘)迁到亳(今河南偃师),受到国人普遍反对,但并没有动摇其决心。可参见《史记·殷本纪》。王安石以此典为喻,表明自己变法决心毫不动摇。胥怨,相怨,多指百姓对上的怨恨。

〔17〕度:谋划、考虑。

〔18〕膏泽:滋润雨露,喻指恩惠。《孟子·离娄下》:"膏泽下于民。"

〔19〕事事:办事。前"事"为动词。

〔20〕不任区区向往之至:古代书信中常用的结尾。不任,不胜。区区,自称的谦词,一解为爱慕思念之意。

游褒禅山记[1]

褒禅山亦谓之华山[2]。唐浮图慧褒[3],始舍于其址,而卒葬之。以故,其后名之曰褒禅。今所谓慧空禅院者,褒之庐冢也[4]。距其院东五里,所谓华山洞者,以其乃华山之阳名之也。距洞百余步,有碑仆道,其文漫灭[5],独其为文犹可识曰"花山",今言"华"如"华实"之"华"者,盖音谬也。

其下平旷,有泉侧出,而记游者甚众,所谓"前洞"也。由山以上五六里,有穴窈然[6],入之甚寒,问其深,则其好游者不能穷也,谓之"后洞"。余与四人拥火以入,入之愈深,其进愈难,而其见愈奇。有怠而欲出者,曰:"不出,火且尽。"遂与之俱出。盖予所至,比好游者尚不能十一,然视其左右,来而记之者已少。盖其又深,则其至又加少矣。方是时,予之力尚足以入,火尚足以明也。既其出,则或咎其欲出者,而予亦悔其随之,而不得极夫游之乐也。

于是予有叹焉;古人之观于天地、山川、草木、虫鱼、鸟兽,往往有得,以其求思之深而无不在也。夫夷以近[7],则游者众;险以远,则至者少。而世之奇伟瑰怪非常之观,常在于险远,而人之所罕至焉,故非有志者不能至也。有志矣,不随以止也,然力不足者,亦不能至也。有志与力,而又不随以怠,至于幽暗昏惑,而无物以相之[8],亦不能至也。然力足以至焉,于人为可讥,而在己为有悔;尽吾志也,而不能至者,可以无悔矣,其孰能讥之乎?此予之所得也!

余于仆碑,又以悲夫古书之不存,后世之谬其传而莫能名者,何可胜道也哉!此所以学者不可以不深思而慎取之也。

四人者:庐陵萧君圭君玉,长乐王回深父,余弟安国平父、安上纯父[9]。至和元年七月某日,临川王某记。

《四部丛刊》景明嘉靖本《临川先生文集》卷八十三

〔1〕此文为至和元年(1054)王安石任舒州通判时所作。这是一篇别具一格的游记,以游喻学,题为游华山,其实则以议论说理为主,阐述治学之道在于不避险远,深思而慎取,寓意深远。记的前半段记褒禅所由,记华山洞,记仆碑,记作者几人拥火而入,却半途而返,本是平常游记篇法,文章妙在既出而悔,引发深思,前人评其"借题写己深情高致,穷工极妙"(乾隆《御选唐宋文醇》卷五十八引李光地语)。虽然王安石作此文时并未为相,但晚清古文家林纾却以此文为公一生之行述,可为一家之言,兹略引于后:"此文足以概荆公之生平。'志'字是通篇之主,谓非定力以济之,即有志亦复无用。故公之行新法坚决,不信人言也。所谓'无物以相之',相者,火也;火尽又焉得至?故行新法亦必须人以助。武灵王行新法,有肥义诸人相之;公不得韩、富为之相,专恃吕惠卿、李定辈,无济也。'于人可讥',则指同时指斥新法者;'在己为有悔',非悔新法之不可行,悔新法之不意行也。'尽吾志'三字,表明公之倔强到底,不悔新法之善,而恨奉行者之不力。始终不肯认过之意,溢于言表。"(《选评古文辞类纂》卷九)

〔2〕褒禅山:位于今安徽省巢湖市含山县北,因唐贞观年间慧褒禅师结庐山下,卒葬于此而得名。

〔3〕浮图:梵语音译,指佛、佛徒、佛教、佛塔等,此指佛徒。

〔4〕慧空禅院:今为华阳寺,原寺已毁,现存为明代郑和所重建,气势宏伟,后屡有修复。庐冢(zhǒng 肿),亦称庐墓。古人为孝敬父母师长,在其墓旁筑舍守坟,其舍称为庐冢。

〔5〕漫灭:模糊、磨灭。

〔6〕窈然:深远幽深貌。

〔7〕夷:平坦。

〔8〕相:辅助。

〔9〕"庐陵萧君圭君玉"三句:庐陵,宋代州县名,治所在今江西吉安。《元丰九域志》卷六:"吉州,庐陵郡,军事。治庐陵县。"萧君圭君玉:萧圭,字君玉。长乐,宋代福州之郡名。《元丰九域志》卷九:"福州,长乐郡,威武军节度。治闽、侯官二县。"王回深父,《宋史》卷四百三十二《王回传》:"王回字深父,福州侯官人。"王安石亦曾有《王深父墓志铭》。安国平父,王安国,字平甫(父),王安石之弟。熙宁元年(1068)赐进士及第,后因反对王安石变法,被罢归。安上纯父:即王安上,王安石幼弟。

诗义序[1]

《诗》三百十一篇,其义具存,其辞亡者,六篇而已[2]。上既使臣雱训其辞,又命臣某等训其义[3]。书成以赐太学,布之天下,又使臣某为之序。谨拜手稽首言曰[4]:《诗》上通乎道德,下止乎礼义[5]。放其言之文,君子以兴焉;循其道之序,圣人以成焉[6]。然以孔子之门人,赐也、商也,有得于一言,则孔子悦而进之[7],盖其说之难明如此。则自周衰以迄于今,泯泯纷纷[8],岂不宜哉!伏惟皇帝陛下,内德纯茂[9],则神罔时恫[10];外行恂达[11],则四方以无侮[12]。日就月将,学有缉熙于光明[13],则《颂》之所形容[14],盖有不足道也。微言奥义[15],既自得之,又命承学之臣训释厥遗[16],乐与天下共之。顾臣等所闻,如爝火焉[17],岂足以赓日月之余光[18],姑承明制,代匮而已[19]。《传》曰:"美成在久[20]。"故《棫朴》之"作人",以寿考为言[21],盖将有来者焉,追琢其章,缵圣志而成之也[22]。臣衰且老矣,尚庶几及见之,谨序。

《四部丛刊》景明嘉靖本《临川先生文集》卷八十四

〔1〕王安石为推行新法,作《新经毛诗义》(今已佚),此为序文。序中言诗义难明,神宗皇帝内德纯茂,外行恂达,得诗之微言奥义,命臣下加以训释。初看并不复杂,但言简意深,有所深寓,且"抑损处得体"(乾隆《御选唐宋文醇》卷五十八评语)。高步瀛《唐宋文举要》甲编卷七引吴闿生云:"此等文字,意量神韵,殆不作三代下想,虚心而讽咏之,自尔释躁平矜,怡然理顺,而焕然意解。渊渊乎金声玉振之文也。"

〔2〕"《诗》三百十一篇"四句:《诗经》收集了从西周初期至春秋中叶大约五百年间的诗歌三百零五篇,分为"风"、"雅"、"颂"三部分,"雅"又有大小之分,"小雅"中有六篇有目无辞的笙诗(指《南陔》、《白华》、《华黍》、《由庚》、《崇丘》、《由仪》),故此处称有三百十一篇。

〔3〕"上既使臣雱训其辞"二句:《郡斋读书志》卷二:"《毛诗》先命王雱训其辞,复命安石训其义。"王雱(pāng 乓),王安石之子,才高志远,积极支持其父变法,为确立变法的理论依据,参与修撰《诗》、《书》、《周官》三经新义。臣某,即指王安石本人,古人对上行文时的谦词。

〔4〕拜手稽首:拜手,作揖。稽首,古时的一种跪拜礼,叩头至地,在九拜中最为恭敬。

〔5〕"《诗》上通乎道德"二句:《毛诗序》中谈到《诗经》的作用,认为可以"经夫妇,成孝敬,厚人伦,美教化,移风俗"。此所谓"上通乎道德"。等到国家政教有失,则有"变风"、"变雅"之作,虽有批评、讽刺的

内容,但却不过分,即所谓"止乎礼义",这样的诗作依然可以发挥引导人心的作用。此所谓"下止乎礼义"。

〔6〕放:仿。一本作"考"。

〔7〕"然以孔子之门人"四句:《论语·学而》:"子曰:'赐也,始可与言诗已矣。'"赐,端木赐,字子贡,孔子弟子。《论语·八佾》:"子曰:'起予者商也,始可与言诗已矣。'"商,卜商,字子夏,孔子弟子。

〔8〕泯泯纷纷:纷乱貌。《尚书·吕刑》作"泯泯棼棼",《逸周书·祭公》作"泯泯芬芬",《论衡·寒温》作"泯泯纷纷"。

〔9〕纯茂:善美。《汉书·宣元六王传》:"夫行纯茂而不显异,则有国者,将何勖哉。"颜师古注:"纯,大也。一曰善也。茂,美也。"

〔10〕神罔时恫(tōng 通):神灵无所哀痛。恫,哀痛。《诗经·大雅·思齐》:"神罔时怨,神罔时恫。"毛传:"恫,痛也。"

〔11〕恂(xún 旬)达:通达。《庄子·知北游》:"思虑恂达,耳目聪明。"成玄英疏:"恂,通也。思虑通达,神听聪明。"

〔12〕四方以无侮:四方邦国,不敢轻侮相凌。《诗经·大雅·皇矣》:"是类是祃,是致是附,四方以无侮。"

〔13〕"日就月将"二句:天长日久,坚持学习,积累深广,即可达到光明之境。《诗经·周颂·敬之》:"维予小子,不聪敬止。日就月将,学有缉熙于光明。"高亨注:"就,前往。将,行也。缉熙,奋发前进。"

〔14〕《颂》之所形容:《毛诗序》:"颂者,美盛德之形容,以其成功告于神明者也。"

〔15〕微言奥义:即微言大义。指精微语言中包含的深奥含义。

〔16〕厥遗:缺少遗留者。

〔17〕爝(jué 爵)火:小火。《庄子·逍遥游》:"日月出矣,而爝火不息,其于光也,不亦难乎。"成玄英疏:"爝火,犹炬火也,亦小火也。"

〔18〕赓,继续。原作"庚",据《唐宋八大家文钞》、《御选唐宋文

醇》改。

〔19〕代匮:才人匮乏而代行其事。自谦之语。

〔20〕美成在久:美满的成绩需要长时间的累积。《庄子·人间世》:"美成在久,恶成不及改,可不慎与!"

〔21〕"故《棫(yù玉)朴》之作人"句:《诗经·大雅·棫朴》:"周王寿考,遐不作人。"孔颖达正义:"作人者,变旧造新之辞。"后"追琢其章"句,亦见于《棫朴》,指精心雕琢玉璋,均用以形容培养人才。

〔22〕缵(zuǎn纂):继承。

祭欧阳文忠公文[1]

夫事有人力之可致,犹不可期,况乎天理之溟溟[2],又安可得而推。惟公生有闻于当时,死有传于后世,苟能如此,足矣,而亦又何悲。如公器质之深厚,智识之高远,而辅学术之精微[3],故充于文章,见于议论,豪健俊伟,怪巧瑰琦[4]。其积于中者,浩如江河之停蓄[5];其发于外者,烂如日星之光辉。其清音幽韵,凄如飘风急雨之骤至;其雄辞闳辩[6],快如轻车骏马之奔驰。世之学者,无问乎识与不识[7],而读其文,则其人可知。

呜呼!自公仕宦四十年[8],上下往复,感世路之崎岖,虽屯邅困踬[9],窜斥流离,而终不可掩者,以其公议之是非,既压复起,遂显于世[10]。果敢之气,刚正之节,至晚而不衰[11]。方仁宗皇帝临朝之末年,顾念后事,谓如公者可寄以社稷之安危,及夫发谋决策,从容指顾,立定大计,谓千载而一时,功名成就,不居而去[12]。其出处进退,又庶乎英魄灵气,不随异物腐散,而长在乎箕山之侧与颍水之湄[13]。然天下之无贤不肖[14],且犹为涕泣而歔欷[15],而况朝士大夫,平昔游从,又予心之所向慕而瞻依[15]。

呜呼!盛衰兴废之理,自古如此,而临风想望,不能忘情者,念公之不可复见,而其谁与归[16]!

《四部丛刊》景明嘉靖本《临川先生文集》卷八十六

〔1〕此文为熙宁五年(1072)王安石为相时作。祭文先是感叹欧阳修突然逝世,平生却无一遗憾,抚今追昔,健笔挥洒,用语精到,婉转情深,历来深受称赏,茅坤评其"欧阳公祭文当以此为第一",沈德潜评其"一气奔驰,不可控抑"(《唐宋八大家文读本》)。欧阳修对王安石非常欣赏,对其又有提携之功,所以王安石作此文时,也是饱含深情,写得十分得体,"欧公其人其文,其运朝大节,其坎坷困顿,与夫平生知己之感,死后临风想望之情,无不具见于其中"(蔡上翔《王荆公年谱考略》卷十七)。该文与欧阳修《祭石曼卿文》相近,运用比喻手法形容欧阳修的文章学识,前人亦指出其文风与欧阳相似,王文濡《评校音注古文辞类纂》卷七十四云:"绝似欧阳祭尹师鲁文,要在承接自然,有一气呵成之妙。"

〔2〕天理:天道、自然规律。《庄子·天运》:"夫至乐者,先应之以人事,顺之以天理。"溟溟(míng 明):幽暗迷茫、模糊不清。

〔3〕学术之精微:欧阳修是北宋开风气之先的人物,集政治家、经学家、史学家、文学家、目录学家、金石学家、书法家于一身,其《诗本义》《新唐书》《新五代史》《集古录跋尾》等尤为著名,曾巩、王安石、苏轼、苏辙,都曾得到他的提携而成名。

〔4〕瑰琦:瑰丽奇异,用以赞颂人的卓越的思想和行为。

〔5〕蓄:通"滀",积聚之意。

〔6〕闳辩:即雄辩。闳,宏大。

〔7〕无问:不必问、不论之意。

〔8〕仕宦四十年:欧阳修自仁宗天圣八年(1030)进士及第任西京留守推官,至熙宁四年(1071)以知蔡州致仕,前后四十二年,此举其整数。

〔9〕屯邅(zhūn zhān谆沾):难行貌。《易•屯》:"屯如邅如,乘马班如。"王弼注:"屯难之时,正道未行,困于侵害,故屯邅。"亦作"迍邅",比喻处境困难不利。困踬(zhì质):窘迫、受挫。

〔10〕"窜斥流离"五句:仁宗景祐三年(1036),范仲淹指责吕夷简进用官吏多出私门,被贬饶州,欧阳修与尹洙、余靖皆因支持仲淹而被贬斥,自此被目之为朋党,贬为夷陵(今湖北宜昌)令,后又徙任乾德(今湖北光化)令。此即"窜斥流离"。康定元年(1040)仲淹被重新启用,欧阳修亦复职,并于庆历三年(1043)大力支持"庆历新政"。次年,新政失败,欧阳修被贬至滁州,后又几经沉浮,至嘉祐二年(1057)知礼部贡举,权知开封府,五年拜枢密副使,次年为参知政事,封开国公,至治平四年(1067)辞相位。此即"遂显于世"。

〔11〕"果敢之气"三句:欧阳修勇于上疏言事,仅"庆历新政"前后就有多达六十多封疏奏。至熙宁三年(1070)退休前一年,仍然上疏言青苗法不利于富国强兵而受到朝廷斥责。

〔12〕"方仁宗皇帝临朝之末年"九句:仁宗终身无子嗣,至和中得病,忧虑继位人选,欧阳修两次上书请选立皇子,嘉祐六年(1061)任参知政事,与韩琦等人立皇侄赵曙为皇子。仁宗忽然病死后,欧阳修又与韩琦拥立赵曙即位,是为英宗。指顾,手指目视,比喻转瞬间的敏捷举措。英宗即位后,欧阳修屡次辞相位,所以有不居功之美名。

247

〔13〕箕山之侧与颍水之湄:此用高士许由故事,称赞欧阳修的高风亮节。《史记·伯夷列传》:"尧让天下于许由,许由不受,耻之逃隐。"皇甫谧《高士传》:"尧让天下于许由……由于是遁耕于中岳颍水之阳,箕山之下。……尧又召为九州长,由不欲闻之,洗耳于颍水滨。"

〔14〕无贤不肖:无论贤与不贤之人。

〔15〕歔欷(xū xī 须西):同"欷歔",哽咽、抽泣。《楚辞·离骚》:"曾歔欷余郁邑兮,哀朕时之不当。"

〔16〕其谁与归:将归依谁呢?《礼记·檀弓下》:"死者如可作也,吾谁与归?"这句话是将欧阳修视为效法的榜样。

泰州海陵县主簿许君墓志铭[1]

君讳平,字秉之,姓许氏。余尝谱其世家,所谓今泰州海陵县主簿者也[2]。君既与兄元相友爱称天下[3],而自少卓荦不羁[4],善辩说,与其兄俱以智略为当世大人所器。宝元时,朝廷开方略之选[5],以招天下异能之士,而陕西大帅范文正公、郑文肃公争以君所为书以荐[6]。于是得召试,为太庙斋郎[7],已而选泰州海陵县主簿。贵人多荐君有大才,可试以事,不宜弃之州县。君亦常慨然自许,欲有所为。然终不得一用其智能以卒。噫!其可哀也已。

士固有离世异俗,独行其意,骂讥、笑侮、困辱而不悔,彼皆无众人之求而有所待于后世者也,其龃龉固宜[8]。若夫智谋功名之士,窥时俯仰,以赴势物之会,而辄不遇者,乃亦不可胜数。辩足以移万物,而穷于用说之时;谋足以夺三军,而辱于右武之国[9],此又何说哉?嗟乎!彼有所待而不悔者,其知之矣。

君年五十九,以嘉祐某年某月某甲子,葬真州之扬子县甘露乡某所之原[10]。夫人李氏。子男瓌,不仕;璋,真州司户参军;琦,太庙斋郎;琳,进士。女子五人,已嫁二人,进士周奉先、泰州泰兴令陶舜元[11]。

铭曰:有拔而起之,莫挤而止之。呜呼许君!而已于斯,谁或使之?

《四部丛刊》景明嘉靖本《临川先生文集》卷九十五

〔1〕墓主许平与其兄许元是名宦之后裔,在宋仁宗时声名显著,为朝廷所器重。这则墓志手笔特异,可视作墓志文的一种变体。除了起首略叙与许君交情之外,多用议论语句,"俯俯仰仰,都作若疑若信,可骇可异之言,以寄其欷歔欲绝之情,自成一篇绝妙墓志"(孙琮《山晓阁选本宋大家王临川全集》卷一)。"终不得一用其智能以卒"为全篇之大关键,略含讥刺,却语带深情,感慨悲怆之极,可谓"思"、"情"、"辞"三者和谐统一。王安石的议论具有明确的针对性,他认为人的富贵显达自有天命在,个人勿须过分钻营追求。吕留良《晚村先生八家古文精选》卷四评曰:"篇中含一'命'字,却不说出,更觉语少意多。"从写法上看,笔势瑰诡,起落无端,"纵横开阖,用笔有龙跳虎卧之势,学韩之文,此为极则"(高步瀛《唐宋文举要》甲编卷七引吴闿生语),值得涵咏。

〔2〕谐其世家:墓主许平为唐睢阳太守许远六世孙,王安石曾作《许氏世谱》。海陵:宋代泰州治所(今江苏泰州)。《元丰九域志》卷五:"泰州,海陵郡,军事。治海陵县。"主簿:掌管文书簿籍及监守印信的佐吏。《文献通考》卷六十三《职官考》:"古者官府皆有主簿一官,上自三

公及御史府,下至九寺五监以至郡县皆有之。"

〔3〕元:许元,字子春,《宋史》有传。因范仲淹推荐,任江淮两浙荆湖发运判官。嘉祐二年(1057)卒,年六十九,欧阳修为作墓志铭。

〔4〕卓荦(luò洛)不羁:特出,不甘受拘束。《世说新语·任诞》引《中兴书》:"徽之(王羲之第五子,字子猷)卓荦不羁,欲为傲达,放肆声色,颇过度,时人钦其才,秽其行也。"

〔5〕方略之选:《宋史·仁宗纪》宝元二年(1039):"五月癸巳,诏近臣举方略材武之士各二人。"

〔6〕范文正公:范仲淹。郑文肃:郑戬,谥文肃。《宋史·郑戬传》:"为陕西四路都总管妆经略安抚诏讨使,知永兴军。"

〔7〕太庙斋郎:斋郎是皇帝致祭宗庙、郊社的办事人。宋承唐制,设太庙斋郎、郊社斋郎,以台省六品、诸司五品登朝第二任官子弟荫补,为官僚子弟晋身之途。

〔8〕龃龉:参见曾巩《先大夫集后序》注〔26〕。

〔9〕右武:崇尚武功。《史记·平津侯列传》:"守成尚文,遭遇右武。"

〔10〕真州:治所在今江苏仪征。

〔11〕泰兴:治所在今江苏泰兴。泰州属县。

苏 洵

苏洵(1009—1066),字明允,眉州眉山人(今四川眉州)。年轻时好游废学,年二十七始发愤读书,可惜屡试不第。嘉祐元年(1056),他以张方平荐,得到欧阳修的高度赞赏,将其所著文二十二篇献给朝廷,后辈学者皆效法其文。他的两个儿子苏轼、苏辙也在嘉祐二年(1057)中进士,一时间父子三人名动京师。嘉祐五年授秘书省试校书郎,嘉祐六年,与姚辟共同修撰《太常因革礼》,治平三年(1066)书成而卒。苏洵的散文多是论说文,其文雄壮俊伟,"繁能不乱、肆能不流"(曾巩《苏明允哀辞》),颇有荀子散文的风貌。今人曾枣庄等有《嘉祐集笺注》(上海古籍出版社1993年版)。《宋史》卷四百四十三有传。

春秋论[1]

赏罚者,天下之公也;是非者,一人之私也[2]。位之所在,则圣人以其权为天下之公,而天下以惩以劝[3];道之所在,则圣人以其权为一人之私,而天下以荣以辱。

周之衰也,位不在夫子,而道在焉,夫子以其权是非天下可也。而《春秋》赏人之功,赦人之罪[4],去人之族[5],绝人之国[6],贬人之爵,诸侯而或书其名,大夫而或书其字[7],

不惟其法，惟其意；不徒曰此是此非，而赏罚加焉[8]。则夫子固曰：我可以赏罚人矣。赏罚人者，天子、诸侯事也。夫子病天下之诸侯、大夫僭天子、诸侯之事而作《春秋》，而己则为之，其何以责天下[9]？位，公也；道，私也。私不胜公，则道不胜位。位之权得以赏罚，而道之权不过于是非。道在我矣，而不得为有位者之事，则天下皆曰：位之不可僭也如此！不然，天下其谁不曰道在我。则是道者，位之贼也[10]。曰：夫子岂诚赏罚之邪？徒曰赏罚之耳，庸何伤[11]？曰：我非君也，非吏也，执涂之人而告之曰[12]：某为善，某为恶，可也。继之曰：某为善，吾赏之；某为恶，吾诛之，则人有不笑我者乎？夫子之赏罚何以异此？然则，何足以为夫子？何足以为《春秋》？曰：夫子之作《春秋》也，非曰孔氏之书也，又非曰我作之也。赏罚之权不以自与也[13]。曰：此鲁之书也，鲁作之也。有善而赏之，曰鲁赏之也；有恶而罚之，曰鲁罚之也。

何以知之？曰，夫子系《易》，谓之《系辞》，言孝谓之《孝经》，皆自名之，则夫子私之也。而《春秋》者，鲁之所以名史，而夫子托焉，则夫子公之也[14]。公之以鲁史之名，则赏罚之权固在鲁矣[15]。

《春秋》之赏罚自鲁而及于天下，天子之权也。鲁之赏罚不出境，而以天子之权与之，何也？曰：天子之权在周，夫子不得已而以与鲁也。武王之崩也，天子之位当在成王，而成王幼，周公以为天下不可以无赏罚，故不得已而摄天子之位以赏罚天下,以存周室[16]。周之东迁也,天子之权当在平王,而平王昏[17],故夫子亦曰天下不可以无赏罚。而鲁,周公之国也,居鲁之地者,宜如周公不得已而假天子之权以赏罚天下,以尊周室,故以天子之权与之也。

然则假天子之权宜如何？曰:如齐桓、晋文可也。夫子欲鲁如齐桓、晋文,而不遂以天子之权与齐、晋者,何也？齐桓、晋文阳为尊周,而实欲富强其国,故夫子与其事而不与其心[18]。周公心存王室,虽其子孙不能继,而夫子思周公而许其假天子之权以赏罚天下。其意曰:有周公之心,而后可以行桓、文之事,此其所以不与齐、晋而与鲁也。夫子亦知鲁君之才不足以行周公之事矣,顾其心以为今之天下无周公,故至此。是故以天子之权与其子孙,所以见思周公之意也。

吾观《春秋》之法,皆周公之法,而又详内而略外[19],此其意欲鲁法周公之所为,且先自治而后治人也,明矣。夫子叹礼乐征伐自诸侯出,而田常弑其君,则沐浴而请讨[20]。然则天子之权,夫子固明以与鲁也。子贡之徒不达夫子之意,续经而书孔丘卒。夫子既告老矣,大夫告老而卒不书,而夫子独书[21]。夫子作《春秋》以公天下,而岂私一孔丘哉？呜呼！夫子以为鲁国之书,而子贡之徒以为孔氏之书也欤！

迁、固之史,有是非而无赏罚,彼亦史臣之体宜尔也。后之效夫子作《春秋》者,吾惑焉。《春秋》有天子之权,天下有君,则《春秋》不当作；天下无君,则天子之权,吾不知其谁与[22]。天下之人,乌有如周公之后之可与者？与之而不得其人则乱,不与人而自与则僭,不与人、不自与而无所与则散。呜呼!后之《春秋》[23],乱邪,僭邪,散邪?

上海古籍出版社1999年版《嘉祐集笺注》卷七

[1] 本文为作者《六经论》之一。作者自问自答,反复辩难,目的在于说明孔子借《春秋》来明示赏罚之意的正当性。《春秋》:据《史记·孔子世家》,孔子"因史记作《春秋》,上至隐公,下讫哀公十四年,十二公。据鲁,亲周,故殷,运之三代"。司马贞索隐曰:"夫子修《春秋》,以鲁为主,故云据鲁。亲周,盖孔子之时周虽微,而亲周王者,以见天下之有宗主也。"其中体现了孔子的"贬损之义",所以司马迁又说:"《春秋》之义行,则天下乱臣贼子惧焉。"此文本《孟子·滕文公下》"《春秋》,天子之事也"之说立论,指出《春秋》一书,强以褒贬代天子赏罚,是不妥的。文章的中心论点是圣人之权不可废,天子之位不可僭越。本文在写法上独具特色,吕祖谦说,此篇"首尾相应,枝叶相生,如引绳贯珠,大抵一节未尽,又生一节。别人意多则杂,惟此篇意多而不杂"(《静观堂三苏文选》)。

[2] "赏罚者"四句:赏罚,是公事,其凭借在名位,即下文所谓"位之所在"。是非,是个人判断,其出发点是道德,即下文所谓"道之所在"。

[3] 以:因此。

[4] 赦人之罪:此句意谓隐而不言,为贤者讳。赦,免去。

[5] 去人之族:不称其人的族号,表示谴责。

[6] 绝人之国:不称其国名,以示其名位不正。

[7] "而《春秋》赏人之功"二句:《春秋》记事,往往通过遣词用语的不同,来表达贬褒的态度,即所谓"春秋笔法"。自"赏人之功"到"大夫或书其字"云云,即是这种笔法的具体例证。

〔8〕"不惟其法"数句:法,当时史书的体例。意,自己心中的标准。《春秋》之作,不徒为记事,而且通过种种笔法,明示贬褒,寓赏罚之意。

〔9〕"夫子病天下诸侯"四句:《孟子·滕文公下》:"世道衰微,邪说暴行有作……孔子惧,作《春秋》。《春秋》,天子之事也。"孔子无名位,而《春秋》寓赏罚,故有是否僭越之疑问。僭,超越本分。

〔10〕道者,位之贼也:贼,作动词,损害。道不可僭位,有道无位,则不可行赏罚之事。如果这样做了,就是对名位的损害。

〔11〕"夫子岂诚赏罚之邪"数句:庸何伤,意谓只是在文字上体现出赏罚之意,又有什么关系呢?庸,难道。

〔12〕"执涂之人"句:意谓拉住路上的行人。涂,道路。

〔13〕"赏罚之权"句:赏罚之权不能自我授予。以,用、依靠。与,授予。

〔14〕公之:以之为公。意谓孔子并不将《春秋》看成是个人的著述。

〔15〕"公以鲁史之名"二句:苏洵认为孔子著书,以鲁国国史《春秋》为名,意谓著此书不是个人行为,而是代表了国家的立场,是替鲁国代言的。

〔16〕"武王之崩也"六句:这句是说周公因成王年幼而代行天子之职。

〔17〕"周之东迁也"三句:《史记·周本纪》:"西夷犬戎攻幽王……遂杀幽王骊山下……于是诸侯乃即申侯而共立故幽王太子宜臼,是为平王,以奉周祀。平王立,东迁于雒邑,辟戎寇。平王之时,周室衰微,诸侯强并弱,齐、楚、秦、晋始大,政由方伯。"

〔18〕"如齐桓、晋文可也"七句:齐桓公和晋文公是春秋时的霸主。他们曾利用天子的名义征讨诸侯,表面上是尊重周天子,实际为的是富国强兵,争霸天下。孔子认为他们讨伐无视天子的诸侯是对的,却又不

满其私心。《史记·管晏列传》:"管仲世所谓贤臣,而孔子小之。岂以为周道衰微,桓公既贤,而不勉之至王,而称霸哉?"《论语·宪问》:"晋文公谲而不正,齐桓公正而不谲。"《孟子·梁惠王上》:"仲尼之徒,无道桓、文之事者。"赵岐注云:"孔子之门徒,颂述伏羲以来至文武周公之法制耳,虽及五霸,心贱薄之。"

〔19〕详内而略外:这里的内和外是是相对而言的。《公羊传·宣十五年》:"《春秋》内其国而外诸夏,内诸夏而外夷狄。王者欲一乎天下,曷以为外内之辞言之?言自近者始也。"这里的"内",狭义的是指鲁国,广义的是指与"夷狄"相对的"诸夏",即中原各国。

〔20〕"田常弑其君"数句:田常,即陈成子,齐国大臣,齐简公四年(前481)杀死简公,拥立平公。《论语·宪问》:"陈成子弑简公。孔子沐浴而朝,告于哀公曰:'陈恒弑其君,请讨之。'"

〔21〕"子贡之徒不达夫子之意"五句:按《春秋》体例,鲁臣现为卿者乃书其卒,致仕而卒者则不记录。但《春秋·哀十六年》却有"夏四月,己丑,孔子卒"之语,殊乖体例。苏洵认为是子贡等人续作时加入的,是他们不了解孔子著述的体例。

〔22〕谁与:与谁。与,授予。

〔23〕后之春秋:指后来以"春秋"名其书者。作者认为只有孔子这样的"得道者"才有资格作《春秋》,其他的人所编写一般的史书,也不应该用《春秋》的名字。

管仲论〔1〕

管仲相桓公,霸诸侯,攘戎狄,终其身齐国富强,诸侯不叛〔2〕。管仲死,竖刁、易牙、开方用〔3〕。桓公薨于乱,五公子争立，其祸蔓延，讫简公，齐无宁岁[4]。

夫功之成，非成于成之日，盖必有所由起；祸之作，不作于作之日，亦必有所由兆[5]。则齐之治也，吾不曰管仲，而曰鲍叔[6]；及其乱也，吾不曰竖刁、易牙、开方，而曰管仲。何则？竖刁、易牙、开方三子，彼固乱人国者，顾其用之者，桓公也。夫有舜而后知放四凶[7]，有仲尼而后知去少正卯[8]。彼桓公何人也？顾其使桓公得用三子者，管仲也。

仲之疾也，公问之相。当是时也，吾以仲且举天下之贤者以对。而其言乃不过曰竖刁、易牙、开方三子，非人情，不可近而已[9]。呜呼！仲以为桓公果能不用三子矣乎？仲与桓公处几年矣，亦知桓公之为人矣乎？桓公声不绝乎耳，色不绝乎目，而非三子者则无以遂其欲。彼其初之所以不用者，徒以有仲焉耳。一日无仲，则三子者，可以弹冠相庆矣[10]。仲以为将死之言，可以絷桓公之手足耶[11]？夫齐国不患有三子，而患无仲。有仲，则三子者三匹夫耳。不然，天下岂少三子之徒？虽桓公幸而听仲，诛此三人，而其余者，仲能悉数而去之邪？呜呼！仲可谓不知本者矣。因桓公之问，举天下之贤者以自代，则仲虽死，而齐国未为无仲也。夫何患？三子者不言可也。

五霸莫盛于桓、文[12]。文公之才不过桓公，其臣又皆不及仲。灵公之虐不如孝公之宽厚[13]，文公死，诸侯不敢叛晋，晋袭文公之余威，得为诸侯之盟主者百有余年[14]。何者？其君虽不肖，而尚有老成人焉[15]。桓公之薨也，一乱涂地。无惑也,彼独恃一管仲,而仲则死矣。夫天下未尝无贤者,盖有有臣而无君者矣[16]。桓公在焉,而曰天下不复有管仲者,吾不信也。仲之书有记其将死,论鲍叔、宾胥无之为人,且各疏其短[17],是其心以为是数子者皆不足以托国。而又逆知其将死[18],则其书诞谩不足信也[19]。

吾观史鳅以不能进蘧伯玉而退弥子瑕,故有身后之谏[20];萧何且死,举曹参以自代[21]。大臣之用心,固宜如此也。夫国以一人兴,以一人亡。贤者不悲其身之死,而忧其国之衰,故必复有贤者而后可以死。彼管仲者,何以死哉!

上海古籍出版社1993年版《嘉祐集笺注》卷九

[1] 管仲(?—前645),名夷吾,字仲,齐颍上人,初事公子纠,纠败,相桓公,最终辅助其成就霸业。对于管仲的这番功业,史家多有赞美。但苏洵却从一个新的角度,指出管仲没有能够很好的荐贤举能以自代,也就是没有选好接班人,在其身死之后,齐国没有贤臣辅佐桓公,竖刁等小人用事,最终导致了齐国的动乱和衰败。本文指出齐之治,功在鲍叔,而其败,罪在管仲。立论犀利,或有现实的感触在内。这篇文章观点新颖,言词犀利,是历代传诵的名篇,谢枋得评曰:"议论精明而断制,文势圆活而委曲,有抑扬,有顿挫,有纵横。"(《静观堂三苏文选》)

[2] "管仲相桓公"五句:据《管子·小匡》,桓公任用管仲之后,齐国九合诸侯,伐山戎,攘白狄之地,遂至西河,故中国诸侯莫不宾服。攘,抵御、驱逐。

[3] "管仲死"二句:据《史记·齐太公世家》及张守节正义、裴骃集解,竖刁,齐国人,为了接近桓公,自阉入宫。易牙,精于调味,善于奉迎,曾将自己的儿子烹制为羹,进献桓公。开方,本卫国公子,抛弃家庭,入

齐臣事齐桓公。用,受到任用。

〔4〕"桓公薨于乱"五句:据张守节正义引颜师古云,管仲卒后,齐桓公任用竖刁等人的第二年,桓公病重,易牙、竖刁相与作乱,塞宫门,筑高墙,禁止出入。桓公连食物都得不到,羞愤而死。《史记·齐太公世家》:"桓公病,五公子各树党争立。及桓公卒,遂相攻",内乱不断,直到齐简公执政时,已经是齐桓公后的第九代君主,齐国内忧外患仍然不断。

〔5〕由兆:征兆。由,原因。兆,本义为甲骨上可以预示吉凶的裂纹,引申为事件发生前的迹象。

〔6〕"而齐之治也"三句:《史记·管晏列传》:"少时常与鲍叔牙游,鲍叔知其贤……已而鲍叔事齐公子小白,管仲事公子纠。及小白立为桓公,公子纠死,管仲囚焉。鲍叔遂进管仲。管仲既用,任政于齐,齐桓公以霸,九合诸侯,一匡天下。"而"鲍叔既进管仲,以身下之",于是"天下不多管仲之贤而多鲍叔能知人也"。

〔7〕放四凶:据《尚书·舜典》:"流共工于幽州,放驩兜于崇山,窜三苗于三危,殛鲧于羽山,四罪而天下咸服。"

〔8〕"有仲尼而后"句:《史记·孔子世家》:"定公十四年,孔子年五十六,由大司寇行摄相事,有喜色。……于是诛鲁大夫乱政者少正卯。"

〔9〕"仲之疾也"七句:《史记·齐太公世家》:"管仲病,桓公问曰:'群臣谁可相者?'管仲曰:'知臣莫如君。'"桓公于是举竖刁等三人,管仲以为竖刁自宫,易牙杀子,开方背家,皆非近人情之举,劝桓公不要任用他们。

〔10〕弹冠相庆:《汉书·王吉传》:"吉与贡禹为友,世称'王阳在位,贡公弹冠',言其取舍同也。"颜师古注云:"弹冠,且入仕也。"

〔11〕絷:束缚。

〔12〕文:晋文公重耳。

〔13〕"灵公之虐"句:据《史记·晋世家》,文公死后,襄公立,襄公

259

之后为灵公。灵公贪暴荒淫,厨师熊掌没有做熟,灵公就将其杀死。齐孝公,即桓公之子昭,承内乱之余,尚能宽厚待人。

〔14〕"文公死"四句:据《史记·晋世家》记载,文公之后,晋国依然保持着强大的实力,襄公、灵公之时大败秦军,成公与楚作战也取得胜利,一直到晋平公,才衰落下去,其兴盛达百余年。

〔15〕老成人:指经验丰富,练达世事之人。

〔16〕有臣而无君:有贤能的臣子,而没有知人善用的君王。

〔17〕"仲之书有记其将死"三句:《管子·戒》:"管仲寝疾,桓公往问之,曰:'仲父之疾甚矣,若不可讳也。不幸而不起此疾,彼政我将安移之?'管仲未对。桓公曰:'鲍叔之为人何如?'管子对曰:'鲍叔,君子也,千乘之国,不以其道予之,不受也。虽然,不可以为政。其为人也,好善而恶恶已甚,见一恶终身不忘。'"又评价宾胥无云:"宾胥无之为人也好善,而不能以国诎。"

〔18〕而又逆知其将死:据《管子·戒》中记载,管仲历数鲍叔等人短处,独推举隰朋。但是又说:"天之生朋,以为夷吾舌也,其身死,舌焉得生哉?"所谓"逆知其死",或指此。

〔19〕诞谩:荒诞虚妄。

〔20〕"吾观史䲡"二句:史䲡即卫国大夫史鱼,或作"史蝤"。《韩诗外传》卷七:"卫大夫史鱼病且死,谓其子曰:'我数言蘧伯玉之贤而不能进,弥子瑕不肖而不能退。为人臣,生不能进贤而退不肖,死不当治丧正堂,殡我于室,足矣。'卫君问其故,子以父言闻,君造然召蘧伯玉而贵之,而退弥子瑕,徙殡于正堂,成礼而后去。生以身谏,死以尸谏,可谓直矣。"

〔21〕"萧何且死"二句:《史记·萧相国世家》:"(萧)何素不与曹参相能,及何病,孝惠自临视相国病,因问曰:'君即百岁后,谁可代君者?'对曰:'知臣莫如主。'孝惠曰:'曹参何如?'何顿首曰:'帝得之矣!

臣死不恨矣!'"

六 国[1]

六国破灭,非兵不利,战不善,弊在赂秦。赂秦而力亏,破灭之道也。或曰:六国互丧[2],率赂秦耶[3]?曰:不赂者以赂者丧[4]。盖失强援,不能独完,故曰:弊在赂秦也。

秦以攻取之外,小则获邑,大则得城[5]。较秦之所得,与战胜而得者,其实百倍。诸侯之所亡,与战败而亡者,其实亦百倍。则秦之所大欲,诸侯之所大患,固不在战矣。思厥先祖父暴霜露、斩荆棘,以有尺寸之地[6]。子孙视之不甚惜,举以予人,如弃草芥[7],今日割五城,明日割十城,然后得一夕安寝。起视四境,而秦兵又至矣。然则诸侯之地有限,暴秦之欲无厌[8],奉之弥繁,侵之愈急,故不战而强弱胜负已判矣[9]。至于颠覆,理固宜然。古人云:"以地事秦,犹抱薪救火,薪不尽,火不灭。"[10]此言得之。

齐人未尝赂秦,终继五国迁灭[11],何哉?与嬴而不助五国也[12]。五国既丧,齐亦不免矣。燕、赵之君,始有远略,能守其土,义不赂秦。是故燕虽小国而后亡,斯用兵之效也。至丹以荆卿为计,始速祸焉[13]。赵尝五战于秦,二败而三胜[14]。后秦击赵者再,李牧连却之[15]。洎牧以谗诛,邯郸为郡,惜其用武而不终也[16]。且燕、赵处秦革灭殆尽之际,可谓智力孤危,战败而亡,诚不得已。向使三国各爱其地,齐人勿附于秦,刺客不行,良将犹在,则胜负之数,存亡之理,当与秦相较,或未易量。

呜呼!以赂秦之地封天下之谋臣,以事秦之心礼天下之奇才,并力西向[17],则吾恐秦人食之不得下咽也[18]。悲夫,有如此之势,而为秦人积威之所劫[19],日削月割,以趋于亡。为国者无使为积威之所劫哉!

夫六国与秦皆诸侯,其势弱于秦,而犹有可以不赂秦而胜之之势。苟以天下之大,下而从六国破亡之故事,是又在六国下矣。

上海古籍出版社1993年版《嘉祐集笺注》卷三

[1] 六国,指战国后期为秦所灭亡的韩、赵、魏、楚、燕、齐六国。作者认为他们不敢与秦国对敌,依靠割地等手段"赂秦",虽苟安于一时,最终均被秦国所灭。苏洵作此文时,北宋政府正每年送给强敌契丹大量的"岁币",以求边境的暂时安宁,作者的讽劝之意十分明显,诚如何景明所评:"老泉论六国贿秦,其实借论宋贿契丹之事,而宋卒以此亡,可谓深谋先见之识矣。"(《唐宋文举要》引)

[2] 互:互有"交错"之意,这里或作"连续、相继"解。

[3] 率:都、皆。

[4] 以:因为。

[5] 城、邑:泛指城镇,大者为城,小者为邑。

[6] "思厥先祖父"句:厥,代词,他们的。暴,暴露在……之下。

[7] 芥:小草,比喻细微的事物。

[8] 厌:满足。

[9] 判:区分、分辨。

〔10〕"古人云"五句：出自《史记·魏世家》，苏代谓魏王曰："夫以地事秦，犹抱薪救火，薪未尽，火不灭。"

〔11〕迁灭：《史记·田敬仲完世家》："五国已亡，秦兵卒入临淄，民莫敢格者。王建遂降，迁于共。"秦灭诸侯后，往往将其国君前往别处，故曰迁灭。

〔12〕与嬴而不助五国也：与，亲附。嬴，秦王为嬴姓，秦之先伯翳，佐舜调训鸟兽，舜赐嬴氏。这里指秦国。

〔13〕"至丹以荆卿为计"二句：丹，燕太子丹。荆卿，荆轲。《史记·燕召公世家》："燕见秦且灭六国，秦兵临易水，祸且至燕。太子丹阴养壮士二十人，使荆轲献督亢地图于秦，因袭刺秦王。秦王觉，杀轲，使将军王翦击燕。二十九年，秦攻拔我蓟，燕王亡，徙居辽东，斩丹以献秦……三十三年，秦拔辽东，虏燕王喜，卒灭燕。"

〔14〕"赵尝五战于秦"二句：《战国策·燕策》，苏秦曾对燕文侯说："秦、赵五战，秦再胜而赵三胜。"鲍彪注云："设辞也。"盖假设之辞也，并不符合史实。作者这里袭用其语。

〔15〕"后秦击赵"二句：李牧，赵国名将，多次率兵击败秦国军队。《史记·赵世家》："（幽缪王）三年，秦攻赤丽、宜安，李牧率师与战肥下，却之。封牧为武安君。四年，秦攻番吾，李牧与之战，却之。"

〔16〕"洎牧以谗诛"三句：洎，及也，意谓等到。《史记·廉颇蔺相如列传》："赵王迁七年，秦使王翦攻赵，赵使李牧、司马尚御之。秦多与赵王宠臣郭开金，为反间，言李牧、司马尚欲反。赵王乃使赵葱及齐将颜聚代李牧。李牧不受命，赵使人微捕得李牧，斩之。废司马尚。后三月，王翦因急击赵，大破杀赵葱，虏赵王迁及其将颜聚，遂灭赵。"

〔17〕并力西向：秦建都于咸阳，位于函谷关以西，韩、魏等六国则处函谷关之东，故所谓"西向"即向秦进攻。

〔18〕食不得下咽：来不及将口中的食物咽下，极言处危急之中，不

263

得安处之意。

〔19〕劫:威逼、威逼。

明论[1]

天下有大知,有小知[2]。人之智虑有所及,有所不及[3]。圣人以其大知而兼其小知之功,贤人以其所及而济其所不及[4],愚者不知大知,而以其所不及丧其所及[5]。故圣人之治天下也以常[6],而贤人之治天下也以时[7]。既不能常,又不能时,悲夫殆哉!夫惟大知,而后可以常;以其所及济其所不及,而后可以时。常也者,无治而不治者也[8]。时也者,无乱而不治者也[9]。

日月经乎中天,大可以被四海,而小或不能入一室之下,彼固无用此区区小明也。故天下视日月之光,俨然其若君父之威[10]。故自有天地而有日月,以至于今,而未尝可以一日无焉。天下尝有言曰:叛父母,亵神明,则雷霆下击之。雷霆固不能为天下尽击此等辈也,而天下之所以兢兢然不敢犯者,有时而不测也[11]。使雷霆日轰轰焉绕天下以求夫叛父母、亵神明之人而击之,则其人未必能尽,而雷霆之威无乃亵乎[12]!故夫知日月雷霆之分者[13],可以用其明矣。

圣人之明,吾不得而知也,吾独爱夫贤者之用其心约而成功博也,吾独怪夫愚者之用其心劳而功不成也。是无他也,专于其所及而及之,则其及必精;兼于其所不及而及之,则其及必粗[14]。及之而精,人将曰是惟无及,及则精矣。不然,吾恐奸雄之窃笑也。

齐威王即位,大乱三载,威王一奋而诸侯震惧二十年[15],是何修何营邪[16]？夫齐国之贤者,非独一即墨大夫,明矣;乱齐国者,非独一阿大夫与左右誉阿而毁即墨者几人,亦明矣。一即墨大夫易知也,一阿大夫易知也,左右誉阿而毁即墨者几人易知也,从其易知而精之[17],故用心甚约而成功博也。

天下之事,譬如有物十焉,吾举其一,而人不知吾之不知其九也。历数之至于九,而不知其一,不如举一之不可测也,而况乎不至于九也。

上海古籍出版社1993年版《嘉祐集笺注》卷九

〔1〕明论,即论"明"。何谓"明"？在作者看来,人的认识和智慧总是有限的,关键在于如何运用,要能以其所及济其所不及,自然用心约而成功博,此之谓明。这样的文章,从无文字处生发出一番议论,翻空出奇,颇似战国时的策论之文,其子苏轼的文风可以在这里找到源头。

〔2〕知:智。

〔3〕及:顾及。

〔4〕济:弥补。

〔5〕丧:失去。

〔6〕常:常道规律。

〔7〕时:以时变通的权变。

〔8〕"常也者"二句:意谓抓住了基本的规律,没有什么不能治理好的。

〔9〕"时也者"二句：意谓能够随时权变，没有什么乱子不能平息的。

〔10〕俨：庄严的样子。

〔11〕"有时"句：意谓惩罚总是存在且难以预测。

〔12〕亵：随便、轻率。

〔13〕"故夫知日月"句：知，了解。分，原则。了解日月雷霆行事的规则。

〔14〕"专于其所及"四句："及"的本义为"逮"。所及，指力所能及的范围。及之，及为动词，用其本义。其及，其所达到的程度。这几句大意谓：专于在其力所能及的范围能努力，则其必定能取得最好的结果。反之，精力分散，则不能精通。

〔15〕"齐威王即位"三句：《史记·田敬仲完世家》："威王初即位以来，不治，委政卿大夫，九年之间，诸侯并伐，国人不治。于是威王召即墨大夫而语之曰：'自子之居即墨也，毁言日至。然吾使人视即墨，田野辟，民人给，官无留事，东方以宁。是子不事吾左右以求誉也。'封之万家。召阿大夫语曰：'自子之守阿，誉言日闻。然使使视阿，田野不辟，民贫苦。昔日赵攻甄，子弗能救。卫取薛陵，子弗知。是子以币厚吾左右以求誉也。'是日，烹阿大夫，及左右尝誉者皆并烹之。遂起兵西击赵、卫，败魏于浊泽而围惠王。惠王请献观以和解，赵人归我长城。于是齐国震惧，人人不敢饰非，务尽其诚。齐国大治。诸侯闻之，莫敢致兵于齐二十余年。"

〔16〕是何修何营邪：修，治理。营，经营。

〔17〕从其易知而精之：从，由。精，完善、最好。精之，使之精。

木假山记[1]

木之生，或蘖而殇[2]，或拱而夭[3]。幸而至于任为栋梁则伐；不幸而为风之所拔，水之所漂，或破折，或腐；幸而得不破折，不腐，则为人之所材[4]，而有斧斤之患。其最幸者，漂沉汩没于湍沙之间[5]，不知其几百年，而其激射啮食之余[6]，或仿佛于山者，则为好事者取去，强之以为山，然后可以脱泥沙而远斧斤。而荒江之濆[7]，如此者几何！不为好事者所见，而为樵夫野人所薪者[8]，何可胜数！则其最幸者之中，又有不幸者焉！

予家有三峰[9]，予每思之，则疑其有数存乎其间[10]。且其蘖而不殇，拱而不夭，任为栋梁而不伐，风拔水漂而不破折，不腐；不破折，不腐，而不为人所材以及于斧斤，出于湍沙之间，而不为樵夫野人之所薪，而后得至乎此，则其理似不偶然也。

然予之爱之，则非徒爱其似山，而又有所感焉；非徒爱之，而又有所敬焉。予见中峰魁岸踞肆[11]，意气端重，若有以服其旁之二峰。二峰者庄栗刻峭[12]，凛乎不可犯，虽其势服于中峰，而岌然决无阿附意[13]。吁！可敬也夫！其可以有所感也夫！

上海古籍出版社1993年版《嘉祐集笺注》卷十五

〔1〕苏轼《木山》诗序曰："吾先君子尝蓄木山三峰，且为之记与诗。诗人梅二丈圣俞见而赋之，今三十年矣。"苏轼的《木山》诗作于元祐二年（1088），上推三十年，可知此文作于嘉祐二年（1057），梅尧臣的《苏明允木山》诗见《梅尧臣集编年校注》卷二十七。本文是一篇寓意之作。树木在自己的成长过程中，可能遇到各种天灾人祸，最后能成材的是很

少的一部分。而这部分中间,还有一批被人们砍伐,用为材料,能保持本来面目的树木就更少了。人的成长也是如此,这里借木假山的遭遇抒发了对独立自由人格的向往和尊敬。

〔2〕蘖(niè 聂)而殇(shāng 伤):蘖,植物的嫩芽,这里用作动词。殇,夭折。这句是指树木刚发芽,尚未长成就死亡。

〔3〕拱:两手合抱。

〔4〕所材:作为材料。

〔5〕湍:急流的水。

〔6〕激射啮(niè 聂)食:水流冲刷,昆虫啮咬。

〔7〕濆(fén 坟):水边、崖岸。《说文解字·水部》:"濆,水厓也。"

〔8〕所薪:被当作柴禾。

〔9〕予家有三峰:我家有一座三峰相连的木假山。

〔10〕数:气数、气运,即命运。

〔11〕魁岸踞肆:高大魁梧,傲慢纵肆。踞,踞傲。肆,放肆。

〔12〕庄栗刻峭:峻拔陡峭,气象庄严。

〔13〕岌(jí 及):高大的样子。阿附:依附。

上富丞相书〔1〕

相公阁下:往年天子震怒,出逐宰相〔2〕,选用旧臣堪付属以天下者,使在相府,与天下更始〔3〕,而阁下之位实在第三〔4〕。方是之时,天下咸喜相庆,以为阁下惟不为宰相也,故默默在此;方今困而后起,起而复为宰相〔5〕,而又适值乎此时也,不为而何为?且吾君之意,待之如此其厚也,不为而何以副吾望？故咸曰："后有下令而异于他日者，必吾富公也。"朝夕而待之，跂首而望之[6]。望望然而不获见也，戚戚然而疑。呜呼！其弗获闻也，必其远也，进而及于京师，亦无闻焉。不敢以疑，犹曰：天下之人如此其众也，数十年之间如此其变也，皆曰贤人焉[7]。或曰：彼其中则有说也，而天下之人则未始见也。然而不能无忧。

盖古之君子，爱其人也则忧其无成。且尝闻之，古之君子，相是君也，与是人也，皆立于朝，则使吾皆知其为人皆善者也，而后无忧[8]。且一人之身而欲擅天下之事，虽见信于当世，而同列之人一言而疑之，则事不可以成。今夫政出于他人而不惧，事不出于己而不忌，是二者，惟善人为能，然犹欲得其心焉[9]。若夫众人，政出于他人而惧其害己，事不出于己而忌其成功，是以有不平之心生。夫或居于吾前，或立于吾后，而皆有不平之心焉，则身危[10]。故君子之出处于其间也，不使之不平于我也。

周公立于明堂以听天下，而召公惑，何者？天下固惑乎大者也，召公犹未能信乎吾之此心也[11]。周公定天下，诛管、蔡，告召公以其志，以安其身，以及于成王，故凡安其身者，以安乎周也[12]。召公之于周公，管、蔡之于周公，是二者亦皆有不平之心焉，以为周之天下，公将遂取之也。周公诛其不平而不可告语者[13]，告其可以告语者，而和其不平之心。然则，非其必不可以告语者，则君子未始不欲和其心。天下之人，从士而至于卿大夫，宰相集处其上，欲有所为，何虑而不成？不能忍其区区之小忿，以成其不平之衅[14]，则害其大事。是以君子忍其小忿以容其小过，而杜其不平之心，然后当大事而听命焉。且吾之小忿，不足以易吾之大事也，故宁小容焉，使无蒂芥于其间[15]。

古之君子与贤者并居而同乐，故其责之也详[16]；不幸而与不肖者偶，不图其大而治其细，则阔远于事情而无益于当世[17]。故天下无事而后可与争此，不然则否。昔者诸吕用事，陈平忧惧，计无所出。陆贾入见说之，使交欢周勃。陈平用其策，卒得绛侯北军之助以灭诸吕[18]。夫绛侯，木强之人也[19]，非陈平致之而谁也。故贤人者致不贤者，非夫不贤者之能致贤者也。

曩者，今上即位之初，寇莱公为相，惟其侧有小人不能诛，又不能与之无忿，故终以斥去[20]。及范文正公在相府，又欲以岁月尽治天下事，失于急与不忍小忿，故群小人亦急逐之，一去遂不复用，以殁其身[21]。伏惟阁下以不世出之才，立于天子之下，百官之上，此其深谋远虑必有所处，而天下之人犹未获见。

洵，西蜀之人也，窃有志于今世，愿一见于堂上。伏惟阁下深思之，无忽！

上海古籍出版社1993年版《嘉祐集笺注》卷十一

[1] 富丞相，即富弼（1004—1083），字彦国，河南洛阳人。据孔凡礼《三苏年谱》，本文作于嘉祐元年（1056）。《宋史·富弼传》云："至和二年，召拜同中书门下平章事、集贤殿大学士，与文彦博并命。宣制之

日,士大夫相庆于朝。"又云:"弼为相,守典故,行故事,而傅以公议,无容心于其间",实则于朝政无所兴革,苏洵此书对此提出了委婉的批评。明人唐顺之评曰:"此文各自为片段,正与东坡文体不同。"(《百大家评古文关键》)指出其结构特点。明人杨慎曰:"此书全是论体,倡言直谏之中,寓委曲柔和之意。读之者,但见其可悦,不见其可憎。"(《三苏文范》)

〔2〕出逐宰相:《宋史·宰辅表》:"至和二年(1055)六月戊戌,行吏部尚书、同平章事陈执中以检校太尉、同平章事、镇海军节度判亳州。"同时,朝廷起用文彦博、富弼为相。

〔3〕更始:重新开始。《庄子·盗跖》:"与天下更始,罢兵休卒。"

〔4〕阁下之位实在第三:《宋史·职官志一》:"宋承唐制,以同平章事为真相之任,无常员;有二人,则分日知印。……其上相为昭文馆大学士、监修国史,其次为集贤殿大学士。或置三相,则昭文、集贤二学士并监修国史,各除。唐以来,三大馆皆宰臣兼,故仍其制。国初,范质昭文学士,王溥监修国史,魏仁浦集贤学士,此为三相例也。"时文彦博、刘沆、富弼三人为相,而弼为集贤殿大学士,即集贤相,为第三。

〔5〕"方今困而后起"二句:庆历三年(1043),富弼为枢密副使,和范仲淹等人一道推动改革,引起保守派不满,五年,出知郓州。后移青州,徙知郑、蔡、河阳,又判并州。一直在地方任职,至此方才召回京师,委以重任。故云。

〔6〕跂(qǐ起)首:踮起脚,抬起头,形容期盼的样子。

〔7〕"犹曰"四句:是苏洵对富弼没有改革动作的揣测,大意谓:天下之大,又经过这么多年变化,更为复杂。但大家都说富弼是贤人,总会拿出办法的。

〔8〕"且尝"七句:大意谓,古之君子出来辅佐君王,和其它的大臣一起共事,要使大家都能做到贤能善良,才能无后顾之忧(方能成事)。

271

〔9〕得其心：意谓自己能做到不惧、不忌，尚且不够，还要让别人对自己安心，获得他们的认同。

〔10〕身危：意谓如果同列之中生出不平之心，则自己就会很危险了。

〔11〕"召公"句：《史记·燕召公世家》："其在成王时，召公为三公：自陕以西，召公主之；自陕以东，周公主之。成王既幼，周公摄政，当国践祚，召公疑之，作《君奭》。"裴骃集解引马融曰："召公以周公既摄政致太平，功配文、武，不宜复列在臣位，故不说，以为周公苟贪宠也。"

〔12〕"周公定天下"七句：据《史记·周本纪》，武王灭纣之后，"乃使其弟管叔鲜、蔡叔度相禄父治殷"，监视殷之遗民。武王崩，成王年少，"周公恐诸侯畔周，公乃摄行政当国。管叔、蔡叔群弟疑周公，与武庚作乱，畔周。周公奉成王命，伐诛武庚、管叔，放蔡叔"。

〔13〕不可告语者：不能够向他解释明白，使他明了自己的用意的人，如管叔、蔡叔等人。

〔14〕衅：争端。

〔15〕蒂芥：小梗塞物，比喻心中的嫌隙和不快。

〔16〕故其责之也详：责，要求。详，周备。

〔17〕"不图其大"二句：图其大，希望在大事方面能帮助自己。细，小的过失。阔远，疏阔、不切实际。事情，政治上的行动。

〔18〕"昔者诸吕用事"七句：据《史记·吕太后本纪》、《史记·陈丞相世家》，吕后为人刚毅，佐高祖定天下。惠帝崩，吕后临朝称制，欲给其吕姓诸侄封侯，问右丞相王陵，王陵曰不可；又问陈平，平曰可。于是以陈平为右丞相。陈平为相，不治事，故意沉湎酒色以避祸。后吕后病危，担心大臣造反，命其侄吕禄、吕产二人分掌南、北军，太尉周勃不得入主中军。及吕后崩，陈平与周勃谋，使人劫曲周侯郦商，使其子郦寄劝说吕禄交出兵权，于是周勃等得以掌握北军，最终诛杀诸吕，迎立代王为帝，

是为孝文帝。

〔19〕"夫绛侯"二句:绛侯,即周勃。他跟随刘邦,屡立战功。汉朝建立后,又跟随刘邦攻破谋反的燕王,被封为列侯,"食绛八千一百户,号绛侯"。参见《史记·绛侯周勃世家》)。木强,质直、倔强。

〔20〕"寇莱公为相"四句:寇莱公,即寇准(961—1023),字平仲,封莱国公,华州下邽人。景德元年(1004),契丹南侵,力主真宗亲征,澶渊之役遂胜。《宋史·寇准传》谓:"准颇自矜澶渊之功,虽帝亦以此待准甚厚。王钦若深嫉之。一日会朝,准先退,帝目送之,钦若因进曰:'陛下敬寇准,为其有社稷功邪?'帝曰:'然。'钦若曰:'澶渊之役,陛下不以为耻,而谓准有社稷功,何也?'帝愕然曰:'何故?'钦若曰:'城下之盟,春秋耻之;澶渊之举,是城下之盟也。以万乘之贵而为城下之盟,其何耻如之!'帝愀然为之不悦。钦若曰:'陛下闻博乎?博者输钱欲尽,乃罄所有出之,谓之孤注。陛下,寇准之孤注也,斯亦危矣。'由是帝顾准浸衰。明年,罢为刑部尚书、知陕州,遂用王旦为相。帝谓旦曰:'寇准多许人官,以为己恩。俟行,当深戒之。'"

〔21〕"及范义正公在相府"六句:范文正,即范仲淹(989—1052),字希义,苏州吴县人。《宋史·范仲淹传》:"及陕西用兵,天子以仲淹士望所属,……召还,倚以为治,中外想望其功业。而仲淹以天下为己任,裁削幸滥,考覆官吏,日夜谋虑兴致太平。然更张无渐,规摹阔大,论者以为不可行。及按察使出,多所举劾,人心不悦。自任子之恩薄,磨勘之法密,侥幸者不便,于是谤毁稍行,而朋党之论浸闻上矣。会边陲有警,因与枢密副使富弼请行边。……比去,攻者益急,仲淹亦自请罢政事,乃以为资政殿学士、陕西四路安抚使、知邠州。其在中书所施为,亦稍稍沮罢。"

上韩舍人书[1]

舍人执事[2]：方今天下虽号无事，而政化未清，狱讼未衰息，赋敛日重，府库空竭，而大者又有二虏之不臣[3]。天子震怒，大臣忧恐。自两制以上宜皆苦心焦思[4]，日夜思念，求所以解吾君之忧者。

洵自惟闲人，于国家无丝毫之责，得以优游终岁，咏歌先王之道以自乐，时或作为文章，亦不求人知。以为天下方事事[5]，而王公大人岂暇见我哉？是以逾年在京师，而其平生所愿见如君侯者[6]，未尝一至其门。有来告洵以所欲见之之意[7]，洵不敢不见。然不知君侯见之而何也？天子求治如此之急，君侯为两制大臣，岂欲见一闲布衣与之论闲事邪？此洵所以不敢遽见也[8]。

自闲居十年，人事荒废，渐不喜承迎将逢，拜伏拳跽[9]。王公大人苟能无以此求之，使得从容坐隅[10]，时出其所学，或亦有足观者。今君侯辱先求之，此其必有所异乎世俗者矣。

《孟子》曰："段干木逾垣而避之，泄柳闭门而不纳，是皆已甚。迫，斯可以见矣。"[11]呜呼！吾岂斯人之徒欤！欲见我而见之，不欲见而徐去之，何伤？况如君侯，平生所愿见者，又何辞焉？不宣。洵再拜。

上海古籍出版社1993年版《嘉祐集笺注》卷十二

〔1〕舍人,为中书舍人或起居舍人的简称。中书舍人负责草拟诏命,并有封驳之权。起居舍人则为史官,记录皇帝言行,大臣进对,朝廷命令等。韩舍人,曾枣庄以为:"或即韩绛(1012—1088),字子华,庸丘人,官至同中书门下平章事。……书中有'闲居十年'语,当指庆历七年(1047)至嘉祐元年(1056)杜门家居。又有'逾年在京师'语,可知此书作于嘉祐二年春。"(曾枣庄等《嘉祐集笺注》卷十二)这是一篇干谒之文,既表达了急于出仕的态度,又显得不卑不亢。在此之前,苏洵已经闲居十年,国家内外交困,自己空怀壮志,无法施展,如今韩舍人提出要见他,他十分兴奋,表示如果有机会,他愿意为国出力,不会像段干木、泄柳那样故作清高。茅坤说:"告知己者之言,情词可涕。"(《唐宋八大家古文钞》)

〔2〕执事:本意为供役使的人。后在书信中用作对方的敬称,表示不敢直指其人。

〔3〕二虏:指契丹和西夏。

〔4〕两制:内制和外制合称两制。宋以翰林学士知制诰为内制,中书舍人为外制,负责草拟诏令,其中稍有差别,内制多掌管命相、封诰等重大命令,外制主一般命令。

〔5〕事事:忙干各种事务。第一个"事"作动词,从事。

〔6〕君侯:汉以后,用为对达官贵人的尊称。

〔7〕所欲见之:想接见我。

〔8〕遽:匆忙、仓猝。

〔9〕拜伏拳跽:拜伏,跪拜俯伏。表示恭敬的一种礼节。拳跽(jì计),屈膝下跪。跽,古人席地而坐,以两膝着地,两股贴于两脚跟上。股不着脚跟为跪,跪而耸身直腰为跽。

〔10〕坐隅:隅,边角之地。上古之时,布席共坐于地,尊者正席,卑者坐于席角,谓之隅坐。

〔11〕"段干木"五句:语见《孟子·滕文公下》。段干木,据张守节正义引皇甫谧《高士传》:"木,晋人也,守道不仕。魏文侯欲见,造其门,干木逾墙避之。"泄柳,字子柳,鲁国人,穆公闻其贤往见之,闭门不纳。

上欧阳内翰第一书[1]

内翰执事[2]:洵布衣穷居,尝切有叹[3]。以为天下之人,不能皆贤,不能皆不肖。故贤人君子之处于世,合必离,离必合[4]。往者天子方有意于治,而范公在相府,富公为枢密副使,执事与余公、蔡公为谏官,尹公驰骋上下,用力于兵革之地[5]。方是之时,天下之人,毛发丝粟之才[6],纷纷然而起,合而为一。而洵也,自度其愚鲁无用之身,不足以自奋于其间[7],退而养其心,幸其道之将成[8],而可以复见于当世之贤人君子。不幸道未成,而范公西,富公北,执事与余公、蔡公分散四出,而尹公亦失势,奔走于小官[9]。洵时在京师,亲见其事,忽忽仰天叹息,以为斯人之去,而道虽成,不复足以为荣也。既复自思,念往者众君子之进于朝,其始也,必有善人焉搂之[10];今也,亦必有小人焉推之。今之世无复有善人也,则已矣;如其不然也,吾何忧焉!姑养其心,使其道大有成而待之,何伤?退而处十年,虽未敢自谓其道有成矣,然浩浩乎,其胸中若与曩者异[11]。而余公适亦有成功于南方,执事与蔡公复相继登于朝,富公复自外入为宰相,其势将复合为一[12]。喜且自贺,以为道既已粗成,而果将

276

有以发之也。既又反而思其向之所慕望爱悦之而不得见之者,盖有六人。今将往见之矣,而六人者已有范公、尹公二人亡焉[13],则又为之潸然出涕以悲[14]。呜呼,二人者不可复见矣!而所恃以慰此心者,犹有四人也,则又以自解。思其止于四人也,则又汲汲欲一识其面,以发其心之所欲言。而富公又为天子之宰相,远方寒士未可遽以言通于其前[15];余公、蔡公远者又在万里外[16];独执事在朝廷间,而其位差不甚贵[17],可以叫呼扳援而闻之以言[18]。而饥寒衰老之病,又锢而留之[19],使不克自至于执事之庭[20]。夫以慕望爱悦其人之心,十年而不得见,而其人已死,如范公、尹公二人者;则四人者之中,非其势不可遽以言通者,何可以不能自往而遽已也?

执事之文章,天下之人莫不知之,然窃自以为洵之知之特深,愈于天下之人。何者?孟子之文,语约而意尽,不为巉刻斩绝之言[21],而其锋不可犯。韩子之文[22],如长江大河,浑浩流转,鱼鼋蛟龙,万怪惶惑,而抑遏蔽掩,不使自露;而人望见其渊然之光,苍然之色,亦自畏避,不敢迫视。执事之文,纡余委备,往复百折,而条达疏畅,无所间断;气尽语极,急言竭论[23],而容与闲易,无艰难劳苦之态。此三者,皆断然自为一家之文也。惟李翱之文[24],其味黯然而长,其光油然而幽,俯仰揖让,有执事之态。陆贽之文[25],遣言措意,切近的当[26],有执事之实。而执事之才,又自有过人者。盖执事之文,非孟子、韩子之文,而欧阳子之文也。夫乐道人之善而不为谄者,以其人诚足以当之也。彼不知者,则以为誉人以求其悦己也。夫誉人以求其悦己,洵亦不为也;而其所以道执事光明盛大之德,而不自知止者,亦欲执事之知其知我也。

虽然,执事之名满于天下,虽不见其文,而固已知有欧阳子矣。而洵也,不幸堕在草野泥涂之中,而其知道之心,又近而粗成。而欲徒手奉咫尺之书[27],自托于执事,将使执事何从而知之,何从而信之哉?洵少年不学,生二十五岁,始知读书,从士君子游。年既已晚,而又不遂刻意厉行,以古人自期。而视与己同列者,皆不胜己,则遂以为可矣。其后困益甚[28],然后取古人之文而读之,始觉其出言用意,与己大异。时复内顾[29],自思其才则又似夫不遂止于是而已者[30]。由是尽烧曩时所为文数百篇,取《论语》、《孟子》、韩子及其它圣人、贤人之文,而兀然端坐[31],终日以读之者七八年。方其始也,入其中而惶然;博观于其外,而骇然以惊。及其久也,读之益精,而其胸中豁然以明,若人之言固当然者,然犹未敢自出其言也。时既久,胸中之言日益多,不能自制,试出而书之,已而再三读之,浑浑乎觉其来之易矣[32]。然犹未敢以为是也。近所为《洪范论》、《史论》凡七篇,执事观其如何?嘻,区区而自言,不知者又将以为自誉,以求人之知己也。惟执事思其十年之心如是之不偶然也而察之!

上海古籍出版社1993年版《嘉祐集笺注》卷十二

〔1〕此书作于嘉祐元年(1056),是为向欧阳修献书以求见而作。当时欧阳修在翰林学士任上,专掌内制,故称其为内翰。在这封书信中,苏洵自述了自己的学文经过,更是以形象的语言对孟子、韩愈、陆贽、李翱等人的文章进行了精到的评价,特别是描写欧阳修文风的一段,尤为人所称道,作者对欧阳修的景仰之情,也表现得相当充分,叙述自己文章的特点,也颇为得体。姜宝评曰:"老泉此书,所以求知于欧阳修者。只是文章一脉相得,故叙其平生学文既成,又适当数君子合而离、离而合之际,正见用之时也。其所抱负,亦不在韩、欧下。"(《三苏文范》)

〔2〕执事:参见《上韩舍人书》注〔2〕。

〔3〕穷居:隐居乡里。切:通"窃",自谦之词,私下、暗地之意。

〔4〕合必离,离必合:指贤人的聚散分离,参见本文注〔10〕。

〔5〕"往者天子方有意于"数句:天子,指宋仁宗。庆历三年(1043)三月,仁宗以欧阳修知谏院,余靖为右正言,谏院供职,四月以蔡襄为秘书丞,知谏院。八月,又任命范仲淹为参知政事,同月,任命富弼为枢密副使。于是监察机构和中枢都为革新派所掌握。同年九月,仁宗于天章阁召见范仲淹等人,询问治国方略,范仲淹等人条书十事上奏,获得仁宗批准,颁下执行,是为"庆历新政"。尹公,指尹洙,他在庆历初年知泾州,又知渭州,都是对抗西夏的军事重镇,所以说他用力于兵革之地。详见《续资治通鉴长编》卷四十五、四十六及《宋史·尹洙传》。

〔6〕毛发丝粟:比喻平常微小之才。

〔7〕奋:用力,指贡献力量。

〔8〕幸其道之将成:希望自己增强道德修养和学识。

〔9〕"不幸道未成"六句:庆历五年(1045)正月,范仲淹出知邠州。五月,富弼出知郓州,余靖出知吉州。九月,欧阳修为河北都转运使,次年八月出知滁州,而早在庆历四年(1044)十月,蔡襄已出知福州。主持庆历革新的大臣纷纷被迫离开中枢,标志着改革的失败。见《续资治通

鉴长编》卷四十六、四十七。而尹洙也因为擅自使用公钱,贬为监筠州酒税,不久病逝。见《宋史·尹洙传》。

〔10〕搂:扶持、推挽。原本作"楼",曾枣庄《嘉祐集笺注》改作"搂",是。下文的"推"和"搂"意思相反,为排斥。正因为天下有贤者能推挽引进贤者,故而上文说"离必合"。又因为有小人于中间挑拨,排斥贤人,故上文说"合必离"。

〔11〕曩:从前。

〔12〕"而余公"四句:皇祐四年(1052)余靖在广西安抚使任上平定侬智高叛乱,故谓其成功于南方,见《宋史·余靖传》。欧阳修至和元年(1054)还朝任翰林学士,蔡襄也于同年知开封府,见《欧阳文忠公年谱》、《端明殿学士蔡公墓志铭》。至和二年(1055)富弼自判并州拜同中书门下平章事,入朝执政,见《宋史·宰辅表》。

〔13〕范公、尹公二人亡焉:范仲淹卒于皇祐四年(1052),尹洙卒于庆历六年(1046)。此书作于嘉祐元年(1056),时二人已卒,故云。

〔14〕潸然:流泪的样子。出涕:流眼泪。《汉书·中山靖王刘胜传》:"纷惊逢罗,潸然出涕。"

〔15〕遽:仓猝。

〔16〕"余公、蔡公"句:嘉祐元年(1056)余靖知桂州,蔡襄知福州,见《北宋经抚年表》卷五、卷四。

〔17〕差:略微。

〔18〕扳援:攀缘、援引。

〔19〕锢:禁锢,比喻身体有病,行动不便。

〔20〕克:能。

〔21〕巉刻:山峰尖峭。比喻说话或文章尖刻。斩绝:即崭绝,山高险峻貌。也指文章不同寻常。

〔22〕韩子:指韩愈,唐代著名文学家,古文运动的领袖。

〔23〕急言竭论：语言紧凑，论证周详。竭，尽也。

〔24〕李翱（772—841）：字习之，唐代散文家。散文创作取法韩愈，以严谨明达胜。

〔25〕陆贽（754—805）：字敬舆。善骈文，长于奏议制诰之文。

〔26〕切近：贴近。的（dí敌）当：确实、确切。

〔27〕咫尺：古人以八寸为咫。纸张未普及前，公私书信和文书多写在木牍上，书写内容和木牍大小有一定的规范。一般二尺之木牍用来书写命令，一尺五之木牍书写公文，一尺之木牍书写私人信件，故后世称书信为尺牍。

〔28〕其后困益甚：指文章创作处在瓶颈之中，不能提高。

〔29〕内顾：内省、反思。

〔30〕其：指苏洵自己。此句意谓感觉自己的才能似乎不止于已经达到的水平（应该能够更进一步）。

〔31〕兀然：沉思貌。

〔32〕浑浑乎：不清楚、朦朦胧胧的样子。指文思不知不觉就来到。

送石昌言使北引[1]

昌言举进士时，吾始数岁，未学也。忆与群儿戏先府君侧[2]，昌言从旁取枣栗啖我[3]，家居相近，又以亲戚故，甚狎[4]。昌言举进士，日有名。吾后渐长，亦稍知读书，学句读、属对、声律，未成而废。昌言闻吾废学，虽不言，察其意甚恨。后十余年，昌言及第第四人[5]，守官四方[6]，不相闻。吾以壮大，乃能感悔，摧折复学[7]。又数年，游京师，见昌言长安,相与劳苦如平生欢[8],出文十数首,昌言甚喜,称善。吾晚学无师,虽日为文,中甚自惭,及闻昌言说,乃颇自喜。今十余年,又来京师,而昌言官两制[9],乃为天子出使万里外强悍不屈之虏庭,建大旆[10],从骑数百,送车千乘,出都门,意气慨然。自思为儿时,见昌言先府君旁,安知其至此!

富贵不足怪,吾于昌言独自有感也。丈夫生不为将,得为使,折冲口舌之间足矣[11]。往年彭任从富公使还[12],为我言:既出境,宿驿亭,闻介马数万骑驰过[13],剑槊相摩,终夜有声,从者怛然失色[14]。及明,视道上马迹,尚心掉不自禁[15]。凡虏所以夸耀中国者多此类,中国之人不测也。故或至于震惧而失辞,以为夷狄笑。呜呼!何其不思之甚也!昔者奉春君使冒顿,壮士、大马皆匿不见,是以有平城之役[16]。今之匈奴,吾知其无能为也。孟子曰:"说大人者,藐之。"[17]况于夷狄!请以为赠。

上海古籍出版社1993年版《嘉祐集笺注》卷十四

〔1〕石昌言(995—1057),名扬休,昌言为其字。年十八应进士举,四十三岁方才进士及第,累官至刑部员外郎、知制诰,出使契丹,感疾,嘉祐二年(1057)卒,年六十三。参见范镇《石工部扬休墓志铭》(《全宋文》卷八百七十二)。引:一种文体,唐以后兴起,大略如序而稍短。嘉祐元年(1056),石昌言为契丹国母生辰使,苏洵作此文送行。杨鼎对此文评价较为详细,曰:"此作叙与昌言相遇始末,而离合悲欢具见。末述彭任之言,似说开去,乃是欲教昌言。其曰虏无能为,又见其自负不小。立意既高,文字复诘屈顿挫而苍古,真巨手也。"(《三苏文范》)

〔2〕先府君:子孙对其先世的敬称,这里指苏洵的父亲苏序。

〔3〕啖:给吃。

〔4〕狎:亲近、亲密。《礼记·曲礼上》"贤者狎而敬之"注云:"狎,习也,近也。"

〔5〕及第第四人:意为以第四名及第。

〔6〕守:官吏试职。守官即做官。

〔7〕摧折:挫折、打击,意为强自克制。

〔8〕劳苦:慰劳。

〔9〕两制:时石昌言以刑部员外郎、知制诰为契丹国母生辰使。参见《续资治通鉴长编》卷一百八十三。两制,参见《上韩舍人书》注〔4〕。

〔10〕旆:旗子。于车上建旆,用以表示身份,是先秦以来的制度。

〔11〕折冲:本义为使敌人的战车后退。后来也借指外交谈判。冲,一种战车。

〔12〕"往年彭任"句:彭任,字有道,四川人。富公,即富弼。据《宋史·仁宗纪》,庆历二年(1042),富弼以知制诰使契丹,彭任当为随员之一。

〔13〕介马:披甲战马,这里指重装骑兵。介,披甲。

〔14〕怛(dá 达)然:惊惧貌。《列子·黄帝》:"我内藏猜虑,外矜观听,追幸昔日之不焦溺也,怛然内热,惕然震悸矣。"

〔15〕心掉:内心慌张害怕。掉,摇动。

〔16〕"昔者奉春君"三句:奉春君,即刘敬,本名娄敬,因功赐姓刘。冒顿,秦末汉初的匈奴单于,公元前206年杀其父头曼自立。据《史记·刘敬叔孙通列传》,汉七年,韩王信反,高祖(刘邦)率兵击之。至晋阳,闻信与匈奴暗中勾结,高帝派人出使匈奴,以探虚实。匈奴匿其壮士牛马,汉使者但见老弱及羸畜。刘邦又使刘敬复往,还报认为匈奴必有诡计。高祖不听,至平城,匈奴果出奇兵,围高祖于白登。

283

〔17〕"孟子曰"三句:语见《孟子·尽心下》,原文为:"说大人,则藐之。勿视其巍巍然。"藐,轻视。

苏　轼

苏轼(1037—1101),字子瞻,号东坡居士,眉州眉山(今四川眉州)人。嘉祐二年(1057)中进士试,嘉祐五年又应制举,入第三等,授凤翔签判,踏入仕途。王安石变法时,苏轼与其政见不合,离开中央政府,任权开封府推官、杭州通判,历知密、徐、湖三州,因作诗讽刺新法,被逮入狱,史称"乌台诗案",出狱后,贬黄州团练副使。旧党执政,他还京任起居舍人、中书舍人,历知杭、颍、扬三州。元祐七年,任礼部尚书兼侍读学士,八年,又请外任,知定州。绍圣中,新党重新掌权,苏轼累贬至英州、惠州、儋州安置。徽宗立,遇大赦,提举玉局观,复朝奉郎,太平靖国元年(1101)在由海南北返的途中,病逝于常州。苏轼的政治活动主要集中在神宗、哲宗时期。对当时因变法而引起的种种矛盾,苏轼有着自己独立的看法,因此既不为新党所容,也不为旧党所喜,一生多次被贬谪,历尽坎坷,却始终保持达观乐天的生活态度。苏轼是北宋一流的文学家,他诗、词、文兼擅,在四十余年的创作生涯中,留下了卷帙繁富的文学作品。他的散文雄健奔放、挥洒自如,"如行云流水"(《答谢民师推官书》),达到宋文的最高境界。有《苏文忠公全集》七十五卷。《宋史》卷三百三十八有传。

倡勇敢[1]

其三曰倡勇敢。臣闻战以勇为主,以气为决[2]。天子无皆勇之将,而将军无皆勇之士,是故致勇有术[3]。致勇莫先乎倡[4],倡莫善乎私[5]。此二者,兵之微权[6],英雄豪杰之士,所以阴用而不言于人[7],而人亦莫之识也。

臣请得以备言之。夫倡者,何也?气之先也。有人人之勇怯,有三军之勇怯。人人而较之,则勇怯之相去,若莛与楹[8]。至于三军之勇怯,则一也[9]。出于反覆之间,而差于毫厘之际,故其权在将与君。人固有暴猛兽而不操兵[10],出入于白刃之中而色不变者。有见虺蜴而却走[11],闻钟鼓之声而战栗者。是勇怯之不齐至于如此。然间阎之小民,争斗戏笑[12],卒然之间,而或至于杀人[13]。当其发也,其心翻然[14],其色勃然[15],若不可以已者[16],虽天下之勇夫,无以过之,及其退而思其身,顾其妻子[17],未始不恻然悔也[18]。此非必勇者也,气之所乘,则夺其性而忘其故[19]。故古之善用兵者,用其翻然勃然于未悔之间。而其不善者,沮其翻然勃然之心,而开其自悔之意,则是不战而先自败也。故曰致勇有术。

致勇莫先乎倡。均是人也,皆食其食,皆任其事[20],天下有急,而有一人焉奋而争先而致其死,则翻然者众矣。弓矢相及,剑楯相搏[21],胜负之势,未有所决,而三军之士,属目于一夫之先登,则勃然者相继矣。天下之大可以名劫也[22],三军之众,可以气使也。谚曰:"一人善射,百夫决拾。"[23]苟有以发之,及其翻然勃然之间而用其锋,是之谓倡。

倡莫善乎私。天下之人，怯者居其百，勇者居其一，是勇者难得也。捐其妻子，弃其身以蹈白刃，是勇者难能也。以难得之人，行难能之事，此必有难报之恩者矣。天子必有所私之将，将军必有所私之士，视其勇者而阴厚之[24]。人之有异材者，虽未有功，而其心莫不自异。自异而上不异之，则缓急不可以望其为倡[25]，故凡缓急而肯为倡者，必其上之所异也。昔汉武帝欲观兵于四夷[26]，以逞其无厌之求，不爱通侯之赏[27]，以招勇士，风告天下，以求奋击之人，然卒无有应者。于是严刑峻法致之死地，而听其以深入赎罪[28]，使勉强不得已之人，驰骤于万死之地，是故其将降，而兵破败，而天下几至于不测。何者？先无所异之人，而望其为倡，不已难乎！

私者，天下之所恶也。然而为己而私之，则私不可用；为其贤于人而私之[29]，则非私无以济。盖有无功而可赏，有罪而可赦者，凡所以愧其心而责其为倡也[30]。天下之祸，莫大于上作而下不应[31]。上作而下不应，则上亦将穷而自止[32]。方西戎之叛也[33]，天子非不欲赫然诛之，而将帅之臣，谨守封略[34]，收视内顾，莫有一人先奋而致命，而士卒亦循循焉莫肯尽力，不得已而出，争先而归，故西戎得以肆其猖狂，而吾无以应，则其势不得不重赂而求和。其患起于天子无同忧患之臣，而将军无心腹之士。西师之休，十有余年矣[35]，用法益密[36]，而进人益艰。贤者不见异，勇者不见私，天下务为奉法循令[37]，要以如式而止，臣不知其缓急将谁为之倡哉!

明成化本《苏文忠公全集·东坡应诏集》卷五

〔1〕嘉祐六年(1061)苏轼参加制科考试,事先向朝廷进呈了策文二十五篇,分略、别、断三个部分。他在《策总叙》当中认为自汉以来,世之儒者,所言泛滥于辞章,而不适于用,自己所作策文,都是深思熟虑,惟意尽而不在意辞章。本文是《策别》的第十七篇。题目为选者所加。这篇文章的主要内容是如何提高作战的勇气,进而提高战斗力,他提出的方法有二:一是倡导、鼓励战士的勇气,二是平时厚待少量勇士,使其在关键时刻奋勇争先,为国尽忠。文章还指出现在朝廷上下这两点做得都不够好,所以军力衰弱,无法克敌制胜。这是针对西夏叛乱十余年未能平定的现状而言的,有较强的现实针对性。

〔2〕决:决有,"决定"义,以气为决,谓"气是决定性因素"。

〔3〕致:达到。

〔4〕倡:先导。

〔5〕私:偏爱,这里指对异能之士给予非常待遇。

〔6〕微:微妙、精妙。权:计谋、诡变。

〔7〕阴:隐蔽、私下。

〔8〕若莛与楹:莛,原文作"梃",据《全宋文》改。莛,小草棒。楹,厅堂的前柱。此指悬殊极大。《庄子·齐物论》:"是举莛与楹,厉与西施,恢恑憰怪,道通为一。"

〔9〕"至于三军之勇怯"二句:这是说当一支军队充满勇气时,胆怯的士兵也会作出勇敢的举动,反之,勇敢的士兵也会害怕。一,一致。士兵们的行为是一致的。

〔10〕暴:徒手搏击。兵:兵器。

〔11〕虺蜴:毒蛇和蜥蜴。却走:倒退。

〔12〕闾阎:泛指民间。《汉书》颜师古注:"闾,里门也。阎,里中门。"

〔13〕卒:通"猝"。

〔14〕翻然:改变貌,这里指突然改变。

〔15〕勃然:发怒变色。

〔16〕已:停止。

〔17〕顾:眷念。

〔18〕恻然:悲痛。

〔19〕故:原因。

〔20〕任:承担。

〔21〕楯:通"盾"。古代兵器,盾牌。

〔22〕劫:强迫、控制。

〔23〕"一人善射"二句:语见《国语·吴语》,韦昭注云:"决,钩弦。拾,捍。言申胥、华登善用兵,众必化之,犹一人善射,百夫竞著决拾而效之。"决,扳指,套在大拇指用以钩弦。拾,臂衣,著于左臂,用以护臂。

〔24〕厚:丰厚,指给予非常的待遇。

〔25〕缓急:偏义复词,危急之事。"缓"字无实义。

〔26〕观兵:检阅军队,示人以兵威。四夷:周边少数民族。

〔27〕通侯:爵位名称。《汉书·百官公卿表上》:"爵:一级曰公士,……二十彻侯。……彻侯金印紫绶,避武帝讳,曰通侯,或曰列侯"。颜师古注:"言其爵位上通于天子。"

〔28〕深入:进入敌境腹地。

〔29〕"为其贤于人而私之"句:意谓因为他们有胜过别人的地方,因而偏爱他们。为,因为。贤,胜于。

〔30〕愧其心:使其感到惭愧。

〔31〕作:兴起、有作为。

〔32〕穷:困境。

〔33〕西戎:这里指西夏。仁宗宝元元年(1038)西夏王元昊称帝,宋廷下诏征讨,从此争战不休。至庆历四年(1044)宋、夏达成议和,夏称臣,宋岁赐银、绢、茶等物二十五万五千。

〔34〕封略:封疆。略,界。《左传·昭公七年》:"封略之内,何非君土?"

〔35〕十有余年:宋、夏议和休兵在庆历四年(1044),本文作于嘉祐六年(1061),其间为十七年,故云。

〔36〕旧法益密:这里指选用人才和官员升迁的各种规定。宋代官员选举和升迁有着一套复杂的考核制度,而关键在于年资。作者认为这种做法不利于特异之才的发现和任用。法,规则和制度。

〔37〕循:依照。

超然台记[1]

凡物皆有可观。苟有可观,皆有可乐,非必怪奇玮丽者也。餔糟啜醨[2],皆可以醉,果蔬草木,皆可以饱。推此类也,吾安往而不乐[3]!

夫所为求福而辞祸者,以福可喜而祸可悲也。人之所欲无穷,而物之可以足吾欲者有尽。美恶之辨战乎中,而去取之择交乎前,则可乐者常少,而可悲者常多,是谓求祸而辞福。夫求祸而辞福,岂人之情也哉?物有以盖之矣[4]。彼游于物之内[5],而不游于物之外;物非有大小也,自其内而观之,未有不高且大者也。彼挟其高大以临我,则我常眩乱反复[6],如隙中之观斗[7],又乌知胜负之所在?是以美恶横生,而忧乐出焉[8],可不大哀乎!

　　余自钱塘移守胶西[9],释舟楫之安[10],而服车马之劳[11];去雕墙之美,而庇采椽之居[12];背湖山之观,而行桑麻之野。始至之日,岁比不登[13],盗贼满野,狱讼充斥,而斋厨索然,日食杞菊[14],人固疑余之不乐也。处之期年[15],而貌加丰,发之白者,日以反黑。余既乐其风俗之淳,而其吏民亦安予之拙也。于是治其园圃,洁其庭宇,伐安丘、高密之木[16],以修补破败,为苟完之计。而园之北,因城以为台者旧矣,稍葺而新之[17]。时相与登览,放意肆志焉。南望马耳、常山[18],出没隐见,若近若远,庶几有隐君子乎?而其东则卢山[19],秦人卢敖之所从遁也[20]。西望穆陵[21],隐然如城郭,师尚父、齐桓公之遗烈[22],犹有存者。北俯潍水[23],慨然太息,思淮阴之功,而吊其不终[24]。台高而安,深而明,夏凉而冬温。雨雪之朝,风月之夕,余未尝不在,客未尝不从。撷园蔬[25],取池鱼,酿秫酒[26],瀹脱粟而食之[27],曰:乐哉游乎!

　　方是时,余弟子由适在济南[28],闻而赋之,且名其台曰"超然"。以见余之无所往而不乐者,盖游于物之外也。

明成化本《苏文忠公文集·东坡集》卷三十二

〔1〕苏轼于宋神宗熙宁七年(1075)秋,自杭州通判移知密州,本篇云"处之期年",则当作于熙宁八年(1076)。超然台:故址在山东诸城北。此时的苏轼因为反对新法而离开朝廷,他在文中一方面表示要以一

种超然的态度来对待现实生活中的福祸变化,另一方面又表彰吕尚(姜子牙)、齐桓公、韩信的功业,说明作者是颇有用世之心的。

〔2〕餔糟啜醨:餔,食。啜,饮。糟,酒糟。醨,薄酒。原本作"漓",据《全宋文》改。

〔3〕安往:到何处。

〔4〕盖:蒙蔽。

〔5〕游:游心、涉想。

〔6〕眩乱反复:两眼昏花,心中不宁。

〔7〕隙中观斗:通过一条裂缝观看斗争,与"坐井观天"意近,指以偏概全。隙,裂缝。

〔8〕"是以"二句:意谓美恶交错而生,忧乐夹杂并出。是以,因此。

〔9〕"余自钱塘"句:钱塘,今浙江杭州。胶西,郡国名,汉文帝十六年置,辖境相当于今山东高密县地,这里指密州。

〔10〕释:放弃。

〔11〕服:从事于。

〔12〕庇采椽(chuán 船)之居:住在简陋的房屋中。庇,遮盖。采椽,以柞木做椽,不加削斫,言其简朴。采,柞木。

〔13〕比岁不登:连着收成不好。比,频。登,收成。

〔14〕杞菊:枸杞和菊花。苏轼《后杞菊赋序》:"及移守胶西,意且一饱,而斋厨索然,不堪其忧,日与通守刘君廷式循古城废圃求杞菊食之。"

〔15〕期年:满一年。

〔16〕安丘:县名,在今山东安丘市(县级市,属潍坊市)。高密:县名,在今山东高密市,属潍坊。

〔17〕葺:修整。

〔18〕马耳、常山:山名,皆在密州南。

〔19〕卢山:山名,在诸城市南。

〔20〕卢敖:《淮南子·道应训》:"卢敖游乎北海。"许慎注云:"卢敖,燕人,秦始皇召以为博士,使求神仙,亡而不返也。"

〔21〕穆陵:关隘名。在今山东潍坊市临朐县东南大岘山上,地势险峻。

〔22〕师尚父:吕尚,辅佐武王灭商,尊称为"师尚父",封于齐。齐桓公:即公子小白,春秋五霸之首。

〔23〕潍水:即潍河。源出山东五莲县箕屋山,东北流经诸城,又北流汇汶水,过昌邑入海。

〔24〕"思淮阴之功"二句:淮阴,即韩信,封淮阴侯。据《史记·淮阴侯列传》,韩信率军伐齐,楚派大军救援,两军隔潍水对峙,最终韩信取胜。后来韩信被吕后以谋反的罪名诛杀,不得善终。

〔25〕撷:采摘。

〔26〕秫:高粱中黏者为秫。又,其它谷物中稍黏者亦常称秫。

〔27〕瀹脱粟:瀹,以汤煮物。脱粟,糙米。

〔28〕"余弟子由"句:时苏辙(字子由)任齐州掌书记。济南,即齐州,治所在历城。

潮州韩文公庙碑[1]

匹夫而为百世师,一言而为天下法[2],是皆有以参天地之化[3],关盛衰之运,其生也有自来,其逝也有所为矣。故申、吕自岳降[4],而傅说为列星[5],古今所传,不可诬也。孟子曰:"吾善养吾浩然之气。"[6]是气也,寓于寻常之中,而塞乎天地之间。卒然遇之[7],则王公失其贵,晋、楚失其富[8],良、平失其智[9],贲、育失其勇[10],仪、秦失其辩[11]。是孰使之然哉?其必有不依形而立,不恃力而行,不待生而存,不随死而亡者矣。故在天为星辰,在地为河岳,幽则为鬼神[12],而明则复为人[13]。此理之常,无足怪者。

自东汉以来,道丧文弊,异端并起[14]。历唐贞观、开元之盛[15],辅以房、杜、姚、宋而不能救[16]。独韩文公起布衣,谈笑而麾之[17],天下靡然从公[18],复归于正,盖三百年于此矣。文起八代之衰[19],而道济天下之溺,忠犯人主之怒[20],而勇夺三军之帅[21],岂非参天地,关盛衰,浩然而独存者乎?盖尝论天人之辨,以谓人无所不至,惟天不容伪。智可以欺王公,不可以欺豚鱼[22];力可以得天下,不可以得匹夫匹妇之心。故公之精诚,能开衡山之云[23],而不能回宪宗之惑[24];能驯鳄鱼之暴[25],而不能弭皇甫镈、李逢吉之谤[26];能信于南海之民,庙食百世[27],而不能使其身一日安于朝廷之上。盖公之所能者,天也;所不能者,人也。

始,潮人未知学,公命进士赵德为之师[28]。自是潮之士,皆笃于文行,延及齐民[29],至于今,号称易治。信乎孔子之言:"君子学道则爱人,而小人学道则易使也。"[30]潮人之事公也,饮食必祭,水旱疾疫,凡有求必祷焉。而庙在刺史公堂之后,民以出入为艰。前守欲请诸朝作新庙,不果。元祐五年[31],朝散郎王君涤来守是邦[32],凡所以养士治民者,一以公为师。民既悦服,则出令曰:"愿新公庙者听[33]。"民欢趋之,卜地于州城之南七里,期年而庙成[34]。

或曰:"公去国万里,而谪于潮,不能一岁而归[35],没而有知,其不眷恋于潮,审矣。"轼曰:"不然!公之神在天下者,如水之在地中,无所往而不在也。而潮人独信之深,思之至,焄蒿凄怆[36],若或见之。譬如凿井得泉,而曰水专在是,岂理也哉?"元丰七年[37],诏封公昌黎伯,故榜曰昌黎伯韩文公之庙。潮人请书其事于石,因作诗以遗之[38],使歌以祀公。其辞曰:

公昔骑龙白云乡,手抉云汉分天章[39],天孙为织云锦裳[40]。飘然乘风来帝旁,下与浊世扫秕糠[41],西游咸池略扶桑[42]。草木衣被昭回光[43],追逐李、杜参翱翔[44],汗流籍、湜走且僵[45]。灭没倒景不可望[46],作书诋佛讥君王,要观南海窥衡、湘。历舜九疑吊英、皇[47],祝融先驱海若藏,约束蛟鳄如驱羊[48]。钧天无人帝悲伤[49],讴吟下招遣巫阳[50],犦牲鸡卜羞我觞[51]。於粲荔丹与蕉黄[52],公不少留我涕滂,翩然被发下大荒[53]。

明成化本《苏文忠公全集·东坡后集》卷十五

[1] 此文是元祐七年(1092),苏轼应潮州知州王涤之请而写的。韩文公,即韩愈,"文"是他的谥号。潮州,今广东潮州市。唐宪宗时,韩愈因谏迎佛骨,被贬于此地。这篇文章对韩愈的评价高屋建瓴,核心在于一个"气"字,这既是对韩愈的精到评价,也是宋代知识分子精神高扬的写照。

[2] "匹夫而为百世师"二句:匹夫,平民百姓。百世师,可为百代

295

师表的人。《孟子·尽心下》:"圣人,百世之师也。"法,仿效的标准、原则。

〔3〕参天地之化:《中庸》:"可以赞天地之化育,则可以与天地参矣。"朱熹注:"赞,犹助也。与天地参,谓与天地并立为三也。"

〔4〕申、吕自岳降:申、吕,申伯、吕侯(一作甫侯)。自岳降,《诗经·崧高》:"维岳降神,生甫及申。"朱熹注:"甫,甫侯也。即穆王时作《吕刑》者。……申,申伯也。皆姜姓之国也。……言岳山高大,而降其神灵和气,以生甫侯、申伯。"此句以申、吕为例,说明"生也有自来"。

〔5〕傅说(yuè月):殷相,辅佐武丁成就殷商之中兴。《庄子·大宗师》:"傅说……乘东维,骑箕尾,而比于列星。"言傅说死后,其精神跨于箕、尾二宿之间,为傅说星。这里是承上说明"其逝也有为"。

〔6〕我善养吾浩然之气:语见《孟子·公孙丑上》。

〔7〕卒:见《倡勇敢》注〔13〕。

〔8〕晋、楚:春秋战国时的两个大国。《孟子·公孙丑下》:"曾子曰:'晋、楚之富,不可及也。'"

〔9〕良、平:张良和陈平,辅佐刘邦的谋臣,两人都以智谋见长。《史记·留侯世家》引刘邦语,云"夫运筹策帷幄之中,决胜千里外,吾不如子房(按:张良字子房)"。

〔10〕贲(bēn奔)、育:孟贲、夏育。《史记·袁盎晁错列传》:"虽贲、育之勇,不及陛下。"裴骃集解引孟康云:"孟贲、夏育,皆古勇者也。"

〔11〕仪、秦:张仪、苏秦,战国时的纵横家,以善辩著称。

〔12〕幽:幽冥之处。指在阴间。

〔13〕明:人世间。

〔14〕"道丧文弊"二句:道,儒家之道。文,文章创作。异端,这里指佛、老。韩愈《原道》:"周道衰,孔子没,火于秦,黄老于汉,佛于晋、魏、梁、隋之间……噫!后之人其欲闻仁义道德之说,孰从而听之?"

〔15〕贞元、开元:贞观,唐太宗年号(627—649)。开元,唐玄宗年号(713—741),是唐代的升平盛世。

〔16〕房、杜:房玄龄和杜如晦,是太宗朝的名相,所谓"贞观之治"的功臣。姚、宋:姚崇和宋璟,在玄宗朝先后为相,是"开元之治"的功臣。

〔17〕麾:通"挥",招手、指挥。

〔18〕靡然:倒下的样子,此指纷然顺从。

〔19〕八代:指东汉、魏、晋、宋、齐、梁、陈、隋。

〔20〕忠犯人主之怒:指韩愈谏宪宗奉迎佛骨事。《新唐书·韩愈传》:"帝曰:'愈言我奉佛太过,犹可容。至谓东汉奉佛以后,天子咸夭促,言何乖刺耶!愈,人臣,狂妄敢尔,固不可赦!'于是中外骇惧,虽戚里诸贵亦为愈言,乃贬潮州刺史。"

〔21〕勇夺三军之帅:指韩愈宣抚镇州兵变之事。唐穆宗时,镇州兵变,镇将王廷凑杀主帅田弘正自立,且进围深州,韩愈奉命前往宣谕,折之以大义,使叛军归顺。

〔22〕豚、鱼:泛指小动物。《易·中孚》:"豚、鱼吉,信及于豚鱼也。"孔颖达正义云:"释所以得吉,由信及豚鱼故也。"诚信者,连小动物也不欺骗。

〔23〕"故公之精诚"二句:韩愈有《谒衡岳庙遂宿岳寺题门楼》诗,云:"我来正逢秋雨节,阴气晦昧无清风。潜心默祷若有应,岂非正直能感通。须臾静扫众峰出,仰见突兀撑青空。"

〔24〕回宪宗之惑:回,劝回。惑,迷惑。这里指宪宗信佛。

〔25〕驯鳄鱼之暴:韩愈初到潮州时,溪中鳄鱼为患,于是作《祭鳄鱼文》,令鳄鱼迁走,当夜暴风雷电起溪中,数日而溪水涸,西徙六十里,自此潮州无鳄鱼之患。见《新唐书·韩愈传》。

〔26〕"而不能弭"二句:弭(mǐ米),停止。皇甫镈(bó搏),宪宗时

宰相。韩愈贬潮州后,上表给皇帝,宪宗看了后很感动,想将其召回,为皇甫镈所阻拦。李逢吉,唐穆宗时宰相。他故意制造韩愈和李绅之间的矛盾,然后以此为借口,对他们进行打击。见《新唐书·韩愈传》。

〔27〕庙食:死后得立庙,享受祭祀。

〔28〕赵德:中唐人,与韩愈同时,号天水先生,通经能文。韩愈有《潮州请置乡校牒》一文推荐他,云:"赵德秀才,沉雅专静,颇通经,有文章,能知先王之道,论说且排异端,而宗孔氏,可以为师矣。"

〔29〕齐民:平民。《管子·君臣下》:"齐民食于力,则作本。"

〔30〕"君子学道则爱人"二句:语见《论语·阳货》。使,驱使。

〔31〕元祐五年:1090年。

〔32〕朝散郎:阶官名,用以表示品位、俸禄等级。王涤:宋人,据《广东通志》卷二百三十八:"王涤,字长源,莱州人。元祐五年知潮州。"

〔33〕新:这里用做动词,重建的意思。

〔34〕期年:一年。

〔35〕不能一岁:不满一年。韩愈于元和十四年(819)正月贬潮州,同年十月改任袁州刺史,在潮州仅七月。

〔36〕焄(xūn 勋)蒿:香气散发。这里指祭祀。焄,同"薰",香气。蒿,香气蒸腾的样子。

〔37〕元丰七年:1084年。

〔38〕遗:送。

〔39〕"手抉云汉"句:抉,挑出。云汉,银河。天章,天上的文彩,即彩云。

〔40〕天孙:即织女,传说是天帝的孙子。

〔41〕秕糠:这里指异端。

〔42〕"西游咸池"句:咸池,神话中太阳沐浴之处。扶桑,神木名,传说太阳出其下。屈原《离骚》:"饮余马于咸池兮,总余辔乎扶桑。"这

里借用,是说韩愈东西奔忙。

〔43〕草木衣被昭回光:衣被,加惠。昭回光,普照的光辉。这里指韩愈道德文章成就的光芒,泽及草木。

〔44〕李、杜:李白和杜甫。韩愈有《调张籍》诗,云:"李、杜文章在,光焰万丈长。……我愿生两翅,捕逐出八荒。"

〔45〕"汗流籍、湜"句:这里说张籍和皇甫湜等人在韩愈后面追赶,奔跑流汗,没法赶上,指他们的成就没法和韩愈相比。籍、湜,张籍和皇甫湜(shí 时)。走,奔跑。僵,倒下。

〔46〕倒影:指张籍、皇甫湜等人。他们像易灭的倒影一样容易消失,无法企望韩愈的成就。

〔47〕"作书"三句:指韩愈因谏佛骨而被贬潮州。得以饱览衡山、湘水之景色,经过舜所葬之九疑山,凭吊死于沅、湘之间的娥皇、女英二妃。

〔48〕"祝融"二句:祝融,南方天神。海若,海神。先驱,提前逃走。"约束"句,指驱逐鳄鱼像赶走羊羔一样。

〔49〕钧天:天之中央。《吕氏春秋·有始》:"中央曰钧天。"

〔50〕巫阳:传说中的人名。《楚辞·招魂》:"帝告巫阳曰:'有人在下,吾欲辅之。魂魄离散,汝筮予之。'"

〔51〕"犦牲"句:犦(bó 勃)牲,以犦牛作为祭品。犦牛,牛名,《释文》:"即今之肿领牛。"鸡卜,古代占卜之法。羞,进献。

〔52〕"於粲"句:韩愈《柳州罗池庙碑》:"荔子丹兮蕉黄,杂肴蔬兮进侯堂。"这句和上句是描写祭奠时的场面。於粲:对鲜明美好的赞美。

〔53〕翩然被发下大荒:韩愈《杂诗》:"翩然下大荒,被发骑麒麟。"大荒,《山海经·大荒西经》:"大荒之中,有山名大荒之山,日月之所出。"这一句写韩愈的灵魂离开人间到了天上。

赤壁赋[1]

壬戌之秋[2],七月既望[3],苏子与客泛舟游于赤壁之下[4]。清风徐来,水波不兴[5],举酒属客,诵《明月》之诗,歌窈窕之章[6]。少焉,月出于东山之上,徘徊于斗牛之间[7]。白露横江,水光接天。纵一苇之所如[8],凌万顷之茫然。浩浩乎如冯虚御风,而不知其所止;飘飘乎如遗世独立,羽化而登仙[9]。

于是饮酒乐甚,扣舷而歌之。歌曰:"桂棹兮兰桨[10],击空明兮溯流光[11]。渺渺兮予怀[12],望美人兮天一方[13]。"客有吹洞箫者,倚歌而和之。其声呜呜然,如怨如慕,如泣如诉,余音袅袅,不绝如缕。舞幽壑之潜蛟[14],泣孤舟之嫠妇[15]。

苏子愀然[16],正襟危坐,而问客曰[17]:"何为其然也?"客曰:"'月明星稀,乌鹊南飞。'[18]此非曹孟德之诗乎?西望夏口[19],东望武昌[20],山川相缪[21],郁乎苍苍,此非孟德之困于周郎者乎[22]?方其破荆州,下江陵,顺流而东也[23],舳舻千里[24],旌旗蔽空,酾酒临江[25],横槊赋诗[26],固一世之雄也,而今安在哉?况吾与子渔樵于江渚之上,侣鱼虾而友麋鹿[27]。驾一叶之扁舟,举匏尊以相属[28]。寄蜉蝣于天地[29],渺沧海之一粟[30],哀吾生之须臾[31],羡长江之无穷。挟飞仙以遨游,抱明月而长终。知不可乎骤得,托遗响于悲风。"

苏子曰:"客亦知夫水与月乎?逝者如斯,而未尝往也[32]。盈虚者如彼,而卒莫消长也[33]。盖将自其变者而观之,则天地曾不能以一瞬[34];自其不变者而观之,则物与我皆无尽也[35],而又何羡乎?且夫天地之间,物各有主。苟非吾之所有,虽一毫而莫取。惟江上之清风,与山间之明月,耳得之而为声,目遇之而成色,取之无禁,用之不竭。是造物者之无尽藏也[36],而吾与子之所共适[37]。"

客喜而笑,洗盏更酌。肴核既尽[38],杯盘狼籍[39]。相与枕藉乎舟中[40],不知东方之既白。

明成化本《苏文忠公全集·东坡集》卷十九

[1] 本文作于元丰五年(1082)。苏轼《与范子丰》:"黄州少西,山麓斗入江中,石室如舟。传云:'曹公败所,所谓赤壁者也。'或曰:'非也。'……今日李委秀才来相别,因以小舟载酒饮赤壁下。李善吹笛,酒酣作数弄,风起水涌,大鱼皆出,上有栖鹘,坐念孟德、公瑾如昨日耳。"苏轼于元丰三年(1080)因反对新法,被贬为黄州团练副使,到此时已经两年了。在这两年里,不免有痛苦和失落,但是正如月亮有阴晴圆缺一样,人生也不免希望和失望交替,这正是人生的常态。这样看来,痛苦和失望,又不过是人生中的一个小插曲而已。苏轼以自己对人生的达观认识,消解、超脱了这种痛苦,在苦难中坚毅而从容的行走着,这篇文章就反映了他超脱、从容的人生态度。

[2] 壬戌:宋神宗元丰五年(1082)。

[3] 既望:阴历的每月十六日。

[4] 赤壁:长江、汉水流域共有五处叫赤壁的地方。赤壁之战的旧

址,在湖北嘉鱼县境。此处指湖北黄冈之赤鼻矶,又名赤壁山。

〔5〕兴:起来。

〔6〕《明月》之诗:指《诗经·陈风·月出》篇。窈窕之章:是《月出》篇的第一章,中有"月出皎兮,佼人僚兮,舒窈纠兮"之句。窈窕,即窈纠。

〔7〕斗牛:星宿(xiù 秀)名,指斗宿和牛宿。

〔8〕一苇:《诗经·卫风·河广》有"谁谓河广,一苇杭之"的句子。这里指小船。如:往、到。

〔9〕羽化:指飞升成仙。

〔10〕棹、桨:都是划船的工具。

〔11〕空明:江水清澈,在月光照射下,可以见底。流光:月光在江水上浮动,波光粼粼。

〔12〕渺渺:深远。

〔13〕美人:在古代,一般代指贤能之人,或指所怀念之人。

〔14〕舞:飞舞,这里是使动用法,意谓使潜蛟飞舞。

〔15〕泣孤舟之嫠(lí 梨)妇:泣,哭泣,也是使动用法。嫠妇,寡妇。

〔16〕愀:忧伤。

〔17〕正襟危坐:整理好衣服,端正的坐着。

〔18〕"月明星稀"二句:见曹操《短歌行》。

〔19〕夏口:地名,为孙吴所建,故址在武汉市黄鹄山上。

〔20〕武昌:今鄂州。

〔21〕缪(miù 谬):盘绕、连接。

〔22〕周郎:即周瑜。

〔23〕"方其破荆州"三句:方,当……的时候。建安十三年(208)曹操统军南征,攻取荆州,刘表之子刘琮投降,曹操进而占江陵,沿江东下。

〔24〕舳舻(zhú lú 逐庐)千里:语出《汉书·武帝纪》,颜师古注引

李斐曰:"舳,船后持柂处也。舻,船前头刺棹处也。言其船多,前后相衔,千里不绝也。"

〔25〕酾(shāi 筛)酒:犹斟酒。

〔26〕横槊:横着长矛。

〔27〕侣、友:都是名词活用为动词,意谓"和……作朋友"。

〔28〕匏尊:葫芦做的酒器。

〔29〕蜉蝣:虫名,体细狭,成虫长数分。寿命短者数时辰,长者不过六七日。意谓像蜉蝣一样短暂的寄生在世界中。这是写人生命之短暂。

〔30〕渺沧海之一粟:人意谓像大海中的一粒小米一样渺小。

〔31〕须臾:片刻。

〔32〕逝者如斯而未尝往也:大意谓江水虽然不停的流走,但却没有枯竭。斯,指江水。

〔33〕盈虚者如彼:大意谓月光虽然有圆缺变化,其本身到底没有一点增减。彼,指月亮。

〔34〕瞬:眨眼。

〔35〕无尽:没有穷尽。

〔36〕藏:宝藏。

〔37〕适:适意。

〔38〕肴核:菜肴和果品。

〔39〕狼籍:杂乱。

〔40〕相与枕藉:相互靠着。枕,枕头。藉,垫褥。

后赤壁赋[1]

是岁十月之望[2],步自雪堂[3],将归于临皋[4]。二客从予,过黄泥之坂[5]。霜露既降,木叶尽脱,人影在地,仰见明月。顾而乐之,行歌相答。

已而叹曰:"有客无酒,有酒无肴,月白风清,如此良夜何?"客曰:"今者薄暮,举网得鱼,巨口细鳞,状如松江之鲈[6]。顾安所得酒乎[7]?"归而谋诸妇。妇曰:"我有斗酒,藏之久矣。以待子不时之需[8]。"

于是携酒与鱼,复游于赤壁之下。江流有声,断岸千尺[9],山高月小,水落石出。曾日月之几何,而江山不可复识矣!予乃摄衣而上,履巉岩[10],披蒙茸[11],踞虎豹[12],登虬龙[13],攀栖鹘之危巢[14],俯冯夷之幽宫[15],盖二客不能从焉。划然长啸,草木震动,山鸣谷应,风起水涌。予亦悄然而悲,肃然而恐,凛乎其不可留也[16]。反而登舟,放乎中流[17],听其所止而休焉。时夜将半,四顾寂寥。适有孤鹤,横江东来。翅如车轮,玄裳缟衣[18],戛然长鸣,掠予舟而西也。

须臾客去,予亦就睡。梦一道士,羽衣蹁跹[19],过临皋之下,揖予而言曰[20]:"赤壁之游乐乎?"问其姓名,俯而不答。呜呼噫嘻!我知之矣。畴昔之夜[21],飞鸣而过我者,非子也耶?道士顾笑,予亦惊寤[22]。开户视之,不见其处。

明成化本《苏文忠公全集·东坡集》卷十九

[1] 元丰五年(1082)作,与《赤壁赋》同时而稍后。和《赤壁赋》一样,这篇文章也是记叙了一次赤壁之游,前人评此赋"尤精于体物"(虞集语,《三苏文范》引),写所游历之处环境险绝,客不能从,自己的内心

也受到极大震撼。不过,前赋借着和客子的对答,将自己的心迹表露得很清楚。而此文则更显得"空灵奇幻",不过在写景叙事之外,在那个神秘的梦境之中,作者之寓意还是可以体会的。其寓意主要是在恶劣的环境中,保持超然而平和的心态,能洒脱地面对自己的困境。《宋大家苏文忠公文抄》卷二十八:"借鹤与道士之梦,以发胸中旷达古今之思。"很好地把握了此文的宗旨。

〔2〕是岁:指元丰五年(1082)。

〔3〕雪堂:苏轼在黄州时所建,因为是在雪天落成,四壁又画有雪景,故名。

〔4〕临皋:在今黄冈南,濒临长江。元丰三年(1080)五月,苏轼自定惠院迁居于此。

〔5〕坂:斜坡。此处为从雪堂到临皋的必经之路。

〔6〕松江:即今吴淞江(流经江苏和上海)。《后汉书》李贤注引《神仙传》云:"松江出好鲈鱼,味异他处。"

〔7〕安所:从何处。

〔8〕不时之需:临时的需要。

〔9〕断岸:陡峭的江岸。

〔10〕履:践踏。巉岩:险峻的山岩。

〔11〕披:分开。蒙茸:草木繁盛的样子。

〔12〕虎豹:形容山石的形状。

〔13〕虬龙:形容古木的形状。

〔14〕鹘:一种猛禽。危巢:在高处的巢。

〔15〕冯夷:水神名。《庄子·大宗师》:"冯夷得之,以游大川。"《释文》引《清泠传》云:"华阴潼乡堤首人也。服八石,得水仙,是为河伯。"

〔16〕凛乎:恐惧的样子。

〔17〕放乎中流:将船放到江流中间。

305

〔18〕玄裳缟衣:衣、裳,古时上曰衣,下曰裳。缟,白色的丝织品。

〔19〕蹁跹(pián xiān 骈仙):飘逸飞翔的样子。

〔20〕揖予:对我拱手施礼。

〔21〕畴昔:从前。畴,语助词,无意义。

〔22〕寤:醒来。

答李廌书[1]

轼顿首先辈李君足下[2]:别后递中得二书[3],皆未果答。专人来,又辱长笺[4],且审比日孝履无恙[5],感慰深矣。惠示古赋近诗,词气卓越,意趣不凡,甚可喜也。但微伤冗[6],后当稍收敛之,今未可也。足下之文,正如川之方增,当极其所至,霜降水落,自见涯涘[7],然不可不知也。录示孙之翰《唐论》[8]。仆不识之翰,今见此书,凛然得其为人。至论褚遂良不潜刘洎[9],太子瑛之废缘张说[10],张巡之败缘房琯[11],李光弼不当图史思明[12],宣宗有小善而无人君大略[13],皆旧史所不及,议论英发,暗与人意合者甚多。又读欧阳文忠公志文、司马君实跋尾[14],益复慨然。然足下欲仆别书此文入石,以为之翰不朽之托,何也?之翰所立于世者,虽无欧阳公之文可也。而况欲托字画之工以求信于后世,不亦陋乎?足下相待甚厚,而见誉过当[15],非所以为厚也。近日士大夫皆有僭侈无涯之心[16],动辄欲人以周、孔誉己[17],自孟轲以下者[18],皆怃然不满也[19],此风殆不可长。又仆细思所以得患祸者,皆由名过其实,造物者所不能堪,与无功而受千钟者[20],其罪均也。深不愿人造作言语[21],务相粉饰,以益其疾。足下所与游者元聿[22],读其诗,知其为超然奇逸人也。缘足下以得元君,为赐大矣。《唐论》文字不少,过烦诸君写录,又以见足下所与游者,皆好学喜事,甚善!甚善!独所谓未得名世之士为志文则未葬者,恐于礼未安。司徒文子问于子思:"丧服既除然后葬,其服何服?"子思曰:"三年之丧,未葬,服不变,除何有焉?"[23]昔晋温峤以未葬不得调[24]。古之君子,有故不得已而未葬,则服不变,官不调。今足下未葬,岂有不得已之事乎?他日有名世者,既葬而表其墓,何患焉?辱见厚,不敢不尽。冬寒,惟节哀自重。

明成化本《苏文忠公全集·东坡集》卷三十

[1] 李廌(zhì 至):字方叔,苏门六君子之一。华阴人,年少力学,以学问称乡里。在这封书信中,苏轼先是对李廌的古赋诗词进行评价,既称赞其词气与意趣,又批评其伤于冗长。接着又评价了李廌过录的孙之翰《唐论》,认为《唐论》"议论英发",暗合人意,又说读了欧阳修的孙之翰墓志铭及司马光的跋文,又生感慨,增加了对孙之翰的了解。接着,苏轼婉拒了李廌请自己手书欧公孙之翰墓志铭以刻石的请求,认为孙公之名不待刻石而不朽。然后,苏轼批评了近世士大夫的"僭侈无涯"之心,表明了自己不愿"造作言语"的态度。据郎晔《经进东坡文集事略》卷四十六:"公(苏轼)有'近日士大夫'之说,殆为介甫(王安石)发也。"

[2] 轼顿首先辈李君足下:顿首,周礼九拜之一,头叩地而拜。后成

为书信开头或结尾的习惯用语。足下,古代下称上或同辈相称的敬词。

〔3〕递中:即递铺,递送公文书信或者货物的驿站。

〔4〕笺:指书信。

〔5〕比日孝履无恙:比,近来。孝履,李廌时正居丧,故云。无恙,问候用语,无疾无忧之意。

〔6〕冗:多余,这里指繁复。

〔7〕涯涘:边际、界限。

〔8〕孙之翰:孙甫(998—1057),字之翰,阳翟人,天圣八年(1030)进士。博闻强识,尤喜言唐事,详其君臣行事之迹。著有《唐史记》七十五卷,书未及成而卒,诏取其书藏秘阁,今不存。另有《唐史论断》,今存,即本文中所谓《唐论》。

〔9〕"至于褚遂良"句:刘洎之死,据《新唐书》刘洎本传,太宗征辽东,以刘洎辅佐太子监国,他勇于任事,说:"即大臣有罪,臣谨按法诛之",引起太宗不满。及太宗从辽东返回,不豫,刘洎前往探望,出来后对褚遂良说,圣体可虑。遂良本与刘洎有隙,遂诬陷刘洎有野心,欲行尹、霍事。太宗惑于其说,于是杀刘洎。然《唐论》则谓"遂良后谏废立皇后事,以忠直被谴,奸人从而潜构之",认为"诬奏"之说是"奸人"为了诋毁褚遂良而虚构的。

〔10〕太子瑛:即李瑛,开元三年(715)被立为皇太子。后为武惠妃及杨洄构陷,开元二十五年被杀。见《新唐书》本传。而《唐论》则云:"国有太子,而(张)说称忠王之美,又不赞定立子之计,使处置得所,终致明皇杀子之恶。(张)说无以逃其罪矣。"

〔11〕张巡:南阳人,开元末举进士。安禄山起兵,张巡与许远坚守睢阳数月,时贺兰进明拥兵不救,城破,张巡、许远皆为贼所杀。《唐论》则认为其时宰相房琯与贺兰进明有矛盾,用许叔冀分贺兰进明之权,故使进明负气不救睢阳。

〔12〕李光弼不当图史思明：史思明，突厥族，唐宁州人，与安禄山同里。安禄山反，史思明为前锋，攻陷长安。后杀安庆绪自立，后又为己子史朝义所杀。李光弼，契丹族，唐营州柳城人。天宝末为河东节度使，平定"安史之乱"，与郭子仪齐名。按《新唐书》，至德二载（757）安庆绪败走相州，史思明请降。肃宗以其为归义郡王、范阳长史、河北节度使，又虑其反复，于是以乌承恩为河北节度副大使，使图思明。事泄，承恩乃言为太尉李光弼之谋，肃宗不知。《唐论》因此认为李光弼举措失当，在时机未成熟的时候，贸然图之，逼反史思明。

〔13〕宣宗：名忱，宪宗第十二子，会昌六年（846）三月即位。《唐论》云："论曰：宣宗久居藩邸，颇知时事。故在位十三年，尚俭德以恤人隐，谨法令以肃臣下……诚好德之君也。然知人君之小节，而不知其大体。"所谓不知大体，按《唐论》所说，指其不能礼事懿安太后、不能任用李德裕等等。

〔14〕欧阳文忠公志文：指欧阳修《尚书刑部郎中充天章阁待制兼侍读赠右谏议大夫孙公墓志铭》，见《欧阳文忠集》卷三十三。司马君实跋尾：指司马光《书孙之翰志后》，其中谓："公（孙甫）名高于世，欧阳公以文雄天下，固不待光言而后人信之。然岁月益久，识公者益寡，窃惧后之人见欧阳公之文，以为如世俗之铭志，但饰虚美以取悦其子孙耳。故冒进越之罪，嗣书其末。譬犹捧土以培泰山，掬水以沃大河，彼岂赖此以为高深哉！"见《司马文正公传家集》卷七十三。

〔15〕见誉：被称誉。

〔16〕僭：越分，指超越身份。侈：大。

〔17〕周孔：周公和孔子。周公，即姬旦。辅佐武王灭商。后又辅佐成王。相传周代的礼乐制度都是他创制的。孔子，春秋时鲁国人，开私人讲学的风气，其学说成为后来封建社会的正统思想，其本人被后代统治者尊奉为至圣先师。

〔18〕孟轲:字子舆,战国邹人。继承孔子学说,提出"仁政"口号,认为人性本善。

〔19〕怃(wǔ 舞)然:惆怅、失意的样子。

〔20〕千钟:指俸禄。钟,古代容量单位。

〔21〕造作:创建、制造。

〔22〕元聿:生卒年不详。据黄庭坚《石门寺题名》、《与元聿圣庚书六》,李廌《鹰茸介堂元聿作诗某次韵》,可知元聿是韩城人,字圣庚,曾任赞府(县丞),能诗,与黄庭坚、李廌有交往。

〔23〕"司徒文子"句:见《孔丛子·抗志》:"(司徒)文子曰:'丧服既除,然后乃葬,则其服何服?'答曰:'三年之丧,未葬,服不变,除何有焉?'"

〔24〕温峤:字太真,晋太原祁县人。据《晋书》本传温峤"除散骑侍郎。初,峤欲将命,其母崔氏固止之,峤绝裾而去。其后母亡,峤阻乱,不获归葬,由是固让不拜,苦请北归。诏三司、八坐议其事,……峤不得已,乃受命"。

范增论[1]

汉用陈平计,间疏楚君臣[2]。项羽疑范增与汉有私,夺其权。增大怒曰:"天下事大定矣,君王自为之,愿赐骸骨归卒伍。"未至彭城,疽发背死[3]。

苏子曰:增之去善矣,不去,羽必杀增。独恨其不早耳,然则当以何事去?增劝羽杀沛公,羽不听,终以此失天下,当以是去耶?曰:否。增之欲杀沛公,人臣之分也。羽之不杀,犹有君人之度也。增曷为以此去哉?《易》曰:"知几其神乎!"[4]《诗》曰:"相彼雨雪,先集维霰。"[5]增之去,当于羽杀卿子冠军时也[6]。

陈涉之得民也,以项燕、扶苏[7]。项氏之兴也,以立楚怀王孙心[8]。而诸侯叛之也,以弑义帝[9]。且义帝之立,增为谋主矣。义帝之存亡,岂独为楚之盛衰,亦增之所与同祸福也,未有义帝亡而增独能久存者也。羽之杀卿子冠军也,是弑义帝之兆也。其弑义帝,则疑增之本也。岂必待陈平哉?物必先腐也,而后虫生之;人必先疑也,而后谗入之。陈平虽智,安能间无疑之主哉?

吾尝论之:义帝,贤主也。独遣沛公入关,而不遣项羽[10];识卿子冠军于稠人之中,而擢以为上将,不贤而能如是乎?羽既矫杀卿子冠军,义帝必不能堪。非羽弑帝,则帝杀羽,不待智者而后知也。增始劝项梁立义帝,诸侯以此服从,中道而弑之,非增之意也。夫岂独非其意,将必力争而不听也[11]。不用其言而杀其所立,羽之疑增,必自是始矣。

方羽杀卿子冠军,增与羽比肩而事义帝[12],君臣之分未定也。为增计者,力能诛羽则诛之,不能则去之,岂不毅然大丈夫也哉?增年已七十,合则留,不合则去。不以此时明去就之分,而欲依羽以成功,陋矣!虽然,增,高帝之所畏也[13],增不去,项羽不亡。呜呼!增亦人杰也哉!

明成化本《苏文忠公全集·东坡续集》卷八

〔1〕范增,秦末居鄛(今安徽巢湖)人,年七十,辅项羽霸诸侯,项羽尊称为"亚父"。后项羽中刘邦反间计,疑增有二心,增愤而离去,中途病死。本文孔凡礼点校本题作"论项羽范增",今据郎本改为本题。苏轼认为项羽早已和范增貌合神离,其关系的结束,不待陈平使用反间计。文章翻空出奇,伸缩自如,体现了苏轼早期文字好论辩古今的特色。

〔2〕陈平:阳武人,数次出奇计帮助刘邦。《史记·项羽本纪》:"(刘邦)乃用陈平计间项王。项王使者来,为太牢具,举欲进之。见使者,详惊愕曰:'吾以为亚父使者,乃反项王使者。'更持去,以恶食食项王使者。使者归报项王,项王乃疑范增与汉有私,稍夺之权。"

〔3〕疽:结成块状的毒疮。

〔4〕几:征兆。

〔5〕"《诗》曰"三句:语见《诗经·小雅·頍弁》:"如彼雨雪,先集维霰。"朱熹注:"霰,雪之始凝者也。将大雨雪,必先微温,雪自上下,遇温气抟,而谓之霰。久而寒胜,则大雪矣。言霰集则将雪之候。"

〔6〕"当于羽杀卿子冠军"句:卿子冠军即宋义。裴骃集解云:"卿子,时人相褒尊之辞,犹言公子也。上将,故言冠军。"《史记·项羽本纪》:"(楚王)召宋义与计事而大说之,因置以为上将军,项羽为鲁公,为次将,范增为末将,救赵。诸别将皆属宋义,号为卿子冠军。行至安阳,留四十六日不进。"这时,项羽请进兵,不许,于是即晨朝而杀之,自为上将军,领兵救赵。

〔7〕"陈涉之得民也"二句:项燕,楚国名将,后为秦将王翦所围,自杀。扶苏,始皇长子,有贤名,为赵高、李斯陷害,自尽。陈涉(陈胜)起义,即以项燕、扶苏为旗帜,事见《史记·陈涉世家》。

〔8〕"项氏之兴也"二句:《史记·项羽本纪》:"居鄛人范增,年七十,素居家,好奇计,往说项梁曰:'陈胜败固当。夫秦灭六国,楚最无罪。自怀王入秦不反,楚人怜之至今,故楚南公曰"楚虽三户,亡秦必楚"也。

312

今陈胜首事,不立楚后而自立,其势不长。今君起江东,楚蠭午之将皆争附君者,以君世世楚将,为能复立楚之后也。'于是项梁然其言,乃求楚怀王孙心民间,为人牧羊,立以为楚怀王,从民所望也。"

〔9〕弑义帝:灭秦之后,项羽自立为西楚霸王,怨恨当年义帝派遣刘邦而不是他西进,使他失去了先进入关中的机会,于是就表面上尊重义帝,而强迫其迁往长沙,并暗中派人将其杀死。见《史记·项羽本纪》。

〔10〕"独遣沛公"二句:据《史记·高祖本纪》,其时楚怀王(即义帝)与诸将约定,先入关者王关中。在分派任务的时候,考虑到项羽残暴,刘邦仁厚,为安定关中人民,故派刘邦向西方进攻。

〔11〕"夫岂独非其意"二句:项羽之杀义帝,范增是否力争,史无明文,这是苏轼的推测之辞。

〔12〕比肩:比喻声望、地位相等。

〔13〕高帝:即刘邦,死后庙号为高祖。

留侯论[1]

古之所谓豪杰之士者,必有过人之节[2]。人情有所不能忍者。匹夫见辱[3],拔剑而起,挺身而斗,此不足为勇也。天下有大勇者,卒然临之而不惊,无故加之而不怒[4],此其所挟持者甚大[5],而其志甚远也。

夫子房受书于圯上之老人也,其事甚怪[6]。然亦安知其非秦之世有隐君子者[7],出而试之?观其所以微见其意者,皆圣贤相与警戒之义。而世不察,以为鬼物[8],亦已过矣。且其意不在书[9]。当韩之亡,秦之方盛也,以刀锯鼎镬待天下之士[10],其平居无罪夷灭者[11],不可胜数。虽有贲、育[12],无所复施。夫持法太急者,其锋不可犯,而其势未可乘。子房不忍忿忿之心,以匹夫之力,而逞于一击之间。当此之时,子房之不死者,其间不能容发,盖亦已危矣[13]。千金之子,不死于盗贼,何者?其身之可爱,而盗贼之不足以死也[14]。子房以盖世之才,不为伊尹、太公之谋[15],而特出于荆轲、聂政之计[16],以侥幸于不死,此固圯上老人之所为深惜者也[17]。是故倨傲鲜腆而深折之[18],彼其能有所忍也,然后可以就大事,故曰:"孺子可教也。"

楚庄王伐郑,郑伯肉袒牵羊以逆。庄王曰:"其君能下人,必能信用其民矣。"遂舍之[19]。勾践之困于会稽,而归臣妾于吴者,三年而不倦[20]。且夫有报人之志[21],而不能下人者,是匹夫之刚也。夫老人者,以为子房才有余而忧其度量之不足,故深折其少年刚锐之气,使之忍小忿而就大谋。何则?非有平生之素[22],卒然相遇于草野之间,而命以仆妾之役,油然而不怪者,此固秦皇帝之所不能惊,而项籍之所不能怒也。

观夫高祖之所以胜,而项籍之所以败者,在能忍与不能忍之间而已矣。项籍唯不能忍,是以百战百胜,而轻用其锋。高祖忍之,养其全锋而待其弊[23],此子房教之也。当淮阴破齐,而欲自王,高祖发怒,见于词色,由是观之,犹有刚强不忍之气,非子房其谁全之[24]?

太史公疑子房以为魁梧奇伟,而其状貌乃如妇人女子,不称其志气[25]。呜呼!此其所以为子房欤!

<small>明成化本《苏文忠公全集·东坡应诏集》卷九</small>

[1] 这是嘉祐六年(1061)苏轼应制科时所上的策论之一。留侯,即张良,字子房。他辅佐刘邦灭秦、楚,因功封于留,称留侯。本文通过张良一生的经历和功业,论述成大事者要能"忍",不能争一时之忿。要善于"养其全锋而待其弊",以柔韧克刚强,以谋略胜武力。谢枋得说:"能忍不能忍是一篇主意。"(《文章轨范》)又曰:"主意谓子房本大勇之人,惟少年气刚,不能涵养忍耐,以就大功名,如用力士提铁锤击始皇之类,皆不能忍;老父圯下,始命取履纳履,与之期五更相会,数怒骂之,正以折其不能忍之气,教之以能忍也。"(《三苏文范》引)对本文主旨分析透彻。本文构思富于变化,亦为人所称道,清人刘大櫆曰:"忽出忽入,忽主忽宾,忽深忽浅,忽断忽接。而纳履一事,止随文势带出,更不正讲,尤为神妙。"(王文濡《评校音注古文辞类纂》卷四引)

[2] 节:气节、操守。

[3] 匹夫:平民百姓。这里指和豪杰之士相对的一般人。

[4] "卒然"二句:这两句是说突然遇到变故也不惊慌,无端触犯也不愤怒。卒,通"猝"。

[5] 挟持:依仗、恃以自重。这里指志向、抱负。

[6] "夫子房受书"二句:圯(yí移),裴骃集解引徐广云:"圯,桥也,东楚谓之圯。"据《史记·留侯世家》,张良在下邳曾遇到一个老人故意将鞋扔到桥下,让张良捡起替他穿上。张良照办,老人说:"孺子可教",约他五日后再见。连续两次,张良都较老人晚到,招致老人的批评,第三次他半夜出发,终于先老人而到。老人于是给他一本兵书,并说自己就是黄石公。

〔7〕隐君子：指隐居的人。《史记·老子韩非列传》："老子，隐君子也。"

〔8〕鬼物：王充《论衡·自然》："或曰……张良游泗水之上，遇黄石公，授太公书。盖天佐汉诛秦，故命神石为鬼书授人。"

〔9〕意不在书：指老人的主要目的不是将书给张良，言外之意是说老人用这种方式考察张良的忍耐力。

〔10〕鼎镬(huò 获)：本为古代的烹饪器，用鼎镬以烹人，是古代的一种酷刑。

〔11〕平居：平时、平素。夷灭：消除、消灭。

〔12〕贲、育：参见《潮州韩文公庙碑》注〔10〕。

〔13〕"子房不忍"七句：据《史记·留侯世家》，张良家族五世相韩，秦灭韩后，张良要为韩报仇，于是"东见仓海君。得力士，为铁椎重百二十斤。秦皇帝东游，良与客狙击秦皇帝博浪沙中，误中副车。秦皇帝大怒，大索天下，求贼甚急，为张良故也。良乃更名姓，亡匿下邳"。

〔14〕盗贼：指像盗贼一样鲁莽的行为。

〔15〕伊尹：商汤之臣。本为商汤王后陪嫁的奴隶，后来辅佐商汤灭夏。太公：即吕尚。他在渭滨垂钓，文王和他谈话，赏识他的才能，说："吾太公望子久矣。"因号为太公望。后来辅佐武王灭商。

〔16〕荆轲，战国卫人，受燕太子命刺杀秦王，失败而死。聂政，战国时人，为严仲子刺杀韩相侠累，在不能逃脱的情况下，毁形自杀。

〔17〕固：原本缺，据他本补。

〔18〕倨傲鲜腆而深折之：倨傲，傲慢自大。鲜腆，无耻。鲜，少。腆，惭愧。折，摧折、侮辱。

〔19〕"楚庄王伐郑"六句：郑伯，即郑襄公。肉袒，脱去上衣，裸露肢体，在谢罪时表示惶惧。下人，居于人下，指谦卑而能忍受屈辱。舍之，楚庄王退兵，允许郑国复国。事见《左传·宣公十二年》。

〔20〕"勾践之困于会稽"三句：据《史记·越王勾践世家》，吴王夫差攻打越国，勾践困守会稽，使文种前去请降，对吴王说："君王亡臣勾践使陪臣种敢告下执事：勾践请为臣，妻为妾。"

〔21〕报人：向人报复。报，报仇。

〔22〕"非有"句：指向来不熟悉。平生，原作"生平"，据孔凡礼点校《苏轼文集》改。

〔23〕弊：原作"斃"，据孔凡礼点校《苏轼文集》改。

〔24〕"当淮阴破齐"七句：淮阴，即韩信，封淮阴侯。据《史记·淮阴侯列传》，汉四年，韩信平定齐地，"使人言汉王曰：'齐伪诈多变，反复之国也，南边楚，不为假王以镇之，其势不定。愿为假王便。'当是时，楚方急围汉王于荥阳，韩信使者至，发书，汉王大怒，骂曰：'吾困于此，旦暮望若来佐我，乃欲自立为王！'张良、陈平蹑汉王足，因附耳语曰：'汉方不利，宁能禁信之王乎？不如因而立，善遇之，使自为守。不然，变生。'汉王亦悟，因复骂曰：'大丈夫定诸侯，即为真王耳，何以假为！'乃遣张良往立信为齐王，征其兵击楚"。

〔25〕"太史公疑子房"三句：司马迁在《史记·留侯世家》中说："余以为其人计魁梧奇伟，至见其图，状貌如妇人好女。盖孔子曰：'以貌取人，失之子羽。'留侯亦云。"称，符合。

秦始皇帝论[1]

昔者生民之初，不知所以养生之具[2]。击搏挽裂[3]，与禽兽争一旦之命，惴惴焉朝不谋夕[4]，忧死之不给[5]，是故巧诈不生[6]，而民无知[7]。然圣人恶其无别，而忧其无以生也,是以作为器用[8],耒耜、弓矢、舟车、网罟之类[9],莫不备至。使民乐生便利[10],役御万物而适其情[11],而民始有以极其口腹耳目之欲[12]。器利用便而巧诈生[13],求得欲从而心志广[14],圣人又忧其桀猾变诈而难治也[15],是故制礼以反其初[16]。礼者,所以反本复始也。

圣人非不知箕踞而坐[17],不揖而食[18],便于人情,而适于四体之安也。将必使之习为迂阔难行之节[19],宽衣博带[20],佩玉履舄[21],所以回翔容与而不可以驰骤[22]。上自朝廷,而下至于民,其所以视听其耳目者[23],莫不近于迂阔。其衣以黼黻文章[24],其食以笾豆簠簋[25],其耕以井田[26],其进取选举以学校[27],其治民以诸侯,嫁娶死丧莫不有法,严之以鬼神,而重之以四时[28],所以使民自尊而不轻为奸。故曰:礼之近于人情者,非其至也。周公、孔子所以区区于升降揖让之间,丁宁反复而不敢失坠者,世俗之所谓迂阔,而不知夫圣人之权固在于此也[29]。

自五帝三代相承而不敢破,至秦有天下,始皇帝以诈力而并诸侯,自以为智术之有余,而禹、汤、文、武之不知出此也。于是废诸侯、破井田,凡所以治天下者,一切出于便利,而不耻于无礼,决坏圣人之藩墙,而以利器明示天下[30]。故自秦以来,天下惟知所以求生避死之具,以礼者为无用赘疣之物[31]。何者?其意以为生之无事乎礼也[32]。苟生之无事乎礼,则凡可以得生者无所不为矣。呜呼!此秦之祸所以至今而未息欤?

昔者始有书契[33]，以科斗为文[34]，而其后始有规矩摹画之迹，盖今所谓大小篆者[35]。至秦而更以隶[36]，其后日以变革，贵于速成，而从其易[37]，又创为纸以易简策[38]，是以天下簿书符檄[39]，繁多委压，而吏不能究[40]，奸人有以措其手足[41]。如使今世而尚用古之篆书简策，则虽欲繁多，其势无由。由此观之，则凡所以便利天下者，是开诈伪之端也。嗟夫！秦既不可及矣，苟后之君子欲治天下，而惟便之求，则是引民而日趋于诈也。悲夫！

明成化本《苏文忠公全集·东坡应诏集》卷七

〔1〕秦始皇：即嬴政（前259—前210），他先后攻灭六国，自称始皇帝。在位二十六年，卒后一年，陈胜、吴广起义即爆发。这篇文章批评秦始皇尚诈力而废礼义，表现了对三代礼制的向往。作者故作翻案文章，文笔犀利，体现出好议论的特点。

〔2〕"昔者生民之初"二句：生民，人民。《孟子·公孙丑上》："率其子弟，攻其父母，自生民以来，未有能济者也。"养生，摄养身心，以期保健。

〔3〕击搏挽裂：击搏，争斗。挽裂，撕扯。这里指徒手搏击。

〔4〕惴惴：恐惧貌。

〔5〕给：通"及"。意谓都来不及担忧自己的生死。

〔6〕巧诈：虚伪奸诈。

〔7〕知：智慧。

〔8〕作为器用：作，发明、制造。器用，工具。

〔9〕耒耜：上古时翻土农具。耜以起土，耒为其柄。原始时用木，后世改为铁。网罟：即网。细分则取兽曰网，取鱼曰罟。

〔10〕便利:趋利。

〔11〕役御万物而适其情:役御,役使、统治。适,满足。其,指人。

〔12〕"而民始有以"句:有以,表示具有某种条件。极,至,达到最高限度,意谓最大限度的满足自己的耳目口腹之欲。

〔13〕器利用便:器物精良,使用便利。

〔14〕求得欲从而心志广:求得欲从,希望得到什么,就能够实现。心志,这里指志向、欲望。

〔15〕桀猾:凶暴狡猾。变诈:多变而虚伪不实。

〔16〕是故制礼以反其初:礼,规定社会行为的法则、规范的总称。《论语·为政》:"道之以德,齐之以礼,有耻且格。"朱熹注:"礼,谓制度品节也。"反,通"返"。

〔17〕箕踞:一种坐的姿势,两足前伸,两手据膝,形状如箕,是一种不恭敬的姿势。《庄子·至乐》:"庄子则方箕踞鼓盆而歌。"

〔18〕揖:揖让。

〔19〕迂阔:不切实际。即不通人情。节:法度。

〔20〕宽:松缓。博:大。

〔21〕佩玉履舄(xì细):佩玉,《诗经·卫风·竹竿》:"巧笑之瑳,佩玉之傩。"毛传:"傩,行有节度。"则佩玉不但为装饰,还有节度步伐的作用。履,穿。舄,鞋。单底为履,复底而着木者为舄。据《周礼·屦人》,舄不但有颜色表示等级,且有各种装饰,其中絇"以为行戒",有节度步幅之意。所以下文云"不可以驰骤"。

〔22〕回翔容与:形容行为闲雅从容有节奏。驰骤:疾奔。

〔23〕视听其耳目:耳目所见所闻。

〔24〕黼黻(fǔ fú 斧服)文章:黼黻,泛指礼服上所绣的华美花纹。黼,礼服上绣的黑白相间如斧形的花纹。黻,礼服上所绣青黑相间的花纹。文章,礼服上绘的花纹。

〔25〕笾(biān 边)豆：祭祀时的礼器。以竹曰笾，以木曰豆。簠簋(fǔ guǐ 斧鬼)：两者都是祭祀时盛放稻谷的器皿。大抵簠多方形，簋多圆形。

〔26〕井田：古代的一种土地制度。参见宋祁《庆历兵录序》注〔4〕。

〔27〕选举：选择举用贤能。

〔28〕重之以四时：崇重春、夏、秋、冬四时的祭祀活动。

〔29〕权：权衡。

〔30〕"利器"句：《老子》第三十六章："国之利器，不可以示人。"河上公注："利器，权道也。"

〔31〕赘疣(yóu 尤)：肉瘤。比喻多余无用之物。

〔32〕无事乎礼：和礼没有关系。

〔33〕书契：文字。《尚书》孔安国序："古者伏羲氏之王天下也，始画八卦，造书契，以代结绳之政，由是文籍生焉。"《释文》："书者，文字。契者，刻木而书其侧。"

〔34〕科斗：科斗文，我国古代字体之一。上古文字或有因头粗尾细形如蝌蚪者，汉晋以来呼作科斗文。

〔35〕大小篆：相传秦李斯将籀文简化为秦篆，称小篆，籀文为大篆。汉以后，篆书通指小篆而言。

〔36〕隶：隶书，从小篆变化而来的一种字体。由科斗文、大小篆到隶书的变化是文字书写逐渐简化的结果，汉代开始开始流行，故称汉隶。

〔37〕易：容易。

〔38〕简策：以竹为简，合数简串联为策。事少则书之简，事多则书之于策，合称简策。

〔39〕簿书：官署文书。《汉书·礼乐志》："而大臣特以簿书不报期会为故。"符檄：用以传达命令的文书。符，传达命令，调遣军队的凭证。檄，官方文书，多用于晓谕、声讨。

321

〔40〕究:深求、推寻。
〔41〕措:安放。措其手足,指动手脚。

三槐堂铭 并叙[1]

天可必乎?贤者不必贵,仁者不必寿。天不可必乎?仁者必有后。二者将安取衷哉[2]?吾闻之申包胥曰:"人众者胜天,天定亦能胜人。"[3]世之论天者,皆不待其定而求之,故以天为茫茫。善者以怠[4],恶者以肆。盗跖之寿[5],孔、颜之厄[6],此皆天之未定者也。松柏生于山林,其始也困于蓬蒿,厄于牛羊,而其终也,贯四时阅千岁而不改者,其天定也。善恶之报,至于子孙,而其定也久矣。吾以所见所闻所传闻考之,而其可必也审矣[7]。国之将兴,必有世德之臣[8],厚施而不食其报,然后其子孙能与守文太平之主共天下之福。故兵部侍郎晋国王公[9],显于汉周之际[10],历事太祖、太宗,文武忠孝,天下望以为相,而公卒以直道不容于时。盖尝手植三槐于庭,曰:"吾子孙必有为三公者。"[11]已而其子魏国文正公[12]相真宗皇帝于景德、祥符之间,朝廷清明、天下无事之时[13],享其福禄荣名者十有八年。今夫寓物于人[14],明日而取之,有得有否。而晋公修德于身,责报于天,取必于数十年之后,如持左契[15],交手相付。吾是以知天之果可必也。吾不及见魏公,而见其子懿敏公[16]。以直谏事仁宗皇帝,出入侍从将帅三十余年,位不满其德[17]。天将复兴王氏也欤？何其子孙之多贤也？世有以晋公比李栖筠者[18]，其雄才直气，真不相上下。而栖筠之子吉甫、其孙德裕，功名富贵略与王氏等，而忠信仁厚不及魏公父子。由此观之，王氏之福，盖未艾也[19]。懿敏公之子巩与吾游[20]，好德而文，以世其家，吾以是录之。铭曰：

呜呼休哉[21]！魏公之业，与槐俱萌。封植之勤[22]，必世乃成[23]。既相真宗，四方砥平。归视其家，槐荫满庭。吾侪小人，朝不及夕。相时射利[24]，皇恤厥德[25]。庶几侥幸，不种而获。不有君子，其何能国？王城之东，晋公所庐。郁郁三槐，惟德之符[26]。呜呼休哉！

明成化本《苏文忠公全集·东坡集》卷二十

〔1〕三槐堂在汴京东门外。本文为元丰二年（1079）应王巩之请而作。王巩的曾祖父王祐在太祖朝为官期间，曾以全家百口性命保符彦卿无异志，又劝太祖勿以猜忌杀无辜，《宋史》称其为"仁者"。他曾手植三槐于院中，并说子孙定有能位至三公者，后其子王旦果然拜相，其子孙于是建三槐堂以为纪念。

〔2〕取衷：折衷。

〔3〕申包胥：春秋时楚国大夫。姓公孙，封于申，故号申包胥。作者所引申包胥之语见《史记·伍子胥列传》："人众者胜天，天定亦能破人。"张守节正义："申包胥言闻人众者虽一时凶暴胜天，及天降其凶，亦破于强暴之人。"

〔4〕以：因此。

〔5〕盗跖（zhí直）：原名跖，相传为春秋末期的大盗，故曰"盗跖"。

〔6〕孔、颜：指孔子和颜回。孔子与弟子曾在陈蔡之间被围，断粮挨

饿,险些遇害。

〔7〕审:确实。

〔8〕世德:世代流传功德。

〔9〕晋国王公:王祐,字景叔,大名人。宋太宗朝拜兵部侍郎,《宋史》卷二百六十九有传。晋国公是因其子王旦的功劳,死后受到的追封。

〔10〕汉周:指五代时的后汉、后周。

〔11〕三公:辅助国君掌管军政大权的最高官员。

〔12〕文正公:王旦(957—1017),字子明。真宗景德三年(1006)拜相。卒谥文正,赠魏国公。《宋史》卷二百八十二有传。

〔13〕景德:宋真宗年号,1004—1007。祥符:真宗年号"大中祥符"的省称,1008—1016。

〔14〕寓:寄托。

〔15〕左契:刻木为契,分为左右,双方各执一片。左片由债权人收执,作为凭证。

〔16〕懿敏公:王旦之子王素(1007—1073),字仲仪,累官至兵部尚书,卒谥懿敏。《宋史》卷三百二十有传。

〔17〕满:相称。

〔18〕李栖筠:字贞一,唐赵郡人。唐代宗拟拜为相,为元载所阻止。栖筠子吉甫,字宏宪,宪宗时两度拜相。栖筠孙德裕,字文饶,武宗时为相。

〔19〕艾:停止。

〔20〕王巩:王素之子,字定国。史称其"有隽才,长于诗,与苏轼游",后苏轼得罪,他亦受到牵连。参见《宋史》卷三百二十。

〔21〕休:美好。

〔22〕封植:培养。

〔23〕世:父子一辈为一世。

〔24〕相:选择。射:追求。

〔25〕皇:通"遑",闲暇。恤:顾惜。厥:指称代词。

〔26〕符:吉祥的征兆。

上韩枢密书[1]

某顿首上枢密侍郎阁下:轼受知门下,似稍异于寻常人。盖尝深言不讳矣[2],明公不以为过[3]。其在钱塘时[4],亦蒙以书见及,语意亲甚。自尔不复通问者,七年于兹矣。顷闻明公入西府[5],门前书生为作贺启数百言。轼辄裂去,曰:"明公岂少此哉!要当有辅于左右者。"昔侯霸为司徒[6],其故人严子陵以书遗之曰:"君房足下:位至台鼎,甚善。怀仁辅义天下悦,阿谀顺旨要领绝。"[7]世以子陵为狂。以轼观之,非狂也。方是时,光武以布衣取天下,功成志满,有轻人臣之心,躬亲吏事,所以待三公者甚薄。霸为司徒,奉法循职而已,故子陵有以感发之。今陛下之圣,不止光武,向明公之贤,亦远过侯霸。轼虽不用,然有位于朝,未若子陵之独善也。其得尽言于左右,良不为过。

今者贪功侥幸之臣,劝上用兵于西北[8]。使斯言无有,则天下之幸孰大于此?不幸有之,大臣所宜必争也。古今兵不可用,明者计之详矣,明公亦必然之,轼不敢复言。独有一事,以为臣子之忠孝,莫大于爱君。爱君之深者,饮食必祝之[9],曰:"使吾君子孙多,长有天下。"此岂非臣子之愿欤?

古之人君,好用兵者多矣。出而无功,与有功而君不贤者,皆不足道也。其贤而有功者,莫若汉武帝、唐太宗。武帝建元元年[10],蚩尤旗见[11],其长亘天[12]。后遂命将出师,略取河南地,建置朔方[13]。其春,戾太子生。自是之后,师行盖十余年,兵所诛夷屠灭死者不可胜数。巫蛊事起,京师流血,僵尸数万,太子父子皆败。故班固以为太子生长于兵,与之终始[14]。唐太宗既平海内,破灭突厥、高昌、吐谷浑等,且犹未厌,亲驾征辽东[15]。当时大臣房、魏辈皆力争[16],不从,使无辜之民身膏草野于万里之外。其后太子承乾、齐王祐、吴王恪皆继相诛死[17],其余遭武氏之祸,残杀殆尽[18]。武帝好古崇儒,求贤如不及,号称世宗。太宗克己求治,几致刑措[19],而其子孙遭罹如此[20]。岂为善之报也哉？由此言之,好兵始祸者,既足以为后嗣之累,则凡忍耻含垢以全人命[21],其为子孙之福,审矣。

轼既无状[22],窃谓人主宜闻此言[23],而明公宜言此。此言一闻,岂惟朝廷无疆之福,将明公子孙,实世享其报。轼怀此欲陈久矣,恐未信而谏[24],则以为谤[25]。不胜区区之忠,故移致之明公。虽以此获罪,不愧不悔。皇天后土,实闻此言。

明成化本《苏文忠公全集·东坡续集》卷十一

[1] 韩枢密即韩缜,字玉汝。文中言在钱塘时接韩枢密信,于今七年,苏轼于熙宁四年(1071)至七年为杭州通判,从熙宁七年后推七年为元丰四年(1081)。元丰四年韩缜以龙图阁直学士同知枢密院事,又元

丰四年秋七月,西边守臣言夏人囚其主秉常,诏陕西、河东路讨之,与用兵西北事合。事见《宋史·神宗本纪》"元丰四年"条。本文以汉武帝、唐太宗轻启边衅终于导致祸乱为例,反对人主轻率用兵于西北,而希望身居高位的韩缜将自己的意见转达给皇帝,言词剀切。

〔2〕不讳:不加避讳。

〔3〕明公:对于长官的尊称。

〔4〕钱塘:杭州。苏轼熙宁四年至七年任杭州通判。

〔5〕西府:枢密院,主掌兵事,与中书门下对称东、西府。

〔6〕昔侯霸为司徒:侯霸,字君房,河南人。东汉光武帝建武四年(28),拜尚书令,次年代伏湛为大司徒,封关内侯,刚正不阿,奉公守法。见《后汉书》卷二十六本传。司徒,官名,东汉时为三公之一。

〔7〕严子陵:即严光,会稽余姚人,少与刘秀同学。与侯霸也是旧交。

〔8〕劝上用兵于西北:元丰四年,西边守臣言西夏内乱,可趁机出兵。神宗诏种谔问以边事。种谔大言西夏可图。于是,神宗决心用兵。知枢密院事孙固劝阻,不听。参见《续资治通鉴长编》卷三百一十四。

〔9〕祝:告神祈福护佑。

〔10〕建元:汉武帝年号,前140—前135。自"武帝建元元年"至"与之始终",苏轼全引班固《汉书·武五子传》传赞中语,稍加改动。建元元年,班固原文作"六年","师行盖十余年",原文做"师行三十年",当是苏轼误记。

〔11〕蚩尤旗:古代预示兵战的天象征兆。

〔12〕亘:贯穿。

〔13〕"后遂命将出师"数句:《汉书·武帝纪》载元朔二年(前127)春:"匈奴入上谷、渔阳,杀略吏民千余人。遣将军卫青、李息出云中,至高阙,遂西至符离,获首虏数千级。收河南地,置朔方、五原郡。"朔方,在

今内蒙古自治区境内。

〔14〕"戾太子生"十句:戾太子,武帝长子刘据,元朔元年(前128)生,元狩元年(前122)立为太子。征和二年(前91)江充因与太子有隙,利用巫蛊之事陷害太子。太子被逼起兵,诛杀江充,与丞相刘屈氂战于长安,兵败后自杀。汉宣帝即位,追谥为"戾"。自元朔元年太子生,至征和二年(前91)自杀,中间三十余年武帝对外征伐不断,故云"与之始终"。参见《汉书·武帝纪》。

〔15〕"唐太宗"四句:据《新唐书·太宗本纪》,贞观四年(630)二月李靖败突厥于阴山,三月俘颉利可汗以献。八年十二月李靖伐吐谷浑,九年五月败之。十三年侯君集伐高昌,十四年十二月俘高昌王以献。十九年又亲征高丽,四月誓师幽州,九月班师。

〔16〕房、魏:房玄龄和魏徵。魏徵薨于贞观十七年(643)正月,太宗征辽东在十八年,不及谏。据《新唐书·魏徵传》,辽东军还,太宗云:"魏徵若在,吾有此行邪?"

〔17〕"其后太子承乾"句:太子承乾,字高明,唐太宗长子,贞观元年(627)立为太子。贞观十七年因密谋造反,被废为庶人,贞观十九年卒。齐王祐,字赞,唐太宗第五子,贞观十年改封齐王,贞观十七年以谋反罪,被废,赐死。吴王恪,唐太宗第三子,贞观十年改封吴王,太宗想立其为太子,因长孙无忌反对,作罢。高宗永徽四年(653),因受房遗爱谋反事牵连,被杀。参见《新唐书》卷八十《太宗诸子》。

〔18〕"其余遭武氏之祸"句:太宗的皇子中,除因争夺皇位被处死者外,其他如赵王李贞、纪王李慎、蒋王李恽、曹王李明都在高宗、武则天时期死于非命。参见《新唐书》卷八十《太宗诸子》。

〔19〕刑措:刑法搁置不用,意谓天下太平。

〔20〕罹:残害。

〔21〕"由此言之"四句:意谓凡是好战用兵之人,其子孙会受到牵

连;而那些能够忍受耻辱,包容过失,保全他人性命之人,其子孙则会多福多寿。这一切都是很清楚的。

〔22〕无状:不讲礼貌。

〔23〕窃:谦指自己,私下。

〔24〕信:信任。

〔25〕谤:诽谤。

书六一居士传后[1]

苏子曰:居士可谓有道者也[2]。或曰:居士非有道者也。有道者,无所挟而安[3],居士之于五物[4],捐世俗之所争[5],而拾其所弃者也。乌得为有道乎?苏子曰:不然。挟五物而后安者,惑也。释五物而后安者,又惑也[6]。且物未始能累人也,轩裳圭组[7],且不能为累,而况此五物乎?物之所以能累人者,以吾有之也[8]。吾与物俱不得已而受形于天地之间,其孰能有之?而或者以为己有,得之则喜,丧之则悲。今居士自谓六一,是其身均与五物为一也[9],不知其有物耶,物有之也?居士与物均为不能有,其孰能置得丧于其间?故曰居士可谓有道者也。虽然,自一观五,居士犹可见也。与五为六,居士不可见也。居士殆将隐矣[10]。

明成化本《苏文忠公全集·东坡集》卷二十三

〔1〕六一居士,欧阳修晚年自号。参见《欧阳文忠公集·居士集》

卷四十四《六一居士传》(本书已选录)。这篇文章,篇幅虽短,却波澜起伏,其特点正如王圣俞所说:"东坡文字妙在鼓舞,得一玄论,必鼓之舞之以尽变。兔起鹘落,自有余态。"(王圣俞辑评《苏长公小品》)

〔2〕居士:本指未作官之人,佛教谓在家修道者为居士。唐、宋士大夫多喜用之为别号。

〔3〕挟:依恃、据有。

〔4〕五物:指书、金石、琴、棋和酒。

〔5〕捐:舍弃。

〔6〕"挟五物而安"四句:恃物而安与释物而安,其不足均在于有物、我之分,故而谓之"惑"。在苏轼看来,物我均一,并无分别,因此也不会有据有与否的烦恼。下文云人不能有物,物亦不为人累,都是由此生发出来的。

〔7〕轩裳圭组:轩裳,高贵的车马与衣服。圭组,指尊贵的玉器与绶带。这两者都是身份和地位的象征。

〔8〕有:占有,这里有执着于物的意味。

〔9〕"今居士"二句:这里说欧阳修自称"六一居士",强调的是把自己也看作是物的一种。

〔10〕隐:此处不是指归隐,而是说居士能够冥合物我的区别,达到物我为一的境界。

问养生[1]

余问养生于吴子,得二言焉。曰和,曰安。何谓和?曰:子不见天地之为寒暑乎?寒暑之极,至于折胶流金[2],而物不以为病[3],其变者微也[4]。寒暑之变,昼与日俱逝,夜与月并驰,俯仰之间,屡变而人不知者[5],微之至,和之极也。使此二极者,相寻而狎至[6],则人之死久矣。何谓安？曰：吾尝自牢山浮海达于淮[7],遇大风焉,舟中之人,如附于桔槔[8],而与之上下,如蹈车轮而行,反逆眩乱不可止[9]。而吾饮食起居如他日[10]。吾非有异术也,惟莫与之争,而听其所为[11]。故凡病我者,举非物也[12]。食中有蛆,人之见者必呕也。其不见而食者未尝呕也。请察其所从生,论八珍者必咽[13],言粪秽者必唾,二者未尝与我接也,唾与咽何从生哉。果生于物乎？果生于我乎？知其生于我也,则虽与之接而不变,安之至也[14]。安则物之感我者轻[15],和则我之应物者顺。外轻内顺,而生理备矣。吴子,古之静者也。其观于物也,审矣[16]。是以私识其言[17],而时省观焉[18]。

明成化本《苏文忠公全集·东坡集》卷二十三

[1] 养生,摄养身心,以期保健延年。这篇文章借吴生之口,表达了自己对养生的看法,其核心就是和与安,其大旨是顺其自然。苏轼论和,以一年四季寒暑变化为例,指出四时温差虽然很大,但因为是循序渐进,缓缓变化的,所以人们能够适应,这就是和。苏轼论安,以乘船为喻,有人遇到船身因大风而颠簸时,惊慌失措,导致晕船,吴生能顺其自然,饮食起居如平日,故不晕船。接着,苏轼又指出,美食与粪便的差异,多由于心理因素,若能以无分别之心待之,内心就会变得平和安然。

[2] 折胶：胶在极冷的环境中变脆易折,此处代指极冷的情形。流金：金属在极热时也会熔化流动,这里代指极热的情形。

[3] 病：苦。

〔4〕微:小、细。指温度渐渐变化。

〔5〕屡:渐变。

〔6〕相寻而狎至:相,交互。狎,接连、连续。这是说寒和热在极短的时间内变化更替,接连而来。

〔7〕牢山:即劳山,又作崂山。在今山东青岛市崂山区。

〔8〕桔槔(jié gāo 洁高):类似杠杆一样的汲水工具。《庄子·天运》:"且子独不见夫桔槔者乎?引之则俯,舍之则仰。"

〔9〕反逆:颠簸。眩乱:眩晕、混乱。

〔10〕他日:平日、平时。

〔11〕听:听任、任凭。这里是说能够顺应外物的变化。

〔12〕"故凡病我者"二句:大意说使人感到难受的根本原因,在于不能顺应外物变动的规律而动。

〔13〕八珍:古代八种烹饪法,后来代指精美的食物。

〔14〕"知其生于我"三句:意谓了解到对精美食物与肮脏粪便的不同反应是缘于自己的心理原因,那么假如我们能够去除这种心理的区别,而以无分别的心去看待他们,我们的心态就会变得极为安然。

〔15〕感:感发、撩拨、影响。

〔16〕审:清楚。

〔17〕识:记下。

〔18〕省观:反省、察看。

喜雨亭记[1]

亭以雨名,志喜也[2]。古者有喜,则以名物,示不忘也。周公得禾,以名其书[3];汉武得鼎,以名其年[4];叔孙胜狄,以名其子[5]。其喜之大小不齐,其示不忘一也。

余至扶风之明年[6],始治官舍,为亭于堂之北,而凿池其南,引流种树,以为休息之所。是岁之春,雨麦于岐山之阳[7],其占为有年[8]。既而弥月不雨[9],民方以为忧。越三月,乙卯乃雨[10],甲子又雨[11],民以为未足;丁卯大雨[12],三日乃止。官吏相与庆于庭,商贾相与歌于市,农夫相与忭于野[13],忧者以乐,病者以愈,而吾亭适成。

于是举酒于亭上以属客[14],而告之曰:"五日不雨,可乎?"曰:"五日不雨则无麦。""十日不雨,可乎?"曰:"十日不雨,则无禾。"无麦无禾,岁且荐饥[15],狱讼繁兴,而盗贼滋炽。则吾与二三子,虽欲优游以乐于此亭,其可得耶?今天不遗斯民,始旱而赐之以雨,使吾与二三子,得相与优游而乐于此亭者,皆雨之赐也。其又可忘邪?

既以名亭,又从而歌之。曰:使天而雨珠,寒者不得以为襦[16];使天而雨玉,饥者不得以为粟。一雨三日,繄谁之力[17]?民曰太守[18],太守不有。归之天子,天子曰不然。归之造物[19],造物不自以为功,归之太空[20]。太空冥冥[21],不可得而名,吾以名吾亭。

明成化本《苏文忠公全集·东坡集》卷二

[1] 本文作于嘉祐七年(1063)。苏轼于嘉祐六年十二月到凤翔签判任,第二年作此文。喜雨亭在凤翔府城东北。这篇文章,抓住"喜雨"两字,引出与民同忧乐的道理,又不着痕迹。虞集评云:"此篇题小而语大,议论于涉国政民生之大体,无一点尘俗气,自非具眼者未易知也。"

333

(《苏文范》卷十四引,《苏长公合作》卷一引作姜宝语)其"文字通澈流动,如珠走盘而不离乎盘"(《三苏文范》卷十四引林希元语)。

〔2〕志:记。

〔3〕"周公得禾"二句:《尚书·微子之命》:"唐叔得禾,异亩同颖,献诸天子。王命唐叔,归周公于东,作《归禾》。周公既得命禾,旅天子之命,作《嘉禾》。"《归禾》、《嘉禾》为《周书》篇名,今佚。

〔4〕"汉武得鼎"二句:据《史记·孝武本纪》,汉武帝元狩七年(前116)六月,汾阳发现宝鼎,于是迎鼎至甘泉宫,改年号为元鼎。

〔5〕"叔孙胜狄"二句:据《左传·文公二十一年》载,狄人入侵鲁国,鲁文公使叔孙得臣率兵击败狄人,并俘虏其首领侨如,于是叔孙得臣将自己儿子宣伯改名侨如。

〔6〕扶风:旧郡名,三国魏置,旧址在今陕西凤翔。

〔7〕雨麦于岐山之阳:雨麦,天上落下麦子。一说播种麦子。岐山,山名。在今陕西省岐山县境,上古称"岐"。阳,山的南边为阳。

〔8〕占:占卜。有年:丰年。

〔9〕弥月:整整一个月。

〔10〕乙卯:阴历三月八日。

〔11〕甲子:三月十七日。

〔12〕丁卯:三月二十日。

〔13〕忭(biàn 变):喜悦。

〔14〕属(zhǔ 主)客:向客人敬酒。

〔15〕荐饥:连年饥荒。

〔16〕襦(rú 如):短衣、短袄。

〔17〕繄(yī 衣):助词,表语气。

〔18〕太守:官名。秦置郡守,汉景帝时改名太守,为一郡最高的行政长官。隋初以州刺史为郡长官。宋以后改郡为府或州,太守已非正式

官名,只用作知府、知州的别称。王文诰《苏诗总案》卷四,谓嘉祐八年正月"宋选罢凤翔任,陈希亮自京东转运使来代",则当时太守为宋选。宋选,字子才,荥阳人。

〔19〕造物:又称"造物者",生有万物的主宰者。

〔20〕太空:形成万物的最初的东西。

〔21〕冥冥:高远的样子。

黠鼠赋[1]

苏子夜坐,有鼠方啮[2]。拊床而止之[3],既止复作。使童子烛之[4],有橐中空[5]。嘐嘐聱聱[6],声在橐中。曰:"嘻!此鼠之见闭而不得去者也。"发而视之,寂无所有,举烛而索,中有死鼠。童子惊曰:"是方啮也,而遽死耶[7]?向为何声,岂其鬼耶?"覆而出之,堕地乃走,虽有敏者,莫措其手[8]。

苏子叹曰:"异哉!是鼠之黠也。闭于橐中,橐坚而不可穴也。故不啮而啮,以声致人[9];不死而死,以形求脱也[10]。吾闻有生[11],莫智于人。扰龙伐蛟[12],登龟狩麟[13],役万物而君之[14],卒见使于一鼠[15];堕此虫之计中,惊脱兔于处女[16]。乌在其为智也?"

坐而假寐[17],私念其故。若有告余者曰:"汝惟多学而识之,望道而未见也[18]。不一于汝,而二于物[19],故一鼠之啮而为之变也。人能碎千金之璧,而不能无失声于破釜;

能挤猛虎[20],不能无变色于蜂虿[21]。此不一之患也[22]。言出于汝[23],而忘之耶?"余俯而笑,仰而觉。使童子执笔,记余之作[24]。

明成化本《苏文忠公全集·东坡后集》卷八

〔1〕这是一篇小品文,名虽为赋,其实为记事之文。文章先记其事,极力描写鼠之狡诈多变,特别是装死后逃逸这一细节,大为生动传神。后发议论,最后又利用梦境,再起波澜,写因黠鼠而引发的感悟,点透哲理。指出追求超脱于物我之别,于物合一的境界。黠:狡猾。

〔2〕啮(niè 聂):咬。

〔3〕拊(fǔ 府):拍、打。

〔4〕烛:名词做动词,用蜡烛照。

〔5〕橐(tuó 驼):盛物的袋子。《汉书》颜师古注:"有底曰囊,无底曰橐。"

〔6〕嘐(xiāo 消)嘐聱(áo 熬)聱:象声词。

〔7〕遽:就。

〔8〕措:实施、施行。

〔9〕不啮而啮:不是为了咬而咬。

〔10〕不死而死:没有死而装死。

〔11〕有生:有生命的东西,指生物。

〔12〕扰:驯化。伐:擒。

〔13〕登龟:用龟壳占卜。狩:捕猎、捕获。麟:传说中象征祥瑞的动物。

〔14〕役:役使。君:这里用作动词,意为主宰。

〔15〕卒见使于一鼠:意谓突然被一只老鼠利用。卒,通"猝"。

〔16〕惊脱兔于处女:脱兔,像逃跑的兔子一样敏捷。处女,像未出嫁的闺女一样安静。此句意谓老鼠从静到动的变化极为迅速,使人吃惊。

〔17〕假寐:打盹、打瞌睡。

〔18〕"惟汝多学"二句:意谓你只不过读得多,记得多,希望把握大道,却始终未能领悟道的真谛。惟,只不过。识,通"志",识记。

〔19〕"不一于汝"句:大意谓不能认识到万物和自己之间并无区别,而是在物我之间强生分别,自外于物。

〔20〕抟(tuán团):捆绑。

〔21〕蜂虿(chài柴去声):蜂,蜜蜂、胡蜂等。虿,蝎子一类的毒虫。

〔22〕不一:即上文"不一于汝,而二于物"之意。

〔23〕言出于汝:言指上文"人能碎千金之璧"等句,见于苏轼年轻时所写的《夏侯太初论》。

〔24〕怍(zuò做):惭愧。

与谢民师推官书[1]

某启:近奉违[2],亟辱问讯[3],具审起居佳胜[4],感慰深矣。轼受性刚简[5],学迂材下[6],坐废累年[7],不敢复齿缙绅[8]。自还海北[9],见平生亲旧,惘然如隔世人,况与左右无一日之雅[10],而敢求交乎?数赐见临,倾盖如故[11],幸甚过望,不可言也。所示书教及诗、赋、杂文[12],观之熟矣。大略如行云流水,初无定质,但常行于所当行,常止于所不可不止,文理自然,姿态横生[13]。孔子曰:"言之不文,行之不远。"[14]又曰:"辞达而已矣。"[15]夫言止于达意,疑若不文,是大不然。求物之妙,如系风捕影,能使是物了然于心者[16],盖千万人而不一遇也。而况能使了然于口与手者乎?是之谓辞达。辞至于能达,则文不可胜用矣[17]。扬雄好为艰深之词[18],以文浅易之说[19],若正言之[20],则人人知之矣。此正所谓雕虫篆刻者[21],其《太玄》、《法言》皆是类也。而独悔于赋,何哉?终身雕虫,而独变其音节[22],便谓之经,可乎?屈原作《离骚经》,盖《风》、《雅》之再变者,虽与日月争光可也[23]。可以其似赋而谓之雕虫乎?使贾谊见孔子[24],升堂有余矣[25],而乃以赋鄙之,至与司马相如同科[26]。雄之陋,如此比者甚众。可与知者道,难与俗人言也,因论文偶及之耳。欧阳文忠公言文章如精金美玉[27],市有定价,非人所能以口舌定贵贱也。纷纷多言,岂能有益于左右,愧悚不已[28]。所须惠力法雨堂字[29]。轼本不善作大字,强作终不佳,又舟中局迫难写,未能如教。然轼方过临江[30],当往游焉。或僧有所欲记录,当作数句留院中,慰左右念亲之意。今日已至峡山寺[31],少留即去。愈远。惟万万以时自爱。不宣。

明成化本《苏文忠公全集·东坡续集》卷十一

〔1〕本文作于元符三年(1100),苏轼自海南北返途经广州之时。谢民师:曾敏行《独醒杂志》谓"谢民师,名举廉,新淦人。博学工词章……东坡自岭南归,民师袖书及旧作遮谒,东坡览之,大见称赏"。推官:州县属官,掌收发符。在这篇文章中,苏轼论述了自己对文章的看

法,通过对"辞达"的全新解读,提出了一种自然而然、如行云流水般的行文境界,进而针砭故弄玄虚、卖弄技巧的文风。这篇文章作于苏轼逝世前一年,可视为其平生为文经验的总结。陈献章评曰:"此书大抵论文。曰'行云流水'数语,此长公文字本色。至贬扬雄之《太玄》《法言》为雕虫,却当。"《三苏文苑》卷十二引)《唐宋八家文读本》卷二十三:"贬扬以伸屈、贾,议论千古。前半'行云流水'数语,即东坡自道其行文之妙。"

〔2〕奉违:离别,奉是敬词。

〔3〕亟(qì气):屡次。

〔4〕具:完全。审:明白。起居:作息、举止,谓日常生活。

〔5〕刚简:刚直简慢。

〔6〕迂:迂阔而不合时宜。

〔7〕坐废累年:宋哲宗绍圣元年(1094),苏轼被贬惠州,四年改儋州。元符三年始复官内移,前后达七年。坐废,获罪罢职。累年,连续多年。

〔8〕齿:次列、叙列。缙绅:插笏于带。缙,同"搢",插。绅,束腰的大带。后来代指士大夫。

〔9〕还海北:元符三年,徽宗继位,苏轼遇赦,由海南岛渡海北返。海北,相对于海南而言,此处指广州。

〔10〕左右:对人不直称其名,只称他的左右,表示尊敬,是一种客气的说法,此处代指谢民师。雅:平素,引申为交往。

〔11〕倾盖如故:初次交往,即如同故交好友。倾盖,行道偶然相遇,停车相语,车盖接近。指初次的交往。盖,车盖。

〔12〕书教:指书信。

〔13〕"大略"六句:苏轼《文说》:"吾文如万斛泉源,不择地而出,在平地滔滔汩汩,虽一日千里无难。及其与石山曲折、随物赋形而不可知

也。所可知者,常行于所当行,常止于不可不止。如是而已矣。"与此数句意思相近。

〔14〕言之不文,行之不远:语言没有文采,传播就不会久远。《左传·襄公二十五年》:"仲尼曰:'《志》有之:"言以足志,文以足言。"不言,谁知其志?言之无文,行而不远。虽得行,犹不能及远。'"

〔15〕辞达而已矣:见《论语·卫灵公》。朱熹注:"辞,取达意而止,不以富丽为工。"

〔16〕了然:明白清楚。

〔17〕"辞至于能达"二句:大意谓如果文笔能够穷尽事物微妙,那么写起文章来,也就不会觉得施展不开,没有什么好写的。胜,尽。

〔18〕扬雄:字子云,西汉蜀郡成都人。少好学,长于辞赋,多仿司马相如。雄博通群籍,多识古文奇字,仿《易经》、《论语》作《太玄》、《法言》。

〔19〕文:文饰。

〔20〕正言之:直截了当地说。

〔21〕雕虫篆刻:扬雄《法言·吾子》:"或问:'吾子少而好赋?'曰:'然。童子雕虫篆刻。'俄而曰:'壮夫不为也。'"西汉学童习秦书八体,虫书、刻符为其中两体,纤巧难工。故用它来指创作辞赋时的雕章绘句,亦比喻小道、末技。

〔22〕独变其音节:指《太玄》、《法言》不用当时的语言习惯行文,而是依仿《周易》、《论语》的语言风格。

〔23〕"屈原作《离骚经》"三句:《史记·屈原贾生列传》:"屈平之作《离骚》,盖自怨生也。《国风》好色而不淫,《小雅》怨诽而不乱。若《离骚》者,可谓兼之矣。……其文约,其辞微,其志洁,其行廉,其称文小而其指极大,举类迩而见义远。其志洁,故其称物芳。其行廉,故死而不容自疏。……推此志也,虽与日月争光可也。"

〔24〕贾谊:洛阳人,西汉政治家、文学家。

〔25〕升堂:《论语·先进》:"子曰:'由也升堂矣,未入于室也。'""升堂"、"入室"比喻学问修养达到了较高的程度。

〔26〕"而尔"二句:扬雄《法言·吾子》:"诗人之赋丽以则,辞人之赋丽以淫。如孔氏之门用赋也,则贾谊升堂,相如入室矣;如其不用何!"

〔27〕"欧阳文忠公"句:其《苏氏文集序》:"斯文,金玉也。"欧阳修死后朝廷赐谥"文忠"。

〔28〕愧悚:惭愧和恐惧。

〔29〕惠力:寺名,在谢民师的家乡江西。谢民师曾替惠力寺向苏轼求题字,故而在此言之。

〔30〕方过临江:方,将要。临江,即临江军,属江西路。谢民师家乡新淦即其辖境。

〔31〕峡山寺:即广庆寺,在今广东清远市清河峡。又名飞来寺,为唐代名刹之一。

苏 辙

苏辙(1039—1112),字子由,晚号颍滨遗老,眉州眉山(今四川眉州)人,与其父苏洵、兄苏轼合称"三苏"。嘉祐二年(1057)与苏轼同时中进士。面对北宋政治上的困局,他也主张革除弊端,但不赞同王安石的做法,被排挤出朝廷。元丰二年,受苏轼"乌台诗案"连累,被贬筠州监察酒税。旧党当权后,他历任校书郎、中书舍人等职,后官拜门下侍郎。哲宗亲政后,又以旧党成员被贬。徽宗登基,徙永州、岳州,后被任命为大中大夫。退休后闲居颍昌十三年,政和二年(1112)卒。谥文定。苏辙的散文成就很高,为"唐宋八大家"之一。相对于苏轼的奔放自如,苏辙的散文沉静简洁、文理自然,有"深醇温粹"(刘大櫆《栾城集序》)之美。文集有《栾城集》、《栾城后集》,另有《春秋集解》、《龙川略志》等。《宋史》卷三百三十九有传。

古今家诫序[1]

老子曰:"慈故能勇,俭故能广。"[2]或曰:"慈则安能勇?"曰:"父母之于子也,爱之深,故为之虑事也精。以深爱而行精虑,故其为之避害也速而就利也果[3],此慈之所以能勇也。非父母之贤于人[4],势有所必至矣。"

辙少而读书,见父母之戒其子者,谆谆乎惟恐其不尽也[5],恻恻乎惟恐其不入也[6],曰:"呜呼!此父母之心也哉!"师之于弟子也,为之规矩以授之,贤者引之,不贤者不强也。君之于臣也,为之号令以戒之,能者予之,不能者不取也[7]。臣之于君也,可则谏,否则去。子之于父也,以几谏不敢显[8],皆有礼存焉。父母则不然,子虽不肖,岂有弃子者哉!是以尽其有以告之,无憾而后止。《诗》曰:"泂酌彼行潦,挹彼注兹,可以馈饎。岂弟君子,民之父母。"[9]夫虽行潦之陋,而无所弃,犹父母之无弃子也。故父母之于子,人伦之极也[10]。虽其不贤,及其为子言也,必忠且尽,而况其贤者乎?

太常少卿长沙孙公景修[11],少孤而教于母。母贤,能就其业[12]。既老而念母之心不忘,为《贤母录》,以致其意。既又集《古今家诫》,得四十九人以示辙,曰:"古有为是书者,而其文不完。吾病焉[13],是以为此合众父母之心,以遗天下之人,庶几有益乎?"

辙读之而叹曰:虽有悍子,忿斗于市,莫之能止也,闻父之声则敛手而退。市人之过之者[14],亦莫不泣也。慈孝之心,人皆有之,特患无以发之耳[15]。今是书也,要将以发之欤?虽广之天下可也。自周公以来至于今[16],父戒四十五,母戒四。公又将益广之,未止也。

《四部丛刊》景明嘉靖蜀藩活字本《栾城集》卷二十五

〔1〕《古今家诫》为孙颀(字景修)所编著,专收父母对子弟的训诫之词。此文是苏辙为其作的序文。文章强调的是父母之爱的无私和伟

大,只有付出,不求回报,认为父母之于子女,比君王与臣子、老师与弟子的关系更为亲密,因此父母的训诫也更苦口婆心,更有教育意义,文章也得很生动,虽是讲的大道理,却不枯燥迂腐。

〔2〕"老子曰"三句:老子,即老聃,春秋战国时楚人。"慈故能勇"两句见《老子》第六十七章。苏辙《老子解》解释这两句说:"世以勇决为贤,而以慈忍为不及事,不知勇决之易挫,而慈忍之不可胜,其终必至于勇也。""世以广大盖物,而以检约为陋,不知广大之易穷,而俭约之易足,其终必至于广也。"

〔3〕果:果敢、果断。

〔4〕贤:多、胜于。

〔5〕谆谆:教导不倦的样子。

〔6〕恻恻:恳切。

〔7〕取:选用。

〔8〕几谏:对尊长婉言规劝。《论语·里仁》:"事父母几谏。"何晏集解:"包(咸)曰:'几者,微也。当微谏纳善言于父母。'"

〔9〕"泂酌彼行潦"五句:见《诗经·大雅·泂酌》。泂酌,从远处酌取。行潦,路边的积水。挹,舀。彼,行潦。注兹,注入器皿。饙(fēn纷),蒸饭。饎(chì赤),酒食烹煮。岂弟,即恺悌,德行高大。这里指行潦尚且可以用来蒸饭、作酒食。

〔10〕人伦:社会关系中的伦理秩序。

〔11〕孙景修:即孙顾,字景修。长沙人,举咸平进士,官至太常少卿。

〔12〕就:成就。

〔13〕吾病焉:病,憾恨。焉,指前述其书不完的情况。

〔14〕过:责备。

〔15〕发:启发、兴起。

〔16〕周公:姬旦,周文王子,辅佐武王灭纣,建立周王朝,封于鲁。

汉昭帝〔1〕

周成王以管、蔡之言疑周公,及遭风雷之变,发金縢之书,而后释然,知其非也〔2〕。汉昭帝闻燕王之谮,霍光惧不敢入〔3〕。帝召见光,谓之曰:"燕王言将军都郎〔4〕,道上称跸〔5〕,又擅调益幕府校尉〔6〕。二事属尔〔7〕,燕王何自知之?且将军欲为非,不待校尉。"左右闻者皆伏其明,光由是获安,而燕王与上官皆败〔8〕。故议者以为昭帝之贤过于成王,然成王享国四十余年,治致刑措。及其将崩,命召公、毕公相康王,临死生之变,其言琅然不乱〔9〕。昭帝享国十三年,年甫及冠〔10〕,功未见于天下,其不及成王者亦远矣。夭寿虽出于天,然人事常参焉。故吾以为成王之寿考,周公之功也;昭帝之短折,霍光之过也。

昔晋平公有蛊疾〔11〕,医和视之曰:"是谓近女,非鬼非食,惑以丧志〔12〕。良臣将死,天命不佑〔13〕。""国之大臣,受其宠禄,而任其大节,有灾祸兴而无改焉,必受其咎。"以此讥赵孟〔14〕,赵孟受之不辞,而霍光何逃焉!成王之幼也,周公为帅,召公为保〔15〕,左右前后皆贤臣也。虽以中人之资,而起居饮食,日与之接,逮其壮且老也,志气定矣〔16〕,其能安富贵、易生死〔17〕,盖无足怪者。今昭帝所亲信惟一霍光。光虽忠信笃实,而不学无术。其所与共国事者,惟一张安世[18];所与断几事者[19],惟一田延年[20]。士之通经术、识义理者,光不识也。其后虽闻久阴不雨之言而贵夏侯胜[21],感蒯聩之事而贤隽不疑[22],然终亦不任也。使昭帝居深宫,近嬖幸[23],虽天资明断,而无以养之,朝夕害之者众矣,而安能及远乎?人主不幸,未尝更事而履大位[24],当得笃学深识之士日与之居,示之以邪正,晓之以是非,观之以治乱,使之久而安之,知类通达,强立而不反[25],然后听其自用而无害。此大臣之职也。不然,小人先之,悦之以声色犬马,纵之以驰骋田猎,侈之以宫室器服。志气已乱,然后入之以谗说,变乱是非,移易白黑,纷然无所不至。小足以害其身,而大足以乱天下。大臣虽欲有言,不可及矣。《语》曰:"君子学道则爱人,小人学道则易使。"[26]故人必知道而后知爱身,知爱身而后知爱人,知爱人而后知保天下。故吾论三宗享国长久[27],皆学道之力,至汉昭帝,惜其有过人之明,而莫能导之以学。故重论之,以为此霍光之过也。

《四部丛刊》景明嘉靖蜀藩活字本《栾城集·栾城后集》卷八

〔1〕本文是《历代论》的第十一篇。《历代论》是苏辙于元符三年(1100)自岭南返回后,居住在颍昌期间所写的一组,检讨古今成败得失的史论。汉昭帝,武帝幼子刘弗陵,八岁继位,在位十三年,暴病而亡,年仅二十一岁,故文中云:"汉昭享国十三年,年甫及冠。"本文论汉昭帝而以周成王为对照,认为周成王虽曾信管叔鲜和蔡叔度的谗言而怀疑周公旦,但知错能改,最终相信周公,成就四十余年大业。汉昭帝过分信任霍光,霍光虽忠心耿耿,却不学无术,最终导致汉昭帝享国日短,弱冠而亡。

文章指出,人君未经历世事而即大位,当重用饱学之士,大臣应当为人君指示邪正、是非、治乱,使其得到煅炼,这正是大臣的职责,反之,如果让君主沉湎于享乐,乱其心智,然后听信谗言,就会颠倒黑白,小则害自身,大则害天下,所以大臣应引导君主提高修养,"知道而后知爱身,知爱身而后知爱人,知爱人而后知保天下。"而汉昭帝,虽聪明过人,却未有大臣辅导其学道(当指儒家治国平天下之道),这正是霍光的失误。

〔2〕"周成王以管、蔡之言"五句:周成王,武王之子、周公之侄姬诵。管、蔡,管叔鲜和蔡叔度,武王的两个弟弟。縢(téng疼),捆,引申为绳子。金縢,代指收藏书契的柜子。《尚书》有一篇名为《金縢》,该文讲述的是成王与周公之间由矛盾到和解、信任的故事。武王灭商,分封两个弟弟于管、蔡之地,以监视商的遗民。武王驾崩后,成王年幼,周公摄政。管叔和蔡叔认为周公别有野心,于是就散布周公将要谋害成王的谣言,并起兵谋反。叛乱被周公平定,二人被杀。成王亲政后,有人以此谗言挑拨,周公只好离开国都。这年秋天,眼看就要收获了,京城周围却突然出现了灾异,人情恐慌。于是成王打开存放祈祷文书的金縢匣子,发现一篇当年周公愿意代武王去死的祷告文。成王这才明白周公的心迹,于是派人把他召回京城。

〔3〕譖(zèn怎去声):诬陷。霍光,字子孟,汉河东平阳人。霍大病异母弟。武帝时为奉车都尉,出入宫廷二十余年,从来没有过失之处。昭帝即位,霍光以大司马大将军受遗诏辅政。《汉书·霍光传》载上官桀、卜官安及桑弘羊等人与燕王刘旦合谋,令人冒充为燕王上书,诬陷霍光意图不轨之事。

〔4〕都郎:检阅部队。都,统帅、检阅。郎,羽林郎。

〔5〕跸:帝王出行时,禁止行人以清道。大臣称"跸"是僭越。

〔6〕幕府校尉:幕府,将帅在外的营帐。军旅无固定住所,以帐幕为府署,故称幕府。校尉,西汉时掌管部队的武官。

〔7〕属尔:尔,《汉书》原文做"耳"。据《汉书·霍光传》,燕王诬陷霍光,说他"出都肄郎羽林,道上称跸"。昭帝不信,并且安慰霍光说:"将军之广明,都郎属耳;调校尉以来未能十日,燕王何以得知之?且将军为非,不须校尉。"按,王先谦《汉书补注》以为,"耳"是语词,"郎属"应连读,指霍光所检阅之郎、羽林,皆属于"郎"这一编制序列。这里苏辙云"二事属尔",与之不同,义反而难明。或者,苏辙以为检阅部队,调发校尉皆是属于霍光所职掌之事。属尔,意为"属于你"。

〔8〕燕王与上官皆败:昭帝元凤元年(前80)上官桀、上官安父子和燕王旦等以谋反罪伏诛。

〔9〕"及其将崩"四句:《史记·周本纪》云:"成王将崩,惧太子钊之不任,乃命召公、毕公率诸侯以相太子而立之。"今《尚书》有《顾命》篇,就是记载成王的遗命的。所谓"琅然不乱",就是指这篇讲话而言。琅然,声音清朗。召公,《史记·燕召公世家》:"召公奭与周同姓,姓姬氏。周武王之灭纣,封召公于北燕。"毕公,又称毕公高。周文王第十五子,名高,武王克殷,封高于毕,因以为姓。康王,名钊,成王之子。

〔10〕冠:古人年二十行冠礼,结发戴冠。

〔11〕昔晋平公有蛊疾:晋平公,春秋时晋国国君。姓姬,名彪。蛊疾,神志惑乱不清。事见《左传·昭公元年》。

〔12〕"医和视之"四句:医和原话是:"疾不可为也,是谓近女室,疾如蛊。良臣将死,天命不佑。"所谓"近女室",指病因是惑于女色而失其常性,并不是鬼怪作祟或食物不洁。

〔13〕良臣:即下文之国之大臣赵孟。据《左传·昭公元年》,赵孟果然死于本年。

〔14〕"国之大臣"五句:这几句意谓赵孟作为国家大臣,享受高官厚禄,应当担当大事。如今国君好色过度,而赵孟不能匡正,就会遭到灾祸。赵孟,即赵武,赵朔之子。死后谥"文子"。

〔15〕"周公为师"二句:师,太师。保,太保。俱为三公。西周时期为护养太子之官。

〔16〕志气:志趣、情性。

〔17〕安富贵、易生死:指对富贵、生死问题比较坦然,能够从容面对。

〔18〕张安世:字子孺,张汤子,曾任尚书令,昭帝时封富平侯。见《汉书·张汤传》所附本传。

〔19〕几事:机密之事。

〔20〕田延年:字子宾,初以才略入大将军幕府,为霍光所重。事见《汉书·酷吏传》。

〔21〕"其后"句:夏侯胜,字长公,从夏侯始昌受《尚书》,对灾异现象很有研究。《汉书》本传载:昭帝崩,昌邑王嗣位,时天久阴不雨,夏侯胜遂上言有臣下谋不轨。昌邑王怒,将其投入监狱。此时霍光与张安世密谋废除昌邑王,听说之后,大为震惊,此后便特别看重经生儒士。

〔22〕蒯聩(kuǎi kuì 快上声溃):卫灵公太子,因事逃亡到晋国。灵公死时,国人立蒯聩子辄为君主,并拒绝蒯聩回国。隽不疑:字曼倩。据《汉书》本传载,始元五年(前82),有人冒充武帝子卫太子,隽不疑将其收押。有人认为真假难辨,当谨慎处理,隽不疑引蒯聩事为证,认为"卫太子得罪先帝,亡不即死,今来自诣,罪人也"。明断识体,获得昭帝和霍光的赏识。

〔23〕嬖(bì 必)幸:被宠爱的人。

〔24〕更:经历。

〔25〕反:翻转、反复。

〔26〕"君子学道"二句:语见《论语·阳货》。

〔27〕三宗:殷商之中宗、高宗、祖甲。作者在《三宗》一文中记载中宗享国七十五年,高宗五十九年,祖甲三十三年。故谓之长久。

上枢密韩太尉书[1]

太尉执事：辙生好为文，思之至深。以为文者气之所形[2]，然文不可以学而能，气可以养而致。孟子曰："我善养吾浩然之气。"[3]今观其文章，宽厚宏博，充乎天地之间，称其气之小大[4]。太史公行天下，周览四海名山大川[5]，与燕赵间豪俊交游[6]，故其文疏荡，颇有奇气。此二子者，岂尝执笔学为如此之文哉？其气充乎其中而溢乎其貌，动乎其言而见乎其文，而不自知也[7]。

辙生十有九年矣，其居家所与游者，不过其邻里乡党之人。所见不过数百里之间，无高山大野可登览以自广。百氏之书虽无所不读，然皆古人之陈迹，不足以激发其志气。恐遂汩没[8]，故决然舍去，求天下奇闻壮观，以知天地之广大。过秦、汉之故都[9]，恣观终南、嵩、华之高[10]，北顾黄河之奔流，慨然想见古之豪杰[11]；至京师，仰观天子宫阙之壮与仓廪、府库、城池、苑囿之富且大也[12]，而后知天下之巨丽；见翰林欧阳公[13]，听其议论之宏辩，观其容貌之秀伟，与其门人贤士大夫游[14]，而后知天下之文章聚乎此也。

太尉以才略冠天下，天下之所恃以无忧，四夷之所惮以不敢发[15]。入则周公、召公[16]，出则方叔、召虎[17]。而辙也未之见焉。且夫人之学也，不志其大[18]，虽多而何为？辙之来也，于山见终南、嵩、华之高，于水见黄河之大且深，于人见欧阳公,而犹以为未见太尉也,故愿得观贤人之光耀,闻一言以自壮,然后可以尽天下之大观而无憾者矣。

辙年少,未能通习吏事。向之来,非有取于斗升之禄[19]。偶然得之,非其所乐。然幸得赐归待选[20],使得优游数年之间,将归益治其文,且学为政。太尉苟以为可教而辱教之,又幸矣!

《四部丛刊》景明嘉靖蜀藩活字本《栾城集》卷二十二

[1] 这是嘉祐二年(1057)苏辙进士及第之后写给韩琦的一封信,希望得到他的接见和提携。韩琦(1008—1075),相州安阳人,字稚圭。仁宗时曾任陕西经略招讨使,与范仲淹主持西北边防,时称"韩范"。西夏议和后,入为枢密副使,嘉祐中官同中书门下平章事。苏辙写这封信的时候,韩琦为枢密使。太尉:代指主管军事的最高长官。宋代枢密院主管军事,故称韩琦为太尉。苏辙上书的目的是求见,却不从干谒着笔,先从习文养气谈起。引用孟子的养气之说,再写司马迁行天下以养气,再归结到自己读书、游历,最后再点出求见、求赏识的主旨,全文纡徐婉曲而条理畅达,一气贯注,不愧名作。

[2] 气:气质。苏辙认为文章是人内在精神气度的体现。

[3] "孟子曰"二句:见《孟子·公孙丑上》。浩然,宏大壮观,充实阳刚的样子。

[4] 称:相称。

[5] 太史公:即司马迁,曾任太史令,故称。在《史记·太史公自序》中司马迁说自己"二十而南游江、淮,上会稽,探禹穴,窥九疑,浮于沅、湘;北涉汶、泗,讲业齐、鲁之都,观孔子之遗风,乡射邹、峄;厄困鄱、薛、彭城,过梁、楚以归",可见他年轻时曾遍游各地。

351

〔6〕燕赵:指战国时燕、赵二国。即今黄河以北的河南、河北及山西北部地区。韩愈《送董邵南序》云:"燕赵古称多感慨悲歌之士。"

〔7〕"其气充乎"三句:大意谓内在的精神气质培植到一定的程度后,自然会在日常言语、行动乃至文章中表现出来而不自知。

〔8〕汩没:湮灭。

〔9〕秦汉之故都:秦都咸阳、西汉都长安、东汉都洛阳。

〔10〕"恣观终南"句:恣观,纵情观览。终南,山名,秦岭主峰之一。在陕西省西安市南。嵩,即中岳嵩山,在河南省登封北。华,即西岳华山,在陕西省华阴市南。

〔11〕"过秦、汉之都"四句:苏辙嘉祐元年(1056)春随父兄离开家乡赴汴京,其路途由剑门出川,经扶风,得以游观岐山、太白山。过长安,经骊山华清宫下,出潼关,至渑池,南有秦岭之崇高,北睹黄河之波涛,一路所过,多名山大川。五月抵汴京。

〔12〕宫阙:泛指帝王住所。仓廪(lǐn凛):泛指仓库。苑囿:古代畜养禽兽供帝王玩乐的园林。

〔13〕欧阳公:即欧阳修,时任翰林学士,故称翰林欧阳公。

〔14〕门人贤士大夫:指欧阳修的门人和朋友,如曾巩、梅尧臣、苏舜钦等人。

〔15〕四夷:古代华夏族对四方少数民族的统称。韩琦与范仲淹在1040—1043年间,曾参预西边兵事,阻止了西夏元昊的进犯,故云"四夷之所惮以不敢发"。

〔16〕周公、召公:周公,姬旦,周武王之弟。召公,姬奭。周的支族,武王之臣。因封地在召,故称召公。武王崩,成王年幼,周公和召公共同辅政,分陕而治。"自陕而西,召公主之,自陕而东,周公主之。"参见《史记·鲁周公世家》。

〔17〕方叔:周宣王时卿士,受命北征玁狁,南征荆楚,有功于周。召

虎：即召穆公，召公奭的后代。周宣王时，淮夷不服，宣王命召虎领兵抚平叛乱。

〔18〕志：向慕、有志于。

〔19〕斗升之禄：微薄的薪俸，比喻品级不高的官职。

〔20〕待选：等待吏部的铨选。

上两制诸公书[1]

辙读书至于诸子百家纷纭同异之辩[2]，后世工巧组绣钻研离析之学[3]，盖尝喟然太息[4]，以为圣人之道，譬如山海薮泽之奥[5]，人之入于其中者，莫不皆得其所欲，充足饱满，各自以为有余，而无慕乎其外[6]。

今夫班输、共工[7]，旦而操斧斤以游其丛林[8]，取其大者以为楹[9]，小者以为桷[10]，圆者以为轮，挺者以为轴[11]，长者扰云霓[12]，短者蔽牛马[13]，大者拥丘陵[14]，小者伏蓁莽[15]，芟夷蹶取[16]，皆自以为尽山林之奇怪矣。而猎夫渔师，结网聚饵，左强弓，右毒矢，陆攻则毙象犀，水伐则执鲛鼍[17]，熊罴虎豹之皮毛[18]，鼋龟犀兕之骨革[19]，上尽飞鸟，下及走兽昆虫之类，纷纷籍籍，折翅捩足[20]，鳞鬣委顿[21]，纵横满前，肉登鼎俎[22]，膏润砧几[23]，皮革齿骨，披裂四出，被于器用。求珠之工，随侯夜光[24]，间以颣玼[25]，磊落的皪[26]，充满其家。求金之工，辉赫晃荡[27]，铿锵交戛[28]，遍为天下冠冕佩带饮食之饰。此数者皆自以

353

为能尽山海之珍,然山海之藏,终满而莫见其尽。

昔者夫子及其生而从之游者[29],盖三千余人。是三千人者,莫不皆有得于其师。是以从之周旋奔走,逐于宋、鲁,饥饿于陈、蔡,困厄而莫有去之者[30],是诚有得乎尔也。盖颜渊见于夫子,出而告人曰:"吾能知之。"[31]子路、子贡、冉有出而告人亦曰:"吾知之。"[32]下而至于邽巽、孔忠、公西舆、公西葴[33],此数子者,门人之下第者也[34],窃窥于道德之光华,而有闻于议论之末,皆以自得于一世[35]。其后田子方、段干木之徒,讲之不详,乃窃以为虚无淡泊之说[36]。而吴起、禽滑氂之类,又以猖狂于战国[37]。盖夫子之道分散四布,后之人得其遗波余泽者,至于如此。而杨朱、墨翟、庄周、邹衍、田骈、慎到、韩非、申不害之徒[38],又不见夫子之大道,皇皇惑乱,譬如陷于大泽之陂[39],荆榛棘茨[40],蹊隧灭绝[41],求以自致于通衢而不可得[42],乃妄冒蒺藜[43],蹈崖谷,崎岖缭绕,而不能自止。何者?彼亦自以为己之得之也。

辙尝怪古之圣人既已知之矣,而不遂以明告天下而著之六经[44]。六经之说皆微见其端[45],而非所以破天下之疑惑,使之一见而寤者[46],是以世之君子纷纷至此而不可执也[47]。今夫《易》者,圣人之所以尽天下刚柔喜怒之情、勇敢畏惧之性,而寓之八物[48]。因八物之相遇,吉凶得失之际,以教天下之趋利避害,盖亦如是而已[49]。而世之说者,王氏、韩氏至以老子之虚无[50],京房、焦贡至以阴阳灾异之数[51]。言《诗》者不言咏歌勤苦酒食燕乐之际,极欢极戚而不违于道,而言五际子午卯酉之事[52]。言《书》者不言其君臣之欢,吁俞嗟叹[53],有以深感天下,而论其《费誓》、《秦誓》之不当作也[54]。夫孔子岂不知后世之至此极欤? 其意以为后之学者,无所据依感发以自尽其才,是以设为六经而使之求之,盖又欲其深思而得之也,是以不为明著其说,使天下各以其所长而求之。故曰:"仁者见之谓之仁,智者见之谓之智。"[55]而子贡亦曰:"在人,贤者识其大者,不贤者识其小者。"[56]夫使仁者效其仁[57],智者效其智,大者推明其大,而不遗其小,小者乐致其小,以自附于大,各因其才而尽其力,以求其至微至密之地,则天下将有终身校其说而无倦者矣[58]。至于后世不明其意,患乎异说之多而学者之难明也,于是举圣人之微言而折之以一人之私意[59],而传疏之学横放于天下[60],由是学者愈怠而圣人之说益以不明[61]。

今夫使天下之人因说者之异同,得以纵观博览,而辩其是非,论其可否,推其精粗,而后至于微密之际,则讲之当益深,守之当益固。《孟子》曰:"君子深造之以道,欲其自得之也。自得之则居之安,居之安则资之深,资之深则取之左右逢其原,故君子欲其自得之也。"[62]

昔者辙之始学也,得一书,伏而读之,不求其传[63],而惟其书之知,求之而莫得,则反复而思之,至于终日而莫见,而后退而求其传。何者? 惧其入于心之易,而守之不坚也。及既长,乃观百家之书,纵横颠倒[64],可喜可愕,无所不读,泛然无所适从。盖晚而读《孟子》,而后遍观乎百家而不乱也。而世之言者曰:学者不可以读天下之杂说,不幸而见之,则小道异术将乘间而入于其中[65]。虽扬雄尚然[66],曰:"吾不观非圣之书。"以为世之贤人所以自养其心者,如人之弱子幼弟不当出而置之于纷华杂扰之地。此何其不思之甚也!古之所谓知道者,邪词入之而不能荡[67],诐词犯之而不能诈[68],爵禄不能使之骄,贫贱不能使之辱。如使深居自闭于闺闼之中[69],兀然颓然而曰"知道知道"云者[70],此乃所谓腐儒者也。古者伯夷隘[71],柳下惠不恭[72],隘与不恭,是君子之所不为也。而孔子曰:"伯夷、叔齐不降其志,不辱其身[73]。柳下惠、少连降志而辱身,言中伦,行中虑[74]。虞仲、夷逸隐居放言,身中清,废中权[75]。而我则异于是,无可无不可。[76]"夫伯夷、柳下惠,是君子之所不为,而不弃于孔子,此孟子所谓孔子集大成者也。至于孟子,恶乡原之败俗[77],而知於陵仲子之不可常也[78],美禹、稷之汲汲于天下[79],而知颜氏子自乐之非固也[80],知天下之诸侯其所取之为盗,而知王者之不必尽诛也[81],知贤者之不可召,而知召之役之为义也[82]。故士之言学者皆曰孔、孟,何者?以其知道而已。

今辙山林之匹夫,其才术技艺无以大过于中人,而何敢自附于孟子?然其所以泛观天下之异说,三代以来兴亡治乱之际,而皎然其有以折之者[83],盖其学出于孟子而不可诬也[84]。

今年春[85],天子将求直言之士,而辙适来调官京师,舍人杨公不知其不肖[86],取其鄙野之文五十篇而荐之,俾与明诏之末。伏惟执事方今之伟人[87]、而朝之名卿也,其德业之所服,声华之所耀,孰不欲一见以效薄技于左右?夫其五十篇之文,从中而下,则执事亦既见之矣,是以不敢复以为献。姑述其所以为学之道,而执事试观焉。

《四部丛刊》景明嘉靖蜀藩活字本《栾城集》卷二十二

〔1〕嘉祐六年(1061)八月,苏辙参加制科考试,本文是苏辙参加考试前呈给两制诸公的一封书信。制科:又称制举,是唐代科举取士制度之一。除地方贡举外,由皇帝亲自诏试于殿廷称为"制举科",简称"制举"或"制科"。宋代沿袭,但所举荐的科目有变化。在宋代,参加制科,需要大臣举荐,然后进呈自己的文章若干篇到相关部门,经过大臣审核之后,评定等级,合格者,再由皇帝亲自试于殿廷。制科的举行时间并不固定,能参加制科考试并获得通过,对士子来说,是非常荣耀的一件事。两制:见苏洵《上韩舍人书》注〔4〕。本文指出诸子百家之说多为异说,而　以孟子之说为指归。

〔2〕诸子百家:先秦至汉初各种学派的总称。《汉书·艺文志》著录诸子一百八十九家,通称为诸子百家。各家学说观点互不相同,故云"纷纭异同"。

〔3〕工巧:精致、巧妙。组绣:华丽。钻研:深入研究。离析:分析、解析。

〔4〕喟:叹息的声音。

〔5〕薮(sǒu 叟):水浅草茂的泽地。泽:湖泊。奥:深处。

〔6〕慕:向往。

〔7〕班输:即公输般,姓公输,名般,是春秋时期著名的木匠。共工:古代的神话人物,被认为是工匠的祖师。

〔8〕斤:斧头。

〔9〕楹:厅堂的前柱。

〔10〕桷(jué 决):方形的椽子。

〔11〕挺:直、不弯曲。

〔12〕扰云霓:指高达云天。扰,侵扰。

〔13〕蔽:遮盖、遮挡。

〔14〕拥:遮盖。

〔15〕伏:藏匿。蓁(zhēn 珍)莽:丛生的杂草。

〔16〕芟(shān 山)夷:割除。蹶:竭尽。

〔17〕鲛:海鲨。鼍(tuó 驼):即鼍,鳄鱼。

〔18〕罴(pí 皮):《尔雅·释兽》:"罴,如熊,黄白文。"

〔19〕鼋(yuán 元):大鳖。兕(sì 四):雌性犀牛。

〔20〕捩(liè 列):拗折、扭转。

〔21〕鬣(liè 列):鱼嘴边的小鬣。委顿:疲乏狼狈的样子。

〔22〕鼎俎(zǔ 祖):烹调用的锅及切割肉的砧板。

〔23〕膏:脂肪。砧:砧板。几:小桌子。

〔24〕随侯:随侯之珠。《淮南子·览冥训》庄逵吉注云:"随侯见大蛇伤断,以药傅之,后蛇于江中衔大珠以报之,因曰随侯之珠。"夜光:珠名。《述异记》卷上:"南海有明珠,即鲸鱼目瞳,鲸死而目皆无精,夜可以鉴,谓之夜光。"

〔25〕颣(liè 泪):丝上的结。这里用来形容珠子的大小。玭(pín 贫):蚌的别名,也指蚌生的珠,这里是后一个意思。

〔26〕磊落:众多的样子。的(dì 帝)皪:光鲜、明亮。

〔27〕辉赫:显耀。晃荡:闪烁。这里都是形容金属的光亮。

〔28〕交戛(jiá颊):相互碰撞。

〔29〕"昔者夫子"句:意谓在夫子生前跟随他学习的人。

〔30〕"是以从之"四句:孔子一生四处奔走宣传自己的思想主张,受尽苦难。被宋国和鲁国驱逐,又曾在陈、蔡之间被围困,断粮挨饿,以至有生命危险,这些学生都追随其后。参见《史记·孔子世家》。

〔31〕颜渊:颜回,字子渊。

〔32〕子路:仲由,字子路。子贡:端木赐,字子贡。冉有:冉求,字子有。

〔33〕邽巽(guī xùn归迅):字子敛。孔忠:《史记·仲尼弟子列传》裴骃集解引《家语》曰:"忠,字子蔑,孔子兄之子。"公西舆:即公西舆如,字子上。公西葴(zhēn珍):字子上,一作子尚,鲁人。俱见《史记·仲尼弟子列传》。

〔34〕下第:下等、不出众。

〔35〕自得:自有所得。

〔36〕田子方:战国时魏人,名无择。段干木:战国时魏人,隐居不仕,魏文侯事之以礼,过其门必伏轼致敬。俱见《史记·魏世家》。这两人都是隐居不仕,以贫贱骄人的人,所以苏辙把他们归为"虚无淡泊"的道家一类。

〔37〕吴起:战国时卫国人,曾从学于曾参,后被楚悼王用为令尹,为政务在富国强兵,得罪了贵族,楚悼王死后,被宗室大臣杀害。禽滑釐:战国初人,问学于子夏,后从墨子,曾奉墨子之命,率领弟子三百人帮助宋国抵抗楚国的进攻。

〔38〕杨朱:战国魏人,字子居。其学说主张重生爱己,拔一毛利天下而不为。墨翟:墨家学派创始人,著有《墨子》,主张兼爱、非攻。庄周:即庄子,道家学派的代表,著有《庄子》。邹衍:战国时齐人,为阴阳学派代表人物。田骈:战国时齐人,著有《田子》,今不传。慎到:战国时

359

赵人,《汉书·艺文志》法家著录有《慎子》一书。韩非:法家的代表人物,著有《韩非子》一书。申不害:战国时郑人,也是法家人物。

〔39〕陂(bēi 杯):泽畔障水之岸。

〔40〕荆榛棘茨:荆榛,灌木。棘茨,带刺的灌木和草。

〔41〕蹊:小路。隧:道路。

〔42〕通衢:四通八达的道路。

〔43〕蒺藜:草名。生于砂地,果实表面突起如针状。

〔44〕六经:指《诗》、《书》、《礼》、《乐》、《易》、《春秋》。

〔45〕微见其端:意谓只是微微地展现了大道之一端。

〔46〕寤(wù 务):醒悟、理解,通"悟"。

〔47〕执:掌握。

〔48〕八物:即八卦,《易》中的八种符号,相传为伏羲所作。八卦即乾、震、兑、离、巽、坎、艮、坤,分别对应八种物象即天、雷、泽、火、风、水、山、地。

〔49〕"因八物之相遇"四句:大意谓通过八卦相互组合的特征来解释自然和社会的变化规律,以指导人们趋利避害。

〔50〕王氏:王弼,字辅嗣,三国时魏国人。笃好老庄之说,并以之注《易》,以为有皆始于无,无为万物的根本。韩氏:韩伯,字康伯,东晋时人,上承王弼,续注《周易》中《系辞》、《说卦》、《序卦》、《杂卦》四传,也是用道家观念来解《易》。

〔51〕京房:字君明,西汉时东郡人。学《易》于焦延寿,著有《京氏易传》,其特点是把自然灾变附会成人事祸福变化的征兆,宣扬"天人感应"。焦贡:又作焦赣,即焦延寿,字赣。自言得孟喜之传,用《易》来解释自然灾变。

〔52〕五际:《汉书·翼奉传》载翼奉曾说:"《诗》有五际。"颜师古注云:"《诗内传》:'五际,卯、酉、午、戌、亥也。阴阳终始际会之岁,于此

则有变改之政也。'"大概也是以《诗》来附会阴阳生克与人事祸福。这里用子、午、卯、酉来代指卯、酉、午、戌、亥。

〔53〕吁俞:《尚书》中君臣对话应答之辞,这里代指君臣间的和谐关系。

〔54〕《费誓》:《尚书》中的篇目,是周公的儿子鲁公伯禽率领军队征讨徐戎、淮夷,在费地的誓师之辞。《秦誓》:《尚书》中的篇目,是秦穆公派兵偷袭郑国为晋所败后,迎接被晋放回的将领时所发表的讲话。

〔55〕"仁者见之"二句:见《易·系辞上》。《周易集解》引侯果云:"仁者见道,谓道有仁;知(智)者见道,谓道有知也。"后来引申为对事物的看法各有所长为见仁见智,文中即为此意。

〔56〕"在人"三句:见《论语·子张》:"文武之道,未坠于地,在人。贤者识其大者,不贤者识其小者,莫不有文武之道焉。"

〔57〕效:贡献。

〔58〕校:考订。

〔59〕折:判断。

〔60〕传:解说经义的文字。疏:疏通传注文字。横放:充溢。

〔61〕怠:疲倦。这里指学者疲于纷纭的传疏之学,而不能领会圣人之说的要旨。

〔62〕"君子深造"六句:见《孟子·离娄下》。朱熹注曰:"造,诣也,进而不已之意。"深造,达到精深的境界。以道,以正确的方法。居,处,引申为掌握。居之安,牢固的掌握,不动摇。资,积蓄。

〔63〕传:即上文所说的"传疏"。

〔64〕纵横颠倒:指书的内容复杂多样。

〔65〕间:空子、空隙。

〔66〕扬雄:见苏轼《与谢民师推官书》注〔18〕。

〔67〕邪:不正。

〔68〕诐(bì 币)词:偏颇的话。

〔69〕闺闼:内室。

〔70〕兀然颓然:兀然,昏沉的样子。颓然,精神萎靡的样子。

〔71〕隘:狭窄。《孟子·万章下》:"伯夷,目不视恶色,耳不听恶声。非其君,不事;非其民,不使。治则进,乱则退。"孟子又说:"伯夷,圣之清者也。"苏辙所谓"隘",意指其个性狷介,少所包容。

〔72〕恭:肃敬。《孟子·万章下》:"柳下惠不羞污君,不辞小官。进不隐贤,必以其道。……与乡人处,由由然不忍去也。'尔为尔,我为我,虽袒裼裸裎于我侧,尔焉能浼我哉?'"又说:"柳下惠,圣之和者。"所以苏辙说他"不恭"。

〔73〕降:贬抑、动摇。辱:辱没。

〔74〕少连:人名。《礼记·杂记》说他:"善居丧,三日不怠,三月不解。期悲哀,三年忧"。朱熹《论语集注》:"伦,义理之次第也。虑,思虑也。中虑,言有意义合人心。"

〔75〕"虞仲、夷逸隐居"三句:虞仲,前人认为就是吴太伯之弟仲雍。近人杨伯峻认为不可信。虞仲、夷逸的生平多附会之说,已不可考知。"身中清,废中权",朱熹注谓"隐居独善,合乎道之清。放言自废,合乎道之权"。

〔76〕"而孔子曰"十一句:原文见《论语·微子》篇。

〔77〕"乡原"句:原,通"愿"。《论语·阳货》:"乡愿,德之贼也。"指在是非对错没有原则立场。《孟子·尽心下》批评说:"非之无举也,刺之无刺也,同乎流俗,合乎污世,居之似忠信,行之似廉洁,众皆悦之,自以为是,而不可与人尧、舜之道,故曰德之贼也。"

〔78〕"而知於陵仲子"句:於陵仲子,即陈仲子,战国齐人,认为其兄长的俸禄为不义之物,逃到楚国,居于於陵。楚王欲以其为相,他又逃去,以与人灌园为生。《孟子·滕文公下》认为:"若仲子者,蚓而后充其

操者也。"不可常,不可仿效。

〔79〕"美禹、稷"句:《孟子·离娄下》:"禹思天下有溺者,由己溺之也;稷思天下有饥者,由己饥之也,是以如是其急也。"指禹、稷以救民之难为自己的职责。

〔80〕固:鄙陋。《孟子·离娄下》:"颜子当乱世,居陋巷,一箪食,一瓢饮;人不堪其忧,颜子不改其乐,孔子贤之。"孟子认为颜回在乱世能独善其身,不改其志,其道理和用心,与在有道之世积极用世者同,都是圣贤之道,所以不以颜回的避世为鄙陋。

〔81〕"知大卞"二句:《孟子·万章下》记载了万章和孟子的一段对话,万章认为,诸侯通过强制的手段,从人民那里取来财物,等同于拦路抢劫,一律杀掉。孟子认为万章说的是抽象的原则,实际的情况要复杂得多。即使是有能行王道于天下的,对这些诸侯也要教而后诛,而不是一律杀掉。

〔82〕"知贤者"二句:《孟子·万章下》:"万章曰:'庶人,召之役,则往役;君欲见之,召之,则不往见之,何也?'曰:'往役,义也;往见,不义也。'"在孟子看来,臣民为君主服役,是应该的。但君主要见臣下,以听取他的意见,这时就不能采取召唤这种不礼貌的方式。

〔83〕折:评判。这是指对历史兴亡和各种学说有自己的观点和判断。

〔84〕诬:抹煞。

〔85〕今年:即嘉祐五年(1060)。

〔86〕杨公:杨畋,字乐道,时以天章阁待制判流内铨。本年朝廷开制科,苏辙以选人的身份来到开封,候选注官,为杨畋所推荐,参加制科考试。考试在次年八月举行。

〔87〕伏惟:俯伏思维,下对上的敬词。执事:敬称,这里指"两制诸公"。

黄州快哉亭记[1]

江出西陵[2],始得平地,其流奔放肆大,南合湘、沅,北合汉、沔[3],其势益张。至于赤壁之下[4],波流浸灌,与海相若。清河张君梦得,谪居齐安[5],即其庐之西南为亭,以览观江流之胜。而余兄子瞻名之曰"快哉"。

盖亭之所见,南北百里,东西一舍[6],涛澜汹涌,风云开阖。昼则舟楫出没于其前,夜则鱼龙悲啸于其下,变化倏忽[7],动心骇目,不可久视。今乃得玩之几席之上[8],举目而足。西望武昌诸山[9],冈陵起伏,草木行列,烟消日出,渔夫樵父之舍,皆可指数。此其所以为"快哉"者也。至于长洲之滨,故城之墟,曹孟德、孙仲谋之所睥睨[10],周瑜、陆逊之所骋骛[11],其流风遗迹,亦足以称快世俗。

昔楚襄王从宋玉、景差于兰台之宫[12],有风飒然至者,王披襟当之[13],曰:"快哉,此风!寡人所与庶人共者耶?"宋玉曰:"此独大王之雄风耳,庶人安得共之!"玉之言盖有讽焉。夫风无雄雌之异,而人有遇不遇之变。楚王之所以为乐,与庶人之所以为忧,此则人之变也,而风何与焉[14]?士生于世,使其中不自得[15],将何往而非病[16]?使其中坦然,不以物伤性,将何适而非快?今张君不以谪为患,窃会计之余功[17],而自放山水之间[18],此其中宜有以过人者。将蓬户瓮牖无所不快[19],而况乎濯长江之清流[20],揖西山之白云〔21〕,穷耳目之胜以自适也哉〔22〕!不然,连山绝壑,长林古木,振之以清风〔23〕,照之以明月,此皆骚人思士之所以悲伤憔悴而不能胜者,乌睹其为快也哉?元丰六年十一月朔日,赵郡苏辙记〔24〕。

《四部丛刊》景明嘉靖蜀藩活字本《栾城集》卷二十四

〔1〕苏辙和其兄苏轼元丰二年(1079)十二月分别被贬到筠州和黄州。元丰六年同样被贬到黄州的张梦得在贬所建亭,苏轼名之曰"快哉",苏辙为之作记。全文围绕"快哉"二字着墨,先对快哉亭周围的壮丽景色进行描绘,突出观览江流之胜和凭吊古代遗迹的快意,然后点出"快哉"二字的出处,引发议论,强调只要心中"坦然",就会无往而不快,情怀十分旷达。文章情景、议论融合无间,连用排偶,音律和谐,文采斐然。

〔2〕西陵:西陵峡,长江三峡之一,又名巴峡。西起秭归香溪河口,东至宜昌市南津关,长江自此出高山而入平原,视野豁然开朗。

〔3〕湘、沅:湘江和沅江。在湖南,流入洞庭湖,汇入长江。汉、沔:汉水,又名汉江。源出陕西,初出山时名漾水,东南经沔县为沔水,东经褒城县,合褒水,始称汉水,东南流,至武汉入长江。

〔4〕赤壁:此处指湖北黄冈之赤鼻矶,又名赤壁山。

〔5〕"清河张君梦得"二句:清河,属河北东路恩州。张君,即张梦得,《宋史》无传。苏轼有《水调歌头》词,序云:"黄州快哉亭赠张偓佺作",亦指此人。齐安,黄州旧称。

〔6〕舍:行军三十里为一舍。

〔7〕倏忽:迅疾。

〔8〕玩:欣赏、品味。

〔9〕武昌:武昌郡,黄初二年(221)年,东吴孙权置,治所在武昌(今鄂州),宋为武昌县,与黄州隔江相望。

〔10〕睥睨(bì nì 币逆):斜视,表示轻慢。曹操、孙权曾在赤壁大战,故云。其实这里并不是赤壁古战场所在。

〔11〕周瑜、陆逊之所骋骛:陆逊,字伯言,三国吴郡吴人,孙策婿。曾佐吕蒙破关羽。公元222年,在夷陵大败刘备。后驻守武昌。这些历史都发生在当地附近。骋骛,驰骋。

〔12〕"昔楚襄王"句:楚襄王,楚顷襄王,怀王之子。公元前298—前263年在位。宋玉,曾为楚襄王大夫,善辞赋,据说是屈原弟子。景差,战国楚人,曾为楚襄王大夫,善为赋,与宋玉、唐勒齐名。事见宋玉《风赋》。

〔13〕披襟:敞开衣襟。当:承受。

〔14〕与:相干。

〔15〕中:指内心。自得:自觉满足。

〔16〕病:忧虑。

〔17〕会计:张梦得在黄州任主簿,征收钱粮、管理簿书,故谓其工作为会计。

〔18〕放:恣纵、放任。

〔19〕蓬户瓮牖:蓬户,编蓬为门。瓮牖,以破坛子为窗户。这里指居住条件的简陋。

〔20〕濯:洗。

〔21〕揖:揖让、以礼相待。

〔22〕穷:穷尽。

〔23〕振:摇动。

〔24〕赵郡:苏氏出于高阳,东汉顺帝时苏章为冀州刺史,其子孙家于赵郡,眉州苏氏为其后裔,所以这里苏辙自称赵郡人。

齐州闵子祠堂记[1]

历城之东五里,有丘焉,曰闵子之墓。坟而不庙[2],秩祀不至[3],邦人不宁,守土之吏有将举焉而不克者[4]。熙宁七年[5],天章阁待制、右谏议大夫濮阳李公来守济南[6]。越明年,政修事治[7],邦之耋老相与来告曰[8]:"此邦之旧,有如闵子而不庙食[9],岂不大阙[10]?公唯不知,苟知之其有不饬[11]?"公曰:"噫!信。其可以缓[12]!"于是庀工为祠堂[13],且使春秋修其常事[14]。堂成,具三献焉[15],笾豆有列[16],傧相有位[17],百年之废,一日而举。

学士大夫观礼祠下,咨嗟涕洟[18]。有言者曰:"惟夫子生于乱世,周流齐、鲁、宋、卫之间[19],无所不仕。其弟子之高第[20],亦咸仕于诸国。宰我仕齐[21],子贡、冉有、子游仕鲁[22],季路仕卫[23],子夏仕魏[24]。弟子之仕者亦众矣。然其称德行者四人,独仲弓尝为季氏宰[25]。其上三人,皆未尝仕。季氏尝欲以闵子为费宰。闵子辞曰:'如有复我者,则吾必在汶上矣。'[26]且以夫子之贤,犹不以仕为污也。而三子之不仕,独何欤?"言未卒,有应者曰:"子独不见夫适东海者乎[27]?望之茫洋不知其边,即之汗漫不测其深,其舟如蔽天之山,其帆如浮空之云。然后履风涛而不偾[28],触蛟蜃而不眘[29],若夫以江河之舟楫而跨东海之滩,则亦十里而返,百里而溺,不足以经万里之害矣[30]。方周之衰[31],礼乐崩弛[32],天下大坏。而有欲救之,譬如涉海有甚焉者[33]。今夫子之不顾而仕,则其舟楫足恃也。诸子之汲汲而忘返[34],盖亦有陋舟而将试焉,则亦随其力之所及而已矣。若夫三子[35],愿为夫子而未能,下顾诸子而以为不足为也,是以止而有待[36]。夫子尝曰:'世之学柳下惠者,未有若鲁独居之男子。'[37]吾于三子亦云。"众曰:"然。"退而书之,遂刻于石。

《四部丛刊》景明嘉靖蜀藩活字本《栾城集》卷二十三

〔1〕齐州,北宋州名,属京东东路,治所在历城(今山东济南)。闵子,即闵损,字子骞,鲁人,孔子弟子,以德行著称。《史记·仲尼弟子列传》谓其"不仕大夫,不食污君之禄"。他本是一个隐居避世之人,苏辙此文则将他的行为解释为提升修养,等待时机,揭示出其用世的一面。这种解读,反映了宋代士人积极入世的精神面貌。

〔2〕坟:墓地隆起的封土。庙:用以祭祀的屋舍。

〔3〕秩祀:指祭祀,根据祭祀的对象不同,祭祀活动的规格也不同,所以叫"秩祀"。秩,等级。

〔4〕将举焉而不克者:举,办理。克,完成。

〔5〕熙宁七年:1074年。熙宁为宋神宗赵顼年号,1068—1077。

〔6〕"天章阁待制"句:天章阁待制,为帖职,是授予高级官员的荣誉性职务。天章阁为宫殿名,皇帝藏书之处。右谏议大夫,在北宋元丰官制改革之前是阶官,仅用来表示官员的品级,为正四品下。李公,李肃之,字公仪,熙宁七年四月知齐州。《宋史》卷三百一十有传。

〔7〕政修事治:政事井井有条。

〔8〕耋(dié 蝶)老:年七十以上称耋,一说八十以上,泛指年高望重

的老人。

〔9〕庙食:死后立庙,享受祭祀。

〔10〕阙:通"缺",这里指典制的空缺。

〔11〕苟:如果。饬:整理。

〔12〕其:岂、哪能。

〔13〕庀(pǐ痞)工:召集工匠,开始动工。

〔14〕春秋修其常事:按时进行祭祀。

〔15〕三献:三种祭品。《梦溪笔谈》三《辨证》一:"祭礼有腥、焊、熟三献。"

〔16〕笾豆:祭祀的礼器。竹制曰笾,木制曰豆。

〔17〕傧相:辅助祭祀的人。迎宾称傧,赞礼称相。

〔18〕咨嗟:叹息。涕洟:指流泪。

〔19〕周流:游走。

〔20〕第:等级、次第。

〔21〕宰我,即宰予,字子我,曾经做过临淄大夫,见《史记·仲尼弟子列传》。

〔22〕子贡、冉有、子游:均为孔子弟子。端木赐,字子贡。他曾作为鲁国使节出使各国,使得鲁国免遭齐的进攻。冉求,字子有,曾经做过鲁国大夫季氏的家臣。言偃,字子游,曾经做过武城宰。俱见《史记·仲尼弟子列传》。

〔23〕季路:仲由,字子路,一字季路。他曾经做过卫国大夫孔悝的家臣,后来在卫国的内乱中被杀害。见《史记·仲尼弟子列传》。

〔24〕子夏:卜商,字子夏。

〔25〕"独仲弓"句:仲弓,即仲雍,字子弓。季氏,春秋鲁桓公之子季友的后裔,又称季孙氏。参见《史记·鲁周公世家》。宰,卿大夫的总管,家臣。

〔26〕费:季氏的封地,在今山东费县。汶上:汶水岸边,这里指离开鲁国到齐国去。

〔27〕适:到、往。

〔28〕偾(fèn愤):跌倒、晕倒。

〔29〕蜃(shèn肾):大蛤蜊。慴(zhé哲):恐惧、害怕。

〔30〕害:灾难、祸患。这里指航海的艰难。

〔31〕方:当。

〔32〕崩:崩溃。弛:废弛。

〔33〕有甚焉者:有比涉海还要危险的事。

〔34〕汲汲:进取的样子。

〔35〕三子:指闵子骞、颜渊、冉伯牛。

〔36〕有待:等待自身修养的提高和时机的到来。

〔37〕"夫子尝曰"三句:孔子之言见《孔子家语·好生》:"鲁人有独处室者,邻之嫠妇亦独处一室。夜暴风雨至,嫠妇室坏,趋而托焉。鲁人闭户而不纳,嫠妇自牖与之言:'何不仁而不纳我乎?'鲁人曰:'吾闻男女不六十不同居,今子幼,吾亦幼,是以不敢纳尔也。'妇人曰:'子何不如柳下惠然?妪不建门之女,国人不称其乱。'鲁人曰:'柳下惠则可,吾固不可。吾将以吾之不可,学柳下惠之可。'孔子闻之,曰:'善哉!欲学柳下惠者,未有似于此者,期于至善而不袭其为,可谓智乎!'"意思说鲁男子学到柳下惠的精神实质,而不仅仅沿袭表面的行为。这里指闵子骞善于根据自己的情况学习孔子。柳下惠,鲁国大夫展禽,字季。柳下为地名,是他的食邑。死后谥为"惠",故称"柳下惠"。他有"坐怀不乱"的美称。

武昌九曲亭记〔1〕

子瞻迁于齐安〔2〕,庐于江上〔3〕。齐安无名山,而江之南武昌诸山^[4],陂陁蔓延^[5],涧谷深密,中有浮图精舍^[6]。西曰西山^[7],东曰寒溪^[8],依山临壑,隐蔽松枥^[9],萧然绝俗,车马之迹不至。每风止日出,江水伏息,子瞻杖策载酒^[10],乘渔舟乱流而南^[11]。山中有二三子,好客而喜游,闻子瞻至,幅巾迎笑^[12],相携徜徉而上^[13],穷山之深,力极而息,扫叶席草,酌酒相劳,意适忘反,往往留宿于山上。以此居齐安三年^[14],不知其久也。

然将适西山,行于松柏之间,羊肠九曲而获少平^[15],游者至此必息,倚怪石,荫茂木,俯视大江,仰瞻陵阜^[16],旁瞩溪谷。风云变化,林麓向背,皆效于左右^[17]。有废亭焉,其遗址甚狭,不足以席众客。其旁古木数十,其大皆百围千尺,不可加以斤斧。子瞻每至其下,辄睥睨终日。一旦,大风雷雨拔去其一。斥其所据,亭得以广。子瞻与客入山,视之笑曰:"兹欲以成吾亭耶!"遂相与营之。亭成而西山之胜始具,子瞻于是最乐。

昔余少年从子瞻游,有山可登,有水可浮,子瞻未始不褰裳先之^[18]。有不得至,为之怅然移日。至其翩然独往,逍遥泉石之上,撷林卉^[19],拾涧实,酌水而饮之,见者以为仙也。

盖天下之乐无穷,而以适意为悦^[20]。方其得意,万物无以易之。及其既厌^[21],未有不洒然自笑者也^[22]。譬之饮食杂陈于前,要之一饱而同委于臭腐^[23]。夫孰知得失之所在?惟其无愧于中,无责于外,而姑寓焉^[24]。此子瞻之

371

所以有乐于是也。

《四部丛刊》景明嘉靖蜀藩活字本《栾城集》卷二十四

〔1〕元丰五年(1082)苏轼因"乌台诗案"贬黄州已经三年,重修九曲亭,苏辙写了这篇记。武昌:汉置鄂县,孙吴改名武昌县,曾都于此,后迁都建业,于此设武昌郡,即今湖北鄂州市。九曲亭:在武昌县,即今鄂州市。《大清一统志》:"九曲亭在武昌县西九曲岭,为孙吴遗迹。"

〔2〕子瞻迁于齐安:子瞻,即苏轼。宋神宗元丰二年(1079),苏轼因有人告发他作诗文讪谤朝廷,被贬至黄州,充黄州团练副使。

〔3〕庐于江上:苏轼到黄州的第二年,由定惠院迁居靠近江边的临皋亭。

〔4〕武昌诸山:黄州与武昌隔江相对。武昌诸山,指樊山,又名袁山。苏轼有《记樊山》,其中说:"自余所居临皋亭下,乱流而西,泊于樊山,为樊口。……循山而南,至寒溪寺,上有曲山,山顶即位坛、九曲亭,皆孙氏遗迹。"又《答秦太虚书》:"所居对岸武昌,山水佳绝。"

〔5〕陂陁(pō tuó 坡驼):起伏不平的样子。

〔6〕浮图:亦作佛图、浮屠,即塔的梵语音译。精舍:佛寺。

〔7〕西山:西山寺,在樊山之上。

〔8〕寒溪:寒溪寺。樊山下有寒溪,寺在溪旁。

〔9〕隐蔽松枥:寺庙遮盖在松枥树林之中。

〔10〕杖:用作动词,拄着。策:拐杖。

〔11〕乱:横渡水面。

〔12〕幅巾:古代男子用绢一幅束发,称为幅巾。这是比较随意的着装,是不拘形迹的表现。

〔13〕徜徉:安详的样子。

〔14〕三年:本篇作于元丰五年(1082)。苏轼元丰三年(1080)来黄

州,此时已经在黄州住了三年了。

〔15〕少:稍微、略微。

〔16〕陵阜:山丘。

〔17〕效:呈现。

〔18〕褰(qiān牵)裳:提起衣裳。褰,撩起、用手提起。

〔19〕撷:摘取。卉:草的总名。

〔20〕适意:自得其乐。苏轼在《超然台记》中说:"凡物皆有可观,苟有可观,皆有可乐,非必怪奇玮丽者也。铺糟啜醨,皆可以醉;果蔬草木,皆可以饱,推此类也,吾安往而不乐。"即此之谓。

〔21〕厌:满足。

〔22〕洒然:心胸舒坦的样子。

〔23〕要之:总之。委:归、付。

〔24〕寓:寄寓。这是苏辙、苏轼兄弟的人生态度。就是所谓的寓于物而不累于物。拿这里的快哉亭来说,苏轼之乐,并不是因为亭子,而是源于内心,亭子只不过是这种快乐所借以表达的手段而已,所以说是"寓"。

沈　括

沈括(1032—1096),字存中,浙江钱塘(今浙江杭州)人。宋仁宗嘉祐八年(1063)进士,授扬州司理参军。神宗朝,累官太子中允,提举司天监,转太常丞,擢知制诰。坐事谪均州团练副使,徙秀州,晚年定居润州(今江苏镇江)梦溪园,绍圣三年卒,年六十五。沈括博学多才,其名著《梦溪笔谈》二十六卷,涉及天文、历法、地质、数学、医药以及考古等学科领域,是我国科技发展史上的一部杰作。他还著有《长兴集》四十一卷。《宋史》卷三百三十一(附于《沈遘传》)、《东都事略》有传。

上欧阳参政书[1]

参政侍郎阁下:自周公之没至于今,千有余岁,其间可以有为于天下,殆不过二三人。二三人者不可得而待,而又皆无可行之位与其时[2]。使得其人而又幸有其时与位,天下知之,如周公之于成王,则将如何而望之?其所以举天下之政,亦必自其大者[3],而后至于无所不举也。凡世之有益于用之物,一有不备者,人皆知其阙。礼乐在天下为用最大,寂然千有余岁,而天下之人未尝谓之阙者[4],人之所望于圣人者,意已绝不复萌于心,则若初未尝有礼乐者。既绝于心又未尝讲于视听,则其谓之无异而弃之必然[5]。礼乐之教,几何其不终废也!

伏惟阁下独立一世,为天下之师,三十年余矣。其养育贤才,风动天下,未有不如其意。所未能必者,天下之时与朝廷之位,则今既又得之矣。以其不可得而待于古者,而遇于今,而又有其时与位,天下之所望于阁下,阁下所以自处,某愚浅,不敢悬定于心。抑将举天下之政,必自其大者,则礼乐宜已在阁下之所先久矣[6]。然观者古至治之时,法度文章大备极盛,后世无不取法。至于技巧器械,大小尺寸,黑黄苍赤,岂能尽出于圣人？百工、群有司、市井、田墅之人,莫不预焉[7]。其卒使天下之材不遗,而至于大备极盛,后世无不取法,在所用之何如耳。某尝得古之乐说,习而通之,其声音之所出,法度之所施,与夫先圣人作乐之意,粗皆领略,成书一通[8],亦百工、群有司之一技,不敢嘿而不献[9]。非敢以为是也,盖以谓必欲尽天下之议,则荒唐悠谬之论,亦将有来献者也。

《四部丛刊》三编景明翻宋刻本《长兴集》卷二十

[1] 欧阳参政,指欧阳修。据胡道静《沈括事迹年表》,本文作于嘉祐六年(1061),时欧阳修为参知政事。沈括此文最大的意义在于,它肯定了普通人在社会进步中的作用。文章充分肯定了普通百姓在社会发展、科技进步和文化事业建设方面的重要作用。社会的进步,科技的发展,不能全归功于圣人。这是非常进步的观点。

[2] "二三者"二句:这样的"二三人"并不是可以期待的。意即这

样的人才很难得。有时候出现了,又没有给他们一展身手的机会。

〔3〕大:重要。

〔4〕"礼乐在天下"三句:礼乐的用处是最大的,但千余年来,礼乐缺失,却没有人指出这一点。

〔5〕"人之所望于圣人者"五句:人们对于圣人重新作兴礼乐的期待,想来已经不再有了,就好像礼乐从来没有存在过一样。人们不对复兴礼乐抱有希望,又不曾见识过礼乐,那么认为(有无礼乐)都是一样,并且最终对礼乐弃之不顾,就是一定的了。这是将复兴礼乐视作圣人的职责,暗指欧阳修。

〔6〕"抑将举天下之政"三句:这里接着上文,对欧阳修将如何自处的揣测。意谓举天下之政,必从重要的开始,那么礼乐一定是阁下应该首先重视的了。

〔7〕预:参与。

〔8〕成书一通:指《乐论》。

〔9〕嘿(mò 墨):闭口不说话,同"默"。

活字板〔1〕

板印书籍〔2〕,唐人尚未盛为之〔3〕。自冯瀛王始印五经〔4〕,已后典籍皆为板本〔5〕。

庆历中〔6〕,有布衣毕升〔7〕,又为活板。其法用胶泥刻字〔8〕,薄如钱唇〔9〕,每字为一印,火烧令坚。先设一铁板,其上以松脂、蜡和纸灰之类冒之〔10〕。欲印,则以一铁范置铁板上〔11〕,乃密布字印,满铁范为一板,持就火炀之〔12〕;药稍镕[13],则以一平板按其面,则字平如砥[14]。若止印三二本,未为简易;若印数十百千本,则极为神速。常作二铁板,一板印刷,一板已自布字[15],此印者才毕,则第二板已具,更互用之,瞬息可就。每一字皆有数印,如"之"、"也"等字,每字有二十余印,以备一板内有重复者。不用则以纸贴之,每韵为一贴[16],木格贮之。有奇字素无备者[17],旋刻之[18],以草火烧,瞬息可成。不以木为之者,木理有疏密,沾水则高下不平,兼与药相粘不可取[19]。不若燔土[20],用讫,再火令药镕,以手拂之,其印自落,殊不沾污[21]。

升死,其印为予群从所得[22],至今保藏。

《四部丛刊》续编景明本《梦溪笔谈》卷十八

〔1〕本文选自沈括的名著《梦溪笔谈》,标题是根据文章内容而拟的。印刷术是我国古代四大发明(指南针、造纸法、印刷术、火药)之一。《梦溪笔谈》的这条资料,是有关活字印刷术最早且最详尽的记载。从雕板印刷到活字印刷,是一个跨时代的飞跃,而这个重大贡献却是宋朝一位布衣毕升在八百年前作出的。在这则笔记中,沈括记录了毕升发明胶泥活字版印刷术的过程,叙事准确,文字简洁。

〔2〕板印:在整块木板上雕文印刷。

〔3〕唐人尚未盛为之:据明人胡应麟《少室山房笔丛》载,隋文帝开皇十三年(593),下令用雕板印刷佛经、佛像,但现存实物只有唐末的佛经和历书。故云唐人尚未普遍使用(雕板印刷术)。

〔4〕冯瀛(yíng 迎)王:即冯道(882—954),五代时在唐、晋、汉、周等朝做过宰相,历仕四姓十君,死后,周世宗追封他为瀛王。后唐明宗长兴二年(932),在冯道和李愚的倡议下,国子监校定"五经",即《诗》、

《书》、《礼》、《易》、《春秋》五种儒家经典,并组织刻工雕印,世称"五代监本"。这是我国大规模刻书之始。

〔5〕板本:用雕板印刷的书。

〔6〕庆历:宋仁宗赵祯年号,从1041年至1048年。

〔7〕布衣:古时庶人之服,此处代指平民。

〔8〕胶泥:粘土。

〔9〕钱唇:铜钱的边缘。

〔10〕冒:涂抹并覆盖。

〔11〕铁范:铁制的框子。

〔12〕炀(yáng 阳):用火烘烤。

〔13〕药:指松脂、蜡、纸灰等胶合剂。

〔14〕砥:磨刀石。

〔15〕布字:排字。

〔16〕每韵为一贴:把字模按韵分类,贴上纸签。

〔17〕奇字:冷僻字。

〔18〕旋:立即。

〔19〕"木理"三句:木理,木头的纹理。不可取,不容易取下来。

〔20〕燔(烦 fán):烧。燔土,此指做字模的粘土。

〔21〕殊不沾污:一点也不粘连。

〔22〕群从:子侄辈。古人称侄子为从子,故云。

雁荡山[1]

温州雁荡山,天下奇秀,然自古图牒未尝有言者[2]。祥符中[3],因造玉清宫[4],伐山取材,方有人见之,此时尚未有名。按西域书[5],阿罗汉诺矩罗居震旦东南大海际雁荡山芙蓉峰龙湫[6],唐僧贯休为《诺矩罗赞》[7],有"雁荡经行云漠漠[8],龙湫宴坐雨蒙蒙[9]"之句。此山南有芙蓉峰,下芙蓉驿,前瞰大海,然未知雁荡、龙湫所在[10]。后因伐木,始见此山。山顶有大池,相传以为雁荡;下有二潭水,以为龙湫。又有经行峡、宴坐峰,皆后人以贯休诗名之也。谢灵运为永嘉守[11],凡永嘉山水,游历殆遍[12],独不言此山,盖当时未有雁荡之名。

予观雁荡诸峰,皆峭拔险怪,上耸千尺,穹崖巨谷[13],不类他山,皆包在诸谷中[14]。自岭外望之,都无所见,至谷中则森然干霄[15]。原其理[16],当是为谷中大水冲激,沙土尽去,唯巨石岿然挺立耳[17]。如大小龙湫、水帘、初月谷之类,皆是水凿之穴[18]。自下望之则高岩峭壁,从上观之适与地平,以至诸峰之顶,亦低于山顶之地面。世间沟壑中水凿之处,皆有植土龛岩[19],亦此类耳。今成皋、陕西大涧中[20],立土动及百尺,迥然耸立,亦雁荡具体而微者,但此土彼石耳。既非挺出地上,则为深谷林莽所蔽,故古人未见。灵运所不至,理不足怪也。

《四部丛刊》续编景明本《梦溪笔谈》卷二十四

[1] 本文选自《梦溪笔谈》。宋神宗熙宁六年(1073),沈括到两浙执行公务时,曾到浙东对雁荡山进行实地考察。他发现雁荡山的峰顶都在同一水平面上,因而推测这一带原本是平原,因被流水长期侵蚀冲刷而成。他还结合沟壑受流水冲蚀后的形态和西北黄土高原的地貌特点

进行研究,提出了水蚀形成山岳的重大创见。本文是我国科技史上的名文。雁荡山在今温州乐清县东北,为旅游胜地。

〔2〕图牒:地理图谱。

〔3〕祥符:宋真宗年号大中祥符的省称,从1008年至1016年。

〔4〕玉清宫:道观名,在雁荡山附近。

〔5〕西域书:指佛经。

〔6〕阿罗汉:梵文的音译,略译作"罗汉",原指佛教修行所达到的最高境界,即圣者。诺矩罗:唐朝僧人,俗名罗尧运,眉州青神(今四川青神)人。《佛祖统纪》曰:诺矩罗为十六住世罗汉之一。震旦:古印度人对中国的称呼。龙湫(qiū 秋):瀑布名。

〔7〕贯休:唐末诗僧。俗名姜德隐,婺州兰溪(今浙江兰溪)人,长于诗歌、书法、绘画,著有《禅月集》。此处所引诗句为残句,全诗已佚。

〔8〕经行:经过。

〔9〕宴坐:佛教之坐禅。

〔10〕芙蓉驿:今名芙蓉镇。驿,驿站,古代官吏、信使休息或换马之处。瞰(kàn 看):俯视。

〔11〕谢灵运(385—433):谢玄之孙,袭封为康乐公,南朝宋著名诗人。曾任永嘉(郡名,郡治在今浙江温州)太守,爱好游览名胜,是中国文学史上第一位大量写作山水诗的诗人。《宋书》、《南史》有传,明人辑有《谢康乐集》。

〔12〕殆(dài 代):几乎、差不多。

〔13〕穹(qióng 穷)崖巨谷:高崖深谷。

〔14〕皆包在诸谷中:指山峰均被山谷包围。

〔15〕森然干霄:高耸入云。森然,高耸的样子。干霄,冲天。

〔16〕原其理:推测这些山峰形成的原因。

〔17〕岿(kuī 亏)然:庞大、高大的样子。

〔18〕水凿之穴：流水冲蚀而成的洞穴（这里也指水潭、洼池）。

〔19〕植土：向下垂直的土壁、土柱。龛（kān 刊）岩：向内凹陷的岩石。

〔20〕成皋：古地名，在今河南荥阳县境内。

正午牡丹[1]

藏书画者，多取空名，偶传为钟、王、顾、陆之笔[2]，见者争售[3]，此所谓"耳鉴"[4]。又有观画而以手摸之，相传以谓色不隐指者为佳画[5]，此又在耳鉴之下，谓之"揣骨听声"[6]。欧阳公尝得一古画牡丹丛[7]，其下有一猫，未知其精粗。丞相正肃吴公与欧公姻家[8]，一见，曰："此正午牡丹也。何以明之？其花披哆而色燥[9]，此日中时花也。猫眼黑睛如线，此正午猫眼也。有带露花，则房敛而色泽[10]。猫眼早暮则睛圆，日渐中狭长，正午则如一线耳。"此亦善求古人笔意也。

《四部丛刊》续编景明本《梦溪笔谈》卷十七

[1] 本文选自《梦溪笔谈》，本为两条，此处并为一文。这是一篇讨论书画鉴赏的文章。沈括认为，鉴赏书画，要依靠自己的双眼仔细品味；不应该人云亦云，耳闻某一作品是名家手笔，就以耳代目，盲目崇拜或吹捧；至于靠手摸颜色来判断作品的优劣，更是观画的"魔道"，被沈括嘲笑为"揣骨听声"，更在"耳食"之下。沈括通过书画鉴赏中诸种情形的讨论，指出观察事物必须精细全面、实事求是，文中高度赞赏了吴育的鉴

赏能力。

〔2〕钟、王、顾、陆：指古代著名书法家钟繇、王羲之和画家顾恺之、陆探微。钟繇，三国魏书法家；王羲之，东晋书法家。二人并称"钟王"。顾恺之，东晋时画家；陆探微，南朝宋时画家，其画师法顾恺之。二人并称"顾陆"。

〔3〕争售：争相购买。

〔4〕耳鉴：凭耳朵来鉴别，就是只听空名、以耳代目的意思。

〔5〕色不隐指：指画的颜色不会在手指摸过之后变得不鲜明。

〔6〕揣骨听声：旧时看相的方法之一，用摸骨骼、听语声来预测人的贵贱祸福。

〔7〕欧阳公：即欧阳修。

〔8〕正肃吴公：吴育（1004—1058），北宋政治家，宋仁宗时，官至参知政事。正肃是其谥号。姻家：即儿女亲家。

〔9〕披哆（chǐ 齿）而色燥：（花瓣）张开，颜色干巴巴的。披，分散。哆，张开的样子。

〔10〕"有带露花"二句：带着露水的花，它的花冠是聚拢的，而且颜色很有光泽。房，即花冠。

曾 肇

曾肇(1047—1107),字子开,号曲阜先生,建昌南丰(今属江西)人。治平四年(1067)进士,为黄岩主簿,调崇文院校书、馆阁校勘兼国子监直讲,元丰间为《神宗实录》检讨,历中书舍人、礼部侍郎。崇宁初,元祐士大夫再度被降黜,肇请与俱贬,遂落职,安置汀州。大观元年卒,谥"文昭"。杨时为撰《行述》(见《龟山集》卷二十九)。曾肇重儒学,博览经传,为文温润有章法。有《曲阜集》四卷。《宋史》卷三百一十九有传。

重修御史台记[1]

元祐三年,新作御史台成,有诏臣肇为之记。臣肇伏自惟念,幸得备位从官[2],以文字为职[3]。此大手笔[4],虽非所克堪[5],然义不得辞,谨拜手稽首而记之[6]。曰:维御史见于周,掌赞书、受法令而已[7]。战国以对执法,亦记事之职也[8]。至秦、汉始置大夫,位亚丞相[9]。副曰中丞,督部刺史,受公卿奏事,举劾按章[10]。其属有侍御史,出讨奸猾,治大狱,于是专绳纠之任[11]。厥后政事归尚书[12],而御史与尚书谒者并为三台大夫[13],更为三公[14]。而中丞为台,率与尚书令、司隶校尉朝会皆专席,为三独坐[15]。隋、唐复置大夫[16],天下有冤而无告者,得与中书、门下省诘之,谓之三司。自是御史益为雄峻,其属则有殿中、监察,并侍御史为三院[17]。侍御史一人知杂事,横榻而坐,谓之南床[18]。皆专弹劾,不言事[19]。本朝因之,至真宗皇帝增置言事御史,其后皆得言事。御史相率廷辨[20],小则人得自达[21],故其任视前世为尤重。非但谨朝会[22]、听讼狱而已。列圣相继,皆假以宽仁,使得自竭,是以风采所加[23],百僚震肃。朝廷倚而益尊,奸邪望而知畏。初,本朝虽因唐制,然以大夫为兼官[24],不治台事,以郎中、员外郎兼侍御史知杂事[25],以贰中丞,以太常博士以上为三院[26],未至者则为御史里行[27]。监察故事,内察尚书六曹,外巡按郡县,久之亦废。至神宗皇帝大正官名,始归大夫职[28]。以侍御史治杂事,罢御史里行,而复六察官[29]。分守既定,乃相官府。盖御史台建于宣化坊,自开宝五年[30],才有东西狱。七年,雷德骧分判三院事,请于上而大之,屋不及百楹。天禧二年[31],复诏增广,遂至三百六十楹。讫于元丰,垂七十年,寖以圮坏[32]。神宗皇帝怦图程工[33],以授有司。旧阙大夫听事,踵邺都制度,辟门北乡[34],取阴杀之义[35],而形势库下[36],无以重威。至是,命置大夫厅事,辟门东乡,增库为崇,培下为高[37],其规模宏远矣。继志述事,属于后人。今上即政之初,务先慈俭,土木之勤,咸诏勿事[38]。惟台之建,实遵先训,犹以大夫虚员,姑省营筑,辟门北乡,仍故不改。经度损益[39]，断自圣心。以元祐二年六月己亥始事[40]，三年八月庚辰卒功。用人力十万五千，为屋三百五十一楹，视旧小贬而亢爽过之[41]，门闳耽耽[42]，堂室渠渠[43]，长贰佐属，视事燕休[44]，翼翼申申[45]，各适所宜。吏舍囚圄[46]，深靓严固[47]，案牍簿书[48]，栖列有序。所以观示都邑[49]，表正宪度[50]，揆诸典章，于是为称。昔周人考室[51]，见于《风》《雅》；鲁国作门，记诸《春秋》[52]；后世传诵，为载籍首。恭惟神宗皇帝受命承序十有九年[53]，建立经常[54]，皆应古义。好恶无私，赏罚不僭，而纲纪是张；宫室弗营，池籞苟完[55]，而府寺是崇[56]。故能垂精风宪之司[57]，以启后嗣之意。二圣业已开辟言路，聪无不闻，明无不烛[58]。士有以言获福，不闻忠以取祸。耳目之地，宠遇莫抗，故能新是栋宇[59]，以成前人之志。是宜著在文字，刻之金石，以度越周、鲁，垂休无穷[60]。顾臣之愚，言语浅陋，何足以发扬圣德，称明诏之万一哉！虽然，臣尝闻之，责人非难，责己惟难。御史责人者也，将相大臣非其人，百官有司失其职，天下之有败法乱纪、服谗蒐慝者[61]，御史皆得以责之。然则御史独无责乎哉？居其位有所不知，知之有不言，言之有所不行，行之而君子病焉、小人幸焉，此御史之责也。御史虽不自责，天下得以责之，惟其不难于责己，则施于责人能称其任矣。能称其任，然后危冠盛服[62]，崇墉峻宇[63]，游焉息焉，可以无愧。苟异于是，得无馁于中哉[64]？臣故不自揆，辄因承诏，诵其所闻，以

385

告在位者[65],使有以仰称列圣褒大崇显之意焉[66]。

《四部丛刊》影宋刊本《皇朝文鉴》卷八十三

〔1〕在这篇文章中,作者回顾了御史一职的历史演变,在叙述中强调了御史的作用和职责。文章条理清晰,典实厚重,不愧史官之笔。

〔2〕备位:自谦之词。谓愧居其位,不过聊以充数。从官:即侍从官,为四品以上清要官。翰林学士、给事中、六部尚书等为内侍从官;带诸阁学士、直学士、待制者,为在外侍从官。曾肇时为翰林学士,故称。

〔3〕文字:翰林学士为皇帝起草重大命令诏书。

〔4〕大手笔:指朝廷诏令文书等重要文章。

〔5〕克:能够。堪:承受。

〔6〕拜手:古代男子跪拜礼的一种。跪后两手相拱,俯头至手。稽首:古时一种跪拜礼,叩头至地,是九拜中最恭敬者。

〔7〕赞书:帮助帝王起草诏书。受:通"授",付与。《周礼·春官·御史》:"御史掌邦国、都鄙及万民之治令,以赞冢宰。凡治者,受法令,掌赞书。"

〔8〕"战国"二句:据《通典·职官·御史台》:"战国时,亦有御史。秦、赵渑池之会,各命书其事。又,淳于髡谓齐王曰:'御史在前(《史记·滑稽列传》原作"后")。'则皆记事之职也。"执法,执法的官吏,《史记·滑稽列传》有云:"执法在旁,御史在后",这里执法和御史相并提,所以文中说"以对执法"。

〔9〕位亚丞相:亚,低于,表示等级的高低。据《汉书·百官公卿表》:"御史大夫,秦官,位上卿,银印青绶,掌副丞相。"

〔10〕副曰中丞:据《汉书·百官公卿表》:"有两丞,秩千石。一曰中丞,在殿中兰台,掌图籍秘书,外督部刺史,内领侍御史员十五人,受公卿奏事,举劾按章。"

〔11〕侍御史:《汉书·百官公卿表》:"侍御史有绣衣直指,出讨奸猾,治大狱,武帝所制,不常置。"讨:惩治有罪。

〔12〕尚书:官名。始置于战国时,或称掌书,尚即执掌之义。秦为少府属官,为内廷办事人员。因在皇帝左右办事,掌管文书奏章,地位逐渐重要。汉成帝时设尚书五人,开始分曹办事。东汉时正式成为协助皇帝处理政务的外朝官员,以至逐渐演变为取代丞相的政府首脑。

〔13〕三台:尚书为中台、谒者为外台、御史为宪台。见《后汉书·袁绍传》注。

〔14〕三公:古代中央三种最高官衔的合称。西汉以丞相(大司徒)、太尉(大司马)、御史大夫(大司空)为三公,东汉以太尉、司徒、司空为三公,见《通典·职官一》。

〔15〕司隶校尉:《汉书·百官公卿表》:"司隶校尉,周官,武帝征和四年初置。"它的职掌很宽泛,内察京师百官,外察各郡,违法之事皆在纠弹之列。

〔16〕复置大夫:御史大夫一职,后汉时撤销,改称司空。隋、唐复置。

〔17〕三院:殿中侍御史、监察侍御史、侍御史分掌殿院、察院、台院,称三院。

〔18〕南床:唐侍御史食坐之南所设的床榻。《通典·职官六》:"(侍御史)食坐之南设横榻,谓之南床。殿中监察不得坐也,唯侍御坐焉。凡侍御史之例,不出累月而迁南省者,故号为南床。"

〔19〕言事:古代专指向君王进谏或议论政事。御史原本是纠察百官,没有言事之权。

〔20〕廷辨:又作廷辩,在朝廷上辩论。

〔21〕自达:表达自己的看法。

〔22〕谨朝会:维持朝会时的秩序。

〔23〕风采:声威名望。

〔24〕兼官:在本官职外,又兼领他职。宋代初期,御史大夫为检校官所带宪衔,无职事。御史台首长为御史中丞。

〔25〕"以郎中"句:郎中、员外郎,唐于尚书六部二十四司,各司置郎中、员外郎一员,为本司长贰。宋初因唐制。侍御史知杂事,差遣官名。唐代以资格最深的侍御史一人知杂事。北宋因之,为御史台的副长官。一般以郎中、员外郎兼任。

〔26〕太常博士:宋初为寄禄官,表示品阶,无职事,为从七品上。

〔27〕"未至者"句:未至者,指品阶未到太常博士的,则称为御史里行。里行,相当于见习。

〔28〕大正官名:元丰年间,神宗改革官制,御史大夫成为职事官,恢复了传统的职权。

〔29〕六察官:唐时置监察御史,分察六部、六事,号六察官。宋初不常设,元丰二年十二月始设置。

〔30〕开宝五年:开宝,宋太祖年号,开宝五年为公元972年。

〔31〕天禧二年:天禧,宋真宗年号,天禧二年为公元1018年。

〔32〕寖:渐渐。圮:坍塌。

〔33〕伻(bēng 崩)图:遣人绘图。语本《尚书·洛诰》:"伻来,以图及献卜。"

〔34〕北乡:朝北。乡,即"向"的古字。

〔35〕阴杀:肃杀。《通典·御史台》注引北齐杨楞伽《邺都故事》云:"御史台在宫阙西南,其门北开,取冬杀之义。"

〔36〕庳(bēi 杯):低。

〔37〕培:堆土、增益、加厚。

〔38〕事:这里做动词,犹兴办。

〔39〕经度:筹划、经营规划。

〔40〕元祐二年:元祐,宋哲宗年号,元祐二年为公元1087年。

〔41〕亢爽:谓地势高旷干燥。

〔42〕闼(tà 踏):门。

〔43〕渠渠:深广的样子。

〔44〕视事燕休:视事,工作。燕休,休息。

〔45〕翼翼:恭敬谨慎的样子。申申:和舒的样子。

〔46〕囹圄:监狱。

〔47〕深靓(jìng 净):深邃宁静。靓,通"静"。严固:严密牢固。

〔48〕案牍:官府文书。簿书:官署中的文书簿册。

〔49〕观示:犹示范。

〔50〕表正:表率。

〔51〕考室:建造房屋。《诗经·小雅·斯干》,小序云:"《斯干》,宣王考室也。"郑玄笺:"考,成也。德行国富,人民殷众而皆佼好,骨肉和亲,宣王于是筑宫庙,群寝既成而衅之,歌《斯干》之诗以落之,此之谓成室。"

〔52〕鲁国作门:《春秋·僖公二十年》:"春,新作南门。"

〔53〕"恭惟神宗皇帝"句:指宋神宗赵顼(1048—1085)。治平四年正月(1067)英宗崩,神宗继位。神宗元丰八年(1085)崩,在位共十九年。

〔54〕经常:指常道、常法。

〔55〕籞(yù 御):皇帝的禁苑。

〔56〕府寺:朝廷官署。

〔57〕垂精:犹言致力。风宪:古代御史掌纠弹百官、正吏治之职,故以"风宪"称御史。

〔58〕烛:洞察。

〔59〕新:更新。

389

〔60〕垂休:显示祥瑞,降福。

〔61〕服:从事。谗:说别人的坏话,说陷害人的话。蒐慝(sōu tè 搜特):暗地里做坏事。

〔62〕危冠:高高的帽子。

〔63〕崇墉:高墙。峻宇:高大的屋宇。

〔64〕馁:空虚,这里指惭愧。

〔65〕在位:居官位、做官。

〔66〕崇显:尊贵。

李清臣

李清臣(1032—1102),字邦直,安阳(今河南安阳)人。宋仁宗皇祐五年(1053)进士,调邢州司户参军、和川令。宋英宗治平二年(1065)应才识兼茂科,欧阳修壮其文,以比苏轼,以秘书郎签书平江军判官。神宗召为两朝国史编修官,同修起居注,进知制诰,翰林学士。元丰中拜尚书右丞,哲宗立,转左丞。范纯仁去位,以中书侍郎独专中书,复举新法。徽宗立,为门下侍郎。不久,为曾布诬陷,出知大名府。崇宁元年卒。清臣以俭自持,至富贵不改。居官奉法,人不敢以私事求之。其所为文,简重宏放,自成一家。《宋史》卷三百二十八有传。

势 原[1]

君之所以安危,国之所以存亡治乱,令之所以行不行,势也。不善知势,不能为创业之君;不知势之可畏而失其所以审度将顺[2],不可以为持成之君[3],经治之臣[4]。故善用国者,势而已矣。理势,循则行[5],忤则变[6],动则险,止则平,轻能重,缓能速,故物有至小而力不可胜既[7],事有至易而功不可胜原[8],发如毫芒针端而巨若丘阜[9],本在拱把而远际穷发者[10],势也。户之运也[11],车之驰也,弩之圆也[12]，矢之激也[13]，衡以一权而举数倍之重也[14]，水之注于卑泽也，原火之燎于风中也[15]，势也。兵奋寡可以走众[16]，人乘高可以抑下，亦势也。岂惟万物然，今夫一人而胜天下之大，制天下之众，兼听天下之广，沛焉有余，非势而何如也？故明者用势，闇者用于势。明者提至要之处，持其关纽，制其机枢[17]，动静在我，开阖在我，弛张在我[18]，一教一令，一赏一罚，必辅之以形势，故教之而行者易，令之而从者速，赏一而千万人劝[19]，罚一而千万人惧，仁少而悦者多，义近而服者远，无它，理势为之也。教令赏罚仁义而无形势之辅，必且人人而治之矣。人人而治之，教之行也必艰，令之出也必烦[20]，天下之善有余而赏不足，天下之恶有余而罚不足，天下之民无穷而仁义不足，无它，理势不先也。夫千世之君，可偻指而数之矣[21]，或善恶，或仁义，其间差不能铢寸[22]，而功名辄相倍蓰[23]，祸福辄相千万者，无它，形势之异使然也。成汤祝兽网，而归者三十六国[24]；文王葬枯骨[25]，而天下三分有其二[26]。千世之君，德有大于此者矣。而汤、文用此收天下之助，盖其从民情而集天下之势也。方形势之在桀、纣[27]，夏台之囚[28]，羑里之狱[29]，如拘匹夫。及善恶之暴也，形势之变而迁，如林之师而莫敢射车中之木主[30]。故天下之势，安则难动，动则难安。当其安也，垂绅端委[31]，深拱于堂奥户牖之内[32]，而高论治古之上。尊明如天日，闳隐如震霆[33]，煦煦如雨露，肃肃如风霰，指顾叱咤[34]，而天下莫不趋走，鞭笞海外之蛮夷若制童妾[35]。虽有刘、项之魁雄[36],曹、马之奸桀[37],必且老民籍而不敢唱[38]。及乎昏懦为之也[39],席先王之泽[40],传先王之民,朝有遗臣故老[41],事有纲目轨度[42],先王之泽未涸[43],天下之势未运,目视其安也,以为无有危事也;任一喜怒[44],从一嗜欲矣,而患未切己也[45],以为可为而无伤也[46];习知天下之尊服己也[47],以为人终古莫敢蹙路马之刍,触囿兔之毛也。簸顿关纽[48],嬉弄机枢[49],动静不以时,开阖不以道,张弛不以节;淫乐在宫中而怨毒被天下[50],略易在一朝而患祸遗千日[51]。民心之它属也,君柄之旁落也[52],势之翩然而离也,虽欲安之不可能也。窃譬之山之高厚也,万夫不能堕坏也[53],朽壤生乎中,峘石震乎上[54],及其倾也,人力不能支拄而维持也[55]。非天事也,势也。故前圣创业,起今之利[56],变昔之害,所以治天下之具甚备,忧天下之虑甚深,缀民心而久天下之势[57],坚完固密[58],为不可拔。及其久,未尝无罅缺蠹漏也[59],然而其剥也亦有渐矣[60],在后圣时节其势而缮之耳[61]。汰则约之[62],危则平之,扰则静之[63],微则养之,弱则扶之,急则纵之,缓则持之,塞则导之,使万事之理,百物之节,皆不至于穷极而大变[64],则势久而长无危亡之形矣。故势之在我也,畜积之[65],固执之[66],审则发[67],弗便则居[68],故势为我使而天下莫能逆也。若一失其要,则纵肆奔悍于外[69],不可复收,虽有天下,一旦驱挤排压而仆矣[70]。臣故曰如户之运也,如车之驰也,如弩之圆也,如矢之激也,如

393

一权而举数倍之重也,如水之注于卑泽也,如原火之燎于风中也,如兵之奋寡而走众,人之乘高而制下,其动不可以不慎也。人主知势,则处治如将乱[71],处存如将亡,处安如将危,而乱与危亡亦且不至。臣故作《势原》。

《四部丛刊》本《皇朝文鉴》卷一百零四

〔1〕"势原"就是"原势",文章阐述"势"在治理国家中的重要地位,认为小的事情,看似无关紧要,但是一旦"趁势"而作,也将带来不可预料的后果。他提醒君主要保持戒惧之心,要"处存如将亡,处安如将危",维持对自己有利之势。文章排比铺陈,极具气势,很有说服力。

〔2〕审度将顺:审度,估量、揣度。将顺,顺势促成。《孝经·事君》:"将顺其美,匡救其恶,故上下能相亲也。"这句是说,要认识把握势,采取顺应时势的措施。

〔3〕持成:即守成。

〔4〕经治:筹划治理。

〔5〕循:顺着。

〔6〕忤:逆反。

〔7〕"故物有至小"句:胜,尽。既,穷尽。这句是说,物虽小,而力量却很大。

〔8〕"事有至易"句:意谓有些不起眼的事情,它的影响却不可估量。原,推究。

〔9〕毫芒:毫毛的尖端。比喻极细微。丘阜:山丘、土山。

〔10〕"本在拱把"句:拱把,指树木可以两手合抱。穷发,荒远不毛之地。《庄子·逍遥游》:"穷发之北有冥海者,天池也。"成玄英疏:"地以草为毛发,北方寒冱之地,草木不生,故名穷发,所谓不毛之地。"这句

是说,开始之时,势之未发,就像拱把之树,还很弱小。等到最后,则力量无穷,直达穷发之地。

〔11〕户之运:门枢的转动。

〔12〕弩之圆:弩箭拉满弓之后,犹如圆形,故谓弩之圆。

〔13〕激:疾飞。

〔14〕衡:秤。权:秤砣。

〔15〕燎(liáo辽):延烧。

〔16〕走:使动用法,使之走。意谓击败少数敌人,使其整体败逃。

〔17〕"持其关纽"二句:指控制其要害。关纽、机枢,都是关键之处的意思。

〔18〕弛张:谓弓弦放松和拉紧。因以喻事物之进退、起落、兴废等。

〔19〕劝:勤勉、努力。

〔20〕烦:芜杂。

〔21〕偻(lǔ吕)指而数:屈指而数。偻,屈。

〔22〕铢寸:一铢一寸,比喻微小。

〔23〕倍蓰(xǐ喜):谓数倍。倍,一倍;蓰,五倍。《孟子·滕文公上》:"夫物之不齐,物之情也。或相倍蓰,或相什百,或相千万。"

〔24〕"成汤祝兽网"二句:成汤,商朝开国之君。子姓,名履,又称天乙。有一次,他出去打猎,见人四面下网捕猎,于是就命人撤去三面,只留一面,说:"欲左,左。欲右,右。不用命,乃入吾网。"诸侯听说了,都说:"汤德至矣,及禽兽。"见《史记·殷本纪》。二十六国,《艺文类聚》卷十二引《帝王世纪》记载,诸侯听说商汤网开三面之事后,一时有三十六国前来归顺。

〔25〕文王:周文王姬昌。据说他在修建灵台的时候,工人掘地,发现了死人的骨头,于是他就以礼重新将其安葬。人们都说:"文王贤矣,泽其枯骨。"见刘向《新序》卷五。

〔26〕三分有其二:《论语·泰伯》:"三分天下有其二,以服事殷。"何晏集解引包咸曰:"殷纣淫乱,文王为西伯而有圣德,天下归周者三分有二。"

〔27〕桀、纣:夏桀和商纣的并称,都是暴君。

〔28〕夏台:夏代狱名,又名均台。《史记·夏本纪》:"桀不务德而武伤百姓,百姓弗堪。乃召汤而囚之夏台。"

〔29〕羑(yǒu 有)里:殷代监狱名。《史记·殷本纪》:"西伯昌闻之窃叹,崇侯虎知之以告纣,纣囚西伯羑里。"

〔30〕"及善恶之暴"三句:言商纣王杀王子比干,囚箕子,失去民心,形势转变,武王载文王木主,联合方国部落东伐,至于大战,虽然"殷商之旅,其会如林"(《诗经·大雅·大明》),但"纣师虽众,皆无战之心,心欲武王亟入。纣师皆倒兵以战,以开武王"(《史记·周本纪》)。此篇云"莫敢射"乃本此之夸饰之言。木主,木制的神位,上书死者姓名以供祭祀,又称神主,俗称牌位。《史记·周本纪》:"武王上祭于毕。东观兵至于盟津。为文王木主,载以车,中军。"

〔31〕垂绅:衣服上的带子垂下来。端委:古代礼服。这里指穿着礼服,安坐其处。

〔32〕"深拱于堂奥"句:深拱,高拱。言敛手安居,无为而治。堂奥,厅堂和内室。奥,室的西南隅。户牖,门窗。这里都是指深处禁中。

〔33〕闳隐:显现和隐藏。这句是说像震霆一样,显隐无时,使人畏惧。

〔34〕指顾:犹指挥。叱咤:指呵斥。

〔35〕"鞭笞海外之蛮夷"句:鞭笞(chī 吃),用鞭子抽打,此处指驾驭、征服。童妾,婢女,小妾。

〔36〕刘、项:刘邦和项羽,都是秦末大起义中的领袖。魁雄:杰出而强有力。

〔37〕曹、马:曹操和司马懿。他们都是身为臣子而篡夺了政权。奸桀:诡诈而有才智。

〔38〕民籍:居民的户籍。亦指有户籍的居民。这是说,当势安之时,虽有刘邦、项羽、曹操、司马懿这样的人,也只能一辈子做一个平民,而不敢起来叛乱。

〔39〕昏懦:昏庸懦弱。

〔40〕席:继承。泽:恩德。《孟子·离娄下》:"君子之泽,五世而斩;小人之泽,三世而斩。"

〔41〕遗臣故老:前朝老臣。

〔42〕纲目轨度:规则、法度。

〔43〕"传先王之民"数句:原本缺,此处据《全宋文》补。

〔44〕一:个人。

〔45〕切己:犹切身,谓身受窘迫。

〔46〕无伤:没有什么关系、不妨。

〔47〕尊服:犹敬服。

〔48〕簸顿:犹簸弄、玩弄。

〔49〕嬉弄:戏弄、玩弄。

〔50〕怨毒:怨恨、仇恨。

〔51〕略易:省简、简慢。

〔52〕旁落:落在别人手里。

〔53〕堕坏:毁坏。

〔54〕岿石:巨石。

〔55〕支柱:犹支撑。

〔56〕起:兴起。

〔57〕缀民心:意谓使民心齐一。缀,缝合。

〔58〕坚完:坚固完好。固密:牢固、坚固。

〔59〕罅(xià下)缺:缺漏。蠹漏:漏洞。

〔60〕剥:侵蚀、损害。渐:渐进、逐步。《易·坤·文言》:"臣弑其君,子弑其父,非一朝一夕之故,其所由来者渐矣。"

〔61〕时节其势而缮之:这里指根据势的变化而加以维护。缮(shàn善),修补、整治。

〔62〕汏:通"泰",过度、骄奢。约:约束、束缚。

〔63〕扰:搅扰、骚乱。

〔64〕穷极:极端、极点。

〔65〕畜积:积聚、储存。

〔66〕固执:坚持。《礼记·中庸》:"诚之者,择善而固执之者也。"

〔67〕审:明白、清楚。

〔68〕居:停息。

〔69〕纵肆:放肆、放纵。

〔70〕仆:倒下。

〔71〕处治如将乱:应对大治的局面,就像应对将要发生变乱的情况一样。意谓要时时警惕变乱。

范祖禹

范祖禹(1041—1098),字纯父,一字孟得,成都华阳(今四川成都)人。嘉祐八年(1063)举进士甲科。从司马光编修《资治通鉴》,在洛十五年,不事进取。书成,司马光荐为秘书省正字。哲宗立,转著作佐郎,授《神宗实录》检讨,迁给事中。宣仁太后卒,哲宗亲政,开始任用新党,进行所谓改革。范祖禹极力劝阻,无果,遂自请外任,出知陕州。因所修《神宗实录》被认为有不实之处,贬为武安军节度副使,昭州别驾,永州安置,卒。有《范太史文集》五十五卷。《宋史》卷三百三十七附《范镇传》。

论封桩阙子[1]

臣伏见近遣户部郎官往京西会计转运司财用出入之数[2]。自来诸路每告乏[3],朝廷详酌应副[4],其余则责办于外计[5]。今既遣郎官会计,必见阙少实数。若其数不多,则朝廷可以应副;若其数浩大,不知朝廷能尽应副邪?或止如常岁,量事与之也[6]?若量事与之,则朝廷既见其阙少之实,而不尽与,无以为说;若尽数与之,则恐他路援以为例。朝廷视天下如一,无有厚薄。欲悉应副,则力或有所不逮[7];不悉应副,则转运司无以为计,不刻剥百姓,何所取之？如此，则陛下赤子必受其弊[8]，不可不深虑也。又朝廷既委转运使副以一路财计，而不信其所言虚实，必遣郎官然后可信，是使诸路使者人人有不自信之心，每遇阙少，则倚望朝廷遣官会计，愈不任责[9]。臣以为此不可为后法。欲乞自今诸路凡有告乏[10]，只委转运司官会计，保明闻奏[11]。如有不实，即重行黜责[12]，其谁敢妄？臣窃谓今诸路经费所以不足者，由提刑司封桩阙额禁军请受钱帛斛斗[13]，万数不少。此乃户部转运司本分财计[14]，先帝特令封桩以待边用，盖恐仓猝调发不及[15]，故为此权宜之制[16]。今朝廷方务安边息民，则封桩之法宜悉蠲除[17]。欲乞自熙宁十年初封桩以来已起发上京[18]，及今日已前未起发上京数目，尽以赐尚书户部、诸路转运司，以佐经费。今天下诸路例多穷乏，而畜其财于无用之所，坐视困竭而不为救济，非均通有无、足用裕民之政也。缘自封桩至今已十余年，一旦拨还，诸路必稍纾缓，其利害较然无疑，伏乞早降指挥施行。取进止[19]。

〔贴黄〕[20]：臣恐议者或谓先帝以此备边，今不当变改。臣恭闻先帝尝有弛张之议。盖自古权宜之法，多不可久行。时异事殊，则后人必有更张。三代以来[21]，无不如此。若张而不弛，不唯无以济国家之急，亦非先帝圣意。

文渊阁《四库全书》本《范太史集》卷十五

〔1〕封桩，宋代的一种财政制度。凡岁终用度之余，皆封存不用，以备急需，故称。封桩钱物由皇帝直接管理，不归政府财政部门。初，宋太

祖设封桩库,仅存岁终用度之余。后来,封桩的对象逐渐扩大。特别是神宗时期,"凡税赋常贡,征榷之利方归三司。摘山煮海,坑冶榷货,户绝没纳之财悉归朝廷,其立法与常平、免役、坊场、河渡、禁军阙额、地利之资,皆号朝廷封桩"(《群书考索·后集》卷四)。这些钱物平时由各地相关部门征收、保管,然后统一上缴到京师,不计入政府收入。这样,封桩的范围扩大实际上是侵占了各级政府的财源,引起财政上的困难。这封劄子就是针对这个情况而发的。本文选自《宋朝诸臣奏议》,原题作"上哲宗乞以封桩钱赐户部及诸路转运司",今题据《范太史文集》卷十五改。原有小注:"元祐四年七月上,时为谏议大夫。"

〔2〕"臣伏见"句:户部,此处指尚书省户部。宋代前期,由户部、度支、盐铁构成的三司主管天下财赋。尚书省户部有名无实。元丰改制之后,罢三司,归其权力于尚书省户部。会计,核计、计算。转运司,转运使司。宋鉴于晚唐五代各地截留赋税的弊病,以若干州军为一路,每路设转运使,专门负责核查、解送赋税,并握有监察所属各州官员的权力。

〔3〕路:宋代行政区域。

〔4〕应副:支付、供应。

〔5〕外计:其他的办法。这里是说朝廷只能将亏空的一部分补足,其它就要地方自行设法解决。

〔6〕量事与之:考察因缺钱而待办的事项,分别对待,只将其中部分事项的经费补足。

〔7〕不逮:不及。

〔8〕赤子:婴儿,比喻百姓、人民。

〔9〕任责:负责。

〔10〕告乏:报告缺乏。

〔11〕保明:谓负责向上申明。

〔12〕黜责:责罚。

〔13〕"由提刑司"句：提刑司，提点刑狱使司。提点刑狱使负责本路各州军刑狱公事，也有监察本路州军官员的权力。请受，官俸、薪饷。斛斗，斛与斗。皆粮食量器名。十升为斗，十斗（南宋末年改为五斗）为斛。这里代指军粮。禁军驻扎在各地，其薪饷和军粮由户部发放。但各地禁军往往不满编足额，这样就有多余的钱物，就是这里的阙额禁军钱。这些钱就不再返还户部，而是由各路提刑司封桩保管，以后一起解送京师，成为封桩钱物的一个重要组成部分。

〔14〕本分财计：本分，犹本来。财计，指理财之事。这是说阙额禁军钱，本来就是户部所管理的经费。

〔15〕仓猝：突然。

〔16〕权宜：谓临时应变紧急情况的措施。

〔17〕蠲（juān 捐）除：废除、免除。

〔18〕熙宁十年：1077 年。熙宁，宋神宗年号，从 1068 年至 1077 年。起发：征调、发送。

〔19〕取进止：公文用语，放在奏札的后面。意谓是否合适，等候指示。

〔20〕贴黄：臣僚上奏文体。宋代臣僚奏状、札子都用白纸书写，如有意所未尽，则另黏贴一黄纸，将需要强调和补充的内容写在上面，即所谓"贴黄"。

〔21〕三代：夏、商、周。

晁补之

晁补之(1053—1110),字无咎,济州巨野(今山东巨野)人。年十七,著《七述》,谒杭州通判苏轼,自此受知于苏轼。元丰二年(1079)登进士第,授澶州司户参军,转北京国子监教授。元祐初,为太学正,召试,除秘书省正字,迁校书郎,五年通判扬州,召还为著作佐郎,出知齐州。绍圣中,坐党籍贬监信州酒税。徽宗立,召还。及蔡京用事,辞官还家,慕陶渊明而修归来园,自号"归来子"。崇宁中,出知达州,改泗州,卒。晁补之与黄庭坚、秦观、张耒俱从苏轼游,并称"苏门四学士"。张耒《晁无咎墓志铭》说他"自少为文,即能追步屈、宋、班、扬,下及韩愈、柳宗元之作,凌丽奇卓,出于天然"。有《鸡肋集》七十卷、词集《晁氏琴趣外编》。《宋史》卷四百四十四有传。

答外舅兵部杜侍郎书[1]

补之再拜:昨自苏公以尚书召,适与左右兵部同事[2],意两公平日未尝相与处[3],往未必合,故尝为苏公极言左右居家行己[4]、莅官及物之意[5]。苏公固不以补之言为过。及辱赐书,道联职甚亲[6],远闻欣喜不已[7]。补之于苏公为门下士[8],无所复赞。然刚洁寡欲,奉己至俭菲,而以身任官责,嫉邪爱物,知无不为,尤是不忽细务,其有所不得尽,视去官职如土芥[9]。凡规模大较[10]，与左右近者，非一事也。来书犹怪其尚气好辩[11]，此非补之所能知。自非圣人，各有所长，亦有所短。然伯夷班圣人之列矣，而孟子尚以谓伯夷隘，君子不由[12]。夫孟子所谓君子者，必若孔子[13]，无可无不可而后可也[14]，不然，望望然去之[15]，若将浼焉者[16]。苟病其未和[17]，则凡能虑祸忍诟、摧刚为柔，熟视出胯下者，皆可以免夫此议矣[18]。隘者见排，而不恭者并获罪[19]。见排且获罪矣，而不害其并列于圣人。则孟子之心盖可见矣。西汉名臣，惟汲黯、郑当时[20]。汲黯好直谏，多大体而性倨少礼[21]，面折不能容人之过[22]，士亦以此不附。而郑当时，性长者[23]，常引丞史，以为贤于己[24]，与官属言，惟恐伤之，山东翕然称郑庄[25]。黯以倨得不附，而庄见誉长者，似庄胜也。然至于淮南有邪谋，数汉庭臣，惟惮黯[26]，而庄乃获讥趋和承意，不敢甚斥臧否[27]，庄于此不反愧黯哉？虽然，汲黯为直不为忮[28]，郑当时为和不为谀，故良史同称推贤[29]。则汲黯、郑当时此其大体皆有所长，而亦皆有所短。故补之以谓自非孔子无可无不可，未免于见议者。君子以同而异[30]，若是可也。方今老成[31]，言行足以矜式后进者[32]，非左右乎！俗异教离[33]，党同门[34]，蠹道真[35]，十室皆是[36]。补之以谓众贤和于朝，则幽远趣向自一[37]，而事无不可为。不识左右以为如何？复赐一言，幸甚幸甚！

《四部丛刊》景明本《鸡肋集》卷五十二

〔1〕元祐七年(1097),苏轼自扬州以兵部尚书召还,时杜纯为兵部侍郎。由于苏轼是蜀党领袖,而杜纯为朔党中坚,两人之间不免龃龉。晁补之是苏轼的门生,又是杜纯的女婿,为了调解两人的关系,写了这封书信。本文针对杜纯来信中说苏轼"尚气好辩"而予以答复。文章首先肯定了苏轼廉洁自律,嫉恶如仇,恪尽职守,不贪恋官位等美德,并说杜纯也有这些美德,试图拉近两人的关系。接着先以孟子对伯夷等古代贤人的评价为例,说明人都是有缺点的。然后又以西汉名臣汲黯、郑当时为例,二人一倨傲、一谦和,却均为名臣。文末主张君子应求同存异,共同尽职于朝廷。文章主要是为其师辩解,但作为杜纯的女婿,又说得合情合理,既起到调解二人关系的作用,又不至引起杜纯反感,技巧很高明。外舅:岳父。《尔雅·释亲》:"妻之父为外舅。"杜侍郎:即杜纯,字孝锡。晁补之娶其第五女。

〔2〕左右:不直称对方,而称其左右,表示尊敬。这里指杜纯。

〔3〕相与:交往。

〔4〕居家:指在家的日常生活。行己:谓立身行事。

〔5〕莅官:出来作官。及物:谓恩及万物。

〔6〕联职:犹同事,谓职务相连。

〔7〕远闻:时晁补之在扬州任官,远离京帅开封,故云。

〔8〕门下士:门生。

〔9〕"然刚洁寡欲"数句:从"然刚洁寡欲"到"视去官职如土芥"都是晁氏以赞美的语气介绍苏轼为人的话。奉己,奉养自己。俭非,节约、微薄。细务,琐碎小事。土芥,泥土草芥。比喻微贱的东西,无足轻重。这里是说,如果为官不能按照自己的理想行事,则宁愿弃官,也要坚持自己的操守。

〔10〕规模大较:规模,指人物的才具气概。大较,大略、大致。这句是说苏轼与杜纯为人处事方面有许多相似之处。

405

〔11〕"来书"句:来书,杜纯有书信给晁补之,故云"来书",补之作此书答之。其,指苏轼。尚气,好胜。好辩,谓喜欢与人辩论。

〔12〕君子不由:语见《孟子·公孙丑上》:"孟子曰:'伯夷隘,柳下惠不恭。隘与不恭,君子不由也。'"伯夷,本为孤竹君之子,曾阻止武王伐纣,后来不食周粟,饿死在首阳山上。事见《史记·伯夷叔齐列传》。隘,气量小。由,行。

〔13〕"夫孟子"二句:在孟子看来,只有孔子才能被称为君子。

〔14〕"无可无不可"句:《论语·微子》中孔子说:"虞仲、夷逸,隐居放言。身中清,废中权。我则异于是,无可无不可。"孔子行事,达于时变,故云。

〔15〕望望然:急切的样子。

〔16〕浼(měi 美):玷污。此句大意谓急切地远离这样的人,仿佛自己会被他们玷污一般。

〔17〕病其未和:以未和为病。未和,指苏轼的尚气好辩。

〔18〕此议:指未和之病。这句话是说,假如因为某人不够和气而讨厌他,那么那些因为惧祸而能忍受耻辱,捐弃刚强,一味懦弱,以出人胯下为常有之事的人,都可以免去"尚气好辩"的批评了。

〔19〕不恭者:不严肃。指柳下惠。见注〔12〕。

〔20〕汲黯(?—前112):字长孺,濮阳人,为景帝、武帝时名臣。郑当时:字庄,陈人。与汲黯同时。两人事见《史记·汲郑列传》。

〔21〕倨:傲慢不逊。

〔22〕面折:当面批评、指责。

〔23〕长者:年长且善的人。

〔24〕丞史:丞及史,秦汉时中央和地方官吏的助理官。

〔25〕山东:秦汉时指函谷关以东地区。翕然:一致。

〔26〕淮南:指淮南王刘安。据《史记·汲郑列传》记载:"淮南王谋

反,惮黯,曰:'好直谏,守节死义,难惑以非。'"

〔27〕趋和:随声附和。臧否:好坏。《史记·汲郑列传》:"然郑庄在朝,常趋和承意,不敢甚引当否。"

〔28〕忮(zhì治):嫉妒、忌恨。

〔29〕良史:优秀的史官,这里指司马迁。他在《史记·汲郑列传》的赞中说:"夫以汲、郑之贤",推举两人为贤者。

〔30〕同而异:同,指在大的方面相同。异,指在具体的细节方面有不同。就像汲黯、郑当时为同为贤者,而性格又有倨与和之不同。

〔31〕老成:指年高有德的人。

〔32〕矜式:犹示范、楷模。

〔33〕俗异教离:俗,风俗。教,教化。此句意谓风俗和教化背离不道。

〔34〕党:结成朋党。

〔35〕蠹:损害、败坏。

〔36〕十室:犹言家家户户。

〔37〕幽远:指地方,和朝廷相对。趣向:志趣、好尚。

新城游北山记[1]

去新城之北三十里,山渐深,草木泉石渐幽。初犹骑行石齿间[2],旁皆大松,曲者如盖[3],直者如幢[4],立者如人,卧者如虬[5]。松下草间,有泉沮洳[6],伏见堕石井[7],锵然而鸣[8]。松间藤数十尺,蜿蜒如大螾[9]。其上有鸟,黑如鸲鹆[10],赤冠长喙,俯而啄,磔然有声[11]。稍西,一峰高

407

绝,有蹊介然[12],仅可步。系马石嘴[13],相扶携而上,篁筱仰不见日[14],如四五里,乃闻鸡声。有僧布袍蹑履来迎,与之语,愕而顾,如麋鹿不可接[15]。顶有屋数十间,曲折依崖壁为栏楯[16],如蜗鼠缭绕,乃得出,门牖相值[17]。既坐,山风飒然而至[18],堂殿铃铎皆鸣[19]。二三子相顾而惊,不知身之在何境也。

且暮,皆宿。于时九月,天高露清,山空月明,仰视星斗,皆光大[20],如适在人上。窗间竹数十竿,相摩戛声切切不已[21]。竹间梅棕[22],森然如鬼魅离立突鬓之状[23]。二三子又相顾魄动而不得寐[24],迟明[25],皆去。

既还家,数日,犹恍惚若有遇,因追记之。后不复到,然往往想见其事也。

《四部丛刊》景明本《鸡肋集》卷三十一

[1] 这是一篇游记,记叙作者和友人游新城北山的见闻。新城,宋属两浙路,在今浙江省富阳县。北山,即官山,在原新登县北三十里。全文突出一个"幽"字,先状奇松,后写古僧及山顶夜宿种种奇魅感受。此文与柳宗元《小石潭记》的风格有相似处,但无明显的身世之慨。

[2] 骑行:骑马而行。石齿:指路面有交错突出的石头,像人的牙齿一样高低不齐。

[3] 盖:车篷、车盖。

[4] 幢(chuáng 床):古代旗子一类的东西,垂筒形,饰有羽毛、锦绣。

[5] 虬(qiú 求):古代传说中有角的小龙。

〔6〕沮洳(jù rù 巨入):低而潮湿的地方。

〔7〕伏见:伏,水潜流于地下。见,同"现",指水流出地面。堕石井:指泉水流入石井之中。

〔8〕锵(qiāng 枪)然:象声词,如同敲击金石的声音。

〔9〕蚖(yuán 袁):即蝮蛇。

〔10〕鸲鹆(qú yù 渠预):俗名八哥。

〔11〕磔(zhé 哲)然:鸟鸣声。此指鸟啄木时发出的声音。

〔12〕蹊:小路。介然:道路分明的样子。

〔13〕石嘴:石角。

〔14〕篠筱(xiǎo 小):竹林。

〔15〕"愕而顾"二句:愕,惊异。顾,回首、回视。如麋鹿不可接,说山僧如麋鹿见到生人一样惊慌失措。

〔16〕栏楯(shǔn 吮):栏杆。

〔17〕门牖相值:牖,窗户。相值,相对。

〔18〕飒然:风声。

〔19〕铎(duó 夺):大铃。

〔20〕光人:指星星既亮且人。

〔21〕摩戛(jiá 颊):相互摩擦撞击。

〔22〕棕:棕树。

〔23〕鬼魅(mèi 妹)离立突鬓之状:鬼怪对立着、鬓毛怒张的样子。

〔24〕魄动:惊怕,精神恐惧。寐:睡着。

〔25〕迟(zhì 志)明:天快亮的时候。

张　耒

张耒(1054—1114),字文潜,号柯山,人称宛丘先生、张右史。因其仪观甚伟,魁梧逾常,所以人又戏称其为"肥仙",楚州淮阴(今江苏淮阴)人。宋神宗熙宁六年(1073)登进士第,历任临淮主簿、著作郎、史馆检讨。哲宗绍圣初,以直龙阁知润州。宋徽宗初,起为黄州通判,知兖州,召为太常少卿,又出知颖州、汝州。崇宁初年,新党再度执政,被指为元祐党人,贬房州别驾,黄州安置,不久病死。张耒为"苏门四学士"之一,苏轼赞其文章有苏辙之风,"汪洋澹泊,有一唱三叹之声"(《经进东坡文集事略》卷四十五《答张文潜书》)。有《张右史文集》六十五卷。《宋史》卷四百四十四有传。

答李推官书[1]

李君足下[2]:南来多事,久废读书。昨送简人还,忽辱惠及所作《病暑赋》及杂诗等[3],诵咏爱叹,既有以起其竭涸之思[4],而又喜世之学者,比来稍稍追求古人之文章述作体制[5],往往已有所到也。

耒不才,少时喜为文词,与人游,又喜论文字,谓之嗜好则可,以为能文,则世自有人,决不在我。足下与耒平居饮酒笑语,忘去屑屑[6],而忽持大轴,细书题官位姓名[7],如卑贱之见尊贵,此何为者?岂妄以耒为知文,谬为恭敬,若请教者乎?欲持纳而贪于爱玩,势不可得舍。虽怛然不以自宁[8],而既辱勤厚,亦不敢隐其所知于左右也。

足下之文,可谓奇矣,捐去文字常体[9],力为瑰奇险怪[10],务欲使人读之,如见数千岁前科蚪、鸟迹所记弦匏之歌、钟鼎之文也[11]。足下之所嗜者如此,固无不善者;抑耒之所闻,所谓能文者,岂谓其能奇哉!能久者,固不能以奇为主也。

夫文,何为而设也?知理者不能言,世之能言者多矣,而文者独传[12]。岂独传哉?因其能文也而言益工;因其言工而理益明,是以圣人贵之[13]。自《六经》以下[14],至于诸子百氏、骚人辩士论述[15],大抵皆将以为寓理之具也。是故理胜者,文不期工而工;理诎者[16],巧为粉泽而隙间百出[17]。此犹两人持牒而讼,直者操笔[18],不待累累[19],读之如破竹,横斜反覆,自中节目[20];曲者虽使假词于子贡[21],问字于扬雄[22],如列五味而不能调和,食之于口,无一可惬。况可使人玩味之乎?故学文之端,急于明理。夫不知为文者,无所复道;如知文而不务理,求文之工,世未尝有是也。

夫决水于江、河、淮、海也[23],水顺道而行,滔滔汩汩[24],日夜不止,冲砥柱[25],绝吕梁[26],放于江湖而纳之海,其舒为沦涟[27],鼓为涛波,激之为风飚,怒之为雷霆,蛟龙鱼鼋,喷薄出没,是水之奇变也。而水初岂如此哉!是顺道而决之,因其所遇而变生焉。沟渎东决而西竭[28],下满而上虚,日夜激之,欲见其奇,彼其所至者,蛙蛭之玩耳[29]。江、河、淮、海之水,理达之文也,不求奇而奇至矣。激沟渎而求水之奇,此无见于理,而欲以言语句读为奇之文也。

《六经》之文,莫奇于《易》,莫简于《春秋》,夫岂以奇与简为务哉,势自然耳。传曰:"吉人之辞寡。"[30]彼岂恶繁而好寡哉,虽欲为繁,不可得也。

自唐以来至今,文人好奇者不一,甚者或为缺句断章,使脉理不属,又取古书训诂希于见闻者,衣被而说合之[31],或得其字,不得其句;或得其句,不知其章。反复咀嚼,卒亦无有,此最文之陋也。足下之文虽不若此,然其意靡靡似主于奇矣[32],故预为足下陈之,愿无以仆之言质俚而不省也[33]。

《四部丛刊》景旧钞本《张右史文集》卷五十八

〔1〕这是张耒晚年谪居黄州时与友人论文的一封书信。张耒认为文章是"寓理之具",文章奇、简之风格不同,根本上取决于所欲达之理。如果不务理,而专去求文之奇,则是舍本逐末。作者行文多用比喻,说理明白晓畅,不枯燥。并对李推官"主于奇"的文风提出委婉的批评。推官,主要掌理刑狱。李推官,未详何许人。

〔2〕足下:古代下称上或同辈之间相称的敬词。

〔3〕辱惠:承蒙(您)赠给(我)。旧时书信中常用的客套话。

〔4〕起其竭涸之思:打开我的贫竭干涸的思路,意谓是我开了眼界,这是谦虚的说法。

412

〔5〕比来:近来。

〔6〕屑屑:繁多的样子。此处指众多琐碎的客套礼节。

〔7〕大轴:轴是指卷轴尾端的木棒,此处借指李推官送来请教的诗赋,是一种客气的说法。

〔8〕怛(dá 达)然:惊惧的样子。

〔9〕捐:抛弃。捐去文字常体,指抛弃文章的一般风格,此处"文字"指文章。

〔10〕瑰奇险怪:指语言风格艰涩怪异。

〔11〕"如见数千岁前"句:科蚪,一种古文字体,因其笔画头大尾小,形似科(蝌)蚪而名。鸟迹,指原始古文字。《吕氏春秋·君守》:"仓颉作书。"高诱注:"仓颉生而知书,写仿鸟迹以造文章。"弦匏(páo 咆)之歌,指古代歌谣。弦,原始弦乐器;匏,原始管乐器。钟鼎之文,即钟鼎文,又称金文,指铸在钟鼎器上的一种古文字。"数千岁前科蚪"、"弦匏之歌"、"钟鼎之文",皆指李推官的诗文艰涩难懂。

〔12〕文者:指上文所提到的"能文者",即能文的人。

〔13〕贵之:《左传·襄公二十年》:"仲尼曰:'《志》有之:"言以足志,文以足言。"不言谁知其志,言而无文,行之不远。'"孔子对志、言、文三者关系的说明,是张耒论述理、言、文关系的依据。

〔14〕《六经》:指儒家六部典籍《诗》、《书》、《礼》、《易》、《乐》、《春秋》。

〔15〕"至于诸子百氏"句:诸子百氏,即诸子百家。骚人,屈原以来的辞赋家。辩士,指纵横家。

〔16〕理诎(qū 屈):缺乏思想。诎,穷尽、缺少。

〔17〕粉泽:犹言粉饰。

〔18〕直者:正确的一方。操笔:提笔作文。

〔19〕不待累累:指不用反复说明。累累,重叠反复。

413

〔20〕"横斜反覆"二句:指有理的人,不管横说顺说,正说反说,都能抓住问题的关键,击中问题的要害。

〔21〕子贡:端木赐(前520—前456),字子贡,孔门七十二贤之一。他利口巧辞,善于雄辩,且有干济才,办事通达。孔子曾称其为"瑚琏之器"。

〔22〕扬雄(前53—18):字子云,西汉蜀郡成都(今四川成都)人。少时好学,博览多识,酷好辞赋而好深思,多识古文奇字。

〔23〕江:长江。河:黄河。淮:淮河。海:泛指我国东边的大海。

〔24〕滔滔汩汩:水大且流得很急的样子。

〔25〕砥柱:山名,又称三门山。在今河南省三门峡市,当黄河中流。以山在激流中矗立如柱,故名。今因整治河道,山已炸毁。

〔26〕吕梁:山名,在今山西省西部,位于黄河与汾河间。主峰在离石县东北。夏禹治水,凿吕梁以通黄河,即指此。

〔27〕沧涟:水被风吹起的波纹。

〔28〕沟渎:小河沟。

〔29〕蛙蛭之玩:蛙,青蛙。蛭(zhì 至),水蛭,俗名蚂蟥。玩,忽略、轻视。这几句是说小河沟里再怎么折腾,所激起的水花,连青蛙和蚂蟥这样的小东西都不会害怕。

〔30〕吉人之辞寡:吉善之人,辞句简约。语见《易·系辞下》。

〔31〕训诂:对古书字句所作的解释。衣(yì 义)被:犹言包裹。说合:强为之说而使之牵合。此句意谓,有的文人为了追求怪奇的文风,专取古书上不常见的字词,然后牵强地用于自己的文章写作中。

〔32〕靡靡:逐渐。这是说李推官的文章有求奇求怪的苗头。

〔33〕质俚:朴实、通俗。省:省悟。

贺方回乐府序[1]

文章之于人,有满心而发,肆口而成[2],不待思虑而工,不待雕琢而丽者,皆天理之自然,而情性之道也。世之言雄暴虓武者[3],莫如刘季、项籍[4],此两人者,岂有儿女之情哉!至其过故乡而感慨[5],别美人而涕泣[6],情发于言,流为歌词,含思凄婉,闻者动心焉。此两人者,岂其费心而得之哉!直寄其意耳!

予友贺方回,博学业文[7],而乐府之词,高绝一世。携一编示予,大抵倚声而为之词[8],皆可歌也。或者讥方回好学能文,而惟是为工,何哉?予应之曰:是所谓满心而发,肆口而成,虽欲已焉而不得者[9]。若其粉泽之工[10],则其才之所至,亦不自知也。夫其盛丽如游金、张之堂[11],而妖冶如揽嫱、施之袪[12],幽洁如屈、宋[13],悲壮如苏、李[14],览者自知之,盖有不可胜言者矣。

《四部丛刊》景旧钞本《张右史文集》卷五十一

[1] 这是张耒为贺铸词集作的序文。在文中,张耒认为,贺铸的词风格多样,或盛丽,或妖冶,或幽洁,或悲壮,都是情之所至,所以能够不待思虑而工,不待雕琢而丽。

[2] 肆口:随口,具有"任意"的意味。

[3] 虓(xiāo 消)武:勇猛威武。

〔4〕刘季、项籍:刘邦和项羽。刘邦,字季;项籍,字羽。

〔5〕至其故乡而感慨:《史记·汉高祖本纪》:"高祖还归,过沛,留。置酒沛宫,悉召故人父老子弟纵酒,发沛中儿得百二十人,教之歌。酒酣,高祖击筑,自为歌诗曰:'大风起兮云飞扬,威加海内兮归故乡,安得猛士兮守四方!'"

〔6〕别美人而涕泣:据《史记·项羽本纪》,项羽在垓下被围,闻四面楚歌之声,以为汉已经占有了全部楚地,于是慷慨悲歌:"力拔山兮气盖世,时不利兮骓不逝。骓不逝兮可奈何!虞兮虞兮奈若何?"

〔7〕业文:从事文学事业。

〔8〕倚声:按照曲子的声律节奏填词。

〔9〕已:停止。此句意思是,由于内心情感丰厚,故冲口而出,不能遏止。

〔10〕粉泽:指文词上进行雕饰。

〔11〕金、张之堂:指富贵华丽之地。金、张,汉时金日䃅、张安世二人的并称。二氏子孙相继,七世荣显。后因用为显宦的代称。《汉书·盖宽饶传》:"上无许、史之属,下无金、张之托。"颜师古注引应劭曰:"金,金日䃅也。张,张安世也。"

〔12〕嫱、施:指美女。嫱,毛嫱,春秋时期越国绝色美女。《庄子·齐物论》:"毛嫱、丽姬,人之所美也,鱼见之深入,鸟见之高飞。"后世以"沉鱼落雁"形容女子貌美。施,西施,名夷光,春秋时期越国美女。袪(qū驱):袖口。

〔13〕屈、宋:即屈原、宋玉。屈平(前340?—前278?),字原,通常称为屈原。屈原忠事楚怀王,却屡遭排挤,怀王死后,顷襄王听信谗言,将屈原流放,最终屈原投汨罗江而死。宋玉,又名子渊,相传为屈原的学生。战国时鄢(今襄樊宜城)人,曾事楚顷襄王。好辞赋,为屈原之后的辞赋家。

〔14〕苏、李:即苏武、李陵。苏武(前140—前60),字子卿,西汉杜陵(今陕西西安东南)人。天汉元年(前100)奉命以中郎将持节出使匈奴,被扣留。历尽艰辛,留居十九年而持节不屈。至始元六年(前81),方获释回汉。李陵(?—前74),字少卿,陇西成纪(今甘肃静宁南)人。曾率军与匈奴作战,战败投降匈奴。匈奴单于派他去劝降尚被扣留的苏武,苏武不听。等到苏武返回汉朝的时候,李陵设酒相送,吐露心迹,作歌泣下。此所谓苏、李之悲。参见《汉书》卷五十四。《文选》存苏李赠答诗一组,今人多认为是伪作。

投知己书〔1〕

五月日,耒谨因仆夫,百拜献书某官:耒闻古之致精竭思以事一艺〔2〕,而其不分者,其心之所思,意之所感,必能自达于其技〔3〕,使人观其动作变态,而逆得其悲欢好恶之微情〔4〕。故工乐者能使喜愠见于其声,工舞者能使欣戚见于其容。当其情见于物,而意泄于外也,盖虽欲自掩而不可得。昔伯牙之所好者,琴耳,钟子期坐而听之,而伯牙不能藏其微情〔5〕。夫伯牙之情,岂与琴谋哉?惟其专意一心以事其技,故意之所动,默然相授而不自知也。

耒自卯角而读书〔6〕,十有三岁而好为文〔7〕。方是时,虽不能尽通古人之意,然自三代以来〔8〕,圣贤骚人之述作,与夫秦汉而降,文章词辩,诗赋谣颂,下至雕虫绣绘,小章碎句,虽不合于大道〔9〕,靡不毕观。时时有所感发,已能见之于文字。所习益久,所亲益众,所嗜益深。故自十有三岁而至今三十有二年,身之所历、耳目之所闻见,著于当世而可知,与夫考于前古而有得者,无一不发之于文字。

不幸少苦贫贱,十有七岁而亲病,又二年而亲丧。既仕而困于州县者,十有二年矣。其悲忧惊悸,煎熬逼迫之情,憔悴萎苶[10],郁塞愤懑之气,充满羡溢,盈心满怀。而又饥寒困穷,就食以活其妻孥者[11],往来奔走,率常数千里。西走巴蜀,南尽吴会,陆困于周秦,而水穷于江淮。江湖波涛鱼龙之惊,重山复岭猿猩猱玃之出入[12],大夏炎暑,流金裂石[13],与夫雷电雨潦之震恐[14],积阴大寒,烈风霰雪[15],龟手刮肌之凄怆[16],皆已习见而安行。昼则接于起居,夜则见于梦寐。计其安居饱燠,脱忧危而解逼仄[17],扬眉开口,无事一笑者,百分之中不占其一。又观一世之情,其所矜尚可以自振于贫贱厄穷者,未素于其身无有其一。[18]故虽出仕四方,修身治官,庶几于有闻,而门单族薄,气焰寒冷,执版趋拜以见大吏,大则骂辱诟责,小则诘问凌侮,得其漠然不问,弃置其谁何[19],则过而欣然,辄自庆喜。其穷愁困塞有不可胜言者,又岂独此哉!

古之能为文章者,虽不著书,大率穷人之词十居其九[20]。盖其心之所激者,既已沮遏壅塞而不得肆,独发于言语文章,无掩其口而窒之者,庶几可以舒其情,以自慰于寂寞之滨耳。如某之穷者,亦可以谓之极矣。其平生之区区,既尝自致其工于此,而又遭会穷厄[21],投其所便。故朝夕所接,事物百态,长歌恸哭,诟骂怨怒,可喜可骇,可爱可恶,出驰而入息,阳厉而阴肃,沛然于文[22],若有所得。耒之于文,虽不可谓之工,然其用心亦已专矣。

夫文章之于人心,其理之相近,与夫工人之于技,则有间矣。耒之区区,盖已尽布于此,则世之高明博达之君子,俯而听之,盖有不待夫疑而问,问而后知其心也。

伏惟某官,以文章学术暴著天下[23],方为朝廷训词之臣[24]。而不腆之文[25],尝欲奖与。人谁不欲自达于世之显人,而某自顾所藏,无一而可。敢书其平日之文与诗几六十卷,以辱左右,伏惟闲暇而赐观焉。则耒之精诚,虽欲毫发自伏,而不可得矣,公亦念之耶?

《四部丛刊》景旧钞本《张右史文集》卷五十八

[1] 此文作于张耒四十五岁,在黄州贬所之时。文章回顾了自己的身世和学习经过,其中透露出的文学观点,与韩愈"不平则鸣"、欧阳修"穷而后工"的主张一脉相承。文章描写身世,委曲详尽,悲伤沉痛,十分感人。

[2] 致精竭思,以事一艺:意谓投入全部心思和精力去做一件事情。事,从事。

[3] "其心之所思"三句:此句意谓如果专心从事一项艺术事业,那么他的思想和情感则能在此项事业中得以很好的表现。达,表达、表现。

[4] "而逆得其"句:此句意谓从艺术作品能逆推作者内心细微的情感。逆得,逆推得知。微情,细微的情感。

[5] 伯牙:春秋时晋国上大夫,精于琴艺。钟子期:春秋时楚人。据说伯牙鼓琴,钟子期能领会到琴声中的意蕴。见《吕氏春秋·本味》。

[6] 丱(guàn 贯)角:头发束成两角,是古代儿童的发型,这里借指

童年时期。

〔7〕十有三岁:即十三岁。有,通"又"。

〔8〕三代:夏、商、西周。

〔9〕大道:正道、常理。

〔10〕萎苶(wěi ěr 委耳):衰落、萎靡。从"其悲忧惊悸"至"盈心满怀",为作者自述出仕州县后的辛苦以及自己内心的忧苦愤懑之情。

〔11〕妻孥:妻子和儿女。

〔12〕猱貁(náo wú 挠无):貁鼠和猱猿。貁,形似松鼠,毛多褐色,尾巴很长,前后肢之间有薄膜,能从树上飞降下来,住在树上,昼伏夜出。

〔13〕流金:谓高温熔化金属。此处形容天气酷热。

〔14〕雨潦:大雨积水。

〔15〕霰(xiàn 现)雪:雪粒和雪花。

〔16〕龟(jūn 军)手:冻裂手上皮肤。龟,通"皲"。从"江湖波涛鱼龙之惊"到"龟手刮肌之凄怆",为作者详尽描述自己游食四方期间所饱受的凄苦之状。

〔17〕逼仄:窘迫。

〔18〕"又观一世之情"三句:意谓现在世人所崇尚的、能使自己摆脱经济穷困和仕途穷厄窘状的手段,自己一点儿也不具备。

〔19〕谁何:呵斥、盘问。

〔20〕穷人:不得志的人。

〔21〕穷厄(è 饿):指仕途的穷困、不亨通。

〔22〕沛然:充盛的样子。

〔23〕暴著:明显、昭著。

〔24〕训词:帝王的诰敕文词。

〔25〕不腆(tiǎn 舔):浅薄。此处为谦词。

敦俗论[1]

所论人主之利势者[2],惟其能供天下之所求,而我无所求于人,故能奔走天下[3],使其进退取舍,莫不在我,而天下之人虽欲去之而不得。盖惟其能贵[4],故天下之贱者尊之;惟其能富,故天下之贫者宗之。使之脱然舍去斯二者[5],则天下之人,谁肯以区区之名而役之哉[6]!故富与贵者,人君操之以用其下者也[7]。虽然,天下之利惟富贵而后可为,则先王之治,宜其隆势利[8]、重权位,使其民唯富贵之知,而见其己之尊严[9]。然其率天下也,何其退约廉逊[10],教其民务为安贫乐贱之事,而深抑好争务胜之心者,何也?夫天下之人,不可使求为利也。夫使天下之人惟利之为求,则大者篡[11],小者判[12],惟其得之而后已。呜呼!使人皆欲得其上之所乐,则将日仇其上而夺之[13]。大如是,则吾之立于天下之上,不亦甚殆哉[14]。是故先王思所以长享富贵之利,求其安而无乱、服而无争。是故为是廉耻冲退之道[15],使之轻禄位而贱权势[16],而惟仁义之知。公卿之爵[17],人之所欲也,然三逊而后受[18];万钟之禄[19],人之所甚贪也,然无名而不敢当。呜呼!使天下之人,皆仁义之人耶,则吾捐国而与之,有不受者矣。三代之历年,后世莫及[20]。而考其教化风俗之美[21],诗书之所载[22],后世亦无有继之者,然则其效可知也。余尝悲夫自圣人之亡,后世之治天下者不明乎此也。开功名权利之门以诱天下,而使其民汲汲然惟利之知[23],而幸其区区之功利[24],尚功而贱德[25],贵才而废道,奖胜而羞退,进位而卑齿[26],故天下始嚣然皆有乐富好贵之心[27],而不安其分,反顾其贫贱而恶之,而日思其所以去之之术。夫惟人恶其贫贱而求去之,而天下之乱始起矣。故后世之所谓利其国而自安者,未始不亡其国而自危也。昔者,秦之俗盖若此矣。方其疾战不顾以取诸侯也[28],使其人惟攻战争夺之为求,故秦之民皆忘其上而利其身,功成战克[29],而后天下之人移其胜敌之志为仇君之心,盖其平日之所养,耳目之所习[30],有以使之而无足怪也[31]。呜呼!争之不可启也如此。养虎之肉,不敢全而生委之[32],惧其决裂以动其怒[33],而况持争具而授之欤?夫先王之道,其始若钝而后能利,其始若迂而效最切[34]。《老子》曰:"非以其无私耶?故能成其私。"[35]夫成其私而惟私之求,则天下去之[36];夫惟公以得天下之情者,天下之所归也。天下之所归而有不能得其所欲者乎?盖梁惠王问孟子以利,而孟子对以仁义,其说以谓上下交征利而国危,又曰:"未有仁而遗其亲,未有义而后其君者。"[37]利非危国,而其极至于国危[38]。仁义者若非所以自利也,而其效也使人不敢遗而后之[39]。则圣人之所以安其身者,岂匹夫匹妇之浅道欤?呜呼!孟子可谓知利之实矣[40]。

《四部丛刊》景旧钞本《张右史文集》卷五十三

〔1〕这是一篇论说文。作者认为帝王要想达到长治久安,就必须重视风俗教化,应该以仁义而非势利来引导人民。

〔2〕利势:利益与权势。《韩非子·八奸》:"示之以利势,惧之以患害。"

〔3〕奔走:这里是使动用法,使天下奔走。

〔4〕能贵:能使之贵。

〔5〕脱然:形容舍弃东西时不经意的状态。

〔6〕以:表示原因,因为。役:驱遣、役使。

〔7〕用其下:驱使其臣僚及百姓。

〔8〕隆:尊崇。

〔9〕见:通"现",显露。

〔10〕退约:谦让俭约。廉逊:逊让。

〔11〕篡:夺取。

〔12〕判:分离、离开。

〔13〕仇:怨恨。

〔14〕殆:危险。

〔15〕冲退:谦让。

〔16〕轻、贱:都是意动用法,以……为轻(贱)。

〔17〕公卿:是古代爵禄的不同等级。这里代指爵位。《礼记·王制》:"王者之制禄爵,公、侯、伯、子、男,凡五等。诸侯之上大夫卿、下大夫、上士、中士、下士,凡五等。"

〔18〕三逊:逊让三次,以示不敢承当。

〔19〕钟:古代容量单位。

〔20〕三代:夏、商、周。历年:王朝维系的时间。据《史记·夏本纪》裴骃集解,夏传十七君,共四百七十一年。《殷本纪》裴骃集解,殷商传二十九王,共四百九十六年。《周本纪》裴骃集解,周凡三十七王,共

八百六十七年。

〔21〕教化:政教风化。风俗:相沿积久而成的风气、习俗。

〔22〕诗书:泛指书籍。

〔23〕汲汲然:心情急切的样子。

〔24〕幸:欢喜,指以功力为庆喜。

〔25〕尚:尊崇、重视。

〔26〕卑:轻视。齿:年龄。进位卑齿,就是不尊重年长者,而惟地位官职是论。

〔27〕嚣然:纷乱的样子。

〔28〕疾:极力、尽力。取诸侯:攻取诸侯之地。

〔29〕克:战胜。

〔30〕所习:指熟悉、通晓的事。习,熟悉、通晓。

〔31〕有以:犹有因,有道理。

〔32〕不敢全而生委之:生,活着。委之,交给。这句说给老虎肉吃的时候,必须将食物杀死、切好给它。

〔33〕决裂:这里指老虎扑杀、撕咬喂给它的活的食物。动:发动、引起。

〔34〕迂:缓慢。切:切实、有效。

〔35〕"老子曰"句:见《老子》第七章。意谓正是因为他不自私,所以能够成就自己。

〔36〕"夫成其私"二句:意谓只知道通过自私自利的手段,去成就自己,天下之人一定会抛弃他,离他而去。

〔37〕交征利:相互追逐利益。见《孟子·梁惠王上》。赵岐注云:"仁者亲亲,义者尊尊。人无行仁而遗弃其亲,无行义而忽后其君者。"

〔38〕"利非危国"二句:追逐、提倡利,看似不会危害国家,却最终使国家处于危险之中。

〔39〕遗:即上引孟子所谓"遗其亲"。后:即孟子所说"后其君"。后,与前、上相对,这里指不重视、怠慢。

〔40〕实:实质。

黄庭坚

黄庭坚(1045—1105),字鲁直,号山谷道人,晚号涪翁,洪州分宁(今江西修水)人。宋英宗治平四年(1067)年登进士第,授叶县尉。神宗熙宁五年(1072)为北京(今山东大名)国子监助教。哲宗立,召为校书郎,《神宗实录》检讨官,编修《神宗实录》。逾年迁著作佐郎,加集贤校理。与张耒、秦观、晁补之同游苏轼之门,称"苏门四学士",后擢起居舍人。绍圣年间,屡遭贬谪,但他淡然处之,不以为意。徽宗即位,召回,不久又因为文字获罪,除名,羁管宜州,崇宁四年(1105)卒于贬所。黄庭坚为北宋著名诗人,开创"江西诗派"。其文章创作被苏轼赞为"超轶绝尘,独立万物之表,世久无此作"(《宋史》本传)。有《豫章黄先生文集》、《外集》、《别集》等。《宋史》卷四百四十四有传。

小山集序[1]

晏叔原,临淄公之莫子也[2]。磊隗权奇[3],疏于顾忌。文章翰墨,自立规模。常欲轩轾人[4],而不受世之轻重。诸公虽称爱之,而又以小谨望之[5],遂陆沉[6]于下位。平生潜心六艺,玩思百家[7],持论甚高,未尝以沽世[8]。余尝怪而问焉。曰:"我盘姗勃窣[9],犹获罪于诸公,愤而吐之,是唾人面也。"乃独嬉弄于乐府之余[10],而寓以诗人句法,清壮顿挫,能动摇人心。士大夫传之,以为有临淄之风尔,罕能味其言也。余尝论:"叔原固人英也,其痴亦自绝人。"爱叔原者皆愠,而问其目,曰:"仕宦之连蹇,而不能一傍贵人之门[11],是一痴也;论文自有体[12],不肯一作新进士语,此又一痴也;费资千百万,家人寒饥,而面有孺子之色,此又一痴也;人百负之而不恨,已信人,终不疑其欺己,此又一痴也。"乃共以为然。虽若此,至其乐府,可谓狎邪之大雅[13],豪士之鼓吹[14]。其合者《高唐》、《洛神》之流[15],其下者岂减《桃叶》、《团扇》哉[16]!

余少时间作乐府,以使酒玩世,道人法秀独罪余"以笔墨劝淫,于我法中当下犁舌之狱",特未见叔原之作耶!虽然,彼富贵得意,室有倩盼慧女[17],而主人好文,必当市购千金,家求善本,曰:"独不得与叔原同时邪!"若乃妙年美士,近知酒色之娱;苦节臞儒[18],晚恨裙裾之乐[19],鼓之舞之,使宴安鸩毒而不悔,是则叔原之罪也哉!

《四部丛刊》景宋乾道刊本《豫章黄先生文集》卷十六

〔1〕晏几道,字叔原,号小山,为晏殊之子。叔原为人磊落,不拘小节,天真深情,词集名《小山集》。黄庭坚在这篇序文中极力刻画晏几道性格上多情、深情的方面,由人而论文,揭示了小山词能打动人的深层原因。

〔2〕临淄公:晏殊,北宋宰相。莫子:即暮子,老年时生的孩子。莫,古同"暮"。

〔3〕磊傀：磊落。权奇：不同寻常。

〔4〕轩轾(xuān zhì 宣志)：褒贬、评价。古代大夫乘用车的顶前高后低称"轩"，前低后高称"轾"。

〔5〕以小谨望之：小谨，谨于小节。望，期望。

〔6〕陆沉：语出《庄子·则阳》，原义为无水而沉，此指沉沦、埋没。

〔7〕玩思：研究、探索。

〔8〕沽世：向世人推销自己，即为求世用。

〔9〕盘姗勃窣(sū 苏)：本指走路缓慢、左右摇摆。此处指行动小心谨慎。

〔10〕乐府之余：指词。古人有一种认识，认为诗歌演变为乐府，乐府演变为词。故将词称为诗余、乐府之余。

〔11〕连蹇(jiǎn 检)：艰难，遭遇坎坷。

〔12〕体：规矩、法度。

〔13〕狭邪之大雅：指晏几道的词虽然风流艳丽但归于雅正。狭邪，居住陋巷无远识的人，此处指狎妓行乐之人。大雅，《诗经》按音乐分为《大雅》和《小雅》，《大雅》是正声。

〔14〕豪士之鼓吹：指壮歌。鼓吹，即鼓吹乐，古代的一种器乐合奏曲，用鼓、钲、箫、笳等乐器合奏，源于我国古代民族北狄。

〔15〕《高唐》、《洛神》：即宋玉的《高唐赋》和曹植的《洛神赋》，二赋均写人神之恋。

〔16〕《桃叶》、《团扇》：《桃叶》，即《桃叶歌》据说是王献之为他的爱妾桃叶所作。《团扇》，指班婕妤《怨歌行》，也是情诗。

〔17〕倩盼：形容相貌美好，神态俏丽。《诗经·卫风·硕人》："巧笑倩兮，美目盼兮。"

〔18〕苦节臞(qú 渠)儒：苦节，节制欲望。臞儒，清瘦的儒者。

〔19〕裙裾：借指妇女。裙裾之乐，指男女爱情。

黔南道中行记[1]

绍圣二年三月辛亥,次下牢关[2],同伯氏元明、巫山尉辛纮尧夫,傍崖寻三游洞[3]。绕山行竹间二百许步,得僧舍,号大悲院,才有小屋五六间。僧贫甚,不能为客煎茶。过大悲,遵微行[4],高下二里许,至三游洞,一径栈阁绕山腹[5],下视深溪悚人;一径穿山腹,黯阇[6],出洞乃明。洞中略可容百人,有石乳,久乃一滴。中有空处,深二丈余,可立。尝有道人宴居[7],不耐久而去。

厥壬子[8],尧夫舟先发不相待。日中乃至虾蟆碚[9]。从舟中望之,颐颔口吻,甚类虾蟆也[10]。予从元明寻泉源,入洞中,石气清寒,流泉激激,泉中出石,腰骨若虬龙纠结之状[11]。洞中有崩石,平阔可容数人宴坐也。水流循虾蟆背、垂鼻口间,乃入江耳。泉味亦不极甘,但冷熨人齿[12],亦其源深来远故耶。

壬子之夕,宿黄牛峡[13]。明日癸丑,舟人以豚酒享黄牛神[14],两舟人饮福皆醉[15]。长年三老请少驻[16],乃得同元明、尧夫曳杖清樾间[17],观欧阳文忠公诗及苏子瞻记丁元珍梦中事[18],观只耳石马。道出神祠背,得石泉,甚壮急。命仆夫运石去沙,泉且清而归。陆羽《茶经》纪黄牛峡茶可饮[19],因令舟人求之,有媪卖新茶一笼,与草叶无异,山中无好事者故耳。

癸丑夕,宿鹿角滩下[20],乱石如困廪[21],无复寸土。步乱石间,见尧夫坐石据琴,儿大方侍侧,萧然在事物之外[22]。元明呼酒酌,尧夫随盘石为几案床座。夜阑,乃见北斗在天中,尧夫为《履霜》、《烈女》之曲[23]。已而风激涛波,滩声汹汹,大方抱琴而归。

初,余在峡州,问士大夫夷陵茶,皆云粗涩不可饮。试问小吏,云:"唯僧茶味善。"试令求之,得十饼,价甚平也。携至黄牛峡,置风炉清樾间[24],身候汤,手摘得味,既以享黄牛神,且酌元明、尧夫,云:"不减江南茶味也。"乃知夷陵士大夫但以貌取之耳,可因人告傅子正也[25]。

《四部丛刊》景宋乾道刊本《豫章黄先生文集》卷二十

[1] 本文中,黄庭坚以顺序的笔法,记述了绍圣二年(1095)三月赴黔州途中,经过峡州的见闻。三游洞、虾蟆碚、黄牛峡、鹿角滩,每处皆有可观,亦皆有可感。黄牛峡茶,虽载入陆羽《茶经》,其实却"与草叶无异"。夷陵茶,皆云涩不可饮,实际却"不减江南茶味",二者都是名不符实。可见,不实际求证,只以貌取物,都是不可取的。

[2] 下牢关:即下牢,在今湖北宜昌市西北。

[3] "同伯氏元明"二句:元明,即黄大临,字元明,为黄庭坚兄长。辛纮尧夫,辛纮,字尧夫。生平事迹不详。三游洞,《舆地纪胜》卷七十三:"三游洞,白乐天及弟知退及元微之参会于夷陵,寻幽践胜,知退云:'斯景胜绝,天地间有几乎?'赋古调二十韵,书石壁。乐天序而记之,见《三游序》。今洞在夷陵。"

[4] 遵微行:沿着小路。

[5] 栈阁:即栈道。《后汉书·隗嚣传》:"白水险阻,栈阁绝败。"李

贤注:"栈阁者,山路悬险,栈木为阁道。"

〔6〕黬闇(zhèn àn镇案):昏暗。闇,同"暗"。

〔7〕宴居:闲居、安居。

〔8〕厥壬子:辛亥之次日。厥,其。发语词,无实义。

〔9〕日中:中午。虾蟆碚:地名,在湖北省宜昌市西北。宋欧阳修有《虾蟆碚》诗,自注云:"今土人写作'背'字,音佩。"

〔10〕颐颔:腮颊。吻:嘴唇。

〔11〕虬龙:传说中的一种龙。《楚辞·天问》:"焉有虬龙,负熊以游?"王逸注:"有角曰龙,无角曰虬。"

〔12〕冷熨(yùn运)人齿:寒冷冰人牙齿。

〔13〕黄牛峡:即黄牛山。在湖北省宜昌西。南朝宋盛弘之《荆州记》:"宜都西陵峡中有黄牛山,江湍纡回,途经信宿犹望见之,行者语曰:朝发黄牛,暮宿黄牛,三日三暮,黄牛如故。"郦道元《水经注·江水二》:"江水又东径黄牛山,下有滩。"

〔14〕以豚(tún屯)酒享黄牛神:以小猪和酒祭黄牛神。

〔15〕饮福:祭拜后饮祭神之酒,意谓受神之福。

〔16〕长年三老:船工。长年,船上撑篙者。二老,古代称船上的舵公。

〔17〕曳杖清樾(yuè越):拖着手杖在清荫中行走。樾,树阴。

〔18〕"观欧阳文忠公诗"句:欧公诗,指欧阳修《黄牛峡祠》:"大川虽有神,淫祀亦其俗。石马系祠门,山鸦噪丛木。潭潭村鼓隔溪闻,楚巫歌舞送迎神。画船百丈山前路,上滩下峡长来去。江水东流不暂停,黄牛千古长如故。峡山侵天起青嶂,崖崩路绝无由上。黄牛不下江头饮,行人惟向舟中望。朝朝暮暮见黄牛,徒使行人过此愁。山高更远望犹见,不是黄牛滞客舟。"苏子瞻,即苏轼。丁元珍,丁宝臣,字元珍,与欧阳修友善,事见欧阳修《集贤校理丁君墓表》。文中所指"记丁元珍梦中

事"见《书欧阳公黄牛庙诗后》:"轼尝闻之于公(欧阳修):"'予昔以西京留守推官为馆阁校勘,时同年丁宝臣元珍适来京师,梦与予同舟沂江,入一庙中,拜谒堂下。予班元珍下,元珍固辞,予不可。方拜时,神像为起,鞠躬堂下,且使人邀予上,耳语久之。元珍私念神亦如世俗,待馆阁乃尔异礼耶?既出门见一马只耳。觉而语予。固莫识也。不数日元珍除峡州判官。已而余亦贬夷陵令。'"

〔19〕陆羽(733—804?):字鸿渐,唐复州竟陵人。以嗜茶出名,著《茶经》三卷,为我国关于茶的现存最早著作。

〔20〕鹿角滩:在湖北夷陵西。《湖广通志》:"虎头滩、鹿角滩、狼尾滩俱州西,三峡中唯此数峡最险。"

〔21〕囷廪:粮仓。

〔22〕萧然:超脱世俗的样子。

〔23〕《履霜》:即履霜操,古乐府琴曲名。汉蔡邕《琴操·履霜操》:"《履霜操》者,尹吉甫之子伯奇所作也。"《乐府诗集·琴曲歌辞一·履霜操题解》:"伯奇无罪,为后母谮而见逐,乃集芰荷以为衣,采楟花以为食,晨朝履霜,自伤见放,于是援琴鼓之而作此操。曲终,投河而死。"《烈女》:即《烈女引》。《乐府诗集·琴曲歌辞》:"古琴曲有五曲、九引、十二操……九引一曰烈女引。"

〔24〕风炉:煮茶用具。

〔25〕傅子正:不详。

大雅堂记[1]

丹棱杨素翁,英伟人也,其在州闾乡党有侠气,不少假借人[2],然以礼义,不以财力称长雄也。闻余欲尽书杜子美两川、夔峡诸诗[3]，刻石藏蜀中好文喜事之家，素翁粲然向余[4]，请从事焉，又欲作高屋广楹庥此石[5]，因请名焉。余名之曰大雅堂，而告之曰：

由杜子美以来四百余年，斯文委地[6]，文章之士，随世所能，杰出时辈，未有升子美之堂者，况室家之好耶[7]！余尝欲随欣然会意处，笺以数语[8]，终以汩没世俗[9]，初不暇给[10]。虽然，子美诗妙处，乃在无意于文[11]。夫无意而意已至，非广之以《国风》、《雅》、《颂》，深之以《离骚》、《九歌》，安能咀嚼其意味，闯然入其门耶[12]！故使后生辈自求之，则得之深矣。使后之登大雅堂者，能以余说而求之，则思过半矣。彼喜穿凿者，弃其大旨，取其发兴于所遇林泉、人物、草木、鱼虫，以为物物皆有所托，如世间商度隐语者，则子美之诗委地矣[13]。素翁可并刻此于大雅堂中。后生可畏，安知无涣然冰释于斯文者乎[14]！元符三年九月涪翁书。

《四部丛刊》景宋乾道刊本《豫章黄先生文集》卷十七

[1] 这篇记文，可视作一篇"杜诗论"。黄庭坚精到地指出杜甫后期诗歌的艺术特色，是"无意于文而意已至"。同时，对时人解说杜诗时的穿凿附会，提出了批评。

[2] 不少假借人：指不给人好脸色。少（shāo 捎），稍稍的意思。假借，宽容。

[3] 两川、夔峡诸诗：两川，指东川和西川。唐肃宗至德二年（757），剑南道置东川、西川两节度使，因有两川之称。乾元二年（759）末，杜甫入川，永泰元年（765），杜甫离开四川。大历元年（766）到夔州，

大历三年离开夔州。在此期间杜甫多有诗作。

〔4〕粲然:露齿而笑。

〔5〕庥(xiū 休):庇荫、保护。

〔6〕斯文委地:指杜甫以后,风雅的传统已被抛掉。

〔7〕"未有"二句:堂,厅堂。室,内室。古代宫室,前为堂,后为室。《论语·先进》:"由也升堂矣,未入于室也。"升堂、入室喻指成就高低的不同,本为二词,今人多以"升堂入室"为一词,形容成就高。此两句指至今没人能赶得上子美的成就。

〔8〕笺:注解。

〔9〕汩没:埋没。

〔10〕不暇给:没有时间完成。此句谓由于世俗事务缠身,自己无暇完成这项笺注工作。

〔11〕"子美诗妙处"二句:赞扬杜甫诗歌不刻意求工却能自成妙境,即"不烦绳削而自合"。

〔12〕"夫无意而意已至"五句:意谓不具备深厚的文学修养,就无法深刻体味杜甫诗歌的含义。咀嚼,深刻体味。

〔13〕"彼喜穿凿者"六句:意谓如对杜诗求解过深,认为杜诗中物物皆有寄托,就是把杜诗的精髓丢掉了。这其实是指出了体味杜诗的正确方法,即不能穿凿附会,从诗中的林泉人物、草木虫鱼寻求所谓的微言大义。

〔14〕涣然冰释:《老子》第十五章云:"涣兮若冰之将释。"涣然,流散的样子。释,消散。意谓像冰遇热消融一般,很快消散,此处指豁然开朗。

秦　观

秦观(1049—1100),字少游,一字太虚,号淮海居士,扬州高邮(今属江苏)人。元丰八年(1085)进士,除定海主簿,寻授蔡州教授。元祐初,以苏轼荐除太学博士,校正秘书省书籍,迁正字,元祐八年(1093)仕国史院编修,授左宣德郎。绍圣元年(1094)坐元祐党籍,出通判杭州,道中贬监处州酒税,后削秩徙郴州,继而编管横州,又徙雷州。徽宗即位后,由贬所放还,至藤州病逝,年五十三。少游长于议论,文丽而思深。有《淮海集》四十卷、《后集》六卷。今人有《秦观集编年校注》(人民文学出版社2001年版)。《宋史》卷四百四十四有传。

逆旅集序[1]

余闲居有所闻,辄书记之,既盈编轴,因次为若干卷[2],题曰《逆旅集》。盖以其智愚好丑,无所不存,彼皆随至随往,适相遇于一时,竟亦不能久其留也。

或曰:吾闻君子言欲纯事,书欲纯理,详于志常[3],而略于纪异[4]。今子所集,虽有先王之余论、周孔之遗言[5],而浮屠老子[6]、卜医梦幻、神仙鬼物之说,猥杂于其间,是否莫之分也[7],信诞莫之质也[8],常者不加详,而异者不加略也。无乃与所谓君子之书言者异乎?

余笑之曰:鸟栖不择山林,唯其木而已;鱼游不择江湖,唯其水而已。彼计事而处,简物而言,窃窃然去彼取此者[9],缙绅先生之事也[10]。仆,野人也,拥肿是师[11],懈怠是习[12],仰不知雅言之可爱,俯不知俗论之可卑。偶有所闻,则随而记之耳,又安知其纯与驳耶?然观今世人,谓其言是,则矍然改容[13];谓其言信,则适然以喜,而终身未尝信也,则又安知彼之纯不为驳,而吾之驳不为纯乎?且万物历历,同归一隙,众言喧喧,归于一源[14]。吾方与之沉,与之浮,欲有取舍而不可得,何暇是否信诞之择哉?子往矣!客去,遂以为序。

《四部丛刊》景明嘉靖小字本《淮海集》卷三十九

[1] 此为秦观自序之文。秦观将自己平时闲居所闻,不管是否可信,不加选择而尽书之。是与否,信与诞,本来没有固定的、放之四海而皆准的评判标准。故不必以人言为是,人言为非;亦不必以人言为信,人言为诞。从序文可知,秦观《逆旅集》的重点,在于记录不同于儒家正统观念的言论,乃至于虚无荒诞之说,他虽以"信诞"并举,但心中偏爱者,乃在于"诞"。文章极具哲理,时至今日,仍给我们一定的启示。

[2] 次:编撰、编次。此谓秦观把闲居时所作文按照一定的次序编辑起来。

[3] 志常:记正常的事情。

[4] 纪异:纪述非正常的怪异之事。

[5] 周孔:周公、孔子。此处"周孔之遗言",代指儒家思想言论。

[6] 浮屠:亦作"浮图",梵语 Buddha 的音译,指佛。老子:相传为

春秋时期思想家,道家学说的创始人,姓李名耳,字聃,故亦称老聃。著有《道德经》,亦名《老子》。

〔7〕"是否"句:意谓对书中的记载,无法分辨其对与错。

〔8〕"信诞"句:意谓对书中的记载,无法确认其虚与实。信,真实。诞,虚假。

〔9〕窃窃然:背地里,私下。

〔10〕缙绅:借指士大夫,是和"野人"相对而言的。

〔11〕拥肿是师:《庄子·逍遥游》中记载惠子对庄子说:"吾有大树,人谓之樗。其大本拥肿,而不中绳墨,其小枝卷曲,而不中规矩,立之途,匠者不顾。今子之言,大而无用,众所同去也。"这里是说自己的著作,就像惠子评价庄子那样,是"大而无用"。不过,按照庄子的观点,这种"无用",恰是它的价值所在。

〔12〕懈怠是习:平常松懈懒散。

〔13〕矍(jué 觉)然:急遽的样子。此句意谓当世之人太过于在意别人的评价和世俗的标准。

〔14〕"且万物历历"四句:意谓万物相殊,从本质上看,都是相通的。这即是庄子所谓的"道通于一"的思想。包括自己在内的人类,所有事物、现象,都是以"道"为本源。所以从"道"的观点来看,都是无差别的。正是其间没有区别,所以下文说"欲有所取舍而不可得"。

精骑集序[1]

予少时读书,一见辄能诵。暗疏之,[2]亦不甚失[3]。然负此自放,喜从滑稽饮酒者游[4],旬朔之间[5],把卷无几日[6],故虽有强记之力,而常废于不勤。

比数年来[7],颇发愤自惩艾[8],悔前所为,而聪明衰耗,殆不如曩时十一二[9]。每阅一事,必寻绎数终,掩卷茫然,辄复不省[10]。故虽然有勤苦之劳,而常废于善忘。

嗟夫!败吾业者,常此二物也[11]。比读《齐史》,见孙搴答邢词云:"我精骑三千,足敌君赢卒数万。"[12]心善其说,因取经、传、子、史事之可为文用者[13],得若干条,勒为若干卷[14],题曰《精骑集》云。

噫!少而不勤,无如之何矣[15]。长而善忘,庶几以此补之。

《四部丛刊》景明嘉靖小字本《淮海后集》卷六

〔1〕《精骑集》是秦观类编古书中相关材料而成的集子,这篇是其自作的序文。"业精于勤荒于嬉",秦观自述少时的经历,可谓印证了这一观点。然而,年龄渐长,懂得勤奋读书,却又苦于善忘。这种苦恼的经验,具有一定的普遍性。文章意在告诉年轻人,少壮时,精力充沛,记忆力强的时候,应努力学习,多读多记,对今天的年轻人,仍有一定的指导意义。

〔2〕暗疏:默写。

〔3〕不甚失:没有大的差错。

〔4〕滑稽饮酒者:幽默善辩、好喝酒的人。

〔5〕旬:十天一旬。朔:每月初一曰朔。此处指一个月。

〔6〕把卷无几日:指一月之间,没有几天看书的时间。

〔7〕比:近来。

〔8〕惩艾(yì 易):吸取过去的教训,以以前的过错为鉴戒。此指近来对自己的行为有所悔过,暗自发愤改过自新。

〔9〕"而聪明衰耗"二句:衰耗,衰竭。曩(nǎng 囊上声)时,从前。指由于年龄渐长,记忆力衰退,不及原来的十分之一二。

〔10〕寻绎:寻求。

〔11〕二物:指上文提到的"不勤"与"善忘"。

〔12〕"见孙搴答邢词"三句:据《北齐书·孙搴传》,孙搴字彦举,以文才著称,但实际学浅行薄。邢邵尝谓之曰:"更须读书。"孙搴答曰:"我精骑三千,足敌君羸卒数万。"

〔13〕经、传、子、史:经,指儒家经典书籍,如《诗经》等;传,指解释经书的著作,如《左传》等;子,指诸子书籍,如《庄子》等;史,指历史书籍,如《史记》等。

〔14〕勒:编辑。

〔15〕无如之何:没有什么办法。

陈师道

陈师道(1052—1101),字履常,一字无己,号后山居士,彭城(今江苏徐州)人。年十六从曾巩受业,为其所称赏。熙宁中,因为不满意当时科场中流行的王安石新学,遂绝意仕进。元祐初,以苏轼等荐,起为徐州教授。后因私自离职前往南京拜见苏轼,被处罚,改为颍州教授。又因非科举出身,被免职。元符三年(1100)召为秘书省正字,建中靖国元年(1001)卒。陈师道为"苏门六君子"之一,也是江西诗派重要作家。亦能词,其词风格与诗相近,以拗峭曲折见长。著有《后山居士文集》,另有词集《后山词》。《宋史》卷四百四十四有传。

上林秀州书[1]

七月十日,彭城陈师道谨奉书学士阁下[2]:宗周之制[3],士见于大夫卿公[4],介以厚其别[5],词以正其名[6],贽以效其情[7],仪以致其敬[8]。四者备矣,谓之礼成。士之相见如女之从人,有愿见之心而无自行之义,必有绍介为之前焉[9],所以别嫌而慎微也[10]。故曰介以厚其别。名以举事,词以导名。名者,先王所以定名分也[11]。名正则词不悖[12],分定则民不犯,故曰词以正其名。言不足以尽意,名不可以过情[13],又为之贽以成其终,故授受焉[14]。介以通名[15],傧以将命[16],勤亦至矣,然因人而后达也。礼莫重于自尽[17],故祭主于盥[18],婚主于迎[19],宾主于贽,故曰贽以效其情。诚发于心而谕于身[20],达于容色[21],故又有仪焉。词以三请,贽以三献,三揖而升,三拜而出。礼烦则泰[22],简则野[23],三者,礼之中也[24]。故曰仪以致其敬。是以贵不陵贱,下不援上[25],谨其分守[26],顺于时命,志不屈而身不辱,以成其善。当是之世岂特士之自贤[27],盖亦有礼为之节也[28]。夫周之制礼,其所为防至矣。及其晚世,礼存而俗变,犹自市而失身[29],况于礼之亡乎。自周之礼亡,士知免者寡矣[30]。世无君子明礼以正之,既相循以为常[31],而史官又载其事,故其弊习而不自知也[32]。师道鄙人也,然有闻于南丰先生[33],不敢不勉也。先生谓师道曰:"子见林秀州乎?"曰:"未也。"先生曰:"行矣。"师道承命以来,谨因先生而请焉。诗文二卷,敬以自效,不敢以为能也,谨伛偻待命,惟阁下赐之。

宋刻本《后山集·后山居士文集》卷十

〔1〕林秀州:即林希,字子中,《宋史》卷三百四十三有传。本文作于元丰四年(1081),林希当时以集贤校理通判秀州(今浙江省嘉兴市)。本年,陈师道至开封,谒见曾巩,秋,南游吴越,遵照曾巩的叮嘱,以诗文谒见林希,写下了这篇文章。参见《后山集》卷十二《思白堂记》,郑骞《陈后山年谱》"元丰四年"条。

〔2〕彭城:徐州古称彭城。学士:林希当时为集贤殿校理,集贤殿设

有学士、修撰、校理等职,此处称学士,是对他的尊称。阁下:古代多用于对尊显的人的敬称。后泛用作对人的敬称。

〔3〕宗周:指周王朝。因周为所封诸侯国之宗主国,故称。《诗经·小雅·正月》:"赫赫宗周,褒姒灭之。"

〔4〕大夫卿公:爵位的不同等级。《礼记·王制》:"王者之制禄爵,公、侯、伯、子、男,凡五等。诸侯之上大夫卿、下大夫、上士、中士、下士,凡五等。"

〔5〕介:传宾主之言的人。古时主有傧相迎宾,宾有随从通传叫介。《礼记·聘义》:"上公七介,侯伯五介,子男三介。"《孔丛子·杂训》:"白闻士无介不见,女无媒不嫁。"

〔6〕名:名分。《论语·子路》:"子路曰:'卫君待子而为政,子将奚先?'子曰:'必也,正名乎?'"何晏集解引马融曰:"正百事之名。"

〔7〕贽以效其情:贽,初次见人时所执的礼物。效,表达。

〔8〕仪:仪式、礼节。

〔9〕"士之相见"三句:意谓士人相见如同女子嫁人一样,不可自行相见,一定要有合适的媒介。

〔10〕别嫌:嫌,嫌疑。《礼记·坊记》:"夫礼,坊(防)民所淫,章(彰)民之别,使民无嫌,以为民纪者也。"郑玄注:"嫌,嫌疑也。"慎微:谨慎及于细微之处。

〔11〕名分:名位与身分。

〔12〕悖:违逆、违背。

〔13〕过情:超过实际情形。

〔14〕授受:给予和接受。

〔15〕通名:通报姓名。

〔16〕傧:导引宾客或以礼迎宾的人。将命:奉命。《仪礼·聘礼》:"将命于朝。"郑玄注:"将,犹奉也。"这里指奉主人之命。

〔17〕自尽:尽自己的才力。意指全心全意去做。

〔18〕祭主于盥:祭祀的关键在于盥洗。盥,洗手,以手承水冲洗。祭祀重在敬,盥洗就是自我清洁,是敬神的表现。

〔19〕迎:往迎。常特指迎亲。

〔20〕谕于身:指在肢体的动作上显示出来。谕,显示。

〔21〕容色:容貌神色。

〔22〕泰:过分。

〔23〕野:指鄙俗不合礼仪。

〔24〕中:中和、恰到好处。

〔25〕援:谓依附权势往上爬。《礼记·中庸》:"在上位,不陵下;在下位,不援上。"

〔26〕谨:慎守、严守。

〔27〕岂特:不只是。

〔28〕礼为之节:有礼这套规范来节制他们的行为。

〔29〕自市:自我推销。这是不符合礼仪要求的行为。

〔30〕免:去除自市的行为。

〔31〕相循:因循。

〔32〕弊习:坏习气。

〔33〕南丰先生:即曾巩(1019—1083),字子固。他的文章简而有法,为人所称。陈师道是其门下士。

思亭记[1]

甄,故徐富家[2],至甄君始以明经教授[3],乡称善人。而家益贫,更数十岁不克葬[4],乞贷邑里[5],葬其父母昆弟凡几丧[6]。邑人怜之,多助之者。既葬,益树以木[7],作室其旁,而问名于余。余以谓目之所视而思从之,视干戈则思斗[8],视刀锯则思惧,视庙社则思敬[9],视第家则思安[10]。夫人存好恶喜惧之心,物至而思,固其理也。今夫升高以望松梓[11],下丘垄而行墟墓之间,棘荆莽然[12],狐兔之迹交道[13],其有不思其亲者乎?请名之曰"思亭"。亲者,人所不忘也,而君子慎之[14]。故为墓于郊,而封沟之[15];为庙于家[16],而尝禘之[17];为衰为忌[18],而悲哀之,所以存其思也[19]。其可忘乎?虽然,自亲而下至于服尽[20],服尽则情尽,情尽则忘之矣。夫自吾之亲而至于忘之者,远故也[21],此亭之所以作也。凡君之子孙登斯亭者,其有忘乎?因其亲以广其思,其有不兴乎[22]?君曰:"博哉!子之言也。吾其庶乎?"[23]曰:"未也。贤不肖异思[24],后岂不有望其木思以为材,视其榛棘思以为薪[25],登其丘墓思发其所藏者乎[26]?"于是遽然流涕以泣[27]。曰:"未也。吾为子记之。使君之子孙诵斯文者,视其美以为劝,视其恶以为戒,其可免乎?"君揽涕而谢曰[28]:"免矣。"遂为之记。

宋刻本《后山集·后山居士文集》卷十四

〔1〕这篇记文是陈师道为徐州甄氏而作。文章发挥了儒家慎终追远的思想,表达了作者对宗族的重视。在作者看来,"思亲"既是人基本的感情,又是人伦重要的一环,推广开去,也能促进人们相互友爱。

〔2〕徐:徐州。

〔3〕以明经教授:指由明经科取得功名,获得教授的职位。明经,科

举的一个科目。主要考察对经书的背诵掌握能力。教授,学官名。宋代除宗学、律学、医学、武学等置教授传授学业外,各路的州、县学均置教授,掌管学校课试等事。

〔4〕克:能。葬:安葬。

〔5〕乞贷:求讨、求借。

〔6〕昆弟:兄弟。

〔7〕益:进一步。树:种植。

〔8〕干戈:干和戈是古代常用武器,因以"干戈"用作兵器的通称。

〔9〕庙社:宗庙和社稷。

〔10〕第家:官邸、住宅。

〔11〕松梓:松树和梓木。多栽于墓地。

〔12〕莽然:茂盛、多。

〔13〕交道:遍布在道路上。

〔14〕慎:重视。

〔15〕"故为墓于郊"二句:墓,坟墓。封,堆土。沟,挖沟。这里指整修坟墓。

〔16〕庙:旧时供祀先祖神位的屋舍。

〔17〕尝禘(dì帝):《国语·鲁语上》:"先臣惠伯以命于司里,尝、禘、蒸、享之所致君胙者有数矣。"韦昭注:"秋祭曰尝,夏祭曰禘,冬祭曰蒸,春祭曰享。"后以"尝禘"泛指祭祀。

〔18〕衰(cuī崔):古代丧服。用粗麻布制成,披在胸前。忌:戒除。守丧期间在日常生活方面,应该有所节制。

〔19〕存:存留。这里有使之长久的意思。

〔20〕服尽:指那些不需要穿着丧服的疏远之人。古代丧服以亲疏为差等而各有不同,共有五等,超出这五等之外的疏远亲属,就不用穿丧服。《礼记·学记》:"师无当于五服,五服弗得不亲。"

〔21〕远:指亲属关系的疏远。

〔22〕广:推衍。广其思,即将他对自己亲人的思念之情,推广开去。即孟子所谓"老吾老,以及人之老"的意思。兴,兴起、感动。

〔23〕庶:将近、差不多。

〔24〕不肖:不成器、不正派。

〔25〕薪:柴火。

〔26〕发:掘取。

〔27〕涕:眼泪。泣:哭泣,小声哭。

〔28〕揽涕:挥泪。

王　令

　　王令(1032—1059),初字钟美,改逢原,江都(今江苏扬州)人。年少苦学有大志。年稍长,倜傥不群,绝意仕进。以教授生徒为生。宋仁宗至和初,王安石经淮南赴京,王令以诗谒见,为王安石赏识,以夫人之堂妹妻之。后徙高邮,主州学。嘉祐四年(1059)卒。年仅二十八岁。有《广陵先生文集》。《东都事略》卷一百一十五有传。

师说[1]

　　上古之书,既已汨没[2],其它治具[3],不可稽见[4]。而五帝之学[5],求诸传记,间或见之[6]。夏商之书,虽号残缺,然学亦有名法[7]。周则大备[8],故其施设[9],炳然彰白[10]。若然,帝王之于治具[11],它虽世有取舍,于学则未闻或废也[12]。岂非君师云者,两立不可一蹶欤[13]?夫惟至治之世[14],其措民各有本而次第之,以及其化[15],故地各井而民自食其业[16],虽有士农工商之异,未尝不力而食[17],因其资给[18],然后绳其游惰[19],澄其淫邪[20],锄其强梗[21],其治略以定矣。然犹乡遂有庠序之教[22],家国有塾学之设[23],自世子以及卿大夫士之子皆入学[24],为之师以论其道[25]，为之保以诏其业，示之知、仁、圣、义、中、和，使相充扩[26]。孝、友、睦、姻、任、恤，使相修饬[27]。礼、乐、射、御、书、数[28]，使相闻晓。故其左右之闻，前后之观，不仁义则礼乐，迨其淬磨渍渐之成[29]，则入孝而出悌[30]，尊尊而长长[31]，然后取而置之民上[32]，则君尽其所以为君[33]，臣尽其所以为臣，卒无有一背戾者[34]，其出于学而存于师也。道之衰微，迄于余周[35]，如垣石之于将坠[36]，其引缀未绝者，犹一线发[37]。继之暴秦，不扶而抑，遂至崩坏[38]。汉兴，宜大更制[39]，而财补缝之[40]，故其俗无所防范，听民所为，卒放坏不至治[41]。然能郡县创孔子祠，立五经博士，置弟子徒员[42]，策贤良[43]，求经术，以对当时得失，于古虽未为善，而其风遂号为治平。岂前世遗风余化，渍染而未斩耶[44]？抑民苦秦而效见易也[45]？当此之时，士犹能相尊师，故终汉世，传《诗》、《书》、《礼》、《易》、《春秋》而名家者以百数十计[46]。晋、魏而下，寖以沉溺[47]，更数十世，惟唐为近古。大抵财追齐汉治，而未能远过。呜呼！何为而止此也。夫天下之所以不治，患在不用儒。而汉唐以来，例常任儒矣，卒不至甚治者，何也？有儒名，有儒位，而不用儒术而然尔。其弊在于学师不立而育贤无方[48]。圣人之道不讲不明，士无根源而竞支流[49]，故不识所以治乱之本，而不知所以为儒之任，而又上之取之不以实而以言故也[50]。夫人所以能自诚而明者[51]，非生而知，则出于教导之明，而修习之至也[52]。如无为师，则天下之士，虽有强力向进之心[53],且何自而明且诚也？夫天下之才力,训导而懋勉之[54],犹患其秕窳[55],故七十子身逢圣人而亲薰炙之[56],其闻与见不为不至,犹且柴愚,参鲁,师辟,由喭,赐不受命而货殖[57],冉求为宰而赋粟倍[58]。又况后圣人数千岁,其书残缺朽蠹,又资材下于数子,而欲听其自为,而不立学与师,犹其愿获而顾不耕也[59]。如必待其自贤而取之,多见其稀阔不可俟也[60]。自周至唐,绵数千岁,其卓然取贤自名可以治国者,由孟轲抵韩愈,才三四人。是其力能扶持其教而竟不之用者,所以历年已远,人出甚少也。如其多则或用之矣[61]。苟患其少,无如广学树师,续其所不长[62],擢其所未高[63],使知所以为治,而识所以救乱。然后名闻而实取之[64],则庶矣。天下之师绝久矣,今之名门,徒教组刺章句[65],希望科第而已。昔者子路使子羔为费宰,子曰:"贼夫人之子。"[66]今贼人者皆是,皆取戾于孔子者耳,其恶得为人师,恶得为人师？

上海古籍出版社1980年点校本《干令集》卷十二

〔1〕这是王令的一篇论说文。作者在文中认为应该通过树学立师,来传播儒家之道,培养人才,改变风气,达到天下的大治。文风朴实而有气势。

〔2〕汩没:埋没、湮灭。

〔3〕治具:治国的措施。

〔4〕稽见:查考。

〔5〕五帝:上古的圣君,其说不一。《史记》认为是黄帝、颛顼、帝

449

誉、尧和舜。

〔6〕间或:有时。

〔7〕名法:很有效的方法。

〔8〕大备:一切具备、完备。

〔9〕施设:措施。

〔10〕彰白:明显。

〔11〕治具:治理国家的方法、手段。

〔12〕或:有。

〔13〕两立:并存、同时存在。

〔14〕至治:指安定昌盛、教化大行的政治局面或时世。

〔15〕化:改变,指人民受教育而感化。

〔16〕井:设置或划分井田。这里指划分好土地,各自耕种。

〔17〕力而食:通过自己的劳动、努力来维持生活。

〔18〕资给:财货充足。

〔19〕绳:制裁。游惰:游荡懒惰。

〔20〕澄:除去。淫邪:邪恶、淫荡。

〔21〕强梗:指骄横跋扈、胡作非为。

〔22〕乡遂有庠序之教:乡遂,周制,王畿郊内六乡,郊外置六遂。诸侯国亦有乡遂。后泛指都城之外的地区。庠序,古代的地方学校。

〔23〕家:家族。国:国家。《礼记·学记》:"古之教者,家有塾,党有庠,术有序,国有学。"

〔24〕世子:帝王和诸侯王的嫡长子。

〔25〕师:古代辅导天子和诸侯子弟的官员。下句中的"保",也是这样的官员。

〔26〕"示之知"二句:知,即智。这六者是所谓"六德",见《周礼·地官·大司徒》:"一曰六德:知、仁、圣、义、忠、和。"郑玄注云:"知,明于

事;仁,爱人以及物;圣,通而先识;义,能断时宜;忠,言以中心;和,不刚不柔。"充扩,扩充,开拓。

〔27〕"孝、友、睦"二句:即《周礼》所谓六种善行。见《周礼·地官·大司徒》:"六行:孝、友、睦、姻、任、恤。"郑玄注云:"善于父母为孝;善于兄弟为友;睦,亲于九族;姻,亲于外亲;任,信于友道;恤,振忧贫者。"修饬,指约束言行,使合乎礼义。

〔28〕"礼、乐、射"句:《周礼·地官·大司徒》:"三曰六艺:礼、乐、射、御、书、数。"郑玄注:"礼,五礼之义;乐,六乐之歌舞;射,五射之法;御,五御之节;书,六书之品;数,九数之计。"

〔29〕淬磨:磨砺、磨炼。渍渐:逐渐,这里指教育浸染。

〔30〕悌:敬爱兄长。

〔31〕尊尊而长长:第一个尊和长,都用作动词,意谓尊敬。

〔32〕置之民上:意谓在百姓之上,即处于治理百姓的位置。

〔33〕君尽其所以为君:君主履行他做君主应该有的职责。尽,这里有能做到,能完成的意思。

〔34〕背戾:悖谬、相反。

〔35〕余周:周朝之余,指战国末期。

〔36〕绠(gēng 庚)石:用绳索系住的石头。

〔37〕"其引缀未绝者"二句:缀,连结在一起。绝,断开。线发,头发般粗细。这里形容危急。

〔38〕崩坏:败坏衰落。

〔39〕更制:改制。

〔40〕财:通"才"。补缝:弥补。

〔41〕放坏:放任而至于崩坏。

〔42〕创孔子祠:汉代祭祀孔子,始于刘邦。《汉书·高帝纪》说他"过鲁,以太牢祠孔子",后来平帝又封孔子后人。作者所指,或即这些

尊孔的行为。五经博士:据《汉书·武帝本纪》,武帝于建元五年(前136)"置五经博士",教授五经。所谓五经,是指五部儒家经典,即《诗》、《书》、《易》、《礼》、《春秋》。弟子徒员:武帝元朔五年(前124)建太学,为博士官置弟子五十人。

〔43〕贤良:古代选拔统治人才的科目之一。由郡国推举文学之士充选。据《汉书·武帝本纪》,武帝于元光元年(前134)五月,下诏策贤良。

〔44〕斩:断绝。

〔45〕抑:或者。效见易:易于见效。

〔46〕名家:谓有专长而自成一家。

〔47〕寖:逐渐。沉溺:沉沦。

〔48〕无方:没有方法、不得法。

〔49〕竞:趋向、致力于。

〔50〕实:指德行修养。言:语言文字。

〔51〕诚而明者:诚,至诚之心。明,完美的德性。《礼记·中庸》:"自诚明谓之性,自明诚谓之教。诚则明矣,明则诚矣。"郑玄注:"自,由也。由至诚而有明德,是圣人之性者也。由明德而有至诚,是贤人学以知之也。有至诚则必有明德,有明德则必有至诚。"

〔52〕修习:修养、学习。这句是说人如果人能像圣人那样,天性诚明,则需要通过学习、修养来达到。

〔53〕强力:努力。向进:进取。

〔54〕懋勉:劝勉、勉励。

〔55〕秕稃(bǐ yǔ 比雨):败坏。

〔56〕"故七十子"句:七十子,孔子有贤弟子七十二人,这里取其成数。薰炙,熏陶、教诲。

〔57〕"犹且柴愚"数句:柴,孔子弟子,姓高,字子羔(前521—?)。

愚,愚直。参,曾参(前505—前435),字子舆。鲁,迟钝。师,颛孙师(前503—?),字子张。辟,注重文饰,少诚实。由,仲由(前542—前480),字子路。喭(yàn厌),鲁莽、粗俗。赐,端木赐(前520—?),字子贡。不受命而货殖,不安于本分,去投机做生意。参见《论语·先进》。

〔58〕冉求(前522—?):字子有。《论语·先进》中记载说:"季氏富于周,而求也为之聚敛而附益之。"

〔59〕顾:却、反而。

〔60〕稀阔不可俟也:稀阔,少。这里是说不注重教育,而仅待其自贤,那么成才的人是很少的。俟,等待。

〔61〕扶持:支持、支撑。所以:由于、因为。这句意谓自孟子而下,虽然不乏有能力的人,却都没有得到机会施展,就是因为这样的人太少了。如果多的话,(基数大了)终究会有人获得施展的机会。

〔62〕续:添、加。

〔63〕擢:提升。

〔64〕实取之:以道德修行的情况来取士。

〔65〕组刺:指诗文的造句构辞。章句:指文章、诗词。

〔66〕"昔者"三句:见《论语·先进》:"子路使子羔为费宰。子曰:'贼夫人之子。'"何晏集解引包咸云:"子羔学未熟习,而使为政,所以为贼害。"贼,害。

李格非

李格非(约1048—约1108),字文叔,济南(今山东济南)人。留意经学,著《礼记精义》十六卷。神宗熙宁九年(1076)进士,调济州司户参军,试学官,为郓州教授。入补太学录,转太学博士。以文受知于苏轼。绍圣时编元祐奏章,累官礼部员外郎、提点京东路刑狱等职,以党籍罢。工词章,著有《洛阳名园记》一卷。《宋史》卷四百四十四有传。

书洛阳名园记后[1]

洛阳处天下之中,挟崤、渑之阻[2],当秦、陇之襟喉[3],而赵、魏走集[4],盖四方必争之地也。天下常无事则已;有事,则洛阳必先受兵[5]。余故尝曰:洛阳之盛衰也,天下治乱之候也[6]。

方唐贞观、开元之间[7],公卿贵戚开馆列第于东都者[8],号千有余邸[9]。及其乱离[10],继以五季之酷[11],其池塘竹树,兵车蹂蹴,废而为丘墟,高亭大榭[12],烟火焚燎,化而为灰烬,与唐共灭而俱亡者,无余处矣。余故尝曰:园囿之兴废,洛阳盛衰之候也。

且天下之治乱,候于洛阳之盛衰而知[13];洛阳之盛衰,候于园囿之兴废而得;则《名园记》之作,余岂徒然哉[14]?

呜呼!公卿大夫方进于朝[15],放乎一己之私以自为[16],而忘天下之治忽[17],欲退享此[18],得乎?唐之末路是矣。

《四部丛刊》景宋刊本《皇朝文鉴》卷一百三十一

[1]《书洛阳名园记后》又题为《洛阳名园记论》,是一篇总结性的跋文,说明他写《洛阳名园记》的意图。李格非的《洛阳名园记》一卷,作于宋哲宗绍圣二年(1095),记述了北宋时洛阳十九座园林,如富郑公园、董氏西园、东园等。这些园林的主人多为当时的达官显宦,如宰相富弼、太子太师吕蒙正等。这篇序文认为洛阳的盛衰是天下治乱的标志,而洛阳园林的兴废是洛阳盛衰的标志,国政好坏实为园林兴废的原因,士大夫们要保有园林就必须关心国家政局。文中充满对北宋国势危殆的忧虑,二十多年后,洛阳果然陷于异族之手,北宋亦宣告灭亡。书后:文体的一种,即跋,放在书的末尾。

[2]挟:夹持、靠着。崤(yáo 摇):山名,一名嵚崟山,主峰在现在河南洛阳市北,是函谷关的东端。渑(miǎn 免):古时"九塞"之一,在现在河南信阳西南的平靖关。阻:险阻。

[3]当:正处于。秦:指秦地,今陕西省一带。陇:今陕西省西部和甘肃省一带。襟喉:衣襟和咽喉,比喻地势险要(洛阳是通往秦、陇的要道)。

[4]走集:交通要冲。

[5]受兵:遭遇战事。

[6]候:征兆、标志。

[7]方:正当。

〔8〕东都:唐朝以长安为国都,洛阳为东都。

〔9〕邸(dǐ抵):指官员的住宅。

〔10〕乱离:遭乱而流离失所。

〔11〕五季:五代,即梁、唐、晋、汉、周。酷:指惨重的兵祸。

〔12〕大榭:高大的楼台。榭指建造在高台上的敞屋。

〔13〕候:观察。

〔14〕余岂徒然哉:我难道是白白地写作此文吗?是说《洛阳名园记》别有寄托。

〔15〕进:进用。此处指入朝为官。

〔16〕放:放纵。自为:随心所欲。

〔17〕治忽:治乱。指国家政治的好或坏。忽,轻慢怠惰。

〔18〕退:退隐,指不做官。

罗从彦

罗从彦(1072—1135),字仲素,学者称豫章先生。南剑(今福建南平)人。曾任惠州博罗(今广东博罗)县主簿。后弃官,受学于二程门人杨时,又请教于程颐。筑室山中,绝意于仕进。尝采宋代帝王故事,著《圣宋遵尧录》。又论周公、孔子之心使人明道。绍兴四年卒。淳祐时,谥文质。有《豫章罗先生文集》十七卷传世,《宋史》卷四百八十二有传。

韦斋记[1]

宣和三年,岁在癸卯之中秋[2]。朱乔年得尤溪尉[3]。尝治一室,聚群书,宴坐寝休其间[4]。后知《大学》之渊源[5],异端之学无所入于其心[6]。自知卞急害道[7],名其室曰[8]:"韦斋",取古人佩韦之义[9]。泛观古人,有以物为戒者,有以人为戒者。所谓佩韦,以物为戒者也。

人之大患,在于不知过。知过而思自改,于是有戒焉。非贤者孰能之乎?予始以困掩[10],未能遂志[11],因作舫斋陆海中[12],且思古人所以进此道者[13],必有由而然[14]。久之,乃喟然叹曰:自孟轲氏没,更历汉、唐,寥寥千载,迄无其人[15]。有能自树立者,不过注心于外,崇尚世儒之语而已;与之游孔氏之门,入于尧舜之道,其必不能至矣[16]。

夫《中庸》之书[17],世之学者,尽心以知性[18],躬行以尽性者也[19]。而其始则曰:"喜怒哀乐之未发,谓之中。"[20]其终则曰:"夫焉有所倚,肫肫其仁,渊渊其渊,浩浩其天。"[21]此言何谓也?差之毫厘,谬以千里[22]。故大学之道,在知所止而已[23]。苟知所止,则知学之先后;不知所止,则于学无自而进矣。

漆雕开之学曰:"吾斯之未能信。"[24]曾点之学曰:"异乎三子者之撰。"[25]颜渊之学曰:"回虽不敏,请事斯语矣。"[26]而孔子悦开与点,称颜回以"庶几",盖许其进也[27]。此予之所尝自勉者也。故以圣贤则莫学而非道,以俗学则莫学而非物[28]。

乔年才高而智明,其刚不屈于俗,其学也方进而未艾[29]。斋成之明年,使人来求记于余。余辞以不能,则非朋友之义。欲蹈袭世儒之语[30],则非吾心。故以其常所自勉者并书之,使人知其在此而不在彼也。

或曰:"韦斋之作,终无益于学也邪?"曰:"古之人固有刻诸盘杅[31],铭诸几杖[32],置金人以戒多言[33],置欹器以戒自满[34],圣人皆有取焉。苟善取之,则韦斋之作不无补也。

明刻本《豫章罗先生文集》卷十二

[1] 罗从彦是二程的再传弟子,又是朱熹父亲朱松的老师。这篇文章是罗从彦为朱松的书斋——韦斋而写。作者围绕朱松的斋名,取

"以物为戒"之意生发议论,阐发儒家知止、改过以及学为圣贤的人生哲理。

〔2〕宣和三年:即公元1121年,用干支表示就是"癸卯",古人往往将年号和干支合用。宣和,宋徽宗年号,1119—1125。

〔3〕朱乔年:朱松,字乔年,婺源人,学者称韦斋先生,他是南宋理学家朱熹的父亲。有《韦斋集》传世。尤溪尉:即尤溪县尉。县尉,掌一县治安的官员。尤溪,今福建省尤溪县。

〔4〕宴坐寝休其间:在此室中安坐休息。宴,安然。

〔5〕《大学》:儒家经典之一,原为《礼记》中的一篇,相传为曾子作。近代学者多认为是秦汉之际的儒家作品。此书总结了先秦儒家关于道德修养与治国平天下的关系。

〔6〕异端之学:此指儒家之外的学说。

〔7〕卞急害道:性子急躁有害修养。

〔8〕名其室:为其室命名。

〔9〕取古人佩韦之义:效法古人佩韦的修养方法。韦,皮带。身佩熟牛皮提醒自己要像熟牛皮那样柔韧。《韩非子·观行》:"西门豹之性急,故佩韦以自缓。"

〔10〕困掩:困迫。

〔11〕未能遂志:未能实现自己的志向。

〔12〕舫斋:命名为"舫"的书斋。陆游也曾将自己的房间命名为"烟艇"。陆海:指茫茫人世。

〔13〕古人所以进此道者:古人能够达道的原因。道,指儒家追求的人生之道。

〔14〕必有由而然:必定有途径才能这样。

〔15〕"自孟轲氏没"四句:自孟子死后,由汉历唐,经过了一千多年的漫长时间,迄今尚无人能明了圣人之道。这些话乃承袭了韩愈的说

法。韩愈《原道》:"斯吾所谓道也。……孔子传之孟轲,轲死不得其传焉。"

〔16〕"有能自树立者"六句:那些修养有些成就、有所建树的,不过是心向外转,崇尚经师的经注而已;但是这些人并不能掌握孔子、尧、舜之道的精髓。理学家主张心向内转,要求用心揣摩儒家真精神并付之实践,而不是知识主义、教条主义地对等儒家经书,故罗从彦如此说。

〔17〕《中庸》:儒家经典之一,原是《礼记》中的一篇,相传战国时子思作。此书认为"中庸"是道德行为的最高标准,"诚"是世界的本体。宋代程颐、朱熹把它和《大学》、《论语》、《孟子》并列为"四书"。

〔18〕尽心以知性:扩充人的思维能力,以了解人之所以为人的本性。语出《孟子·尽心上》:"尽其心者,知其性也。知其性,则知天矣。"

〔19〕躬行以尽性:切实实践,以发挥人固有的仁、义、礼、智本性。孟子认为,人有恻隐、羞恶、辞让、是非之心,这些是仁、义、礼、智的端芽,也是人之所以为人的本性。语见《孟子·公孙丑上》。

〔20〕"而其始则曰"三句:而《中庸》一开始就说,当喜、怒、哀、乐等情绪未发生时,这种状态叫做"中"。"中",二程和朱熹都解为"无所偏倚"。

〔21〕"而其终则曰"五句:《中庸》最后则说,怎么会有偏倚呢!仁是那样的诚恳,深潭是那样的渊深,天是那样的浩大。意思是说依仁尽性,就会静深如渊,浩浩如天,达到天人一体的境界了。肫肫(zhūn谆),诚恳貌。

〔22〕"差之毫厘"二句:意谓对《中庸》的理解稍有偏差,就会给人的实践带来很大的错误。

〔23〕"故大学之道"二句:所以圣贤之学,在于知道所当止之处。"知止"语出《大学》,"诗云:'缗蛮黄鸟,止于丘隅。'子曰:'于止,知其所止,可以人而不如鸟乎?'"

〔24〕"漆雕开之学曰"二句:孔子叫漆雕开去做官。他诚实地回答道:"我对这还没有信心。"其意是说还没有学好做官的本领。孔子听了很高兴。语见《论语·公冶长》。漆雕开,姓漆雕,名开,字子开,孔子弟子。

〔25〕"曾点之学曰"二句:孔子让学生各言其志,子路、冉有、公西华都表达了自己做官从政的意向,只有曾点说"异乎三子者之撰",其意是说和他们三位所讲的不同。他的志向是"莫春者,春服既成,冠者五六人,童子六七人,浴乎沂,风乎舞雩,咏而归"。语见《论语·先进》。朱熹对曾点之学的解释是,人欲净尽,天理流行,直与天地万物,上下同流。曾点,孔子弟子,曾参之父。

〔26〕"颜渊之学曰"三句:我虽然迟钝,也要按照您这话去做。《论语·颜渊》:"颜渊问仁。……子曰:'非礼勿视,非礼勿听,非礼勿言,非礼勿动。'颜渊曰:'回虽不敏,请事斯语矣。'"颜渊,名回,字子渊,孔子最得意的弟子。

〔27〕"称颜回以'庶几'"二句:称赞颜回差不多接近道了。庶几:差不多,接近。《论语·先进》:"子曰:'回也其庶乎!屡空。'"许其进,赞许他的进步。

〔28〕"故以圣贤则莫学而非道"二句:所以对圣贤来说,不管学什么都合乎道;对于俗学来说,不管学什么都是被外物所吞噬,无益于身心。

〔29〕未艾:没有停止。

〔30〕世儒:指俗儒。

〔31〕刻诸盘杅:将箴言铭刻在食器上。杅,同"盂",一种食器。

〔32〕铭诸几杖:将箴言铭刻在几杖上。《后汉书·崔骃传》:"故君子福大而愈惧,……远察近览,俯仰有则,铭诸几杖,刻诸盘杅。矜矜业业,无怠无荒。"

〔33〕置金人以戒多言:放置金人以提醒自己不要多言。《孔子家语·观周》:"孔子观周,遂入太祖后稷之庙。庙堂右阶之前有金人焉。三缄其口而铭其背曰:'古之慎言人也。戒之哉!无多言,多言必败。'"

〔34〕置欹器以戒自满:放置欹器以提醒自己不要自满。欹器是一种盛水的器具,空时倾斜,满时翻倒,盛一半水则正立。《荀子·宥坐》:"孔子观于鲁桓公之庙,有欹器焉。……孔子曰:'吾闻宥坐之器者,虚则欹,中则正,满则覆。'"

李　纲

李纲(1083—1140),字伯纪,号梁溪先生,邵武(今福建邵武)人。宋徽宗政和二年(1112)进士,历官太常少卿。宋钦宗时,授兵部侍郎、尚书右丞。靖康元年(1126),金兵南侵,李纲任京城四壁守御使,组织京师保卫战,击退金兵。未几,受主和派排挤,被贬。高宗赵构即位后,一度起用他任宰相,上十议,力主抗金,受到黄潜善的诋毁,仅七十五天即遭罢免。绍兴二年(1132),复起用为湖广宣抚使兼知潭州,不久又被罢斥。多次上疏,力陈抗金复国大计,均未被采纳。绍兴九年,除知潭州、荆湖南路安抚大使,次年病卒,年五十八,谥忠定。有《梁溪先生文集》一百七十卷存世,传载《宋史》卷三百五十八、三百五十九。

议国是[1]

臣窃以和、战、守三者,一理也。虽有高城深池,弗能守也,则何以战?虽有坚甲利兵,弗能战也,则何以和?以守则固,以战则胜,然后其和可保。今务战、守之计,唯信讲和之说,则国势益卑,制命于敌无以自立矣[2]!

景德中[3],契丹入寇[4],罢远幸之谋,决亲征之策,捐金币三十万而和约成[5];百有余年,两国生灵,皆赖其利[6],则和、战、守,三者皆得也。靖康之春,粗得守策,而割三镇之地,许不可胜计之金币以议和[7],惩劫寨之衄而不战[8],和与战两失之。其冬,金人再寇畿甸[9],廷臣以春初固守为然。而不知时事之异[10],胶柱鼓瑟[11],初无变通之谋。内之不能抚循士卒[12],以死悍贼[13];外之不能通达号令,以督援师[14]。金人既登城矣,犹降和议已定之诏,以款四方勤王之师[15],使虏得逞其欲。凡都城玉帛子女,重宝图籍,仪卫辇辂[16],百工技艺,悉索取之,次第遣行;及其终也,劫质二圣[17],巡幸沙漠[18],东宫、亲王、六宫、戚属、宗室之家[19],尽驱以行,因逼臣僚易姓建号[20]。自古夷狄之祸中国,未有若此之甚者。是靖康之冬,并守策失之,而卒为和议之所误也。

天佑有宋,必将有主,故使陛下脱身危城之中[21],总师大河之外[22],入继大统[23],以有神器[24]。然以今日国势揆之靖康之初[25],其不相若远甚。则朝廷所以捍患御侮,敉宁万邦者[26],于和、战、守当何所从而可也?

臣愚,虽不足以知朝廷国论大体[27],然窃恐犹以和议为然也。何哉?二圣播迁[28],陛下父兄沉于虏廷[29],议者必以谓非和则将速二圣之患[30],而亏陛下孝友之德,故不得不和。臣窃以为不然。夫为天下者不顾其亲,顾其亲而忘天下之大计者,此匹夫之孝友也。昔汉高祖与项羽战于荥阳、成皋间[31],太公为羽军所得[32],其危屡矣。高祖不顾[33],其战弥励[34]。羽不敢害,而卒归太公[35]。然则不顾而战者，乃所以归太公之术也。晋惠公为秦所执，吕郤谋立子圉，以靖国人[36]，其言曰："失君有君，群臣辑睦[37]，甲兵益多，好我者劝[38]，恶我者惧，庶有益乎[39]！"秦不敢害，而卒归惠公。然则不恤敌国而自治者[40]，乃所以归惠公之术也。今有贼盗于此，劫质主人，以兵威临之[41]，则必不敢加害；以卑辞求之，则所索弥多，往往有不可测之理。何则？彼为利谋，陵懦畏强[42]，而初无恻隐之心故也。今二圣之在虏廷，莫知安否之审[43]，固臣子之所不忍言；然吾不能逆折其意[44]，又将堕其计中。以和议为信然，彼必曰割某地以遗我，得金币若干则可。不然，二圣之祸，且将不测。不予之，是陛下之忘父兄也；予之，则所求无厌。虽日割天下之山河，竭取天下之财用，山河财用有尽，而金人之欲无穷，少有衅端[45]，前所与者，其功尽废，遂当拱手以听命而已[46]。昔金人与契丹二十余战[47]，战必割地厚赂以讲和；既和，则又求衅以战，卒灭契丹。今又以和议惑中国，至于破都城，灭宗社，易姓建号，其不道如此。而朝廷犹以和议为然，是将以天下畀之敌国而后已[48]！臣愚，窃以为过矣。

为今之计，莫若一切罢和议[49]，专务自守之策，而战议则姑俟于可为之时。何哉？彼既背盟而劫质，地不可复予。惟以二圣在其国中，不忍加兵，俟其入寇，则多方以御之。所破城邑，徐议收复。建藩镇于河北、河东之地[50]，置帅府要郡于沿河、江淮之南，治城壁，修器械，教水军，习车战[51]。凡捍御之术，种种具备，使进无抄掠之得[52]，退有邀击之患[53]，则虽时有出没，必不敢深入而凭陵[54]。三数年间，生养休息，军政益修，士气渐振，将帅得人，车甲备具，然后可议大举，振天声以讨之[55]，以报不共戴天之仇，以雪振古所无之耻[56]。彼知中国能自强如此，岂徒不敢肆凶，而二圣保万寿之休[57]，亦将悔祸率从[58]，亦銮舆有可还之理[59]。倘舍此策，益割要害之地，奉金币以予之，是倒持太阿，以其柄授人[60]，藉寇兵而资盗粮也[61]。前日既信其诈谋以破国矣，今又欲蹈覆车之辙以破天下，岂不重可痛哉！

或谓强弱有常势[62]，弱者不可不服于强。昔越王勾践卑身重赂以事吴，而后卒报其耻[63]。今中国事势弱矣，盍以勾践为法[64]，卑身重赂以事之，庶几可以免一时之祸[65]，而成将来之志乎？臣以为不然。夫吴伐越，勾践以甲楯三百栖于会稽[66]，遣使以行成[67]，而吴许之。当是时，吴无灭越之志，故勾践得以卑身厚赂以成其谋，枕戈尝胆以励其志，而卒报吴。今金人之于国家何如哉？上自二圣东宫，下逮宗室之系于属籍者[68]，悉驱之以行；而陛下之在河北，遣使降伪诏[69]，以宣召求之，如是其急也，岂复有恩于赵氏哉？虽卑身至于奉藩称臣[70]，厚赂至于竭天下之财以予之，彼亦未足为德也，必至于混一区宇而后已[71]。然则今日之事，法勾践尝胆枕戈之志则可，法勾践卑身厚赂之谋则不可。事固有似是而非者，正谓此也。

然则今日为朝廷计，正当岁时遣使以问二圣之起居[72]，极所以崇奉之者[73]。至于金国，我不加兵，而待其来寇,则严守御以备之。练兵选将,一新军律[74]。俟我国势既强,然后可以兴师邀请[75]。有此武功,以俟将来,此最今日之上策也。

古语有之曰:愿与诸君共定国是[76]。夫国是定,然后设施注措[77],以次推行。上有素定之谋,下无趋向之惑,天下之事不难举也。靖康之间,惟其国是不定,而且和且战,议论纷然,致有今日之祸;则今日之所当监者[78],不在靖康乎?臣故陈守、战、和三说以献。伏愿陛下断自渊衷[79],以天下为度而定国是,则中兴之功可期矣!取进止。

上海辞书出版社、安徽教育出版社2006年版
《全宋文》本《梁溪集》卷五十八

[1] 本文是李纲建炎元年(1127)六月作宰相时,给高宗赵构所上《十议札子》中的第一篇。"议国是",即讨论所应采取的基本国策。作者在这篇文章中,坚决反对对金妥协,精辟地分析了和、战、守之间的辩证关系,提出了严守御以备战的治国方略,驳斥了主和派的种种谬论,说理透辟,逻辑性强,文气畅达,是一篇出色的政论文章。

[2] 制命于敌:生死之权被敌人控制。

[3] 景德:宋真宗年号,1004—1007。

[4] 契丹:唐宋时期兴起于东北地区的一个少数民族。唐灭亡之年(907)建立契丹国,后改称辽,统治中国北方。此为宋人所沿旧称。

[5] "寇远幸之谋"三句:景德元年(1004),辽兵南侵,宋君臣相顾失色,有人主张迁都金陵或成都。宰相寇准力主真宗亲征,结果大败辽兵,并签订了"澶渊之盟",由宋每年输辽岁币十万两,绢二十万匹。文中说的"金币三十万"是将币、帛合计在内的数字。幸,指皇帝出游。远

幸之谋,指当时主张逃亡至金陵或成都之事。

〔6〕"百有余年"三句:"澶渊之盟"后,辽宋双方维持了一百多年的和平局面。

〔7〕"靖康之春"四句:靖康元年(1126)正月,金军渡过黄河,包围北宋首都汴京,因汴京守御史李纲抵抗得力而未能破城。二月,金人执康王赵构、太宰张邦昌为质,迫使宋金议和。议和条件是:每年给金五百万两,银五千万两,牛马各万头,缎百万匹,并割让中山、太原、河间三镇。

〔8〕惩劫寨之衄(nù 女去声)而不战:据《宋史·李纲传》,靖康元年,李纲组织京师保卫战,他提出的方略是坚壁勿战,以等援军。而宋将姚平仲勇而寡谋,急于邀功,先期率步骑万人,夜击金人营寨,结果遭惨败。劫寨失利后,李纲被撤销军权,金兵复至汴京城下。宋人从此罢战,一意讲和。惩,鉴戒。衄,失败。

〔9〕金人再寇畿甸:靖康元年十一月,金兵再次两路进犯汴京。宋朝廷既不能战,也不能守,结果徽、钦二帝被俘。

〔10〕时事之异:指金兵十一月南侵时,情况已与靖康元年春时大有不同。金兵逼临汴京时,宋守军虽有七万,但毫无准备,而唐恪、耿南仲又力主求和,令各路军队在本地待命,致使援军无法赶来。

〔11〕胶柱鼓瑟:《史记·赵奢传》:"蔺相如曰:'王以名使(赵)括,若胶柱而鼓瑟耳。括徒能读其父书传,不知合变也。'"瑟为弦乐器,转动弦柱,方能调音。若将弦柱用胶粘住,则无法弹奏。这里用以比喻固执不能变通。

〔12〕抚循:安抚。

〔13〕以死悍贼:拼死抵御强敌。悍,通"捍",抵御。

〔14〕以督援师:以督促各路援军。

〔15〕款:延缓或停留。

〔16〕仪卫:仪仗和侍卫。辇辂:皇帝的车子。

〔17〕劫质二圣:指金人劫取徽宗、钦宗二帝作为人质。

〔18〕巡幸:古代皇帝出行。靖康二年二月,徽、钦二帝被金人押往北部边地囚禁。被押往北方而说是"巡幸",是讳饰之词。

〔19〕东宫:太子住的地方,故用以代称太子。亲王:皇帝近支亲属中封王者。六宫:原指后妃所居之地,此代称后妃。宗室:指皇帝的宗族。

〔20〕因逼臣僚易姓建号:靖康二年二月,金太宗下诏废徽、钦二帝,贬为庶人;三月,金人立张邦昌为"大楚皇帝",作为金的傀儡政权。因,乘机。

〔21〕脱身危城:金兵围汴京时,赵构正在河北,因不在京城,逃脱了被俘的命运,故云"脱身危城"。

〔22〕总师大河之外:赵构在相州(今河南安阳)开兵马大元帅府,准备统兵入援京城。就汴京来说,相州在黄河以北,故云"大河之外"。

〔23〕入继大统:指赵构以藩王承继帝位。

〔24〕神器:指帝位。

〔25〕揆:比较。

〔26〕敉(mǐ米)宁:安抚。

〔27〕国论:国家大计。

〔28〕播迁:流离在外。

〔29〕沉于虏廷:指被金人俘虏。

〔30〕速:促成。

〔31〕荥阳、成皋:河南荥阳、成皋(今河南荥阳市一带)为汉高祖刘邦与西楚霸王项羽争夺天下而进行决战的地方。

〔32〕太公:指刘邦的父亲。

〔33〕高祖不顾:据《史记·项羽本纪》记载,项羽在荥阳和刘邦对峙时,为了胁迫刘邦,将刘邦的父亲抓来,"为高俎,置太公其上,告汉王

469

曰:'今不急下,吾烹太公'"。刘邦不为所动。

〔34〕弥励:更加起劲。

〔35〕归:送回。

〔36〕"晋惠公为秦所执"三句:晋、秦战于韩原,晋惠公被俘,晋臣吕甥、郄乞谋立惠公的儿子圉为国君,以抚定人心。事详《左传·僖公十五年》。执,俘虏。靖,安定。

〔37〕辑睦:和睦。

〔38〕劝:努力、勤勉。

〔39〕庶:表推测,或许。

〔40〕恤:体恤,此指寄托希望。

〔41〕以兵威临之:以武力对待之。

〔42〕陵懦畏强:欺软怕硬。陵,同"凌"。"陵"原作"陆",据他本改。

〔43〕审:详情。

〔44〕逆折其意:挫败他们的图谋。

〔45〕少:同"稍"。衅端:争端。

〔46〕拱手:犹束手,谓无能为力。

〔47〕金人与契丹二十余战:指金灭辽所发动的战事。事详《金史·本纪第二》。

〔48〕畀:给予。

〔49〕一切:一律、一概。

〔50〕藩镇:地方军政长官。所谓建藩镇,就是在河北、河东等宋军已经撤出的地区,给予当地的抗金力量专制一方的权力。这样做的目的,是利用他们作为黄河以南宋军防守的屏障。河北、河东:宋所置路名。河北路,辖今河北省南部及河南、山东两省境内之黄河以北地区,治所在今大名府(今河北大名)。神宗时分为河北东路、河北西路,东路仍

治大名,西路治所在镇州(今河北正定)。河东路,辖今山西省境黄河以东地区,治所在并州(今山西阳曲)。

〔51〕习车战:李纲主张用车战对付金人的骑兵,故云。

〔52〕抄掠:抢劫、劫掠。

〔53〕邀击:中途截击。

〔54〕凭陵:侵犯、欺侮。

〔55〕振天声以讨之:显示皇家气势,大张旗鼓地兴师讨伐。

〔56〕振古:自古。

〔57〕保万寿之休:保住长寿的福气,暗指不被杀害。休,福气。

〔58〕悔祸率从:后悔从前侵略之祸而归顺我方。

〔59〕銮舆:皇帝的车子,此代指徽、钦二帝。

〔60〕"是倒持太阿"二句:《汉书·梅福传》:"倒持泰阿,授楚其柄。"意谓倒拿宝剑,把剑柄交给敌人。太阿,宝剑名,相传为春秋时吴国欧冶子与干将合铸。

〔61〕藉寇兵而资盗粮:拿兵器给贼寇,拿粮食送敌人。语见《史记·李斯列传》。

〔62〕强弱有常势:强弱之间有不易改变的态势。

〔63〕"昔越王勾践卑身"二句:指春秋时期越王勾践被吴王夫差打败后,被迫屈膝投降,送大量财宝给吴国以求和。后来卧薪尝胆,终于打败吴国,以报仇雪耻。事见《国语·越语下》、《史记·越王勾践世家》。

〔64〕盍:何不。

〔65〕庶几:差不多。

〔66〕甲楯:指披甲执盾的战士。"楯"同"盾"。栖:停留。会稽:越国山名,在今浙江省绍兴市。全句谓勾践做好了抵抗到底的准备。

〔67〕行成:议和。

〔68〕逮:至。属籍:族谱。

471

〔69〕遣使降伪诏:指赵构从相州趋澶渊,求解京师之围时,金人降伪诏以企图捉拿他一事。事详《建炎以来系年要录》卷一。

〔70〕奉藩称臣:谓给金当藩臣。

〔71〕混一区宇:统一天下。

〔72〕起居:饮食寝处等日常生活状况。

〔73〕崇奉:尊崇侍奉。

〔74〕一新军律:重新整顿军纪。

〔75〕兴师邀请:兴兵向敌人提要求。

〔76〕愿与诸君共定国是:与众人共同议定国家大计。语出刘向《新序·杂事》二。

〔77〕设施注措:指国家所应规划、办理的事情。

〔78〕当监:应当引以为鉴戒。监,即鉴。

〔79〕渊衷:深邃的内心。

李清照

李清照(1084？—1155？),号易安居士,济南(今山东济南)人。著名女词人,诗、文也有很高的成就。她出身于士大夫家庭,父亲李格非是当时著名的官员、学者与文人。丈夫赵明诚为宰相赵挺之之子,历仕州郡行政长官,是著名金石学家。宋室南渡不久,赵明诚病死,清照辗转流寓南方,亲历变乱,境遇孤苦。著有《易安居士文集》《易安词》,已散佚。后人有《漱玉词》辑本。王仲闻《李清照集校注》(人民文学出版社 1979 年版)、黄墨谷《重辑李清照集》(中华书局 2009 年版)。

金石录后序[1]

右《金石录》三十卷者何[2]?赵侯德父所著书也[3]。取上自三代[4],下迄五季[5],钟、鼎、甗、鬲、盘、匜、尊、敦之款识[6];丰碑、大碣、显人、晦士之事迹[7],凡见于金石刻者二千卷[8],皆是正讹谬[9],去取褒贬[10],上足以合圣人之道,下足以订史氏之失者[11],皆载之,可谓多矣。

呜呼!自王播、元载之祸,书画与胡椒无异[12];长舆、元凯之病,钱癖与《传》癖何殊[13]。名虽不同,其惑一也。

余建中辛巳[14],始归赵氏[15]。时先君作礼部员外郎[16]，丞相作吏部侍郎[17]，侯年二十一，在太学作学生[18]。赵、李族寒，素贫俭，每朔望谒告出[19]，质衣取半千钱[20]，步入相国寺[21]，市碑文果实归，相对展玩咀嚼，自谓葛天氏之民也[22]。后二年，出仕宦[23]，便有饭蔬衣练[24]，穷遐方绝域[25]，尽天下古文奇字之志[26]。日就月将[27]，渐益堆积。丞相居政府[28]，亲旧或在馆阁[29]，多有亡诗、逸史、鲁壁、汲冢所未见之书[30]，遂尽力传写，浸觉有味[31]，不能自已[32]。后或见古今名人书画，一代奇器，亦复脱衣市易[33]。尝记崇宁间[34]，有人持徐熙牡丹图[35]，求钱二十万。当时虽贵家子弟，求二十万钱，岂易得耶？留信宿[36]，计无所出而还之，夫妇相向惋怅者数日。

后屏居乡里十年[37]，仰取俯拾[38]，衣食有余。连守两郡[39]，竭其俸入以事铅椠[40]。每获一书，即同共勘校，整集签题[41]。得书、画、彝、鼎[42]，亦摩玩舒卷[43]，指摘疵病，夜尽一烛为率[44]。故能纸札精致，字画完整，冠诸收书家[45]。余性偶强记[46]，每饭罢，坐归来堂[47]，烹茶，指堆积书史，言某事在某书某卷第几叶第几行，以中否角胜负[48]，为饮茶先后。中即举杯大笑，至茶倾覆怀中，反不得饮而起。甘心老是乡矣！故虽处忧患困穷而志不屈。收书既成，归来堂起书库大橱，簿甲乙，置书册[49]，如要讲读，即请钥上簿[50]，关出卷帙[51]。或少损污，必惩责揩完涂改[52]，不复向时之坦夷也[53]。是欲求适意而反取憀慄[54]。余性不耐[55]，始谋食去重肉，衣去重采[56]，首无明珠翡翠之饰,室无涂金刺绣之具。遇书史百家,字不刓缺[57],本不讹谬者[58],辄市之,储作副本[59]。自来家传《周易》、《左氏传》,故两家者流[60],文字最备。于是几案罗列,枕席枕藉[61],意会心谋,目往神授[62],乐在声色狗马之上。

至靖康丙午岁[63],侯守淄川[64],闻金寇犯京师[65],四顾茫然,盈箱溢箧,且恋恋,且怅怅,知其必不为己物矣!建炎丁未春三月[66],奔太夫人丧南来[67],既长物不能尽载[68],乃先去书之重大印本者[69],又去画之多幅者,又去古器之无款识者[70];后又去书之监本者[71],画之平常者,器之重大者。凡屡减去,尚载书十五车。至东海[72],连舻渡淮[73],又渡江,至建康。青州故第尚锁书册什物[74],用屋十余间,期明年春再具舟载之。十二月,金人陷青州,凡所谓十余屋者,已皆为煨烬矣!

建炎戊申秋九月[75],侯起复,知建康府[76]。己酉春三月罢[77],具舟上芜湖[78],入姑孰[79],将卜居赣水上[80]。夏五月,至池阳[81],被旨知湖州[82],过阙上殿[83],遂驻家池阳,独赴召。六月十三日,始负担舍舟,坐岸上,葛衣岸巾[84],精神如虎,目光烂烂射人,望舟中告别。余意甚恶[85],呼曰:"如传闻城中缓急[86],奈何?"戟手遥应曰[87]:"从众。必不得已,先弃辎重[88],次衣被,次书册卷轴,次古器,独所谓宗器者[89],可自负抱,与身俱存亡,勿忘之。"遂驰马去。途中奔驰,冒大暑,感疾。至行在[90],病痁[91]。七月末，书报卧病。余惊怛[92]，念侯性素急，奈何病痁，或热，必服寒药，疾可忧。遂解舟下，一日夜行三百里。比至，果大服柴胡、黄芩药[93]，疟且痢，病危在膏肓[94]。余悲泣仓皇，不忍问后事。八月十八日，遂不起。取笔作诗，绝笔而终，殊无分香卖履之意[95]。

葬毕，余无所之。朝廷已分遣六宫[96]，又传江当禁渡。时犹有书二万卷，金石刻二千卷，器皿茵褥[97]，可待百客，他长物称是[98]。余又大病，仅存喘息。事势日迫，念侯有妹婿任兵部侍郎，从卫在洪州[99]，遂遣二故吏先部送行李往投之[100]。冬十二月，金寇陷洪州[101]，遂尽委弃。所谓连舻渡江之书，又散为云烟矣。独余少轻小卷轴、书帖，写本李、杜、韩、柳集，《世说》、《盐铁论》[102]，汉、唐石刻副本数十轴[103]，三代鼎鼐十数事[104]，南唐写本书数箧，偶病中把玩，搬在卧内者，岿然独存[105]。

上江既不可往[106]，又虏势叵测[107]，有弟迒，任敕局删定官[108]，遂往依之。到台[109]，台守已遁之剡[110]。出陆[111]，又弃衣被。走黄岩[112]，雇舟入海，奔行朝[113]。时驻跸章安[114]，从御舟海道之温[115]，又之越[116]。庚戌十二月[117]，放散百官[118]，遂之衢[119]。绍兴辛亥春三月[120]，复赴越。壬子[121]，又赴杭。

先侯疾亟时[122]，有张飞卿学士携玉壶过视侯，便携去，其实珉也[123]。不知何人传道，遂妄言有颁金之语[124]，或传亦有密论列者[125]。余大惶怖，不敢言，亦不敢遂已，尽将

476

家中所有铜器等物,欲赴外廷投进[126]。到越,已移幸四明[127]。不敢留家中,并写本书寄剡。后官军收叛卒,取去,闻尽入故李将军家[128]。所谓岿然独存者,无虑十去五六矣[129]。惟有书、画、砚、墨可五七簏,更不忍置他所,常在卧榻下,手自开阖。在会稽[130],卜居土民钟氏舍[131]。忽一夕穴壁负五簏去[132]。余悲恸不已,重立赏收赎。后二日,邻人钟复皓出十八轴求赏,故知其盗不远矣,万计求之,其余遂牢不可出。今知尽为吴说运使贱价得之[133]。所谓岿然独存者,乃十去其七八。所有一二残零不成部帙书册,三数种平平书帖,犹复爱惜如护头目,何愚也耶!

今日忽阅此书,如见故人。因忆侯在东莱静治堂[134],装卷初就[135],芸签缥带[136],束十卷作一帙。每日晚吏散[137],辄校勘二卷,跋题一卷[138]。此二千卷,有题跋者五百二卷耳。今手泽如新[139],而墓木已拱[140],悲夫!

昔萧绎江陵陷没,不惜国亡,而毁裂书画[141];杨广江都倾覆,不悲身死,而复取图书[142]。岂人性之所著[143],死生不能忘之欤?或者天意以余菲薄,不足以享此尤物耶[144]?抑亦死者有知,犹斤斤爱惜[145],不肯留在人间耶?何得之艰而失之易也!

呜呼!余自少陆机作赋之二年[146],至过蘧瑗知非之两岁[147],三十四年之间,忧患得失,何其多也!然有有必有无,有聚必有散,乃理之常。人亡弓,人得之[148],又胡足道!所以区区记其终始者[149],亦欲为后世好古博雅者之

477

戒云[150]。

绍兴二年玄黓岁壮月朔甲寅易安室题[151]。

齐鲁书社1981年版《重辑李清照集》

〔1〕《金石录》三十卷,为李清照的丈夫赵明诚所撰。全书著录赵明诚夫妇所藏三代至隋、唐、五代金石拓本二千种,有目录十卷,辨证二十卷,跋五百零二篇。卷首有赵明诚的《自序》,记撰写目的和经过。李清照在丈夫死后若干年,重读《金石录》,写下了这篇《后序》。文章追叙了作者夫妇早年的生活以及所藏图书古器在时代变乱中散佚的经过,通过追思故人、旧物,展示作者生平志趣及其不幸的人生经历,真实地再现了时代的动乱与人民的苦难。文笔曲折,叙事周详,细腻感人。

〔2〕右:旧时书籍是自右而左竖行刻写,后序写在原书卷末,故以前面的内容为"右"。

〔3〕赵侯德父:德父,或写作"德甫",赵明诚的字。赵明诚,山东诸城人,金石学家,历任莱州、淄州、建康府、湖州等州郡长官。侯,唐宋时对州、府地方官的敬称。

〔4〕三代:夏、商、周三朝。

〔5〕五季:即后梁、后唐、后晋、后汉、后周。季,季世,最末一代,五代距宋最近,故称"五季"。

〔6〕钟:古代乐器。鼎、鬲(lì 丽):古代炊器,多为圆形,三足,中空。甗(yǎn 掩):陶制的炊器,有上下两层,用以蒸煮食物。盘、匜(yí 疑):盥器。匜,外形似瓢,古代贵族行礼时盥洗,用匜取水洗手。尊:酒器。敦:青铜制食器。以上都是殷、周至战国时贵族祭祀、燕享时所使用的礼器,上面多刻有文字,后世称为"钟鼎文"或"金文"。款识:古代钟鼎等器物上铸刻的文字。

〔7〕丰碑:大碑。碣:圆形的碑石。显人:有名望的人。晦士:生平

事迹不可考之人。

〔8〕二千卷：此指金石文拓本的总件数。

〔9〕是正讹谬：订正错误。

〔10〕去取褒贬：选择并做出评价。

〔11〕"上足以合圣人之道"二句：谓从收集到的金石文字中可以认识古代圣贤的礼制文化，并能订正史官记载的错误。圣人，指儒家尊崇的周文王、武王、周公、孔子等人物。圣人之道，指儒家所宣扬的治国、修身之道。《金石录》中所记载的实物或拓本多为礼器，有些是周文王、武王时的遗物。故赵明诚《金石录》自序中说："自三代以来，圣贤遗迹著于金石者多矣。"

〔12〕"自王播、元载之祸"二句：王播，太原（今山西太原）人，唐文宗时曾任宰相，进封太原郡公。他虽然贪酷，但并不曾收藏书画，也并没有遭祸，死后文宗还为之辍朝三日，赠"太尉"，谥曰"敬"。清人何焯以为"王播"当作"王涯"。涯，字广津，太原人，官至宰相兼领盐铁。唐文宗时甘露之变，为宦官仇士良所杀。据《新唐书》本传记载，他家的藏书量比得上秘府（皇家书库），他把搜集到的名贵书画，秘藏在墙壁中。他死后，"为人破垣，剔取奁轴金玉，而弃其书画于道"。元载，字公辅，岐山（今陕西凤翔）人。唐代宗时，官至中书侍郎、判天下元帅行军司马。后因罪赐死。《新唐书》本传记载，抄其家，"胡椒至八百石，它物称是"。

〔13〕"长舆、元凯之病"二句：和峤，字长舆，西平（今河南西平）人。晋武帝时，曾任颍川太守、中书令。《晋书·和峤传》："峤家产干富，拟于王者。然性至吝，以是获讥于世。"杜预以为峤有钱癖。"杜预，字元凯，杜陵（今陕西西安）人。曾任镇南大将军，都督荆州诸军事，著有《春秋左氏经传集解》。《晋书·杜预传》："预常称（王）济有马癖，（和）峤有钱癖。武帝闻之，谓预曰：'卿有何癖？'对曰：'臣有《左传》癖。'"

〔14〕建中辛巳：宋徽宗建中靖国元年（1101），用干支表示即为

479

辛巳。

〔15〕归:嫁给。作者建中靖国元年与赵明诚结婚,时年十八岁。

〔16〕先君:对人称自己已经去世的父亲。作者的父亲李格非,曾官礼部员外郎、提点东京刑狱等官,因反对王安石变法被罢官。员外郎:尚书省各部分曹办事的官员,职位次于郎中。

〔17〕丞相:指赵明诚的父亲赵挺之,他于宋徽宗崇宁四年至五年(1105—1106)任尚书右仆射兼中书侍郎,职位相当于古代的丞相。侍郎:尚书省各部均置侍郎,为副长官。

〔18〕太学:朝廷最高学府。

〔19〕朔、望:阴历每月的初一、十五。谒告:请假,宋人用语。

〔20〕质衣:以衣服为抵押。

〔21〕相国寺:故址在今河南省开封市。北宋时为汴京著名的书画、古玩及日用品交易市场。详见《东京梦华录》卷三《相国寺内万姓交易》。

〔22〕葛天氏之民:葛天氏统治下的人民。葛天氏,传说中的上古帝王,在他统治时期,崇尚"无为而治"。此喻简朴而安定的生活。

〔23〕后二年,出仕宦:指公元1103年,赵明诚离开太学,出来做官。

〔24〕饭蔬衣练:形容生活简朴。"饭"、"衣"均作动词。练,一种粗布。

〔25〕穷:穷尽。遐方绝域:最边远之地。

〔26〕古文奇字:泛指古书。古文,原指秦以前的文字。奇字,古文的异体字。《晋书·卫恒传》论六书:"一曰古文,孔氏壁中书也。二曰奇字,即古文而异者也。"

〔27〕日就月将:日积月累。《诗经·周颂·敬之》:"日就月将,学有缉熙于光明。"

〔28〕丞相居政府:宋徽宗崇宁二年(1103),赵挺之官中书侍郎。

中书省为当时掌管国家政令的机构,故称政府。

〔29〕馆阁:掌管图书、编写国史的官署。馆阁中藏有典籍、秘记、书画、古玩等。

〔30〕"多有亡诗、逸史"二句:指馆阁所藏的珍贵图书、文物。亡诗,指《诗经》之外的逸诗。逸史,指散失的少见的史籍。鲁壁,《汉书·艺文志》:"武帝末,鲁共王坏孔子宅,欲以广其宫,而得古文《尚书》及《礼记》、《论语》、《孝经》凡数十篇,皆古字也。"汲冢,《晋书·武帝纪》载咸宁五年(279):"汲郡人不準掘魏襄王冢,得竹简小篆古书十余万言。藏于秘府。"

〔31〕浸:渐渐地。

〔32〕不能自已:不能停止传写。已,停止。

〔33〕亦复脱衣市易:还是又脱去衣服典卖了以换取书画、奇器。亦复,还是、又。市易,交换。

〔34〕崇宁:宋徽宗年号,1102—1106。

〔35〕徐熙:五代时南唐著名画家。

〔36〕信宿:连宿两夜。再宿为信,泛指两三天。

〔37〕屏居乡里十年:宋徽宗大观元年(1107),赵挺之罢相,不久卒于京师。因其生前与蔡京不合,被追夺赠官(见徐自明《宋宰辅编年录》卷十一)。当时制度,父母死后,在职官员要离职守孝三年。赵明诚回家守孝,又时值父亲政敌当权,自然不会轻易出来做官,故屏居乡里达十年之久。乡里,此指青州(今山东益都),而非赵氏原籍诸城。《宋史·赵挺之传》载挺之有"乞归青州"语。

〔38〕仰取俯拾:指上上下下谋取生活费用。

〔39〕连守两郡:赵明诚先后做过莱州(宋时为莱州东莱郡)、淄州(宋时为淄州淄川郡)的知州,相当于秦汉时的郡守。

〔40〕事:从事。铅椠:指校勘工作。铅,古代用涂有铅粉的笔校改

书中的错字。椠,书版。

〔41〕整集签题:把书收拾整齐,在封面的书签上写题跋。

〔42〕彝:古代盛酒的器具,亦泛指宗庙祭器。

〔43〕舒卷:打开与卷合。

〔44〕夜尽一烛为率:指每晚以燃完一支蜡烛为限度。

〔45〕冠诸收书家:在诸藏书家中属第一。

〔46〕性偶强记:天性偶然记忆特别好。"偶"字表自谦。

〔47〕归来堂:赵明诚夫妇在青州住宅中的堂名。

〔48〕以中否角胜负:以猜中与否争胜负。

〔49〕簿甲乙,置书册:指编定目录,分类贮藏图书。

〔50〕请钥上簿:取钥匙登记。

〔51〕关出卷帙:取出所需图书。关出,捡出登记。卷帙,指图书。合数卷为一帙,帙为书套。

〔52〕"或少损污"二句:如果谁对书稍有污损,就一定责成他把污损处揩拭干净,或涂上铅粉、雌黄等涂料以掩遮污迹。

〔53〕坦夷:平坦、自然。

〔54〕憀慄(liáo lì 辽栗):紧张不安。

〔55〕不耐:指不耐烦这种因爱惜图书造成的紧张心理。

〔56〕"食去重肉"二句:指节衣缩食。重肉,指两种以上的肉菜。重采,两种花色以上的衣服。《史记·管晏列传》载晏婴"以节俭力行重于齐。既相齐,食不重肉,妾不衣帛"。《后汉书·循吏传序》载光武帝"身衣大练,色无重彩"。

〔57〕字不刓缺:字无脱漏残缺的。刓,本义为削,引申为脱漏。

〔58〕本:版本。

〔59〕副本:藏书家于善本书之外,另备常用之本,称之为"副本"。

〔60〕两家者流:指关于《周易》、《左传》的历代注释及研究的书。

〔61〕枕藉:纵横重迭。

〔62〕"意会心谋"二句:意谓意与书会,心与书合,眼睛与书相往还,精神与书相契合。

〔63〕靖康丙午岁:即宋钦宗靖康元年(1126)。

〔64〕淄川:即淄州,今山东淄博市。

〔65〕金寇犯京师:靖康元年十一月,金人攻破北宋首都汴京。

〔66〕建炎丁未:南宋高宗建炎元年(1127),岁次丁未。

〔67〕奔太夫人丧南来:指赵明诚从山东淄州南下建康(今南京)奔母丧一事。

〔68〕长物:多余的用品。

〔69〕重大印本:分量重、开本大的印本。

〔70〕古器之无款识者:没有铸刻文字的古器物。款识,古代钟鼎彝器上所刻写的文字。

〔71〕监本者:五代以来国子监所刻的书称为"监本",在当时是常见的版本。

〔72〕东海:今江苏省灌云县。

〔73〕连舻渡淮:用很多船只载书渡过淮水。舻,船头。

〔74〕故第:旧宅院。古代官员称住宅为"府第"。什物:家具杂物。

〔75〕戊申:建炎二年(1128),岁次戊申。

〔76〕"候起复"二句:赵明诚又被起用为建康知府。起复,古代制度,官员遭父母丧,须解职服三年丧。在家守制未满又被任命官职者称为"起复"。

〔77〕己酉:建炎三年(1129),岁次己酉。罢:罢去官职。

〔78〕芜湖:在今安徽芜湖市。

〔79〕姑孰:在今安徽当涂县南。

〔80〕卜居:选择居住的地方。赣水:即赣江,在江西省境。

〔81〕池阳:今安徽池州市。

〔82〕被旨知湖州:奉皇帝的旨意任湖州太守。湖州,在今浙江湖州市。

〔83〕过阙上殿:指朝见皇帝。阙,宫门前两边供瞭望的楼,借指皇帝的居处。

〔84〕葛衣:麻布衣服。岸巾:上推头巾,前额外露。表示态度潇洒,无拘无束。

〔85〕余意甚恶:我的心绪很不好,不安定。此有不祥预感之意。

〔86〕缓急:偏义复词,紧急的意思。

〔87〕戟手:举手屈肘如戟状。

〔88〕辎重:笨重的行李家具。

〔89〕宗器:古代帝王、贵族宗庙中所用的礼器。

〔90〕行在:皇帝出行所在之处。此指建康。

〔91〕痁(shān 山):有热无寒的疟疾。

〔92〕惊怛(dá 答):惊慌悲痛。

〔93〕柴胡、黄芩(qín 秦):中医所用的两种凉性药,用以退热。此指赵明诚服食寒药过量,转使病情危重。

〔94〕病危在膏肓:指病情严重,已不可救治。膏肓,人体部位名,在心、膈之间。古人认为膏、肓部位是药力达不到的地方。

〔95〕殊无分香卖履之意:指没有吩咐家事的遗嘱。曹操《遗令》:"余香(指剩余的香料)可分与诸夫人。诸舍中(曹操诸妾居住的地方,此指众妾)无所为,可学作履组(鞋带)卖也。"(《文选》陆机《吊魏武帝文并序》引)

〔96〕分遣六宫:把皇后、妃、宫人、侍从等先行疏散。李心传《建炎以来系年要录》卷二十五载宋高宗建炎三年(1129)七月壬寅诏:"迎奉皇太后(隆祐)率六宫往豫章(江西),且奉太庙神主、景灵宫祖宗神御以

行,百司非预军旅之事者悉从。"六宫,古代皇后、妃嫔居住之处,此指后妃等。

〔97〕茵褥:垫子、褥子、毯子等物的通称。

〔98〕他长物称是:其他所用器物也与此数相当。

〔99〕从卫:随从侍卫。时隆裕太后孟氏被疏散到洪州(今江西南昌)。

〔100〕部送:部署护送。

〔101〕冬十二月,金寇陷洪州:《宋史·高宗纪》和《建炎以来系年要录》卷二十九均作"十一月"。

〔102〕《世说》:即《世说新语》。《盐铁论》:汉桓宽著。

〔103〕轴:古书写本卷子,一头有轴,不读时可以卷起来,所以卷子又叫"卷轴"。数十轴,即数十卷。

〔104〕鼐:大鼎。十数事:即十余件。

〔105〕岿然独存:形容经过变乱而幸存的东西。岿然,高峻独立的样子。

〔106〕上江:长江上游。长江流经安徽、江苏等省,习惯上称安徽以上为上江,江苏为下江。建炎二年十月,金人白黄州渡江,占领了上游沿江城市如洪州、和州等地,故云"上江既不可往"。

〔107〕叵测:不可预测。

〔108〕敕局删定官:敕局为编修皇帝诏旨的机构,属枢密院。设置提举、详定官与删定官等职。

〔109〕台:台州,今浙江省临海市。

〔110〕台守已遁之剡:谓台州太守已逃往嵊县。《宋史·高宗纪》:"建炎四年正月,……丁卯,台州守臣晁公为弃城遁。"剡,秦汉以来治县名。唐武德四年(621),曾立嵊州,下设剡城县,八年废。宋徽宗宣和三年(1121)始改名嵊县。此文作于1132年,仍沿用旧称。

〔111〕出陆:从台州出海有水陆两路,下文"走黄岩"为陆路。

〔112〕黄岩:今浙江省台州市黄岩区。

〔113〕行朝:即行在,皇帝行宫所在。

〔114〕驻跸:指皇帝出行,途中停留暂驻。章安:今浙江省临海市东南。

〔115〕温:今浙江温州市。

〔116〕越:越州,今浙江绍兴市。

〔117〕庚戌:宋高宗建炎四年(1130)。

〔118〕放散百官:《建炎以来系年要录》卷三十九载宋高宗建炎四年十一月:"自金人破楚州,游骑至江上。朝廷震恐,乃议放散百司。""诏放散行在百司,除侍从、台谏官外,……余令从便寄居,候春暖赴行在。"

〔119〕衢:衢州,今浙江衢州市。

〔120〕绍兴辛亥:宋高宗绍兴元年(1131)。

〔121〕壬子:绍兴二年(1132)。

〔122〕疾亟:病危。

〔123〕珉(mín 民):一种似玉的石头。

〔124〕颁金:不详。徐培均认为是高宗赐给李清照钱物,以换取她手中的古玩。

〔125〕密论列:秘密向朝廷告发。论列,上书检举、弹劾。

〔126〕外廷:朝廷流亡京师之外,故云。

〔127〕移幸四明:《宋史·高宗纪》载建炎三年十月"壬辰,帝至越州",十二月"丙子(《建炎以来系年要录》卷三十作'己卯'),帝至明州"。皇帝出巡曰幸。四明,即明州,今浙江宁波市。

〔128〕后官军收叛卒,取去,闻尽入故李将军家:事迹未详。

〔129〕无虑:大约。

〔130〕会稽:今浙江省绍兴市。

〔131〕土民:当地人。

〔132〕穴壁:洞穿墙壁。穴,用如动词。

〔133〕吴说运使:吴说,字傅朋,号练塘,钱塘(今浙江杭州)人,著名书法家。《建炎以来系年要录》卷三十四:"建炎四年六月,朝请郎主管江州太平观吴说为福建路转运判官。"运使,即转运判官,主管军需钱粮的官职。

〔134〕东莱:即莱州,治所在今山东掖县。静治堂:赵明诚在莱州做官时书斋名。

〔135〕就:完成。

〔136〕芸签:书卷的标签。古时藏书用芸香去除书蠹,故称书签为芸签。缥带:淡青色的束书带子,用以束卷轴(宋以前的图书多为卷轴装)。

〔137〕吏散:一作"更散"。

〔138〕跋题:即题跋。写在书籍、字画前面的为"题",写在后面的称"跋"。

〔139〕手泽:指赵明诚手写在《金石录》上的墨迹。

〔140〕墓木已拱:坟上的树木已长成合抱粗了,谓人死已久。《左传·僖公三十二年》载秦穆公使谓蹇叔曰:"尔何知?中寿,尔墓之木拱矣。"拱,两手合抱。

〔141〕"昔萧绎江陵陷没"三句:萧绎,字世诚,为南朝梁武帝第七子。于公元552年在江陵(今湖北江陵)即位,为梁元帝。后魏军破江陵,被杀。《南史·梁元帝纪》载江陵被攻破时,萧绎"聚图书十余万卷尽烧之"。

〔142〕"杨广江都倾覆"三句:义宁二年(618),隋炀帝杨广在江都(今江苏扬州)被禁军将领宇文化及所杀。倾覆,覆没。复取,再次取

487

去。《资治通鉴》卷一百八十五载隋炀帝"顾谓萧后曰:'好头颈谁当斫之?'后惊问故。帝笑曰:'贵贱苦乐,更迭为之,亦复何伤!'"又《太平广记》卷二百八十引《大业拾遗》:"武德四年,东都平后,观文殿宝厨新书八千许卷将载还京师。上官魏梦见炀帝大叱云:'何因辄将我书向京师!'于时太府卿宋遵贵监运,东都调度,乃于陕州下书著大船中,欲载往京师。于河值风覆没,一卷无遗。上官魏又梦见帝,喜云:'我已得书。'帝平存之日,爱惜书史,虽积如山丘,然一字不许外出。及崩亡之后,神道犹怀爱吝。"

〔143〕人性之所著:人所执著之物。

〔144〕尤物:美好之物。

〔145〕斤斤:明察的样子。

〔146〕少陆机作赋之二年:即十八岁。陆机,晋代文学家,相传二十岁作《文赋》。杜甫《醉歌行》:"陆机二十作文赋,汝更少年能作文。"作者十八岁与赵明诚结婚,此犹言结婚之年。

〔147〕过蘧瑗知非之两岁:即五十二岁。蘧瑗,字伯玉,春秋时卫国大夫。《淮南子·原道训》:"蘧伯玉年五十,而知四十九年之非。"后世遂把五十岁称为"知非之年"。

〔148〕"人亡弓"二句:《吕氏春秋·贵公》:"荆人有遗弓者,而不肯索。曰:'荆人遗之,荆人得之,又何索焉?'孔子闻之曰:'去其荆而可矣。'"高诱注:"言人得之而已,何必荆人也!"

〔149〕区区:真情挚意。

〔150〕好古博雅:爱好古物、渊博高雅之人。《楚辞·招隐士序》:"昔淮南王安,博雅好古,招怀天下俊伟之士。"

〔151〕绍兴二年玄黓岁壮月朔甲寅:公元1132年夏历八月初一日。玄黓岁,《尔雅·释天》:"太岁在壬曰'玄黓'。"绍兴二年适为壬子年。壮岁,夏历八月的别称,《尔雅·释天》:"八月为壮。"朔甲寅,初一。易

安室:李清照书斋名。宋洪迈《容斋四笔》卷五云此序作于"绍兴四年"。明钞本《说郛》卷四十六载《瑞桂堂暇录》引此序亦署"绍兴四年"。未知孰是。

胡 铨

胡铨(1102—1180),字邦衡,号澹庵,庐陵(今江西吉安)人。南宋政治家、文学家。宋高宗建炎二年(1128)进士,为承直郎、权吉州军事判官。绍兴七年(1137)应贤良方正能极言直谏科,充枢密院编修官。次年,胡铨上书高宗痛斥秦桧对金求和,请斩秦桧、王伦等人,为此遭受打击,除名编管新州(今广东新兴),移谪吉阳军(今海南三亚)等地,直至秦桧死后,才得徙衡州。绍兴三十二年孝宗即位,胡铨又被起用为奉议郎,知饶州,历任国史院编修官、权兵部侍郎等职。始终反对和议,因与朝廷政见有分歧,于是力求去职,以敷文阁直学士奉祠归。淳熙七年(1180)卒,年七十九,谥忠简。有《澹庵文集》。《宋史》卷三百七十四有传。

戊午上高宗封事[1]

绍兴八年十一月日[2],右通直郎枢密院编修官臣胡铨[3],谨斋沐裁书[4],昧死百拜[5],献于皇帝陛下:

臣谨按[6]:王伦本一狎邪小人[7],市井无赖,顷缘宰相无识,遂举以使虏[8]。专务诈诞[9],欺罔天听[10],骤得美官[11],天下之人切齿唾骂。今者无故诱致虏使,以诏谕江南为名[12],是欲臣妾我也[13],是欲刘豫我也[14]。刘豫臣事丑虏[15],南面称王[16],自以为子孙帝王万世不拔之业[17]。一旦豺狼改虑[18],捽而缚之[19],父子为虏[20]。商鉴不远[21],而伦又欲陛下效之!

夫天下者,祖宗之天下也;陛下所居之位,祖宗之位也。奈何以祖宗之天下为犬戎之天下,以祖宗之位为犬戎藩臣之位[22]?陛下一屈膝[23],则祖宗庙社之灵[24],尽污夷狄[25];祖宗数百年之赤子[26],尽为左衽[27];朝廷宰执[28],尽为陪臣[29];天下之士大夫,皆当裂冠毁冕[30],变为胡服[31]。异时豺狼无厌之求,安知不加我以无礼如刘豫者哉!夫三尺童子,至无知也,指犬豕而使之拜,则怫然怒[32]。今丑虏,则犬豕也;堂堂天朝[33],相率而拜犬豕,曾童稚之所羞[34],而陛下忍为之耶?

伦之议乃曰:"我一屈膝,则梓宫可还[35],太后可复[36],渊圣可归[37],中原可得[38]。"呜呼!自变故以来,主和议者谁不以此说啗陛下哉[39]?然而卒无一验,是虏之情伪已可知矣[40]。而陛下尚不觉悟,竭民膏血而不恤[41],忘国大仇而不报,含垢忍耻,举天下而臣之,甘心焉[42]。就令虏决可和,尽如伦议,天下后世谓陛下何如主[43]?况丑虏变诈百出,而伦又以奸邪济之[44],梓宫决不可还,太后决不可复,渊圣决不可归,中原决不可得。而此膝一屈,不可复伸;国势陵夷[45],不可复振:可为痛哭流涕长太息也[46]!

向者陛下间关海道[47],危如累卵,当时尚不肯北面臣虏[48];况今国势稍张,诸将尽锐[49],士卒思奋[50]。只如顷者丑虏陆梁[51]，伪豫入寇[52]，固尝败之于襄阳[53]，败之于淮上[54]，败之于涡口[55]，败之于淮阴[56]，较之前日蹈海之危[57]，已万万矣[58]。倘不得已而遂至于用兵，则我岂遽出虏人下哉[59]！今无故而反臣之。欲屈万乘之尊[60]，下穹庐之拜[61]，三军之士，不战而气已索[62]，此鲁仲连所以义不帝秦[63]，非惜夫帝秦之虚名，惜天下大势有所不可也。今内而百官，外而军民，万口一谈，皆欲食伦之肉。谤议汹汹[64]，陛下不闻，正恐一旦变作，祸且不测。臣窃谓不斩王伦，国之存亡，未可知也。

虽然，伦不足道也。秦桧以腹心大臣，而亦为之。陛下有尧、舜之资，桧不能致陛下如唐、虞[65]，而欲导陛下如石晋[66]。近者礼部侍郎曾开等引古谊以折之[67]，桧乃厉声曰："侍郎知故事[68]，我独不知！"则桧之遂非狠愎[69]，已自可见。而乃建白[70]，令台谏从臣佥议可否[71]，是明畏天下议己，而令台谏从臣共分谤耳[72]。有识之士，皆以为朝廷无人。吁，可惜哉！孔子曰："微管仲，吾其被发左衽矣！"[73]夫管仲，霸者之佐耳[74]，尚能变左衽之区为衣冠之会[75]；秦桧，大国之相也，反驱衣冠之俗归左衽之乡。则桧也，不惟陛下之罪人，实管仲之罪人矣。孙近附会桧议[76]，遂得参知政事[77]。天下望治，有如饥渴，而近伴食中书[78]，漫不可否事[79]。桧曰："虏可和。"近亦曰："可和。"桧曰："天子当拜。"近亦曰："当拜。"臣尝至政事堂[80]，三发问而近不答，但曰："已令台谏侍从议矣。"呜呼！参赞大政[81],徒取充位如此[82],有如敌骑长驱,尚能折冲御侮邪[83]?臣窃谓秦桧、孙近亦可斩也。

臣备员枢属[84],义不与桧等共戴天。区区之心,愿斩三人头,竿之藁街[85],然后羁留虏使,责以无礼,徐兴问罪之师,则三军之士,不战而气自倍。不然臣有赴东海而死,宁能处小朝廷求活耶!小臣狂妄,冒渎天威[86],甘俟斧钺[87],不胜陨越之至[88]。

上海辞书出版社、安徽教育出版社2006年版
《全宋文》本《澹庵文集》卷七

〔1〕"封事"是臣下上给皇帝的密封奏章。宋高宗绍兴八年(1138),高宗不顾朝野正直人士的反对,信任秦桧、王伦,准备与金达成丧权辱国的和议。胡铨时任枢密院编修官,闻讯立刻上书反对向金人屈膝投降,请求斩王伦、秦桧、孙近三奸人头,并主张扣押金使,兴师问罪。文章辞意激越,直书无隐,显示了作者崇高的民族气节和不屈的战斗意志。史传记载,此书一出,即广为传诵,大快人心。杨万里《胡忠简文公文集序》:"绍兴戊午,高宗皇帝以显仁皇太后(按:即高宗生母)驾未返,不得已将以大事小,屈尊和戎。先生上书力争,至乞斩宰相,在廷大惊。金虏闻之,募其书千金,三日得之,君臣夺气,知中国有人。"

〔2〕绍兴:宋高宗年号。十一月日:十一月的某日。奏章原是写明日期的,收入文集后省去。

〔3〕右通直郎:宋代官阶,从六品。枢密院编修官:宋代官职名,是在枢密院中负责文案的低级官员。枢密院,又称枢府,是掌管朝廷军事事务的机关。

〔4〕斋沐裁书:斋戒沐浴之后,始裁纸作书,表示恭敬。

〔5〕昧死:冒死。

〔6〕谨按:谨慎地写下如下的话。

〔7〕王伦:字正道,莘县(今山东莘县)人,南宋主和派大臣。《宋史》卷三百七十一有传。狎邪:行为不端。

〔8〕使虏:出使金国。虏,对金人的蔑称。下文的"丑虏"、"豺狼"、"犬豕"等,都是此意。

〔9〕专务诈诞:专门说些骗人的假话。

〔10〕欺罔:欺骗。天听:皇帝的听闻。

〔11〕美官:好差使、肥缺。王伦出使金国,主持和谈后,被授予徽猷阁直学士、端明殿学士的职名,充大金国奉迎梓宫使。

〔12〕以诏谕江南为名:当时金国的使者张通古、萧哲是以"江南招谕使"的头衔来到南宋的。其意是将南宋当附属国对待。

〔13〕臣妾我:以我为臣妾。

〔14〕刘豫我:以我为刘豫。刘豫,字彦游,阜城(今河北泊头)人。宋高宗建炎二年知济南府,后降金,被金册封为皇帝,号"大齐"。后协助金兵攻宋,失败后为金废黜。《宋史》卷四百七十五有传。

〔15〕臣事丑虏:对金称臣。

〔16〕南面:帝王听政,面南而坐。

〔17〕不拔:坚固不可动摇。

〔18〕改虑:改变想法。

〔19〕捽(zuó 昨):捉住。

〔20〕父子为虏:宋高宗绍兴七年十一月,金人擒获刘豫父子,囚于金明池。

〔21〕商鉴不远:商鉴,即殷鉴,避宋讳"殷"改。《诗经·大雅·荡》:"殷鉴不远,在夏后之世。"其意是说殷商的反面教训并不远,就在夏朝。这里是说当以刘豫为戒。

〔22〕藩臣:藩属国君主对宗主国君主称"藩臣"。

〔23〕屈膝:下跪屈服。

〔24〕庙社:宗庙与社稷的合称,代指国家朝廷。

〔25〕污夷狄:言受污于金人。

〔26〕赤子:指百姓。

〔27〕左衽(rèn 认):衣襟开在左侧,为古代北方少数民族的服饰样式,引申为野蛮的生活习俗。

〔28〕宰执:宰相和执政的简称,即宰相和副宰相,如参知政事等。

〔29〕陪臣:臣子的臣子。陪,意指"重"。这里是说如果宋朝的皇帝对金称臣,则宋朝大臣就是金国皇帝的陪臣了。

〔30〕冠冕:帽子。这里代指中原地区的礼仪文明。

〔31〕胡服:指金国的服装。

〔32〕怫(fú 弗)然:愤怒状。

〔33〕天朝:犹言大宋朝。

〔34〕曾:乃。

〔35〕梓宫:皇帝、皇后的棺材是用梓木做的,故称"梓宫"。此处是指宋徽宗的灵柩。宋徽宗被金人掳去后,于绍兴五年死于五国城(今吉林扶余)。

〔36〕太后:指宋高宗生母韦贤妃。她与徽宗一起被金掳去,宋高宗即位后,遥尊她为皇太后,后归宋。可复:可以回来。

〔37〕渊圣:指宋钦宗。高宗即位,为钦宗上尊号为"孝慈渊圣皇帝"。

〔38〕中原:指被金侵占的地区。

〔39〕啗:拿东西给人吃,引申为利诱。

〔40〕情伪:真伪。情,真实。

〔41〕恤(xù 序):顾惜。

〔42〕举天下而臣之，甘心焉：意指率天下人甘心情愿地向金称臣。

〔43〕何如主：什么样的君主。

〔44〕济之：助成它。

〔45〕陵夷：渐趋衰弱，犹言如丘陵逐渐变为平地一样。

〔46〕太息：叹气。

〔47〕间关海道：辗转于海路。指金兵南侵时，宋高宗曾经从建康逃到杭州、明州（今浙江宁波），航海至温州一事。

〔48〕北面臣虏：臣服于敌人。臣子面北拜见帝王，故称"北面"。

〔49〕尽锐：竭尽其锐力。意指充分发挥其军事作用。

〔50〕士卒思奋：士卒希望奋发有为。

〔51〕陆梁：跳梁，意指横行。

〔52〕伪豫：指刘豫。伪，意谓窃取政权，不被承认。

〔53〕败之于襄阳：绍兴四年（1134），岳飞击溃刘豫部将李成军，收复襄阳六郡。

〔54〕败之于淮上：绍兴四年冬，金人与刘豫合兵入侵，韩世忠在大仪镇击破敌兵，追至淮上。

〔55〕败之于涡口：绍兴六年（1136），刘豫发兵三十万，命其子刘麟趋合肥，命其侄刘猊出涡口（涡水入淮之处）。后为宋将杨沂中所击溃。

〔56〕败之于淮阴：绍兴六年，韩世忠守楚州（淮阴），屡败金、齐联兵。

〔57〕蹈海：此指在海上躲避金人。

〔58〕已万万矣：已好过不知多少倍了。

〔59〕则我岂遽出虏人下哉：难道我们很快就处于敌人下风吗？遽，立刻、很快。

〔60〕欲屈万乘之尊：放弃皇帝的尊严。周代制度，天子地方千里，出兵车万乘。四马驾一车为"乘"。

〔61〕穹庐:北方少数民族居住用的毡帐,此指金国朝廷。

〔62〕索:尽。气索,指精神丧失,毫无斗志。

〔63〕鲁仲连:战国齐人。秦围赵之都城邯郸,魏国使臣辛垣衍劝赵王尊秦昭王为帝以解围。鲁仲连反对帝秦,并说服了辛垣衍。事见《战国策·赵策三》《史记·鲁仲连邹阳列传》。

〔64〕谤议汹汹:指众人纷纷批评抗议。汹汹,喧哗、争吵。

〔65〕致陛下如唐、虞:使陛下成为如唐尧、虞舜一样的贤君。

〔66〕石晋:石敬瑭引契丹兵灭后唐,受其册封为帝,国号晋。割燕、云十六州给契丹,称契丹主为父皇,自称儿皇帝。

〔67〕曾开:字天游,曾几之兄。他反对秦桧议和,事见《宋史》卷三百八十二《曾几传》。古谊:古人的高谊。折:斥责。

〔68〕故事:历史掌故。

〔69〕遂非狠愎:掩饰错误,刚愎自用。

〔70〕建白:建议。

〔71〕台谏:指御史台、谏院的官吏。从臣:侍从亲近之臣。宋代指四品以上清要官。翰林学士、给事中、六部尚书等为内侍从官;带诸阁学士、直学士、待制者,为在外侍从官。佥议:都来讨论。

〔72〕分谤:分受舆论的谴责。

〔73〕"微管仲"二句:假如不是管仲的话,我们会被野蛮民族征服,披散着头发,改穿他们的服饰了。语见《论语·宪问》。

〔74〕佐:辅佐。管仲是齐桓公的相,协助桓公成为春秋五霸之一。

〔75〕左衽之区:穿野蛮民族衣服的地区。衣冠之会:穿中原服饰的人群聚集地。

〔76〕孙近:字叔诸,因附合秦桧升参知政事,兼枢密院事。附会:附和。

〔77〕参知政事:宋代的官名,即副宰相。

497

〔78〕伴食中书:指在宰相位上尸位素餐。《新唐书·卢怀慎传》:"怀慎自以才不及(姚)崇,故事皆推而不专,时讥为伴食宰相。"唐、宋宰相在中书省办公、会食,故有此说。

〔79〕漫不可否事:无主见,遇事不敢说"可"、"否"。

〔80〕政事堂:唐宋时期大臣议事之处,设在中书省。

〔81〕参赞大政:帮办国家大事。

〔82〕充位如此:如此白白占着位子。

〔83〕折冲:使敌人的战车后退,即制敌取胜。冲,冲车,一种战车。御侮:抵御外侮。

〔84〕备员:充数,此为自谦之词。

〔85〕竿之藁(gǎo 稿)街:在藁街把首级悬竿示众。藁街,汉时长安外地使臣居住区。此句意谓斩首示众。

〔86〕冒渎天威:冒犯了皇帝的尊严。

〔87〕甘俟斧钺:愿意等着受最严酷的惩罚。钺,似斧而大。斧、钺均为杀人工具。

〔88〕不胜陨越之至:犹言非常惶恐。陨越,本义为跌倒。

郑　樵

郑樵(1103—1161),字渔仲,福建路兴化军莆田(今福建莆田)人,南宋著名史学家。早年隐居夹漈山(位于莆田西北),著述讲学,人称"夹漈先生"。后因人荐授右迪功郎、礼兵部架阁。晚年编著纪传体通史《通志》,书成进呈朝廷,授枢密院编修官。《宋史》卷四百二十六有传。

通志总序(节选)[1]

百川异趋,必会于海,然后九州无浸淫之患[2];万国殊途,必通诸夏[3],然后八荒无壅滞之忧[4]。会通之义大矣哉! 自书契以来[5],立言者虽多[6],惟仲尼以天纵之圣[7],故总《诗》、《书》、《礼》、《乐》而会于一手[8],然后能同天下之文;贯二帝三王而通为一家[9],然后能极古今之变[10]。是以其道光明,百世之上、百世之下不能及。仲尼既没,百家诸子兴焉,各效《论语》以空言著书,至于历代实迹,无所纪系[11]。

迨汉建元、元封之后[12],司马氏父子出焉[13]。司马氏世司典籍[14],工于制作[15],故能上稽仲尼之意[16],会《诗》、《书》、《左传》、《国语》、《世本》、《战国策》、《楚汉春秋》之言[17],通黄帝、尧、舜至于秦汉之世,勒成一书[18],分为五体:"本纪"纪年,"世家"传代,"表"以正历,"书"以类事,"传"以著人,使百代而下,史官不能易其法,学者不能舍其书。六经之后[19],惟有此作。故谓周公五百岁而有孔子,孔子五百岁而在斯乎[20]!是其所以自待者已不浅[21]。然大著述者,必深于博雅[22],而尽见天下之书,然后无遗恨。当迁之时,挟书之律初除[23],得书之路未广,亘三千年之史籍,而踯躅于七八种书[24],所可为迁恨者,博不足也。

凡著书者,虽采前人之书,必自成一家言。左氏,楚人也[25],所见多矣,而其书尽楚人之辞。公羊,齐人也[26],所闻多矣,而其书皆齐人之语。今迁书全用旧文,间以俚语[27],良由采摭未备[28],笔削不遑[29],故曰:"予不敢堕先人之言[30],乃述故事[31],整齐其传,非所谓作也[32]。"刘知几亦讥其多聚旧记[33],时插杂言。所可为迁恨者,雅不足也。大抵开基之人,不免草创,全属继志之士为之弥缝[34]。晋之《乘》,楚之《梼杌》,鲁之《春秋》,其实一也[35]。《乘》、《梼杌》无善后之人,故其书不行。《春秋》,仲尼挽之于前,左氏推之于后,故其书于日月并传[36]。不然则一卷事目,安能行于世?自《春秋》之后,惟《史记》擅制作之规模。不幸班固非其人,遂失会通之旨,司马氏之门户自此衰矣[37]。

班固者,浮华之士也[38],全无学术,专事剽窃[39]。肃宗问以制礼作乐之事[40]，固对以在京诸儒必能知之。倘臣邻皆如此[41]，则顾问何取焉[42]？及诸儒各有所陈，固惟窃叔孙通十二篇之仪以塞白而已[43]。肃宗知其浅陋，故语窦宪曰[44]："公爱班固而忽崔骃[45]，此叶公之好龙也[46]。"固于当时已有定价，如此人材，将何著述！《史记》一书，功在十表[47]，犹衣裳之有冠冕，木水之有本原。班固不通旁行邪上[48]，以古今人物强立差等。且谓汉绍尧运[49]，自当继尧[50]，非迁作《史记》厕于秦、项[51]，此则无稽之谈也。由其断汉为书[52]，是致周、秦不相因，古今成间隔。自高祖至武帝，凡六世之前尽窃迁书[53]，不以为惭；自昭帝至平帝，凡六世，资于贾逵、刘歆[54]，复不以为耻。况又有曹大家终篇[55]，则固之自为书也几希。往往出固之胸中者[56]，《古今人表》耳，他人无此谬也。后世众手修书，道旁筑室[57]，掠人之文，窃钟掩耳[58]，皆固之作俑也[59]。固之事业如此，后来史家奔走班固之不暇[60]，何能测其浅深！迁之于固，如龙之于猪，奈何诸史弃迁而用固，刘知几之徒尊班而抑马[61]？

且善学司马迁者，莫如班彪[62]。彪续迁书，自孝武至于后汉，欲令后人之续己，如己之续迁。既无衍文，又无绝绪[63]，世世相承，如出一手。善乎，其继志也！其书不可得而见，所可见者元、成二帝赞耳[64]。皆于本纪之外，别记所闻，可谓深入太史公之阃奥矣[65]。凡左氏之有"君子曰"者[66]，皆经之新意[67]。《史记》之有"太史公曰"者[68]，皆史之外事,不为褒贬也;间有及褒贬者,褚先生之徒杂之耳[69]。且纪传之中,既载善恶,足为鉴戒,何必于纪传之后,更加褒贬?此乃诸生决科之文[70],安可施于著述?殆非迁、彪之意。况谓为"赞",岂有贬辞?后之史家,或谓之"论",或谓之"序",或谓之"铨",或谓之"评",皆效班固,臣不得不剧论固也[71]。

司马谈有其书,而司马迁能成其父志[72]。班彪有其业,而班固不能读父之书。固为彪之子,既不能保其身[73],又不能传其业,又不能教其子[74]。为人如此,安在乎言为天下法!范晔、陈寿之徒继踵[75],率皆轻薄无行[76],以速罪辜,安在乎笔削而为信史也!

……

迁法既失,固弊日深。自东都至江左[77],无一人能觉其非。惟梁武帝为此慨然[78],乃命吴均作《通史》[79],上自太初,下终齐室,书未成而均卒。隋杨素又奏令陆从典续《史记》[80],讫于隋,书未成而免官。岂天之靳斯文而不传与[81]?抑非其人而不祐之与[82]?自唐之后,又莫觉其非,凡秉史笔者,皆准《春秋》专事褒贬[83]。夫《春秋》以约文见义,若无传释则善恶难明;史册以详文该事,善恶已彰,无待美刺[84]。读萧、曹之行事[85],岂不知其忠良?见莽、卓之所为[86],岂不知其凶逆?夫史者,国之大典也[87]。而当职之人,不知留意于宪章[88],徒相尚于言语,正犹当家之妇,不事饔飧[89],专鼓唇舌,纵然得胜,岂能肥家[90]?此臣之所深耻也。

中华书局1987年版《通志》卷首

〔1〕本文是郑樵为其史学巨著《通志》所作序文中的一部分。在这篇文章中,作者提出了"极古今之变"、成一家之言的史学思想。本文的命意在针砭断代为史,并深责其始作俑者班固,罗列其种种无能和不是之表现。文辞博辩,然而亦不无偏激过甚之处。

〔2〕浸淫:洪水浸漫成灾。

〔3〕诸夏:华夏,指中国。

〔4〕壅滞:阻塞难通。

〔5〕书契:文字。

〔6〕立言:创立学说。

〔7〕天纵之圣:天生圣人。《论语·子罕》:"固天纵之将圣,又多能也。"

〔8〕会于一手:指六经都经孔子一手编定。

〔9〕二帝:指尧、舜。三王:指夏、商、周三代的开创者,即禹、汤、周文王、周武王。

〔10〕极古今之变:穷尽古今学术的变迁。

〔11〕纪系:记载。

〔12〕迨(dài带):等到。建元、元封:汉武帝年号。

〔13〕司马氏父子:指司马迁及其父司马谈。

〔14〕世司典籍:世代掌管图书。

〔15〕工于制作:擅长写作。

〔16〕稽:考察。

〔17〕《世本》:一部成书于秦汉时的先秦史书。《楚汉春秋》:汉初陆贾编,主要记载楚汉战争及汉初史事。二书久佚,今有辑本。

〔18〕勒成一书:编纂成一书。

〔19〕六经:即《诗》、《书》、《礼》、《易》、《春秋》、《乐》。郑樵认为,《史记》与六经都体现了"会通之义",故说"六经之后,惟有此作"。

〔20〕"故谓周公"二句:此处节略引用《史记·太史公自序》文。

〔21〕其所以自待者已不浅:谓司马迁以绍述周公、孔子自命,故说"自待不浅"。

〔22〕博雅:知识渊博、文辞典雅。

〔23〕挟书之律初除:秦始皇三十四年,禁止民间私藏《诗》、《书》及百家语,是为挟书律。直至汉惠帝四年,才废除此令。事见《汉书·惠帝纪》及张晏注。

〔24〕跼蹐(jú jí 局及):局限。

〔25〕左氏,楚人也:郑樵在《通志·氏族略》中认为,《左氏春秋传》的作者不是鲁国左丘明,而是楚国左史倚相的后人。

〔26〕公羊:指公羊高,齐人,相传著《春秋公羊传》。

〔27〕俚语:方言俗语。

〔28〕良:确实。采摭:采择收取。

〔29〕笔削不遑:来不及修改文字。不遑,不暇、不及。

〔30〕堕:荒废。

〔31〕述故事:记述成说。

〔32〕作:有创见的作品。"故曰"以下四句节录自《史记·太史公自序》。

〔33〕刘知几:字子玄,彭城(今江苏徐州)人。唐代历史学家,有史学名著《史通》传世。

〔34〕弥缝:弥补。

〔35〕"晋之《乘》"四句:《乘》、《梼杌》、《春秋》是春秋时晋、楚、鲁三国的国史。此句意引自《孟子·离娄下》。

〔36〕"《乘》、《梼杌》"六句:意谓《乘》与《梼杌》缺少后学,故流传不远。而鲁之《春秋》经过了孔子和左氏的阐发,故能传世长久。

〔37〕"不幸班固"三句:班固,字孟坚,扶风安陵(今陕西咸阳市西北)人,东汉史学家。著有《汉书》。郑樵推崇通史,认为班固作断代史,"遂失会通之旨"。门户,此指学术路径。

〔38〕浮华:华而不实。

〔39〕专事剽窃:此指《汉书》中武帝以前的记载多抄自《史记》。

〔40〕肃宗:东汉章帝刘炟的庙号。

〔41〕傥:通"倘",假如。臣邻:皇帝的辅佐大臣。

〔42〕顾问:汉建初三年,班固为玄武司马,常侍从章帝左右,以备顾问。

〔43〕叔孙通:原为秦博士,后归附刘邦,任太子太傅。十二篇之仪:指叔孙通所撰《汉仪》十二篇。塞白:塞责、敷衍。

〔44〕窦宪:字伯度,东汉扶风平陵(今陕西咸阳)人,其妹为章帝皇后。

〔45〕崔骃:字亭伯,东汉涿郡安平县(今河北安平)人。博学能文,与班固齐名。

〔46〕此叶公之好龙也:以叶公好龙的故事批评窦宪看起来爱才,其实不爱真才。这里借指班固不是真正的人才。

〔47〕十表:《史记》中有十表,即《三代世表》、《十二诸侯年表》等。郑樵称赞"十表"会通古今,有源有本。

〔48〕旁行邪上:此指采用图表形式的氏表、谱牒等。邪,同"斜"。

〔49〕绍:接续。

〔50〕继尧:继承尧的统绪。

〔51〕非:非难。厕:置。秦、项:秦始皇与项羽。此指班固不赞成司马迁将汉置于秦、项之后。

505

〔52〕断汉为书：以汉为断代史。

〔53〕六世：指西汉武帝之后的昭、宣、元、成、哀、平六帝。

〔54〕贾逵：字景伯，东汉扶风平陵人，著名经学家。刘歆：字子骏，西汉宗室，著名经学家、文献学家。

〔55〕曹大家(gū gu)：班固的妹妹班昭，因其夫姓曹，被尊称为曹大家。班固死后，她奉诏续撰《汉书》"八表"及"天文志"。

〔56〕往往：大略。

〔57〕道旁筑室：意谓道旁筑室，虽可谋于众人，但因众说不一，难以成事。语见《诗经·小雅·小旻》："如彼筑室于道谋，是用不溃于成。"

〔58〕窃钟掩耳：即掩耳盗铃。

〔59〕作俑：《孟子·梁惠王上》："仲尼曰：'始作俑者，其无后乎！'为其象人而用之也。"本谓制作用于殉葬的偶象，后因称创始、首开先例为"作俑"。多用于贬义。

〔60〕奔走：趋向、迎合。

〔61〕刘知几之徒尊班而抑马：刘知几推尊班固的《汉书》，贬抑司马迁的《史记》，见《史通·六家》。

〔62〕班彪：字叔皮，东汉扶风安陵(今陕西咸阳东北)人。班固之父。

〔63〕绝绪：中断。

〔64〕元、成二帝赞：指《汉书》中"元帝纪"与"成帝纪"的赞语。元，指汉元帝刘奭。成，指汉成帝刘骜。赞，《汉书》篇末的评论曰赞。

〔65〕阃(kǔn 捆)奥：原指室内深隐之处，此喻学问的深奥精微。

〔66〕君子曰：即《左传》正文中左氏的按语。

〔67〕经：指《春秋》。郑氏认为，左氏的按语，是《春秋》经中所没有的，故曰"新意"。

〔68〕太史公曰：《史记》每篇末尾的评论。

〔69〕褚先生:即褚少孙,颍川(今河南禹州)人,西汉博士,以续补《史记》知名。

〔70〕诸生:即生员,唐宋时国学及州、县学的学生。决科之文:参加科举考试写的论策。

〔71〕剧论固:激烈地批评班固。

〔72〕"司马谈有其书"二句:据《史记·太史公自序》,司马谈死前,将自己没完成的写通史之愿望托付给其子司马迁,"迁俯首流涕曰:'小子不敏,请悉论先人所次旧闻,弗敢阙。'"

〔73〕不能保其身:指班固被捕而死于狱中。

〔74〕不能教其子:《后汉书·班固传》:"固不教学诸子,诸子多不遵法度。"

〔75〕范晔:南朝宋历史学家,撰《后汉书》。后因密谋拥立刘义康为皇帝,下狱被杀,年仅四十八岁。陈寿:晋初历史学家,撰《三国志》。《晋书·陈寿传》:"遭父丧,有疾,使婢丸药,客往见之,乡党以为贬议。""又坐不以母归葬,竟被贬议。"继踵:前后相接。踵,指脚后跟。

〔76〕率:大都、一般。

〔77〕东都:指东汉。东汉建都洛阳,称东都。江左:指东晋与南朝。

〔78〕梁武帝:即萧衍。灭齐称帝建梁,在位四十七年(502—548)。

〔79〕吴均:字叔庠,有文名。梁武帝想要继《史记》之后编纂一部通史,上起三皇,下迄萧齐,召吴均撰写。均写成本纪、世家,列传未成而卒。《通史》后由他人完成,此书久佚。

〔80〕杨素:字处道,隋弘农郡华阴县(今陕西华阴)人。隋炀帝时官尚书令、太子太师、司徒等职,封楚公。陆从典时任著作郎,杨素奏请命从典续《史记》,书未成而从典坐事免职。

〔81〕靳(jìn进):吝惜。

〔82〕抑:还是。

〔83〕准:效法。

〔84〕"夫《春秋》"五句:意谓孔子所作《春秋》以简约的笔法表现大义,但是如果没有传注加以补充解释,其所蕴含的善恶批评也无法充分地得到表现。而史册重在记载历史事实,善恶已很明显了,不需要史家再另行赞美或批评。

〔85〕萧、曹:指西汉著名贤相萧何、曹参。

〔86〕莽、卓:指王莽和董卓。

〔87〕大典:重要的典籍。

〔88〕宪章:典章制度。

〔89〕饔飧(yōng sūn 拥孙):熟食,此指操持家务。

〔90〕肥家:富家。

李　焘

李焘(1115—1184),字仁甫,一字子真,号巽岩,眉州丹棱(今四川丹棱)人。南宋高宗绍兴八年(1138)进士。初任川中地方官多年,其后历任州县官及朝廷史职多年。孝宗朝仕至礼部侍郎,同修国史,熟悉北宋典故。淳熙十一年(1184)以敷文阁学士致仕,寻卒,年七十。谥文简。他积四十年之力,写成《续资治通鉴长编》,起自宋太祖赵匡胤建隆元年(960),迄于宋钦宗赵桓靖康元年(1127),对保存北宋一代史料有重大贡献。另有诗文集五十卷,已佚。事见《周文忠集》卷六十六《敷文阁学士李文简公神道碑》。《宋史》卷三百八十八有传。

湖北漕司乖崖堂记[1]

乖崖堂为忠定公张公复之作也[2]。"乖则违众[3],崖不利物[4]",此复之自赞其画像云尔。像故在成都仙游阁上[5],或摹写置鄂之部刺史厅事后屋壁间[6],迫隘嚣尘[7],与像弗称[8]。余既更诸爽垲[9],并书所以作堂意揭示来者。

谨按:复之,名咏,鄄城人[10]。太平兴国五年第进士[11],宰崇阳[12],有异政[13]。淳化初[14],由浚仪擢使荆湖北路^[15]，阅三岁^[16]，召拜枢密直学士^[17]，寻出守成都^[18]。大中祥符八年^[19]，卒于淮阳^[20]。追谥忠定，则皇祐三年诏也^[21]。

复之骱节景行^[22]，海内倾属^[23]。其居朝廷之日少，处方面之日多^[24]；不登相位，君子归讥于时^[25]。寇平仲、王子明皆复之同年^[26]，皆贤者。平仲相真宗，攘却戎狄，天下至今受其赐^[27]。而复之顾谓："澶渊一掷，我不能为^[28]！"使复之当平仲之任，其处之必有道矣。玉清昭应宫之役，子明不能强谏，奉天书行事，每有愧色^[29]。复之独抗疏^[30]，乞斩丁谓以谢天下^[31]。子明病革^[32]，真宗拟相复之^[33]，则复之亡矣。使复之无恙，丁谓何敢肆其奸欺？周怀政、雷允恭亦安从始祸^[34]？复之尝讥平仲不学无术，或谓复之太过，而平仲独心服焉^[35]。末路低回^[36]，还秉钧轴^[37]，讫与祸会^[38]，视复之学术宁不愧哉^[39]！

复之本不欲仕，希夷子谓当拯民于水火^[40]，不宜辄自肥遁^[41]。复之乃仕。攘袂缨冠^[42]，诚非得已，凡所与交，多方外佚人^[43]，视弃冠冕^[44]犹弃敝履耳^[45]。其至大至刚以直之气，一生未始少屈，至今凛然也。

画像服饰，悉如隐者，是殆将乘星戴云，挥斥八极^[46]，超无友而独存^[47]，夫孰敢吓以臭腐，拘系之使从乎^[48]？惟兹江山，皆复之旧所经行，风期神会，尚能为余一来。旧史恨复之卞急、躁竞^[49]，此盖当时奴婢小人私谤窃议，果不足信。要当以宋子京、赵闻道、韩稚圭、司马君实所录为实[50]。

上海辞书出版社、安徽教育出版社2006年版
《全宋文》卷四千六百六十五

〔1〕漕司:即转运使司,宋代管理催征税赋、出纳钱粮、办理上供以及漕运等事的官署。本文是为纪念北宋名臣张咏而建的"乖崖堂"而作。文章从张咏的画像、字号生发开去,联系史实,歌颂张咏抗节独立、超迈高蹈的人格魅力。

〔2〕张公复之:即张咏(946—1015),字复之,号"乖崖"。濮州鄄城(今属山东)人。太平兴国五年(980)进士。曾在湖北、四川等地任知县、知州。卒谥"忠定"。《宋史》卷二百九十三有传。

〔3〕违众:不随俗,与众不同。

〔4〕不利物:于物无益,有亢节独立、不迁就众人之意。《易·乾·文言》:"利物足以和义。"孔颖达正义:"言君子利益万物,使万物各得其益。"

〔5〕故:从前。

〔6〕或:有人。刺史:原为朝廷所派督察地方之官,后沿为地方官职名称。听事:处理政事,此指处理政务的官署。

〔7〕迫隘:狭窄。嚣尘:喧嚣脏乱。

〔8〕弗称:不相称。

〔9〕更:更换。爽垲(kǎi 凯):指敞亮干燥的地方。《左传·昭公三年》:"初,景公欲更晏子之宅,曰:'子之宅近市,湫隘嚣尘,不可以居,请更诸爽垲者。'"杜预注:"爽,明。垲,燥。"垲指地势高而干燥。

〔10〕鄄(juàn 倦)城:今山东鄄城县。

〔11〕太平兴国五年:即980年。太平兴国,宋太宗赵匡义的年号,976—983。第:及第,指考中进士。

〔12〕宰崇阳:担任崇阳(今属湖北)县知县。

〔13〕有异政:政绩突出。

〔14〕淳化:宋太宗年号,990—994。

〔15〕由浚仪擢使荆湖北路:据《宋史》本传,张咏由知开封府浚仪县(今河南开封),出为荆湖北路转运使。荆湖北路,宋代行政区划之一,简称湖北路,为湖北得名之始。转运使,见本文注〔1〕。

〔16〕阅三岁:过了三年。

〔17〕枢密直学士:宋初签署枢密院事,后逐渐变成高级官员的荣誉性加衔,为职官名。

〔18〕寻:不久。

〔19〕大中祥符八年:即1015年。大中祥符,宋真宗年号,1008—1016。

〔20〕淮阳:今河南淮阳县。

〔21〕皇祐三年:即1051年。皇祐,宋仁宗赵祯年号,1049—1053。

〔22〕姱(kuā夸)节景行:美好的品行。姱,美好。景,高大。

〔23〕倾属:关注。

〔24〕方面:此指地方。

〔25〕归讥于时:意指讥当时执政者不识人才。

〔26〕寇平仲:即寇准(961—1023),字平仲。华州下邽(今陕西渭南)人。宋太宗太平兴国五年(980)进士。淳化五年(994)为大理评事,知巴东县。宋真宗时,曾任同中书门下平章事。景德元年(1004),辽军大举侵宋,寇准力主抵抗,并促使真宗渡河亲征,与辽立澶渊之盟,起了稳定局势的作用。不久,被大臣王钦若排挤罢相。晚年再度被起用,封莱国公。后又因大臣丁谓等陷害遭贬,远徙道州、雷州。宋仁宗天圣元年病死于雷州,年六十三。谥忠愍。王子明:即王旦(957—1017),字子明,大名莘县(今山东莘县)人。太宗太平兴国五年(980)进士,后为北

宋名相。卒赠魏国公,谥文正。有文集二十卷,已佚。《宋史》卷二百八十二有传。同年:科举时代同榜录取的人互称"同年"。

〔27〕"平仲相真宗"三句:寇准为宋真宗朝宰相,协助真宗打败辽军。攘却,打退。戎狄,指辽军。受其赐,受其惠。

〔28〕顾谓:却说。澶渊一掷:指寇准坚持让真宗亲征的事。因为当时辽军势大,并无胜算把握,寇准之策确有冒险成分。后来王钦若就以此攻击寇准。《五朝名臣言行录·丞相莱国寇忠愍公》:"张乖崖常称:'使寇公治蜀,未必如咏;至于澶渊一掷,咏亦不敢为也。'"

〔29〕"玉清昭应宫之役"四句:指宋真宗迷信道教,命丁谓督建道观"玉清昭应宫",以安放神像和"天书"。历时七年修成,宫中房屋共三千六百一十间,极尽奢华。又据《宋史》本传,王旦作天书使,"每有大礼,辄奉天书以行,恒邑邑不乐"。

〔30〕抗疏:向皇帝上书直言。

〔31〕丁谓(966—1037):北宋苏州长洲(今江苏苏州)人,字谓之,一字公言。真宗朝为右谏议大夫、权三司使,与王钦若迎合帝意,大造道观。天禧四年(1020),排挤寇准去位,升为宰相。仁宗即位后被贬出朝,死于光州。丁谓机敏有智,但多迎合上意,天下以为奸邪。以谢天下:向天下人道歉认错。

〔32〕病革:病势危急。

〔33〕拟相复之:打算让张咏任宰相。

〔34〕"使复之无恙"三句:周怀政、雷允恭都是真宗朝太监。他们分别交结外廷大臣寇准和丁谓。后来又分别因为外廷的政治斗争受到牵连而被杀。这几句话大概是说如果张咏为相,就不会像寇准和丁谓那样交接、纵容宦官,那么周和雷也不至于落到被杀的地步。周、雷二人事,参见《续资治通鉴长编》卷九十三、一百九十七。

〔35〕"复之尝讥"三句:《五朝名臣言行录·丞相莱国寇忠愍公》:

513

"张、寇布衣交也,莱公兄事之,忠定常面折不少恕,虽贵不改也。……莱公在岐,忠定在蜀,还,不留既别。顾莱公曰:'曾读《霍光传》否?'曰:'未也。'更无他语。莱公归取其传读之,至'不学无术',笑曰:'此张公谓我矣。'"

〔36〕末路低回:末路,晚年。低回,流连。这里是说寇准到了晚年还流连官位,不能舍去。

〔37〕还秉钧轴:指寇准晚年还朝主持相位。钧轴,指国家机要。

〔38〕讫与祸会:最终遭遇祸端。

〔39〕宁:难道。

〔40〕希夷子:即五代宋初著名道教学者陈抟,赐号希夷先生。

〔41〕辄:每每,总是。肥遁:隐居。

〔42〕攘袂:捋起衣袖。缨冠:仕宦的代称。缨,系冠的带子。

〔43〕方外佚人:指方外之人,僧道或隐士。

〔44〕冠冕:官服,此指做官。

〔45〕敝履:破鞋子,引申为鄙弃之意。

〔46〕乘星戴云,挥斥八极:此形容张咏飘逸如仙人。

〔47〕超无友而独存:语本《汉书·司马相如传》引《大人赋》:"乘虚亡而上遐兮,超无友而独存。"清王先谦补注:"宋祁曰:'友字,浙本作有字。'《史记》作友,或作有。案,'独存',不劳更言。'无友',作'有'者是。宋苏轼诗'超世无有我独行',用此赋意。"

〔48〕"夫孰敢吓以臭腐"二句:《庄子·秋水》里说南方有一种鸟叫鹓雏,它栖息于梧桐之上,只喝甘甜的泉水,以竹子的果实为食。有一只猫头鹰找到了一条死老鼠,看见鹓雏飞过,心里害怕它来与自己抢这只死老鼠,于是就仰起头,喊一声"吓",想把鹓雏赶跑。这里用这个典故表示张咏不会因为贪恋官位而拘束自己。

〔49〕卞急、躁竞:急躁冒失。

〔50〕"要当以宋子京"句:宋子京即宋祁,曾为张咏作《行状》。韩稚圭即韩琦,曾为张咏作《墓志铭》。司马君实即司马光,在《涑水纪闻》中记载过张咏的事迹。以上诸文均见张其凡点校《张乖崖集·附录》。赵闻道即赵忭,其所记张咏事,不详。

刘子翚

刘子翚(1101—1147),字彦冲,一作彦仲,建州崇安(今属福建)人。南宋学者、文学家。曾任兴化军(治今福建莆田)通判,因体弱多病而辞职。筑室故乡屏山下潭溪边,讲学论道以终,号"病翁",学者称"屏山先生"。朱熹尝从其问学。有《屏山集》传世。

曾子论[1]

孝为百行之宗[2],行纯则性通[3],行亏则性贼[4],二者常相因焉[5],本同故也[6]。孝以敬为本[7],而敬者修性之门也[8]。自天子达于庶人,孝之事虽不同,同本于敬[9]。事亲而不敬,何以为孝乎?成百善,戢千非,惟此心而已[10]。

敬心而发,孝于其亲矣。推于兄弟,恭而友者,是其应也[11]。推于夫妇,和而顺者[12],是其应也。推于亲党、朋友[13],恭而睦、同而信者[14],是其应也。推于事君治人[15],忠而恕、廉而勤者[16],是其应也。是数也[17],一不应焉,非孝也[18]。借曰孝焉,敬心必不纯也[19]。海之支流必醎[20],玉之弃屑必润;中存是心,发无不应也[21]。是知孝子之心，万虑俱忘，惟一敬念而已。视如对日星，听如警雷霆，食如盘诵铭，寐如几宣箴，坐如立记过之史，行如随纠非之吏，不期肃而自肃焉[22]。念之所通，无门无旁[23]，塞乎天地，横乎四海，莫知其纪极也[24]。昔人有发冢而梦通、啮指而心动者[25]，在其知觉中，有如影响至于鬼神之秘、禽鱼之微、草木之无知，皆可感格[26]，非谲异也[27]，自然也。

敬心既纯，大本发露[28]，虚明洞达[29]，跃如于兢兢肃肃之中[30]，此至孝之士，所以行成于外而性修乎内也。曾子之孝也，立身扬名，惟此一节而于闻道最为超警。死生之际，粲然明白[31]。盖由始则因孝心而致敬，终则因敬心而成己[32]，验其平日服膺[33]，念兹在兹而已[34]。启手足[35]，则见于战战兢兢之时；发善言，则存乎容貌辞气之际，皆敬之谓也。

戴经所记，奥义甚多，首文三语已尽其要[36]。学者非弗知也，然皆有愧于曾子者，行之弗至也。恭如昭昭者，孝之名也；谨于昏昏者，孝之实也[37]。求其名，匹夫匹妇能焉[38]；核其实，圣人以为难矣[39]。曾子曰："养可能也，敬为难。敬可能也，安为难。安可能也，卒为难。"[40]斯须之敬[41]，人能勉强，至于能安、能卒，非确然自信、毅然必为，未有能乐其常而至其至也[42]。此无他，疑情未除也。学者之害，疑情为大。彼穷搜博览，惟恐不闻者，疑情未除也；朝咨夕叩，请益不休者，疑情未除也[43]。博量揣摸，求合乎似者，疑情未除也。情既有疑，则中不安；不安则轻听而易移，

517

轻听则不能尊其所闻,易移则不能行其所知[44]。二者交乱其间[45],方且以礼法为拘囚,专精为滞著[46],求其有始有卒[47],难矣。

曾子游圣门最为年少,夫子与之言道,唯喏而已[48]。夫岂有毫发疑情哉!宜其成就巍巍,度越诸子矣[49]。

明刻本《屏山集》卷一

〔1〕曾子:即曾参(前505—前436),字子舆,春秋末鲁国南武城(今山东费县)人。孔子弟子,以孝著称。提出"吾日三省吾身"(《论语·学而》)的修养方法。认为"慎终(慎重地办理父母的丧事),追远(虔诚地祭祀祖先),民德归厚",主张"犯而不校(计较)"。《大戴礼记》中有他言行的记载。刘子翚(huī挥)为南宋理学家,此文意在阐发曾子的孝道思想,认为孝为万善之始,由孝而推及善处兄弟、夫妇、朋友而天下大治。行孝的方法是持敬,由敬心发露而行成内修。文章深入浅出,转折有致,虽重在说理,而无芜累枝蔓之病。

〔2〕百行之宗:各种品行之首。

〔3〕行纯则性通:孝行纯粹则人的性情得以通明。性,指人的本性、天性。《礼记·中庸》:"天命之谓性。"宋代理学家认为天命之性是纯然善的,但是它往往为气质之性所遮蔽,所以人需要在日常行为中,时刻提醒自己,努力去体认、存养这种天命之性。在作者看来,孝行的"纯"还是"亏",是和人天性的见发与否有关的。

〔4〕行亏则性贼:孝行有亏则人的天性也受到伤害。

〔5〕二者常相因:孝行和天性之间是相互联系的。

〔6〕本同故也:因为孝与性在本质上是相同的。

〔7〕敬:警肃,慎重虔诚的态度。

〔8〕修性之门:修性的门径。

〔9〕"自天子达于庶人"三句:从天子到平民百姓,虽然人人物质条件不同,但在孝的问题上都归本于"敬",这是一致的。

〔10〕"成百善"三句:成就各种善举,终止各种过错,都源于始终有一颗虔诚的孝心。戢(jí 极),止息。

〔11〕"敬心而发"五句:保有一个"敬"字在心中,自然就能做到孝敬双亲了。以这样的态度来处兄弟关系,就能做到弟弟对哥哥敬重,哥哥对弟弟友爱了。这些都是"孝敬"之心的回应。下文将"孝敬"之心推展于处夫妇、亲戚朋友关系,以及事君治人,各得其当,皆是此理。

〔12〕和而顺:丈夫和气,妻子柔顺。

〔13〕亲党:亲戚、乡亲。

〔14〕恭而睦:恭敬而和睦。同而信:同心而讲信用。

〔15〕事君治人:事奉君主,统治百姓。

〔16〕忠而恕:(事君)忠诚而(治人)宽恕。廉而勚(yì 异):(事君)廉洁而(治人)勤劳。

〔17〕是数也:指上述处兄弟、夫妇、亲党、朋友、事君、治人等数件事。

〔18〕一不应焉,非孝也:一件没有处理好,就不是真正的"孝"。

〔19〕"借曰孝焉"二句:即使(表面上)是"孝",其敬心必不纯粹,未能探其根本,所以,才会出现"不应"的现象。

〔20〕醎(xián 贤):指味道咸。

〔21〕"中存是心"二句:胸中存有孝心,发见丁外,即能与行事应和起来。

〔22〕"视如对日星"七句:意谓如果有一个"敬"字在心头,则行走坐卧、视听动息之间,就如同对着日星、雷霆、盘铭、几箴、记过的史官、纠错的官吏一样,随时感到有东西监督着自己的视、听、言、动,使自己不犯

519

错误,这样不期望整肃而自整肃,如此才是对父母真正的孝。盘诵铭,古人于盛食物的盘上刻铭文以自励,称为"盘诵铭"。几宣箴,铭刻在坐具上规戒性的韵文。几,古人席地而坐时依凭的小桌子。

〔23〕无门无旁:不拘于一隅。

〔24〕纪极:终极、限度。

〔25〕发冢而梦通:发冢指掘人坟墓。晋干宝《搜神记》:"汉广川王好发冢。发栾书冢,其棺柩盟器,悉毁烂无余。唯有一白狐,见人惊走。左右逐之,不得,戟伤其左足。是夕,王梦一丈夫,须眉尽白,来谓王曰:'何故伤吾左足?'乃以杖叩王左足。王觉,肿痛,即生疮,至死不差。"啮指而心动:啮指即咬手指头。《搜神记》:"曾子从仲尼在楚而心动,辞归问母。母曰:'思尔啮指。'孔子曰:'曾参之孝,精感万里。'"

〔26〕感格:感应。

〔27〕谲异:奇诡怪异。

〔28〕大本:此指心之本体,天性。

〔29〕虚明洞达:形容天性发露的气象。

〔30〕跃如:活跃状。兢兢肃肃:认真严肃。

〔31〕"死生之际"二句:在生死的关头,敬与孝之心仍非常明白。曾子去世之时的事,参见本篇注〔35〕。粲然,明白、明亮。

〔32〕成己:成就自己。因为孝以敬为本,能行孝,心中必然有一个"敬"字,如此则能事事谨慎,不会犯错误,故曰"成己"。

〔33〕服膺:信奉。

〔34〕念兹在兹:念念不忘于此。

〔35〕启手足:语本《论语·泰伯》:"曾子有疾,召门弟子曰:'启予足!启予手!'"朱熹注:"曾子平日,以为身体受于父母,不敢毁伤,故于此使弟子开其衾而视之。"后因以"启手启足"为善终的代称。

〔36〕"戴经所记"三句:"戴经"指《小戴礼记》。其书首四句云:

"毋不敬,俨若思,安定辞,安民哉。"意思是说凡事要严肃认真,庄重若有所思,说话态度安祥,这样就可以使民众安定了。刘子翚认为这几句突出一个"敬"字,能概括《礼记》奥义。要,要领。

〔37〕"恭如昭昭者"四句:在人前、明处恭谨地表现出的孝,只可称为孝之名;在不为人知时慎重地表现出的孝,才是孝之实。

〔38〕匹夫匹妇:平民百姓。

〔39〕圣人:品德和智慧都达到非常高境界的人。

〔40〕"曾子曰"七句:引文与《大戴礼记》有异。《大戴礼记·曾子大孝》:"养可能也,敬为难。敬可能也,安为难。安可能也,久为难。久可能也,卒为难。"养,赡养。敬,尊敬。安,安心。卒,终。

〔41〕斯须:短时间。

〔42〕乐其常而至其至:意谓乐于将能敬、能安、能卒当作常态,并做到极至。

〔43〕"彼穷搜博览"六句:谓学者博涉群书、四处求教而不知守敬之道,都是因为对孝道的信仰不坚定。疑情,疑虑、信心不坚定。

〔44〕"情既有疑"五句:谓情既有疑,则心中不安,心中不安则容易轻信他人而转移信仰,轻信他人则不能尊其所学的持敬之道,信仰转移就不会将孝道付诸实践。

〔45〕二者交乱其间:指持敬与疑情在心中交战,徒乱人意。

〔46〕专精为滞著:视专一于守敬为凝滞不通。

〔47〕有始有卒:有始有终。

〔48〕唯唶:应答、接受。

〔49〕"宜其成就巍巍"二句:难怪他道德学问成就很大,超过孔门其他人。巍巍,高大貌。

岳 飞

岳飞(1103—1141),字鹏举,相州汤阴(今河南汤阴)人。世代务农,家贫力学,尤好《左氏春秋》及孙、吴《兵法》。应募从军,力抗金军,为南宋中兴第一名将。绍兴十年(1140),金兵大举南侵,岳飞率军反击,于郾城大败敌军,进军至朱仙镇(今河南开封南)。次年召为枢密副使,被解除兵权。不久,被诬以谋反的罪名,下狱遇害。孝宗时追谥武穆,宁宗时追封鄂王。《宋史》卷三百六十五有传。岳飞作品散见于其孙岳珂所撰的《金陀粹编》中。明人李桢辑有《岳武穆集》六卷。

论马[1]

骥不称其力,称其德也[2]。臣有二马,故常奇之。日啖豆至数斗[3],饮泉一斛[4],然非清洁宁饿死不受[5]。介胄而驰[6],其初若不甚疾[7],比行百余里[8],始振鬣长鸣[9],奋迅示骏[10],自午至酉[11],犹可二百里;褫鞍甲而不息、不汗[12],若无事然。此其为马,受大而不苟取,力裕而不求逞[13],致远之材也[14]。值复襄阳[15],平杨么[16],不幸相继以死[17]。今所乘者不然。日所受不过数升,而秣不择粟[18],饮不择泉,揽辔未安[19],踊跃疾驱,甫百里[20],力竭汗喘,殆欲毙然[21]。此其为马,寡取易盈[22],好逞易穷,驽钝之材也[23]。

明刻本《金陀粹编》卷七

〔1〕本文表面上是在论马,实际上借题发挥以论人。作者通过比较良马与驽马,意在说明,真正有本领、能干大事的贤才,不苟且屈就,不逞能冒进,因此能负重致远。反之,那些浮躁轻佻、华而不实的庸才,经不起实践的考验。在朝廷抗敌图强与妥协投降两派尖锐斗争的情况下,作者这番议论无疑有很强的现实针对性。文章寓意深刻,语气闲雅,耐人寻味。

〔2〕"骥不称其力"二句:意思是说,好马不能光看其表现出来的力气,要看其内在的品质。语见《论语·宪问》。骥,古之良马名。称,衡量。

〔3〕啖:吃。

〔4〕斛:量器名,古代以十斗为斛。

〔5〕精洁:精细清洁。此指饲料和饮水。

〔6〕介胄而驰:披上铠甲、头盔而奔跑。介,指铠甲。胄,指头盔。"介胄"在此用作动词。

〔7〕疾:快。

〔8〕比:等到。

〔9〕鬣(liè 列):马颈上的长毛。

〔10〕奋迅:迅疾而有气势。

〔11〕自午至酉:指从正午至傍晚。

〔12〕褫(chǐ 尺)鞍甲而不息:跑完长路解掉鞍甲也不喘息。褫,解除。

〔13〕"此其为马"三句:此马饮食量大而不随便饮食,力量充足而

不遑强。

〔14〕致远之材:能跑长途的良马。

〔15〕值:适逢。襄阳:在今湖北襄阳市。《宋史纪事本末》卷六十六:"绍兴四年(1134),(岳)飞复襄阳等六郡。"

〔16〕杨么(yāo 邀):绍兴初年在洞庭湖附近起义的农民领袖。岳飞参与了镇压杨么起义的军事活动。

〔17〕幸:原误作"事",据《宋史》本传改。

〔18〕秣:饲料,在此用作动词,吃饲料。

〔19〕揽辔未安:刚跨上马,缰绳还没有理好。

〔20〕甫:才。

〔21〕殆欲毙然:像要死的样子。殆,几乎。

〔22〕寡取易盈:饮食要求不高,容易满足。

〔23〕驽钝:拙劣、低下。

五岳祠盟〔1〕

自中原板荡〔2〕,夷狄交侵,余发愤河朔,起自相台〔3〕,总发从军〔4〕,历二百余战。虽未能远入荒夷〔5〕,洗荡巢穴〔6〕,亦且快国仇之万一〔7〕。今又提一旅孤军〔8〕,振起宜兴〔9〕。建康之城,一鼓败虏,恨未能使匹马不回耳〔10〕!

故且养兵休卒,蓄锐待敌。嗣当激励士卒〔11〕,功期再战〔12〕,北逾沙漠,蹀血虏廷〔13〕,尽屠夷种。迎二圣归京阙〔14〕,取故地、上版图〔15〕,朝廷无虞〔16〕,主上奠枕〔17〕:余之愿也。

河朔岳飞题。

明刻本《金陀粹编》卷十九

〔1〕本文是作者在行军途中,题写在五岳祠(神祠名)壁间的誓词(即盟记)。建炎四年(1130),金兵攻常州(今江苏常州),岳飞与之四战皆捷,又在牛头山设伏大破金兵统帅兀朮,乘胜收复建康(今江苏南京)。这篇文章即写于收复建康之后。文章慷慨激越,气势豪迈,表达了岳飞坚决抗敌的决心和必胜信念。

〔2〕板荡:《诗经·大雅》有《板》《荡》两诗,是讥刺周厉王无道而导致国家败坏、社会动乱的诗篇。后人因合称篇名以指政局混乱和社会动荡。

〔3〕余发愤河朔,起自相台:上下句为互文见义,意思是说,我从家乡河朔相州奋起从军。河朔,黄河以北地区。相台,相州。东汉末年曹操在相州铸铜雀台,故唐以后相州又称为相台。

〔4〕总发:谓刚成年。古时男子年二十束发加冠,表示成年。

〔5〕远入荒夷:深入到边远的金国地区。夷,对金人的蔑称。

〔6〕巢穴:老窝,对敌国的蔑称。

〔7〕亦且:暂且。

〔8〕今又提一旅孤军:现在又率领一支人数不多的军队。提,率领。一旅,古代军队五百人为一旅,此指为数不多的军队。

〔9〕振起宜兴:据《宋史·岳飞列传》,"(建炎)四年,兀朮攻常州,宜兴令迎飞移屯焉",并在此击败敌军。后来岳飞又从此地出发,收复了建康。

〔10〕恨:遗憾、可惜。未能使:"使"后省略了"敌"字。

〔11〕嗣:随即。

〔12〕功期再战:在接下来的战斗中,建立功勋。

〔13〕蹀血虏廷：踏平金人的国都，全部消灭敌人。蹀血，踏血而行。虏廷，指金人的国都上京(今黑龙江哈尔滨市阿城区附近)

〔14〕二圣：指宋徽宗赵佶和宋钦宗赵桓。靖康二年(1127)，宋徽宗与宋钦宗被金人掳走，囚于五国城(今黑龙江依兰)，北宋灭亡。京阙：京城，指北宋国都东京(今河南开封)。

〔15〕取故地、上版图：恢复北宋原有版图。

〔16〕无虞：无忧无虑。

〔17〕奠枕：安枕。

张九成

张九成(1092—1159)字子韶,自号无垢居士,谪南安(今江西大余)后号横浦居士。祖籍开封(今河南开封),徙居钱塘(今浙江杭州)。十四岁为太学生,始从二程弟子杨时学。高宗绍兴二年(1132)进士第一,授镇东军签判。累官宗正少卿,权礼部侍郎兼侍讲,兼权刑部侍郎。因与秦桧不和,谪居南安军。桧死,起知温州。后向朝廷告归,数月而卒。特赠太师,封崇国公,谥文忠。传世有《横浦先生文集》二十卷,另有《尚书说》、《论语说》、《孟子说》等,大多散佚。事见《横浦先生家传》(附见宋刻《横浦先生文集》),《咸淳临安志》卷六十七。《宋史》卷三百七十四有传。

竹轩记[1]

子张子谪居大庾[2],借僧居数椽[3],阅七年[4],即东窗种竹数竿,为读书之所。因牓之曰[5]:"竹轩。"

客有见而问焉,曰:"耻之于人,大矣[6]!今子不审出处[7],罔择交游[8],致清议之靡容[9],纷弹射而痛诋[10],朋友摈绝[11],亲戚包羞[12],远窜荒陬瘴疠之所侵[13],蛇虺之与邻[14]。谓子屏绝杜门,蔬食没齿[15],髡头嗜舌以祈哀于朝廷[16],而抱病于老死;不是之务[17],乃种植臬艺[18]，造立名字[19]，将磅礴偃息[20]，自适于万物之外[21]。知耻者固如是乎？"

子张子哑然笑曰[22]："物各有趣，人各有适。子方以窜逐为耻，我独以游心为贵。今吾将叙吾之适，以浣子之适[23]，其可乎？"

客曰："唯唯。"[24]

子张子曰："今夫竹之为物也，其节劲，其气清，其韵高。冒霜雪而坚贞，延风月而清淑[25]。吾诵书而有味，考古而有得，仰首而见，俯首而听，如笙箫之在云表[26]，如圣哲之居一堂。爽气在前，清荫满几[27]，陶陶然不知孰为我，孰为竹，孰为耻，孰为不耻。益益如春[28]，醺醺如醉[29]，子亦知此乐乎？

客闻吾言，神丧志沮[30]，面无人色，吾因以是言而刻诸石[31]。"

宋刻本《横浦先生文集》卷十七

[1]"轩"指有窗的小屋。本文是作者因得罪秦桧而谪居大庾（今江西大余）时所写的一篇抒情散文。文章以主客问答的形式，表现了作者虽受打击而坚贞不屈的情操，并以竹为喻，抒写自己的潇洒襟怀和高洁人格。

[2]子张子：作者自称，此袭用先秦在名前加"子"的习惯。谪：降职并外放。

[3]僧居：僧人的房屋。数椽：数间。

[4]阅七年：过了七年。

〔5〕榜:匾额。此用如动词,题匾。

〔6〕耻之于人大矣:羞耻对于人关系大极了。语出《孟子·尽心上》。

〔7〕不审出处:不谨慎于处世。

〔8〕罔择交游:不慎重地交朋友。罔,无、不。

〔9〕致清议之靡容:以致为舆论所不容。靡,不。

〔10〕纷弹射而痛诋:(为秦桧操纵的言官)纷纷上书弹劾而诋毁(你)。

〔11〕朋友摈绝:朋友与你断绝关系。

〔12〕亲戚包羞:亲戚为你感到丢人。

〔13〕远窜荒陬(zōu邹)瘴疠之所侵:被远远发配到瘴疠流行的荒远之地。荒陬,荒凉偏僻之处。瘴疠,亚热带潮湿地区流行的疟疾等传染病,古人称之为瘴疠。侵,侵害。

〔14〕蛇虺(huī灰):毒蛇。与邻:比邻而居。

〔15〕没齿:终生。

〔16〕髡(kūn昆)头唶(jiè介)舌:剃发吮舌,此为诚惶诚恐状。髡,古代剃去男子头发的刑罚。唶,吸吮。

〔17〕不足之务:不从事上(以上客所说屏绝杜门等)。

〔18〕垦艺:开垦栽种。

〔19〕造立名字:指立匾一事。

〔20〕磅礴偃息:自由自在地睡卧止息。磅礴,广大无边貌。

〔21〕自适于万物之外:自我舒适于万事之外,即不受外物的干扰。

〔22〕哑然:笑声、笑貌。

〔23〕浣:洗涤。

〔24〕唯唯:恭敬的应答声。

〔25〕风月:景色。清淑:清幽美好。

529

〔26〕云表:云端。

〔27〕几:几案。

〔28〕益益:洋溢。

〔29〕醺醺:酒醉貌。

〔30〕神丧志沮:神志沮丧。

〔31〕刻诸石:刊刻在石头上。

王十朋

王十朋(1112—1171),字龟龄,号梅溪,温州乐清(今属浙江)人。初在梅溪乡间讲学,秦桧死后应试。高宗绍兴二十七年(1157)进士第一名,曾任秘书郎、侍御史等职,担任过饶州、夔州、湖州、泉州等地的知州。孝宗乾道七年(1171),除太子詹事,以龙图阁学士致仕。七月卒,年六十。谥忠文。有《梅溪集》五十四卷。事见本集附录《龙图阁学士王公墓志铭》,《宋史》卷三百八十七有传。

上殿劄子[1]

臣闻国犹身也,强国与身者,气也。医者观身之气而知其人之寿夭[2],识者观国之气而知其世之兴衰[3]。自古帝王,图回天下[4],虽谋之以智,办之以才,必以气为之主,然后大业乃济[5]。

刘、项之争雄也,项自谓力拔山、气盖世,非也[6]。要之,项之失天下也,盖以力,而刘之得天下也,盖以气。夫百战百胜,一不胜而自谓天亡者,气何在哉[7]?屡战屡败,而不为之屈,卒之易败为胜、转弱为强者,气也[8]。蜀先主英姿大度[9],有高帝风[10],兵虽屡挫而终不为曹操屈。吴孙权闻周瑜之言,拔刀斫案,遂成赤壁之隽功[11]。吴、蜀之势非魏敌也,然而能霸有一方,鼎足而立者,气使之然也。

臣来自草茅,得之道路,谓庙堂之上,谋议之臣,和、守、战之议,哄然未决[12]。兹理固洞然易晓[13],议者何不思之耶?臣谓养今日之气,莫如守;伸今日之气,莫如战;挫今日之气,莫如和。今我兵寡力弱,国威未振,固未能与之决雌雄于一战,以伸天下之气也。正须养之使壮,俟时而动[14]。宜于荆襄、江淮要害之地[15],如人身之可以御风寒者数处[16],命大将屯重兵以固守之。纵未能得志于中原[17],亦足以据长江之险,都帝王之宅[18],保吴蜀万里之故疆。何故屈己买和,蹈前日之覆辙耶!

大抵天下之势,强弱均而和则彼此受其利,晋与诸戎和[19],我与契丹和是也[20]。强弱不均而和,则强者得其利,弱者被其害,六国与秦和,契丹与女真和是也[21]。虏以和议谲契丹而灭契丹矣[22],又以和议谲中国而困中国矣。耿南仲主和议而致靖康之祸[23],秦桧主和议而弱国家之势。太上皇知虏之无厌而和之不可保也,去岁下亲征之诏,而天下二十年湮郁之气亦少舒矣[24]。虽淮上之师不利,而虏之被毒亦甚矣[25]。

陛下应天受禅[26],天下罔不欢欣鼓舞[27],咸谓真主既出[28],恢复指日可期也[29]。陛下宜亲御鞍马如汉文帝[30],慨然发愤如唐宪宗[31],抚巡六师,以作将士之气[32],以图进取之计。况陛下之圣德可以动天,陛下之节俭可以丰财,陛下之英武可以定乱,江淮有重臣以为长城[33],川陕有良将以为爪牙[34],亦何患事之不济耶?不然宜因天设之险以为城池,与民守之可也。

苟或复用和议[35],则军民解体,虽苟一时之安[36],而气已为之索矣[37]。百万之岁币固有所不惜也[38],至尊之名分其可自贬损于嗣登大宝之初乎[39]?诸将用命血战,新复数路,其可复捐而与之乎[40]?西北之民,襁负来归者不知其几[41],又可复委之虎狼而使之甘心乎[42]?况讲和之后,举天下惟虏之命是听,无厌之求,难塞之请,当不止此,陛下将何以应之乎?

臣谓今日之计,战固未可轻,和决不可议,守以养气,俟时而伸,秉机而投而已[43]。

《四部丛刊》本《梅溪先生奏议》卷二

[1] "劄子"是指古代用以上奏的一种公文。这篇奏札上于"壬午十月",即高宗绍兴三十二年(1162),本年六月,高宗退位,孝宗即位。此时,南宋刚刚击退金军的入侵,两国的关系正面临着新的决断。作者对当时朝廷上议论不定的和、守、战之议提出了自己的见解。他坚决反对与金和议,也不赞成在准备不足的情况下轻率对金作战,而主张"守以养气",徐图进取,最终收复中原失地。文章总结了历史教训,结合现实,提出正确的治国方略。说理透辟,义正辞严,有较强的逻辑性和说服力。

[2] 寿夭:长寿与夭折。

[3] 识者:有见识的人。

[4] 图回天下:图谋扭转乾坤,创建大业。

[5] 济:成功。原文"虽谋"后无"之"字,据《四库全书》本《梅溪集》补。

〔6〕"刘、项之争雄也"三句:《史记·项羽本纪》载,楚汉相争,项羽被刘邦围困垓下,为侍妾虞姬作歌曰:"力拔山兮气盖世!时不利兮骓不逝!骓不逝兮可奈何!虞兮虞兮奈若何!"

〔7〕"夫百战百胜"三句:项羽百战百胜,遇到失败,即归结于天命。据《史记·项羽本纪》,项羽兵败垓下,逃至乌江,乌江亭长备船欲渡项羽过江另图恢复,项羽笑曰:"天之亡我,我何渡焉!"

〔8〕"屡战屡败"四句:是说刘邦与项羽争雄,一开始总是失利,但他并不屈服,最终易败为胜、转弱为强,这都是因为有一股气。

〔9〕蜀先主:即三国时蜀主刘备。

〔10〕高帝:指汉高祖刘邦。

〔11〕"吴孙权闻周瑜之言"三句:曹操伐吴,张昭等皆主迎降,惟周瑜、鲁肃主战。"(孙)权拔刀斫前奏案,曰:'诸将吏敢复有言当迎操者,与此案同。'"(《三国志·吴书·周瑜传》注引《江表传》)斫,砍。隽功,大功,指孙权在赤壁之战中取得胜利。

〔12〕哄然:吵闹的样子。

〔13〕洞然:豁然、明白。

〔14〕俟时:等待时机。

〔15〕荆、襄:荆州、襄阳,指今湖北一带。

〔16〕御:抵御。

〔17〕纵未能得志于中原:纵使未能恢复中原故土。

〔18〕都帝王之宅:在建康(今江苏南京)建都。《太平御览》卷一百五十六:"刘备使诸葛亮至京,因睹秣陵山阜,叹曰:'钟山龙盘,石头虎踞,此帝王之宅。'"

〔19〕晋与诸戎和:据史书记载,晋国在文公称霸以后,楚国强大起来,晋一度失去霸主地位。周灵王三年(前569),晋国魏绛向晋侯建议和戎,以物产换取戎人的土地,并且得到诸戎的支持,数年间晋国重振

霸业。

〔20〕我与契丹和:指景德元年(1004),辽军侵宋,真宗渡河亲征,与契丹立澶渊之盟,换取了较长久的和平。

〔21〕"六国与秦和"二句:大意是说,六国因与秦讲和而被削弱,辽国(为契丹人建立)也是因为与金国(为女真人所建)屈辱讲和而导致亡国的。

〔22〕谲:欺骗。

〔23〕耿南仲(？—1129):字希道,开封人。据《宋史》本传,耿南仲曾在徽宗朝任东宫官十年,钦宗即位后,他自谓首当重用,而吴敏、李纲越次进位在他之上,于是心有不平,每与主战的李纲作对,力主和议,以致金人日逼,最终导致靖康之祸。

〔24〕"太上皇知虏之无厌"三句:高宗绍兴三十一年(1161),金主完颜亮率兵南侵。高宗赵构(作者写此文时,高宗已禅位孝宗赵昚,称太上皇,故云)在陈康伯的劝说下,下诏亲征。湮郁,郁塞不通。舒,舒展。

〔25〕"虽淮上之师不利"二句:据《宋史纪事本末》,绍兴三十一年(1161),金人进犯瓜州。时任淮北宣抚判官的刘锜生病,上书求解兵权。刘锜的侄子刘汜与李横率军守瓜州,全军覆没,仅以身免。高宗诏刘锜还镇江,专守长江防务,于是尽失两淮之地。随后,虞允文指挥宋军,于采石重创金人,致使金军内乱,金主完颜亮被杀,金人被迫放弃侵占的荆、襄及两淮地区,与宋讲和北还。被毒,遭到的损失。

〔26〕陛下应天受禅:指绍兴三十二年(1162),高宗赵构禅位于太子赵昚,自称太上皇。应天,顺应天命。

〔27〕罔不:无不。

〔28〕咸谓:都说。

〔29〕恢复:恢复中原失地。

〔30〕宜亲御鞍马如汉文帝:应该如汉文帝一样亲自率军出征。据

《史记》,汉文帝三年(前177),汉文帝刘恒前往代地,准备亲征匈奴。

〔31〕慨然发愤如唐宪宗:唐宪宗李纯即位后,颇有作为,灭掉吴元济等割据藩镇,一度使唐朝出现中兴局面。

〔32〕作:振作。

〔33〕长城:坚强的防御。

〔34〕爪牙:喻武装力量。

〔35〕苟或:如果。

〔36〕虽苟一时之安:即使能苟且于一时之安。

〔37〕索:消散。

〔38〕岁币:指南宋每年向金进献的钱物。

〔39〕"至尊之名分"句:古人很看重名分。南宋皇帝自高宗时即向金主自称为侄,矮了一辈,被宋君臣认为是很耻辱的事。嗣登大宝之初,刚刚继位为皇帝。

〔40〕"诸将用命血战"三句:据《宋史纪事本末》,绍兴三十二年三月,宋将吴挺败金军于瓦亭(今宁夏隆德东北),继而吴玠再败金军于德顺军(今宁夏隆德北),金军退走。四五月间,宋军又收复环、兰、会、熙、巩等州,使川陕战区出现了较好的形势。但宋孝宗于隆兴元年正月,诏令吴玠弃德顺还军河池(今甘肃徽县),金军乘势掩袭其后,宋军伤亡三万余人。

〔41〕襁负:用襁褓背负,指带着孩子。

〔42〕虎狼:指金人。

〔43〕俟时而伸,秉机而投:等待时机做出行动。秉,把握。

潇洒斋记[1]

思贤阁之下有斋,方丈余,北乡[2]。前有隙地,仅一亩。

叠石百拳[3]，凿池一泓[4]，有乔木数株，藤蔓络之，苍然而古[5]。杂以桃、李、橘、柚众芳之植[6]，浓阴幽香，清逼燕寝[7]。东望砌台[8]，西接玉芝[9]，北临郡圃[10]，隔以垣墙[11]，幽然有山林气象。宜琴，宜棋，宜饮酒赋诗。簿书狱讼，止于平政堂，斋中不知也[12]。采文正范公《郡斋即事》诗[13]，名之曰"潇洒"。

公初为睦州，有"潇洒桐庐郡"十诗，郡人尝以"潇洒"名亭矣[14]。及为是州，又有"斋中潇洒过禅师"句[15]。诗言志，公所至以潇洒见于诗章，则胸中之潇洒可知也。读"郡斋"诗，至"半雨黄华"、"一江明月"之句[16]，则知公之潇洒于一斋矣。读桐庐十诗，至"使君无一事，心共白云空"[17]，则知公之潇洒于一郡矣。读"区别妍媸，削平祸乱"之赋[18]，及"先天下之忧而忧，后天下之乐而乐"之记[19]，与万言书[20]，则其正色立朝之风采，杖钺分阃之威名[21]，经世佐王之大略[22]，是皆推胸中潇洒之蕴，而见之于为天下国家之大者也。读《严陵祠堂记》，至"先生之风，山高水长"[23]，又知公与子陵[24]，虽出处之迹不同，易地则皆然[25]。山高水长，非特子陵之潇洒，亦公之潇洒也。

"噫！微斯人，吾谁与归？"[26]是以名斋。乾道元年六月朔日[27]，东嘉王某记[28]。

《四部丛刊》本《梅溪先生后集》卷二十六

〔1〕本文是作者于乾道元年（1165）任饶州知州时写下的一篇抒情散文。王十朋为自己的斋名取名"潇洒"，以寄托他对同样出任过饶州

知州的前贤范仲淹的崇仰之情。文章春容典雅,既有诗情画意,也含真挚深厚的情感。

〔2〕北乡:北向。

〔3〕拳:此用作量词,块。

〔4〕泓:量词,一片。

〔5〕苍然而古:苍劲古朴。

〔6〕众芳之植:栽种了多种花果树木。

〔7〕燕寝:休息、闲居之处。燕,同"宴",休息。

〔8〕砌台:登临、观赏之台。

〔9〕玉芝:芝草之一种,又称白芝。

〔10〕郡圃:州郡府衙所属的园林。

〔11〕垣墙:围墙。

〔12〕簿书:行政公文。

〔13〕文正范公:即范仲淹(989—1052),字希文,卒谥文正,北宋政治家、文学家。范仲淹于景祐三年(1036)知饶州,有《郡斋即事》诗:"三出专城鬓似丝,斋中潇洒胜禅师。近疏歌酒缘多病,不负云山赖有诗。半雨黄花秋赏健,一江明月夜归迟。世间荣辱何须道,塞上衰翁也自知。"

〔14〕"公初为睦州"三句:仁宗景祐元年(1034),范仲淹因反对仁宗帝废郭皇后,而被贬至睦州(今浙江建德、桐庐一带)任知州。在州任上写下《潇洒桐庐郡》组诗十首。名亭,为亭取名。据《舆地纪胜》卷八,严州有"潇洒楼",或即指此。

〔15〕"及为是州"二句:景祐三年(1036),范仲淹贬知饶州,《郡斋即事》诗即为知饶州时所作。"是州"即指"饶州"(治所在今江西鄱阳)。

〔16〕半雨黄华:即"半雨黄花"。见注〔13〕。

538

〔17〕"使君无一事,心共白云空":这二句诗出自范仲淹《潇洒桐庐郡十咏》第一首。全诗是:"潇洒桐庐郡,乌龙山霭中。使君无一事,心共白云空。"

〔18〕"区别妍媸,削平祸乱":出自范仲淹的律赋名作《金在熔赋》。原句是:"如令区别妍媸,愿为轩鉴;倘使削平祸乱,请就干将。"妍媸,美丑。

〔19〕"先天下之忧而忧,后天下之乐而乐":出自范仲淹散文名作《岳阳楼记》。

〔20〕万言书:即范仲淹于天圣五年(1027)所作的《上执政书》。

〔21〕杖钺:手持斧钺,表示握有权力。钺,古代一种兵器,似斧,是权力的象征。分阃:是"分阃外之寄"的省语,亦即都门以外,全部赋予某人专制,后指出任将帅或封疆大吏。阃,门槛。

〔22〕经世佐王:经世治国,佐君成王业。

〔23〕"先生之风,山高水长":出自范仲淹《严先生祠堂记》。

〔24〕子陵:即严光,字子陵,东汉初会稽余姚(今属浙江)人。曾与东汉开国皇帝刘秀同学。刘秀当皇帝后,曾召他任谏议大夫,他不肯接受,归隐于富春山。

〔25〕"出处之迹不同"二句:范仲淹与严光虽然一个做官、一个隐居,表面看来不同,但实质精神相通。如果互调他们的时代、位置,他们的表现会是一样的。

〔26〕"噫!微斯人,吾谁与归"句:出自范仲淹《岳阳楼记》。

〔27〕乾道元年六月朔日:即公元1067年农历六月初一日。朔日,农历每月初一称为朔日。

〔28〕东嘉:温州的古称。

晁公武

晁公武，宋徽宗至宋孝宗时期人，生卒年不详。字子止，世称昭德先生，澶州清丰（今河南濮阳）人。其父晁冲之，是"江西诗派"中的重要成员。公武绍兴二年（1132）中进士，十五年，为四川总领财赋司，办事干练；十七年，为潼川府通判，知恭州，迁荣州、合州。二十七年在潼川路转运判官任上，累官至临安府少尹、礼部侍郎等职，卒葬嘉州符文乡（在今四川乐山）。晁公武是宋代著名目录学家，著《郡斋读书志》四卷，是我国现存最早的具有提要内容的私藏书目，对后世目录学影响极大。

郡斋读书志序[1]

魏王粲为蔡中郎所奇[2]，尽得其家书籍文章，故能博物多识，问无不对。国朝宋宣献公[3]亦得毕文简、杨文庄家书[4]，故藏书之富，与秘阁等[5]，而常山公以赡博闻于时[6]。夫世之书多矣，顾非一人之力所能聚[7]。设令笃好而能聚之，亦老将至而耄且及[8]，岂暇读哉[9]！然则王、宋所以能博者，盖自少时已得先达所藏故也[10]。

余家自文元公来[11]，以翰墨显世者七世[12]，故家多书。至于是正之功[13]，世无与让[14]。然自中原无事时[15],已有火厄[16];及兵戈之后[17],尺素不存也[18]。

余仕宦连蹇[19],久益穷空[20],虽心志未衰,而无书可读,每恨之。南阳井公天资好书[21],自知兴元府、领四川转运使,常以俸之半传录[22]。时巴蜀独不被兵[23],人间多有异本[24],闻之未尝不力求,必得而后已。历十余年,所有甚富。既罢[25],载以舟,即庐山之下居焉。与余厚[26],一日贻余书曰[27]:"度老且死,有平生所藏书,甚秘惜之,顾子孙稚弱[28],不自树立[29]。若其心爱名[30],则为贵者所有;若其心好利,则为富者所有,恐不能保也。今举以付子[31],他日,其间有好学者而后归焉[32]。不然,则子自取之。"余惕然从命[33]。

凡得书若干部,计若干卷[34]。今三荣僻左少事[35],日夕躬以朱黄[36]雠校舛误[37]。每篇终[38],辄撮其大指论之[39]。岂敢效王、宋之博[40]!所期者,家声是继而已[41]。其书,则固自若也[42]。倘遇井氏之贤,当如约[43]。

文渊阁《四库全书》本《郡斋读书志》卷首

〔1〕《郡斋读书志》是我国古代一部重要的私人藏书目录,也是我国现存最早的解题式图书目录。作者晁公武所藏之书,实来自四川转运使井度的馈赠。这篇序文回顾了作者得书的经过。井度愿身后将图书无私地赠送给爱书之人,这一举动让人感佩。这说明,藏书家爱惜书籍,但在其身后书的命运往往不妙,只有落到真正爱读书的人手中,才会发挥作用,并能流传后世。

〔2〕王粲:字仲宣,山阳高平(今山东邹城)人。东汉末年著名文学

541

家,"建安七子"之一。初仕刘表,后依曹操,任丞相掾,赐爵关内侯,故称"魏王粲"。蔡中郎:蔡邕,字伯喈。东汉末官左中郎将,为当时著名学者。据《三国志·魏书·王粲传》,一次蔡邕指着王粲对众人说:"此王公孙也,有异才,吾不如也。吾家书籍文章,尽当与之。"本传又称:"(王粲)博物多识,问无不对。时旧仪废弛,兴造制度,粲恒典之。"

〔3〕国朝:即宋朝,古人称本朝为国朝。宋宣献公:宋绶(991—1040),字公垂,赵州平棘(今河北赵县)人。宋仁宗时累官兵部尚书,参知政事。卒谥宣献。

〔4〕毕文简:毕士安(938—1005),一名士元,字仁叟,代州云中(今山西大同)人。累官至参知政事,卒谥文简。杨文庄:杨徽之(921—1000),字仲猷。建州浦城(今属福建)人。累官工部侍郎兼秘书监、翰林侍读学士等职。卒谥文庄。据《宋史·宋绶传》,宋绶幼时聪慧,为外祖父杨徽之所器爱,徽之无子,家中藏书悉与绶。因此,宋绶家藏书三万余卷,并亲自校勘,遂博通经史百家。

〔5〕秘阁:皇家藏书之处。

〔6〕常山公:指宋绶的儿子宋敏求。宋敏求(1019—1076),字次道。因敏求家乡平棘,古属常山郡,故称敏求为"常山公"。《宋史·宋敏求传》:"敏求家藏书三万卷,皆略诵习,熟于朝廷典故,士大夫疑议,必就正焉。"赡博:丰富渊博。闻于时:在当时很有名。

〔7〕顾:乃。

〔8〕耄:年老。古时七十岁以上称为"耄"。

〔9〕暇:空闲。

〔10〕先达:前辈中博学通达之人。此指蔡邕、毕士安、杨徽之等。

〔11〕文元公:晁迥(948—1031),字明远。太平兴国时,举进士。累官礼部尚书,集贤院学士。卒谥文元。翰墨:文章。

〔12〕七世:当为"六世"之误。据《宋史·晁补之传》,晁氏自晁迥

至晁补之,凡五世。晁公武的父亲晁冲之与补之为同辈,故自晁迥至公武应为六世。

〔13〕是正:指校正文字。

〔14〕世:世代。让:推辞。据《宋史·晁迥传》,晁迥及其子皆喜质正经史,校理图书。晁公武之父晁冲之,也喜著述,是"江西诗派"的成员。

〔15〕中原无事时:指北宋时期。

〔16〕火厄:火灾。

〔17〕兵戈之后:指金人入侵,战乱之后。

〔18〕尺素:原指书信,此泛指书籍。

〔19〕连蹇:艰难不顺。

〔20〕久益穷空:越来越穷困。

〔21〕南阳井公:指井度,字孟宪。南阳(今河南南阳)人,人称"南阳公"。先知兴元府(治所今陕西南郑),绍兴十一年(1141)官四川转运使(负责四川财赋输转的官职)。著名藏书家、刻书家。

〔22〕传录:传写抄录。

〔23〕不被兵:未受兵火。指四川当时没有受到宋金战争的破坏。

〔24〕异本:不同的版本。

〔25〕既罢:免去官职之后。

〔26〕与余厚:与我交情深厚。

〔27〕贻余书:写信给我。

〔28〕稚弱:年幼。

〔29〕不自树立:不能自立。

〔30〕爱名:将书献给权贵以邀名。

〔31〕付子:交给你。

〔32〕其间:指井度子孙之中。归:归还。

〔33〕惕然:小心谨慎。

〔34〕凡:总共。据《郡斋读书志》(宋理宗淳祐九年袁州刊本,见《四部丛刊》三编史部)统计,共得书一千五百多部,共二万七千多卷。

〔35〕三荣:今四川荣县。《蜀中名胜记》卷上,川南道荣县:"曰荣黎、曰荣隐、曰荣德,所谓'三荣'也。"僻左:偏僻之地。

〔36〕朱黄:朱笔和雌黄。雌黄,是一种颜料,涂在书中错误之处,将其遮去。

〔37〕雠校舛误:校正错误。

〔38〕每篇终:每校完一书。篇,指书籍。

〔39〕撮:总结。大指:大意。

〔40〕王、宋:指上文提到的王粲和宋绶。

〔41〕家声是继:指继承晁迥以来的世代校书传统。

〔42〕自若:自在。

〔43〕当如约:实践对井氏的承诺。按叶昌炽《藏书纪事诗》卷一云:"井公未必无贤裔,息壤何缘竟食言。"可知,晁氏并没有如约将书归还井氏子孙。

洪　迈

洪迈(1123—1202),字景卢,号容斋,饶州鄱阳(今江西鄱阳)人。高宗绍兴十五年(1145)进士。曾出使金国,不屈被拘。孝宗朝拜翰林学士,并数任知州。晚年归乡里,从事著述。卒谥文敏。洪迈学问渊博,为南宋著名学者,著有《容斋随笔》、《夷坚志》、《文敏文集》、《野处类稿》等书。《宋史》卷三百七十三有传。

稼轩记[1]

国家行在武林[2],广信最密迩畿辅[3]。东舟西车,蠡午错出[4],势处便近,士大夫乐寄焉[5]。环城中外,买宅且百数[6],基局不能宽[7],亦曰避燥湿寒暑而已耳。

郡治之北可里所[8],故有旷土存:三面傅城[9],前枕澄湖如宝带,其从千有二百三十尺[10],其衡八百有三十尺[11],截然砥平[12],可庐以居[13]。而前乎相攸者[14],皆莫识其处。天作地藏,择然后予[15]。

济南辛侯幼安最后至[16],一旦独得之。既筑室百楹[17],财占地什四[18];乃荒左偏以立圃[19],稻田泱泱[20],居然衍十弓[21]。意他日释位得归[22],必躬耕于是[23],故凭高作屋下临之,是为"稼轩"[24]。而命田边立亭曰"植杖"[25],若将真秉耒耨之为者[26]。东冈西皋[27],北墅南麓[28],以青径款竹扉[29],锦路行海棠[30]。集山有楼[31],婆娑有堂[32],信步有亭[33],涤砚有渚[34],皆约略位置[35],规岁月绪成之[36]。而主人初未之识也[37],绘图畀予曰[38]:"吾甚爱吾庐,为吾记。"

余谓侯本以中州隽人[39],抱忠仗义,章显闻于南邦[40]。齐房巧负国[41],赤手领五十骑缚取于五万众中,如挟兔[42],束马衔枚[43],间关西奏淮[44],至通昼夜不粒食[45]。壮声英概[46],懦士为之兴起[47]!圣天子一见三叹息,用是简深知[48],入登九卿[49],出节使二道[50],四立连率幕府[51]。顷赖氏祸作[52],自潭薄于江西[53],两地震惊[54],谭笑扫空之[55]。使遭事会之来[56],挈中原还职方氏[57],彼周公瑾、谢安石事业[58],侯固饶为之[59]。此志未偿[60],因自诡放浪林泉[61],从老农学稼,无亦大不可欤?

若予者,怅怅一世间[62],不能为人轩轾[63],乃当急须袯襫[64],醉眠牛背,与芜童牧竖肩相摩[65]。幸未鳌老时[66],及见侯展大功名[67],锦衣来归,竟厦屋潭潭之乐[68],将荷笠棹舟[69],风乎玉溪之上[70]。因园隶内谒曰[71]:"是尝有力于稼轩者[72]。"侯当辍食迎门[73],曲席而坐[74],握手一笑,拂壁间石细读之[75],庶不为生客[76]。

侯名弃疾,今以右文殿修撰,再安抚江南西路云[77]。

上海辞书出版社、安徽教育出版社2006年版
《全宋文》卷四千九百一十九

[1] "稼轩"为南宋著名词人、政治家辛弃疾园宅的名字。本文作于淳熙八年(1181),是洪迈为辛弃疾在信州城北灵山下的带湖新居落成而写的一篇记文。文章记述了这个园宅的来历、规模以及辛弃疾建园的意图,并介绍了辛弃疾传奇的人生经历,赞扬他恢复中原的志向和落拓不群的才干。文章典雅简洁,章法井然。

[2] 行在:皇帝出行驻留之地。武林:杭州的别称。南宋迁都临安(杭州),名义上是临时之都,故称"行在武林"。

[3] 广信:宋信州上饶郡(今江西上饶)。密迩畿辅:靠近京都。密迩,紧靠。畿辅,京城附近。

[4] 蠭(fēng峰)午错出:繁杂交错。蠭,同"蜂"。

[5] 乐寄焉:高兴地住在这里。

[6] 且:将近。

[7] 基局:地基、格局。

[8] 可里所:约一里路。

[9] 傅城:靠近城市。傅,迫近。

[10] 从:同"纵"。有:同"又"。

[11] 衡:同"横"。

[12] 截然砥平:像磨刀石一样平。

[13] 可庐以居:可以筑室居住。庐,此用作动词。

[14] 相攸者:察看宅地的人。相,察看。攸,住所。

[15] 择然后予:经过认真选择才能给予。全句是说:天生一块好地,留着要选合意的主人才能给予。

〔16〕济南辛侯幼安:《宋史·辛弃疾传》:"辛弃疾,字幼安,齐之历城(今山东济南)人。"侯,古代对有地位有身份如州官之类人物的尊称。当时辛弃疾知隆兴府,兼江西安抚使。

〔17〕百楹:百间。楹,房屋的柱子。

〔18〕财:同"才"。什四:十分之四。

〔19〕荒左偏以立圃:空下左边的地作为田地。荒,用如动词。

〔20〕稻田泱泱:稻田阔大。

〔21〕衍:伸展。十弓:即五丈(五尺为一弓)。

〔22〕意:料想。释位:解除职务。

〔23〕躬耕:亲自耕田。

〔24〕稼轩:《宋史·辛弃疾传》:辛弃疾"尝谓人生在勤,当以力田为先,……故以稼名轩"。

〔25〕植杖:取《论语·微子》"植其杖而耘"之意。

〔26〕若将真秉耒耨(nòu 獳)之为者:好像真的拿着犁、锄去种田那样。秉,拿着。耒,犁。耨,锄头。

〔27〕阜:土山。

〔28〕墅:村舍。麓:山脚。

〔29〕以青径款竹扉:沿青翠色的小路可达竹门。青径,因为路旁种植翠竹,故言。款,至、到。

〔30〕锦路行海棠:道路两旁布满海棠,好似锦绣一般。

〔31〕集山有楼:意谓如果要尽览群山的景色则有楼台。集,汇集。

〔32〕婆娑有堂:盘桓逗留则有厅堂。婆娑、盘桓、逗留。

〔33〕信步:散步。

〔34〕涤砚:洗砚。渚:小洲。

〔35〕约略位置:大体安排、布置。

〔36〕规岁月绪成之:按照规划的时间依次完成。绪,次序。

〔37〕识:记。

〔38〕畀(bì必)予:送给我。

〔39〕中州:本指河南,在南宋时,泛指淮河以北被金人侵占的地区。隽人:俊杰。

〔40〕章显:彰明显著。南邦:此指南宋。

〔41〕齐虏巧负国:指张安国叛变一事。绍兴三十一年(1161),辛弃疾参加耿京的抗金义军,在辛弃疾劝说下,耿京决定归附南宋。耿京派贾瑞和辛弃疾南下与南宋接洽。贾、辛在返回的途中,得知张安国叛变,已将耿京杀害后投降了金人。随后辛弃疾率五十骑直闯济州(今山东巨野)金人五万人军营,缚张安国,并策动上万名士兵反正。随后率这支队伍日夜南奔,直至渡过淮河才松了一口气。下文几句即是状写此事。巧,虚伪、欺诈。

〔42〕毚(chán缠)兔:狡兔。

〔43〕束马衔枚:约束马匹,并禁止士卒喧哗。枚,古时行军时士卒衔于口中用以禁止喧哗的器具,形状如箸。

〔44〕间关奏淮:历尽艰险,向西驰骋渡过淮水。奏,通"走"。间关,形容路途曲折。间,原作"由",据《事文类聚》改。

〔45〕通昼夜不粒食:整天整夜没吃一点东西。

〔46〕壮声英概:雄壮的声威和英雄气概。

〔47〕兴起:奋起。

〔48〕用是简深知:用《尚书·汤诰》"惟简在上帝之心"和《论语·尧曰》"简在帝心"之意。用是,以此。简,察识。深知,被了解,受知遇。按乾道六年(1170),锐意恢复中原失地的宋孝宗召见辛弃疾于延和殿。

〔49〕入登九聊:指淳熙五年(1178)辛弃疾任大理寺少聊。宋以太常、光禄、卫尉、太仆、大理、鸿胪、宗正、司农、太府为九卿,皆为朝廷大臣。

〔50〕出节使二道:淳熙五年下半年,辛弃疾调任湖北路转运副使,翌年春,改任荆湖南路转运副使。

〔51〕四立连率幕府:连率,即连帅。古代十国诸侯之长称连帅。《礼记·王制》:"十国以为连,连有帅。"宋代安抚使兼一路民政、军政大权,故称连帅。幕府,指官署。此句意谓四次连任安抚使。按辛弃疾于孝宗淳熙四年(1177)春知江陵府(今湖北江陵)兼荆湖北路安抚使;是年冬,改任隆兴府(今江西南昌)知府兼江南西路安抚使;淳熙六年秋,知潭州(今湖南湘潭)兼荆湖南路安抚使;次年冬,再任隆兴知府兼江南西路安抚使。

〔52〕顷:前不久。赖氏祸作:指孝宗淳熙二年(1175)四月,赖文政发动荆南、湖南茶商军暴动一事。

〔53〕自潭薄于江西:从潭州逼近江西。薄,迫近。

〔54〕两地:指湖南和江西。

〔55〕谭:同"谈"。

〔56〕使遭事会之来:如果遇上机会到来。

〔57〕挈中原还职方氏:谓带着中原故地回归版图。挈(qiè 窃),带着、提携。职方氏,官名,此职掌管国家版图,见《周礼·夏官》。

〔58〕周公瑾:周瑜,字公瑾,三国时东吴人,曾率军破曹操于赤壁。谢安石:谢安,字安石,东晋宰相,指挥军队击破前秦苻坚入侵,取得淝水之战的胜利。

〔59〕饶为之:意谓能轻松地做到与周瑜、谢安类似的事业。饶,多、富裕。

〔60〕偿:实现、满足。

〔61〕诡:违背、相反。这里指辛弃疾建功立业的能力和他建设稼轩准备退居的行为之间相反。

〔62〕怅怅:无所适从的样子。

〔63〕轩轾:前高后低为轩,前低后高为轾。引申为高低轻重,这里有重视的意思。

〔64〕袯襫(bó shì 博是):蓑衣。

〔65〕与荛童牧竖肩相摩:与打柴、放牧的孩子在一起。相摩,相挨、靠在一起。

〔66〕黧(lí 黎)老:衰老。黧,黑色,面目黧黑。

〔67〕及见:还来得及看见。

〔68〕竟:终,这里有享尽的意思。厦屋:大厦,此指稼轩之居。潭潭:形容房屋深广的样子。

〔69〕荷笠棹舟:戴斗笠,划小船。

〔70〕风:同"讽",歌咏。玉溪:即上饶江,其上游在玉山县(属江西),故有此名。

〔71〕因园隶内谒:由园丁传达求见。

〔72〕是尝有力于稼轩者:作者自谓,说自己是曾为稼轩出力(写过"稼轩记")的人。

〔73〕辍食迎门:停下吃饭,去门口迎接。

〔74〕曲席而坐:自己侧席而坐(让客人坐首席)。

〔75〕壁间石:壁间石刻,指这篇《稼轩记》。

〔76〕庶不为生客:(往事)一一道来,还不至于陌生。

〔77〕右文殿修撰:宋代授予高级文官的"贴职"之一,是虚衔。再安抚江南西路:第二次担任江南西路安抚使。按孝宗淳熙七年(1180)冬,宋廷将辛弃疾职衔由"秘阁修撰"改为"右文殿修撰",知隆兴府兼江南西路安抚使。

朱　熹

朱熹(1130—1200)，字元晦(一字仲晦)，号晦庵，别号紫阳，徽州婺源(今江西婺源)人，侨寓建阳崇安(今福建武夷山)。绍兴十八年(1148)进士，历仕高宗、孝宗、光宗、宁宗四朝，曾任知南康，提典江西刑狱公事、秘阁修撰、焕章阁待制、侍讲等职。一生从事讲学，为南宋著名学者、思想家、文学家、教育家。学识渊博，著述宏富，在经学、史学、文学、音律、及自然科学等方面，都有非凡造诣。有《朱文公文集》。《宋史》卷四百二十九有传。

戊申封事(节选)[1]

臣窃观今日天下之势[2]，如人之有重病，内自心腹，外达四肢，盖无一毛一发不受病者。虽于起居饭食，未至有妨，然其危迫之证[3]，深于医者，固已望之而走矣[4]。是必得如卢扁、华佗之辈[5]，授以神丹妙剂，为之湔肠涤胃[6]，以去病根，然后可以幸于安全。如其不然，则病日益深而病者不觉，其可寒心，殆非俗医常药之所能及也[7]。

……

盖天下之大本者，陛下之心也。今日之急务，则辅翼太子[8]、选任大臣、振举纲维[9]、变化风俗、爱养民力、修明军政六者是也。臣请昧死而悉陈之[10],惟陛下之留听焉[11]。

臣之辄以陛下之心为天下之大本者[12],何也?天下之事,千变万化,其端无穷,而无一不本于人主之心者,此自然之理也。故人主之心正,则天下之事无一不出于正;人主之心不正,则天下之事无一得由于正。盖不惟其赏之所劝[13],刑之所威,各随所向,势有不能已者[14];而其观感之间,风动神速,又有甚焉。是以人主以眇然之身[15],居深宫之中,其心之邪正,若不可得而窥者,而其符验之著于外者[16],常若十目所视,十手所指而不可掩。此大舜所以有"惟精惟一"之戒[17],孔子所以有"克己复礼"之云[18],皆所以正吾此心,而为天下万事之本也。……陛下试以是而思之,吾之所以精一克复[19],而持守其心者,果尝有如此之功乎?所以修身齐家,而正其左右者[20],果尝有如此之效乎?宫省事禁[21],臣固有不得而知者,然不见其形而视其影,不睹其内而占其外[22],则爵赏之滥[23],货赂之流[24],闾巷窃言[25],久已不胜其籍籍矣[26]。臣窃以是窥之,则陛下之所以修之家者,恐其未有以及古之圣王也。

至于左右便嬖之私[27],恩遇过当[28],往者渊、觌、说、抃之徒[29],势焰熏灼,倾动一时,今已无可言矣。独有前日臣所面奏者[30],虽蒙圣慈委曲开譬[31],然臣之愚,终窃以为此辈但当使之守门传命,供扫除之役,不当假借崇长[32],使得逞邪媚[33],作淫巧于内[34],以荡上心[35];立门庭、招权势于外[36],以累圣政[37]。而其有才无才,有罪无罪,自不当论。况其有才适所以为奸[38],有罪而不可复用乎?且如向来主管丧事[39],钦奉几筵之命[40],远近传闻,无不窃笑。臣不知国史书之,野史记之,播于夷狄,传于后世,且以陛下为何如主也?纵有曲折如前日所以论谕臣者[41],陛下亦安能家置一喙而人晓之耶[42]?刑余小丑[43],不比人类,顾乃荧惑圣心[44],亏损圣德,以至此极,而公卿大臣,拱手熟视,无一言以救其失。臣之痛心,始者惟在于此。比至都城[45],则又知此曹之用事者,非独此人,而侍从之臣[46],盖已有出其门者。至其纳财之途,则又不于士大夫,而专于将帅[47]。臣于前日尝辄以面奏,而陛下谕臣以为诚当深察而痛惩之矣。退而始闻陛下比于环列之尹[48],已尝有所易置,乃知陛下固已深察其弊,而无所待于人言,然犹未能明正其罪,而反宠以崇资巨镇[49],使即便安。此曹无知,何所忌惮!况中外将帅,其不为此者无几[50],陛下亦未能推其类而悉去之也。

陛下竭生灵之膏血,以奉军旅之费,本非得已,而为军士者,顾乃未尝得一温饱。甚者采薪织屦[51],掇拾粪壤[52],以度朝夕[53]。其又甚者,至使妻女盛涂泽[54],依市门以求食也[55]。怨詈谤讟[56],悖逆绝理,正有不可闻者。一有缓急[57],不知陛下何所倚仗?是皆为将帅者,巧为名色,头会箕敛[58],阴夺取其粮赐[59],以自封殖[60],而行货赂于近习[61],以图进用。彼此既厌足矣[62],然后时以薄少[63],号为羡余[64],阴奉燕私之费[65],以嫁士卒怨怒之毒于陛下。且幸陛下一受其献,则后日虽知其罪,而不得复有所问也。出入禁闼腹心之臣[66],外交将帅,共为欺蔽,以至于此,岂有一毫爱戴陛下之心哉!而陛下不悟,反宠昵之[67],以是为我之私人,至使宰相不得议其制置之得失[68],给谏不得论其除授之是非[69]。以此而观,则陛下所以正其左右,未能及古之圣王又明矣。

且私之得名何为也哉?据己分之所独有,而不得以通乎其外之称也。故自匹夫而言[70],则以一家为私,而不得以通乎其乡;自乡人而言,则以一乡为私,而不得通乎其国[71];自诸侯而言,则以一国为私,而不得以通乎天下。至于天子,则际天之所覆,极地之所载,莫非己分之所有,而无外之不通矣,又何以私为哉?今以不能胜其一念之邪,而至于有私心;以不能正其家人近习之故,而至于有私人。以私心用私人,则不能无私费。于是内损经费之入,外纳羡余之献,而至于有私财。陛下上为皇天之所子,全付所覆[72],使其无有私而不公之处,其所以与我者,亦不细矣。乃不能充其大,而自为割裂以狭小之。使天下万事之弊,莫不由此而出,是岂可不惜也哉!

《四部丛刊》本《晦庵先生朱文公集》卷十一

[1]"戊申"为宋孝宗淳熙十五年(1188)。"封事"指密封的奏章。朱熹写作此奏章时,时年五十九岁。作者语多切直,敢于面诘君过。本文选取的这一段,专论孝宗自身和左右小人,直指弊端根源就在于孝宗有"私心",心术不正。这等于从根本上否定了孝宗作为人君的资格。

其勇气是惊人的。曾国藩曾在其《原鸣堂论文》中评价说:"其(朱熹)戆直殆过于汲黯、魏徵,其气节之激昂,则方望溪氏以拟明季杨、左者,庶几近之。他人谏其事,公则格其心;他人攻君之失,公则并纠大臣、近臣之过。"从文章的风格来看,虽然问题提的很尖锐,却不故为诡激之言,而是质朴明畅,一依于事理。

〔2〕窃:私下,用作谦词。

〔3〕证:同"症",症状。

〔4〕望之而走:(医生)一看见,就掉头跑了。指无可救药。

〔5〕卢扁:即古代的名医扁鹊,因家于卢国,故又名卢扁。华佗:汉末名医,沛国谯(今安徽亳州)人,后因不从曹操征召被杀。

〔6〕湔(jiān兼):洗涤。

〔7〕殆:大概、几乎。

〔8〕辅翼:辅佐、翼护。

〔9〕纲维:纲常。维,原指系物之大绳,这里有关键、根本的意思。

〔10〕昧死:冒死。悉陈:全部陈述。

〔11〕留听:留心去听。

〔12〕辄:每每、总是。

〔13〕劝:奖勉、鼓励。

〔14〕已:停止。

〔15〕眇然之身:渺小之身。

〔16〕符验:验证。著:表现。

〔17〕舜:五帝之一,传说中的上古贤明君王。惟精惟一:精纯专一。语见《尚书·大禹谟》:"人心惟危,道心惟微,惟精惟一,允执厥中。"朱熹《中庸章句序》:"'人心惟危,道心惟微,惟精惟一,允执厥中'者,舜之所以授禹也。"

〔18〕克己复礼:约束自己,符合于礼。语见《论语·颜渊》:"一日

克己复礼,天下归仁焉。为仁由己,而由人乎哉?"

〔19〕精一克复:即"惟精惟一"与"克己复礼"。

〔20〕左右:身边、周围的人。

〔21〕宫省事禁:皇宫事秘。宫省,犹宫禁,指皇宫。

〔22〕占:同"觇",窥视、观测。

〔23〕爵赏:封爵赏赐。滥:过度、没有节制。

〔24〕货赂:贪财受贿。流:放任。

〔25〕闾巷:民间。闾,原指里巷的大门。

〔26〕籍籍:众口喧腾貌。

〔27〕便嬖(bì 必):君王左右受宠信的邪佞小臣。私:私交。

〔28〕恩遇:天子的知遇。

〔29〕渊、觌(dí 迪)、说、抃之徒:指龙大渊、曾觌、张说、王抃等皇帝身边的宦者或近习。孝宗当初为建王时,龙大渊与曾觌同为建王内知客。孝宗即位后,骤迁阁门使兼皇城司,权势甚张。张说娶寿圣皇后的妹妹,孝宗初累迁至签书枢密院事,权大势大。王抃初为国信小吏,受孝宗欣赏,提拔为枢密都承旨,恃恩专恣,与曾觌、甘昪相互勾结。

〔30〕前日臣所面奏者:据《宋史·甘昪传》:"时曾觌以使弼领京间,王抃以知阁门兼枢密都承旨,昪为入内押班,相与盘结,士人大无耻者争附之。既而觌死抃逐,独昪在,朱熹力言之。帝曰:'昪乃德寿宫(指宋高宗赵构)所荐,谓有才耳。'熹曰:'奸人无才,何以动人主?'"

〔31〕圣慈:对皇上的敬称。委曲开譬:委婉开导。

〔32〕假借:给予,授予。崇长:宠幸。

〔33〕邪媚:邪佞谄媚。

〔34〕作淫巧于内:在宫内做浮华奸巧之事。

〔35〕以荡上心:使皇上的心情流荡不正。

〔36〕立门庭、招权势于外:在朝廷之外立门户,显示权势。

557

〔37〕以累圣政：有累于皇上的政事。圣，对皇上的敬称。

〔38〕适：恰好。

〔39〕向来主管丧事：指甘昇以奉国军承宣使的身份主办太上皇高宗赵构的丧事之事。

〔40〕钦奉几筵之命：奉皇帝的命令主持祭祀。几筵，祭祀的席位。

〔41〕曲折：意指复杂的内情。论谕：教导、告知。

〔42〕家置一喙（huì 汇）：意指挨家去说明。喙，原指鸟兽的嘴，此借指人的嘴巴。

〔43〕刑余小丑：受过宫刑的阉人。甘昇为宦官，故如此说。

〔44〕荧惑：眩惑。

〔45〕比至都城：等到了京城。

〔46〕侍从之臣：朝廷大臣。

〔47〕专于将帅：这句是说，甘昇专门从军队将帅那里敛财。

〔48〕环列之尹：指皇宫卫戍部队的指挥官。按《左传·文公元年》："使为大师，且掌环列之尹。"杜预注："环列之尹，宫卫之官。"

〔49〕崇资巨镇：是指授予甘昇级别很高的荣誉性职名。据《宋史·甘昇传》，在孝宗朝，"昇用事二十年，招权市贿"。可见皇帝对他宠信之深。

〔50〕其不为此者无几：指不投甘昇门下、不给甘昇行贿的将帅没有多少。

〔51〕采薪织屦（jù 剧）：砍柴织鞋。

〔52〕掇拾粪壤：指拾粪种田。

〔53〕以度朝夕：这句是说，战士们的俸禄都被将帅侵夺，他们只能靠砍柴、织鞋、种田弄些收入来填饱肚子，以挨过每一天。

〔54〕盛涂泽：脸上涂着厚厚的脂粉。

〔55〕依市门以求食也：指依门卖笑，当妓女以求饭吃。

〔56〕怨詈谤讟(dú渎):抱怨、责骂、谤议、怨恨。

〔57〕缓急:紧急情况。

〔58〕头会箕敛:按人头收税,用畚箕装取所征的谷物。这里指将帅盘剥士兵薪俸。

〔59〕阴:暗地。

〔60〕封殖:聚敛财货。

〔61〕近习:指君主宠爱亲信之人。

〔62〕厌足:满足。厌,饱。

〔63〕薄少:(将帅所夺取士兵粮俸中的) 小部分。

〔64〕羡余:唐以后地方官员以盈余的名义向朝廷进贡的财物。

〔65〕燕私:宴饮享乐。

〔66〕禁闼:宫廷门户,指宫廷。

〔67〕宠昵:宠信亲昵。

〔68〕制置:规划处理。

〔69〕给谏:宋门下省有给事中,掌封驳政令违失,另有左、右谏议大夫分别隶属于门下、中书二省,掌规谏讽谕,二者合称给谏。除授:拜官授职。

〔70〕匹夫:平民百姓。

〔71〕国:诸侯国。

〔72〕全付所覆:对全天下进行付出。所覆,指天之所覆。

大学章句序[1]

《大学》之书,古之大学所以教人之法也[2]。盖自天降生民[3],则既莫不与之以仁、义、礼、智之性矣[4]。然其气质之禀[5]，或不能齐[6]，是以不能皆有以知其性之所有而全之也[7]。一有聪明睿智能尽其性者出于其间，则天必命之以为亿兆之君师[8]，使之治而教之，以复其性[9]。此伏羲、神农、黄帝、尧、舜所以继天立极[10]，而司徒之职[11]、典乐之官所由设也[12]。

三代之隆[13]，其法寖备[14]，然后王宫国都以及闾巷[15]，莫不有学。人生八岁，则自王公以下[16]，至于庶人之子弟[17]，皆入小学，而教之以洒扫、应对、进退之节[18]，礼、乐、射、御、书、数之文[19]。及其十有五年[20]，则自天子之元子、众子[21]，以至公、卿、大夫、元士之適子[22]，与凡民之俊秀[23]，皆入大学，而教之以穷理、正心、修己、治人之道。此又学校之教、大小之节所以分也[24]。

夫以学校之设，其广如此；教之之术，其次第节目之详又如此[25]；而其所以为教，则又皆本之人君躬行心得之余[26]，不待求之民生日用彝伦之外[27]。是以当世之人，无不学；其学焉者，无不有以知其性分之所固有[28]，职分之所当为[29]，而各俛焉以尽其力[30]。此古昔盛时，所以治隆于上[31]，俗美于下，而非后世之所能及也。

及周之衰，贤圣之君不作[32]，学校之政不修，教化陵夷[33]，风俗颓败[34]。时则有若孔子之圣，而不得君师之位以行其政教[35]，于是独取先王之法[36]，诵而传之，以诏后世[37]。若《曲礼》、《少仪》、《内则》、《弟子职》诸篇[38]，固小学之支流余裔[39]。而此篇者，则因小学之成功，以著大学之明法,外有以极其规模之大,而内有以尽其节目之详者也。三千之徒[40],盖莫不闻其说,而曾氏之传[41],独得其宗[42],于是作为传义[43],以发其意。及孟子没,而其传泯焉[44],则其书虽存,而知者鲜矣[45]。

自是以来,俗儒记诵词章之习[46],其功倍于小学而无用;异端虚无寂灭之教[47],其高过于大学而无实。其他权谋术数[48],一切以就功名之说[49],与夫百家众技之流[50],所以惑世诬民、充塞仁义者[51],又纷然杂出乎其间。使其君子不幸而不得闻大道之要[52],其小人不幸而不得蒙至治之泽[53],晦盲否塞[54],反覆沉痼[55],以及五季之衰[56],而坏乱极矣。

天运循环,无往不复[57]。宋德隆盛,治教休明[58],于是河南程氏两夫子出[59],而有以接乎孟氏之传,实始尊信此篇而表章之[60]。既又为之次其简编[61],发其归趣[62],然后古者大学教人之法、圣经贤传之指[63],粲然复明于世[64]。虽以熹之不敏[65],亦幸私淑而与有闻焉[66]。顾其为书[67],犹颇放失[68],是以忘其固陋[69],采而辑之,间以窃附己意[70],补其阙略[71],以俟后之君子[72]。极知僭逾无所逃罪[73],然于国家化民成俗之意、学者修己治人之方,则未必无小补云。

淳熙己酉二月甲子新安朱熹序[74]。

上海书店1987年影印本《四书章句集注》

〔1〕"章句"为离章辨句的省称,有分析古书章节句读之意。作为古书的一种注释方式,章句侧重于逐句逐章串讲、分析大意。朱熹这篇序文,作于宋孝宗淳熙十六年(1189)。《大学》原为《礼记》中的一篇,基本思想包括三纲领:明明德、亲民、止至善;八条目:格物、致知、诚意、正心、修身、齐家、治国、平天下。《大学章句》是朱熹注释《大学》的一部著作。这篇序文是体现朱熹道学根本精神的重要文献。作者回顾了大学之缘起,指出大学之道在于穷理、正心、修己、治人,批评了俗儒记诵词章之习以及其他百家众技、权谋术数之说。作者希望自己作的《大学》章句能够发明圣经贤传,以有补于世道。

〔2〕大学:又称太学,古代贵族子弟读书的场所。太学之名始于西周,汉代始设于京师。太学是培养官员的教育机关,在传播文化方面也起了重要作用。

〔3〕自天降生民:自从上天降生民众之后。

〔4〕与:赋予。性:人之本性。

〔5〕气质之禀:先天的气质禀赋。

〔6〕齐:整齐一致。

〔7〕"是以不能"句:意思是说,因为民众先天气质禀赋不同,所以他们并不全都体察仁、义、礼、智乃其本性固有,从而保全这些本性。朱熹认为,天赋予人本善之性,气凝聚为形质而成为人,而气质容易遮蔽人的本善之性。由于人们禀气有清有浊,对本性遮蔽也程度不同,气清之人容易知其性,保全其性。

〔8〕亿兆之君师:众多人民的君王和导师。亿兆,极言其多。

〔9〕以复其性:以恢复人民固有的仁、义、礼、智之性。

〔10〕伏羲:古代传说中的三皇之一,相传其始画八卦,又教民渔猎,取牺牲以供庖厨,因称庖牺。神农:传说中的太古帝王名,始教民为耒耜,务农业,故称神农氏。又传他曾尝百草,发现药材,教人治病,也称炎

帝。黄帝:传说中中原各族的共同先祖。尧:传说中的古帝王,陶唐氏之号。舜:传说中的古帝王,相传受尧禅让,后禅位于禹。伏羲、神农、黄帝、尧、舜,一直被儒家看作上古时代的贤明君王和圣人。继天立极:继承天命,确立人间的准则。

〔11〕司徒:上古官名,相传尧、舜时已经设置,主管教化民众和行政事务。

〔12〕典乐之官:掌管音乐事务的官员。

〔13〕三代:指夏、商、周,是儒家所向往的政治清明、民风淳朴的盛世。

〔14〕其法寖备:治国方法逐渐完备。寖,逐渐。

〔15〕王宫:天子的宫廷。国都:诸侯国的都城。闾巷:乡野民间。

〔16〕王公:王爵与公爵。

〔17〕庶人:无官爵者,平民。

〔18〕洒扫:洒水扫地,泛指家务事。应对、进退:应对与迎送客人之类的礼节。节:礼节。

〔19〕礼、乐、射、御、书、数:礼仪、音乐、射箭、驾车、书写、算术,这些合称六艺,为西周时学校的教学内容。

〔20〕十有五年:十五岁。有,同"又"。

〔21〕元子:嫡长子。众子:指嫡长子之外的诸子。

〔22〕元士:周代称天子之士为元士,以区别于诸侯之士,其官职次于大夫。適子:嫡子。適,同"嫡"。

〔23〕俊秀:指平民中的聪慧子弟。

〔24〕大小节:指大学、小学阶段。

〔25〕次第节目:次序、内容。

〔26〕躬行心得:实践中取得的心得体会。

〔27〕不待:不必。民生日用彝伦:民众日常生活的常理。彝伦,常

理、常道。朱熹认为学校所教人的内容,都是人性本来所有的,而非自外强加的。

〔28〕性分:本性天分。

〔29〕职分:职责、本分。

〔30〕俛(miǎn 勉)焉:勤劳貌。

〔31〕治隆:政治兴隆。

〔32〕作:出现。

〔33〕陵夷:衰落。

〔34〕颓败:衰败。

〔35〕不得君师之位:没有君王和师傅的地位。孔子时代的学校皆为官办,而孔子私人办学,故说不得"师之位"。

〔36〕先王之法:先王的法度。先王,此指上古贤明君王。

〔37〕诏:教导。

〔38〕《曲礼》:《仪礼》的别名,以其具体地说明吉、凶、宾、军、嘉五礼之事,故名《曲礼》。《少仪》:《礼记》中的一篇,记载贵族子弟应学的礼仪。《内则》,《礼记》中的一篇,内容为家庭内部父子、男女应遵行的规则。《弟子职》:《管子》中的一篇,记载弟子事师、受业、进退之礼,类今之"学生守则"。

〔39〕固:本来。支流余裔:分支、末流。

〔40〕三千之徒:相传孔子弟子有三千人。《史记·孔子世家》:"孔子以《诗》、《书》、《礼》、《乐》教,弟子盖三千焉,身通六艺者七十有二人。"

〔41〕曾氏:即曾参。参见《曾子论》注〔1〕。

〔42〕宗:宗旨。

〔43〕传:对经的解说、注释。

〔44〕其传泯焉:孔子的大学思想传授就中断了。泯,消失、中断。

〔45〕鲜:少。

〔46〕俗儒:浅陋而迂腐的儒士。记诵词章之习:死记硬背经书与崇尚文学的风气。词章,诗文的总称。按:朱熹不满汉唐学风,他所谓的学习,重在对儒家伦理道德的实践,故批评记诵词章之习。

〔47〕异端:此指佛教、道家。虚无:此谓道家宗旨。寂灭:指佛教以涅槃为目的的教义。

〔48〕权谋术数:指法家学说。法家重权谋与法术。

〔49〕就:成就。功名:功利和名声。

〔50〕百家众技:诸子百家、各种技能之人。

〔51〕惑世诬民、充塞仁义:蛊惑世人,堵塞仁义。

〔52〕要:要领。

〔53〕蒙:蒙受。至治:政治隆盛。泽:恩泽。

〔54〕晦盲否塞(pǐ sè 痞涩):黑暗、盲目、闭塞不通,形容人心混乱失常。否塞,阻隔、闭塞。

〔55〕反覆沉痼:顽固难治的病反复发作。

〔56〕五季:即五代,唐宋之间的五个朝代,后梁、后唐、后晋、后汉、后周。按朱熹认为,五代是政治黑暗、人伦失序的时代。

〔57〕无往不复:没有往而不返的。《易·泰》:"无平不陂,无往不复。"

〔58〕治教休明:政治、教化美好而开明。休,美好。

〔59〕程氏两夫子:指宋代洛学的创始人程颢、程颐兄弟二人,洛阳(今河南洛阳)人,宋代理学的奠基者。夫子,古代对男子的敬称,后世亦沿称老师为夫子。这里是老师的意思。

〔60〕始尊信此篇而表章之:(二程)开始尊信《大学》并表彰、推崇这部著作。表章,即表彰。按朱熹此说不确。唐代后期韩愈等人即已开始尊崇并表彰《大学》。他这样说是为了强调二程在道统中的地位。

〔61〕次其简编:编订此书的章节顺序。简编,指书籍。

〔62〕发其归趣:发明它的要义旨趣。

〔63〕圣经贤传之指:圣人之经与贤人之传的大义。朱熹分《大学》为经、传两部分,认为经是"孔子之言而曾子述之",所以是"圣人之经";传是"曾子之意而门人记之",故称"贤人之传"(参见《大学章句》)。指,同"旨",旨趣,意义。

〔64〕粲然:明白、明亮貌。

〔65〕不敏:谦词,指不聪明、没才能。

〔66〕私淑:未身受其教而喜欢其学。与有闻:闻知(二程学说)。

〔67〕顾:检视。

〔68〕放失:散佚。失,同"佚"。

〔69〕固陋:闭塞、浅陋。

〔70〕窃附己意:私自附上自己的见解。

〔71〕阙略:缺失、不完备。

〔72〕俟:等待。

〔73〕僭逾:僭越,超越本分行事。无所逃罪:无法逃脱之罪。这是朱熹谦虚的说法。

〔74〕淳熙:南宋孝宗的年号。己酉:即淳熙十六年(1189)。二月甲子:二月二十日。新安:朱熹家乡婺源县(今属江西),宋初称新安郡。

诗集传序[1]

或有问于余曰:"诗何谓而作也[2]?"余应之曰:"'人生而静,天之性也;感于物而动,性之欲也。'[3]夫既有欲矣,则不能无思;既有思矣,则不能无言;既有言矣,则言之所不能尽而发于咨嗟咏叹之余者[4],必有自然之音响节奏,而不能已焉[5]。此诗之所以作也。"

曰:"然则其所以教者[6],何也?"曰:"诗者,人心之感物而形于言之余也[7]。心之所感有邪正,故言之所形有是非。唯圣人在上[8],则其所感者无不正,而其言皆足以为教。其或感之之杂[9],而所发不能无可择者[10],则上之人必思所以自反[11],而因有以劝惩之[12],是亦所以为教也[13]。昔周盛时,上自郊庙朝廷[14],而下达于乡党闾巷[15],其言粹然无不出于正者。圣人固已协之声律,而用之乡人,用之邦国,以化天下。至于列国之诗,则天子巡守,亦必陈而观之,以行黜陟之典[16]。降自昭、穆而后,寖以陵夷[17],至于东迁[18],而遂废不讲矣。孔子生于其时,既不得位,无以行帝王劝惩黜陟之政,于是特举其籍而讨论之[19],去其重复,正其纷乱。而其善之不足以为法,恶之不足以为戒者,则亦刊而去之[20],以从简约,示久远,使夫学者即是而有以考其得失,善者师之,而恶者改焉。是以其政虽不足行于一时,而其教实被于万世[21],是则诗之所以为教者也。"

曰:"然则《国风》、《雅》、《颂》之体,其不同若是,何也?"曰:"吾闻之,凡诗之所谓风者,多出于里巷歌谣之作。所谓男女相与咏歌,各言其情者也。惟《周南》、《召南》亲被文王之化以成德[22],而人皆有以得其性情之正,故其发于言者,乐而不过于淫,哀而不及于伤[23],是以二篇独为风诗之正经[24]。自《邶》而下[25],则其国之治乱不同,人之贤否亦异,其所感而发者,有邪正是非之不齐,而所谓先王之风者,于此焉变矣[26]。若夫《雅》、《颂》之篇,则皆成周之世[27],朝廷郊庙乐歌之词。其语和而庄,其义宽而密,其作者往往圣人之徒,固所以为万世法程而不可易者也。至于雅之变者,亦皆一时之贤人君子,闵时病俗之所为[28],而圣人取之。其忠厚恻怛之心[29],陈善闭邪之意,犹非后世能言之士所能及之。此《诗》之为经,所以人事浃于下,天道备于上[30],而无一理之不具也。"

曰:"然则其学之也,当奈何?"曰:"本之二《南》以求其端[31],参之列国以尽其变[32],正之于《雅》以大其规[33],和之于《颂》以要其止[34],此学《诗》之大旨也。于是乎章句以纲之,训诂以纪之[35],讽咏以昌之[36],涵濡以体之[37]。察之情性隐微之间[38],审之言行枢机之始[39],则修身及家,平均天下之道,其亦不待他求而得之于此矣。

问者唯唯而退[40]。余时方辑《诗传》,因悉次是语以冠其篇云[41]。

淳熙四年丁酉冬十月戊子[42],新安朱熹书。

《四部丛刊》本《晦庵先生朱文公集》卷七十六

〔1〕《诗集传》二十卷(后人并为八卷),是朱熹为《诗经》所作的注本,内容杂采诸家之说,解释各篇题旨,不用《诗序》,而出以己见。此文是《诗集传》作者自序。这篇序文说明了《诗经》产生的原因,《诗》的教育功能,《风》、《雅》、《颂》在体制上的不同以及学《诗》大旨。作者特别重视学《诗》对涵养性情、齐家、治国所产生的作用。

〔2〕谓:一作"为"。

〔3〕"人生而静"四句:语出《礼记·乐记》。孔颖达正义:"言人初生未有情欲,是其静禀于自然,是天性也。'感于物而动,性之欲也'者,其心本虽静,感于外物而心遂动,是性之所贪欲也。自然谓之性,贪欲谓之情,是情别矣。"其意是说人天性本静,感于外物才心动,从而产生情感。

〔4〕"则言之所不能尽"句:《毛诗序》:"言之不足,故嗟叹之;嗟叹之不足,故永歌之。"此化用其意。咨嗟,赞叹、叹息。

〔5〕已:停止。

〔6〕教:教化。《毛诗序》论《国风·关雎》曰:"风,风也,教也。风以动之,教以化之。"

〔7〕形:表现。言之余:言语之外。

〔8〕圣人:品德高尚、智慧超群之人。

〔9〕其或感之之杂:一些人所感不免杂乱,不如圣人那样纯正。

〔10〕而所发不能无可择者:大意是说,因为他们所感杂乱,兼有邪正,所以对他们所言,须有所选择。

〔11〕自反:自我反省。

〔12〕劝惩:劝善、惩恶。

〔13〕是亦所以为教也:"下以风刺上",这也是诗教传统之一。

〔14〕郊庙:古帝王祭天地的郊宫和祭祖先的宗庙,借指国家政权。

〔15〕乡党闾巷:泛指民间。乡党,乡里。闾巷,里巷。

〔16〕"至于列国之诗"四句:《礼记·王制》载天子巡守,"命大师陈诗,以观民风"。郑玄注:"陈诗,谓采其诗而视之。"孔颖达正义:"此谓王巡守,见诸侯毕,乃命其方诸侯。大师是掌乐之官,各陈其国风之诗,以观其政令之善恶。若政善诗辞亦善,政恶则诗辞亦恶。"巡守,即巡狩,天子巡视诸侯封地。黜陟,指升降官吏。黜,贬斥。陟,提升。

〔17〕"降自昭、穆而后"二句:谓周朝自昭王、穆王以后,国势渐渐衰微。主要指懿王、夷王、厉王、幽王时期。郑玄《诗谱序》:"后王稍更陵迟,懿王始受谮亨(烹)齐哀公。夷身失礼之后,邶不尊贤。自是而下,厉也,幽也,政教尤衰,周室大坏。"寖,逐渐。陵夷,衰微。

〔18〕东迁:指周平王迁都洛邑(今河南洛阳)。此后为东周。

〔19〕籍:书籍,此指《诗经》。

〔20〕"去其重复"五句:《史记·孔子世家》:"古者诗三千余篇,及至孔子,去其重,取可施于礼义。"刊,删除。

〔21〕被:施加、延及。

〔22〕惟《周南》、《召南》亲被文王之化以成德:《毛诗序》:"《关雎》,后妃之德也。"孔颖达正义:"二《南》之风,实文王之化,而美后妃之德者。"又《毛诗序》:"《周南》、《召南》,正始之道,王化之基。"孔颖达正义:"《周南》、《召南》二十五篇之诗,皆是正其初始之大道,王业风化之基本也。……文王正其家而后及其国,是正其始也。化南土以成王业,是王化之基也。"

〔23〕"乐而不过于淫"二句:《论语·八佾》:"子曰:'《关雎》乐而不淫,哀而不伤。'"朱熹《论语集注》:"淫者,乐之过而失其正者也。伤者,哀之过而害于和者也。"

〔24〕二篇独为风诗之正经:意谓《周南》、《召南》二篇为《国风》的正诗。郑玄《诗谱序》:"其时诗,《风》有《周南》、《召南》,《雅》有《鹿鸣》、《文王》之属。及成王、周公致太平,制礼作乐,而有《颂》声兴焉,盛之至也。本之由此《风》、《雅》而来,故皆录之,谓之《诗》之正经。"

〔25〕自《邶》而下:指《邶》、《鄘》、《卫》、《王》、《郑》、《齐》、《魏》、《唐》、《秦》、《陈》、《桧》、《曹》、《豳》十三国的风诗。

〔26〕"而所谓先王之风者"二句:谓随着时世由盛而衰,先王之正风逐渐转为变风。先王,指周初诸王。按郑玄《诗谱序》:"故孔子录懿

王、夷王时诗,讫于陈灵公淫乱之事,谓之变风、变雅。"正,是国家昌明时期的诗歌。变,则反映了政教衰颓时人们的心声。

〔27〕"若夫《雅》、《颂》之篇"二句:郑玄《诗谱序》:"雅有《鹿鸣》、《文王》之属。及成王、周公致太平,制礼作乐,而有颂声兴焉。"孔颖达正义:"《文王》《大明》等,检其文,皆成王时作。"成周之世,指成王时,周公当政的一段时期。成周,古地名,在今河南省洛阳市西北。《尚书·周书·洛诰序》:"周公往营成周。"

〔28〕闵时病俗:忧虑时俗。

〔29〕恻怛:犹恻隐。

〔30〕"所以人事浃于下"二句:《毛诗序》:"故正得失,动天地,感鬼神,莫近于诗。先王以是经夫妇,成孝敬,厚人伦,美教化,移风俗。"所谓浃人事、备天道,即指此意。浃,融洽,切合。

〔31〕本之二《南》以求其端:作者认为,《周南》、《召南》为"风诗之正经"。端:端绪、要领。

〔32〕列国:指《周南》、《召南》之外的十三国风。

〔33〕规:规模。

〔34〕和之于颂以要其止:谓颂声求其和而知其节制。要,要求。止,规范、准则。

〔35〕"于是乎章句以纲之"二句:通过章句以总括其主题,通过解释文字以识别其意思。章句,见《大学章句序》注〔1〕。训诂,用通行的话解释古代的字义或词义。纪,识别。

〔36〕昌:同"唱",叹赏之意。

〔37〕涵濡:浸润,潜移默化。体:体会。

〔38〕察:通过《诗经》的学习、体会后,再来反躬自察。下句的"审之"也是这个意思。情性隐微:细微的、将要萌发而未发露的情感。

〔39〕审之言行枢机之始:审查言行的关节之处。《易·系辞上》:

571

"言行,君子之枢机。"孔颖达正义:"枢,谓户枢。机,谓弩牙。言户枢之转或明或暗,弩牙之发或中或否,犹言行之动,从身而发以及于物,或是或非也。"

〔40〕唯唯:恭敬的应答声。

〔41〕次:编次。冠:用如动词,放在篇首。

〔42〕淳熙四年丁酉:宋孝宗淳熙四年(1177),岁次丁酉。

江陵府曲江楼记[1]

广汉张侯敬夫守荆州之明年[2],岁丰人和,幕府无事[3]。顾尝病其学门之外[4],即阻高墉[5],无以宣畅郁湮,导以清旷[6]。乃直其南凿门通道[7],以临白河[8],而取旁近废门旧额以榜之[9],且为楼观以表其上[10]。敬夫一日与客往而登焉,则大江重湖[11],萦纡渺弥[12],一目千里;而西陵诸山[13],空濛晻霭[14],又皆隐见出没于云空烟水之外。敬夫于是顾而叹曰[15]:"此亦曲江公所谓江陵郡城南楼者耶[16]?昔公去相而守于此,其平居暇日,登临赋咏,盖皆翛然有出尘之想[17]。至其伤时感事,痛叹隐忧[18],则其心未尝一日不在于朝廷,而汲汲然惟恐其道之终不行也[19]。於戏[20],嗟夫!"乃书其扁曰[21]"曲江之楼",而以书来属予记之[22]。

时予方守南康[23],疾病侵陵,求去不获。读敬夫之书,而知兹楼之胜,思得一与敬夫相从游于其上,瞻眺江山,览观形制[24],按楚汉以来成败兴亡之效[25],而考其所以然者。然后举酒相属[26],以咏张公之诗,而想见其人于千载之上,庶有以慰夙心者[27]。顾乃千里相望[28],邈不可得[29],则又未尝不矫首西悲而喟然发叹也[30]。抑尝思之:张公远矣,其一时之事,虽唐之治乱所以分者[31],顾亦何预乎后之人[32]?而读其书者,未尝不为之掩卷太息也。是则是非邪正之实,乃天理之固然,而人心之不可已者[33],是以虽旷百世而相感,使人忧悲愉怪[34],勃然于胸中,恍若亲见其人而真闻其语者,是岂有古今彼此之间,而亦孰使之然哉[35]?《诗》曰:"天生烝民,有物有则。民之秉彝,好是懿德。"[36]登此楼者,于此亦可以反诸身而自得之矣[37]。

予于此楼,既未往寓目焉[38],无以写其山川风景、朝暮四时之变,如范公之书岳阳也[39]。独次第敬夫本语[40],而附以予之所感者如此,后有君子得以览观焉。

淳熙己亥十有一月己巳日南至[41],新安朱熹记。

《四部丛刊》本《晦庵先生朱文公集》卷七十八

〔1〕此文作于宋孝宗淳熙六年(1179)。在此之前,宋高宗信任秦桧,冤杀岳飞,收复中原失地梦想已成空。这与唐玄宗晚年罢相张九龄,宠信奸相李林甫、杨国忠从而引发"安史之乱"的情况有些相似。故朱熹此文借张栻修建江陵曲江楼一事,以张九龄的遭遇为例,影射时事,抒发感慨。

〔2〕张侯敬夫:张栻,字敬夫,号南轩,祖籍绵竹,寓居长沙。绵竹古属广汉郡,故称"广汉张侯敬夫"。他是名相张浚之子。南宋著名理学

573

家,与朱熹、吕祖谦齐名,时称东南三贤。荆州:汉置,东晋时州治在今湖北江陵。唐时改荆州为江陵府,宋仍之。

〔3〕幕府无事:谓政事清简。幕府,军政大吏的府署。

〔4〕顾:发语词。病:感到不快,用如动词。学门:学校门。

〔5〕高墉(yōng 庸):高墙。

〔6〕"无以宣畅郁湮"二句:谓不能排除滞塞,吸纳、导引清旷之气。郁,滞。湮,塞。

〔7〕直其南:对着正南方。直,当,表示方位。凿门通道:开门通路。

〔8〕白河:源出河南伏牛山,于今湖北襄阳市注入汉水。

〔9〕废门旧额:废弃门的旧牌匾。额,牌匾。榜:悬挂。

〔10〕楼观:楼殿之类的建筑物。表:特出。

〔11〕重湖:洞庭湖的别称,位于荆江南岸,跨湘、鄂两省。

〔12〕萦纡渺弥:迂回曲折,旷远浩渺。

〔13〕西陵:西陵峡。又名巴峡,长江三峡之一。

〔14〕晻(yǎn 掩)霭:昏暗的云气。

〔15〕顾:回首、回视。

〔16〕曲江公:张九龄(678—740),字子寿。韶州曲江人。唐玄宗开元间任宰相,后为李林甫所谮,贬为荆州长史。在江陵作有五古《登郡城南楼》。

〔17〕翛(xiāo 消)然:无拘无束、超脱。

〔18〕瘖叹:即瘖寐兴叹。隐忧:深忧。

〔19〕汲汲然:急迫的样子。

〔20〕於戏:同"呜呼"。

〔21〕扁:同"匾"。

〔22〕属:同"嘱"。

〔23〕南康:宋置南康军,辖境相当于今江西星子、永修等县。时朱

熹知南康军。

〔24〕形制:地形。

〔25〕楚汉:此指秦末项羽与刘邦。

〔26〕属:劝酒。

〔27〕庶:庶几,差不多。夙心:一向怀有的心愿。

〔28〕顾:却。

〔29〕邈:远。

〔30〕矫首:抬头。

〔31〕唐之治乱所以分者:张九龄罢相之后,李林甫掌权,导致后来"安史之乱",唐王朝也由盛而衰。

〔32〕顾亦何预乎后之人:但对后人来说又有什么关系呢?

〔33〕"是则是非邪正之实"三句:因为是非邪正的分辨,正是天理中所必不可少的,所以人们不能心无感触。已,停止。

〔34〕怿(yì译):欢喜。

〔35〕孰使之然哉:意谓古今理同心同,不期然而然。

〔36〕"天生烝民"四句:语出《诗经·大雅·烝民》。这四句大意是:上天降生民众,一切事物,都有固定的法则。人们秉守天之常道,总是爱好美德。烝,众。物,事。则,法。秉,执。彝,常。懿,美好。

〔37〕反诸身而自得之:反求自身也能得到这种情感。

〔38〕寓目:过目。

〔39〕如范公之书岳阳也:如同范仲淹写作《岳阳楼记》的情况一样。按,范仲淹写《岳阳楼记》时是在邓州凭想象写成的,并没有亲见岳阳楼。

〔40〕次第:编次。

〔41〕淳熙己亥:即宋孝宗淳熙六年(1179)。十有一月己巳日:即1179年12月15日。南至:冬至。

百丈山记[1]

登百丈山三里许[2],右俯绝壑[3],左控垂崖[4],叠石为磴十余级乃得度[5]。山之胜盖自此始。

循磴而东,即得小涧[6],石梁跨于其上[7]。皆苍藤古木,虽盛夏亭午无暑气[8]。水皆清澈,自高淙下[9],其声溅溅然[10]。度石梁,循两崖,曲折而上,得山门,小屋三间,不能容十许人。然前瞰涧水[11],后临石池,风来两峡间,终日不绝。门内跨池又为石梁。度而北,蹑石梯数级入庵[12]。庵才老屋数间,卑庳迫隘[13],无足观,独其西阁为胜[14]。水自西谷中循石罅奔射出阁下[15],南与东谷水并注池中,自池而出,乃为前所谓小涧者。阁据其上流,当水石峻激相搏处[16],最为可玩。乃壁其后[17],无所睹。独夜卧其上,则枕席之下,终夕潺潺,久而益悲,为可爱耳。

出山门而东,十许步,得石台。下临峭岸,深昧险绝[18]。于林薄间东南望[19],见瀑布自前岩穴瀵涌而出[20],投空下数十尺。其沫乃如散珠喷雾,日光烛之,璀璨夺目,不可正视。台当山西南缺[21],前揖芦山[22],一峰独秀出,而数百里间峰峦高下,亦皆历历在眼。日薄西山,余光横照,紫翠重叠,不可殚数[23]。旦起,下视白云满川,如海波起伏,而远近诸山出其中者,皆若飞浮来往,或涌或没,顷刻万变。台东径断[24],乡人凿石容蹬以度[25],而作神祠于其东,水旱祷焉。畏险者或不敢度。然山之可观者,至是则亦穷矣[26]。

余与刘充父、平父、吕叔敬、表弟徐周宾游之[27]。既皆赋诗以纪其胜,余又叙次其详如此[28]。而最其可观者:石蹬、小涧、山门、石台、西阁、瀑布也。因各别为小诗以识其处[29],呈同游诸君,又以告夫欲往而未能者。

年月日记[30]。

《四部丛刊》本《晦庵先生朱文公集》卷七十八

[1] 百丈山在福建省建宁县东北。本文作于宋孝宗淳熙二年(1175)。文章写溪流、瀑布、山势、日光、云海生动细致,精炼传神,历历如画,是一篇优美的游记散文,其文笔在宋代堪称一流,可见朱熹不仅是一位著名的理学家,还有非常出色的文才。

[2] 许:约数、估计。

[3] 绝壑:深而险的山谷。

[4] 控:临。垂崖:峭直的山崖。

[5] 磴:石台阶。

[6] 涧:两山之间的水沟。

[7] 石梁:石桥。

[8] 亭午:正午。

[9] 淙下:水流淙淙而下。淙,流水的声音。

[10] 溅溅:流水的声音。

[11] 瞰:俯视。

[12] 蹑:踏。庵:寺院。

[13] 卑庳(bēi bì):低矮。迫隘:局促狭小。

〔14〕阁:小楼。

〔15〕石罅(xià 下):石缝。

〔16〕水石峻急:即石峻水急。峻,高、陡峭。

〔17〕乃壁其后:意谓阁后筑有墙壁,看不到什么。乃,却。壁,用如动词,筑墙。

〔18〕昧:幽暗。

〔19〕林薄:密林。

〔20〕瀵(fèn 愤)涌:分流涌出。瀵,水同源而分流。

〔21〕台当山西南缺:石台正对着山西南的缺口处。

〔22〕揖:如人作揖,这里是"面对"的意思。

〔23〕殚:尽。

〔24〕径:小路。

〔25〕凿石容蹬以度:在石壁上凿出石阶为路,才得以通过。

〔26〕穷:穷尽。

〔27〕"余与刘充父"句:据清人李清馥撰《闽中理学渊源考》卷六载:刘坪、字平父,为朱熹的老师刘子翚之嗣子,用门荫调邵武军户曹。常与朱往来唱和,有诗集十卷。又据《文靖刘屏山先生子翚》(见《闽中理学渊源考》卷六):"先生(刘子翚)妻死,不再娶,以兄子翼,幼子坪为后。"刘充父、吕叔敬、徐周宾生平事迹皆不详。

〔28〕既皆赋诗以纪其胜:朱熹《晦庵先生朱文公集》卷六有《游百丈山以徙倚弄云泉分韵赋诗得云字》、《百丈山六咏》。

〔29〕识其处:记载那些地方。按所作小诗是五绝六首,见《朱文公集》卷六《百丈山六咏》。

〔30〕年月日:作者省略了具体的日期。

张　栻

张栻(1133—1180),字敬夫,号南轩,祖籍绵竹(今四川绵竹),寓居长沙(今湖南长沙)。名相张浚之子。南宋著名理学家。与朱熹、吕祖谦齐名,时称"东南三贤"。乾道初,主讲岳麓书院。乾道五年(1167)起知抚州,改严州。六年,召为吏部员外郎兼权起居郎侍立官,寻兼侍讲,迁左司员外郎。翌年,出知袁州,以事退职家居累年。淳熙元年(1174)起知静江府,广南西路安抚经略使。五年,除荆湖北路转运副使,改知江陵府、荆湖北路安抚使。七年卒,年四十八。有《张南轩先生文集》等。《宋史》卷四百二十九有传。

仰止堂记[1]

武夷宋子飞[2],盖游从之旧也[3]。戊寅之夏[4],自其乡触热来访予潇水之上[5],留既越月[6],方念无以答其意者。子飞为某曰[7]:"某家有小堂,面直西山[8],欲以'仰止'名之,何如?"某曰:"请无以易斯名,而某愿为记之。"子飞曰:"诺。"子之名是堂也,岂徒取其伟观乎哉?而某之为记也,亦岂复叙其境物之胜,抑将因名以达义[9],庶几相与之意云耳[10]。

噫!人生天地之中,而与天地同体;出乎万世之下;而与圣人同心，其惟仁乎！[11]《诗》曰："高山仰止，景行行止。"[12]夫子盖叹息焉，曰："《诗》之好仁如此！"仁之为道，论其极致，虽曰举者莫能胜，行者莫能至[13]，然而圣人之教人求仁，则具有涂辙[14]。《论语》一书，明训备在，熟读而深思，深思而力体[15]，优游厌饫[16]，及其久也，当自知之，有非人之所能与矣[17]。古之人起居寝食之间，精察主一，不知为有外物之可慕，他事之可为[18]；不知富贵之可喜，忧患之可戚[19]，盖其中心汲汲于求仁而已。是道也，夫人皆可勉而进，而用力者鲜[20]，无他，所以病之者多矣[21]。病之者多，而不求以去之，期为完人，其以是终其身，岂不大惑欤！故学莫强于立志，莫进于善思，而莫害于自画[22]，莫病于自足[23]，莫罪于自弃。

今子飞既以是名堂，日游其间，将咏仰止之诗，以深念圣人之意，当必慨然有感于中[24]。其惟笃信勿疑，弗得弗措[25]，期至于古人之域[26]，则如某者亦有望于切磋之益焉。是以乐记之也。

上海辞书出版社、安徽教育出版社2006年版
《全宋文》卷五千七百四十一

[1] 本文作于绍兴二十八年（1158），是张栻为朋友宋子飞的"仰止堂"所作的一篇记叙文。文章从"仰止"二字生发议论，认为圣贤的境界在于汲汲求仁。求仁得仁，则不知有外物之可慕，不知富贵之可喜、忧患之可戚。这是非常高明愉悦的人生境界。

[2] 宋子飞：宋翔（？—1158），字子飞，号梅谷，崇安（今属福建武

夷山)人。为张栻父亲张浚的十客之一。有《梅谷集》。

〔3〕游从之旧:指很早就相识的朋友。

〔4〕戊寅之夏:即绍兴二十八年(1158)夏天。

〔5〕"自其乡触热"句:其意是说从其家乡冒着酷暑来访张栻于潇水之上。潇水,古名深水,又名营水,东晋之后改名潇水,发源于湖南省永州市蓝山县,为湘江上游最大的支流。触,冒犯。

〔6〕越月:超过一个月。

〔7〕某:我。

〔8〕面直西山:即直面西山。

〔9〕抑将:还是。用为连词,表选择。因名以达义:因"仰止"之名表达其中的义理。

〔10〕庶几:差不多。相与:朋友相知、来往。

〔11〕"人生天地之中"五句:张载《西铭》:"天地之塞,吾其体;天地之率,吾其性。"又《二程遗书》卷二上:"学者先须识仁。仁者,浑然与物同体。"道学家认为,天地万物,包括人,都有一个共同的本体。所以说普通人也能"与天地同体"、"与圣人同心"。但对这个本体的具体解释,宋代学者有不同认识。二程以为是"仁",张栻这里也采用这种观点。

〔12〕高山仰止,景行行止:语出《诗经·小雅·车舝》。郑玄注:"古人有高德者则慕仰之,有明行者则而行之。"朱熹注:"仰,瞻望也。景行,大道也。高山则可仰,景行则可行。"

〔13〕"仁之为道"四句:仁是一种很高的境界,在《论语》中,孔子并不肯轻易评价一个人为"仁"人。所以说求仁之道如"举者莫能胜,行者莫能至"。举者,举重的人。

〔14〕涂辙:车轮痕迹,此喻求仁的方法、途径。

〔15〕力体:努力体验。

〔16〕优游:久与游处,意谓长期从事于。厌饫(yù玉):满足。

581

〔17〕有非人之所能与矣:意谓自觉、自然地行仁义之事,而非故意做出的。

〔18〕"精察主一"三句:意谓精察内心,专一于仁,而不去追逐外物,不去做一些非分之事。

〔19〕戚:忧愁、悲伤。

〔20〕鲜:少。

〔21〕病:损害。之:指人的本性,即上文所说的"仁"。

〔22〕自画:自我局限。

〔23〕病:有害。

〔24〕有感于中:有感于心。

〔25〕弗得弗措:没有心得就不罢手。

〔26〕古人之域:指古圣贤的精神境界。

陆九渊

陆九渊(1139—1192),字子静,学者称象山先生,抚州金溪(今江西金溪)人。乾道八年(1172)进士,曾知荆门军。他是南宋著名哲学家、教育家,与朱熹齐名,史称"朱陆"。陆九渊是"心学"创始人,明代王阳明发展其学说,成为中国学术史上有名的"陆王学派",在中国思想史上有重要的地位。著有《象山集》三十二卷。《宋史》卷四百三十四有传。

送宜黄何尉序[1]

民甚宜其尉[2],甚不宜其令;吏甚宜其令[3],甚不宜其尉,是令、尉之贤否不难知也[4]。尉以是不善于其令[5],令以是不善于其尉,是令、尉之曲直不难知也。东阳何君坦尉宜黄[6],与其令臧氏子不相善,其贤否曲直,盖不难知者。夫二人之争,至于有司[7],有司不置白黑于其间,遂以俱罢。县之士民,谓臧之罪不止于罢,而幸其去;谓何之过不至于罢,而惜其去。臧贪而富,且自知得罪于民,式遄其归矣[8];何廉而贫,无以振其行李[9],县之士民,哀其穷而为之裹囊以钱之[10],思其贤而为之歌诗以送之,何之归亦荣矣!

比干剖心,恶来知政[11];子胥鸱夷,宰嚭谋国[12]。爵刑舛施[13]，德业倒植[14]，若此者班班见于书传[15]。今有司所以处臧、何之贤否曲直者[16]，虽未当乎人心[17]，然揆之舛施倒植之事[18]，岂不远哉？况其民心士论，有以慰荐扶持如此其盛者乎[19]？何君尚何憾！

鲁士师如柳下惠[20]，楚令尹如子文[21]，其平狱治理之善，当不可胜纪，三黜三已之间[22]，其为曲直多矣！而《语》《孟》所称[23]，独在于遗逸不怨，阨穷不悯[24]，仕无喜色，已无愠色[25]。况今天子重明丽正[26]，光辉日新。大臣如德星御阴辅阳[27]，以却氛祲[28]。下邑一尉，悉力卫其民，以迕墨令[29]，适用吏文，与令俱罢[30]，是岂终遗逸阨穷而已者乎？何君尚何憾！

虽然，何君誉处若此其盛者[31]，臧氏子实为之也。何君之志，何君之学，遽可如是而已乎[32]？何君是举亦勇矣！试率是勇以志乎道[33]，进乎学，必居广居，立正位，行大道，使富贵不能淫，贫贱不能移，威武不能屈[34]，此吾所望于何君者。不然，何君固无憾，吾将有憾于何君矣！

《四部丛刊》本《象山集》卷二十

〔1〕宜黄：即今江西省宜黄县。尉：即县尉，属武职，为掌管治安捕盗的县令佐官。江西宜黄县尉何坦甚得民心，与老百姓痛恨的县令不和，上司不分黑白将他们一齐罢免。这篇散文是作者对何坦的临别赠言。文章认为，民心向背，才是判定一个官员好坏的唯一标准。能得到百姓的拥护是官员最大的光荣；由于上司糊涂，致使个人沉沦，并不足以为怀。作者对何坦且慰且勉，感情强烈，爱憎分明；文笔矫健有力，惊警

584

深刻。

〔2〕宜:亲近。

〔3〕吏:指官府中的胥吏和差役。

〔4〕贤否:贤与不贤。

〔5〕不善于其令:与县令处不好关系。

〔6〕东阳:三国时吴所置郡名,治所在今浙江省金华市。尉:当县尉,用如动词。臧氏子:姓臧的人。也可能是作者借用《孟子·梁惠王下》所说的"臧氏之子"的贱称,以指斥其人。

〔7〕有司:官员,这里指上级。

〔8〕式:用、以此。遄:迅速。

〔9〕振:整治。行李:行装。

〔10〕裹囊:充实行装。饯:置酒送行。

〔11〕"比干剖心"二句:指商纣王时,贤臣比干被剖心,而奸臣恶来当政。《史记·殷本纪》:"纣又用恶来。恶来善毁谗,诸侯以此益疏。"司马贞索隐云:"(恶来)秦之祖蜚廉子。"

〔12〕"子胥鸱夷"二句:指吴王夫差听信太宰嚭的意见,将忠臣伍子胥迫害致死一事。宰嚭(pǐ痞),即太宰嚭。太宰是官名。嚭是人名。鸱夷,是伍子胥被杀投尸江中用的皮囊。

〔13〕爵刑舛施:升官与处罚被错误施行。

〔14〕德业:德行与功业。倒植:倒过来,指不相符。

〔15〕班班:历历。

〔16〕处:处理、对待。

〔17〕当:合乎。

〔18〕揆:度量。

〔19〕慰荐扶持:指百姓安慰支持何尉。慰荐,犹慰藉。

〔20〕士师:古代的法官。柳下惠:姓展,名获,字禽,春秋时鲁国的

贤大夫,是传统道德的模范,被孟子称为"和圣"。

〔21〕令尹:楚国官名,相当于宰相。子文:又名斗穀於菟,是楚国历史上著名的令尹之一。他曾献出私财来缓解国家的困难,而不惜自己"有饥色,妻子冻馁",品行很高尚。

〔22〕三黜三已:指三次被免职(柳下惠),三次被罢官(指令尹子文)。《论语·微子》:"柳下惠为士师,三黜。人曰:'子未可以去乎?'曰:'直道而事人,焉往而不三黜?枉道而事人,何必去父母之邦?'"《论语·公冶长》:"令尹子文三仕为令尹,无喜色;三已之,无愠色。"

〔23〕《语》、《孟》:指《论语》和《孟子》。

〔24〕遗逸不怨,阨穷不悯:语出《孟子·公孙丑上》:"遗佚而不怨,阨穷而不悯。"遗逸,遗弃。逸,同"佚"。阨穷,困穷。悯,忧愁。

〔25〕"仕无喜色"二句:见本篇注〔22〕。愠,不高兴。

〔26〕重明丽正:《易·离》:"重明以丽乎正,乃化成天下。""大人以继明照于四方。"言当今皇上圣明,能很好地治理天下。

〔27〕德星:贤人之星,福星。御阴辅阳:调理阴阳,即居官辅政之意。

〔28〕却氛祲:去除邪气。

〔29〕连:得罪。墨:贪渎。

〔30〕"适用吏文"二句:大意是说,上级拘于教条,不深入调查,就把忠直的县尉和贪渎的县令一起罢免。吏文,指官府文牍。

〔31〕誉处:好的名声。

〔32〕遽可:岂可。遽,同"讵"。

〔33〕率:循。

〔34〕"必居广居"六句:语出《孟子·滕文公下》。

杨万里

杨万里(1127—1206),字廷秀,号诚斋。吉州吉水(今江西吉水)人。绍兴二十四年(1154)进士,历官湖南零陵县丞、太常博士、广东提点刑狱、吏部员外郎、秘书监等职。他在学术上受到理学家的影响,立身严谨。在为官时,遇事敢言,得到孝宗的称赏。他的诗并不直露,而是讲究"活法",被称作"诚斋体",他与陆游、尤袤、范成大齐名,并称为"南宋四大家"。有《诚斋集》一百三十三卷。《宋史》卷四百三十三有传。

与张严州敬夫书[1]

某顿首再拜[2]:钦夫严州史君直阁友兄[3],属者曾迪功、萧监庙、江奉新过桐庐[4],因之致书[5],计无不达之理。孤宦漂零,一别如雨[6],欲登春风之楼[7],究观三湘之要领[8],此约竟复堕渺茫中[9],不但客子念之作恶而已[10]。春风主人[11],不为造物之所舍[12]。"人事好乖[13]",前辈此语,暗与人合[14],言之三叹也!即辰小风清暑[15],恭惟坐啸钓台[16],人地相高[17],佳政蔼如[18],令修于庭户之间[19],而民气和于耕桑垅亩之上,天维相之[20],台候动止万福[21],相门玉眷均庆[22]!

某将母携孥[23],已至奉新[24],于四月二十六日交职矣[25]。半生惟愁作邑[26],自今观之,亦大可笑!盖其初不虑民事[27],而虑财赋[28]。因燕居深念[29],若恩信不可行[30],必待健决而后可以集事、可以行令[31],则六经可废矣[32]。然世皆舍而己独用,亦未敢自信。又念书生之政[33],舍此则又茫无据依[34],因试行之,其效如响[35]。盖异时为邑者[36],宽己而严物[37],亲吏而疏民[38],任威而废德;及其政之不行,则又加之以益深益热之术[39],不尤其术之不善[40],而尤其术之未精。前事大抵然也。

某初至,见岸狱充盈[41],而府库虚耗自若也[42]。于是纵幽囚[43],罢逮捕,息鞭笞,去颂系[44],出片纸书"某人逋租若干[45]",宽为之期[46],而薄为之取[47],盖有以两旬为约而输不满千钱者[48]。初以为必不来,而其来不可止;初以为必不输,而其输不可却[49]。盖所谓片纸者,若今之所谓"公据"焉[50],里诣而家给之[51],使之自持以来,复自持以往,不以虎穴视官府,而以家庭视官府。大抵民财止有此,要不使之归于下而已[52]。所谓"下"者,非里胥、非邑吏、非狱吏乎?一鸡未肥,里胥杀而食之矣,持百钱而至邑,群吏夺而取之矣!而士大夫方据案而怒曰:"此顽民也!此不输租者也!"故死于缧绁[53],死于饥寒,死于疠疫之染污[54],岂不痛哉!

某至此期月[55],财赋粗给[56],政令方行,日无积事,岸狱常空。若上官倘见容[57],则平生所闻于师友者,亦可以略施行之。前辈云:"孔子牛羊之不肥,会计之不当,则为有责。牛羊肥而矣,会计当而已矣,则亦不足道也[58]。"某之所以区区学为邑者[59],言之于眼高四海者之前[60],真足以发一莞也[61]。方众贤聚于本朝,而直阁犹在辅郡[62],何也?某无似之迹[63],直阁推挽不少矣[64],其如命何[65]!二径稍具[66],径当归耕尔。

鄙性生好为文,而尤喜四六[67]。近世此作,直阁独步四海[68];施少才、张安国,次也[69]。某竭力以效体裁,或者谓其似吾南轩[70],不自知其似犹未也?与虞相笺一通[71],今往一本[72],能商略细论以教焉[73],至幸至幸!戒仲今何曹[74]?定叟安讯不疏否[75]?不赀之身[76],愿为君民爱之重之!不宣[77]。

《四部丛刊》本《诚斋集》卷六十五

〔1〕"张严州敬夫"即张栻,字钦夫,又字敬夫,号南轩。作者写此文时,张栻正担任严州(治所在今浙江建德)知州,故称之为张严州。杨万里在这封信中,向张栻汇报了自己做县令的治政体会。他不用官场上通行的残刻手法对待百姓,而是以儒术治县,严己而宽民,结果深受群众爱戴,也能顺利完成上级交给的财税征收任务,而且治安良好,监狱常空。在流畅的行文中,也隐约透露出不遇之感。

〔2〕某:自称之词,指代"我"或本名,旧时谦虚的用法。顿首:书简用语,表示致敬。

〔3〕史君:同"使君",汉代称刺史为使君,后世沿称州、郡长官为使君。直阁:即直秘阁,宋代给予高级文官的荣誉性职名。友兄:杨万里曾

师事张栻之父张浚,故称。相当于后世的"师兄"。

〔4〕属者:向日、往日。曾迪功:曾姓友人,官阶为迪功郎。萧监庙:萧姓宫祠官。监庙,宋代祠禄官名。江奉新:江姓奉新县令。这些人可能是作者的同乡或友人。桐庐:县名,属严州管辖,在今浙江省桐庐县。这里代指严州。

〔5〕因之致书:托他们带去书信。

〔6〕一别如雨:如雨落后不能再返云中一样,形容离别之后难相见。王粲《赠蔡子笃》:"风流云散,一别如雨。"

〔7〕春风之楼:即春风楼,张栻家楼阁名。杨万里有《寄题张钦夫春风楼》诗。

〔8〕三湘:湖南的别称。三湘要领,指张栻为代表的湖湘学派的理学理论。

〔9〕此约:此次约定。复堕渺茫中:再次落空,希望渺茫。

〔10〕"不但"句:不仅是我想到此事就很惆怅。此句言外之意是说,双方都会为不能见面而遗憾。作恶,惆怅忧闷。

〔11〕春风主人:春风楼主人,指张栻。

〔12〕不为造物之所舍:意谓命运不好,不能被造物主安定在一处。舍,居处,安家。此句指张栻为权臣所忌,多次迁谪,居处不定。

〔13〕人事好乖:指人的遇合、愿望等常会因故无法实现、遭到破坏。乖,违离。

〔14〕暗与人合:指"人事好乖"的说法暗与张栻的命运相合。

〔15〕即辰:今天、现在。

〔16〕坐啸钓台:坐在钓台上吟啸。钓台,东汉高士严光隐居垂钓之所。此句是说张栻才大,很轻松地就能把州郡治好。《后汉书·党锢传》说南阳太守成瑨将政事交给下属办理。当地有民谣就说:"弘农成瑨但坐啸",后来就用这个词来称颂太守、州官,表示他们才大,能轻松的

将事情办好。

〔17〕人地相高:恭维张栻其人与高士严光隐居之地相得益彰。

〔18〕蔼如:温和可亲。

〔19〕"令修于庭户"句:这是说张栻作官,足不出庭户,而政令就能行于一州。

〔20〕天维相之:老天辅助您。

〔21〕台候:敬词,用于问候对方的寒暖起居。动止万福:犹言万事如意。

〔22〕相门:宰相之家。张栻父亲张浚曾担任丞相,故称其家为相门。玉眷:家属美称。均庆:都好。

〔23〕将母携孥:带着母亲、妻小。

〔24〕奉新:县名,治所在今江西省奉新县。

〔25〕四月二十六日:指宋孝宗乾道六年(1170)的四月二十六日。杨万里此时被任命为奉新县令。交割:与前任县令办理职务交割手续。

〔26〕惟愁作邑:就怕任职县令。作邑,作县官、治理一县。

〔27〕不虑民事:不考虑为百姓做事。

〔28〕而虑财赋:而只考虑如何完成上级交给的财税征收任务。

〔29〕燕居深念:闲居细思。燕居:指政务之余的闲暇。

〔30〕恩信:恩德、威信。

〔31〕健决:《埤雅》:"火性,健决燥速。"这里指刚暴猛烈的作风和手段。集事:完成任务,指收赋税事。

〔32〕"因燕居深念"数句:这几句是说,如果儒家所主张的仁政(其表现就是以恩信治民)不能成事,只有用刚暴的方法才能完成职责。那么六经之书还有什么意义呢?所以杨万里反思之后,决定用仁政而不是刚暴之政来治理奉新。

〔33〕书生之政:书生从政。

〔34〕舍此:舍弃六经,指放弃儒家仁民爱物原则。

〔35〕其效如响:其效果就如回声一样明显。

〔36〕异时为邑者:指前任县令。

〔37〕宽己而严物:宽于待己而对百姓严酷。

〔38〕亲吏而疏民:亲近胥吏而疏远百姓。

〔39〕益深益热之术:采取更加严酷的措施。《孟子·梁惠王下》:"箪食壶浆,以迎王师,岂有他哉?避水火也。如水益深,如火益热,亦运而已矣。"

〔40〕尤:责怪。术:治术,统治方法。

〔41〕岸狱:监狱。岸,同"犴"(àn 暗)。语本《诗经·小雅·小宛》:"哀我填寡,宜岸宜狱。"

〔42〕府库虚耗自若:官仓仍旧空虚如故。

〔43〕纵幽囚:释放囚犯。

〔44〕去颂系:免去枷索。颂系,《汉书·刑法志三》:"年八十以上,八岁以下,及孕者未乳,师、朱儒当鞠系者,颂系之。"颜师古注云:"颂读曰容。容,宽容之,不桎梏。"

〔45〕某人逋租若干:某某人欠租多少。逋,拖欠。

〔46〕宽为之期:宽缓交租的期限。

〔47〕薄为之取:减轻百姓的负担。

〔48〕输:名词,指当缴纳的数额。下句的"缴"是动词。

〔49〕其输不可却:百姓前来交纳租税,想拒绝都不行。

〔50〕公据:盖印的凭据。

〔51〕里诣而家给之:挨家挨户送到百姓家里。诣,到。

〔52〕要不使之归于下而已:只要做到民财不落到胥吏手里就可以了。

〔53〕缧绁(léi xiè 雷泄):绑犯人的绳索,指监狱。

〔54〕疠(lì 历)疫:瘟疫。

〔55〕期(jī 机)月:满一月。

〔56〕财赋粗给:向百姓应收的赋税基本收齐。

〔57〕上官倘见容:上级如果能容许赞成自己的这种施政方式。

〔58〕"前辈云"七句:这几句的意思是,孔子做会计、田乘之类的小官,如果没做好,就是犯错误、有责任。做好了,也不算什么。因为儒家为政,还有更高远的目标。这里大概是借以讽刺那些空谈儒家道理,却又不屑于从实际点滴做起的人。即下文所谓的"眼高四海者"。孔子之事,见《孟子·万章下》:"孔子尝为委吏矣,曰:'会计当而已矣。'尝为乘田矣,曰:'牛羊茁壮而已矣。'"小道,相对于"平天下"的理想来说,管好一个县,只能算是小事了,故云。

〔59〕区区:诚意。学为邑:学习做县令。

〔60〕眼高四海:指那些空谈治国方略的人。

〔61〕发一莞:发一笑。莞,笑的样子。

〔62〕辅郡:接近都城的州郡。

〔63〕无似之迹:无状的表现,此为谦虚的说法。

〔64〕推挽:提携扶持。

〔65〕其如命何:奈何命不好。

〔66〕三径稍具:隐居之处稍有着落。《三辅决录》载蒋诩"舍中竹下开三径,唯求仲、羊仲从之游"。后世遂以"三径"指代隐士居住的地方。

〔67〕四六:四六文,一种骈体文,宋代的奏、启、文件多用此体。

〔68〕直阁独步四海:谓张栻的四六为当世第一。

〔69〕施少才:名渊然,字少才。杨万里友人。张安国:张孝祥,字安国,与作者为同年进士,著名文学家。

〔70〕或者谓其似吾南轩:有人说我的四六文风格像您南轩先生。

〔71〕虞相：虞允文，字彬甫，宋高宗绍兴间进士，累官中书舍人，直学士院。他曾率军击退金主完颜亮的南侵。孝宗乾道中拜左丞相，卒谥忠肃。笺：书信。一通：一封。

〔72〕往：送上。

〔73〕"能商略"句：希望能阅后提出意见给我以指教。

〔74〕戒仲：张杅，字戒仲，为张栻从兄。张栻《南轩先生文集》卷四十四有《祭南康四十九兄》，曾任南康太守。何曹：任何官。

〔75〕定叟：张栻的弟弟张杓，字定叟。安讯不疏否：报平安的书信不间断吧？

〔76〕不赀之身：尊贵之身。不可限量，无比贵重。

〔77〕不宣：不一一细说。古人书信末尾常用语。

景延楼记[1]

予尝夜泊小舟于峡水之口[2]，左右先后之舟，非吴之估则楚之羁也[3]。大者宦游之楼舡[4]，而小者渔子之钓艇也[5]。岸有市焉[6]。予蹑芒履、策瘦藤以上[7]，望而乐之。

盖水自吉水之同川入峡[8]，峡之两崖对立如削[9]。山一重一掩而水亦一纵一横[10]。石与舟相仇而舟与水相谍[11]。舟人目与手不相计则殆矣[12]。下视皆深潭激濑[13]，黝而幽幽[14]，白而溅溅[15]，过者如经滟滪焉[16]。峡之名岂以其似耶？至是则江之深者浅，石之悍者夷[17]，山之隘者廓[18]，而地之绝者[19]，一顾数百里不隔矣[20]。时秋雨初霁[21]，月出江之极东。沿而望，则古巴丘之邑墟也[22]。面而觌[23],则玉笥之诸峰也[24]。溯而顾[25],则予舟所经之峡也。市之下有栋宇相鲜[26],若台若亭者,时夜气寒甚,予不暇问,因诵山谷先生《休亭赋》登舟[27]。至今坐而想之,犹往来目中也。

隆兴甲申二月二十七日[28],予故人月堂僧祖光来谒予曰[29]:"清江有谭氏者[30],既富而愿学。作楼于峡水之滨,以纳江山之胜,以待四方之江行而陆憩者[31]。楼成,乞名于故参政董公[32]。公取鲍明远《凌烟铭》之辞[33],而揭以'景延'。公之意,欲属子记之而未及也[34]。愿毕公之志以假谭氏光[35]。"予曰:"斯楼非予畴昔之所见而未暇问者耶[36]?"曰:"然。"予曰:"山水之乐,易得而不易得,不易得而易得者也。乐者不得,得者不乐;贪者不予,廉者不夺也。故人与山水两相求而不相遭[37]。庾元规、谢太傅、李太白辈,非一丘一壑之人耶?然独得竟其乐哉?山居水宅者,厌高寒而病寂寞,欲脱去而不得也。彼贪而此之廉也,彼与而此之夺也,宜也。宜而否何也?[38]今谭氏之得山水,山水之遭乎?抑谭氏之遭乎?为我问焉。"祖光曰:"是足以记矣。"乃书以遗之[39]。谭氏兄弟二人,长曰汇,字彦济;次曰发,字彦祥。有母,老矣。其家睦。祖光云,杨某记。

《四部丛刊》本《诚斋集》卷七十一

〔1〕此文作于南宋孝宗隆兴二年(1164),此时作者正丁父忧居家。景延楼位于今江西省峡江县峡江之滨。作者描写了峡江口一带的壮丽风光,极写山水之奇异与舟船、市镇之繁华。同时感慨喜欢山水的文人

595

雅士难以遂其乐,而坐拥山水的人却往往不知有山水之乐,对"人与山水两相求而不相遭"表示深深的遗憾。文章写景生动而又富于理趣。

〔2〕峡水之口:峡水的出口。峡水,江西赣江流经峡江县城南,有玉峡、刀剑两山夹峙,江窄水急,故称峡水。

〔3〕估:商人。此指商船。羁:旅客,此指旅客所乘之船。

〔4〕宦游:外出求官或做官。楼舡(chuán 船):多层的船,外观似楼,故称楼船。舡,同"船"。

〔5〕渔子:渔夫。艇:小船。

〔6〕市:商业区。

〔7〕蹑(niè 聂):踏,这里是穿的意思。芒履:草鞋。策:拄着。瘦藤:用藤条所作的手杖。

〔8〕水:指赣江。吉水:县名,今江西省吉水县。

〔9〕如削:如刀削一样,形容陡峭。

〔10〕重:重叠。掩:遮蔽。

〔11〕"石与舟"句:相仇,相敌,此处是碰撞的意思。相谍,窥探。这大概是由于船在险滩中行走,舟与水相激,水浪不时打在船上,看起来似乎是在窥视船中情况,故云。

〔12〕计:配合。殆:危险。

〔13〕深潭:水极深而有回流处。激濑:湍急的流水。

〔14〕黝(yǒu 有):淡青黑色。幽幽:昏暗。

〔15〕白而溅溅:浪花雪白,水流飞溅。

〔16〕滟滪:指滟滪滩,长江三峡之一瞿塘峡中的险滩。

〔17〕悍:险峻。夷:平坦。

〔18〕隘:狭窄。廓:开阔。

〔19〕绝:险绝。

〔20〕"一顾数百里"句:这是说本来险绝的两岸,这时也变得平坦,

一望百里。

〔21〕霁:雨止天晴。

〔22〕巴丘:三国时吴地的县名,今为巴丘镇。邑墟:古巴丘县城故地。

〔23〕面而觌:面对着看过去。觌,见。

〔24〕玉笥:山名。在今峡江县东南。

〔25〕溯而顾:逆流而望。

〔26〕栋宇:房屋。相鲜:相互映衬,色彩鲜明。晋郭璞《游仙诗》:"翡翠戏兰苕,容色更相鲜。"李善注:"言珍禽芳草递相辉映,可悦之甚也。"

〔27〕山谷先生:指北宋著名诗人黄庭坚(1045—1105),号山谷道人。洪州分宁(今江西修水)人。

〔28〕隆兴甲申:指南宋隆兴二年(1164)。隆兴,宋孝宗赵昚的年号。

〔29〕故人:老朋友。谒:拜访。

〔30〕清江:县名。即今江西省樟树市。

〔31〕憩:休息。

〔32〕乞名:求名。故参政:前任参政。参政,参知政事的简称,相当于副宰相。董公:即董德元(1107—1174),字体仁,乐安县流坑人,绍兴二十五年(1155),官至参知政事。

〔33〕鲍明远:鲍照(414?—466),南朝宋文学家,字明远,东海(郡治今山东苍山县南)人。有《鲍参军集》。

〔34〕属:同"嘱",委托。子:您。

〔35〕假:给予。

〔36〕畴昔:从前。暇:空闲。

〔37〕遭:相逢、遇到。

〔38〕"庾元规"十句：这几句是说，庾元规等人都很喜爱自然山水，却都不能尽享山水之乐。而居于山水之旁的人，也苦于地处偏僻，想离开而没有办法。（庾元规）他们喜爱山水，山居之人想远离山水，那么让前者亲近山水，让后者离开山水，不是应该的吗？但实际情况却不是这样。这是为什么呢？这里作者实际上是在发挥"山水与人两相求而不相遭"的道理。庾元规，庾亮，字元规，东晋外戚，大臣。他曾在江州（今江西九江）建有庾亮楼，为江州名胜之一。谢太傅，指谢安，字安石，号东山，东晋政治家、军事家，死后追封太傅。他曾盘桓会稽东山，放情山水。太白，即指唐代著名诗人李白。

〔39〕遗：送给。

玉立斋记[1]

零陵法曹厅事之前[2]，逾街不十步，有竹林焉。美秀而茂，予每爱之。欲不问主人而观者屡矣[3]，辄不果[4]。或曰："此地所谓美秀而茂者，非谓有美竹之谓也，有良士之谓也。"予闻之，喜且疑。竹之爱，士之得，天下孰不喜也，独予乎哉？然予宦游于此几年矣[5]，其人士不尽识也，而其良者独不尽识乎？予欲不疑而不得也。

今年春二月四日，代者将至[6]，避正堂以出[7]，假屋以居[8]，得之，盖竹林之前之斋舍也。主人来见，唐其姓，德明其字。日与之语，于是乎喜与前日同，而疑与前日异。其为人，庄静而端直，非有闻于道，其学能尔乎[9]！有士如此，而予也居久而识之，斯谁之过也？以其耳目之所及，而遂以为无不及[10],予之过,独失士也欤哉!

德明迨暇[11],与予登其竹后之一斋。不下万杆,顾而乐之,笑谓德明曰:"此非所谓'抗节玉立'者耶[12]?"因以"玉立"名之。而遂言曰:"世言无知者,必曰'草木'。今语人曰:'汝草木也。'则艴然而不悦[13]。此竹也,所谓草木也非耶?然其生,则草木也;其德,则非草木也。不为雨露而欣,不为霜雪而悲,非以其有立故耶[14]?世之君子,孰不曰:'我有立也,我能临大事而不动,我能遇大难而不变。'然视其步武而徐数之[15],小利不能不趋,小害不能不逋[16]。问之,则曰:'小节不足立也,我将待其大者焉!'其人则不愧也,而草木不为之愧乎?"

德明负其有[17],深藏而不市[18],遇朋友有过,面折之,退无一言[19]。平居奋然有愤世嫉邪之心,其所立莫量也。

吾既观竹夜归,顾谓德明曰:"后有登斯斋者,为我问曰:人观竹耶?竹观人耶?"

隆兴元年,庐陵杨万里记。

《四部丛刊》本《诚斋集》卷七十一

[1] 此文作于宋孝宗隆兴元年(1163)春。此时杨万里在零陵县任职县丞期满,正等待与后任者进行职务交接,期间结识了唐德明。作者赞美竹之"抗节玉立"的美好品德,讥刺了那些说得漂亮,而行不顾言的人。

[2] 法曹:古代的司法机关。厅事:官府视事问案的厅堂。

[3] 屡:多次。

〔4〕辄:却。不果:没有付诸行动。

〔5〕几年:杨万里于绍兴二十九年(1159)冬在零陵任上,隆兴元年(1163)秋任满,前后凡四年。

〔6〕代者:指接替杨万里职务的官员。

〔7〕正堂:正屋,此指官署。

〔8〕假屋:借屋。

〔9〕"非有闻于道"二句:如果不是闻道之人,其学识能这样(深厚)吗?

〔10〕"以其耳目之所及"二句:自己想当然地以为自己所了解的情况,所知晓的贤士,就是全部了。

〔11〕迨暇:等到有空闲。

〔12〕抗节玉立:喻节操坚定不移。晋桓温《荐谯元彦表》:"凶命屡招,奸威仍逼,身寄虎吻,危同朝露,而能抗节玉立,誓不降辱,杜门绝迹,不面伪庭。"

〔13〕艴(fú 弗)然:恼怒貌。

〔14〕立:指能立得住的品质。

〔15〕步武:脚步。此指人的表现。

〔16〕逋(bū 晡):逃避。

〔17〕负:怀抱。有:指才能。

〔18〕不市:不售,指名声不显,没有官职。

〔19〕面折:当面责难。退无一言:在背后却从不说别人的缺点。

陆 游

陆游(1125—1210),字务观,号放翁,越州山阴(今浙江绍兴)人。一生主张抗击金兵,恢复中原。他早年便有"上马击狂胡,下马草军书"(《观大散关图有感》)的雄心壮志。二十九岁省试第一,次年应礼部试,为秦桧所黜。孝宗时授枢密院编修,后因支持张浚北伐而被免职。乾道八年(1127),入四川宣抚使王炎幕府,投身军旅生活。晚年罢职还乡,在乡村躬耕著书,仍关心国事。他是南宋著名爱国诗人,存诗九千多首,为宋人之冠。并兼词、文。其中志、铭、记、序之类的作品,超迈俊洁,成就尤高。有《剑南诗稿》、《渭南文集》、《南唐书》、《老学庵笔记》等存世。《宋史》卷三百九十五有传。

灉亭记[1]

灉山道人广勤庐于会稽之下[2],伐木作亭,苫之以茅[3],名之曰"灉亭",而求记于陆子[4]。

吾闻乡居邑处[5],父兄子弟相扶持以生,相安乐以老且死者,民之常也[6]。士大夫去而立朝,散之四方,功名富贵足以老而忘返矣,犹或以不得车骑冠盖、雍容于途以夸其邻里而光耀其族姻为憾[7]。惟浮屠师一切反此[8],其出游惟恐不远,其游之日惟恐不久,至相与语其平生,则计道理远近、岁月久暂以相高[9]。呜呼！亦异矣。

勤公之心独不然。言曰："吾出游三十年，无一日不思灊，而适不得归，未尝以远游夸其朋侪[10]。其在灊亭，语则灊也[11]，食则灊也[12]，烟云变幻、风雨晦冥，吾视之若灊之山；樵牧往来、老稚啸歌，吾视之若灊之人；疏一泉，移一石，艺一草木[13]，率以灊观之，怳然不知身之客也[14]。"

夫人之情无不怀其故者[15]，浮屠师亦人也，而忘其乡邑父兄子弟，无乃非人之情乎？自尧、舜、周、孔，其圣智千万于常人矣[16]，然犹不以异于人情为高，浮屠师独安取此哉？则吾勤公可谓笃于自信而不移于习俗者矣[17]。

故与为记。绍兴三十年十二月十二日[18]。

《四部丛刊》本《渭南文集》卷十七

[1] 本文说，有位广勤和尚，虽在会稽山修行，却无时不在思念自己的家乡灊山。而一般佛家人物却唯恐出游不远，唯恐在外地呆的时间不长，并以此对人夸耀，以示了断尘缘。作者因此感慨，人情无不怀旧，无不牵念父兄子弟，和尚也概莫能外。文章意在说明，人应该听从心灵的呼唤，而不应绊于世俗观念而扭曲自我。

[2] 灊(qián 前)山：古地名，在今安徽霍山县东北。道人广勤：指一位法号为广勤的和尚。庐：用如动词，即结庐、安家。会稽：指会稽山，在今浙江省绍兴市。

[3] 苫(shàn 汕)之以茅：用茅草覆盖。苫，盖。

[4] 陆子：陆游自谓。

[5] 乡居邑处：指居民在家乡生活。邑，泛指一般城镇。

[6] 常：常态。

〔7〕车骑冠盖:指达官贵人。冠盖,指官员的冠服和车乘。雍容于途:指出入舒缓,华贵有威仪。

〔8〕浮屠师:指和尚。

〔9〕道理:路途。相高:相夸耀。

〔10〕朋侪:朋辈。

〔11〕语则灉也:指说的是灉山话。

〔12〕食则灉也:指按照灉山的饮食习惯。

〔13〕艺:种植。

〔14〕怳(huǎng谎)然:仿佛、好像。

〔15〕怀其故:怀旧。

〔16〕其圣智千万于常人矣:圣人的智慧高出常人很多。千万,极言其多。

〔17〕不移于习俗:此指不被佛门人物喜欢远游的世俗常态所改变。

〔18〕绍兴三十年:即1160年。绍兴:南宋高宗赵构的年号,1131—1162。

烟艇记〔1〕

陆子寓居,得屋二楹〔2〕,甚隘而深,若小舟然,名之曰烟艇。客曰:"异哉!屋之非舟,犹舟之非屋也。以为似欤?舟固有高明奥丽〔3〕,逾于宫室者矣,遂谓之屋,可不可耶〔4〕?"

陆子曰:"不然!新丰,非楚也〔5〕;虎贲,非中郎也〔6〕。谁则不知?意所诚好而不得焉,粗得其似,则名之矣〔7〕。因名以课实〔8〕,子则过矣,而予何罪?予少而多病,自计不能效尺寸之用于斯世[9],盖尝慨然有江湖之思[10]。而饥寒妻子之累,劫而留之[11],则寄其趣于烟波洲岛苍茫杳霭之间[12],未尝一日忘也。使加数年,男胜耡犁[13],女任纺绩[14],衣食粗足,然后得一叶之舟,伐荻钓鱼而卖芰芡[15],入松陵[16],上严濑[17],历石门、沃洲而还[18],泊于玉笥之下[19],醉则散发扣舷为吴歌[20],顾不乐哉[21]!

虽然,万钟之禄[22],与一叶之舟,穷达异矣,而皆外物。吾知彼之不可求[23],而不能不眷眷于此也[24]。其果可求欤?意者[25],使吾胸中浩然廓然[26],纳烟云日月之伟观,揽雷霆风雨之奇变,虽坐容膝之室,而常若顺流放棹[27],瞬息千里者,则安知此室果非烟艇也哉!

绍兴三十一年八月一日记。

《四部丛刊》本《渭南文集》卷十七

[1] 烟艇,意指烟波中的小舟。这是陆游为自己在临安的住所起的室名。本文作于绍兴三十一年(1161)八月,陆游时年三十七岁,刚升任大理司直,兼宗正簿。按说正是他年富力强,在政治上积极进取之时,而此文却表现了江湖之思。表面上,作者自言不能退隐,是因为有"饥寒妻子之累",实际上是因为他还没有放弃用世的信念。如何处理入世与出世的矛盾呢?作者使其居处若小舟的样子,然后放飞想象:"使吾胸中浩然廓然,纳烟云日月之伟观,揽雷霆风雨之奇变,虽坐容膝之室,而常若顺流放棹,瞬息千里。"这样虽居闹市,无异于放浪江湖,而有山林之乐了。

[2] 楹:计算房屋的单位。屋一间或列为一楹。

〔3〕高明奥丽:高大明亮、深邃美丽。

〔4〕"舟固有"数句:这几句是说,船也有高敞宽大,超过一般宫室的,你这个房间这么狭小,却把它叫做"艇",合不合适呢?

〔5〕新丰,非楚也:新丰,地名。故地在今陕西省西安市临潼区东北。非楚,并非楚地的丰邑。楚地丰邑是刘邦的家乡。刘邦称帝后,将父亲太公接至都城长安,但太公思念家乡沛县之丰邑,常悒悒不乐。刘邦于是在长安附近的郦邑仿其家乡建制修建了一座新城,以象丰,后遂名新丰。事见《括地志》。

〔6〕虎贲,非中郎也:东汉名士蔡邕曾官中郎将,后为王允所杀。其友人孔融在宴席上看到一虎贲郎(汉宫廷侍卫武官)的面貌很像蔡邕,于是引与同座,并说:"虽无老成,且有典型。"事见《后汉书·孔融传》。

〔7〕名:用如动词,犹"称呼"、"命名"。

〔8〕课:求取。

〔9〕尺寸之用:喻很小的作用。

〔10〕江湖之思:退隐江湖的打算。

〔11〕劫:强迫。

〔12〕苍茫杳霭:形容云气缭绕、旷远迷茫的景象。

〔13〕钼:通"锄"。

〔14〕纺绩:即纺织。用茧丝抽线为纺,搓麻成线为绩。

〔15〕获:禾木科多年生草本植物,多生于水边,可用来编草席。芰芡:芰指菱角;芡又名鸡头,种子的仁可食。

〔16〕松陵:江名,即吴淞江,古称笠泽。晚唐陆龟蒙隐于此,故其书名为《笠泽丛书》,其所编唱和集为《松陵集》。

〔17〕严濑:即严陵濑,地名,在浙江省桐庐县富春江边,为东汉严光(子陵)隐居垂钓处。

〔18〕石门:山名,在浙江省青田县西北三十公里的瓯江南岸。沃

605

洲:山名,在浙江省新昌县。相传东晋支遁、王羲之曾游止于此。

〔19〕玉笥:山名,在浙江省绍兴市东南。

〔20〕散发:披散着头发,为闲散者的发式。扣舷:敲打船边。吴歌:吴地的歌曲。

〔21〕顾:难道。

〔22〕万钟之禄:形容官高俸禄多。钟,古代的量具。

〔23〕彼:此指上文的"万钟之禄"。

〔24〕此:指上文的"一叶之舟"。

〔25〕意者:想来。

〔26〕浩然廓然:远大辽阔的样子。

〔27〕放棹:放船。棹,船桨。

陈氏老传[1]

会稽五云乡陈氏老[2],年近八十,生三子,有孙数人,皆业农[3],惟力耕致给足。凡兼并之事、抵质贾贩以取赢者一切不为[4]。耕桑之外,惟渔樵畜牧而已[5]。子孙但略使识字,不许读书为士。婚姻悉取农家,非其类皆拒不与通。室庐不妄增一椽[6]。器用皆朴质坚壮,不加漆饰。衣惟布襦[7],裙取适寒暑之宜[8]。行之四五十年如一日,子孙亦皆化之[9],无违陈氏。所居在刺涪山下[10],地名曰南溪云。

陆子曰:"予尝悲士之仕者,若苟名位而已[11],则为负国;必无负焉,则危身害家、忧其父母有所不免。耕稼之业,一舍而去之,复其故甚难。予先世本鲁墟农家[12],自祥符间去而仕[13],今且二百年。穷通显晦所不论[14],竟无一人得归故业者[15]。室庐、桑麻、果树、沟池之属,悉以芜没,族党散徙四方,盖有不知所之者。过鲁墟未尝不太息兴怀至于流涕也!

闻陈氏事,因为述其梗概传之,庶观者有感焉。

《四部丛刊》本《渭南文集》卷二十三

〔1〕会稽有一位陈姓老人,安于务农,勤俭持家,过着淡泊朴素的生活。陆游通过为陈姓老人作传,说明士大夫应该不忘以耕稼为本,只有这样,在官场上才能保持独立的人格;受奸人排挤时,至少可以回家务农以赡养父母妻子。否则,失去田园,没有生活退路,则容易屈膝于名位,以致辜负国家。作者对自己的家族早已长期放弃耕桑本业表示了惆怅之情。这实是陆游既想保持人格,正直为官,同时又要面对险恶官场的矛盾心理体现。

〔2〕会稽五云乡:古地名,在今浙江省绍兴稽东镇一带。

〔3〕业农:从事农业。

〔4〕兼并之事:指兼并他人的土地。抵质贾贩以取赢:指抵押放贷、做生意以取利。

〔5〕渔樵:捕鱼、砍柴。

〔6〕椽(chuán 船):此指房屋的间数。

〔7〕布襦(rú 如):布做的短衣、短袄。

〔8〕裙取适寒暑之宜:下身衣服只要能适应寒暑即可。裙,古指下裳,男女都有。

〔9〕子孙亦皆化之:其意是说子孙都被陈氏老所同化,适应了这种生活方式。

〔10〕剌淯(là fú 腊浮)山:山名,在今绍兴境内。

〔11〕若苟名位而已:如果仅满足于贪求名利。苟,贪求。

〔12〕鲁墟:鲁墟在今绍兴城区东北七公里处的东浦镇,宋时属山阴县。

〔13〕祥符:即"大中祥符",宋真宗年号,1008—1016。去而仕:离开家乡外出做官。

〔14〕穷通显晦:困窘、亨通、显赫、背晦。

〔15〕故业:指原来所从事的农业。

放翁家训(节选)[1]

昔唐之亡也,天下分裂,钱氏崛起吴越之间[2],徒隶乘时[3],冠屦易位[4]。吾家在唐为辅相者六人[5],廉直忠孝,世载令闻[6]。念后世不可事伪国[7]、苟富贵[8],以辱先人,始弃官不仕,东徙渡江[9],夷于编氓[10]。孝悌行于家,忠信著于乡,家法凛然[11],久而弗改。宋兴,海内一统。祥符中,天子东封泰山[12],于是陆氏乃与时俱兴。百余年间,文儒继出,有公有卿,子孙宦学相承[13],复为宋世家[14],亦可谓盛矣!

然游于此切有惧焉!天下之事,常成于困约[15],而败于奢靡。游童子时,先君谆谆为言太傅出入朝廷四十余年[16],终身未尝为越产[17],家人有少变其旧者,辄不怪[18]。其夫人棺才漆[19]。四会婚姻,不求大家显人[20]。

晚归鲁墟[21],旧庐一椽不可加也[22]。楚公少时[23],尤贫苦。革带敝[24],以绳续绝处[25]。秦国夫人尝作新襦[26],积钱累月乃能就[27]。一日,覆羹污之[28],至泣不食。太尉与边夫人方寓宦舟[29],见妇至[30],辄置酒,银器色黑如铁[31],果醢数种[32],酒三行而已[33]。姑嫁石氏[34],归宁[35],食有笼饼,亟起辞谢曰:"昏耄不省是谁生日也[36]。"左右或匿笑[37],楚公叹曰:"吾家故时数日乃啜羹[38],岁时或生日乃食笼饼,若曹岂知耶[39]?"是时楚公见贵显[40],顾以啜羹食饼为泰[41],愀然叹息如此[42]。

游生晚,所闻已略,然少于游者[43],又将不闻。而旧俗方已大坏。厌藜藿[44],慕膏粱[45],往往更以上世之事为讳[46]。使不闻,此风放而不还[47],且有陷于危辱之地、沦于市井、降于皂隶者矣[48]!复思往时父子兄弟相从,居于鲁墟,葬于九里[49],安乐耕桑之业,终身无愧可得耶!呜呼!仕而至公卿,命也;退而为农,亦命也。若大挠节以求贵[50],市道以营利[51],吾家之所深耻,子孙戒之,无坠厥初[52]!

乾道四年五月十三日太中大夫宝谟阁待制游谨书[53]。

《知不足斋丛书》本《放翁家训》

〔1〕本文节自《放翁家训》第一条。作于乾道四年(1168),陆游时年四十四岁,正闲居山阴。作者追述了陆氏家族的历史。其祖辈在唐代时,皆廉直忠孝,不苟取富贵。宋兴之后,文儒辈出,成为有公有卿的世家大族。文章又叙太傅(高祖)、太尉(曾祖)、楚公(祖父)及其夫人们的

节俭、安贫的美德,并希望这些美德作为家风世代传下去。他告诫子孙,无论为官还是为农,都有天命,"挠节以求贵,市道以营利,吾家之所深耻"。安于清贫,正直为人才是最重要的。

〔2〕钱氏:指五代十国时的吴越国王钱镠(852—932),字具美,杭州临安人。少年时曾为私盐贩,后投军,成为当地军阀董昌部将。唐代光启三年(887),董昌为越州观察使(今浙江绍兴),自杭州移镇浙东,朝廷以钱为杭州刺史,从此割据一方。景福二年(893),钱镠升任镇海军节度使,驻杭州。乾宁三年(896)钱镠灭董昌,得越州。唐以钱镠为镇海、镇东两军节度使,治杭州。天复二年(902),唐封他为越王。后梁又封他为吴越王。

〔3〕徒隶乘时:此指钱镠这样的低贱之人乘时崛起。徒隶,社会地位低被奴役之人。

〔4〕冠履易位:帽子和鞋子换了位置,喻尊卑贵贱颠倒了。

〔5〕辅相:宰相,也泛指大臣。

〔6〕令闻:美好的名声。

〔7〕念后世不可事伪国:意谓考虑到唐忠臣的后代不可为伪国做事。伪国,指吴越国割据政权。

〔8〕苟富贵:贪求富贵。

〔9〕东徙渡江:此指向东渡过钱塘江。《渭南文集》卷三十五《奉直大夫陆公墓志铭》:"吴郡陆氏,……唐末自吴之嘉兴,东徙钱塘。吴越时,又徙山阴鲁墟。"

〔10〕夷于编氓:沦为平民。编氓,编入户籍的平民。

〔11〕家法凛然:家法严整。

〔12〕天子东封泰山:指大中祥符元年(1108)十月,宋真宗从汴京出发,抵泰山封禅一事。

〔13〕宦学:做官与读书。

〔14〕世家:指显贵的家族。

〔15〕困约:困苦简朴。

〔16〕先君:亡父。陆游的父亲陆宰,字元君。宋徽宗时曾任淮西提举常平、淮南东路转运判官、京西路转运副使,钦宗靖康元年(1126)落职。高宗绍兴元年(1131)起知临安府,十八年卒,赠少师。太傅:指陆游之高祖陆轸,字齐卿,号朝隐子,曾官祠部员外郎、集贤校理、会稽太守、吏部郎中等职。卒赠太傅、谏议大夫。

〔17〕越产:指在老家越地(绍兴)置办产业。

〔18〕不怿:不高兴。

〔19〕棺才漆:棺木仅刷一道漆,意为薄葬。

〔20〕大家显人:指显贵家族。

〔21〕鲁墟:参见《陈氏老传》注〔12〕。

〔22〕"旧庐一椽"句:指维持旧制,不加盖房间。椽,这里指房屋的间数。

〔23〕楚公:指陆游之祖父陆佃,字农师。神宗熙宁进士,历任蔡州推官、国子监直讲、集贤校理、礼部侍郎、吏部尚书、尚书左丞等职。卒赠太师、楚国公。

〔24〕革带:束衣的皮带。敝:破损。

〔25〕绝处:断处。

〔26〕秦国夫人:身份未详。据上下文,或为陆佃母亲卒后的封号。新襦:新短袄。

〔27〕就:做成。

〔28〕覆:倒。

〔29〕太尉:陆游的曾祖父陆珪,国子博士,卒赠太尉。边夫人:指陆珪的夫人边氏。寓宦舟:住在赴官任的船上。

〔30〕妇:指儿媳。

〔31〕银器色黑如铁:银器搁置久了就会被氧化变黑,此指酒器粗劣。

〔32〕果醢(hǎi 海):果品、鱼肉酱。

〔33〕酒三行:行三次酒。

〔34〕姑:指陆游的姑妈。

〔35〕归宁:回娘家。

〔36〕昏耄:昏聩、糊涂。省:明白。

〔37〕匿笑:偷笑。

〔38〕故时:从前。羹:用肉类或蔬菜制成的带浓汁的食物。

〔39〕若曹:你们。

〔40〕见贵显:成为显贵之人。

〔41〕顾以啜羹食饼为泰:看到后辈们视喝汤吃饼为平常事,心安理得。泰,安宁。

〔42〕愀然:不高兴。

〔43〕少于游者:比我(陆游)年轻的。

〔44〕藜藿(yù 玉):指粗劣的饭菜。

〔45〕膏粱:肥美的食物。

〔46〕讳:禁忌。

〔47〕此风放而不还:这种风气如果放任而不回归到淳朴。

〔48〕皂隶:低贱之人。

〔49〕九里:指陆游的祖坟九里袁家罍墓地,在今浙江绍兴境内。

〔50〕挠节:屈节。

〔51〕市道:出卖道义。

〔52〕无坠厥初:意谓不要丢掉家庭传统。厥,其。

〔53〕乾道四年:即 1168 年。乾道为宋孝宗年号,1165—1173。时陆游四十四岁,官太中大夫宝谟阁待制。

入蜀记二则[1]

二十一日

舟中望石门关[2],仅通一人行,天下至险也。晚泊巴东县[3],江山雄丽,大胜秭归[4]。但井邑极于萧条[5],邑中才百余户,自令廨而下[6],皆茅茨[7],了无片瓦。权县事秭归尉、右迪功郎王康年[8],尉兼主簿、右迪功郎杜德先来[9],皆蜀人也[10]。

谒寇莱公祠堂[11],登秋风亭,下临江山。是日重阴,微雪,天气飂飘[12]。复观亭名,使人怅然,始有流落天涯之叹,遂登双柏堂白云亭。堂下旧有莱公所植柏,今已槁死。然南山重复,秀丽可爱。白云亭则天下幽奇绝境,群山环拥,层出间见[13];古木森然,往往二三百年物;栏外双瀑,泻石涧中,跳珠溅玉,冷入人骨。其下是为慈溪,奔流与江会。

予自吴入楚[14],行五千余里,过十五州,亭榭之胜,无如白云者,而止在县廨厅事之后[15]。巴东了无一事[16],为令者[17],可以寝饭于亭中,其乐无涯。而阙令动辄二三年无肯补者[18],何哉?

二十三日

过巫山凝真观[19],谒妙用真人祠。真人,即世所谓巫山神女也。祠正对巫山,峰峦上入霄汉,山脚直插江中。议者谓太华、衡、庐,皆无此奇[20]。然十二峰者,不可悉见。所见八九峰,惟神女峰最为纤丽奇峭,宜为仙真所托。祝史云[21]:"每八月十五夜月明时,有丝竹之音[22],往来峰顶,山猿皆鸣,达旦方渐止。"庙后山半,有石坛平旷。传云:"夏禹见神女,授符书于此[23]。"坛上观十二峰,宛如屏障。是日,天宇晴霁[24],四顾无纤翳[25],惟神女峰上有白云数片,如鸾鹤翔舞[26],裴徊久之不散[27],亦可异也。祠旧有乌数百,送迎客舟。自唐夔州刺史李贻诗已云"群乌幸胙余"矣[28]。近乾道元年[29],忽不至。今绝无一乌,不知其故。泊清水洞。洞极深。后门自山后出,但黢瘠[30],水流其中,鲜能入者[31]。岁旱祈雨颇应[32]。

权知巫山县、左文林郎冉徽之[33],尉、右迪功郎文庶几来[34]。

《四部丛刊》本《渭南文集》卷四十八

〔1〕本文作于乾道六年(1170),是陆游从家乡出发赴任夔州(今四川奉节)通判时,沿途写下的日记体游记散文。今所选为乾道六年十月二十一日、二十三日的两篇。前者描述了巴东县的雄丽江山,极写山水之乐,并抒发了流落天涯之叹。后者描写了神女峰的"纤丽奇峭"以及有关传说,写自然风光,兼有人文内涵。语言简洁生动,富有情韵。

〔2〕石门关:在重庆市奉节县东,两山夹峙如门,故名。

〔3〕巴东县:今属湖北,在秭归县西。

〔4〕秭归:今湖北省秭归县。

〔5〕井邑:城镇,市井。

〔6〕令廨(xiè谢):县衙。

〔7〕茅茨:茅屋。以草盖屋为茨。

〔8〕权县事:指代理县令职务。权,代理。尉,县尉。右迪功郎:为阶官,从九品。王康年:人名,事迹不详。

〔9〕杜德先:人名。实职为尉兼主簿,官阶是右迪功郎。

〔10〕蜀:今四川,古为蜀地。

〔11〕寇莱公:北宋名相寇准(961—1023),华州下邽(今陕西渭南)人,曾做过巴东知县。天禧四年(1020),刘皇后预政,丁谓专权,罢寇准为太子太傅,封为莱国公。后屡遭贬黜。大圣元年(1023)九月病逝于雷州。明道二年(1033),仁宗敕令恢复寇准太子太傅,莱国公,谥忠愍。后世称寇莱公。

〔12〕飂(liù六)飘:风急天冷。

〔13〕间:间隔错落。

〔14〕自吴入楚:自吴地入楚地。作者沿长江舟行西上,经今江苏(古吴地)、安徽、江西、湖北(古楚地)等省,故云"自吴入楚"。

〔15〕止:仅。厅事:办公的厅堂。

〔16〕巴东了无一事:指巴东县政事稀少。

〔17〕为令者:做县令的。

〔18〕阙令:指县令职位空缺。

〔19〕凝真观:道教观名。

〔20〕太华:即西岳华山,古称太华,在陕西省华阴境内。衡:衡山,在湖南省衡阳市境内。庐:庐山,在江西省九江市境内。

〔21〕祝史:司祝之官。此指祠中的主持。

〔22〕丝竹之音:弦、管乐曲。

〔23〕传:相传。宋陈葆光《三洞群仙录》卷十六曾记载巫山神女授夏禹符书一事。

615

〔24〕天宇晴霁:天空晴朗。

〔25〕纤翳(yì译):微云遮蔽。

〔26〕鸾:凤凰之类的鸟。

〔27〕裴徊:同"徘徊"。

〔28〕李贻:当作李贻孙。《蜀中广记》卷二十三引《集古录》云:"神女庙诗李贻孙二首。"《金石录》与《夔州志》皆作李贻孙。原诗已佚。幸:期望。胙余:剩余的祭肉。此诗是说,祠庙中众多的乌鸦,以吃到祭祀时剩余的肉为幸。

〔29〕乾道元年:即1165年。

〔30〕黮瘖(dǎn yīn胆音):黑暗。

〔31〕鲜:少。

〔32〕应:应验。

〔33〕权知巫山县:即巫山县县令。按宋制,地方官以京官任之,故有权知府事、权知县事等说法。左文林郎:为从八品的阶官。冉徽之:人名。

〔34〕文庶几:人名,巫山县县尉,官阶为右迪功郎。

范成大

范成大(1126—1193),字致能,号石湖居士。平江吴郡(郡治在今江苏苏州)人。南宋诗人。宋高宗绍兴二十四年(1154)进士,知处州(今浙江丽水),旋以起居郎、假资政殿大学士衔出使金国,在与金人谈判时不辱使命,慷慨陈词,不畏强暴,几乎被杀。后历任静江(今桂林)、成都、建康(今南京)等地行政长官。淳熙时,官至参知政事,因与孝宗意见相左,两个月即去职。晚年隐居故乡石湖,卒谥文穆。他是南宋著名诗人,与尤袤、杨万里、陆游齐名,号称"中兴四大诗人"。他的著作有《石湖诗集》、《揽辔录》、《吴船录》、《吴郡志》等。《宋史》卷三百八十六有传。

吴船录(节选)[1]

乙未[2],大霁[3]。……过新店、八十四盘、娑罗平[4]。娑罗者,其木华如海桐[5],又似杨梅[6],花红白色,春夏间开,惟此山有之。初登山半,即见之,至此,满山皆是。大抵大峨之上[7],凡草木禽虫悉非世间所有。昔固传闻,今亲验之。余来以季夏[8],数日前雪大降,木叶犹有雪渍斓斑之迹[9]。草木之异,有如八仙而深紫[10],有如牵牛而大数倍[11],有如蓼而浅青[12]。闻春时异花尤多,但是时山寒,人鲜能识之[13]。草叶之异者,亦不可胜数。山高多风,木不能长,枝悉下垂。古苔如乱发鬖鬖挂木上[14],垂至地,长数丈。又有塔松[15],状似杉而叶圆细,亦不能高,重重偃蹇如浮图[16],至山顶尤多。又断无鸟雀,盖山高,飞不能上。

自娑罗平过思佛亭、软草平、洗脚溪[17],遂极峰顶光相寺[18]。亦板屋数十间[19],无人居,中间有普贤小殿[20]。以卯初登山[21],至此已申后[22]。初衣暑绤[23],渐高渐寒,到八十四盘则骤寒。比及山顶,亟挟纩两重[24],又加毳衲驼茸之裘[25],尽衣笥中所藏[26],系重巾[27],蹑毡靴[28],犹凛慄不自持[29],则炽炭拥炉危坐[30]。山顶有泉,煮米不成饭,但碎如砂粒。万古冰雪之汁,不能熟物,余前知之[31]。自山下携水一缶来[32],财自足也[33]。

移顷[34],冒寒登天仙桥,至光明岩,炷香[35]。小殿上木皮盖之,王瞻叔参政尝易以瓦[36],为雪霜所薄,一年辄碎。后复以木皮易之,翻可支二三年[37]。人云:"佛现悉以午[38]。今已申后,不若归舍,明日复来。"逡巡[39],忽云出岩下傍谷中[40],即雷洞山也[41]。云行勃勃如队仗[42],既当岩则少驻[43]。云头现大圆光[44],杂色之晕数重[45]。倚立相对[46],中有水墨影若仙圣跨象者[47]。一盌茶顷[48],光没,而其傍复现一光如前,有顷亦没[49]。云中复有金光两道,横射岩腹,人亦谓之"小现"。日暮,云物皆散,四山寂然。乙夜灯出[50],岩下遍满,弥望以千百计[51]。夜寒甚,不可久立。

618

丙申[52],复登岩眺望。岩后岷山万重[53];少北则瓦屋山,在雅州[54];少南则大瓦屋[55],近南诏[56],形状宛然瓦屋一间也[57]。小瓦屋亦有光相[58],谓之"辟支佛现[59]"。此诸山之后,即西域雪山[60],崔嵬刻削[61],凡数十百峰。初日照之,雪色洞明[62],如烂银晃耀曙光中。此雪自古至今未尝消也。山绵延入天竺诸蕃[63],相去不知几千里,望之但如在几案间。瑰奇胜观,真冠平生矣。

复诣岩殿致祷[64],俄氛雾四起[65],混然白[66]。僧云:"银色世界也。"有顷,大雨倾注,氛雾辟易[67]。僧云:"洗岩雨也,佛将大现。"兜罗绵云复布岩下[68],纷郁而上[69],将至岩数丈,辄止,云平如玉地。时雨点犹余飞。俯视岩腹,有大圆光偃卧平云之上,外晕三重,每重有青、黄、红、绿之色。光之正中,虚明凝湛[70],观者各自见其形现于虚明之处,毫厘无隐,一如对镜,举手投足,影皆随形,而不见傍人。僧曰:"摄身光也。"此光既没,前山风起云驰。风云之间,复出大圆相光,横亘数山,尽诸异色,合集成采,峰峦草木,皆鲜妍绚蒨[71],不可正视。云雾既散,而此光独明,人谓之"清现"。凡佛光欲现,必先布云,所谓"兜罗绵世界"。光相依云而出;其不依云,则谓之"清现",极难得。食顷[72],光渐移,过山而西。左顾雷洞山上,复出一光,如前而差小。须臾,亦飞行过山外,至平野间转徙[73],得得与岩正相直[74],色状俱变,遂为金桥,大略如吴江垂虹[75],而两圯各有紫云捧之[76]。凡自午至未[77],云物净尽,谓之"收岩",独金桥现至酉后始没。

清抄本《吴船录》卷上

〔1〕宋淳熙四年(1177),范成大自四川制置使任上被朝廷召还,他从成都沿水路返临安(今杭州),将沿途所游名胜写入日记,结集为《吴船录》二卷。本文是其写峨眉山见闻的一部分。峨眉山,中国四大佛教名山之一,位于四川省乐山市境内。文章以游踪为序,极写峨眉山的植物、气候之奇,以及变幻的云海、佛光等奇异的景色。文笔细致生动,描写繁富而文词简约,是一篇出色的游记文。

〔2〕乙未:此指淳熙四年(1177)六月二十七日。

〔3〕大霁:雨雪停后,天气晴好。

〔4〕新店、八十四盘、娑罗平:峨眉山下的三个地名。八十四盘言路曲折。"平"同"坪",下同。

〔5〕海桐:常绿灌木的一种,分布于长江流域及东南沿海各省。

〔6〕杨梅:一种常绿乔木,水果之一。

〔7〕大峨:峨眉山主峰。

〔8〕季夏:夏季的最末一个月,即农历六月。

〔9〕渍(zì字):浸。斓斑:斑点、痕迹。

〔10〕八仙:又名绣球、紫阳花,为虎耳草科八仙花属植物,花作球状。

〔11〕牵牛:即牵牛花。

〔12〕蓼(liǎo了):一年生或多年生草本植物,叶披针形,花小,白色或浅红色。

〔13〕鲜:少。识:记下、知道。

〔14〕鬖鬖(sān三):头发下垂状。

〔15〕塔松:形如宝塔的松树。

〔16〕偃蹇(yǎn jiǎn 演减):艰涩、不平。浮图:佛塔,也作"浮屠"。

〔17〕思佛亭、软草平、洗脚溪:均为地名。

〔18〕极:到。光相寺:在大峨山极顶。

〔19〕板屋:木板做成的房屋。

〔20〕普贤:菩萨名。

〔21〕卯初:晨五点至七点为卯时。卯初即早上五点钟左右。

〔22〕申后:下午五点以后。下午三点至五点为申时。

〔23〕衣:作动词用,穿。暑绤:夏天穿的粗葛布衣。

〔24〕亟:赴快。挟纩两重:穿上两重绵衣。

〔25〕毳(cuì 翠)衲:僧人所穿毛织的衣服。驼茸之裘:驼绒皮袍。

〔26〕笥:竹箱。

〔27〕系重巾:头上缠几重头巾。

〔28〕蹑毡靴:穿上毡制的靴子。

〔29〕凛慄:冷得颤抖。不自持:不能忍受。

〔30〕炽炭:烧木炭。拥炉:围着火炉。危坐:端坐。

〔31〕前知:从前就知道。此处作者认为"万古冰雪之汁,不能熟物",其实这是不正确的。实际原因应是在高山之巅,气压低,水的沸点也随之降低,所以煮饭不熟。

〔32〕缶:盛水的瓦器。

〔33〕财:通"才"。自足:能用、可以用。

〔34〕移顷:过了一会。

〔35〕炷香:烧香。

〔36〕王瞻叔:名之望,绍兴进士,孝宗时官至参知政事。《宋史》卷三百七十二有传。

〔37〕翻:反而。支:支撑。

〔38〕佛:此指佛光。太阳光投射在水蒸汽上所形成的图像。峨眉

621

山为佛教胜地,故称这种现象为佛光。悉:皆、都。午:指午时,上午十一点至下午一点称为午时。

〔39〕逡巡:徘徊。

〔40〕傍:靠近。

〔41〕雷洞山:山名,有七十二洞。

〔42〕勃勃:浓郁状。

〔43〕少驻:稍停。

〔44〕圆光:佛光的别称。

〔45〕晕:光环。

〔46〕倚立相对:凭借(某种物体)支撑身体来观看云彩。

〔47〕仙圣跨象:庙中所塑普贤菩萨像一般都是骑着大象,佛光中的墨影与其相似。

〔48〕一盌(wǎn碗)茶顷:喝了一杯茶的时间。

〔49〕有顷:一会儿。

〔50〕乙夜:二更时分。灯出:提着灯笼出来。

〔51〕弥望:满眼。千百计:形容灯光之多。

〔52〕丙申:此指二十八日。

〔53〕岷山:山名,在四川北部,绵延四川、甘肃边境。

〔54〕少北:稍向北。瓦屋山:岷山支脉。雅州:今四川雅安市。

〔55〕大瓦屋:山名。

〔56〕南诏:古国名,在今云南大理一带。

〔57〕宛然:好像。

〔58〕光相:佛光,下文又称"相光"。

〔59〕辟支佛:辟支迦佛佗的简称。指无师友教导,独悟佛道,能解脱生死之人。

〔60〕西域:指我国新疆及中亚一带。

〔61〕崔嵬:高大貌。刻削:形容陡峭。

〔62〕洞明:明亮。

〔63〕天竺诸番:印度等国。

〔64〕致祷:向神祈祷。

〔65〕俄:一会儿。氛雾:雾气。

〔66〕一白:一片白色。

〔67〕辟易:退散。

〔68〕兜罗绵云:像木棉那样的云。兜罗,即木棉树。

〔69〕纷郁:多盛貌。

〔70〕凝湛:深湛清澈。

〔71〕绚蒨(qiàn 欠):鲜明绚丽。

〔72〕食顷:吃一顿饭的功夫。

〔73〕转徙:转移。

〔74〕得得:恰好。直,通"值"。相值:相当。

〔75〕吴江垂虹:江苏省吴江市松陵镇东门外有垂虹桥,始建于宋代庆历年间,历史上素以"江南第一长桥"著称。

〔76〕两圯(yí 移):此指两座桥墩。圯,《说文解字·土部》:"圯,东楚谓桥。"

〔77〕未:即未时,指下午一点正至下午三点正。

楼　钥

楼钥(1137—1213),字大防,一字启伯,号攻媿主人,明州鄞县(今浙江宁波)人。孝宗隆兴年间进士,任温州教授,继知温州。光宗朝,召为考功郎,改国子司业,累迁中书舍人兼直学士院,给事中。宁宗受禅,迁吏部尚书,因忤权臣韩侂胄,提举江州太平兴国宫。寻知婺州,移宁国府,仍夺职致仕。侂胄诛,起为翰林学士,累迁签书枢密院事、参知政事。嘉定六年卒,年七十七。赠少师,谥宣献。有《攻媿集》一百二十卷、《范文正公年谱》等。《宋史》卷三百九十五有传。

论风俗纪纲[1]

臣窃惟国家元气全在风俗[2],风俗之本,实系纪纲。本朝纪纲素定[3],风俗醇厚,度越前古[4]。自权臣擅朝[5],政以贿成[6],十余年来,无复公道[7]。纪纲废弛,风俗凌夷[8],几不复可以为国矣[9]。天开圣明[10],窜殛元恶[11],党与以次逐斥[12]。此如沉疴去体[13],而元气未尽复,调护保养,不可缓也。其要莫如正纪纲、厚风俗之二者。

向者纪纲既废[14],货贿公行,苞苴之弊遍及中外[15]。仕者朘削民财以奉权臣[16],则美官可翘足而待[17];兵官剋剥士卒以奉权臣[18],则将帅可计日而取。是以民力益竭,军政大坏。今日尽籍其家[19],数至巨万[20],俸禄有限,何缘至此[21]?则其取于民力、取于士卒者不知其几也[22]!文武之臣所赖以为国家之用,而专以趋媚为能[23],奔竞拜伏[24],竭赀效产[25],不复知有廉耻之道,至奴事其仆隶以自进[26]。既得所欲,则傲然于外,小则骄人,甚则害物[27]。士大夫苟可自致[28],无不效尤[29];否则为州为县[30],公取窃取以自效[31]。举削或以厚赂而后得[32],然则欲求贤令宰以临民[33],得乎[34]?

风俗至此,不可胜诛[35]。陛下宽仁,必不欲一一究见其罪,亦恐搜求已甚[36],人情不安。欲望圣慈念民力之困弊[37]、县官之不给[38],而丘山之积[39],实出于鞭笞膏血之余[40]。纵未能尽捐以予民,乌可不思所以救其倒垂之急[41]?会计凡目[42],举以补大农之经费[43],而稍宽州县之督责[44],使陛下惠养之意[45],晓然示于天下。而所以寿国脉者[46],无出于此矣。

更乞明诏大臣以及台谏、给舍[47],去其太甚[48],以惩其余[49]。使自今以始,纪纲益振,则风俗庶乎归厚[50],实宗社无疆之福。外侮虽为可虑,然治外者当自内始,故臣拳拳首为陛下陈之[51]!

清武英殿聚珍版丛书本《攻媿集》卷二十五

〔1〕"纪纲"指法度、准则。考《宋史·楼钥传》及南宋袁燮撰《絜斋集》卷一《资政殿大学士赠少师楼公行状》,这篇文章当是楼钥于宋嘉定元年(1208)写给宋宁宗赵扩的一篇奏疏。文章对权相韩侂胄当政时所

625

造成的颓败风俗表示了极大的愤慨,认为整个官场贿赂公行,不论是文官还是武将,都已不知有廉耻之道,国家已日趋危机。作者劝宁宗整顿法度,改良社会风气,使风俗重归于淳厚。

〔2〕窃惟:私下考虑,表示个人想法的谦词。

〔3〕素定:向来有常法。

〔4〕度越:超过。

〔5〕权臣:指南宋权臣韩侂胄(tuō zhòu 脱宙)(1152—1297)。相州安阳(今属河南)人。宁宗即位后,由枢密都承旨,迁升至平章军国事,立班丞相之上,掌握军政大权十三年之久。在他掌权期间,制造"庆元党禁",打击正直士人。后因妄启"开禧北伐",对金作战失败后被史弥远等人谋杀。

〔6〕政以贿成:形容政治腐败,不行贿就办不成事。

〔7〕无复公道:不再有公道。

〔8〕凌夷:同"陵夷",衰败。

〔9〕几不复可以为国矣:意谓几乎国将不国了,极言政治之糟糕。

〔10〕天开圣明:意谓老天启发了陛下的智慧。这是恭维宁宗的话。

〔11〕窜殛(jí级)元恶:流放和处死元凶。指韩侂胄被杀及其党羽被贬斥一事。

〔12〕党与:同党。逐斥:放逐、贬斥。

〔13〕沉疴去体:重病离身。

〔14〕向者:从前。

〔15〕苞苴:贿赂。苞和苴都是用来包裹物品的用具。

〔16〕仕者:做官的人。朘(juān 捐)削:剥削、搜刮。

〔17〕翘足而待:翘脚等待。形容轻而易举。

〔18〕剋剥士卒:指克扣士兵的钱粮。剋,同"克"。

〔19〕今日尽籍其家:如今全部没收其家财。籍,没收入官。据《宋

史·食货志》,韩侂胄被杀之后,朝廷没收他和他党羽的土地,每年从这些田地上收租米七十二万二千七百余斛,另外还有现钱一百三十一万五千余贯。

〔20〕巨万:形容为数极多。《汉书·食货志上》:"富者累巨万,而贫者食糟糠。"颜师古注:"巨,大也。大万,谓万万也。"

〔21〕俸禄有限,何缘至此:这些贪官应得的俸禄是有限的,但他们为何这么多资财呢?

〔22〕不知其几:不知有多少。

〔23〕趋媚:奉承献媚。

〔24〕奔竞拜伏:意谓争相到权臣那里跪拜。

〔25〕竭资效产:竭尽自己的资产献给权臣。

〔26〕至奴事其仆隶以自进:甚至巴结权臣的仆人以图求官。奴事,像奴才一样侍奉别人。

〔27〕害物:害事。

〔28〕苟:如果。自致:指图谋升官。

〔29〕效尤:模仿。

〔30〕"否则"句:否则,再不然。为州为县,做州官、县官。

〔31〕公取窃取以自效:明拿暗取,贪污自肥。

〔32〕举削或以厚赂而后得:举削,宋代文官大体分为选人和京朝官两类,以后者为显贵。选人如要升迁到京朝官一级,需要严格的手续和条件,其中一项为:必须获得若干一定品级的高级官员的荐举书。这个荐举书,宋人称为"举削"。由于每个高级官员每年只允许推荐有限的员额,故而这个荐举书十分难得。一般而言,当视求举者的才德表现,但这里却说要靠贿赂,说明风气败坏。

〔33〕贤令:贤良的县官。宰以临民:管辖统治人民。宰,管理。临民,面对人民(指上对下,尊对卑),引申为治理百姓。

627

〔34〕得乎:可以吗?

〔35〕不可胜诛:无法全部责罚。诛,责罚。

〔36〕搜求已甚:过分追究。

〔37〕圣慈:对皇帝的敬称。

〔38〕县官:朝廷。

〔39〕丘山之积:形容从百姓那里敛取的财物堆积起来如山丘一样高。

〔40〕出于鞭笞膏血之余:指官府通过拷打夺取老百姓的血汗财富。膏血,脂血,喻用血汗换来的财富。

〔41〕乌:难道。倒垂之急:人被倒挂着。比喻处境极端困难。

〔42〕会计:核计。凡目:大小条目。

〔43〕大农:即大司农。秦汉时全国财政经济的主管官,唐宋时期与其职责相同的是户部,这里指国家财政。楼钥认为应该将抄没来的赃物划入国家财政,以稍稍缓解财政的紧张。

〔44〕州县之督责:指州县官吏督察、责罚百姓以取财物。

〔45〕惠养:施恩惠以使百姓休养生息。

〔46〕寿国脉:延长国脉。

〔47〕更乞明诏:请求发布英明的诏示。台谏:官名,在宋代,侍御史、殿中侍御史与监察御史掌纠弹,通称为台官;谏议大夫、拾遗、补阙、正言掌规谏,通称谏官,合称台谏。给舍:官名,即门下省的给事中和中书省的中书舍人。他们分别负责审读和起草命令,也拥有对命令的审核权,如果朝廷政令有违误之处,可以提出驳正。

〔48〕去其太甚:意谓惩办那些表现最恶劣的官员。

〔49〕以惩其余:以警戒其余的人。

〔50〕庶乎:差不多。

〔51〕拳拳:诚挚貌。

薛季宣

薛季宣(1134—1173),字士龙,号艮斋,学者称常州先生,永嘉(今浙江温州)人。绍兴二十三年(1153),入四川制置使萧振幕。三十年,以荫知鄂州武昌(今湖北鄂城),推行保伍法,以防金兵南下。乾道七年(1171),以荐召赴临安,除大理寺主簿,持节使淮西,安置流民。九年,改知常州,未及上任而卒,年仅四十。薛季宣早年师从湖湘学者袁溉,得程颐之学,晚年与朱熹、吕祖谦相往来论学。但与朱熹等人喜谈心性不同,他兼重事功,注意研究田赋、兵制、水利等经世之学,为永嘉学派的创始人。有《书古文训》、《浪语集》等著作。《宋史》卷四百三十四有传。

袁先生传[1]

袁先生,讳溉,字道洁,汝阴人也[2]。尝举进士[3],免贡[4],避地州西山中[5]。建炎初[6],集乡民为保聚[7],与金人及群劫抗[8],屡克[9]。其众谋奉先生为主,先生逃于金、房山谷间[10]。王金州彦即其庐见之[11],先生衣不掩胫[12],与相应答。王就先生学李靖兵法[13],先生谢不告。王怒欲胁取其学,先生转徙山南。时进士类试宣抚司[14],其年会失陕右[15],取士以百数,而应者过百人。或劝之就试求官,先生曰:"官不可苟求也。"移居富顺监[16]。

先生初从二程先生学[17],闻蜀薛先生名。富顺邻家薛翁以卖香自给[18],其子晨以香出,父则掩关待之[19]。子莫而归[20],因不复事邻里[21],莫详其趋步[22]。先生疑其薛先生也,具刺谒之[23],薛翁慢骂不应。先生固已疑之矣。间日再往[24],又不得前,于是积日屡造其门[25],薛翁喜而见之。先生与之语,不对;再见谈古今百氏[26],又不得一言;三见纵论六经[27],薛翁才有喜色。曰:"子学已博,然寡要[28]。夫经所以载道,而言所以明道,何以多为!"先生曰:"如先生言,吾心将以会道尔。"薛翁击节称善,因以所学授之。居月余,励先生出关[29],薛翁因亦遁去。

先生自闻薛先生道,所为益纯粹近古。其出关至夏口[30],岳开府飞必欲延至幕下[31],先生一见而出,不辞而行。语所知曰[32]:"岳公武人而泥古[33],幕府无圆机之士[34],难乎免矣[35]!"未几而及难[36]。先生因家荆州[37],往来夷陵、秭归诸郡[38],与士夫言必称善,悦其意旨,然后和之,循循然[39],人知其厚德君子也。孙秘阁汝翼帅荆渚[40],延先生至府舍。俄先生告去[41],过表弟虞于公安[42],以书寄谢孙曰:"溉不出此旬矣[43]。公于溉厚,恨不能为公一言。"病革[44],二圣寺僧问于床下[45]。先生曰:"佛家以死生为一大事,谁谓当蹈其常[46]?"因戏作释氏言,示之曰:"非吾事也。"[47]弃之而殁[48],时年七十。寺僧为之敛葬。无男,二女子尚少,公安聂令诏为嫁之[49]。

先生学自六经百氏，下至博弈、小数、方术、兵书，无所不通[50]，诵习其言，略皆上口。于《易》、《礼》说尤邃[51]，未尝轻以示人，乐善孜孜[52]，盖天性然也。自将家下峡[53]，其饘粥盖不继[54]，家书、祭器间关常以自随[55]。贫居，以小学教授童蒙[56]，其生父以妾为配[57]，先生即日谢去[58]。与王枢密庶故善[59]，王家有《伊洛遗书》[60]，欲传未能。俄而王殁，先生不远千里，从其诸子传录书毕，遽行[61]。会罗织狱兴[62]，掩捕王氏家人宾客，几傅之死[63]。先生居夷陵郡郭[64]，一旦徙家舟中，其夕，夷陵灾，首焚先生居处。绍兴癸酉岁[65]，先生在江陵得疾，如中风，四肢不仁殆甚[66]。人为忧虑，先生曰："此无伤也。"迁居村舍，逾月而愈。或问之医道，先生以古语告曰："所谓存神与气，气与神会，自然周流，本无偏滞者，我能身行之耳。"由是荆人颇神其事[67]。

初，靖康后[68]，天下兵荒甫起[69]，先生家为汝阴盛族，尝有客过其舍，先生察其状貌有异，白诸父曰："客奸人也。"徙家人避之。是夜客以寇来，遂与乡社义兵斗死。后众欲据前山为保，先生争之，不听。独将妻子聚保山后。已而，前山果没[70]。金人大至，欲以力众攻山后营。先生坞中兵不满千[71]，召其众计曰："虏则势盛[72]，吾知数术，保以一箭破之。"其夕，虏砦山阿[73]，先生使数十人各执鼓燧[74]，如四山伏[75]，约虏军噪扰，燔山击鼓为应[76]。有谈经客愚甚，先生激使为虏装，窃虏号入宿虏酋帐下[77]，以二矢授曰：

"夜中发矢而窜。"客如先生计,悾悾仅能发箭[78]。虏营惊乱,顾见火光并起,鼓声四合,因溃自相攻杀数百人,遂不敢复至。有溃兵掳掠过营下,先生伏数十鼓,持礌木道旁俟[79],因据险拒却之。贼还,以夜中过伏所,礌木乱下,鼓声震天,贼遂大崩,擒杀大半。先生文武才用,大略多此类,疏其大者于篇[80]。

瓯浦薛某曰[81]:走述袁先生传[82],观其从薛隐君学,师弟子授受相予之际,何其严且约也!俗薄久矣!圣人之学不可复见,走于先生焉取焉。初外舅秘阁镇荆州[83],走为书写机宜文字[84],尝得于先生授教,其所以为诱进者,甚博当。尝侍先生观弈[85],能为负棋[86],易置数子,以弱为强。时弈者亦善于棋,拱手称叹。外舅强先生弈,则曰:"先人尝以弈为废事[87],所不忍违。"又尝闻先生言,盖尝以所学纂一文字[88],凡四类,曰理、曰义、曰事,其一今忘之矣。走从问义理之辨,先生曰:"学者当自求之,他人之言善,非吾有。"走请终身诵服斯语。已归,而闻先生讣,求其书不可复得。呜呼!若先生者,可谓君子儒矣[89]。言行文章,皆足为世楷式[90],百不施一,卒以穷死,哀哉!

上海辞书出版社、安徽教育出版社2006年版
《全宋文》卷五千七百六十九

[1] 本文是作者为其师袁溉所作的传记。袁溉是理学家程颐的弟子,但并不空谈心性,而是学问广博,具有经世才能。他从薛先生问道,学得"以寡御多"的要领。又料岳飞必及于难,颇有先见之明。他几次

从灾难中脱身,还组织义兵设计击退金兵,显示他有过人的智慧。通过这篇传记,可知薛季宣学术上重视事功,开永嘉学派之先声,实是受袁溉启发和影响。文章叙事生动,善于截取一些生动的事例刻画人物,是一篇优秀的传记文。

〔2〕汝阴:今安徽阜阳市。

〔3〕举进士:考进士。举,参加科考。

〔4〕免贡:没有考中。旧时给朝廷荐举人才称为贡。

〔5〕避地:避世隐居。

〔6〕建炎:南宋高宗赵构的第一个年号。1127—1130。

〔7〕保聚:聚众守卫。

〔8〕金人:指金国人。劫:指土匪。抗:对抗。

〔9〕屡克:屡次战胜。

〔10〕金:金州,今陕西安康市。房:房州,今湖北房县。

〔11〕王金州彦:即王彦(1090—1139),字子才,南宋抗金名将。据《宋史》,高宗建炎四年(1130),王彦曾以金、均、房镇抚使的身份镇守金州,故称他为王金州。

〔12〕衣不掩胫(jìng径):衣服不能遮盖小腿,言其贫困。胫,小腿。

〔13〕李靖(571—640):唐初军事家,本名药师,京兆三原(今陕西三原东北)人。唐太宗时,历任兵部尚书、尚书右仆射等职,先后击败东突厥、吐谷浑,封卫国公。著有《李卫公兵法》,原书今佚,《通典》中保留了部分内容。

〔14〕进士类试宣抚司:指进士考试由宣抚司组织进行。宣抚司,宋代官衙。据《宋史纪事本末》,宋高宗建炎三年(1129),宋廷任命张浚为川陕宣抚处置使,总领川、陕军政,宣抚司即是张浚的官衙。此时,高宗赵构小朝廷正在流亡之中,因此朝廷无法正常举行进士考试,遂由地方军政首领组织施行。

633

〔15〕其年会失陕右:指宋高宗建炎四年(1130)九月,张浚集结四十多万兵力,与金兵在陕西富平县决战,宋军大败,丧失关(潼关)、陕(陕州)。陕右,即陕州(今河南陕县一带)以西的地方。

〔16〕富顺监:即今四川省富顺县。监,为宋代特别行政区划名,在铸钱、牧马、产盐等地区设置。监有两种,一种与府、州同级,隶属于路;一种与县同级,隶属于州、府。富顺是产盐区,北宋乾德四年(966),富顺由县改监,隶于梓州府路。

〔17〕二程:即北宋理学家奠基人程颢(1032—1085)、程颐(1033—1107)兄弟。程颢,字伯淳,人称明道先生;程颐,字正叔,人称伊川先生,世称"二程",著有《二程遗书》。

〔18〕自给:满足自己需要。

〔19〕掩关:掩门。关,门闩。

〔20〕莫:同"暮"。

〔21〕不复事邻里:不与邻里往来。

〔22〕莫详其趋步:意谓不了解薛翁的行迹。

〔23〕刺:此指拜访时通姓名用的名片。谒:拜访。

〔24〕间日:隔了一天。

〔25〕积日:连续几天。造:至。

〔26〕百氏:指诸子百家学说。

〔27〕六经:指《诗经》、《尚书》、《仪礼》、《乐经》、《周易》、《春秋》六部经典的通称,后多代指儒家经典。

〔28〕寡要:缺少要领。

〔29〕出关:离开四川。

〔30〕夏口:即今汉口。

〔31〕岳开府飞:即岳飞。古代高级官员可以建立府署并自选僚属,这种做法称"开府"。延至幕下:指请袁溉当幕僚。

〔32〕所知:好友。

〔33〕泥古:拘泥于古代礼法。

〔34〕幕府:古代将领所开设的军事参谋机构。圆机:灵活变通。

〔35〕难乎免矣:免于受祸就很难了。

〔36〕未几而及难:不久就遇难了。指绍兴十一年(1141)岳飞以"莫须有"的罪名被朝廷杀害一事。

〔37〕荆州:今湖北省荆州市。

〔38〕夷陵:今湖北省宜昌市。秭归:今湖北省秭归县。

〔39〕循循然:温厚平和的样子。

〔40〕孙秘阁汝翼:孙汝翼,字端朝,建炎进士,曾任直秘阁、荆南安抚使等职,为薛季宣的岳父。帅:管辖。荆渚:荆州。

〔41〕俄:不久。

〔42〕过:拜访、探望。虞:人名,为袁溉表弟,事迹不详。公安:今湖北省公安县。

〔43〕旬:十天。

〔44〕病革(jí亟):病势危急。

〔45〕二圣寺:佛寺名,始建于东晋,在公安县境内。

〔46〕谁谓当蹈其常:意谓不必如世俗人那样对待生死。

〔47〕非吾事也:意谓生死并非自己所能掌握的。

〔48〕殁:死。

〔49〕聂令:姓聂的县令。诏:聂姓县令的名字。

〔50〕博弈:下棋。小数:术数,指阴阳卜筮之类的方术。

〔51〕说尤邃:解说尤其邃密。

〔52〕孜孜:勤勉。

〔53〕自将家下峡:指袁溉携家从四川出三峡搬迁至荆州一事。

〔54〕饘(zhān 瞻)粥:稀饭。不继:指上顿不接下顿。

〔55〕祭器:指祭祀祖先的器具。间关:辗转流离。

〔56〕小学:此指识字之学。童蒙:儿童。

〔57〕其生父以妾为配:指袁溉学生的父亲以妾为妻。袁溉拘于儒家礼法,不满意这种做法,所以下句说"即日谢去"。

〔58〕谢去:指辞去教职。

〔59〕王枢密庶:即王庶,字子尚,庆阳(今属甘肃)人,宋徽宗崇宁五年(1106)举进士,曾任荆南府知府、湖北经略安抚使、枢密副使等职。故善:一向交好。

〔60〕《伊洛遗书》:即《二程遗书》,北宋二程门人记载二程言行的结集。二程即程颢、程颐即兄弟,洛阳(今河南洛阳)人,长期讲学于伊河、洛水之间,因此他们创立的学派也称为"伊洛之学"。

〔61〕遽行:快速离开。

〔62〕会:适逢。罗织狱兴:以罗织的罪名兴起冤狱。

〔63〕傅之死:差一点丢掉性命。傅,迫近。

〔64〕郭:城市。

〔65〕绍兴癸酉岁:即高宗绍兴二十三年(1153),岁次癸酉。

〔66〕四肢不仁:中风导致手足痿痹。

〔67〕神:用如动词,感到神奇。

〔68〕靖康:宋钦宗的年号。靖康二年(1127),金人俘徽、钦二帝北上,北宋灭亡。

〔69〕甫:刚刚、才。

〔70〕没:攻陷。

〔71〕坞:防卫用的堡垒。

〔72〕虏:对金人的鄙称。

〔73〕砦(zhài 债):同"寨",用如动词,安营扎寨。山阿:山的曲折处。

〔74〕燧:取火的器具。

〔75〕如:到。

〔76〕燔(fán 凡):焚烧。

〔77〕号:号令。

〔78〕恇恇(kuāng 框):害怕、惊恐。

〔79〕礧(lèi 累)木:投掷用的石头、木块。

〔80〕疏:叙述。

〔81〕瓯浦:即永嘉(今浙江温州),为薛季宣的家乡。某:谦词,为作者自称,相当于"我"。

〔82〕走:原意仆人,此为谦词"我"。

〔83〕外舅:岳父。秘阁:指孙汝翼,见注〔40〕。

〔84〕机宜文字:政务文字。薛季宣十七岁时,曾在他的岳父荆南安抚使孙汝翼处充机宜文字书写。

〔85〕弈:下棋。

〔86〕负棋:指形势不利的棋局。

〔87〕先人:亡父。废事:指耽误做事。

〔88〕文字:此指著述。

〔89〕君子儒:道德高尚、有才干的人。语出《论语·雍也》,孔子告诫子夏:"汝为君子儒,毋为小人儒。"

〔90〕楷式:楷模。

陈傅良

陈傅良(1137—1203),字君举,人称止斋先生,温州瑞安(今浙江瑞安)人。宋乾道八年(1172)进士,授泰州教授。淳熙十一年(1184)任湖南桂阳军知军。淳熙十四年,赴桂阳军任职。绍熙年间,因不满朝廷党争,陈傅良愤而辞官。宁宗即位后,召任中书舍人兼侍讲。是年被参"庇护辛弃疾,依托朱熹",罢官回乡。从此不问政事,闭门著述,题居室为"止斋"。陈傅良是南宋"永嘉学派"的重要学者,著述颇多,有《止斋文集》五十二卷,《历代兵制》八卷,《春秋后传》十二卷等。《宋史》卷四百三十四有传。

民论[1]

天下之事,有可畏之势者易图[2],而无可畏之形者难见也。易图者亦易应[3],难见者必难知。故明智之君不畏夫方张之敌国[4],而深畏夫未见其隙之民心[5]。盖民心之摇,惨于敌国之变。其变之迟者,其祸大[6];而患在于内者,必不可以复为也[7]。

古者有畏民之君,是以无可畏之民。后之人君狃于民之不足畏[8],而民之大可畏者始见于天下。嗟夫!民而至于见其可畏,其亦无及也[9]。秦之先盖七国也[10]。自秦孝公至于庄襄[11],亟耕力战[12],荐食诸侯之境[13],历七世而并于始皇之手[14]。呼！亦艰矣！始皇惟知天下之难合而其患在六国也,故危其社稷,裂其土地,而守置之以绝内争之衅[15]。中国不足虑,而所以为吾忧者,犹有四夷也。于是郡桂林[16],城碣石[17],颈系百粤而却匈奴于千里之外[18]。始皇之心自以天下举无可虞[19],足以安意肆志[20],拱视于崤、函之上[21],而海内晏然者万世矣[22]。而不知夫天下之大,可畏者伏于大泽之卒[23],隐于巨鹿之盗[24],而其睥睨觇觑者[25],已满于山之西、江之东也[26]。一呼而起,氓隶云合[27]。虽邯郸百万之师建瓴而下[28],而全关之地已税驾于灞上之刘季矣[29]。

呜呼！秦以七世而亡六国,而六国之民以几月而亡秦。以秦之强不能当民之弱,天下真可畏者果安在乎？人君不得已而用其民,以从事[30]于敌国,可不惧哉！

文渊阁《四库全书》本《止斋集》卷五十二

〔1〕本文论民心对于国家稳定之重要。不怕敌国之强盛,而怕自己国家的民心之动摇,这才是明智之君的正常心态。作者以六国之民推翻暴秦为例,认为"以秦之强不能当民之弱",得出人君不可畏,而民心可畏的正确结论。

〔2〕易图:容易处理。

〔3〕易应:容易应付。

〔4〕方张:正在势力强盛的时候。

〔5〕未见其隙:未见缝隙。此喻民心之难知。

639

〔6〕"其变之迟者"二句:意谓民心的变化不显著,较缓慢,但一旦动摇,则为害很大。

〔7〕"而患在于内者"两句:指失去民心,内部发生祸患,局面就不可收拾了。

〔8〕狃(niǔ纽):习惯。

〔9〕其亦无及也:也就来不及了。

〔10〕秦之先盖七国:指秦在始皇帝统一天下前原是战国时期的七国之一。七国为秦、楚、齐、燕、韩、赵、魏。

〔11〕秦孝公:战国时期秦国国君。名渠梁,前361—前338年在位。任用商鞅变法,追求富国强兵,为秦崛起创造了条件。庄襄:即秦庄襄王,又称秦庄王,是战国末期的秦国君主,本名异人,为安国君与夏姬所生。后被来自楚国的华阳夫人认为嗣子,故另赐名子楚,前250—前247年在位。为秦始皇之父。

〔12〕亟耕:以农耕为急务。亟,急。力战:努力作战。力,尽力。

〔13〕荐食:不断蚕食、吞并。

〔14〕历七世:指从秦孝公到秦始皇,经历了七代。七代分别为:孝公、惠文王、武王、昭王、孝文王、庄襄王、秦王政(始皇帝)。

〔15〕守置之以绝内争之衅:指秦灭六国后,通过设置郡县、加强中央集权以杜绝出现从前那样列国之间的纷争局面。衅,争端。

〔16〕郡桂林:设置桂林郡。郡,用如动词,设郡。桂林郡在今广西一带。

〔17〕城碛(qì器)石:在沙漠上筑城。按:依上句"郡桂林",则"碛石"似应为地名,但不见于史志。《史记·秦始皇本纪》:"又使蒙恬渡河取高阙、陶山北假中,筑亭障以逐戎人。""高阙"为内蒙古巴彦淖尔盟杭锦后旗东北阴山山脉的一个阙口。据王念孙《读书杂志》:"'陶山'之名,不见于各史志,'陶'当为'阴'。"故蒙恬为驱逐匈奴,在阴山、河套一

带筑城。"城碛石"或即指此。

〔18〕颈系百粤:意为控制百粤之地。贾谊《过秦论》:"南取百粤之地,以为桂林、象郡;百粤之君,俯首系颈,委命下吏。"百粤:古民族名,居于江、浙、闽、粤一带,总称百粤。

〔19〕虞:忧虑。

〔20〕安意肆志:志满意得,放纵不羁。肆,放纵。

〔21〕拱视:拱手俯视。这里有安全、放心之意。崤、函:即崤山、函谷关。崤、函都是雄关要塞,是秦帝国都城咸阳的天然屏障。

〔22〕晏然:和平安定。

〔23〕大泽之卒:此指秦末陈胜、吴广领导的大泽乡农民起义。大泽乡在今安徽省宿州市东南。

〔24〕巨鹿之盗:指秦二世三年(前207),秦军主力章邯部与农民起义军在巨鹿地区(今河北平乡县南)决战一事。盗,对农民义军的诬称。

〔25〕睥睨觇觑(pì nì chān qù 辟逆搀趣):意谓看轻秦朝,想取而代之。睥睨,斜视,形容高傲的样子。觇觑,窥视。

〔26〕山之西:指崤山、华山以西。战国、秦、汉时称这一地区为山西,又称关西。江之东:长江在安徽芜湖、江苏南京间作西南、东北流向,习惯上称自此以下的长江南岸地区为江东。项羽最初的起义部队多为江东子弟。

〔27〕氓隶:贱民。旧时对平民百姓的蔑称。

〔28〕虽邯郸百万之师建瓴而下:指秦二世二年(前208)章邯率领秦军击杀楚地反秦武装首领项梁后,又攻破邯郸,并联合秦将王离将赵地的起义军张耳等人围在巨鹿一事。这是秦军力最强、形势最好的时候。建瓴而下:形容居高临下,难以阻挡。

〔29〕"而全关之地已税驾"句:楚怀王接到赵王歇、张耳求解巨鹿之围的求救信后,任命宋义为上将、项羽为次将,统率楚军五万北上救

赵。同时派刘邦率军乘虚进入关中,攻打咸阳。汉王元年(前206),刘邦的军队进抵灞上(今陕西西安东南),秦王子婴向刘邦投降,秦朝灭亡。全关之地,整个关中地区。税驾,解驾、停车。刘季,即刘邦,字季。

〔30〕从事:周旋。从事与敌国,即与敌国周旋。

叶 适

叶适(1150—1223),字正则,号水心居士,温州永嘉(今浙江瑞安)人,学者称水心先生。宋孝宗淳熙五年(1178)进士,官至吏部侍郎。反对宋金和议,在韩侂胄伐金失败时,以宝谟阁待制知建康府兼沿江制置使职务,捍卫江防颇力。开禧三年(1207)被诬陷夺官,退归乡里。他是永嘉学派的代表人物之一,讲求功利之学,反对理学家空谈性理。文学方面,重视文章的社会功用。其文章在南宋卓然为一大家,有较大的影响。著有《水心先生文集》。《宋史》卷四百三十四有传。

母杜氏墓志[1]

夫人姓杜氏[2],父某,祖某,温州瑞安县人也[3]。杜氏世为县吏[4],外王父不愿为吏也[5],去之,居田间,有耕渔之乐。其后业衰。而夫人生十余年,则能当其门户劳辱之事矣[6]。孝敬仁善,异于他女子。

始,叶氏自处州龙泉徙于瑞安[7],贫匮三世矣[8]。当此时,夫人归叶氏也[9]。夫人既归而岁大水[10],飘没数百里,室庐什器偕尽[11]。自是连困厄,无常居,随僦辄迁[12],凡迁二十一所。所至或出门无行路,或栋宇不完[13],夫人居之,未尝变色,曰:"此吾所以从其夫也。"于是家君聚数童子以自给,多不继[14]。夫人无生事可治[15],然犹营理其微细者,至乃拾滞麻遗纴缉之[16],仅成端匹[17]。人或笑夫人之如此,夫人曰:"此吾职也,不可废,其所不得为者,命也。"穷居如是二十余年,皆人耳目所未尝见闻者。至如《国风》所称之妇人,不足道也[18]。亲戚共劝夫人曰:"是不可忍矣,何不改业由他道[19],衣食幸易致。"夫人曰:"然。不可以羞吾舅姑之世也[20]。"夫人尝戒适等曰:"吾无师以教汝也,汝善为之,无累我也。"又曰:"废兴成败,天也,若义不能立,徒以积困之故受怜于人,此人为之缪耳[21]。汝勉之,善不可失也。"故虽其穷如此,而犹得保为士人之家者[22],由夫人见之明而所守者笃也。

乾道八年[23],夫人生之四十七年也,始得疾甚异,上满下虚[24],每作[25],骛眩辄死[26]。某等不知所为,但相聚环旁泣耳。夫人稍定曰:"汝勿恐,吾未死也。"又曰:"吾疾非旦暮愈也,而汝所谋以养者在千里之外[27]。汝去矣,徒守我亡益也。"间独叹曰:"吾虽忍死,无以见门户之成立矣。"

淳熙五年春[28],夫人卧疾七年矣。一日,忽能自行履[29],洗面栉目[30],既而无苦如平人者。亲戚子侄交相庆,而某亦偶得进士第以归。人皆谓夫人及见某之有成而疾瘳[31],其可以偿畴昔之不遇[32];而为某喜者,以为昔苦致养而不足,今庶几可以禄仕养也[33]。居六月,疾复作,不可救。闰月二十三日,竟卒。天乎痛哉!是所以照临诸孤之不孝[34],而使之终无以自赎者也[35]!

某年某月某日,家君以夫人之丧葬于某县某乡某山。子四人,逮,适,过,还。幼养潘氏女一人,许嫁矣。

先葬,某号泣而请于家君曰[36]:"极天下之物以为养而不足以言报者,人之亲也;极庶人之勤瘁以终其身而不及于一日之乐以致其养者,夫人之为亲也。夫人之德,可以为妇,可以为母,而无其家业,德不克施[37],天地不可诉;夫人不得寿而抱永疾以死,使幸而有可以施其德之势而卒不克遂也。若此者,皆某之不孝且不肖也,尚何言哉!今启殡屋以从幽兆[38],则万事殒裂而终已于此矣[39]。惟夫人之志所尝以训饬其孤[40],而他日庶几奉以不忝者[41],犹有天下之名义而已。以某之不孝酷罚,不为神物所祐,则恐不能终丧而从夫人以死[42]。幸而免于死,而气力寡弱,不足以服行遗训,又恐以终无自见于世也[43]。使其幸而免于死,不死而人子之义能终有以自见,然后夫人之志明,而可以乞铭于世之君子以诵其良矣[44],顾今未有述也。"家君曰:"然。其以命汝。"用敢略序始末,培名于墓隅[45]。

《四部丛刊》本《水心先生文集》卷二十五

[1] 此文是叶适为自己的亡母杜氏所作的墓志。"墓志"是指放在墓中刻有死者生平事迹的石刻。在此文中,叶适记述了母亲相夫教子,勤苦持家,从而使得叶氏一门能不坠读书之素业的一生。表达了自己于母亲生前未能尽孝的愧恨。文章平易自然又饱含深情,凄恻感人。

645

〔2〕夫人:对妇人的尊称。

〔3〕温州瑞安县:即今浙江省瑞安市。

〔4〕世:世代。吏:指官府中的胥吏或差役。

〔5〕外王父:此指叶适的外公。

〔6〕劳辱之事:劳苦委屈之事。

〔7〕处州龙泉:即今浙江省龙泉市。浙江省丽水市古称处州,辖龙泉等县市。

〔8〕贫匮:贫乏、贫穷。三世:三代。

〔9〕归:嫁给。旧时称女子出嫁为"归"。

〔10〕岁大水:那一年发水灾。

〔11〕什器:生活中使用的各种器具。偕:一同、一起。

〔12〕随僦辄迁:指租赁房屋,经常搬迁。僦:租赁。

〔13〕栋宇:房屋。完:完整。

〔14〕自给:自食其力。此指以教授生徒为业。多不继:经常招不到学生,生计发生困难。

〔15〕生事:生计。

〔16〕滞麻遗纻:指拾取遗落在田中的麻或纻。纻,指苧麻,可作为原料织成粗布。缉,析麻捻成线。

〔17〕端匹:古代布帛的计量词。《资治通鉴·唐宪宗元和五年》:"悉罢诸道行营将士,共赐布帛二十八万端匹。"胡三省注:"唐制:布帛六丈为端,四丈为匹。"

〔18〕"至如《国风》"二句:意谓《诗经·国风》中所称道的那些贤妇人,与自己母亲的美德相比,也是微不足道的。

〔19〕改业由他道:改行从事别的职业。

〔20〕然:表示肯定的答语。不可以羞吾舅姑之世也:指不可使公婆家世代业儒的家风蒙羞。舅姑,公婆。

〔21〕缪:错误。

〔22〕士人之家:读书之家。士人,指儒生,知识阶层。

〔23〕乾道八年:即公元1172年。乾道是宋孝宗的年号。

〔24〕上满下虚:上体满涨,下体虚弱。

〔25〕每作:每次疾病发作。

〔26〕骛眩轹死:快速眩晕,几近死去。骛,驰、快。

〔27〕汝所谋以养者:你所从事的可以养家的(事业)。

〔28〕淳熙五年:即公元1178年。淳熙为宋孝宗年号。

〔29〕行屦:行走。

〔30〕洗栉(zhì 至)目:即洗栉面目,洗脸梳头。

〔31〕瘳(chōu 抽):病愈。

〔32〕偿畴昔之不遇:对以往生活的苦难是一个补偿。畴昔,从前。不遇,运气不好,生活多难。

〔33〕庶几:差不多。禄仕养:靠做官的俸禄养活父母。

〔34〕照临:(上天日、月、星)的照射,此为彰明意。诸孤:此指失去母亲的诸位子女。

〔35〕使之终无以自赎者:使子女无以赎回不孝之罪。

〔36〕请:请示。

〔37〕德不克施:有德不能获得施报。

〔38〕启殡屋:搭建存棺之屋。幽兆:墓穴。

〔39〕"则万事殒裂"句:形容作者在母亲去世后痛不欲生、了无生趣的心情。殒裂,坏裂。

〔40〕训饬(chì 赤):教训诫勉。

〔41〕不忝:不辱、不愧。

〔42〕终丧:办完丧事。

〔43〕自见于世:指自己能够立身扬名于世。

647

〔44〕乞铭于世之君子:乞求当世君子为母亲写墓志铭。请当世名人为去世的亲人写墓志铭是旧时代的风尚。叶适此时感觉自己名位不够,故托之将来。

〔45〕埳(kǎn砍)名于墓隅:将这篇自作的墓志埋在墓的一侧。埳,同"坎",埋。

陈　亮

陈亮(1143—1194)，字同甫，号龙川，人称龙川先生，婺州永康(今浙江永康)人。淳熙五年(1178)诣阙上书论国事，震动一时。光宗绍熙四年(1193)策进士第一，授建康军节度判官，未及到任而卒。他是永嘉学派的代表人物，提倡救时济事的功利之学，反对理学家空谈道德心性。在政治上主张富国强兵，对外力主抗金，反对偏安，为此触怒权贵，曾三次被诬入狱。其散文说理透辟，笔力健爽豪俊。著有《龙川文集》。《宋史》卷四百三十六有传。

中兴论[1]

臣窃惟海内涂炭[2]，四十余载矣[3]！赤子嗷嗷无告[4]，不可以不拯；国家凭陵之耻[5]，不可以不雪；陵寝不可以不还[6]；舆地不可以不复[7]。此三尺童子之所共知，曩独畏其强耳[8]。韩信有言："能反其道，其强易弱。"[9]况今虏酋庸懦[10]，政令日弛，舍戎狄鞍马之长[11]，而从事中州浮靡之习[12]，君臣之间，日趋怠惰。自古夷狄之强[13]，未有四五十年而无变者。稽之天时[14]，揆之人事[15]，当不远矣。不于此时早为之图，纵有他变，何以乘之？万一虏人惩创[16]，更立令主[17]；不然，豪杰并起，业归他姓[18]，则

649

南北之患方始。又况南渡已久[19]，中原父老，日以狙谢[20]，生长于戎，岂知有我？

昔宋文帝欲取河南故地[21]，魏太武以为"我自生发未燥，即知河南是我境土，安得为南朝故地"[22]，故文帝既得而复失之[23]。河北诸镇[24]，终唐之世以奉贼为忠义[25]，狃于其习[26]，而时被其恩[27]，力与上国为敌，而不自知其为逆[28]。过此以往，而不能恢复，则中原之民乌知我之为谁[29]？纵有倍力，功未必半。以俚俗论之[30]，父祖质产于人[31]，子孙不能继赎[32]，更数十年，时事一变，皆自陈于官，认为故产[33]，吾安得言质而复取之！则今日之事，可得而更缓乎？

陛下以神武之资[34]，忧勤侧席[35]，慨然有平一天下之志，固已不惑于群议矣。然犹患人心之不同，天时之未顺，贤者私忧而奸者窃笑，是何也？不思所以反其道故也[36]。诚反其道，则政化行；政化行，则人心同；人心同，则天时顺。天不远人，人不自反耳[37]。

今宜清中书之务以立大计[38]，重六卿之权以总大纲[39]；任贤使能以清官曹[40]，尊老慈幼以厚风俗。减进士以列选能之科[41]，革任子以崇荐举之实[42]；多置台谏以肃朝纲[43]，精择监司以清郡邑[44]；简法重令以澄其源[45]，崇礼立制以齐其习[46]。立纲目以节浮费[47]，示先务以斥虚文[48]；严政条以核名实[49]，惩吏奸以明赏罚。时简外郡之卒[50]，以充禁旅之数[51]；调度总司之赢[52]，以佐军旅之储[53]。择守令以滋户口[54],户口繁则财自阜[55];拣将佐以立军政[56],军政明而兵自强。置大帅以总边陲[57],委之专而边陲之利自兴[58];任文武以分边郡[59],付之久而边郡之守自固[60]。右武事以振国家之势[61],来敢言以作天子之气[62];精间谍以得虏人之情,据形势以动中原之心。不出数月,纪纲自定[63];比及两稔[64],内外自实,人心自同,天时自顺。有所不往,一往而民自归。何者？耳同听而心同服。有所不动,一动而敌自斗[65]。何者？形同趋而势同利。中兴之功,可跂足而须也[66]。

夫攻守之道,必有奇变[67]。形之而敌必从[68],冲之而敌莫救,禁之而敌不敢动,乖之而敌不知所如往[69]。故我常专而敌常分,敌有穷而我常无穷也。夫奇变之道,虽本乎人谋,而常因乎地形。一纵一横,或长或短,缓急之相形[70],盈虚之相倾[71],此人谋之所措,而奇变之所寓也。今东西弥亘绵数千里[72],如长蛇之横道,地形适等[73],无所参错[74],攻守之道,无他奇变。今朝廷鉴守江之弊,大城两淮[75],虑非不深也,能保吾城之卒守乎[76]？故不若为术以乖其所之[77]。至论进取之道,必先东举齐[78],西举秦[79],则大河之南[80],长淮以北,固吾腹中物。齐、秦,诚天下之两臂也,奈虏人以为天设之险而固守之乎[81]？故必有批亢捣虚、形格势禁之道[82]。

窃尝观天下之大势矣。襄、汉者[83],敌人之所缓[84],今日之所当有事也[85]。控引京、洛[86],侧睨淮、蔡[87],包括荆、楚[88],襟带吴、蜀[89];沃野千里,可耕可守;地形四通,可左可右。今诚命一重臣,德望素著[90],谋谟明审者[91],镇抚荆、襄,辑和军民[92],开布大信,不争小利,谨择守宰[93],省刑薄敛,进城要险[94],大建屯田[95]。荆楚奇才剑客,自昔称雄,徐行召募[96],以实军籍。民俗剽悍,听于农隙时讲武艺[97]。襄阳既为重镇[98],而均、随、信阳及光、黄[99],一切用艺祖委任边将之法[100]:给以州兵,而更使自募;与以州赋,而纵其自用;使之养士足以得死力,用间足以得敌情[101]。兵虽少而众建其助,官虽轻而重假其权[102]。列城相援,比邻相和;养锐以伺[103],触机而发。一旦狂虏玩故习常[104],来犯江淮,则荆、襄之师,率诸军进讨,袭有唐、邓诸州[105],见兵于颍、蔡之间[106],示必截其后。因命诸州转城进筑[107],如三受降城法[108]:依吴军故城为蔡州[109],使唐、邓相距各二百里,并桐柏山以为固[110]。扬兵捣垒[111],增陴深堑[112],招集土豪,千家一堡,兴杂耕之利[113],为久驻之基。敌来则婴城固守[114],出奇制变;敌去则列城相应,首尾如一。精间谍,明斥堠[115],诸军进屯光、黄、安、随、襄、郢之间[116],前为诸州之援,后依屯田之利。朝廷徙都建业[117],筑行宫于武昌[118],大驾时一巡幸。虏知吾意在京、洛,则京、洛、陈、许、汝、郑之备当日增[119],而东西之势分矣[120];东西之势分,则齐、秦之间可乘矣。四川之帅,亲率大军,以待凤翔之虏[121];别命骁将出祁山以截陇右[122],偏将由子午以窥长安[123],金、房、开、达之师入武关以镇三辅[124],则秦地可谋矣。命山东之归正者往说豪杰[125],阴为内应[126];舟师由海道以捣其脊[127]。彼方支吾奔走[128],而大军两道并进,以揕其胸[129],则齐地可谋矣。吾虽示形于唐、邓、上蔡[130],而不再谋进,坐为东西形援[131],势如猿臂;彼将愈疑吾之有意京、洛,特持重以示不进[132],则京、洛之备愈专,而吾必得志于齐、秦矣[133]。抚定齐、秦,则京、洛将安往哉[134]?此所谓批亢捣虚、形格势禁之道也。

就使吾未为东西之举[135],彼必不敢离京、洛而轻犯江、淮,亦可谓乖其所之也;又使其合力以压唐、蔡,则淮西之师起而禁其东,金、房、开、达之师起而禁其西,变化形敌[136],多方牵制,而权始在我矣。

然荆、襄之师,必得纯意于国家而无贪功生事之心者而后付之。平居无事,则欲开诚布信,以攻敌心;一旦进取,则欲见便择利而止,以禁敌势。东西之师有功,则欲制驭诸将[137],持重不进,以分敌形。此非陆抗、羊祜之徒[138],孰能为之?

夫伐国,大事也。昔人以为譬拔小儿之齿,必以渐摇撼之。一拔得齿,必且损儿。今欲竭东南之力,成大举之势,臣恐进取未必得志,得地未必能守。邂逅不如意[139],则吾之根本撼矣。此岂谋国万全之道?臣故曰:攻守之间,必有奇变。

臣遗人也[140],何足以明天下之大计?姑疏愚虑之崖略〔141〕,曰"中兴论",唯陛下裁幸〔142〕。

中华书局1987年点校本《陈亮集》卷二

〔1〕此文作于宋乾道五年(1169),是陈亮上书给宋孝宗的《中兴五论》中的一篇。"中兴"意为衰而复兴。当时金国内乱方息,而南宋朝廷却满足于偏安。陈亮此文分析了当时形势,论述了北伐的重要性,批评苟安妥协思想,提出了一系列中兴图强的政治、经济、军事改革措施,特别是对如何进行北伐,提出一些行动方略。陈亮的建议,虽没有被朝廷采纳,但他的胆略、器识、才干以及飞扬的文采由此文可见一斑。

〔2〕涂炭:泥淖与炭火。喻水深火热,非常困苦的境地。

〔3〕四十余载:作者写作此文时,上距靖康之变(1126)已有四十三年。

〔4〕赤子:初生婴儿。此指百姓。嗷嗷无告:哀号哭泣无处诉说。

〔5〕凭陵:遭受凌辱。

〔6〕陵寝:帝王的墓地。北宋帝王在汴京的墓地此时已被金国所占领。

〔7〕舆地:疆域、国土。

〔8〕曩(nǎng攘):从前。独:只是。

〔9〕韩信:江苏淮阴人。在反秦起义中从刘邦,为大将,后封为淮阴侯。《史记·淮阴侯列传》载,韩信对刘邦说:"项王所过无不残灭者,天下多怨,百姓不亲附,特劫于威强耳。名虽为霸,实失天下心。故曰其强易弱。今大王诚能反其道,任天下武勇,何所不诛!"其意是若能反其道而用之,就可使敌人由强变弱。

〔10〕房酋:对金人首领的蔑称。当时金国的首领是金世宗完颜雍。庸懦:昏庸怯懦。

〔11〕舍:放弃。戎狄:古代称西方少数民族为戎,北方少数民族为

狄。这里代指金国。北方少数民族以游牧为生活方式,故长于鞍马,能征善战。

〔12〕中州:指中原,即今河南省一带。浮靡:浮华侈靡。

〔13〕夷狄:和"戎狄"一样,指金国。

〔14〕稽:考查。

〔15〕揆:揣测、度量。

〔16〕惩创:惩戒、警惕。

〔17〕更:改换。令主:贤名的君主。

〔18〕业:指帝王之业。

〔19〕南渡:靖康元年(1126),金兵攻下北宋都城汴梁(今河南开封),次年,金人虏徽、钦二宗北上,北宋灭亡。高宗赵构南渡长江,在临安(今杭州)建立南宋政权,史称"南渡"。

〔20〕徂谢:死亡、谢世。

〔21〕宋文帝:指南北朝时南朝宋代皇帝刘义隆。河南故地:黄河以南,淮河以北的地区,原为刘宋所有。宋少弟景平元年(423)为北魏夺占。参见《南史·宋本纪》。

〔22〕"魏太武"三句:魏太武,北魏太武帝拓跋焘。生发未燥,生下来头发还没干燥,即指婴儿时。安得:怎能。南朝:魏太武帝口中的南朝,指当时和北魏对峙的刘宋。据《资治通鉴·宋纪三》:"帝(宋文帝)自践位以来,有恢复河南之志。……先遣殿中将军田奇使于魏,告魏主(魏太武帝)曰:'河南旧是宋土,中为彼所侵。今当修复旧境,不关河北。'魏主大怒曰:'我生发未燥,已闻河南是我地,此岂可得!'"

〔23〕文帝既得而复失之:《南史·宋本纪》:"(元嘉七年)三月戊子,遣右将军到彦之侵魏。……八年春二月辛酉,魏克滑台。癸酉,檀道济引军还,自是河南复亡。"

〔24〕河北诸镇:指唐中叶以来黄河以北的幽州、魏博、成德等几个

655

割据的藩镇。这里指这些地区的人民。镇,唐代边境重地设镇,其长官为节度使,掌一方军政大权。

〔25〕贼:对唐中叶以来反叛中央政权的地方割据势力头目的鄙称。

〔26〕狃:习惯、因袭。

〔27〕时被其恩:指河北诸镇的人民时常蒙受那些节度使的恩惠。被,蒙受。

〔28〕上国:指唐帝国中央政权。不自知其为逆:安史乱后,河北地区长期处于割据状态,当地百姓只知有割据政权,不知有中央政府,已经成为习惯,所以陈亮说他们"不自知其为逆"。

〔29〕乌知:哪里知道。我:指我方,宋朝。

〔30〕俚俗:民俗。

〔31〕质产:抵押财物。

〔32〕继赎:尽快赎回。继,紧跟着、随后。

〔33〕故产:原有的家产。这里是说东西抵押在别人处,时间一长,对方就会将所抵押之物认为是自己之故物。

〔34〕神武:神明英武。资:资质。

〔35〕忧勤侧席:忧劳得坐卧不安。侧席,不正坐,谓因忧惧而坐不安宁。

〔36〕反其道:指改变国策。

〔37〕自反:反求诸己。

〔38〕中书:中书门下的简称,是南宋时期的最高政务机构。

〔39〕六卿:周代设有冢宰、司徒、宗伯、司马、司寇、司空六官,称为六卿,分管朝廷政务。唐宋以后设六部(吏、户、礼、兵、刑、工),各部大臣职务相当于六卿。

〔40〕官曹:官府。职官治事分科称为"曹"。

〔41〕选能:选拔务实能干的人才。陈亮认为进士科所习不适于实

用,故云。

〔42〕任子:一种选官制度,即高级官员的子弟、亲属,可以不经科举,直接获得官职。荐举:由一定级别的官员,根据能力品行等标准,向朝廷推荐官员。相对任子来说,这是一种重视能力的选官方法。

〔43〕台谏:官名。唐宋时期,负责弹劾百官的官吏称台官,职掌建言的给事中,谏议大夫等为谏官。两者职责后来渐渐相混,故而以"台谏"泛称之。

〔44〕监司:宋代在地方上设立转运司、提刑司等机构,其长官除了负责自己的本职工作以外,还对所辖州县的政务有监察之权,故称监司。

〔45〕简法重令:精简法令,严格执行。

〔46〕崇礼立制以齐其习:崇尚礼仪、建立制度以整齐风俗。齐,整齐、统一。习,习俗、社会风气。

〔47〕纲目:大纲细目,指规章制度。以节浮费:以节制浪费。

〔48〕示先务:指明当务之急。虚文:华而不实、无意义的事情。

〔49〕政条:政令。核名实:考核是否名副其实。

〔50〕简:挑选。

〔51〕禁旅:指禁军。宋代军制,大体将军队分为禁军和地方军两类。其中禁军是经过精心挑选的,战斗力较强,分屯各地,是军队的主干。

〔52〕总司:即总领所。南宋时期,成立了四个总领所,分别负责淮东、淮西、湖广、四川四个战略区驻军的供给。赢:财物赢余。

〔53〕佐:辅佐。储:储备。

〔54〕守令:太守(州官)和县令。滋户口:增加人口。

〔55〕阜:丰盛。

〔56〕拣将佐:挑选将领和辅佐将领的军官。军政:军队政事。

〔57〕总边陲:总管边疆。

〔58〕委之专:授之专权。

〔59〕文武:文官武将。分边郡:负责边郡事务。

〔60〕付之久:给以久任。作者主张沿边州县应当选择合适人选,长期任职,而不像内地那样定期轮换。

〔61〕右武事:重视军事。右,古代以右为上。

〔62〕来敢言:招徕敢于说话的人。

〔63〕纪纲:法纪纲领。

〔64〕比及两稔:等到两年。稔,庄稼成熟。古时农作物一年一熟,故两稔为两年。

〔65〕敌自斗:敌人内部起纷争。

〔66〕跷(qiāo 敲)足:举足。须:待。

〔67〕奇变:巧妙的变化。

〔68〕形之而敌必从:做出行动,就会调动敌人。《孙子·势篇》:"故善动敌者,形之,敌必从之;予之,敌必取之。"

〔69〕乖:迷惑,使错乱。

〔70〕相形:相比较。

〔71〕相顷:相对立。这里的"相倾"和前文"相形"一样,有"相比较"的意思。

〔72〕弥:广。亘绵:连绵不断。

〔73〕适等:相当。

〔74〕参错:参差不齐。南宋和金南北对峙,分界线东起淮河、西至大散关,大体一条直线,所以陈亮说"地形适等,无所参错"。

〔75〕大城两淮:对两淮地区重要州县的城防进行大规模的建设、修整。城,指加固城墙等城防设施。两淮,指淮南东路和淮南西路。

〔76〕卒:最终。

〔77〕术:计策。乖其所之:使敌人错乱,不知所往。之,往、向。

〔78〕举:出兵。齐:今山东一带。

〔79〕秦:今陕西一带。

〔80〕大江以南:据上下文,"江"应为"河",即黄河以南。

〔81〕奈:奈何。

〔82〕批亢捣虚、形格势禁:《史记·孙子吴起列传》:"孙子(孙膑)曰:'夫解杂乱纷纠者不控捲,救斗者不抟撠,批亢捣虚、形格势禁,则自为解耳。'"批,排击。亢,通"颃",咽喉。捣,攻击。格,阻碍。禁,禁止。"批亢捣虚"意为攻击敌人要害和虚弱之处。"形格势禁"意谓使敌人受形势的阻碍和限制。陈亮认为由于金国在齐、秦屯有重兵,南宋无法直接实现经略齐、秦,包举中原的战略,就必须寻找金国的弱点,调动对方,使他们的优势无法发挥。

〔83〕襄、汉:襄阳、汉阳。在今湖北襄阳、武汉一带。

〔84〕缓:松弛。

〔85〕有事:指南宋要在襄、汉地区有所作为。

〔86〕控引:控制,牵引。

〔87〕侧睨:斜视,引申为监视。淮、蔡:今安徽、河南一带。

〔88〕包括:总揽。荆、楚:今湖北、湖南一带。

〔89〕襟带吴、蜀:连带着吴、蜀(今江苏、四川一带)。

〔90〕德望素著:道德、声望一向有名。

〔91〕谋谟明审:计谋精明审慎。

〔92〕辑和:团结和睦。辑,齐聚。

〔93〕守宰:驻守官员。

〔94〕进城险要:在险要之地筑城。

〔95〕屯田:组织垦荒种田,以给养边防军,称之为"屯田"。

〔96〕徐行:缓慢地进行。

〔97〕听:听从。

〔98〕襄阳:今湖北襄阳一带。

〔99〕均:均州,今湖北丹江口市一带。随:随州,今湖北随州市一带。信阳:今河南信阳市一带。光:光州,今河南光山县一带。黄:黄州,今湖北黄冈市一带。

〔100〕艺祖:唐宋人称开国帝王为艺祖。此指宋太祖赵匡胤。

〔101〕间:间谍。

〔102〕重假其权:给以大权。

〔103〕伺:等待。

〔104〕玩故习常:像往常那样,轻慢武略。玩和习,都有轻慢忽略的意味。

〔105〕唐、邓诸州:唐州,在今河南省唐河县一带;邓州,在今河南省邓州市一带。

〔106〕颍、蔡:颍州,在今安徽阜阳市一带;蔡州,在今河南上蔡县一带。

〔107〕转城进筑:迁徙城镇,前移重新建城。据绍兴十一年(1141)"绍兴和议",宋、金的边界是:东起淮河中游,西至大散关(今陕西宝鸡),中间的唐、邓、蔡诸州属于金。因此,南宋要想重建唐、邓、蔡诸州,必须前徙重建州府。

〔108〕三受降城法:据杜佑《通典·边防》记载,唐代朔方道大总管张仁愿,于景隆二年(708)在黄河北部的内蒙一带,建筑东、中、西三座受降城,东西相去各四百里,使其首尾相救,以断绝突厥人南侵之路。

〔109〕吴军故城:指曾被吴元济占据的蔡州故城。吴元济为唐宪宗时叛藩的首领,曾据蔡州为叛。

〔110〕桐柏山:山名,在今河南、湖北两省交界处。

〔111〕捣垒:捣土石以筑城堡。

〔112〕增陴(pí 脾)深堑:增高女墙,深挖壕堑。陴,城上的矮墙。

亦称"女墙",俗称"城垛子"。

〔113〕杂耕:在军事行动的间隙进行农耕,耕战一体。

〔114〕婴城:环城。婴,环绕。

〔115〕明斥堠(hòu厚):加强侦察、明了敌情。斥堠,即斥候、侦察。

〔116〕进屯:进驻。安:安州,今湖北安陆市。郢:郢州,今湖北钟祥市。

〔117〕建业:今南京。

〔118〕行宫:皇帝外出巡行时的住所。武昌:今武汉市。

〔119〕京、洛、陈、许、汝、郑:皆地名。京指东京,今开封。洛即今洛阳。陈指陈州,今河南拓城。汝指汝州,今河南汝南。郑即郑州,今河南郑州。

〔120〕东西之势分:东西,指山东和关中。陈亮希望通过在襄、汉地区的积极行动,调动金国,使其不得不削弱在山东、关中地区的力量,从而为南宋由齐、秦两地进军创造条件。

〔121〕凤翔:今陕西省凤翔。是由川入秦的咽喉之地,也是关中金军驻防的重镇。

〔122〕骁将:猛将。祁山:山名,在今甘肃省西和县北。陇右:陇山西侧。

〔123〕偏将:副将。子午:子午谷,在今陕西西南。长安:今陕西西安一带。

〔124〕金、房、开、达:皆州名。金州,今陕西省安康市;房州,今湖北省房县;开州,今四川省开县;达州,今四川省达县。武关:关口名,在今陕西省商县东。三辅:据《太平御览》卷一百六十四引《三辅黄图》,汉武帝时"以渭城以西属右扶风,长安以东属京兆尹,长陵以北属左冯翊,以辅京师(长安),谓之三辅"。辖境相当于今陕西中部地区。陈亮这里设想南宋由陇右、凤翔、五关,从西、中、东三路迫近关中。

661

〔125〕归正:投诚。说:游说、劝说。

〔126〕阴:暗地里。

〔127〕舟师:水军。脊:背后。

〔128〕支吾奔走:穷于应付,疲于奔命。

〔129〕揕(zhèn 镇):刺、攻打。胸:正前面。

〔130〕示形:指在襄、汉地区积极行动,显示出展开军事行动的势头。

〔131〕坐:等待。形援:呼应的态势。

〔132〕持重:慎重。

〔133〕得志:得偿所愿。

〔134〕安往哉:往哪里跑?意谓收入囊中,成为自己的了。

〔135〕东西之举:即"东举齐,西举秦"。

〔136〕变化形敌:多方变化,以调动敌人。

〔137〕制驭:控制驾驭。

〔138〕陆抗:字幼常,官至大司马,三国时东吴大将。曾镇守武昌。羊祜:字叔子,泰山南城(今山东费县西南,一说山东新泰市羊流镇)人。西晋将领。晋武帝时曾镇守襄阳。与镇守武昌的陆抗对峙。两人均能持重待敌,使对方不敢轻动。

〔139〕邂逅(xiè hòu 泄候):偶然遇到。

〔140〕谡(xiǎo 晓)人:见识短浅之人。此是作者谦虚的说法。

〔141〕崖略:大略。

〔142〕裁幸:对尊长的敬辞,意谓以裁取为幸。

甲辰秋与朱元晦书[1]

五月二十五日,亮方得离棘寺而归[2],偶在陈一之架阁处逢一朱秀才[3]，云方自门下来[4]，尝草草附数字。到家始见潘书度兄弟递到四月间所惠教[5]，发读恍然，时犹未脱狱也。讯后遂见秋深[6]，伏惟燕居有相[7]，台候动止万福[8]。

比过绍兴[9]，方见《精舍杂咏》所谓《棹歌》者[10]，自宇宙而有兹山，却赖羊叔子以发泄其光辉矣[11]。恨不得从容其间以听余论，略分山水之余味以归，徒切健仰而已[12]。韩记、陆诗亦见录本[13]，深自叹姓字日以湮没[14]，笔力日以荒退，不能以言语附见诸公之后尘[15]，为可愧耳！张果老下驴儿，岂复堪作推磨用[16]？已矣，无可言者。司马迁有言："贫贱未易居，下流多谤议。"[17]因来教而深有感焉。亮之生于斯世也，如木之出于嵌岩嵚崎之间[18]，奇蹇艰涩[19]，盖未易以常理论。而人力又从而掩盖磨灭之，欲透复缩，亦其势然也[20]。

亮二十岁时，与伯恭同试漕台[21]，所争不过五六岁[22]，亮自以姓名落诸公间，自负不在伯恭后。而数年之间，地有肥硗，雨露之养，人事之不齐[23]，伯恭遂以道德为一世师表；而亮陆沉残破[24]，行不足以自见于乡间，文不足以自奋于场屋[25]，一旦遂坐于白尺楼下[26]，行路之人皆得以挨肩叠足[27]，过者不看，看者如常，独亮自以为死灰有时而复然也[28]。伯恭晚岁亦念其憔悴可怜，欲扶拭而俎豆之[29]，旁观者皆为之嘻笑，已而叹骇，已而怒骂。虽其徒甚亲近者，亦皆睨视不平[30]，或以为兼爱太泛，或以为招合异

663

类,或以为稍杀其为恶之心[31],或以为不遗畴昔雅故[32]。而亮又戏笑玩侮于其间;谤议沸腾,讥刺百出,亮又为之扬扬焉以资一笑[33]。凡今海内之所以云云者,大略皆出于此耳。

伯恭晚岁于亮尤好,盖亦无所不尽,箴切诲戒[34],书尺具存[35]。颜渊之犯而不校[36],淮阴侯之俯出胯下[37],俗谚所谓"赤梢鲤鱼,虀瓮可以浸杀"[38],王坦之以为"天下之宝当为天下惜之"[39],所谓"克己复礼"者,盖无一时不以为言[40]。亮不能一一敬遵其戒则有之,而来谕谓"伯恭相处于法度之外,欲有所言,必委曲而后敢及"[41],则当出于其徒之口耳。

如亮今岁之事[42],虽有以致之,然亦谓之不幸可也。当路之意,主于治道学耳[43],亮滥膺无须之祸[44],初欲以杀人残其命,后欲以受赂残其躯[45],推狱百端搜寻[46],竟不得一毫之罪,而撮其投到状一言之误[47],坐以异同之罪[48],可谓吹毛求疵之极矣。最好笑者,狱司深疑其挟监司之势[49],鼓合州县以求赂[50]。亮虽不肖[51],然口说得,手去得[52],本非闭眉合眼、蒙瞳精神以自附于道学者也[53];若其真好贿者,自应用其口手之力,鼓合世间一等官人相与为私,孰能御者[54]?何至假秘书诸人之势[55],干与州县以求贿哉!狱司吹毛求疵,若有纤毫近似,亦不能免其躯矣。

亮昔尝与伯恭言:"亮口诵墨翟之言,身从杨朱之道,外

664

有子贡之形,内居原宪之实。[56]"亮之居乡,不但外事不干与,虽世俗以为甚美,诸儒之所通行,如社仓、义役及赈济等类[57],亮力所易及者,皆未尝有分毫干涉。只是口唠噪,见人说得不切事情[58],便喊一响,一似曾干与耳。凡亮今日之坐谤者[59],皆其虚影也。惟经狱司锻炼[60],方知是虚。然亮自念有虚形而后有虚影,不恤世间毁誉怨谤[61],虽可以自立,亦可以招祸。"今年取金印如斗大",周伯仁犹以此取祸于王茂弘[62]。自六月二日归到家,方欲一切休形息影[63],而一富盗乘其祸患之余,因亮自妻家回,聚众欲篡杀之[64],其幸免者天也。不知今年是何运数,自是虽门亦不当出矣。秘书若更高着眼[65],亮犹可以舒一寸气;若犹未免以成败较是非,以品级论辈行[66],则途穷之哭[67],岂可复为世人道哉!

李密有言:"人言当指实,宁可面谀!"[68]研究义理之精微[69],辩析古今之同异[70],原心于秒忽[71],较礼于分寸[72],以积累为功,以涵养为正,晬面盎背[73],则亮与诸儒诚有愧焉。至于堂堂之阵[74],正正之旗[75],风雨云雷交发而并至[76],龙蛇虎豹变见而出没,推到一世之智勇,开拓万古之心胸,如世俗所谓麓块大脔[77],饱有余而文不足者[78],自谓有一日之长[79]。而来教乃有"义利双行,王霸并用"之说[80],则前后布列区区,宜其皆未见悉也[81]。海内之人,未有如此书之笃实真切者,岂敢不往复自尽其说,以求正于长者!

自孟、荀论义利王霸[82],汉、唐诸儒未能深明其说。本朝伊洛诸公[83],辩析天理人欲,而王霸义利之说于是大明。然谓三代以道治天下[84],汉、唐以智力把持天下,其说固已不能使人心服;而近世诸儒[85],遂谓三代专以天理行,汉、唐专以人欲行,其间有与天理暗合者,是以亦能久长。信斯言也,千五百年之间,天地亦是架漏过时[86],而人心亦是牵补度日[87],万物何以阜蕃[88],而道何以常存乎?故亮以为,汉、唐之君本领非不洪大开廓,故能以其国与天地并立,而人物赖以生息。惟其时有转移,故其间不无渗漏[89]。曹孟德本领一有跷欹[90],便把捉天地不定,成败相寻[91],更无着手处。此却是专以人欲行,而其间或能有成者,有分毫天理行乎其间也。诸儒之论,为曹孟德以下诸人设可也[92],以断汉、唐,岂不冤哉!高祖、太宗岂能心服于冥冥乎[93]!天地鬼神亦不肯受此架漏。谓之杂霸者[94],其道固本于王也。诸儒自处者曰义曰王,汉、唐做得成者曰利曰霸,一头自如此说,一头自如彼做;说得虽甚好,做得亦不恶,如此却是"义利双行,王霸并用"。如亮之说,却是直上直下,只有一个头颅做得成耳[95]。自来十论[96],大抵敷广此意[97]。只如太宗,亦只是发他英雄之心,误处本秒忽[98],而后断之以大义,岂右其为霸哉[99]?发出三纲五常之大本[100],截断英雄差误之几微[101],而来谕乃谓其非三纲五常之正,是殆以人观之而不察其言也。王霸策问[102],盖亦如此耳。

夫人之所以与天地并立而为三者[103]，以其有是气也[104]。孟子终日言仁义，而与公孙丑论一段勇如此之详，又自发为浩然之气[105]。盖担当开廓不去，则亦何有于仁义哉[106]！气不足以充其所知，才不足以发其所能，守规矩准绳而不敢有一毫走作，传先民之说而后学有所持循[107]，此子夏所以分出一门而谓之儒也[108]；成人之道宜未尽于此[109]。故后世所谓有才而无德，有智勇而无仁义者，皆出于儒者之口[110]；才德双行，智勇仁义交出而并见者，岂非诸儒有以引之乎[111]！故亮以为，学者学为成人，而儒者亦一门户中之大者耳[112]。秘书不教以成人之道，而教以"醇儒自律[113]"，岂揣其分量则止于此乎[114]？不然，亮犹有遗恨也。狂瞽辄发[115]，要得心胆尽露，可以刺剟而补正之耳[116]。秘书勿以其狂而废其往复[117]，亦若今世相待之浅也。

向时祭伯恭文[118]，盖亦发其与伯恭相处之实而悼存亡不尽之意耳[119]。后生小子[120]，遂以某为假伯恭以自高[121]，痴人面前真是不得说梦。亮非假人以自高者也。擎拳撑脚[122]，独往独来于人世间，亦自伤其孤零而已。秘书若不更高着眼，则此生真已矣！亮亦非缕缕自明者也[123]。痛念二三十年之间，诸儒学问各有长处，本不可以埋没，而人人须着些针线[124]，其无针线者，又却轻佻，不是屈头肩大担底人[125]。所谓至公血诚者，殆只有其说耳。独秘书杰特崇深[126]，负孔融、李膺之气[127]，有霍光、张昭之重[128]，卓然有深会于亮心者,故不自知其心之惓惓、言之缕缕也[129]。

　　去年承惠《李赞皇集》[130],令评其人,且欲与春秋、战国何人为比[131]。此公干略威重[132],唐人罕有其比,然亦积谷做米、把缆放船之人耳[133]。遇事虽打叠得下[134],胸次尚欠恢廓[135],手段尚欠跌荡[136],其去姚元崇尚欠三两级[137],要亦唐之人物耳,何暇论夫春秋、战国哉!管敬仲、王景略之不作久矣[138]!临染不胜浩叹之至[139]。

中华书局1987年点校本《陈亮集》卷二十八

〔1〕本文是陈亮于宋孝宗淳熙十一年(1184,岁次甲辰)秋季写给朱熹的一封书信。题目为编者所加,原为"甲辰秋书"。信中陈亮先是向朱熹描述了自己偃蹇蹭蹬的人生经历,以及与世多忤的性格;接着又说自己不是"闭眉合眼、蒙瞳精神以自附于道学者",而是向往做一番轰轰烈烈事业的豪杰之士:"堂堂之阵,正正之旗,风雨云雷交发而并至,龙蛇虎豹变见而出没,推到一世之智勇,开拓万古之心胸。"最后,作者谈到了与朱熹的思想分歧,不同意理学家所说的"三代专以天理行,汉、唐专以人欲行",认为道与器不能分离,汉、唐之君之所以有作为,也是因为本原于王道。朱熹劝导陈亮守规矩准绳、以"醇儒自律",而陈亮并不以为然,表示要追求"才德双行,智勇仁义交出而并见"的人生境界。这封书信能集中体现陈亮功利主义的思想特点。此文龙腾虎跃,气势磅礴,是一篇出色的论辩文章。

〔2〕棘寺:官署名,即大理寺,掌刑狱案件审理。据董平、刘宏章《陈亮评传》考证,淳熙十一年春三月,乡人卢氏诬陷吕师愈与陈亮合谋药杀其父,陈亮因此"就逮棘寺"。

〔3〕架阁:官名,指主管架阁库的官员,职责是掌管储藏文牍案卷。

陈一之与朱秀才,事迹未详。

〔4〕云方自门下来:(朱秀才)说刚从您那儿来。门下,门庭之下,此为敬语。

〔5〕潘叔度:潘景宪,字叔度,隆兴元年(1163)进士。惠教:承蒙教诲。此指朱熹写给陈亮的第四封书信,见《陈亮集》卷二十八附录。

〔6〕讯后:指了脱官司之后。讯,审讯。

〔7〕伏惟:伏在地上想,敬词。燕居有相:意谓起居安康,表示问候之词。

〔8〕台候:敬词,用于问候对方的寒暖起居。动止万福:犹言万事如意。

〔9〕绍兴:即今浙江省绍兴市。

〔10〕《精舍杂咏》所谓《棹歌》者:《朱子全书》卷六十六有《武夷精舍杂咏并序》,并作有《武夷棹歌十首》。朱熹曾在武夷山建"武夷精舍",以从事讲学、著述活动。精舍,原指隐士或僧人修行的地方,后亦指书斋。棹歌,行船时所唱之歌。

〔11〕羊叔子:即羊祜,参见《中兴论》注〔138〕。《晋书》卷三十四《羊祜传》:"祜性乐山水,每风景必造岘山,置酒言咏,终日不倦。尝慨然叹息,顾谓从事中郎邹湛等曰:'自有宇宙,便有此山,由来贤达胜士,登此远望,如我与卿者多矣,皆湮灭无闻,使人悲伤!如百岁后有知,魂魄犹应登此也。'"发泄其光辉:使岘山的光辉发泄于外,让世人皆知。这里陈亮将朱熹比为羊祜,夸赞其《棹歌》为武夷山增辉。

〔12〕健仰:景仰、向往。

〔13〕韩记:指韩元吉所作的《武夷精舍记》。韩元吉(1118—1187)字无咎,开封雍丘人,南宋著名政治家、文学家,撰有《武夷精舍记》,此记不见于今本韩元吉《南涧甲乙稿》,但存于谢维新《古今事类合璧备要》别集卷十八。陆诗:指陆游所写的《寄题朱元晦武夷精舍五首》。录

本:指抄录本。

〔14〕自叹姓字日以湮(yān 烟)没:自叹自己名声日益不彰。湮没,埋没。

〔15〕言语:此指辞章、著作。后尘:喻在别人的后面。

〔16〕"张果老下驴儿"二句:这里陈亮自比张果老的驴子,已不堪负重了。张果老,传说中的"八仙"之一,常骑驴出游。

〔17〕"贫贱未易居"两句:引自司马迁《报任安书》。但原文作"负下未易居,下流多谤议"。意思是说处于贫贱之中,不易在社会上立足;处于卑下的社会地位,常招致更多的非议。

〔18〕嵌岩嵚(qīn 亲)崎:形容陡峭险峻的山势。

〔19〕奇蹇艰涩:形容处境困难,坎坷不顺。

〔20〕"而人力又从而掩盖磨灭之"三句:又加上受人摧残,想露头舒展,却又缩了回去,这是形势决定的。

〔21〕伯恭:即吕祖谦(1137—1181),字伯恭,学者称东莱先生,婺州(今浙江金华)人,南宋著名哲学家、文学家,浙东金华学派创始人。他是陈亮的表兄和好友,比陈亮大六岁,故下一句说"所争不过五六岁"。漕台:漕司,即转运使司。主要负责所辖之路的财赋。南宋各地方考试本由州郡政府负责。各级官员的亲属、门客等,为了避嫌,不能和普通士子同场考试,就要由转运司来集中会考。见《文献通考》卷三二《选举考五》

〔22〕所争:相差。

〔23〕"地有肥硗(qiāo 跷)"三句:引自《孟子·告子上》:"今夫麰麦,播种而耰之,其地同,树之时又同,浡然而生,至于日至之时,皆熟矣。虽有不同,则地有肥硗,雨露之养,人事之不齐也。"意思是说,麦子长得不一样,是因为土壤的肥瘠、水分以及人们管理重视的程度不一样而不同。陈亮借此说明自己与吕祖谦在才能上本来差不多,但后来境遇不

同,发展就不一样了。硗,地质坚硬贫瘠。人事,人之所为。

〔24〕陆沉:原指陆地无水而沉,这里是埋没,不得志之意。

〔25〕场屋:考场。

〔26〕百尺楼:据《三国志·魏书·陈登传》,刘备以睡在百尺楼上比喻陈登品格之高。这里陈亮喻自己与吕祖谦相比社会地位低下。

〔27〕"行路之人"句:是说自己与普通人并肩叠足而坐,为芸芸众生中一员。

〔28〕"独亮自以为死灰"句:是说只有我陈亮认为自己终将成名,如死灰之复燃。

〔29〕欲抆(wěn稳)拭而俎豆之:意谓吕祖谦想帮助陈亮,提高他的社会地位。抆拭,擦干净,引申为修饰打扮。俎豆,祭祀用的器具,引申为崇奉。这里用如动词,指把他放在很重要的位置,有提携之意。

〔30〕睨视:斜视。

〔31〕杀:同"煞",抑制、制止。

〔32〕遗:抛弃。畴昔雅故:从前的好友。

〔33〕扬扬:得意的样子,此有轻蔑之意。

〔34〕箴切:恳切劝告。

〔35〕书尺:书信,指吕祖谦写给陈亮的信。

〔36〕颜渊:即颜回,字子渊,春秋末期鲁国人,孔子弟子。犯而不校:受到别人的侵犯而不计较。语出《论语·泰伯》。

〔37〕淮阴侯:汉朝韩信的封爵。韩信少年时曾忍辱从一个屠户的裤裆下钻过去,人们都笑其怯懦。事见《史记·淮阴侯列传》。

〔38〕"俗谚"句:赤梢鲤鱼,赤鲤,传说中的神鱼,为神仙所乘。虀(jī激)瓮,腌菜缸。这句话说,红尾神鱼也会被人放在腌菜缸里浸杀。

〔39〕"王坦之"句:王坦之(330—375),字文度,东晋时官中书令。简文帝死后,天子年幼,王坦之与谢安共辅少主。谢安好声乐,放荡不

羁,王坦之用"且天下之宝,故为天下所惜"这句话劝谏谢安,意思是天下有才能的人,应该为天下珍惜自己。

〔40〕克己复礼:约束自己,使自己的行为都合乎于礼的规范。《论语·颜渊》:"克己复礼为仁。"按:以上所引"犯而不校"等五个典故,都是吕祖谦平时对陈亮的"箴切诲戒"。按吕祖谦《吕东莱外集》卷六有与陈亮书,其中曰:"小辈作挠,似不足介意。颜子犯而不校,淮阴侯俛出胯下,两条路径虽不同,这一般都欠缺不得,幸甚留意!鄙谚云:赤梢鲤鱼,就薑瓮里浸杀。陈拾遗一代词宗,只被射洪县令断送了。事变大小,岂有所定哉!"

〔41〕"来谕"句:来谕,来信。法度,指儒家礼法制度和道德规范。必委曲而后敢发,必用委婉的语言才敢说出。朱熹在给陈亮的信中说:"然观老兄平时自处于法度之外,不乐闻儒生礼法之论,虽朋友之贤如伯恭者亦以法度之外相处,不敢进其逆耳之论,每有规讽,必宛转回互,巧为之说,然后敢发。"(见《陈亮集》卷二十八附朱熹《寄陈同甫书》)

〔42〕今岁之事:指陈亮在本年被下狱之事。

〔43〕当路:当权者。治:惩治。道学:宋代儒家周敦颐、张载、程颢、程颐、朱熹为代表的哲学流派,亦称理学。据刘时举《续宋编年资治通鉴》卷十记载,淳熙十年(1183)六月,监察御史上疏请禁伪学,认为道学"假其名以济其伪","当明诏中外,痛革此习",孝宗从之。

〔44〕滥膺:无故遭受。无须之祸:东汉末年,何进、袁绍诛杀宦官二千多人,其中有些不是宦官,因没有胡子被冤杀,后被称为"无须之祸"。陈亮的意思是说,官方想惩治道学,但自己不是道学中人,只因与朱熹等人相交好而受到了连累。

〔45〕"初欲以杀人残其命"二句:指淳熙十一年春陈亮下狱之事。官方最初想以杀人的罪名处陈亮以死刑,后因找不到证据,又企图以贿赂罪残害他的身体。据董平、刘宏章《陈亮评传》,官方正在惩治道学家,因陈

亮与吕祖谦、朱熹交谊颇厚,狱司遂疑陈亮为道学中人而欲重治其罪。至于受贿赂一事,虽不知其详,但大概是怀疑陈亮假借朱熹等人之势以干预州县而求贿。若事实果如此,则所谓道学"假名以济伪"将添上一项罪证。因此陈亮的被冤入狱,实是受官方惩治道学行动的连累。

〔46〕推狱:审训。

〔47〕撮:摘取。投到状:投到官府的状纸。

〔48〕坐以异同之罪:定了拉拢同党攻击异己的罪名。

〔49〕"狱司"句:狱司,掌管监狱的官吏。监司,宋代路一级地方机构,如安抚司、转运司、提举常平司等的总称。它们的长官拥有对所辖州县官员的监察权。此指朱熹。淳熙八年(1181)八月,宰相王淮推荐朱熹担任提举浙东常平茶盐公事,这个职务为路级监司之一。朱熹在此任上,曾调查时弊,弹劾了许多贪官污吏。故当道认为,陈亮有可能假朱熹之势,向州县官员索贿。

〔50〕鼓合:鼓动纠合。

〔51〕不肖:不才,自谦之词。

〔52〕口说得,手去得:会说能动,形容自己能力很强。

〔53〕蒙瞳精神:闭目养神。瞳,眼珠。"闭眉合眼、蒙瞳精神",是指道学家所提倡的静坐修养工夫。

〔54〕御:禁止。

〔55〕假:借。秘书:指朱熹。朱熹在孝宗淳熙三年(1176)任职秘书郎。

〔56〕墨翟:即墨子,名翟,春秋时期的思想家,提倡"兼爱"。杨朱:战国时期的思想家,主张"为我",即使拔一毛有利于天下也不为。子贡:孔子弟子,能言善辩,巧于经商,富至千金。原宪:孔子弟子,出身贫寒,安贫乐道。《史记·游侠列传》说原宪"终身空室蓬户,褐衣疏食不厌"。

〔57〕社仓:隋文帝开皇五年(585)在里社设置的粮仓,又名"义

仓",在农业丰收时向农户征粮积储,以备荒年放赈。朱熹曾积极宣传推行此法。义役:南宋应役户进行互助的一种方式。以一乡或一都为单位,由应役户出田或买田作为助役田,所收田租作为应役费用。出田多少,贫富不等。

〔58〕不切事情:不切实际。

〔59〕坐谤:受到诽谤。

〔60〕锻炼:本指锻造冶炼金属,引申为捏造罪名,罗织成案。

〔61〕不恤:不顾忌。

〔62〕"今年取金印如斗大"二句:故事见《晋书》中的《周顗传》和《王导传》。周顗,字伯仁,晋室南渡后任尚书左仆射。王导,字茂弘,东晋大臣。晋元帝时,王导的堂兄王敦叛乱,王导被牵累,请求周顗救他。周顗暗中力救,保王导无罪,当面却故意不理王导,并对左右说:"今年杀诸贼奴,取金印如斗大系肘。"后来王敦攻下建康(今南京),征求王导的意见,要杀周顗,王导不加救援。后来王导看到了周顗给皇帝上书保救自己的表文,非常后悔,"执表流涕,悲不自胜,告其诸子曰:'吾虽不杀伯仁,伯仁由我而死。幽冥之中,负此良友!'"陈亮引用这个典故,意在说明自己的招祸,往往出于误会,并非真有过错。

〔63〕休形息影:隐居,不问世事。

〔64〕箠(chuí 垂)杀:用木棍打死。箠,木棍,此用如动词。

〔65〕更高着眼:意谓高看一眼,不要瞧不起人。

〔66〕以品级论辈行:以身份论高低。

〔67〕途穷之哭:指身处绝望的人所发出的哀伤。《三国志·魏书·王粲传》裴松之注引《魏氏春秋》:"(阮籍)遂纵酒昏酣,……时率意独驾,不由径路,车迹所穷,辄恸哭而反。"

〔68〕"李密有言"三句:李密(582—618),字玄邃,一字法主,隋末唐初人。杨玄感起兵反隋,李密辅佐之。《资治通鉴》卷一百八十二《隋

纪六·炀帝中》:"(李)密(言于玄感)曰:'人言当指实,宁可面谀!若决机两阵之间,喑呜咄嗟,使敌人震慑,密不如公;驱策天下贤俊,各申其用,公不如密。'"指实,说实话。宁,岂。面谀,当面奉称拍马。

〔69〕研穷:追根穷源的研究。义理:指儒经的经义和原理。理学又称为"义理之学"。精微:精深微妙。

〔70〕辩析古今之同异:理学家根据他们的"义理",评论古今是非。辩,同"辨",辨别。

〔71〕原心于秒忽:推原心性于细微之间。理学家主张从人的内心的细微念头处辨别天理、人欲,以去人欲存天理。原,研究、体察。心,心性。秒忽,极细微、一闪念。

〔72〕较礼于分寸:推究礼仪至于分寸必较。较,比较、衡量。礼,体现"天理"的礼仪制度。分寸,细微。

〔73〕睟(suì碎)面盎背:谓修养到家的人,其内在道德能通过仪态表现出来。睟,润泽。盎,洋溢。《孟子·尽心上》:"君子所性,仁义礼智根于心。其生色也,睟然见于面,盎于背,施于四体;四体不言而喻。"

〔74〕堂堂之阵:威武雄壮的阵势。

〔75〕正正之旗:严整雄伟的军容。

〔76〕交发:交互发生、并至、一起来到。

〔77〕麤(cū粗)块大脔(luán栾):大块的肉。麤,同"粗"。脔,肉。

〔78〕文:文饰、文雅。

〔79〕一日之长:稍胜一筹。

〔80〕义利双行、王霸并用:仁义和功利一起实行,王道和霸道共同使用。朱熹主张重义轻利、尊王贱霸,他此前给陈亮写信,希望他"绌去义利双行、王霸并用之说,而从事于惩忿窒欲、迁善改过之事,粹然以醇儒之道自律"(《陈亮集》卷二十附录)。

〔81〕前后布列区区:我前后向您陈述的内容。布列,陈述。区区,

微不足道的话,谦词。悉,明了、知道。

〔82〕孟:指孟子。孟子重义轻利,主张"法先王"、"性善"论,倡导"王道"、"仁政"的政治学说。荀:即荀子。荀子主张"法后王",认为"义立而王,信立而霸",并不讳言霸道。他反对孟子的"性善"说,认为人性生来是"恶"的。从"性恶"出发,他提出了"法正之治"、"刑罚之禁"的法治路线。

〔83〕伊洛诸公:指北宋理学家程颢、程颐及其门徒,他们主张存天理,灭人欲,提倡重义轻利,尊王黜霸。伊洛,指伊水和洛水,都在洛阳附近,二程曾在洛阳长期讲学,故他们的学派也称"洛学"或"伊洛之学"。

〔84〕三代:指夏、商、周三代,理学家认为三代社会制度最为理想。道:指仁义之道。

〔85〕近世诸儒:这里其实是指朱熹等理学家。

〔86〕架漏:用木头支撑破漏的屋子。

〔87〕牵补:修修补补,苟且凑合。

〔88〕阜蕃:繁荣昌盛。

〔89〕"惟其时有转移"二句:只不过时势有时发生变化,所以在他们统治期间也有不完满的地方。渗漏:走漏、不完满。

〔90〕曹孟德:即曹操(155—220),字孟德,小字阿瞒,沛国谯(今安徽亳州)人,东汉末政治家、军事家、文学家。跷欹(qiāo qī 敲七):不平衡,引申为奇怪可疑。

〔91〕相寻:连续而来。

〔92〕曹孟德以下诸人:指名望、才能在曹操之下的各代君主。

〔93〕高祖:即汉高祖刘邦。太宗:即唐太宗李世民。冥冥:阴间。

〔94〕杂霸:指霸道与王道相互掺杂以进行统治。

〔95〕一个头颅做得成:其意是说义与利、王与霸是一个原则贯穿下来的。陈亮认为,自己的观点并非如朱熹所说的"义利双行、王霸并

用",而是认为义并非只是道德也有现实功利,霸道本于王道,并非只有功利而没有道德。

〔96〕十论:指陈亮于壬寅(淳熙九年)夏天写给朱熹的信中提到的《杂论十篇》。

〔97〕敷广:散布推广。

〔98〕误处本秒忽:错误之处原本微小。

〔99〕右:袒护、推崇。

〔100〕发出:发掘出。

〔101〕截断:去除。几微:微小。

〔102〕王霸策问:指陈亮自己所作的策问《问皇帝王霸之道》一文,见《陈亮集》卷十五。

〔103〕人之所以与天地并立而为三者:古时称天、地、人为"三才"。

〔104〕气:此指人的气魄、气概。

〔105〕"孟子终日言仁义"三句:指孟子与其学生公孙丑讨论如何培养勇敢的一段论述。《孟子·公孙丑上》:"昔者曾子谓子襄曰:'子好勇乎?吾尝闻大勇于夫子矣。自反而不缩,虽褐宽博,吾不惴焉;自反而缩,虽千万人,吾往矣。'……我善养吾浩然之气。……其为气也,至大至刚,以直养而无害,则塞于天地之间,其为气也,配义与道。"

〔106〕"盖担当开廓不去"二句:意谓如果不能担当天下之重责,不能开拓天下之功业,这哪里算是仁义呢!开廓,开拓。

〔107〕先民:指古代的圣贤。后学:后来的学者。持循:把握遵守。

〔108〕子夏:字卜商,孔子弟子。汉代以来,儒家之经学最初主要是从子夏一系传授下来的,如东汉徐防说:"《诗》、《书》、《礼》、《乐》,定自孔子;发明章句,始自子夏。"(《后汉书·徐防传》)

〔109〕成人:陈亮心中的"成人"是"推倒一世之智勇,开拓万古之心胸"的英雄人物。比儒者要高一级。

677

〔110〕皆出于儒者之口:意谓为儒者所贬。

〔111〕引:称引、赞许。

〔112〕门户:指学派。

〔113〕醇儒:纯粹的儒者。

〔114〕"岂揣其分量"句:揣:揣摩。分量:指做人的尺度。止于此:指只想做个醇儒。

〔115〕狂瞽辄发:谦词,常发些狂言。瞽,瞎子,比喻愚妄不明。

〔116〕刺剟(duō多):引申为找缺点。剟,削。

〔117〕往复:指书信往来论辩。

〔118〕向时祭伯恭文:指吕祖谦去世后,陈亮曾作有《祭吕东莱文》。向时,以前。

〔119〕发:揭示。实:实情。悼存亡不尽之意:意谓为生者与死者都没把各自的思想表达完整而悲伤。

〔120〕后生小子:晚辈。

〔121〕某:我。假:借。

〔122〕擎拳撑脚:举拳伸脚,意谓特立独行,不受束缚。

〔123〕缕缕自明:详细表白自己。

〔124〕须着些针线:本指缝补衣服,引申为需要弥补缺陷。

〔125〕屈头:低头。肩大担:挑重担。底:同"的"。

〔126〕杰特崇深:杰出、伟大、崇高、深沉。

〔127〕孔融(153—208):字文举,鲁国鲁县(今山东曲阜)人,曾任北海相,人称"孔北海",汉献帝时任少府、大中大夫等职。为"建安七子"之一。后因得罪曹操被杀。孔融富有才气,尚气节,《后汉书·孔融传赞》说他"懔懔焉,皜皜焉,其与琨玉秋霜比质可也"。李膺(110—169):字元礼,颍川襄城(今属河南)人。汉桓帝时曾任河南尹、司隶校尉等职。为人忠直,后因反对宦官专权被杀。

〔128〕霍光(？—前68)：字子孟,河东平阳(今山西临汾)人。为汉武帝、昭帝、宣帝三朝重臣,曾任奉车都尉、光禄大夫、大司马、大将军等职。他为人简重,汉武帝临终前曾遗命让他和金日䃅等共同辅佐昭帝。人们遂将他和商代伊尹并提,称为"伊霍"。张昭(156—236)：字子布,彭城(今江苏徐州)人。三国时东吴重要谋士,官至辅吴将军。

〔129〕惓惓(quán 全)：恳切。

〔130〕承惠：承蒙寄送。李赞皇：即李德裕(787—850),字义饶,真定赞皇(今河北赞皇)人。唐文宗大和七年(838)和武宗开成五年(840)两度为相。武宗会昌四年(844),进封卫国公。主政期间,重视边防,力主削弱藩镇,巩固中央集权。

〔131〕"令评其人"两句：朱熹答陈亮《癸卯秋书》云："《李卫公集》(李卫公即李德裕)一本致几间,此公才气事业,当与春秋、战国时何人为比,幸一评之。"(见《陈亮集》卷二十八附朱熹《寄陈同甫书》)

〔132〕干略：干才谋略。

〔133〕积谷做米、把缆放船：比喻循规蹈矩做事情。

〔134〕打叠：收拾、安排。

〔135〕胸次：胸怀。恢廓：宽宏广大。

〔136〕跌荡：灵活、活泼。

〔137〕姚元崇(650—721)：唐代名臣姚崇。本名元崇,武则天为改名元之,后因避开元年号,改名姚崇。历任武则天、唐睿宗、玄宗三朝宰相。能通时达变,有改革精神,号称贤相。

〔138〕管敬仲：即管仲,齐国颍上(今安徽颍上)人。名夷吾,又名敬仲,字仲。春秋时齐国政治家,曾帮助齐桓公成就霸业。王景略(325—375)：即王猛,字景略,北海剧(今山东寿光)人。十六国时前秦王苻坚的宰相,曾帮助苻坚统一黄河流域。作：兴起。

〔139〕临染：旧时用毛笔蘸墨写字叫染翰。临染即临写信的时候。

679

辛弃疾

辛弃疾(1140—1207),原字坦夫,后改字幼安,中年闲居乡村后又号稼轩居士,历城(今山东济南市历城区)人。宋室南渡后,其家乡沦于金人之手。绍兴三十二年(1162),辛弃疾参加了耿京领导的抗金义军,为其掌书记,后率义军归南宋。历任右承务郎,江阴签判及江西、湖北、湖南安抚使等职。他一生坚持抗金,反对和议,屡受主和派的排斥与迫害,因词遣恨,写下不少爱国词作。他能诗能文,现存作品,词作最多,今人邓广铭有《稼轩词编年笺注》(上海古籍出版社1978年版)。《宋史》卷四百零一有传。

审 势[1]

用兵之道,形与势二[2]。不知而一之[3],则沮于形[4]、眩于势[5],而胜不可图,且坐受其毙矣。

何谓形?小大是也。何谓势?虚实是也[6]。土地之广,财赋之多,士马之众,此形也,非势也。形可举以示威,不可用以必胜。譬如转嵌岩于千仞之山[7],轰然其声,嵬然其形[8],非不大可畏也,然而桎留木拒[9],未容于直[10],遂有能迂回而避御之,至力杀形禁[11],则人得跨而逾之矣。若夫势则不然,有器必可用[12],有用必可济。譬如注矢石于高埠之上[13],操纵自我,不系于人,有轶而过者[14],抨击中射,惟意所向,此实之可虑也。自今论之,虏人虽有嵌岩可畏之形,而无矢石必可用之势,其举以示吾者,特以威而疑我也;谓欲用以求胜者,固知其未必能也[15]。彼欲致疑,吾且信之以为可疑;彼未必能,吾且意其或能,是亦未详夫形、势之辨耳[16]。臣请得而条陈之:

虏人之地,东薄于海[17],西控于夏[18],南抵于淮[19],北极干蒙[20],地非不广也。虏人之财,签兵于民[21],而无养兵之费,靳恩于郊[22],而无泛恩之赏,又辅之以岁币之相仍[23],横敛之不恤[24],则财非不多也。沙漠之地,马所生焉,射御长技,人皆习焉,则其兵又可谓之众矣。以此之形,时出而震我,亦在所可虑,而臣独以为不足恤者[25],盖虏人之地,名虽为广,其实易分[26]。惟其无事,兵劫形制[27],若可纠合,一有惊扰,则忿怒纷争,割据蜂起。辛巳之变,萧鹧巴反于辽,开赵反于密,魏胖反于海,干友直反魏,耿京反于齐、鲁,亲而葛王又反于燕[28],其余纷纷,所在而是,此则已然之明验,是一不足虑也。

虏人之财,虽名为多,其实难恃。得吾岁币,惟金与帛,可以备赏而不可以养士;中原廪窖[29],可以养士,而不能保其无失。盖虏政庞而官吏横[30],常赋供亿[31],民粗可支,意外而有需[32],公实取一而吏七八之[33],民不堪而叛,叛则财不可得而反丧其资,是二不足虑也。

若其为兵,名之曰多,又实难调而易溃。且如中原所签[34],谓之"大汉军"者[35],皆其父祖残于蹂践之余[36],田宅罄于搥剥之酷[37],怨愤所积,其心不一。而沙漠所签者[38],越在千里之外,虽其数可以百万计,而道里辽绝[39],资粮器甲一切取办于民,赋输调发[40],非一岁而不可至。始逆亮南寇之时,皆是诛胁酋长,破灭资产,人乃肯从。未几,中道窜归者,已不容制[41],则又三不足虑也。

又况虏廷今日用事之人,杂以契丹、中原、江南之士,上下猜防,议论龃龉[42],非如前日粘罕、兀术辈之叶[43]。且骨肉间僭弑成风[44],如闻伪许王以庶长出守于汴[45],私收民心,而嫡少尝暴之于其父[46],此岂能终以无事者哉[47]?我有三不足虑,彼有三无能为,而重之以有腹心之疾,是殆自保之不暇,何以谋人!

臣抑闻古之善觇人国者[48],如良医之切脉,知其受病之处,而逆其必殒之期[49],初不为肥瘠而易其智[50]。官渡之师,袁绍未遽弱也,曹操见之,以为终且自毙者,以嫡庶不定而知之[51]。咸阳之都,会稽之游,秦尚自强也,高祖见之,以为"当如是"矣,项籍见之,以为"可取而代"之者,以民怨已深而知之[52]。盖国之亡,未有如民怨、嫡庶不定之酷,虏今并有之,欲不亡何待!臣故曰:"形与势异。"惟陛下实深察之!

上海辞书出版社、安徽教育出版社2006年版

《全宋文》卷六千二百一十四

〔1〕乾道元年(1165),辛弃疾给宋孝宗上《美芹十论》,陈述抗金救

国、收复失地、统一中国的大计,并希望唤起南宋君臣励精图治以求中兴的信念。全文共分十个部分,本文是其中的第一部分。文章论述了军事斗争中形与势的辩证关系,认为军事实力(形)并不是决定战争胜利的唯一要素,真正起决定作用的是在"形"的基础上充分发挥人的主观能动性,从而形成对我方有利的战略态势(势)。作者分析了金国的财力、兵力以及用人等方面存在的弱点,指出敌人表面强大,但并不可怕,我方若应对得当,完全可以战而胜之。

〔2〕形与势二:形与势是两回事。形,指军事实力,如下文所举土地、财赋、士马之多少。势,是指在"形"的基础发挥人的能动性,以形成有利的进取态势。《孙子》一书中有《形篇》、《势篇》可以参看。

〔3〕一之:混同为一。

〔4〕沮:沮丧。

〔5〕眩:迷惑。

〔6〕虚实:本《孙子·虚实篇》之意,指战争中"避实击虚"的致胜方法,属于"势"的范畴。

〔7〕转嵌岩:转动大岩石。嵌,山石如张口貌。仞:古代以八尺或七尺为仞。

〔8〕嵬:高大貌。

〔9〕堑留木拒:用壕沟留住或用巨木挡住从高处落下的岩石。

〔10〕未容于直:不让巨石直线下坠。

〔11〕力杀形禁:指岩石下坠的力量衰减以至于停止不动。

〔12〕器:物,这里指土地、财赋、士马等有形之物。

〔13〕注矢石:掷射箭和石。堋:城墙、壁垒。

〔14〕轶:跑过。

〔15〕"谓欲以求胜者"二句:金人声称将凭借这些(即金国所显示出的优势)来取得胜利,(我却)认为他不能做到。

〔16〕未详夫形、势之辨:没有弄清楚形与势的区别。意谓形(军事实力)和势(指挥运用)有联系有区别,不能相混。形能成势,势也能变形,形势可以互相转化。

〔17〕薄:迫近。海:东海。

〔18〕控:连接。夏:指西夏国。

〔19〕抵:到达。淮:淮河。当时宋、金以淮水为界。

〔20〕极:到。蒙:蒙古。

〔21〕签兵于民:金人平时登记百姓户口,到战时按户籍征调兵员,士兵自给自养,无需政府军费开支。

〔22〕靳恩于郊:吝啬于祭天时的大赦大赏。靳恩,吝惜恩赏。郊,指祭天。宋制,三年一郊,每次祭天,朝廷都会大赦大赏,花费极大。据《金史·礼志》,金世宗大定十一年(1171)始举行郊祀,已在此文之后七年。当时金国根本就没有郊祀恩赏,所以辛弃疾说金人"靳恩于郊"。

〔23〕岁币相仍:当时宋朝每年献给金人"金、银、绢各二十五万两匹",称之为"岁币",年年如此,故曰"相仍"。

〔24〕横敛之不恤:横征暴敛,不体恤百姓。

〔25〕恤:忧虑。

〔26〕易分:易于分化瓦解。

〔27〕兵劫形制:迫于武力劫持和形势强制。

〔28〕"辛巳之变"七句:辛巳,指宋高宗绍兴三十一年(1161),是年金主完颜亮大举南侵,在当涂被宋将虞允文击败,金军内哄,完颜亮为部将所杀。完颜亮起兵之初,向辽征兵,辽人萧鹧巴反。开赵,山东人,在密州(今山东诸城)起兵抗金。魏胜率抗金义军渡过淮水,攻占海州(今江苏东海)。王友直反魏,王友直,高平(今山西高平)人,率数万抗金义军攻破魏州(今河北大名)。耿京在山东济南、临淄一带(古属齐、鲁)率义军抗金,辛弃疾曾是其部下,为其"掌书记"。葛王,即金世宗完颜雍,

684

金太祖完颜阿骨打的孙子,初被封为葛王。公元1161年,他乘金主完颜亮南侵之机,在辽阳(今辽宁辽阳)起兵,自立为帝。辽宁西部与河北北部古属燕地,故云。

〔29〕廪窖:藏粮食的仓库和地窖。这里指金国征收来的粮食。

〔30〕庞:政令不一。

〔31〕常赋供亿:正常赋税和供给。

〔32〕意外而有需:额外的索取。

〔33〕公实取一而吏七八之:公家取一分,官吏要搜刮七八分之多。

〔34〕签:金人征兵称之为签兵。详见本文注〔19〕。

〔35〕大汉军:指金人强征汉人组建的军队。

〔36〕其父祖残于蹂践之余:意谓这些汉族军人都是在其父祖被金人残杀蹂躏后留存下来的。

〔37〕罄:尽。搥剥:鞭挞剥夺。

〔38〕沙漠所签者:指女真族的士兵。

〔39〕道里辽绝:道路遥远。指金人分布在东北边远地区,故云。

〔40〕赋输调发:赋税的征调和分配。

〔41〕已不容制:已不能制止。

〔42〕龃龉:不合。

〔43〕粘罕:即完颜宗翰,金宗室。从金太祖阿骨打攻取辽燕京。太宗时为左副元帅,攻破汴京,俘徽、钦二帝。天会十四年(1136)病卒。《金史》卷七十四有传。兀术:即完颜宗弼,金太祖之子。太宗时率金军追击宋高宗于海上。天会十五年任右副元帅,与南宋签订和议。皇统八年(1148)年去世。《金史》卷七十七有传。叶:协调、和洽。

〔44〕僭(jiàn溅)弑:超越本份,杀害亲长。

〔45〕伪许王以庶长出守于汴:据《金史》,金世宗庶长子完颜永中,大定元年(1161)封许王,五年,判大兴府尹。他出守汴京事,《金史》不

载。伪,非正统,从宋的立场看敌国的官职,故云"伪"。

〔46〕嫡少尝暴之于其父:据《金史》,金太子完颜永恭曾在其父金世宗面前揭发完颜永中在汴京收买民心之事。嫡少:指完颜永恭。他是世宗昭德皇后之子,但年龄小于庶出的皇子完颜永中,故称"嫡少"。暴,揭发。

〔47〕此岂能终以无事者哉:(金皇室骨肉相倾)这难道能保证他们平安无事吗?史载,后来永恭之子即位为帝(即章宗),赐永中死。由此可见辛弃疾判断之准。

〔48〕觇:窥视。

〔49〕逆:预料。殒:死亡。

〔50〕不为肥瘠而易其智:不为病人外在的肥瘦而改变其判断。

〔51〕"官渡之师"五句:指曹操与袁绍官渡之战一事。官渡在今河南省中牟县境内。史载,袁绍诸子嫡庶不和,兄弟相残,最终被曹操各个击败。至于说曹操预见到这种结局,史书不载,当是作者推测之辞。

〔52〕"咸阳之都"八句:据《史记·高祖本纪》,刘邦还是平民之时,在咸阳亲见秦始皇的出行盛况,感叹说:"嗟乎,大丈夫当如此也!"《项羽本纪》又说,项羽曾见秦始皇东游会稽(今浙江绍兴),说"彼可取而代也"!这里辛弃疾的意思是说,刘邦、项羽之所以说这样的话,是因为他们看到秦帝国表面上强大,但民怨已久,其实是外强中干了。

姜　夔

姜夔(1155—1221),字尧章,饶州番阳(今江西鄱阳)人。年少孤贫,从父游宦,屡试不第,转徙江湖,终生未仕。他早有文名,博学,善诗文,工书法,尤精于词,谙熟音律,能自度曲。颇受杨万里、范成大、辛弃疾等人的推赏。后定居苕溪(今浙江湖州),往来西湖,与苕溪的白石洞天为邻,因自号白石道人。他作为词人,上承周邦彦,下开吴文英、张炎一派,是格律派的代表作家,对后世影响很大。有《白石道人歌曲》、《白石道人诗集》、《诗说》等传世,今人夏承焘有《姜白石词编年笺校》(上海古籍出版社1981年版)。

白石道人诗集自序[1]

作者求与古人合[2],不若求与古人异[3];求与古人异,不若不求与古人合而不能不合,不求与古人异而不能不异。彼惟有见乎诗也[4],故向也求与古人合[5],今也求与古人异。及其无见乎诗已[6],故不求与古人合而不能不合,不求与古人异而不能不异。其来如风,其止如雨,如印印泥,如水在器[7],其苏子所谓不能不为者乎[8]?

予之诗盖未能进乎此也[9]。未进乎此则不当自附于作者之列。悉取旧作,秉畀炎火[10],俟其庶几于"不能不为"

而后录之〔11〕。或曰：不可。物以蜕而化〔12〕，不以蜕而累。以其有蜕，是以有化。君于诗将化矣，其可以旧作自为累乎〔13〕？姑存之以俟他日。

《四部丛刊》本《白石道人诗集》卷首

〔1〕本文是姜夔为自己的诗集写的自序。作者早年作诗学黄庭坚、陈师道，此乃求"与古人合"；后来他主张"学即病，顾不若无所学之为得"，是为"求与古人异"。学习前人的诗法，病在拘泥；刻意创新，讲求变化，还是有意为诗。最高的境界是不刻意作诗，自自然然以达到圆妙之境，所谓"不求与古人合而不能不合，不求与古人异而不能不异"。作者诗论虽极高明，但他的诗歌并未进乎此，他自称"予之诗盖未能进乎此"，平心而论，并非谦词。他的诗歌远不如他的词成就高。

〔2〕合：相同。

〔3〕异：不相同。

〔4〕彼：指学诗之人。有见乎诗：有意作诗，为作诗而作诗。

〔5〕向：从前。

〔6〕无见乎诗：此指造诣很深，作诗达到自然天成、不故意为诗的境界了。

〔7〕"如印印泥"二句：梁刘勰《文心雕龙·物色》："故巧言切状，如印之印泥；不加雕削，而曲写毫芥。"唐司空图《诗品》："道不自器，与之圆方。"意谓如印按在印泥上，泥如其文。如水装在器具中，水随器之圆方。这里形容心手相应。

〔8〕苏子所谓不能不为者：苏轼《苏东坡全集·南行前集叙》："夫昔之为文者，非能为之工，乃不能不为之工也。"这层意思也就是苏轼在其《自评文》中所说的："吾文如万斛泉源，不择地皆可出，在平地滔滔汩

泊,虽一日千里无难。及其山石曲折,随物赋形,而不可知也。所可知者,常行于所当行,常止于不可不止。"

〔9〕进乎此:达到这种境界。

〔10〕秉畀炎火:原出《诗经·小雅·大田》。意谓付之一炬。秉,拿。畀,给。

〔11〕俟:等待。

〔12〕蜕:蝉、蛇等脱皮,这种变化过程称之为"蜕"。此喻指脱旧换新。

〔13〕自为累:自以为是个拖累。

陈　淳

陈淳(1159—1223)，字安卿，亦称北溪先生，南宋理学家。漳州龙溪(今福建龙海)人。为朱熹晚年弟子，是朱熹理学思想的重要继承者和阐发者。一生主要从事教书、讲学，晚年以特奏恩授迪功郎、泉州安溪主簿，未上任而卒。著作有《北溪大全集》。《四库全书总目》评价他"生平不以文章名，故其诗其文皆如语录。然淳于朱门弟子之中最为笃实，故其发为文章，亦多质朴真挚"。

仁智堂记[1]

宪使陈侯结堂于第之南[2]，面真峰峦，翠拔参天，其下甃为凹池[3]，导后山之泉注其中，清泚寒冽[4]，取夫子所谓乐山水之意而扁之曰："仁智。"[5]

噫，有旨哉[6]！夫仁者天地生物之心[7]，而人生所得以为心者，纯是天理，绝无一毫人欲之私以间之[8]。智则此心之虚灵知觉，而所以是是非非之理也[9]。故有是仁者，必安于义理而重厚不迁，有似于山而乐乎山；有是智者，必达于事理而周流无滞[10]，有似于水而乐乎水。其气类相感[11]，物触而理形焉[12]，是岂寻常观览于外而玩物丧志者之比哉[13]！

然于其乐山而有观乎山之时,觉彼巍然盘峙于地而无今古之移也[14],则必有以坚吾仁之守,可以久处约、长处乐而不为得丧荣辱之所摇夺也[15]。觉彼青紫万状、四时生春也[16],则必有以养吾生物之心,使胸中常如春阳之和而与之为春也[17]。于其乐水而有观乎水之时,觉彼澄然可烛眉须[18],而无尘滓之污也,则必有以濯吾智之知,使清明常在躬,而不为私意杂虑之所汩挠也。觉彼流泉之有本,常新而不败也,则必有以毓吾虚灵[19],使觉之本体使之常惺惺[20],而与灵源相为不竭也[21]。至是则又内外交相发[22],彼此互相长,仰观俯察[23],鸢飞鱼跃[24],盖无一而非天理自然流行著见之实[25],无一而非吾藏修游息之益也[26]。则侯与子弟宾朋于斯,其为乐又何有既哉[27]!

堂之西又结小轩,植梅竹,曰"友清",已有诗为之纪[28]。嘉定戊寅元旦临漳北溪陈某记[29]。

文渊阁《四库全书》本《北溪大全集》卷九

〔1〕本文是作者为陈光祖所筑的"仁智堂"而写的记文。文章从"仁智堂"所处的优美山水环境写起,发挥孔子"知者乐水,仁者乐山"之哲理。以山之"青紫万状、四时生春",形容生生不息的仁人之心;以水之"无尘滓之污",形容智者的明达事理,周流无滞;以山水与人气类相感,来形容天理流行,万物与我为一的仁智境界。全文虽近似理学家讲学,但生动形象,行文富有美感。

〔2〕宪使陈侯:即陈光祖,字世德,莆田人。时任广东提刑。提刑司治所在韶州。宪使,诸路提点刑狱使,负责调查案件、劝课农桑和代表朝

廷考核官吏等事。堂:建于高台之上厅房。第:官邸。

〔3〕甃(zhòu宙):砌。

〔4〕泚(cǐ此):清澈。

〔5〕夫子:指孔子。《论语·雍也》:"子曰:'知者乐水,仁者乐山;知者动,仁者静;知者乐,仁者寿。'"扁,同"匾",用如动词,题匾。

〔6〕旨:意义。

〔7〕仁者天地生物之心:语出《河南程氏遗书》程颐语。朱熹也说:"天地之心别无可做,大德曰生,只是生物而已。"(《朱子语类》卷六十九)

〔8〕"而人生所得以为心者"三句:在理学家看来,人心之本体全是天理,本来没有人欲间杂。之所以有人欲,是因为气质之性的作用,从而失去了心之本体。生,生来。间,错杂。

〔9〕"智则此心"二句:意谓心智灵动能感知,能判断是非谓之"智"。是是非非,以是为是,以非为非,指断定对错。

〔10〕达于事理:通达事理。周流无滞:不拘执,机动灵活。

〔11〕气类相感:意谓仁者、智者与山水之性有相通之处,同气相应,相互激发。

〔12〕物触而理形焉:仁智之人接触外物(山水)而能领悟出深刻的义理。

〔13〕"是岂寻常"句:意谓这难道是那些在游览中只追求感官享乐而没有精神追求的俗人所能比的吗?

〔14〕盘峙:盘曲耸立。

〔15〕久处约、长处乐:安于贫困、享受富贵。语出《论语·里仁》:"子曰:不仁者不可以久处约,不可以长处乐。"

〔16〕彼:指山。青紫万状:形容山中植物色彩缤纷。

〔17〕与之为春:指心胸活泼有生气。朱熹的"等闲识得东风面,万

紫千红总是春"(《春日》),也是形容理学家见道之后的心灵境界。

〔18〕烛:照见。

〔19〕毓吾虚灵:养我心智。毓,养育。虚灵,指心智。

〔20〕觉之本体:指心之本体。常惺惺:经常保持一种清醒警觉状态。

〔21〕而与灵源相为不竭也:意谓心灵之源如水源一样不枯竭。

〔22〕内外交相发:指心灵与外界交相发用。

〔23〕仰观俯察:即"仰观于天,俯察于地"。语出《易·系辞下》。

〔24〕鸢飞鱼跃:《诗经·大雅·旱麓》:"鸢飞戾天,鱼跃于渊。"孔颖达正义:"其上则鸢鸟得飞至于天以游翔,其下则鱼皆跳跃于渊中而喜乐,是道被飞潜,万物得所,化之明察故也。"形容天机流行,万物各得其所。鸢,老鹰。

〔25〕著见:表露,表现。

〔26〕藏修游息:藏身、修整、游乐、休息。

〔27〕既:尽、终了。

〔28〕有诗为之纪:陈溪《北溪大全集》卷一有《名陈宪友清轩》诗。

〔29〕嘉定戊寅:即1128年。嘉定,宋宁宗赵扩的年号。临漳:即漳州。北溪:九龙江旧名。传说梁大同中,有九龙戏于其中,故名。

真德秀

真德秀(1178—1235),字景元、景希、希元,号西山,福建蒲城人。南宋庆元五年(1199)进士,官至户部尚书、资政殿学士、参知政事。为朱熹再传弟子,著名理学家、政治家,人称"小朱子"。他是理学家文论的代表人物之一,主张为文要合儒家义理,切世用。著述十分丰富,有《西山甲乙稿》、《对越甲乙集》、《经筵讲义》、《西山文集》、《大学衍义》等。《宋史》卷四百三十七有传。

潭州示学者说[1]

予既新其郡之学[2],又为之续廪士之费[3],俾诵弦于斯者[4],微一日之辍焉[5]。教授陈君瑞甫过余而请曰[6]:"公之于士也,有以安其居,又有以足其食,顾亡一言以淑之[7],可乎?"

余谢曰:"此师儒之事也[8],予何言?虽然,昔尝闻之孔氏矣[9],岂不曰'古之学者为己乎'[10]?自汉以经术求士,士为青紫而明经[11];唐以辞艺取士,士为科目而业文[12],其去圣人之意远矣[13]。今之学者,其果为己而学欤?其亦犹汉唐之士有所利而学也?如果为己而学,则理不可以不穷,性不可以不尽[14],不至乎圣贤之域弗止也。若其有所利而学,则苟能操觚吮墨[15],媒爵秩而贸轩裳斯足矣[16],驵贾其心弗顾也[17],夷虏其行弗耻也[18],此学者邪正之歧途也。请以是淑吾士可乎?"

瑞甫曰:"敬闻命矣[19]。抑后世之言学者其有得于孔氏之指欤[20]?"

曰:"后世之言学者其不缪于圣人鲜矣[21]。独尝于唐之阳子、近世之石子、尹子有取焉[22]。阳子曰:'学者,学为忠孝也。'石子曰:'学者,学为仁义也。'[23]尹子曰:'学者,学为人也。'[24]是三言者,庶几圣门之遗意乎[25]!方唐之世,士习之陋甚矣。阳子一旦倡斯言于太学[26],如天球之音[27],威凤之鸣,学者竦然洗心而易听[28],归觐其亲者[29],踵相蹑焉[30]。理义之感人如此!"

"然则石子之言其有异于阳子欤?"

曰:"亡以异也[31]。仁者,孝之原;义者,忠之干。曰仁义则忠孝在其中矣。"

"然则尹子之言其有异于二子欤?"

曰:"无以异也。夫人与天地并而为三才者也[32]。必也兼五常、备万善[33],然后人之道立焉。其警世之深、为人之切又进乎二子矣。"

"敢问所以学为人者奈何?"

曰:"耳、目、肤、体,人之形也;仁、义、礼、智、信,人之性也;君臣、父子、昆弟、夫妇、朋友,人之职也。必循其性而不悖,必尽其职而无愧,然后其形可践也[34]。孟子曰:'人之异乎禽兽者几希,庶民去之,君子存之。'[35]又曰:'无恻隐之心,非人也;无羞恶之心,非人也;无辞逊之心,非人也;无是非之心,非人也。'夫天之生斯人也,与物亦甚异矣,而孟子以为'几希',何哉?盖所贵乎人者,以其有是心也。是心不存,则人之形虽具而人之理已亡矣。人之理亡则其与物何别哉?故均是人也,尽其道之极者,圣人所以参天地也;违其理之常者,凡民之所以为禽犊也[36]。圣愚之分,其端甚微,而其末甚远,岂不大可惧乎?予故曰:尹子之言其警世之深、为人之切又进乎二子也。吾党之士苟无意于圣贤之学则已,傥有志焉[37],则反躬内省,于人道之当然者有一毫之未至,必将皇皇然如渴之欲饮、馁之欲食也[38],凛凛然如负针芒而蹈茂棘也[39]。吾子幸以为然,则愿告夫同志者,俾知太守之期乎[40]士不在于徼人爵、取世资,而在乎敬身而成德也[41]。"

瑞甫瞿然曰[42]:"公之淑吾士者厚矣。瑢请揭其言于学以为士之则[43]。"

《四部丛刊》本《西山文集》卷三十三

[1]嘉定十五年(1222),真德秀以宝谟阁待制出知潭州兼湖南安抚使。此文是作者知潭州时应州学教授陈瑢之请为郡学士子所作的一篇训词。文章明确指出,士子学习的目的不应该是功名富贵,而应讲求穷理尽性的"为己之学",具体来说即是前贤所说的"学为忠孝"、"学为仁义"、"学为人",这三者之间的关系是贯通的,都是"人道之当然者"。文章表现了真德秀试图通过改良学风以端正士风的良苦用心。

〔2〕新其郡之学:将郡学的校舍翻新。州、郡学府称为郡学。

〔3〕续廪士之费:续补廪士的经费。廪士,由公家给以膳食的生员。

〔4〕俾:使。诵弦于斯:在这里读书的人。诵弦,诵读诗歌。语本《礼记·文王世子》:"春诵夏弦,大师诏之。"郑玄注:"诵,谓歌乐也;弦,谓以丝播诗。"

〔5〕微:无。辍:停。

〔6〕陈君瑞甫:即陈璆,字瑞甫,一作端甫,时为潭州教授。

〔7〕淑:善良、美好。此用如动词,改善、修善之意。

〔8〕师儒:教官或学官。

〔9〕孔氏:指孔子。

〔10〕古之学者为己:语出《论语·宪问》:"子曰:'古之学者为己,今之学者为人。'"意谓古之学者读书是为了自身修养。

〔11〕"自汉以经术求士"二句:意谓汉代以《五经》取士,士人皆为做官而讲明儒经。青紫,汉代官印上绶带的颜色,以别品级。此借指富贵。按班固《汉书·儒林传赞》:"自武帝立《五经》博士,开弟子员,设科设策,劝以官禄,讫于元始,百有余年,传业者寖盛,支叶蕃滋,一经说至百余万言,大师众至千余人,盖利禄之路然也。"

〔12〕"唐以辞艺取士"二句:唐代进士科考试主要考诗赋,所以士人为了考试科目而学文。业文,从事文学。

〔13〕去圣人之意远矣:远离了孔子的思想。

〔14〕"则理不可以不穷"二句:意谓不可不穷物之理,不可不尽人之性。

〔15〕操觚呎墨:指写文章。操觚,原意为执木简书写,引申为写字作文。呎墨,用笔蘸墨,指为文。

〔16〕媒爵秩:谋官职。媒,谋求、营求。贸轩裳:换爵禄。轩裳,原指车服,引申为官位爵禄。

697

〔17〕駔(zǎng 脏上声)贾其心:其心灵市侩、鄙吝。駔,马贩子,泛指市侩。

〔18〕夷虏其行:其行为粗野无礼。夷虏,对少数民族的鄙称。因其文化落后,故如此说。

〔19〕敬闻命矣:敬听吩咐。

〔20〕抑:抑或、也许。指,通"旨"。

〔21〕缪:违背。鲜:少。

〔22〕唐之阳子:从下文"阳子一旦倡斯言于太学"看,"阳子"疑为唐代的阳峤,但下文中的"阳子曰:'学者,学为忠孝也'"这句话出处未详。据《新唐书》记载,阳峤是河南洛阳人,景龙时为国子司业,勤于学务,循循善诱,整修孔庙及讲堂,人以为称职。唐睿宗时为国子祭酒,荐名儒尹知章、范行泰、赵玄默等为学官。石子:指北宋文学家石介,字守道,兖州奉符(今山东泰安)人。曾在家乡徂徕山下讲学,人称徂徕先生。尹子:指尹焞,字彦明,一字德充,洛阳人。靖康初召至京师,不欲留,赐号和靖处士。他是程颐弟子,志尚高洁。有《和靖先生集》及《论语解》传世。

〔23〕"石子曰"三句:据欧阳修所写的《徂徕先生墓志铭》,石介曾说:"学者,学为仁义也。唯忠能忘其身,信笃于自信者,乃可以力行也。"

〔24〕"尹子曰"三句:语见《和靖先生集》卷八"年谱"。原文是:"学者所以学为人也。学而至于圣人,亦不过尽为人之道而已。"

〔25〕庶几:差不多。

〔26〕太学:为京师传授儒家经典的最高学府。

〔27〕天球之音:用古琴演奏的音乐,这里用以形容阳子学术之淳雅。天球,古琴名。苏轼《十二琴铭》之十二:"天球至意,合以人力,作者七人,传以华国。"

〔28〕竦然洗心：肃然转换了思想。竦然，肃敬的样子。易：改换。

〔29〕归觐（jìn 进）：回家看望父母。

〔30〕踵相蹑：形容接连不绝。踵，脚后跟。蹑，踩、踏。

〔31〕亡：同"无"。

〔32〕"夫人与天地并"句：语出《易·系辞下》："有天道焉，有人道焉，有地道焉。兼三材而两之，故六。"

〔33〕五常：指仁、义、礼、智、信。

〔34〕其形可践：实践人天赋的本质。《孟子·尽心上》："形色，天性也，惟圣人然后可以践形。"

〔35〕"孟子曰"四句：出自《孟子·离娄下》。其意是说人区别于禽兽的地方只有很少的一点，一般的人丢弃了它，君子保存了它。几希，形容微小、渺小。

〔36〕"尽其道之极者"四句：意谓将仁、义、礼、智之道实践到极致，这就是圣人之所以与天地参的原因；而普通人常常违背这样的常理，所以多有禽兽之行。

〔37〕傥：倘若、如果。

〔38〕馁：饿。

〔39〕凛凛：敬畏貌。负针芒：如背负针芒。芒，植物果实外壳上长的针状物。蹈茂棘：踩踏茂盛的荆棘。

〔40〕俾：使。期：期望。

〔41〕徼（yāo 腰）人爵：贪求官职。徼，通"邀"，猎取、求取。人爵，指爵禄。《孟子·告子上》："孟子曰：有天爵者，有人爵者。仁义忠信，乐善不倦，此天爵也。公卿大夫，此人爵也。"取世资：求取世间资财。

〔42〕瞿然：惊喜、惊悟状。

〔43〕揭：揭示。学：指郡学府。则：准则。

送萧道士序(节选)[1]

今年,焘卧于招鹤之草堂[2],有方士自玉笥来见者[3],视其谒[4],则氏萧而名守中也[5]。曰:"嘻!子非子云之裔也耶[6]?"乡吾欲游玉笥而不可得[7],今见从玉笥来者,得问此山亡恙[8],则吾志亦惬矣[9]。因留之山房[10]。

数与语,而又知其能琴与诗也。余于丝桐之奏[11],盖所喜闻而有未忍者[12],独索其诗读之,则皆悠然清绝[13],非吸沆瀣、餐朝霞者不能道也[14]。"夫山川之秀杰者,其钟于人必异[15]。因吾子襟韵之不凡[16],益以信玉笥之为奇观也必矣。虽然,有疑焉。子之名中而字默也,岂非以多言为诫也?予闻伯阳氏之为道也[17],损之又损,以至于无为[18],故学之者亦必堕肢体,黜聪明,离形去智,然后同于大道[19]。今子戒于言而归之默,善矣,顾未能亡琴与诗焉[20]。是知多言之害,而未知多艺之累也。

子默逌然而笑曰[21]:"有是哉!然琴以养吾之心,而吾本无心[22],虽终日弹,而曰未尝弹,可也。诗以畅吾之情,而吾本无情[23],虽终日吟,而曰未尝吟,可也。琴未尝弹,而与无琴同;诗未尝吟,与无诗同;曾何累之有哉?"

予曰:"子之言达矣[24]!"遂书以为东归之赠。

宝庆丙戌中元前六日[25],西山居士真某序[26]。

《四部丛刊》本《西山文集》卷二十八

〔1〕作者和一位玉笥山道士的对话,表面看来像是谈玄论道,其实意在谈艺论文。道士姓萧,名守中,字默,从名字看似乎以多言为戒,但萧道士又好弹琴写诗。真德秀质问萧道士说,"守默"合乎道家的思想,但好琴与诗,有多艺之累,这似乎与道家宗旨相悖。但萧道士认为,他弹琴与写诗,都是出于无心,因此弹了琴等于未尝弹,写了诗等于未尝写;心无负累,在更高的层次上仍合乎道家的虚无大道。本文意在说明,艺术要超功利才能达到高明的境界。

〔2〕惫卧:倦卧。

〔3〕方士:原指好神仙方术之人,此指道士。玉笥:山名,位于江西省峡江县,为道教胜地。

〔4〕谒:名帖。

〔5〕氏:姓。

〔6〕子云:萧子云(487—549),字景乔,南朝齐梁时期史学家、文学家。著有《晋书》、《东宫新记》。又善草隶书法。曾任秘书郎,迁太子舍人,累迁北中郎外兵参军,晋安王府文学、司徒、主簿和史部长史兼侍中等职。本序篇首云:"大江以西,天下多名山处,玉笥则其尤也。按道家言,是为梁萧子云修练升真之地。"裔:后裔、后代。

〔7〕乡:同"向",过去,从前。

〔8〕广恙:即"无恙",无疾病、灾祸可忧之事。

〔9〕惬:快意、满足。

〔10〕山房:山中之房,多指书室或僧舍。

〔11〕丝桐:琴。

〔12〕有未忍者:有不忍听的乐曲。

〔13〕修然:清淡貌。《周礼·春官·司尊彝》:"凡酒修酌。"郑玄注:"修,读如涤濯之涤。"

〔14〕沆瀣(hàng xiè 航去声谢):露水。司马相如《大人赋》:"呼吸沆瀣兮餐朝霞。"

〔15〕钟:赋予。

〔16〕襟韵:胸怀、气度。

〔17〕伯阳氏:即春秋时期道家学派的创始人老子,姓李,名耳,字伯阳,又称老聃。

〔18〕"损之又损"二句:语出《老子》第四十八章:"为学日益,为道日损,损之又损,以至于无为。"意思是说,求学要一天比一天增加(知识),求道要一天比一天减少(情欲)。减少又减少,一直到"无为"的境地。

〔19〕"故学之者"四句:语见《庄子·大宗师》。意思是说,忘掉了的肢体的存在,摈弃了才智思辩,好像身心都不存在了,进而与大道融为一体。堕,脱落。黜,免除、取消。

〔20〕亡:同"忘"。

〔21〕逌(yōu 优)然:舒适自得貌。班固《答宾戏》:"主人逌然而笑。"

〔22〕无心:指心中空虚,不留一物。即庄子所谓"堕肢体,黜聪明,离形去智,同于大道"的境界。

〔23〕无情:指不受情感的困扰。语出《庄子·德充符》:"惠子谓庄子曰:'人故无情乎?'庄子曰:'然'。惠子曰:'人而无情,何以谓之人?'庄子曰:'道与之貌,天与之形,恶得不谓之人?'惠子曰:'既谓之人,恶得无情?'庄子曰:'是非吾所谓无情也。吾所谓无情者,言人之不以好恶内伤其身,常因自然而不益生也。'"

〔24〕达:通达、达观。

〔25〕宝庆丙戌:即宋理宗宝庆二年(1226)。中元前六日:即农历七月九日。农历七月十五日为中元节。

〔26〕西山居士:作者自号。居士,指未做官之人。

岳　珂

　　岳珂(1183—?),字肃之,号亦斋,晚号倦翁,相州汤阴(今属河南)人,寓居嘉兴(今属浙江)。抗金名将岳飞之孙,岳霖之子。官至户部侍郎、宝谟阁学士,封邺侯。宋宁宗时,以奉议郎知嘉兴府,有惠政。后即定居于郡西北之金陀坊。他著述甚丰,因痛恨祖父被秦桧诬陷致死,著有《吁天辩诬》、《天定录》等书,结集为《金陀粹编》二十八卷,《续编》三十卷,为岳飞辩冤,是研究岳飞的重要资料。又著有《桯史》十五卷、《玉楮集》八卷、《棠湖诗稿》一卷、《续东几诗余》、《刊正九经三传沿革例》一卷等。

冰清古琴[1]

　　嘉定庚午[2],余在中都[3],燕李奉宁坐上[4]。客有叶知几者,官天府[5],与焉[6]。叶以博古、知音自名[7]。前旬日[8],有士人携一古琴至李氏鬻之[9]。其名曰"冰清"[10]。断纹鳞皴[11],制作奇崛[12],识与不识,皆谓数百年物。腹有铭[13],称晋陵子题[14]。铭曰:"卓哉斯器[15]!乐惟至正[16]。音清韵高,月澄风劲[17]。三余神爽[18],泛绝机静[19]。雪夜敲冰[20],霜天击磬[21]。阴阳潜感[22],否臧前镜[23]。人其审之[24],岂独知政[25]!"又书:"大历三年三月三日上底[26]，蜀郡雷氏斫[27]。"凤沼内书[28]："正元十一年七月八日再修[29]。士雄记[30]。"

李以质于叶。叶一见色动，掀髯叹咤[31]，以为至宝。客又有忆诵《渑水燕谈》中有是名者[32]。取而阅之，铭文、岁月皆吻合[33]，良是[34]。叶益自信不诬[35]。起，附耳谓主人曰："某行天下，未之前觌[36]，虽厚直不可失也[37]！"李敬受教[38]，一偿百万钱[39]。鬻者撑拒不肯[40]，曰："吾祖父世宝此[41]，将贡之上方[42]，大珰某人固许我矣[43]。直未及半，渠可售[44]？"李顾信叶语，绝欲得之。门下客为平章[45]，莫能定。

余觉叶意，知其有赝[46]，旁觉不平。漫起周视[47]，读沼中字，皆历历可数，因得其所疑。乃以袖覆琴而问叶曰："琴之美恶，余姑谓弗知[48]；敢问'正元'何代也？"叶笑未应。坐人曰："是固唐德宗，何以问为！"余曰："诚然。琴何为唐物？"众哗起致请[49]。乃指沼字示之，曰："'元'字上一字[50]，在本朝为昭陵讳[51]。沼中书'正'从'卜'从'贝'[52]，是矣。而'贝'字缺其旁点，为字不成，盖今文书令也[53]，唐何自知之？正元前天圣二百年[54]，雷氏乃预知避讳，必无此理！是盖为赝者徒取《燕谈》以实其说[55]，不知缺文之熟于用而忘益之[56]。且沼深不可措笔[57]，修琴时，必剖而两[58]，因题其上。字固可识，又何可疑焉！"

众犹争取视，见它字皆焕明，实无旁点，乃大骇。李更衣自内出[59]，或以白之[60]，抵掌笑[61]。叶惭曰："是犹佳

705

琴,特非唐物而已。"李不欲逆[62],勉强薄酬,顿损直十之九[63],得焉。鬻琴者虽怒,而无以辞也。它日,遇诸途[64],頳而过之[65]。

今都人多售赝物,人或赞美,随辄取赢焉[66];或徒取龙断者之称誉[67],以为近厚[68]。此与攫昼何异[69]? 盖真敝风也[70]!

《四部丛刊》本《桯史》卷十三

[1] 笔记是宋代兴盛起来的一种文体,其体制自由,内容广泛。它以轻松文笔记述所见所闻,虽然多是琐事,却也生动、真切地反映了当时的社会风貌。本篇就记述了作者识破假古董贩子的趣事,叙事生动,饶有情趣。同时也可看出宋人已经能自觉地利用"避讳"这一现象进行文物的鉴定。

[2] 嘉定庚午:宋宁宗嘉定三年(1210)。

[3] 中都:即都中,指南宋都城临安(今杭州)。

[4] 燕:同"宴"。李奉宁:生平未详。坐上:座席上。

[5] 叶知几:人名。天府:临安府。

[6] 与焉:参加了(这次宴会)。

[7] 自名:自称、自诩。

[8] 旬日:十天。亦指较短的时日。

[9] 士人:古代读书人的统称,这里是古董商的假托身份。鬻:卖。

[10] 冰清:冰清琴在宋赵明诚《金石录》卷三十"唐冰清琴铭"条有著录,并云:"琴藏太常寺协律郎陈沂家,沂死纳于圹中云。"

[11] 断纹鳞皴:琴上的漆时间久了,就裂成细纹,像鱼鳞皴皮一样。

[12] 奇崛:奇特。

〔13〕腹:指琴的底部。铭:题字、刻字。

〔14〕晋陵子:宋王辟之《渑水燕谈录》卷八记"冰清琴"条中说:"或以晋陵子杜牧之道号。"

〔15〕卓:卓越、高迈超群。斯器:这件乐器,指古琴。

〔16〕乐惟至正:音乐中惟有琴音最为纯正。嵇康《琴赋》:"众器之中,琴德最优。"

〔17〕澄:明朗。澄,原误作"苦",据《渑水燕谈录》卷八改。劲:有力。此句是说琴音嘹亮而有力。

〔18〕三余:指闲暇时候。余,原误作"璞",据《渑水燕谈录》卷八改。据《三国志·魏书·王肃传》裴注引《魏略》,魏董遇言读书当以"三余",即"冬者,岁之余;夜者,日之余;阴雨者,时之余"。爽:清爽。此句是说闲暇时精神清爽。

〔19〕泛绝机静:绝妙的泛声使杂念顿消。泛,绝妙的泛声。宋陈旸《琴声经纬》:"左微按弦,右手击弦,泠泠然轻清,是泛声也。"机,机心,指杂念。机静,指机心沉静下来。

〔20〕雪夜敲冰:喻琴音清冽。

〔21〕霜天击磬:喻琴音悠扬。磬,古代石制的一种打击乐器。

〔22〕阴阳潜感:意谓琴弦随天气的阴晴而声音发生变化。潜感,暗中感应。

〔23〕否臧:好与坏,善与恶。前镜:预先知道。此句是说通过音乐可以预知世风的好坏。《礼记·乐记》:"是故治世之音安以乐,其政和;乱世之音怨以怒,其政乖;亡国之音哀以思,其民困。"

〔24〕审:仔细思考。

〔25〕岂独知政:意谓琴乐有很多妙用,不仅仅止于预知时政。

〔26〕大历三年:即768年。大历,唐代宗年号。上底:琴由两块桐木合成,上边的一块为琴面,下面的一块叫琴底,用漆灰合缝称为上底。

707

〔27〕雷氏:唐代成都制琴名手有雷绍、雷震、雷霄、雷威、雷俨、雷珏、雷文、雷会、雷迅,号称蜀中九雷。真正的"冰清古琴"究出于谁手,说法不一。斫:砍削。

〔28〕凤沼:指琴底的洼处。宋赵希鹄《洞天清录》:"雷张制槽腹有妙诀,于琴底悉洼,微令如仰瓦,盖谓于龙池凤沼之弦,微令有唇余处悉洼之。"

〔29〕正元:本贞元,唐德宗年号。贞元十一年即公元795年。宋人避宋仁宗赵祯的名讳,将同音的"贞"写作"卢",即下文所说的"缺旁点",或改作"正"(读"征")。这是当时朝廷的法令规定,故岳珂写作"正元"。

〔30〕士雄:人名,生平未详。

〔31〕掀髯:笑时张口,胡须为之掀动。髯,指胡须。叹咤:惊叹咤异。

〔32〕《渑水燕谈》:即《渑水燕谈录》,为北宋人王辟之所编写的一部史料笔记。

〔33〕铭文、岁月皆吻合:《渑水燕谈录》卷八:"钱塘沈振蓄一古琴,名'冰清'。腹有晋陵子铭……士雄记。"本文与之全同。伪"冰清古琴"腹下题字,当即作伪者据以仿制。

〔34〕良是:果然。

〔35〕不诬:不错。

〔36〕未之前觏:从前未曾见过。觏,相见。

〔37〕厚直:出高价。

〔38〕受教:接受指教。

〔39〕偿:还价。

〔40〕撑拒:用手推表示不肯。

〔41〕宝此:以此为宝。

〔42〕贡之上方:献给皇帝。

〔43〕大珰(dāng当):有权势的宦官。

〔44〕渠:通"讵",岂,哪里。

〔45〕平章:评处、商酌。指为买卖双方协调、讲合。

〔46〕赝:假、伪。

〔47〕漫起:缓起。周视:仔细审视。

〔48〕姑:姑且。

〔49〕哗起致请:一哄而起请教。

〔50〕"元"字上一字:即缺末笔的"贞"字。这是岳珂为避仁宗赵祯讳,故不直接说。

〔51〕昭陵:宋仁宗赵祯的陵墓,代指宋仁宗。讳:这里指已故皇帝的名字。古代为表示尊敬,对于君主和尊长的名字(包括与其字音相同、相近的字)要"避讳",不能直接说出或写出,而以缺笔字或别的字代替。

〔52〕书正从卜从贝:意谓这个"正"字实指"贞"字,本文作者亦为本朝避讳。"贞"字的书写从"卜"从"贝"。

〔53〕今文书令:宋朝文书规定。

〔54〕正元前天圣二百年:唐德宗在宋仁宗前面约二百年。天圣,宋仁宗初即位时的年号。

〔55〕为赝(yàn厌)者:造假古琴的人。取《燕谈》实其说:利用《渑水燕谈录》中的记载,来证明自己的琴是唐代之物。

〔56〕不知缺文之熟于用而忘益之:没想到写习惯了"贞"字缺末笔,而忘了加卜那一笔。益,添。

〔57〕措笔:用笔写字。

〔58〕必剖而两:必定把琴的上下两块木板分开。

〔59〕更衣:指上厕所。

〔60〕或:有人。白:告诉。

709

〔61〕抵掌笑:拍掌大笑。

〔62〕逆:忤,伤情面。

〔63〕顿:顿时、一下子。损直:减价。

〔64〕诸:之于。

〔65〕颊(pǐng 乒上声):怒形于色。

〔66〕赢:高价。

〔67〕龙断者:即"垄断者",操纵市场的人,此指古董商。称誉:吹捧。

〔68〕以为近厚:以为价钱公道。

〔69〕攫昼:白天抢劫。《吕氏春秋·去宥篇》:"齐人有欲得金者,清旦被衣冠,往鬻金者之所。见人操金,攫而夺之。吏搏而束缚之。问曰:'人皆在焉,子攫人之金,何故?'对吏曰:'殊不见人,徒见金耳。'"

〔70〕敝风:不好的风气。

魏了翁

魏了翁(1178—1237),字华夫,号鹤山,邛州蒲江(今四川蒲江)人。宋宁宗庆元五年(1199)进士,授签书剑南西川节度判官厅公事。开禧二年(1206),迁校书郎,出知嘉定府,历知汉州、眉州、泸州等地。嘉定十五年(1222)召对,历迁至起居舍人。理宗初,以上书言事,得罪当权者,谪居靖州,湖湘江浙之士多来从学。绍定初还朝,又以上书言事,不为同僚所容,被迫离京外任。嘉熙元年(1237),卒于福州任上。年六十,谥文靖,学者称鹤山先生。他主张"正心"、"养性",上接濂洛一派,是南宋有名的理学家。有《鹤山全集》一百零九卷。《宋史》卷四百三十七有传。

论士大夫风俗[1]

臣闻人主所与共天下者,二三大臣也。二三大臣所与共政事者,内外百执事也[2]。君臣一心,上下同德,表里无贰[3],颠末不渝[4];然后平居有所裨益[5],缓急可以倚仗[6]。如人各有心[7],身自为谋,则可否不得以相济[8],小大不能以相维[9],而天下之患,有不可终穷者矣!《易》之"同人"曰:"同人于野,亨。"[10]其象曰:"维君子为能通天下之志。"[11]

盖人之心,公则一致,私则万殊[12],无以通之,则万殊不一之私心,足以害天下至同之公理。此其事伏于冥冥[13],而人莫之觉。故论今日风俗之弊者,莫不议其尚同也[14],而臣则疑其未尝有同也。进焉而柔良[15],退焉而刚方[16];面焉而唯唯否否[17],背焉而戚戚嗟嗟[18];成焉而挟其所尝言以夸于人,不成焉而托于所尝料以议其上[19]。省曹之勘当[20],椽属之书拟[21],有司之按事[22],长吏之举贤,恩焉则敛而归己,怨焉则委之曰:"此安能以自由?"天象之妖祥,时政之得失,除授之当否[23],疆场之缓急[24],言焉而得,则矜以为功[25],否焉则讪之曰[26]:"此徒言而无益。"

呜呼!龙断而望[27],可左可右;踦间而语[28],可出可入。盖嗜利亡耻之人,贪前虑后者之为耳。士大夫而若此,则其心岂复以国事为饥渴休戚者哉[29]!踪迹诡秘[30],朋友有不及知;情态横生[31],父子有不相悉。使此习也,而日长月益,见利则逝[32],见便则夺[33],陛下亦何赖于此也?况自比岁封章奏疏对策上书[34],大率应故事、徒文具[35],而无恻怛忠敬之实[36],而谖曰:"恶讦以近名也,忌激以败事也。"[37]其号为谠直[38],亦不过先为称赞之词,而后微致规切之意[39]。如论治道[40],则曰:"大纲已举[41],而节目小有未备[42]。"论疆事[43],则曰:"处置则宜,而奉行稍若未至。"前后相师[44],如此类者,未易悉举。然犹日锻月炼[45],昼删夜改,而后上达。夫齐人无以仁义与王言,而孟子谓其不敬莫大乎是[46]。今之为此说者,是敬朝廷乎?慢朝廷乎?……彼其心谓吾君不能行,谓吾相不能受,宁襮顺而里藏[47],面从而腹诽。人见其同也,而臣见其未尝同也;人谓其有礼且敬也,臣谓其至无礼也,至大不敬也。

虽然,士习至此,亦有由然者矣[48]。老师宿儒[49],零替殆尽[50],后生晚辈,不见典型[51]。既无所则效[52],重以正人端士[53],散漫不合[54],故妄揣时尚,习谀踵陋[55],而久不知觉。臣为此惧!深愿陛下与二三大臣,察人心邪正之实,推世变倚伏之几[56],拓开规摹[57],收拾人物[58]。苟挺特自守者[59],虽无顺适之可喜[60],而决知其无反复难信之忧[61],必假借而纳用之[62];雷同相随者[63],虽无触忤之可憎[64],而决知其有包藏不测之患,必疏远而芟夷之[65]。若是则意向所形,人心胥奋[66]。平居有规警之益,缓急无乏才之忧,其于治道兴替[67],关系非轻。臣不胜区区[68]。

《四部丛刊》本《鹤山先生大全文集》卷十六

〔1〕宋宁宗嘉定十七年(1224),魏了翁迁起居舍人,入奏直言国事,本文是其中的一篇。在文中他极力抨击了当时官场上明哲保身、谄媚软熟的风气。指出朝廷上下看起来一团和气,实则官员各怀私心,没有公忠体国之人。劝说皇帝任用那些敢于直言、廉洁自守的士人,疏远那些雷同附和、八面玲珑之佞臣,从而振兴人才,改造士风。《宋史》评价说"其言剀切,无所忌避"。

〔2〕内外百执事:朝廷内外的官员。百执事,百官。《国语·吴

语》:"王总其百执事,以奉其社稷之祭。"韦昭注引贾逵曰:"百执事,百官。"

〔3〕表里无贰:表里如一。

〔4〕颠末不渝:自始到终一直不改变,守信用。渝,改变、违背。

〔5〕平居:平时。裨益:益处。

〔6〕缓急:情况危急时。

〔7〕人各有心:指人各异志,心不往一处想。

〔8〕可否不得以相济:意谓如果大臣人各异志的话,无论是提赞成还是反对的意见,都无助于事情的解决。济,帮助、有利。

〔9〕小大不能以相维:小大相维,语出《周礼·夏官·职方氏》:"凡邦国小大相维。"郑玄注:"相维联也。"这里是说各级政府,不能相互统属、联系,形成一个整体。

〔10〕同人于野,亨:出自《易·同人》,其意是说在宽阔的原野上和同于人,才能够亨通。

〔11〕维君子为能通天下之志:此句为"同人"卦的象辞。其意是说唯有君子才能会通统一天下民众的意志。维,通"唯"。

〔12〕"盖人之心"三句:意思是说人的心思,如果出于公心,则容易达成一致意见;如果出于私心,则人人主张不同。

〔13〕此其事伏于冥冥:指私心存在于潜意识之中。冥冥,潜意识。

〔14〕尚同:求同。此指无原则地求取意见一致。

〔15〕进焉而柔良:指上朝议事时显得恭顺慈柔。

〔16〕退焉而刚方:退朝后就做出刚强正直的样子。

〔17〕面:当面。唯唯否否:形容胆小怕事,一味顺从。唯唯,回答同意时的应声。否否,别人说不,自己也跟着说不。

〔18〕背:背后。戚戚嗟叹:忧伤嗟叹。《易·离》:"出涕沱若,戚嗟若,吉。"孔颖达正义:"忧戚而嗟叹也。"

〔19〕料:预料。

〔20〕省曹:尚书省各部门。勘当:查究、调查。

〔21〕掾属:佐治的官吏。书拟:拟定、任命。

〔22〕有司:古代设官分职,各有专司,故称有司。按事:检查工作。

〔23〕除授:拜官授职。

〔24〕疆场之缓急:前线的情况。

〔25〕矜:自夸。

〔26〕讪(shàn善):毁谤。

〔27〕龙断而望:站在高处望,引申为独占其利。龙断,垄断。龙通"垄",本指独立的高地。《孟子·公孙丑下》:"有贱丈夫焉,必求龙断而登之,以左右望,而罔市利。"赵岐注:"龙断,谓堁断而高者也,左右占视,望见市中有利,罔罗而取之。"

〔28〕踦(qī栖)闾而语:原指倚门对话,这里有左右逢源的意思。踦闾,倚门,紧挨着门。《公羊传·成公二年》:"二大夫出,相与踦闾而语,移日,然后相去。"何休注:"闾,当道门。闭一扇,开一扇,一人在外,一人在内曰踦闾。"

〔29〕休戚:喜乐和忧虑。

〔30〕诡秘:隐秘不为人知。

〔31〕情态横生:指出于私利,心机变幻多端。

〔32〕见利则逝:见利就去(争夺)。逝,去,往。

〔33〕见便则夺:见到有利的机会就争夺。便,有利的机会。贾谊《过秦论》:"因利乘便,宰割天下,分裂山河。"

〔34〕比岁:连年。封章:亦称"封事",言机密事之章奏皆用皂囊重封以进,故名。奏疏:官员呈交给皇帝的奏章。对策:亦作"对册"。古时就政事、经义等设问,由应试者对答,称为对策。自汉起作为取士考试的一种形式。上书:指平民给皇帝进呈书面意见。

〔35〕应故事:按照老规距,敷衍塞责。徒文具:指只是表面上应付条文规定而已。文具,指条文规定。南宋有所谓轮对制度,即所有京官按照职衔,轮流觐见皇帝,讨论国事。这是朝廷为了让百官都有机会对国事发表意见而做的制度安排之一,也就是这里说的"文具"、"故事"之一种。

〔36〕恻怛:诚恳。

〔37〕诿:推托。恶讦以近名:厌恶靠攻击或揭发别人而获取名声。讦,揭发、攻击他人的短处。忌激以败事:忌讳激进冲动而坏了大事。这两种说法,都是那些不肯说真话的人为自己找的借口。

〔38〕谠(dǎng 挡)直:正直。

〔39〕规切:劝戒谏正。

〔40〕治道:治国方略。

〔41〕举:成立、具备。

〔42〕节目:细节。

〔43〕疆事:指边疆之事。

〔44〕相师:相互效法、摹仿。

〔45〕日锻月炼:此指长时间的推敲。

〔46〕"夫齐人"二句:意思是说齐人不对齐王陈说仁义之道,孟子认为没有比这种做法更不敬齐王的了。语出《孟子·公孙丑下》:"景子曰:'内则父子,外则君臣,人之大伦也。父子主恩,君臣主敬。丑见王之敬子也,未见所以敬王也。'曰:'恶!是何言也!齐人无以仁义与王言者,岂以仁义为不美也?其心曰:是何足与言仁义也云尔,则不敬莫大乎是。我非尧舜之道不敢以陈于王前,故齐人莫如我敬王也。'"

〔47〕襮(bó 搏)顺而里藏:外表顺从,内心另有想法。襮,外表。

〔48〕由然:所以然、原因。

〔49〕老师:年老辈尊传授学术的人。宿儒:修养有素的儒生。

〔50〕零替：衰败，这里指去世。

〔51〕典型：典范、榜样。

〔52〕则效：效法、学习。

〔53〕重以：又加上。

〔54〕散漫不合：性情散淡，与世俗不合拍。

〔55〕习谀踵陋：习惯了谄谀，继承了陋习。

〔56〕推世变倚伏之几：推断世情变化、祸福相因之征兆。语本《老子》"祸兮福之所倚，福兮祸之所伏"。几，苗头、征兆。

〔57〕规摹：制度、程式。拓开规摹，就是要不拘泥于规定。

〔58〕收拾人物：招揽人才。

〔59〕苟挺特自守者：如果有人品突出、廉洁自守的人。挺特，突出、优异。

〔60〕顺适：顺从、适应。

〔61〕反复难信：反复无常，难以让人相信。

〔62〕假借：宽容。

〔63〕雷同相随者：指无原则地顺从、讨好上级之人。

〔64〕触忤：冒犯。

〔65〕芟夷：铲除。

〔66〕胥：都、全。

〔67〕兴替：兴盛衰微。

〔68〕不胜区区：犹言心情不胜言表。区区：犹方寸，形容人的心。

罗大经

罗大经(1196—?),字景纶,号儒林,又号鹤林,南宋吉水(今江西吉水)人。宋理宗宝庆二年(1226)进士,历仕容州法曹、辰州判官、抚州推官。后被弹劾罢官,闭门读书,从事著述。著《易解》十卷。取杜甫《赠虞十五司马》诗"爽气金天豁,清谈玉露繁"之意写成笔记《鹤林玉露》一书,可参证史乘,补缺订误。

能言鹦鹉[1]

上蔡先生云[2]:"透得名利关,方是小歇处[3]。今之士大夫何足道[4],真能言鹦鹉也[5]。"朱文公曰[6]:"今时秀才,教他说廉,直是会说廉,教他说义,直是会说义;及到做来,只是不廉不义。"此即能言鹦鹉也。夫下以言语为学,上以言语为治[7],世道之所以日降也[8]。而或者见能言之鹦鹉,乃指为凤凰、鸑鷟[9],惟恐其不在灵囿间[10],不亦异乎[11]?

中华书局1983年点校本《鹤林玉露》甲编卷二

[1] 作者引用谢良佐、朱熹两位理学家的话,来讽刺当时一般士大夫鹦鹉学舌般地说廉说义,其实口是心非,言行不一,满脑子里想的全是

个人名和利。最为可悲的是,在上位者仅凭那些"能言鹦鹉"的漂亮话,就把他们认作"凤凰"、"鹓鹫"而提拔使用。本文讽刺辛辣,寓意深刻。

〔2〕上蔡先生:指谢良佐(1050—1103),字显道,上蔡(今河南上蔡)人。理学家程颐的弟子,人称上蔡先生。

〔3〕"透得名利关"二句:其意是说人能过得了名利这一关,修养才算是小有所成。方,才。歇处,歇息。这里比喻道德修养达到的一定境界。

〔4〕道:称道。

〔5〕能言鹦鹉:《礼记·曲礼上》:"鹦鹉能言,不离飞鸟。……今人而无礼,虽能言,不亦禽兽之心乎?"谢氏语本此。以上引文见《上蔡语录》卷下。

〔6〕朱文公:即南宋理学家朱熹,卒谥"文",故称朱文公。以下引文见《朱子语类》卷十三。

〔7〕"夫下以言语为学"二句:意谓读书人只会空谈道理,(而不能实践)以为这就是学问。统治者也只会根据空谈来选拔人才、管理国家。

〔8〕日降:一天天衰败下去。

〔9〕鹓鹫(yuè zhuó 悦卓):凤的一种。《国语·周语上》:"周之兴也,鹓鹫鸣于岐山。"韦昭注:"鹓鹫,鸾凤之别名也。"《新编分门古今类事·梦兆门中》:"凤鸟有五色赤文章者,凤也;青者,鸾也;黄者,鹓雏也;紫者,鹓鹫也。"

〔10〕灵囿:帝王养珍禽异兽的苑囿。这几句是说统治者将那些善于说漂亮的话的人提拔重用。

〔11〕异:奇怪。

格天阁[1]

秦桧少游大学[2],博记工文,善干鄙事[3],同舍号为

"秦长脚[4]",每出游饮,必委之办集。既登第,又中词科[5],靖康初[6],为御史中丞[7]。

金人陷京师[8],议立张邦昌[9]。桧陈议状[10],大略谓:"赵氏传绪百七十年[11],号令一统,绵地万里[12],子孙蕃衍[13],布在四海,德泽深长,百姓归心。只缘奸臣误国,遂至丧师失守,岂可以一城而决废立哉[14]?若必欲舍赵氏而立邦昌,则京师之民可服,而天下之民不可服;京师之宗子可灭[15],而天下之宗子不可灭。望稽古揆今[16],复君之位,以安天下。"虏虽不从,心嘉其忠[17],与之俱归[18]。

桧天资狡险,始陈此议,特激于一朝之谅[19],既至虏廷,情态遂变,谄事挞辣[20],倾心为之用。兀术用事[21],侵扰江淮,韩世忠邀之于黄天荡[22],几为我擒,一夕凿河,始得遁去。再寇西蜀[23],又为吴玠败之于和尚原[24],至自髡其须发而遁[25]。知南兵日强,惧不能当,乃阴与桧约[26],纵之南归[27],使主和议。

桧至行都[28],绐言杀虏之监己者[29],奔舟得脱。见高宗,首进"南自南,北自北"之说[30]。时上颇厌兵,入其言[31]。会诸将稍恣肆,各以其姓为军号,曰"张家军"、"韩家军"[32]。桧乘间密奏[33],以为诸军但知有将军,不知有天子,跋扈有萌[34],不可不虑。上为之动[35],遂决意和戎,而桧专执国命矣[36]。

方虏之以七事邀我也[37],有"毋易首相"之说,正为桧设。洪忠宣自虏回[38],戏谓桧曰:"挞辣郎君致意[39]!"桧大恨之。厥后金人徙汴[40],其臣张师颜者作《南迁录》,载孙大鼎疏,备言遣桧间我,以就和好,于是桧之奸贼不臣[41],其迹始彰彰矣。

方其在相位也,建"一德格天之阁",有朝士贺以启云[42]:"我闻在昔,惟伊尹格于皇天[43];民到于今,微管仲吾其左衽[44]。"桧大喜,超擢之[45]。又有选人投诗云[46]:"多少儒生新及第,高烧银烛照蛾眉[47]。格天阁上三更雨,犹诵《车攻》复古诗[48]。"桧益喜,即与改秩[49]。盖其胸中有慊[50],故特喜此谀词,以为掩覆之计[51],真猾夏之贼也[52]。

余观唐则天追贬隋臣杨素诏曰[53]:"朕上嘉贤佐,下恶贼臣,尝欲从容于万机之暇[54],褒贬于千载之外[55];矧年代未远[56],耳目尚存者乎!"夫杨素异代之奸臣,则天一女主,尚知恶而贬之。矧如桧者,密奉虏谋,胁君误国[57],罪大恶极,上通于天,其可赦乎?开禧用兵,虽尝追削,嘉定和戎,旋即牵复[58],是可叹也!

中华书局1983年点校本《鹤林玉露》甲编卷五

〔1〕"格天阁"即"一德格天阁"。据《宋史·秦桧传》,绍兴十五年,高宗亲书"一德格天"匾额,赐给秦桧。所谓"一德格天"是取《尚书·君奭》篇中"我闻在昔,成汤既受命,时则有若伊尹,格于皇天"之意,将秦桧辅佐自己,比作商代贤臣伊尹相汤。罗大经在这篇文章里广采闻见,对于秦桧一生隐密之事颇多发覆,有较高的史料价值。

〔2〕游:求学。大学:即太学,国家最高学府。

721

〔3〕鄙事:各种杂事。

〔4〕同舍:宋代太学生分属不同斋舍,属同一斋舍之人,即同舍。长脚:能跑能跳、投机钻营的人。

〔5〕中词科:《宋史·秦桧传》说秦桧在考中进士后,又"继中词学兼茂科"。

〔6〕靖康:为宋钦宗年号。

〔7〕御史中丞:御史台的长官,负责纠弹百官。

〔8〕京师:指北宋都城汴京(今河南开封)。

〔9〕张邦昌:北宋末宰相。靖康二年(1127),金兵陷汴京,掳走徽、钦二帝,又立张邦昌为"大楚皇帝",史称"靖康之变"。

〔10〕议状:议政事的文书。

〔11〕传绪:指帝业相传。

〔12〕绵地:土地连绵。

〔13〕蕃衍:繁多。

〔14〕岂可以一城而决废立哉:怎能以京城失陷就决定废弃赵宋而另立皇帝呢?

〔15〕宗子:赵氏子孙。

〔16〕稽古:参考古事。揆今:衡量现实。

〔17〕嘉:赞成。

〔18〕与之俱归:将秦桧带回金国。

〔19〕一朝之谅:一时愤激表现出来的忠信。谅,小信。按据宋王明清《挥麈录·余话》卷二,众人反对立张邦昌一事,初由监察御史马伸等共议,而桧最初持观望态度,后来以御史中丞先行签名。后桧自金归,宣扬自己反对金人废赵氏立张邦昌,并以议状为据,窃忠义之名。

〔20〕挞辣:一作"挞懒",即完颜昌,本名挞懒,金穆宗完颜盈歌之子,是侵宋金军的主要将领。后成为金国"主和派"大臣之一。

〔21〕兀朮：即金兀朮，本名完颜宗弼，金太祖完颜阿骨打的第四子。参见辛弃疾《审势》注〔43〕。

〔22〕韩世忠邀之于黄天荡：建炎四年（1130）三月，宋将韩世忠在黄天荡以八千兵力截击金军兀朮部，将其围困四十八日，最后金兀朮凿河才得逃走。邀，截击。

〔23〕寇：入侵。

〔24〕和尚原：在陕西宝鸡西南。绍兴元年（1131）十月，宋将吴玠在和尚原大破金兵。兀朮身中流矢，仓皇逃走。参见《建炎以来系年要录》卷四十八。

〔25〕髡：剃发。关于兀朮剃去须发，变装逃跑的事，不见于《建炎以来系年要录》的记载。

〔26〕阴：暗地里。约：约定。

〔27〕纵之南归：金人把秦桧和其妻王氏放归南宋。

〔28〕行都：此指越州（今浙江绍兴）。

〔29〕绐（dài 袋）：欺骗。监己：监视自己。

〔30〕南自南，北自北：《建炎以来系年要录》卷三十九："建炎三年十一月丙午，桧言：'如欲天下无事，须是南自南，北自北（指承认金人对北方的统治）。'遂建议讲和。"

〔31〕入其言：听信其说。

〔32〕张家军：指张浚率领的抗金部队。韩家军：指韩世忠率领的抗金部队。

〔33〕乘间：乘机。

〔34〕跋扈：专横。萌：开端。

〔35〕动：说动。

〔36〕专执国命：掌握政权。

〔37〕邀我：向我方提出要求。

〔38〕洪忠宣:洪皓,谥忠宣。使金被留,十五年后才返回南宋。因触犯秦桧,外调知袁州(今江西宜春),于途中死去。

〔39〕郎君:金宗室及贵臣的称谓。致意:问候。

〔40〕厥后:其后。金人徙汴:金人迁都汴京(今河南开封)。

〔41〕不臣:不忠君,不守臣子的本分。

〔42〕启:较短的书信。

〔43〕"我闻在昔"两句:《尚书·君奭》:"我闻在昔成汤既受命,时则有若伊尹,格于皇天。"这是周朝周公说的一段话。意谓我听说当初成汤受天命为天子,有贤臣伊尹为相,感动了上天。这里是朝士吹捧秦桧给赵构当宰相,如伊尹相汤一样感动上天。

〔44〕"民到于今"二句:《论语·宪问》:"子曰:'管仲相桓公,霸诸侯,一匡天下,民到于今受其赐。微管仲,吾其被发左衽矣。"意谓孔子说:春秋时代管仲辅相齐桓公,曾经称霸诸侯,使天下都服从周王朝的领导,人民到今天还受到他的恩惠。如果不是管仲,我们这些人就会披散着头发,穿着左边开衣襟的服装(古代少数民族的服装),变成野蛮无礼的人。在本文中,朝士用这个典故来吹捧秦桧相宋的功劳。

〔45〕超擢:越级提拔。

〔46〕选人:宋代文官按寄禄官阶的高低,大体可分为选人和京朝官两大类。选人只能担任比较低级的职务。他们必须经过严格的考察程序,方能升入京朝官行列,此后才能获得较为高级的任命,仕途才有望通达。投诗:赠诗。

〔47〕蛾眉:指美女。

〔48〕《车攻》:《诗经·小雅》篇名。《毛诗序》:"《车攻》,宣王复古也。宣王能内修政事,外攘夷狄,复文武之境土,修车马,备器械,复会诸侯于东都,因田猎而选车徒焉。"选人所献诗的意思是说,儒生新得一第,就花天酒地;而宰相却勤于政事,励志中兴。这都是吹捧秦桧的话。

〔49〕改秩：即由选人而升为京朝官。

〔50〕慊：通"歉"，愧。

〔51〕掩覆：掩盖。

〔52〕猾夏：扰乱中国。夏，泛指中国。

〔53〕唐则天：即唐朝武则天，唐高宗李治的皇后，后废睿宗李旦自立为帝，改国号为周。隋臣杨素：隋朝大臣杨素，字处道，以周武帝臣归附隋文帝杨坚，封越国公，掌握朝政。后杨素勾结杨广，谋废太子杨勇。杨广即位后，封他为楚国公。《隋书·杨素传》说他"专以智诈自立，不由仁义之道，阿谀时主，高下其心。营构离宫，陷君于奢侈；谋废冢嫡，致国于倾危"。

〔54〕万机之暇：在处理繁忙的政务中抽出空闲时间。

〔55〕褒贬于千载之外：对古代的人物进行褒贬。

〔56〕矧：况且。

〔57〕胁：胁迫、逼迫。

〔58〕"开禧用兵"以下四句：宋宁宗开禧元年（1205）韩侂胄北伐，二年夏追论秦桧主和误国之罪，削夺王爵，改谥"缪丑"。但北伐失败后，宁宗嘉定元年（1208）与金人又重订和约，然后恢复秦桧的王爵和原来的赠谥。牵复，复官。

黄　震

黄震(1213—1280),字东发,庆元府慈溪(今浙江慈溪)人。南宋著名理学家、学者。宋理宗宝祐四年(1256)进士,历任吴县尉、广德通判、史馆校阅、江西提点刑狱、浙东提举常平等职。见宋将亡,隐居宝幢山,宋亡之后,"饿于宝幢而卒"。去世后,门人私谥为"文洁先生"。著有《黄氏日钞》、《古今纪要》等。《宋史》卷四百三十八有传。

玉笥山道士徐师澹诗集序[1]

玉笥山道士徐清夫访余月湖精舍[2],出示余图一轴,曰雪溪;诗一编,曰《和蛩》[3]。雪溪,其自号。和蛩,其自吟也。

披其图[4],万山玉削,渔樵迹灭[5],吟肩短蓬[6],殆于愁绝[7],一何其清也。阅其编,粉泽净除,陈言一扫,妙语泠然[8],殆于天造[9],又何其清也。然则诗之清即图之清也,诗不并以雪溪名,而又以和蛩名,清岂有二耶？霜露既降,秋蛩夜鸣,造化之清之始也[10]。浅碧流澌[11],岸雪深尺,造化之清之极也。人心与造化相流通,必销落世虑,冰雪吾心,斯可言清之极,否则心声之发必有不能掩焉者[12],反异于秋蛩之天籁自鸣矣。

故必有雪溪之胸襟,而后有和蛩之声韵。图之清,诗之寄;诗之清,心之写;心之清,造化之合也。后必有合而题之曰"雪溪先生和蛩吟",则知清夫之清,源于老聃氏所谓天得一之清矣[13]。

元刻本《黄氏日钞》卷九十

〔1〕玉笥山,位于江西峡江县,为道教胜地。徐师澹,即文章中提到的徐清夫,生平未详。本文是作者为玉笥山道士徐清夫的诗集所写的序。文章围绕《雪溪图》和徐氏的诗作《和蛩》,拈出一个"清"字,认为,徐清夫的诗、画以及胸襟,都与大自然融为一体,并说这种艺术心境来源于道家的"天得一之清"。文章风韵清畅,简约生动。

〔2〕精舍:原指隐士或僧人修行的地方,此指书斋。

〔3〕蛩(qióng 琼):蟋蟀。

〔4〕披:打开、翻阅。

〔5〕渔樵迹灭:渔父与樵夫踪迹全无。

〔6〕吟肩:诗人的肩膀,因吟诗耸动肩膀,故云。朱熹《次刘明远宋子飞〈反招隐〉韵之二》:"荣丑穷通只偶然,未妨闲共耸吟肩。"短蓬:即彩虹。周密《癸辛杂识续集·短蓬》:"杨大芳尝为明州高亭盐场,场在海中,或天时晴霁,时见如匹练横天,其色淡白,则晴雨中分,土人名之曰短蓬,小蜃气之类也。"

〔7〕殆:几乎。

〔8〕泠然:超脱、清越。

〔9〕天造:天然而成。

〔10〕造化:大自然。

727

〔11〕 澌(sī 思):漂流的薄冰。

〔12〕 掩:掩藏。

〔13〕 老聃氏:即春秋时期道家学派的创始人老子,姓李,名耳,字伯阳。天得一之清:语见《老子》第三十九章:"昔之得一者,天得一以清,地得一以宁。"林希逸注:"一者,道也。"

周　密

周密(1232—1298),字公谨,号草窗,祖籍济南,宋室南渡后,其家迁居吴兴(今浙江湖州)。因其地有弁山,又自号弁阳老人。宋端宗景炎元年(1276)任义乌县令。次年元军攻入湖州,遂流寓杭州。入元不仕,发愤撰述。著有《齐东野语》、《武林旧事》、《癸辛杂识》、《志雅堂杂钞》等杂著数十种,是研究南宋历史较为重要的文献。他又以词名,被视为姜夔之后又一大家,并吴文英并称"二窗",有《草窗词》传世。

观　潮[1]

浙江之潮[2],天下之伟观也。自既望以至十八日为最盛[3]。方其远出海门[4],仅如银线[5],既而渐近,则玉城雪岭[6],际天而来[7],大声如雷霆,震撼激射,吞天沃日[8],势极雄豪。杨诚斋诗云"海涌银为郭,江横玉系腰"者是也[9]。

每岁京尹出浙江亭教阅水军[10],艨艟数百[11],分列两岸;既而尽奔腾分合五阵之势[12],并有乘骑弄旗标枪舞刀于水面者[13],如履平地[14]。倏尔黄烟四起[15],人物略不相睹[16],水爆轰震[17],声如崩山;烟消波静,则一舸无迹[18],仅有"敌船"为火所焚[19],随波而逝。

吴儿善泅者数百[20],皆披发文身[21],手持十幅大彩旗,争先鼓勇,溯迎而上[22],出没于鲸波万仞中[23],腾身百变[24],而旗尾略不沾湿[25],以此夸能。而豪民贵宦[26],争赏银彩[27]。

江干上下十余里间[28],珠翠罗绮溢目[29],车马塞途。饮食百物,皆倍穹常时[30],而僦赁看幕[31],虽席地不容闲也[32]。禁中例观潮于"天开图画[33]"。高台下瞰[34],如在指掌[35]。都民遥瞻黄伞雉扇于九霄之上[36],真若箫台、蓬岛也[37]。

《知不足斋丛书》本《武林旧事》卷三

[1] 本文以简洁生动的笔墨,描述了钱塘江潮雄奇壮观的景色,记录了临安太守在迎潮前检阅水军的盛况,潮至时弄潮儿争先夺标的表演,以及京城从皇家到民间举世若狂的观潮活动,生动地展现了南宋时期都市生活的一个场景。《武林旧事》在宋亡之后成书。作者在序文中说:"时移物换,忧患飘零,追想昔游,殆如梦寐,而感慨系之矣。"《四库全书总目》认为,此书流露了"恻隐兴亡之隐"。本文极写昔日观潮之繁华,以寄托历史兴亡之感。

[2] 浙江:即钱塘江。

[3] 既望:阴历每月的十六日。此指八月十六日。

[4] 海门:指钱塘江与大海的交接处。

[5] 仅如银线:(潮水)仅如一条银白色的线。

[6] 玉城:谓如玉石砌成的城墙。雪岭:谓如积雪的山岭。

[7] 际天:接天。

[8] 吞天沃日:吞没了天空,冲洗了太阳。此形容潮势之雄壮,如欲

淹没天日。

〔9〕"杨诚斋诗云"句:杨诚斋,即杨万里。海涌银为郭,形容潮水来时,如大海涌起银城。江横玉系腰,如大江腰系玉带。这两句是《题文发叔所藏潘子真水墨江湖八境小轴·浙江观潮》中的句子,全诗是:"海涌银为郭,江横玉系腰。吴侬只言點,到老也看潮。"

〔10〕京尹:国都所在地之地方长官,此指临安知府。南宋以临安为"行在所"(临时首都),故称府官为"京尹"。浙江亭:在临安城南钱塘江北岸。教阅:训练、检阅。

〔11〕艨艟(méng chōng 蒙冲):战船。

〔12〕尽:极尽。奔腾分合:(队列)急速变幻,时分时合。指战船按前后左中右编队列阵,形成攻击态势。

〔13〕乘骑:骑马。弄旗:舞动旗帜。标枪:投掷标枪。

〔14〕如履平地:如在平地上一样行动自如。履,踩,踏。

〔15〕倏尔:一下子,形容时间很短。

〔16〕略不相睹:差不多彼此看不见。

〔17〕水爆:水上燃放的烟炮。

〔18〕一舸无迹:一只船的影子也不见。舸,船。

〔19〕敌船:演习中作为攻击目标的假想敌船。

〔20〕吴儿:吴地少年。钱塘古属吴地,故云。善泅:善于游泳。

〔21〕披发:披散着头发。文身:身上刺着花纹。这都是吴地的古老风俗。

〔22〕溯迎而上:迎着潮头逆游而上。

〔23〕出没:头或出或没于水中。鲸波:指大波浪。万仞:极言潮头之高。仞:古代长度单位。七尺为一仞。一说,八尺为一仞。

〔24〕腾身百变:做出各种翻腾的动作。

〔25〕略不沾湿:无些微沾湿。

〔26〕豪民:指有钱有势者。贵宦:大官。

〔27〕银彩:竞赛时给得胜者的赏钱。

〔28〕江干:江岸。

〔29〕珠翠罗绮:此指带珍贵首饰、穿华贵服装的有钱人。溢目:满眼皆是。

〔30〕倍穹常时:比平时高出一倍。穹,高。

〔31〕僦(jiù旧)赁:租赁。看幕:指临时用帐幕搭成的看台。

〔32〕虽席地不容闲:就是坐在地上也没有空位了。这里形容人多。

〔33〕禁中:帝王居住的宫城。天开图画:南宋皇宫中一个台阁名称(参见《武林旧事》卷之四"故都宫殿"条),因其接近钱塘江北岸,故可在上面观潮。

〔34〕高台下瞰:从高台上往下俯视。

〔35〕如在指掌:(看台下景物)如看手掌中的东西一样清楚。

〔36〕都民:京都中的民众。黄伞:黄罗御伞,帝王专用仪仗。雉扇:雉尾扇,下方上圆,周围饰以雉尾,也是帝王所专用。九霄:九天,此喻帝王之居。

〔37〕真若箫台、蓬岛:真如神仙居处之一样。箫台,指萧史吹箫引凤的凤台。刘向《列仙传·萧史》:"萧史善吹箫,作凤鸣。秦穆公以女弄玉妻之,作凤楼,教弄玉吹箫,感凤来集,弄玉乘凤、萧史乘龙,夫妇同仙去。"蓬岛,即蓬莱,传说海上三神山之一。《史记·始皇本纪》:"齐人徐市等上书,言海中有三神山,名曰蓬莱、方丈、瀛洲,仙人居之。"

放翁钟情前室[1]

陆务观初娶唐氏[2],闳之女也[3],于其母夫人为姑侄[4]。伉俪相得而弗获于其姑[5]。既出[6]，而未忍绝之[7]，则为别馆[8]，时时往焉。姑知而掩之[9]，虽先知挈去[10]，然事不得隐，竟绝之[11]，亦人伦之变也[12]。

唐后改适同郡宗子士程[13]，尝以春日出游，相遇于禹迹寺南之沈氏园[14]。唐以语赵，遣致酒肴。翁怅然久之，为赋《钗头凤》一词[15]，题园壁间云："红酥手[16]，黄縢酒[17]。满城春色宫墙柳[18]。东风恶[19]，欢情薄，一怀愁绪，几年离索[20]。错！错！错！　春如旧，人空瘦。泪痕红浥鲛绡透[21]。桃花落，闲池阁。山盟虽在，锦书难托[22]。莫！莫！莫！"实绍兴乙亥岁也[23]。

翁居鉴湖之三山[24]，晚岁每入城，必登寺眺望，不能胜情。尝赋二绝云："梦断香消四十年[25]，沈园柳老不飞绵[26]。此身行作稽山土[27]，犹吊遗踪一怅然[28]。"又云："城上斜阳画角哀[29]，沈园无复旧池台。伤心桥下春波绿，曾是惊鸿照影来[30]。"盖是庆元己未岁也[31]。

未久，唐氏死。至绍熙壬子岁[32]，复有诗序云："禹迹寺南有沈氏小园，四十年前尝题小词一阕壁间，偶复一到，而园已三易主，读之怅然。"诗云："枫叶初丹槲叶黄[33]，河阳愁鬓怯新霜[34]。林亭感旧空回首，泉路凭谁说断肠。坏壁醉题尘漠漠，断云幽梦事茫茫。所来妄念消除尽，回向蒲龛一炷香[35]。"

又至开禧乙丑岁暮[36]，夜游沈氏园，又两绝句云："路近城南已怕行，沈家园里更伤情。香穿客袖梅花在，绿蘸寺桥春水生[37]。""城南小陌又逢春[38],只见梅花不见人。玉骨久成泉下土,墨痕犹锁壁间尘。"

沈园后属许氏,又为汪之道宅云[39]。

明正德刻本《齐东野语》卷一

〔1〕"放翁",即南宋大诗人陆游(1125—1210),字务观,自号放翁,越州山阴(今浙江绍兴)人。"前室"指前妻。关于《钗头凤》故事,记载较本篇更早的是陈鹄《耆旧续闻》卷十、刘克庄《后村诗话》续集卷二。本文写陆游与前妻的爱情故事。陆游与前妻唐琬原本伉俪情深,但被陆母强行拆散。后来唐琬改嫁赵士程,与陆游在沈园中重逢。陆游惆怅万分,写下名词《钗头凤》。以后陆游多次重游沈园,赋诗抒写对前妻的思念之情。本文以陆游为唐琬所写的诗词为线索,揭出诗词背后的本事,将一个凄婉的爱情故事写得回肠荡气。

〔2〕唐氏:陆游的表妹唐琬。

〔3〕闳:唐闳,宣和间鸿胪少卿唐翊之子。

〔4〕于其母夫人为姑侄:言唐琬之与陆母是姑母与侄女的关系。按:据考,陆游外家为汇陵唐氏,曾外祖父为北宋名臣唐介,舅父辈无唐闳。刘克庄《后村诗话》载《钗头凤》本事,记赵士程与陆游为中表(见下注〔12〕)。后周密转录未慎,误作唐琬与陆游为中表。

〔5〕伉俪:夫妻。相得:相处很好。弗获于其姑:指唐琬不得其婆婆的欢心。姑,旧时称丈夫的母亲为"姑"。陆母既是唐琬的姑妈,同时又是她的婆婆。

〔6〕出:古代女子被休弃称为"出"。

〔7〕未忍绝之:不忍断绝关系。

〔8〕则为别馆:为她另找住处。

〔9〕掩:乘人不备去捉拿。

〔10〕先知:预先知道。挈(qiè 窃)去:带(她)离开。

〔11〕绝之:断绝往来。

〔12〕人伦之变:家庭之大变故。

〔13〕改适:改嫁。宗子士程:赵士程,宋之宗室。为秦鲁国大长公主(仁宗女)的侄孙。公主子钱忱娶瀛国夫人唐氏,即陆游姨母。故赵士程与陆游为中表兄弟。刘克庄《后村诗话》记《钗头凤》本事,即云"某氏改适某官,与陆氏为中外",即指赵、陆为中表。

〔14〕禹迹寺南之沈氏园:今浙江省绍兴市禹迹寺南之沈园。

〔15〕《钗头凤》:词牌名,原名《撷芳词》。据陈鹄《耆旧续闻》及沈辰垣《历代诗余》等书记载,沈园相遇,陆游写了这首《钗头凤》后,唐琬和了一首同调词:"世情薄,人情恶。雨送黄昏花易落。晓风干,泪痕残。欲笺心事,独语斜阑。难!难!难! 人成各,今非昨。病魂常似秋千索。角声寒,夜阑珊。怕人寻问,咽泪妆欢。瞒!瞒!瞒!"之后不久,唐琬抑郁死去。

〔16〕红酥手:红润白嫩的小手。陈鹄《耆旧续闻》卷十载陆游至沈氏园,"去妇闻之,遣遗黄封酒果馔,通殷勤"。此书其事。

〔17〕黄縢(téng 疼)酒:即黄封酒,宋代的官酒。因用黄罗帕或黄纸封口,故名黄封酒。縢,绳索,引申为缠束、封闭。

〔18〕宫墙柳:由于受礼法限制,此暗喻唐氏已如宫墙柳那样可望不可即,与下片"锦书难托"相呼应。一说,绍兴古代为越王宫殿所在地,宋高宗建炎四年(1130)至绍兴元年(1131)曾以此为行都,故有宫墙之称。

〔19〕东风:此暗喻陆游的母亲。

〔20〕离索:离散。

〔21〕红浥鲛绡透:沾着胭脂的红泪把手帕湿透了。浥,湿。鲛绡,

神话中鲛人(人鱼)所织的丝绢,后来用为手帕的别称。任昉《述异记》:"南海出鲛绡纱。"

〔22〕锦书:前秦窦滔妻苏氏曾织锦为回文诗以赠其夫,后人便称夫妻间表达爱情的书信为"锦书"。因唐氏已另嫁人,按当时礼法,已不能再与之通信,所以说"锦书难托"。

〔23〕绍兴乙亥岁:1155 年。绍兴,宋高宗赵构的年号,1131—1162。另据陈鹄《耆旧续闻》卷十,陆游《钗头凤》作于绍兴辛未(1151)三月。未详孰是。

〔24〕鉴湖之三山:今浙江省绍兴南。鉴湖,亦名镜湖、长湖、太湖、庆湖。原跨山阴、会稽两县之界,宋以后渐淤为田。

〔25〕梦断香消:喻唐琬去世。

〔26〕飞绵:指柳絮飘飞。一本作"吹绵"。柳老不飞绵,喻青春不再。

〔27〕行作稽山土:将要死在稽山,已是要入土之人了。喻年老。行作,将作。稽山,即会稽山,位于浙江省中东部,绵延于绍兴、金华一带。

〔28〕怅然:一本作"泫然"。

〔29〕画角:古时军中号角。

〔30〕惊鸿:此喻唐琬。曹植《洛神赋》:"翩若惊鸿。"后世以喻美女体态之轻盈。

〔31〕庆元己未岁:即 1199 年。庆元,宋宁宗赵扩的年号,1195—1200。

〔32〕绍熙壬子:即 1192 年。绍熙,宋光宗赵惇的年号,1190—1194。此事在庆元己未之前。

〔33〕槲(hú 湖)叶:槲树叶子。槲,又称柞树,多年生灌木。

〔34〕河阳愁鬓怯新霜:悼亡思旧让我一天天愁白了头。河阳,古县名,汉置,故城在河南孟县西。晋文学家潘岳曾在此县做官。潘岳妻早

死,他写的悼亡诗非常有名。这里陆游以潘岳喻自己伤情怀旧。新霜,喻白发。

〔35〕蒲龛:茅庵中的神龛。蒲,用草盖的圆形屋。龛,供奉神位的小阁子。

〔36〕开禧乙丑:即1205年。开禧,宋宁宗赵扩年号,1205—1207。

〔37〕蘸:沾染。

〔38〕小陌:田间小路。

〔39〕汪之道:事迹未详。

文天祥

文天祥(1236—1282),初名云孙,字天祥。后以字为名,别字宋瑞。吉州庐陵(今江西吉安)人。宋理宗宝祐四年(1256)进士第一,历任刑部郎官、江西提刑、尚书左司郎官、湖南提刑、知赣州等职。德祐初,元军南侵,文天祥奉命起兵勤王。翌年,元军逼进临安,文天祥以右丞相兼枢密使的身份受命与元军议和,在谈判时被拘,后乘间逃脱。至福州,组织兵力抗元。景炎三年(1278),文天祥在海丰(今广东海丰)兵败被俘,被押往大都(今北京),拘囚三年后英勇就义。著有《文山先生文集》。《宋史》卷四百一十八有传。

瑞州三贤堂记[1]

瑞有三贤祠堂[2]。三贤,余襄公、苏文定公、杨文节公[3]。祠堂旧在水南阛阓[4],景定庚午毁于兵[5]。前守严陵方君逢辰[6],迁之稍西,垂成而去[7]。某为君代[8],相遇于上饶[9]。君语及斯堂曰:"瑞人之敬三贤也如生[10],三年无所于祠[11],意闵闵焉[12],予是以亟新之也[13]。然涂墍未毕[14],像设未备,子其成之,成则为之记。"

某至郡,既敬奉君之教,遂率诸生行释菜礼[15]。而君书三至,谂记之成[16],某不得辞。

夫瑞为郡，号江西道院[17]。然在汴京盛时为远小[18]，故余、苏二公皆以谪至。淳熙间[19]，郡去今行在所为近[20]，而杨公江西人[21]，虽自蓬监出守[22]，殊不薄淮阳也[23]。地一而时不同[24]，又守郡者与他谪异[25]。然瑞人矜而相语[26]，概曰："吾郡以三贤重。余公坐党范文正[27]；苏公坐救其兄东坡先生[28]，后又以执政坐元祐党[29]；杨公坐争张魏公配享事[30]。使此三贤者皆无所坐，安得辱临吾土[31]！"

噫，甚矣，瑞人之好是懿德也[32]！然三贤所养[33]，犹有可得而窃窥者乎[34]？范公忤吕丞相而去也[35]，未几复用[36]，前日夤缘被斥者[37]，以次召还。襄公自瑞徙泰[38]，乃独请岭南便郡以归[39]，愈去愈远，岂非所谓同其退不同其进者耶[40]？苏公世味素薄[41]，其记东轩[42]，谓颜氏箪瓢之乐[43]，不可庶几[44]，而日与郡家收缗铢之利[45]，曾不以为屈辱。异时再谪、三徙之余，退老颍滨[46]，杜门却扫，不怨不尤，使人之意也消[47]。若杨公则肆意吟哦，笔墨淋漓[48]，在郡自为一集[49]，与畴昔道山群贤文字之乐[50]，无以异也。若三贤者，岂以摈斥疏远累其心哉！

夫摈斥疏远不以累其心者，其流或至于翛然远举[51]，超世遗俗，而三贤又不然。余公用于庆历[52]，苏公用于元祐[53]，謇謇匪躬[54]，皆在困踬流落之后[55]。杨公当权奸用事，屡召不起，报国丹心，竟以忧死，凛然古人尸谏之风[56]。呜呼，此其所以为三贤欤！繇前言之[57]，吾知在瑞之时,乐天安土;繇后言之,吾知在瑞之时,乃心罔不在王室[58]。呜呼,此其所以为三贤欤!

诗曰:"高山仰止,景行行止。"[59]太史公曰:"虽为之执鞭,所欣慕焉。"[60]瑞人之敬三贤也,又于此思之,当有以称方君所为欲记斯堂之意[61]。某与先正,无能为役[62]。

《四部丛刊》本《文山先生文集》卷九

[1] 本文作于文天祥担任瑞州郡守时,是为"三贤堂"的落成而写的记文。"三贤堂"是瑞州人为纪念曾任过瑞州郡守的三位前贤余靖、苏辙、杨万里而建的祠堂。三位前贤都曾被贬官瑞州,但他们都不因个人贬谪而怨天尤人,具有高尚的人格魅力。他们超旷达观,不计个人名利,但又忧心国事,忠直敢谏,甚至将个人生死置之度外。文章对三贤无比崇仰,无疑也表明了自己的精神追求。

[2] 瑞:即瑞州,原名筠州,宋宝庆元年(1225)改名瑞州。治所在今江西省高安市。

[3] 余襄公:余靖(1000—1064),本名希古,字安道,号武溪。北宋韶州曲江(今属广东韶关)人。卒谥曰"襄",后人尊称忠襄公。苏文定公:苏辙(1039—1112),字子由,卒谥文定。唐宋八大家之一,苏轼之弟。杨文节公:杨万里(1127—1206),字廷秀,号诚斋,卒谥文节。

[4] 水南:指江西锦江以南。锦江横穿瑞州府而过。阛阓(huán huì 环惠):市肆,市区。阛,市区的墙。阓,市区的门。

[5] 景定庚午:当为"景定庚申",即公元1260年。景定为宋理宗赵昀年号(1260—1264),共五年,其中有庚申,无庚午年。

[6] 前守:前任郡守。严陵方君逢辰:即方逢辰(?—1291),字君锡,人称蛟峰先生,淳安(今属浙江)人。经学家,官吏部侍郎、国史修撰

等职。宋亡,隐居教授。淳安一带地近东汉严光(字子陵)隐居处,又为古严州首邑,故亦称严陵。

〔7〕垂成:即将竣工。

〔8〕某为君代:我接替他(指方逢辰)任郡守。

〔9〕上饶:即今江西省上饶市。

〔10〕敬三贤也如生:尊敬三贤如同他们还活着一样。

〔11〕三年无所丁祠:已经三年没地方举行祠祭了。

〔12〕闵闵:忧虑、忧伤。

〔13〕亟新之:急迫地想翻新祠堂。

〔14〕涂:粉饰涂抹。墍(jì既):抹涂屋顶。

〔15〕诸生:儒生、学子。释菜:亦作释采,古代入学时祭祀先圣先师的一种典礼。

〔16〕谂(shěn审):劝告。

〔17〕江西道院:为瑞州之称号。黄庭坚《江西道院赋并序》:"江西之俗,士大夫多秀而文,其细民险而健,以终讼为能。……惟筠为州独不器于讼,故筠州太守号为'守江西道院'。"这是指当地政务清闲。

〔18〕汴京:北宋时都城所在地,即今之河南开封市。远小:地方偏远而小。

〔19〕淳熙:南宋孝宗赵昚的年号。

〔20〕行在所:本指皇帝所在的地方。南宋时称都城临安(今杭州)为行在所,以示不忘汴京之意。

〔21〕杨公江西人:杨万里是吉州吉水(今江西吉水)人。

〔22〕蓬监:秘书少监。传说中的蓬莱山为道家藏书之所,蓬山、道山就成为秘书省的雅称。秘书少监是秘书省的长官,故而用"蓬监"来代指"秘书少监"。出守:出任太守。

〔23〕殊不薄淮阳:意谓杨万里由京官贬到地方任职,并没有看轻地

方官这一职务,而是尽力把本职工作做好。按汉代汲黯本位列九卿,汉武帝让他到靠近楚地的淮阳郡作太守,汲黯称病拒不赴任,武帝对他说:"君薄淮阳邪?吾今召君矣。顾淮阳吏民不相得,吾徒得君重,卧而治之。"(参见《汉书·汲黯传》)淮阳:淮阳郡,治所在今河南省淮阳县。薄淮阳,轻视淮阳,此引申为轻视地方官这一职位。

〔24〕地一而时不同:地方是一样的,而时代不同。

〔25〕守郡者与他谪异:担任一郡的长官与被贬到这里做官是不同的。

〔26〕矜:夸耀。

〔27〕余公坐党范文正:宋景祐三年(1036),范仲淹上《百官图》给朝廷,批评宰相吕夷简专权,因此获罪被贬知饶州。余靖因向皇帝上疏援救范仲淹,而被降职掌筠州酒税。因这一事件被贬官的还有尹洙、欧阳修等人。坐,因为……被定罪于。党,结伙、抱团。

〔28〕苏公坐救其兄东坡先生:元丰二年(1079),苏轼以作诗"谤讪朝廷"罪被捕入狱。苏辙上书请求以自己的官职为兄赎罪,不准,受牵连被贬至筠州掌管盐酒税。

〔29〕后又以执政坐元祐党:宋哲宗元祐六年(1091),苏辙拜尚书右丞,进门下侍郎,执掌朝政。两年后哲宗亲政,因苏辙曾反对过王安石变法,被列为"元祐党人"而遭贬官。

〔30〕杨公坐争张魏公配享事:乾道十四年(1187),杨万里因为力争张浚当配享庙祀事,惹恼了孝宗,出知筠州。张魏公,指张浚(1097—1164),字德远,汉州绵竹(今属四川)人。南宋初期的抗金派首领,后封魏国公。

〔31〕辱临吾土:屈尊来到我们这儿。

〔32〕好是懿德:喜欢这种美德。语本《诗经·大雅·烝民》:"天生烝民,有物有则。民之秉彝,好是懿德。"

〔33〕养:修养。

〔34〕窃窥:私下里窥测。这里有深入考察、研究之意。

〔35〕忤:触犯。去:此指贬官离开朝廷。

〔36〕未几复用:范仲淹被贬知饶州后不久,又得到朝廷的重用。据《宋史·范仲淹传》:"仲淹在饶州岁余,徙润州,又徙越州。元昊反,召为天章阁待制、知永兴军,改陕西都转运使。会夏竦为陕西经略安抚、招讨使,进仲淹龙图阁直学士以副之。"

〔37〕寅缘被斥者:指与范仲淹关系密切而被贬斥者。寅缘,本指攀援、攀附,这里是受到牵连之意。

〔38〕襄公自瑞徙泰:欧阳修《赠刑部尚书余襄公神道碑铭》:"范仲淹以言事触宰相,得罪谏官。御史不敢言,公疏论之。坐贬监筠州酒税,稍徙泰州。已而天子感悟,亟复用范公,而因之以被斥者皆召还。惟公以便亲乞知英州。"英州即今广东省英德市,属岭南地区,与泰州相比,距离京城是越来越远了。故下文说"愈去愈远"。徙泰,转任泰州(今江苏泰州)知府。

〔39〕便郡:政务清简之郡。

〔40〕同其退不同其进:意谓同范仲淹等人一同被贬官,而不和他们一同升职。

〔41〕世味素薄:意谓对功名利禄看得很淡。

〔42〕其记东轩:苏辙在瑞州作有《东轩记》。

〔43〕箪瓢之乐:意谓在贫困的生活中也能快乐。语本《论语·雍也》:"子曰:'贤哉,回也!一箪食,一瓢饮,在陋巷,人不堪其忧,回也不改其乐,贤哉,回也!'"

〔44〕庶几:差不多、接近。意谓颜回的境界很难企及。

〔45〕日与郡家收锱铢之利:每天为郡官府收取微小的税利。锱铢,喻细微。缁,当为"锱"。苏辙《东轩记》:"昼则坐市区鬻盐沽酒(按:当

743

时的盐酒都是官卖的),税豚鱼与市人争寻尺以自效;暮归筋力疲废,辄昏然就睡。"

〔46〕"异时再谪"二句:后来苏辙又多次遭受贬谪,终老于颍水之滨(即颍川,治所在今河南禹州)。按绍圣元年(1094)之后,苏辙因上书反对时政,先后被贬知汝州、袁州,责授化州别驾、雷州安置,后又贬循州等地。崇宁三年(1104),苏辙在颍川定居,过田园隐逸生活,筑室曰"遗老斋",自号"颍滨遗老",以读书著述、默坐参禅为事。再、三,都是强调多次。

〔47〕意:指鄙念。

〔48〕笔墨淋漓:意谓诗文酣畅。

〔49〕在郡自为一集:杨万里在瑞州期间创作有诗集《江西道院集》。

〔50〕畴昔:从前。道山:指秘书省,参见注〔22〕。

〔51〕其流:流弊。翛然远举:喻隐居避世。翛然,无拘无束貌。远举、远飞。

〔52〕余公用于庆历:指余靖参与了范仲淹等人发起的"庆历新政"。宋仁宗庆历三年(1043),余靖复起任擢升为谏院右正言,专司向皇帝进谏奏事,多次建言"轻徭薄赋"、整顿户政和吏治。

〔53〕苏公用于元祐:参见注〔29〕。

〔54〕謇謇匪躬:为君国忠直谏诤。《易·蹇》:"六二,王臣謇謇,匪躬之故。"高亨注:"言王臣謇謇忠告直谏者,非其身之事,乃君国之事也。"

〔55〕困踬:困顿、受挫。

〔56〕"杨公当权奸用事"五句:杨万里晚年,因为痛恨奸相韩侂胄弄权误国,朝廷几次召他进京赴职,他均辞而不往。最后得知韩侂胄轻易兴兵的消息,忧愤而逝。凛然,令人敬畏的样子。尸谏,古代忠臣以死

来劝谏君主。据《宋史·杨万里传》,杨万里在得知朝廷用兵的消息后,索纸笔写下"韩侂胄奸臣,专权无上,动兵残民,谋危社稷。吾头颅如许,报国无路,惟有孤愤"。又"书十四言别妻子,笔落而逝"。

〔57〕繇:同"由"。

〔58〕罔:无。

〔59〕"高山行止"二句:语出《诗经·小雅·车舝》。郑玄注:"古人有高德者则慕仰之,有明行者则而行之。"朱熹注:"仰,瞻望也。景行,大道也。高山则可仰,景行则可行。"见张栻《仰止堂记》注〔12〕。

〔60〕"太史公曰"三句:语出《史记·管晏列传》。司马迁称赞晏子说,假如晏子还活着的话,哪怕能为他做个执鞭赶马车的仆人,也很让我向往啊。

〔61〕称:相称、适合。

〔62〕"某与先正"二句:意谓我对于前代的贤臣,简直连供给他们役使都不配。这是作者对"三贤"表达崇敬的自谦说法。先正,前代贤臣,此指"三贤"。役,役使。

指南录后序[1]

德祐二年正月十九日[2],予除右丞相[3],兼枢密使[4],都督诸路军马[5]。时北兵已迫修门外[6],战、守、迁皆不及施[7]。缙绅大夫士萃于左丞相府[8],莫知计所出。会使辙交驰,北邀当国者相见,众谓予一行为可以纾祸[9]。国事至此,予不得爱身,意北亦尚可以口舌动也[10]。初,奉使往来,无留北者[11]。予更欲一觇北[12],归而求救国之策,于是辞相印不拜[13]。翌日[14]，以资政殿学士行[15]。

初至北营，抗辞慷慨，上下颇惊动，北亦未敢遽轻吾国[16]。不幸吕师孟构恶于前[17]，贾余庆献谄于后[18]，予羁縻不得还[19]，国事遂不可收拾。予自度不得脱[20]，则直前诟虏帅失信[21]，数吕师孟叔侄为逆[22]，但欲求死，不复顾利害。北虽貌敬，实则愤怒。二贵酋名曰馆伴[23]，夜则以兵围所寓舍，而予不得归矣。

未几，贾余庆等以祈请使诣北[24]。北驱予并往，而不在使者之目。予分当引决[25]，然而隐忍以行。昔人云："将以有为也。"[26]

至京口，得间奔真州[27]。即具以北虚实告东西二阃[28]，约以连兵大举，中兴机会，庶几在此[29]。留二日，维扬帅下逐客之令[30]。不得已，变姓名，诡踪迹[31]，草行露宿，日与北骑相出没于长淮间[32]，穷饿无聊[33]，追购又急[34]；天高地迥，号呼靡及[35]。已而得舟，避诸洲，出北海，然后渡扬子江，入苏洲洋，展转四明、天台，以至于永嘉[36]。

呜呼！予之及于死者不知其几矣！诋大酋当死[37]，骂逆贼当死[38]，与贵酋处二十日，争曲直，屡当死。去京口，挟匕首以备不测，几自到死[39]。经北舰十余里，为巡船所物色，几从鱼腹死[40]。真州逐之城门外，几傍徨死。如扬州，过瓜洲扬子桥[41]，竟使遇哨，无不死。扬州城下，进退不由，殆例送死。坐桂公塘土围中，骑数千过其门，几落贼手死[42]。贾家庄几为巡徼所陵迫死[43]。夜趋高邮,迷失道,几陷死。质明,避哨竹林中,逻者数十骑,几无所逃死[44]。至高邮,制府檄下,几以捕系死[45]。行城子河,出入乱尸中,舟与哨相后先,几邂逅死[46]。至海陵[47],如高沙[48],常恐无辜死。道海安、如皋,凡三百里,北与寇往来其间,无日而非可死[49]。至通州,几以不纳死[50]。以小舟涉鲸波[51],出无可奈何,而死固付之度外矣。呜呼!死生,昼夜事也[52]。死而死矣,而境界危恶,层见错出,非人世所堪。痛定思痛,痛何如哉!

予在患难中,间以诗记所遭[53],今存其本[54]不忍废。道中手自抄录:使北营,留北关外[55],为一卷;发北关外,历吴门、毗陵[56],渡瓜洲,复还京口,为一卷;脱京口,趋真州、扬州、高邮、泰州、通州,为一卷;自海道至永嘉,来三山[57],为一卷。将藏之于家,使来者读之,悲予志焉[58]。

呜呼!予之生也幸,而幸生也何所为[59]?求乎为臣,主辱臣死[60],有余僇[61];所求乎为子,以父母之遗体,行殆而死,有余责[62]。将请罪于君,君不许;请罪于母,母不许;请罪于先人之墓[63],生无以救国难,死犹为厉鬼以击贼,义也。赖天之灵,宗庙之福,修我戈矛,从王于师[64],以为前驱,雪九庙之耻[65],复高祖之业[66],所谓"誓不与贼俱生"[67],所谓"鞠躬尽力,死而后已"[68],亦义也。嗟夫!若予者,将无往而不得死所矣[69]。向也[70],使予委骨于草莽,予虽浩然无所愧怍[71],然微以自文于君亲,君亲其谓予何[72]！诚不自意，返吾衣冠[73]，重见日月，使旦夕得正丘首[74]，复何憾哉！复何憾哉！

是年夏五，改元景炎[75]，庐陵文天祥自序其诗[76]，名曰《指南录》。

《四部丛刊》本《文山先生文集》卷十三

[1]《指南录》是文天祥自编的一部诗集，凡四卷，为作者自叙赴阙、出使元营、被扣押以及中途脱险后九死一生的种种遭遇。卷首有《自序》和《后序》。这篇《后序》是对这些遭遇的一个总叙。表现了作者勇赴国难、视死如归的民族气节和不屈不挠、顽强抗争的爱国意志。作者对自己的传奇遭遇叙述极为生动，笔含家国深情，令读者为之动容。

[2] 德祐：宋恭帝赵㬎的年号。正月：原作"二月"，误，今据《宋史·瀛国公本纪》和《指南录·自序》改正。

[3] 除：被授官职。右丞相：南宋设立左右丞相，是协助皇帝总管政务的官职。

[4] 枢密使：掌管国家军政的最高长官。

[5] 都督：指挥、统领。

[6] 时北兵已迫修门外：当时元军已逼进至南宋都城临安外。《指南录·自序》："时北军驻高亭山，距修门三十里。"修门，指国都门。《楚辞·招魂》："魂兮归来，入修门些。"王逸注："修门，郢城门也。"

[7] 战、守、迁皆不及施：应战、固守、迁都都来不及实施。

[8] 缙绅大夫士：大小官员。萃：聚集。左丞相府：左丞相吴坚（后来降元）的府第。

[9] "会使辙交驰"三句：德祐元年（1276），当元兵逼近临安时，时任右丞相的投降派陈宜中曾两次派人前往元军大营求和。第二年正月，

748

谢太后派大臣向元军献上降表和传国玉玺,元军要求与宰相会谈,陈宜中当夜逃离临安。这时上下震动,不知如何是好,众官员只好建议让新任命为右丞相的文天祥前去元营谈判。会,当时。使辙交驰,两国使者来往频繁。北,指元军方面。纾,解。

〔10〕以口舌动:能用言语打动。

〔11〕无留北者:没有被元军拘留的。

〔12〕觇:察看。

〔13〕不拜:没有正式接受右丞相的官职。

〔14〕翌日:第二天。

〔15〕以资政殿学士行:以资政殿学士的身份出使元军。资政殿学士,一种荣誉性职名。宋朝宰相罢政,多授此官。据《续资治通鉴》卷一百八十二,与文天祥一同使元者有吴坚、谢堂、贾余庆等人。

〔16〕"初至北营"四句:《指南录》卷一《纪事》诗序:"予诣北营,辞色慷慨。……大酋(元军统帅伯颜)为之辞屈而不敢怒。诸酋相顾失色,称为丈夫。是晚诸酋议良久,忽留予营中。当时觉北未敢大肆无状。"遽,立即、马上。

〔17〕吕师孟构恶于前:吕师孟是宋朝兵部侍郎,其叔吕文焕为襄阳守将,先已叛变降敌。而当时朝廷的主政者为了方便与元军接洽,对于尚在朝中为官的吕师孟不但不处罚,反而给予升迁。文天祥《指南录》卷一《纪事》诗序:"先是,予赴平江,入疏言:'叛逆遗孽不当待以姑息,乞举《春秋》诛乱贼之法。'意指吕师孟。朝廷不能行。"《续资治通鉴》卷一百八十二:"巴延(即伯颜)引文天祥与吴坚等同坐。天祥面斥贾余庆卖国,且责巴延失信。吕文焕从旁谕解之。天祥并斥文焕及其侄师孟父子兄弟受国厚恩,不能以死报国,乃合族为逆。文焕等惭恚,遂与余庆共劝巴延拘天祥,令随祈请使使北。"

〔18〕贾余庆:当时贾余庆官同签书枢密院事,知临安府,在文天祥

749

辞相印后作右丞相。《指南录》卷一《纪事》诗序:"及予既絷维,贾余庆以逢迎继之,而国事遂不可收拾。"又《则堂》诗序说:"北入京城,贾余庆迎逢卖国,既令学士降诏,俾天下州郡归附之。"又《使北》诗序:"贾余庆凶狡残忍,出于天性,密告伯颜,使启北庭,拘予于沙漠。"

〔19〕予羁縻不得还:《元史·伯颜传》:"天祥数请归,伯颜笑而不答。天祥怒曰:'我此来为两国大事,彼皆遣归,何故留我?'伯颜曰:'勿怒。汝为宋大臣,责任非轻,今日之事,正当与我共之。'令忙古歹、唆都馆伴羁縻之。"羁縻,扣留。

〔20〕度:揣测。

〔21〕直前诟虏帅失信:直接上前斥责元军统帅不讲信用。

〔22〕数:数落、责备。逆:叛逆。

〔23〕二贵酋:指元将忙古歹、唆都。时忙古歹为万户,唆都为招讨使,都是元军高级将领。馆伴:陪同外国宾客的专门人员。

〔24〕贾余庆等以祈请使诣北:德祐二年二月初五日,元使臣入临安,封府库。次日,已经降元的宋恭帝派贾余庆、吴坚、谢堂等人为"祈请使"赴大都。祈请使,奉表请降的使节。诣北,往北方元京大都(今北京)。

〔25〕分当引决:理当自杀。分,本份。

〔26〕将以有为也:语本韩愈《张中丞传后序》:"巡(张巡)呼云(南霁云)曰:'南八,男儿死耳,不可为不义屈!'云笑曰:'欲将有为也。公有言,云敢不死!'"

〔27〕"至京口"二句:《指南录》卷三《脱京口》诗序:"二月二十九日夜,余自京口城中间道出江浒,登舟沂金山,走真州。"京口,今江苏省镇江市。真州,治所在今江苏省仪征市。间,空隙、机会。

〔28〕东西二阃:指淮南东路和淮南西路两制置使(负责边防的军事长官),淮东制置使是李庭芝,驻守扬州;淮西制置使是夏贵,驻守庐州

(今安徽合肥)。阃,原指城门,后代指统兵在外的将帅。

〔29〕"约以连兵大举"三句:据《指南录》卷三《议纠合两淮复兴》,文天祥至真州后,守将苗再成向他陈述恢复大计:"得丞相来,通两淮脉络,不出一月,连兵大举,先去北巢之在淮者,江南可传檄定也。"天祥闻听,"喜不自制",并感叹"不图中兴机会在此!"遂即作书联络两阃,约夏贵(其时夏已降元,天祥和苗再成尚不知),领兵向建康(今江苏南京)牵制元军;约李庭芝以兵向瓜洲(今江苏瓜洲镇),而苗再成以兵取镇江,截敌归路,形成聚歼江南元兵的态势。故此说是一个"中兴机会"。

〔30〕维扬帅下逐客之令:《指南录》卷三《出真州》载,淮东制置使李庭芝(因其驻守维扬,即今扬州,故称维扬帅)得天祥书,反而怀疑文天祥做了元人的奸细在真州说降,因此下令真州守将苗再成杀天祥以自白。再成不忍,纵他出城。天祥走到扬州欲表明心迹,偶听到守门人说"制置司下令捕文丞相甚急",于是变易姓名东走逃难。

〔31〕诡踪迹:隐藏自己的行踪。

〔32〕日与北骑相出没于长淮间:当时淮东宋军只固守真州、扬州、高邮等少数城市,主要交通线已被元军控制,故云。《续资治通鉴》卷一百八十一载德祐元年,"时元兵东下,所过迎降,李庭芝率励所部,固守扬州。"元将"阿珠乃筑长围,自扬子桥竟瓜洲,东北跨湾头至黄埔,西北扺丁村,务欲以久困之"。故天祥逃离中要时时躲避北兵。长淮间,指淮水以南的水网地区。

〔33〕穷饿无聊:困窘饥饿,无依无靠。

〔34〕追购:追捕。购,悬赏捉拿。

〔35〕天高地迥,号呼靡及:犹言"呼天不应,喊地不灵"。迥,远。靡及,不能达到。

〔36〕"避诸洲"六句:《指南录》卷四《北海口》诗序说:"淮海,本东海地,于东中云南洋、北洋。北洋入山东,南洋入江南。人趋江南而经北

洋者,以扬子江中诸沙为北所用(沙洲被敌占领,所以要'避诸洲'),故经道于此,复转而南,盖辽绕数千里云。"北海,长江口以北的海。苏洲洋,今上海市附近的海。四明,今浙江省宁波市。天台,今浙江省天台县。永嘉,宋温州永嘉郡,治所在今浙江省温州市。

〔37〕诋大酋:指前文"诟虏帅失信"事。

〔38〕逆贼:指吕文焕、吕师孟叔侄。

〔39〕"去京口"三句:《指南录》卷三《候船难》诗序:"予先遣二校坐舟中,密约待予甘露寺下。及至,船不知所在。意窘甚。交谓船已失约,奈何!予携匕首,不忍自残,甚不得已,有投水耳。余元庆寒裳涉水,寻一二里,方得船至。各稽首以更生为贺。"去,离开。自刭,以刃割颈,自杀。

〔40〕经北舰十余里:《指南录》卷三《上江难》诗序:"予既登舟,意沂流直上,他无事矣。乃不知江岸皆北船,连亘数十里,鸣桹唱更,气焰甚盛。吾船不得已,皆从北船边经过,幸而无问者。至七里江,忽有巡者喝云:'是何船?'梢答以'河鲀船'。巡者大呼云:'歹船!'歹者,北以是名反侧奸细之称。巡者欲经船前,适潮退,阁浅不能至。是时舟中皆流汗。其不来,侥幸耳!"物色:搜寻。几从鱼腹死:几乎投水而死。《楚辞·渔父》:"宁赴湘流,葬于江鱼之腹中。"

〔41〕扬子桥:即扬子津,在今江苏省扬州市区南。

〔42〕"坐桂公塘土围中"三句:《指南录》卷三《至扬州》诗序:"予不得已,去扬州城下,随卖柴人趋其家,而天色渐明,行不能进。至十五里头,半山有土围一所,旧是民居,毁荡之余,无椽瓦,其间马粪堆积。时惟恐北有望高者,见一队人行,即来追逐,只得入此土围中暂避。"又碰到"数千骑随山而行,正从土围后过。一行人无复人色,傍壁深坐,恐门外得见。若一骑入来,即无噍类矣!时门前马足与箭筒之声,历落在耳,只隔一壁。幸而风雨大作,骑只径去。"桂公塘,小丘名,在扬州城附近。

〔43〕贾家庄几为巡徼所陵迫死:《指南录》卷三《贾家庄》诗序:"予初五日随三樵夫,黎明至贾家庄,止土围中,卧近粪壤,风露凄然。……是夜雇马趋高沙。"又同书卷三《扬州地分官》诗序:"初五至晚,地分官五骑咆哮而来,挥刀欲击人,凶焰甚于北,亟出濡沫(给钱),方免毒手。"巡徼,负责巡查的士兵。此指扬州宋军的巡徼。

〔44〕"夜趋高邮"七句:《指南录》卷三《高沙道中》诗序:"予雇骑夜趋高沙,越四十里,至板桥,迷失道。一夕,由田畈中,不知东西。风露满身,人马饥乏。旦行雾中,不相辨。须臾,四山渐明,忽隐隐见北骑,道有竹林,亟入避。须臾,二十余骑绕林呼噪。虞候张庆右眼内中一箭,项二刀,割其髻,裸于地。帐兵王青缚去。杜架阁(浒)与金应林中被获,出所携黄金赂逻者得免。予藏处距杜架阁不远,北马入林,过吾傍三四,皆不见,不自意得全。"高邮,今江苏省高邮市。质明,天刚亮。

〔45〕"至高邮"三句:《指南录》卷三《至高沙》诗序:"予至高沙,奸细之禁甚严。时予以箩为轿,见者怜之。又张庆血流满面,衣衫皆污。人皆知其为遇北,不复以奸细疑。然闻制使有文字报诸郡,有以丞相来赚城,令觉察关防。于是不敢入城,急买舟去。"制府,淮东制置使李庭芝的府署。檄,讨伐或命令的文书。

〔46〕"行城子河"四句:《指南录》卷三《发高沙》诗,其第一首后记云:"二月六日,城子河一战,我师大捷。"第二首后记云:"自至城子河,积尸盈野,水中流尸无数,臭秽不可当,上下几二十里无间断。"第四首后记说:"自高邮至稽家庄,方有一团人家,以水为寨。……稽(指宋方面的统制官稽耸)云:'今早报,湾头马(指湾头镇的元兵)出,至城子河边,不与之相遇,公福人也!'为之嗟叹。"城子河,在高邮市东南。邂逅,不期而遇。

〔47〕海陵:今江苏省姜堰市。

〔48〕如:往。高沙:即高邮。《指南后录》卷二《发高邮》:"初出高

753

沙门,轻舫绕城楼。"

〔49〕"道海安、如皋"四句:《指南录》卷三《泰州》诗序:"予至海陵,间程趋通州,凡三百里河道,北与寇(指土匪)出没其间,真畏途也。"又卷二《闻马》诗序:"越一日,闻吾舟过海安未远,即有马(敌骑)至县,使吾舟迟发一时顷,已为囚虏矣,危哉!"道,经过。海安,今江苏省海安县。如皋,今江苏省如皋市。

〔50〕"至通州"二句:胡广《丞相传》载文天祥"至通州,几不纳。适牒报:'镇江大索文丞相十日,且以三千骑追亡于浒浦(镇名,今属江苏常熟)。'始释制司前疑,而又迫追骑。赖通州守杨师亮出郊,闻而馆于郡,衣服饮食,皆其料理。"通州,今江苏省南通市。

〔51〕涉鲸波:谓在海上航行。鲸波,巨浪。

〔52〕死生,昼夜事也:语本《庄子·外篇·至乐》:"死生为昼夜。"郭庆藩疏:"以生为昼,以死为夜,故天不能无昼夜,人焉能无死生?"意谓死生本人生平常事。

〔53〕间:间或。

〔54〕本:稿本。

〔55〕留北关外:指被元兵囚禁在临安北门外。当时元军驻地高亭山。

〔56〕吴门:吴县的别称,即今江苏省苏州市。毗陵:即今江苏省常州市。

〔57〕三山:今福建福州别称。市内有闽山、越王山、九仙山,故名。

〔58〕志:原本作"至",据道光刊本改。

〔59〕"予之生也幸"二句:意谓我虽然幸运地生存下来,但活下来又有何作为呢?

〔60〕主辱臣死:意谓皇帝遭受屈辱,臣子理应效死。《国语·越语下》:"范蠡对曰:'臣闻之:为人臣者,君忧臣劳,君辱臣死。'"

〔61〕僇:同"戮"。《广雅·释诂》:"戮,辠(罪)也。"

〔62〕"以父母之遗体"三句:《孝经·开明宗义章》:"身体发肤,受之父母,不敢损伤,孝之始也。"此数句谓自己几乎冒险而死,对不起父母,应该受责备。殆,危险。

〔63〕先人:祖先。

〔64〕"修我戈矛"二句:语本《诗经·秦风·无衣》:"王于兴师,修我戈矛,与子同仇。"修,整治。

〔65〕以为前驱:语本《诗经·卫风·伯兮》:"伯兮朅兮,邦之桀兮。伯也执殳,为王前驱。"九庙:古代帝王立九庙以祭祀先祖。

〔66〕高祖:开国的皇帝。此指宋太祖赵匡胤。

〔67〕誓不与贼俱生:据《资治通鉴》载,唐宪宗元和十二年(817),宪宗欲讨平淮西、蔡州叛军,群臣多主张罢兵,只有裴度请前往督战。宪宗谓裴度:"卿真能为朕行乎?"对曰:"臣誓不与此贼俱生。"

〔68〕鞠躬尽力,死而后已:语本诸葛亮《后出师表》。鞠躬,敬谨貌。

〔69〕无往而不得死所:到处都是死所,谓死得有价值。

〔70〕向:从前。

〔71〕愧怍:惭愧。

〔72〕"然微以自文于君亲"二句:但是我没有什么作为,无法向君亲交待,君亲将怎样看待我呢?微,无。文,文饰、彰显。其谓予何,反诘语气,表示责难。

〔73〕返吾衣冠:意谓返回故国。衣冠,指汉族的服饰。

〔74〕正丘首:《礼记·檀弓上》:"狐死正丘首。"郑玄注:"正丘首,正首丘也。"孔颖达正义:"所以正首而向丘者,丘是是狐窟穴根本之处,虽狼狈而死,意犹向此丘。"引申为死于故乡、故国。

〔75〕"是年夏五"二句:《宋史·瀛国公本纪》载德祐二年(1276)五

755

月:"(陈)宜中等乃立(赵)昰于福州,以为宋主(即端宗),改元景元。"
〔76〕庐陵:今江西吉安市。

正气歌序〔1〕

余囚北庭〔2〕,坐一土室。室广八尺,深可四寻〔3〕,单扉低小〔4〕,白间短窄〔5〕,汙下而幽暗〔6〕。当此夏日,诸气萃然〔7〕。雨潦四集〔8〕,浮动床几,时则为水气〔9〕。涂泥半朝〔10〕,蒸沤历澜〔11〕,时则为土气。乍晴暴热,风道四塞〔12〕,时则为日气。檐阴薪爨〔13〕,助长炎虐〔14〕,时则为火气。仓腐寄顿〔15〕,陈陈逼人〔16〕,时则为米气。骈肩杂遝〔17〕,腥臊汗垢,时则为人气。或圊溷〔18〕,或毁尸〔19〕,或腐鼠,恶气杂出,时则为秽气。叠是数气〔20〕,当之者鲜不为厉〔21〕,而余以孱弱俯仰其间〔22〕,于兹二年矣,无恙〔23〕。是殆有养致然〔24〕。然尔亦安知所养何哉?孟子曰:"我善养吾浩然之气。"〔25〕彼气有七,吾气有一,以一敌七,吾何患焉!况浩然者,乃天地之正气也。作《正气歌》一首。

《四部丛刊》本《文山先生文集》卷十四

〔1〕南宋帝昺(bǐng 丙)祥兴元年(1278),文天祥为元军俘获,次年十月被押往元都燕京(今北京),被囚于兵马司狱中。本文是作者著名诗篇《正气歌》的序文,写他在狱中所过的极为恶劣的生活。他要忍受七种致命的恶气,之所以坚持下来不死,是因为有至大至刚的浩然之气

在支撑。这种浩然之气即是他的爱国信念和不屈意志。这篇序文点明了《正气歌》的主题。

〔2〕北庭:汉代匈奴的住地,此指元大都(今北京)。

〔3〕可:约。寻:古代长度单位,八尺为寻。

〔4〕扉:门。

〔5〕白间:本为窗边涂白,此指未施油漆的窗户。

〔6〕汙:肮脏。

〔7〕萃然:集聚的样子。

〔8〕潦:积水。

〔9〕时则为:这就是。时,是,指示代词。

〔10〕涂泥半朝:雨后泥淖。文天祥《五月十七夜大雨歌》:"尽室泥泞涂,化为糜烂场。"

〔11〕蒸沤历澜:潮气蒸腾。历澜,水气蒸腾貌。

〔12〕风道:通风口。

〔13〕檐阴薪爨(cuàn 窜):房檐下烧柴做饭。爨,烧火做饭。

〔14〕炎虐:酷虐的热风。

〔15〕仓腐寄顿:仓中腐败的粮食堆积起来。寄顿,寄放。

〔16〕陈陈逼人:谓仓中陈米,霉坏之后,气味难闻。

〔17〕骈肩杂遝(tà 榻):众人肩并肩杂乱地挤在一起。杂遝,杂乱的样子。

〔18〕圊溷(qīng hùn 青混):厕所。

〔19〕或毁尸:"或毁"二字原缺,据《四库全书》本《文山集》补。

〔20〕叠是数气:几种秽气积聚在一起。叠,会合。

〔21〕当之者:"之者"二字原缺,据《四库全书》本《文山集》补。鲜:少。沴:疾病。

〔22〕孱弱:虚弱。俯仰:低头、仰头,代指生活。

〔23〕无恙:"无恙"二字原缺,据他本补。《四库全书》本《文山集》做"审如"。

〔24〕殆:大概。致然:成为这样。

〔25〕我善养吾浩然之气:语本《孟子·公孙丑上》。浩然,阳刚盛大的样子。

谢枋得

谢枋得(1226—1289),字君直,号叠山,信州弋阳(今江西弋阳)人。自幼聪明好学,读书五行俱下,一览终身不忘。宋理宗宝祐四年(1256)进士,除抚州司户参军,不久弃官而去。德祐初,元军南下,以江东提刑、江西诏谕使守信州。信州失守后,乃变易姓名,卖卜建阳市中。宋亡,坚不仕元。元参政魏天祐欲荐枋得出仕,逼之北行,至燕京(今北京),不食而死,妻子亦殉。著有《叠山集》。《宋史》卷四百二十五有传。

交信录序[1]

天下有达道[2],不曰朋友,而曰朋友之交。交者精神有契[3],道德有同,非外相慕也。夫交以朋友,视君臣、父子、夫妇、昆弟则疏矣[4]。《易大传》曰:"定其交而后求。"[5]定者,见其心之可交也,交亦岂易定哉?公卿求士,见其才,不见其心能负人[6],吾视魏其侯、翟廷尉悲之[7];士求公卿,见其势,不见其心能汙人[8],吾视扬雄、班固、蔡邕笑之[9]。契之教人曰:"朋友有信。"[10]孔门合交与信并言[11],信而交,交而愈信,亦可以无悔矣。同富贵相忌,而有九官十臣[12];同贫贱相疏,而有仲尼弟子[13];同患难相怨,而有东汉党人[14]。此谓交,此谓信,此朋友得以列于人伦也。今人录交曰云萍[15],云萍皆无情之物,义已不信,交何能坚?请名之曰《交信录》。交无上下,无贵贱,无死生,吾尽吾信,不敢求诸人[16]。百年之间,万世之后,倘能无愧天地而谓之人,始可见朋友之助,始可言交信矣。

《四部丛刊》本《叠山集》卷六

〔1〕本文谈交友之道。朋友有信是儒家五伦之一,交友重在"精神有契"、"道德有同"。作者以历史上的交友故事为例,说明交朋友不分上下、贵贱,都要以诚信为本,这样才能无愧于天地,最终得朋友之助。

〔2〕天下有达道:《中庸》:"天下之达道五,所以行之者三。曰君臣也,父子也,夫妇也,昆弟也,朋友之交也。五者,天下之达道也。知、仁、勇三者,天下之达德也,所以行之者一也。"朱熹注:"达道者,天下古今共由之路。"

〔3〕契:契合。

〔4〕"夫交以朋友"二句:意谓朋友之交,与君臣、父子、夫妇、兄弟这四伦的关系相比,在亲近程度上相对疏远一些。"夫",原作"不",误,据他本改。昆弟,兄和弟。

〔5〕《易大传》:《易经》中传的部分称为易传,司马迁称为《易大传》,以区别于汉代其他各家易传。相传为孔子所作。"定其交而后求"出自《易大传》中的《系辞传下》。求:《周易集解》引崔憬曰:"以事求之。"

〔6〕负人:辜负、对不起人。

〔7〕魏其侯:即窦婴,吴、楚七国之乱时,被汉景帝任为大将军。七国破,封魏其侯。武帝初,任丞相。后来汉武帝的舅舅武安侯田蚡逐渐

贵盛,原来依附于窦婴的宾客士吏,"趋势利者皆去婴而归蚡"。(参见《汉书·窦田灌韩传》)翟廷尉:《史记·汲郑列传》:"始翟公为廷尉,宾客阗门;及废,门外可设雀罗。翟公复为廷尉,宾客欲往,翟公乃大署其门曰:'一死一生,乃知交情;一贫一富,乃知交态;一贵一贱,交情乃见。'"

〔8〕汙:玷污。

〔9〕扬雄:字子云,西汉学者,辞赋家。扬雄曾仿司马相如《封禅文》,上《剧秦美新》给篡汉自立的王莽,贬斥秦朝,美化王莽新朝,这一趋炎附势的做法颇遭后人非议。班固:字孟坚,东汉历史学家、辞赋家。汉和帝永元元年(89),为中护军,随大将军窦宪征匈奴。窦宪骄横获罪,班固被牵连入狱,死于狱中。蔡邕:字伯喈,东汉文学家、书法家。蔡邕依附权臣董卓,及董卓被诛,蔡邕因此被治罪,被杀。

〔10〕契:相传为高辛氏之子,舜的五臣之一,因助禹治水有功,被任命为司徒,封于商。为商的先祖。朋友有信:语本《孟子·滕文公上》:"使契为司徒,教以人伦:父子有亲,君臣有义,夫妇有别,长幼有序,朋友有信。"

〔11〕孔门合交与信并言:《论语·学而》:"曾子曰:'吾日三省吾身:为人谋而不忠乎?与朋友交而不信乎?传不习乎?'"

〔12〕"同富贵相忌"二句:意谓同富贵的人容易相忌,但是古代的九官、十臣却能做到同心同德,和谐相处。忌,原作"忘",据《四库全书》本改。九官,《汉书·刘向传》:"臣闻舜命九官,济济相让,和之至也。"十臣,周武王时期十个善于治国的能臣。《尚书·泰誓》:"予有乱臣十人。"孔颖达正义:"《释诂》云:乱,治也。"

〔13〕"同贫贱相疏"二句:同贫贱的人易于疏远,但孔子的弟子们关系仍那样亲近。按孔子弟子多贫贱者,但他们相处时却能够"依仁游艺,合志同方"(见《史记·仲尼弟子列传》司马贞索隐述赞)。

〔14〕"同患难相怨"二句:同处患难的人容易互相报怨,但东汉党人却能共患难。据《后汉书·党锢列传》,汉灵帝时,宦官迫害正直士人,大兴党狱,李膺、范滂等死狱中者百余人;其死徙废禁者,又六七百人。李膺被逮时,罪及其门生故吏,侍御史景毅之子景顾本来没有受到牵连,"毅乃慨然曰:'本谓膺贤,遣子师之,岂可以漏夺名籍,苟安而已!'"于是主动遣子随膺下狱。张俭受到宦官的迫害,被迫亡命,"望门投止,莫不重其名行,破家相容"。故《后汉书》的作者范晔评论说:"李膺振拔污险之中,蕴义生风,……使天下之士奋迅感慨,波荡而从之,幽深牢、破室族而不顾,至于子伏其死而母欢其义。壮矣哉!"

〔15〕云萍:此为叙交友的书簿。云彩、浮萍都聚散不定,比喻不认识的人偶然相遇。

〔16〕"交无上下"五句:所交的朋友,不管他地位高低、身份贵贱,也不管他是活着还是已死去的朋友,我都要尽我自己的诚信,不敢要求别人也这样。

林景熙

林景熙(1242—1310),字德旸,号霁山,温州平阳(今浙江平阳)人。宋度宗咸淳七年(1271),由上舍生释褐成进士,历任泉州教授、礼部架阁,进阶从政郎等职。宋亡后隐居不仕。一生穷研经史,教授生徒,从事著述,学者称为"霁山先生"。他的诗文多怀恋故国,抒写遗民情怀。著作有《白石稿》、《白石樵唱》,后人编为《霁山集》。传附《新元史·谢翱传》。

青山记[1]

宋嘉定年间[2],安晚郑公为相[3],于堂西偏辟一榻[4],扁以青山[5]。客有疑而问曰:"前槐后棘[6],其居潭潭[7],目未尝有山也,而曰山,何相国之嗜山也?"相国曰:"吾身在廊庙[8],而心在山林,顾不能一日忘[9]。且万一免去[10],吾愿遂矣。"

今严陵洪君景琳生后百年[11],家于山之麓[12],青山屋头,昉以自号[13],虽出处不同[14],而突然天地间,同一青青,何与[15]?予惟士大夫一出一处皆有道存[16],苟无居富贵之心,虽廊庙而山林也[17];苟无厌贫贱之心,虽山林而廊庙也[18]。况山性仁[19],君忠厚以培之;山体静,君凝重以镇之。嘘其云可以泽寰宇[20],储其材可以栋明堂[21],而昆虫鸟兽之类亦各遂其性[22],各安其所,虽处也,而未尝不出也[23]。

晋陶隐居,饱听松风,而朝有大事,数遣中使访问络绎,不失为山中宰相[24],又安知戋戋束帛不贲兹山也[25]!云山苍苍[26],客星奕奕[27],我思古人,高风可即[28]。若夫终山径捷[29],北山文移[30],卒贻林涧之愧[31]。自有青山以来,不知几千载,阅人多矣。君勉乎哉!

《四库全书》本《霁山文集》卷四

〔1〕本文乃作者为友人洪景琳写的一篇散文。南宋灭亡后,洪氏隐居山林,并以"青山"自号。作者勉励他坚持民族气节,不要响应元统治者的征召而出来做官。文章批评了历史上那些故作清高而实志在富贵的假隐士;认为如果坚持道义、无厌弃贫贱之心,隐于山林、保持人格独立,同样能自得其乐。

〔2〕嘉定:南宋宋宁宗赵扩的年号。

〔3〕安晚郑公:即郑清之(1176—1251),字德源,鄞(今浙江宁波)人。嘉定十七年(1217)进士。官至右丞相兼枢密使、左丞相等职。家治小圃曰"安晚"。卒谥忠定,有《安晚堂集》。

〔4〕偏辟:僻静处。辟,通"僻"。榻:狭长而较矮的床形坐具。

〔5〕扁以青山:悬挂"青山"字样的匾。扁,用如动词,题匾。

〔6〕前槐后棘:周代朝廷种三槐、九棘,公卿大夫分坐其下,以定三公九卿之位。后因以"槐棘"喻指三公九卿之位。棘,酸枣树。

〔7〕潭潭:深广貌。韩愈《符读书城南》诗:"一为马前卒,鞭背生虫蛆。一为公与相,潭潭府中居。"

〔8〕廊庙:指朝廷。

〔9〕顾:却。

〔10〕免去:指免官。

〔11〕严陵:今浙江桐庐县一带。相传为东汉严光(字子陵)隐居处,故又称严陵。洪君景琳:即洪景琳,人名,生平事迹未详。生后百年:指洪景琳比郑清之晚生百年左右。

〔12〕家:用如动词,安家。麓:山脚。

〔13〕昉(fǎng仿):仿效。自号:自称(青山)。

〔14〕出处:出仕与退隐。

〔15〕突然:高耸的样子。

〔16〕士大夫一出一处皆有道存:谓士大夫无论是出仕还是退隐,都有自己的操守。

〔17〕"苟无居富贵之心"二句:如果没有贪图富贵之心,即使是在朝廷中做官也和在山林中隐居是一样的。

〔18〕"苟无厌贫贱之心"二句:如果没有嫌弃贫贱之心,即使是在山林中隐居也和在朝做官差不多。

〔19〕山性仁:山能体现仁者的品德。性,本性。《论语·雍也》:"仁者乐山。"何晏集解注:"仁者乐如山之安固,自然不动而万物生焉。"

〔20〕嘘:吹。泽:润泽。寰宇:天下。

〔21〕储:积蓄、储备。材:木料。栋明堂:为明堂作栋梁。明堂,古代帝王宣明政教之所。《孟子·梁惠王下》:"夫明堂者,王者之堂也。"

〔22〕遂其性:实现、满足其本性。

〔23〕"虽处也"二句:即使是隐于山林,而未尝没有出仕的效果。

〔24〕"晋陶隐居"五句:据《南史·陶弘景传》,梁武帝时,陶弘景隐居句曲山(茅山),在山中筑馆,"特爱松风,庭院皆植松,每闻其响,欣然爲乐。有时独游泉石,望见者以爲仙人"。梁武帝屡加礼聘,陶弘景都拒

765

不出山,但"国家每有吉凶征讨大事,无不前以谘询",时人称他为"山中宰相"。中使,皇帝派出的使者。络绎,往来不绝。

〔25〕戋戋束帛:《易·贲》:"贲于丘园,束帛戋戋。""束帛戋戋"意谓持一束微薄的丝帛,去礼聘贤士。束帛,一束丝帛,喻微薄无华之物。戋戋,形容物少,朱熹《周易本义》:"浅小之意。"贲,通"奔"。全句以及下文言外之意在于劝告友人洪景琳隐于山中,应坚持气节,不要响应元统治者的征召而出来做官。

〔26〕云山苍苍:范仲淹《严先生祠堂记》:"云山苍苍,江水泱泱。先生之风,山高水长。"

〔27〕客星奕奕:形容隐士容光焕发。客星,喻东汉隐士严光。《后汉书·严光传》:"(光武帝)复引光入,论道旧故……因共偃卧,光以足加帝腹上。明日太史奏,客星犯御座甚急。帝笑曰:'朕故人严子陵共卧耳。'"奕奕,精神焕发的样子。

〔28〕即:接近、靠近。

〔29〕终山径捷:喻做出隐士的样子,故作清高,以此作为求官的便捷门径。终山,终南山。《新唐书·卢藏用传》:"(卢藏用)与兄徵明偕隐终南、少室二山,……始隐山中时,有意当世,人目为'随驾隐士'。晚乃徇权利,务为骄纵,素节尽矣。司马承祯尝召至阙下,将还山,藏用指终南曰:'此中大有嘉处。'承祯徐曰:'以仆观之,仕宦之捷径耳。'藏用惭。"

〔30〕北山文移:南朝齐文学孔稚珪所作《北山移文》,是一篇揭露假隐士真面目的讽刺文章。南北朝时,隐逸之风盛行。山林隐居成了一些人标榜清高,以求官禄的进身之阶。《北山移文》借北山山神之意,揭露了这些假隐士的丑态。

〔31〕卒贻林涧之愧:最终让林涧蒙羞。贻,遗留。

王炎午

王炎午(1252—1324)，初名应梅，字鼎翁，别号梅边，安福舟湖(今江西安福县洲湖乡)人。宋度宗淳祐间，为太学上舍生。临安陷，谒文天祥，竭家产以助勤王军饷，文天祥留置幕府，以母病归。未几，文天祥被元军俘虏北去，炎武作《生祭文丞相文》以励其死节。天祥就义后，又作《望祭文丞相文》以吊之。入元，杜门却扫，隐居不仕，肆力诗文，更名为炎午，名其所著曰《吾汶稿》，以示不仕异代之意。事迹见柯劭忞《新元史·隐逸传》。

望祭文丞相文[1]

相国文公再被执时[2]，予尝为文生祭之。已而庐陵张千载弘毅[3]，自燕山持丞相发与齿归。呜呼！丞相既得死矣。谨痛哭望奠，再致一言[4]。

呜呼！扶颠持危[5]，文山、诸葛[6]，相国虽同，而公死节[7]。倡义举勇，文山、张巡[8]，杀身不异，而公秉钧[9]。名相烈士，合为一传[10]，三千年间，人不两见[11]。事谬身执[12]，义当勇决[13]；祭公速公[14]，童子易箦[15]。何知天意，佑忠怜才[16]，留公一死，易水金台[17]！乘气轻命，壮士其或，久而不易，雪松霜柏[18]！嗟哉文山，山高水深[19]，难回者天[20],不负者心[21]! 常山之舌[22],侍中之血[23],日月韬光[24],山河改色。生为名臣,没为列星[25],不然劲气,为风为霆[26]。干将莫耶[27],或寄良冶[28],出世则神,入土不化[29]。今夕何夕,斗转河斜,中有光芒,非公也耶[30]!

《四部丛刊》本《吾汶稿》卷四

〔1〕当文天祥被元军第二次俘获时,王炎午就为之作"生祭文",以促成天祥杀身成仁,为国死节。本文是作者在得知文天祥殉国后写的一篇"望祭"文。由于无法在灵前祭悼,只好遥祭,称为"望祭"。作者歌颂了文天祥增辉日月山河的殉国壮举,并称赞他是三千年中不多见的英雄人物。语气沉痛,感人至深。

〔2〕执:抓、俘虏。

〔3〕庐陵:今江西省吉安市。张千载弘毅:张弘毅,字毅父,或作毅甫,别号千载心,为文天祥同乡、挚友。天祥被囚燕京时,张弘毅跟随入燕,住在监狱附近。天祥就义后,张弘毅暗藏其首并负骸南归,付其家埋葬。

〔4〕再致一言:再说一句话。指写作《望祭文丞相文》。一言,指短文。因前作者曾作有《生祭文丞相文》,故说"再致一言"。

〔5〕扶颠持危:扶救(国家)于危难之中。颠,倒。《论语·季氏》:"危而不持,颠而不扶,则将焉用彼相矣?"

〔6〕文山:文天祥的号。诸葛:诸葛亮。诸葛亮在刘备死后,辅佐后主刘禅,其《出师表》云:"今天下三分,益州疲弊,此诚危机存亡之秋也。……受任于败军之际,奉命于危难之间,尔来二十有一年矣。"

〔7〕公:旧时对男性的尊称,此指文天祥。死节:守节义而死。

〔8〕张巡:唐开元末进士,邓州南阳(今河南南阳)人。安禄山叛唐

第二年(756),张巡与太守许远共守睢阳(今河南商丘)。城破,张巡不屈殉国。事见《新唐书·张巡传》。

〔9〕秉钧:喻掌握政权。秉,掌握。钧,制陶器所用的转轮。张巡的官职是御史中丞,而文天祥是宰相,故云"秉钧"。

〔10〕"名相烈士"二句:史传体例一般是名宰相要设立一类传记,忠烈之士则另立一类传记。文天祥既是名相,又是烈士,因此,史家立传,要兼顾名相与烈士的特点,合为一传。

〔11〕"三千年间"二句:意谓在漫长的历史中再也找不到第二个像文天祥这样的人了。三千,非实指,极言其时间之久。

〔12〕事谬身执:意谓国事乖谬无法扶持,而自己又被俘虏。

〔13〕义当勇决:按道义应当勇于自杀。决,自裁、自杀。

〔14〕祭公速公:祭公指前所写的《生祭文丞相文》。速公,意谓生祭文天祥的目的是促使他殉国。

〔15〕童子易箦:典出《礼记·檀弓》。曾参临终时,在旁侍侯的童子看到所用寝席华美,不是曾子应有的东西,就提了出来。曾子于是要求将它换掉。曾子的儿子和学生认为曾子的病很重,不能移动,反对这样做。曾子说:"尔之爱我也,不如彼(指童子)。"结果席子换了之后,曾子还没躺好,就去世了。在这个故事中,童子不顾曾子病重,但却使得曾子去世时能不违礼制,而曾子看重的也正是这一点。这里作者以童子自比,以曾参比文天祥,意谓我写《生祭文丞相文》就是要催促你为国捐躯,这正合于"童子易箦"的道理。易,换。箦,竹席子。

〔16〕佑:保佑。怜:爱惜。

〔17〕易水:水名,在今河北省西部,流经易县。金台:又称黄金台、燕台,故址在今河北省易县。易水、金台都在河北,借指文天祥就义的地点(燕京)。易水为战国时荆轲刺秦王起程之地,事见《史记·刺客列传》。金台是战国时燕昭王招纳贤才的地方。《白氏六贴事类集》卷三:

769

"燕昭王置千金台上,以延天下士,谓之黄金台。"李白《古风》:"燕昭延郭隗,遂筑黄金台。"荆轲、郭隗都是封建时代被认为有气节才干的人物。作者借地、借人以喻文天祥之为人。

〔18〕"乘气轻命"四句:意谓乘着一时的勇气,轻视自己的生命,一般的壮士大概能够做到;至于长久坚持,永不变节,从容就义,这才是雪中松、霜中柏的品性啊。其或,大概、或许。雪松霜柏,《论语·子罕》:"岁寒,然后知松柏之后凋也。"

〔19〕山高水深:范仲淹《严先生祠堂记》:"先生之风,山高水长。"此处借用此语,因押韵而改"长"为"深",借以比喻文天祥人品高洁伟岸。

〔20〕难回者天:意谓宋朝的灭亡难以挽回,这已是天意。

〔21〕不负者心:不辜负宋朝,坚决抗元,这是丞相的意志。

〔22〕常山之舌:用唐代颜杲卿的故事。颜杲卿,字昕,京兆万年(今陕西西安)人,玄宗时为常山(今河北真定)太守。安禄山叛唐,颜杲卿起兵抵抗,兵败被执,骂不绝口,被叛兵割下舌头,至死不屈。参见《旧唐书·忠义传》。

〔23〕侍中之血:用西晋忠臣嵇绍的故事。嵇绍,字延祖,西晋谯郡铚(今安徽宿州西南)人,官至侍中。西晋末年,皇室内战,东海王司马越挟晋惠帝与成都王司马颖在荡阴(今河南汤阴)决战,侍中嵇绍随从惠帝。司马越兵败,百官侍卫溃散,独嵇绍冒着密集的飞箭,用身体保护惠帝,最后中箭而死,其血溅于惠帝衣襟之上。事后左右欲洗去血迹,惠帝曰:"此嵇侍中血,勿去!"参见《晋书·嵇绍传》。文天祥《正气歌》:"为严将军头,为嵇侍中血,为张睢阳齿,为颜常山舌。"此文以上数句用其意。

〔24〕韬:收敛、掩藏。

〔25〕"生为名臣"二句:古人认为,杰出人物死了就成为天上的星

辰。这里用以表达对文天祥的崇敬与怀念之情。

〔26〕"不然劲气"二句:不然的话,你的刚劲之气就变为风雷。"不然",一本作"凛然"。

〔27〕干将莫耶:皆古代宝剑名,相传为春秋时吴国的干将、莫耶夫妇所铸。事见《吴越春秋·阖闾内传》。

〔28〕良冶:善于冶炼钢铁之人。

〔29〕不化:不腐朽。这里以宝剑比文天祥。

〔30〕"今夕何夕"四句:《诗经·唐风·绸缪》:"今夕何夕?见此良人!"良人指好人。祭文借用"今夕何夕"一语,有对文天祥怀念、敬爱之意。斗,二十八宿之一的斗宿。河,天河、银河。《晋书·张华传》:"初,吴之未灭也,斗牛之间常有紫气。……及吴平之后,紫气愈明。华闻豫章人雷焕妙达纬象,乃要焕宿,屏人曰:'可共寻天文,知将来吉凶。'因登楼仰观。焕曰:'仆察之久矣,惟斗牛之间颇有异气。'华曰:'是何祥也?'焕曰:'宝剑之精,上彻于天耳。'"这四句是说,在这样一个夜晚,斗转星移,斗、牛之间的光茫,不就是文山精魂所化的剑气吗?

邓 牧

邓牧(1247—1306),字牧心,别号大涤隐人、九锁山人、三教外人,世称文行先生,钱塘(今浙江杭州)人。宋亡,终身不仕、不娶,淡泊名利,遍游名山,与宋遗民谢翱、周密等人往还。为翱作传,为密作《蜡屐集序》。他曾和冲霄观道士孟宝编辑《洞霄图志》、《洞霄诗集》,其中有他部分著作。尝自编诗文六十余篇为《伯牙琴》,是他自选的写于宋亡之后的诗文集。事迹见《伯牙琴》卷首《邓文行先生传》及《国粹学报》四十期邓实的《邓牧传》。

君道[1]

古之有天下者[2],以为大不得已[3],而后世以为乐,此天下所以难有也[4]。

生民之初[5],固无乐乎为君;不幸为天下所归[6],不可得拒者,天下有求于我,我无求于天下也。子不闻至德之世乎[7]?饭粝粱[8],啜藜藿[9],饮食未侈也;夏葛衣[10],冬鹿裘[11],衣服未备也;土阶三尺,茆茨不剪[12],宫室未美也;为衢室之访,为总章之听[13],故曰"皇帝清问下民"[14],其分未严也[15];尧让许由而许由逃[16],舜让石户之农而石户之农入海[17],终身不反[18],其位未尊也。夫然[19],故天下乐戴而不厌[20],惟恐其一日释位而莫之肯继也[21]。不幸而天下为秦,坏古封建[22],六合为一[23]。头会箕敛[24],竭天下之财以自奉,而君益贵;焚诗书,任法律,筑长城万里,凡所以固位而养尊者[25],无所不至,而君益孤。惴惴然若匹夫怀一金[26],惧人之夺其后,亦已危矣!

天生民而立之君,非为君也;奈何以四海之广,足一夫之用邪[27]?故凡为饮食之侈、衣服之备、宫室之美者,非尧、舜也,秦也;为分而严、为位而尊者,非尧、舜也,亦秦也。后世为君者歌颂功德,动称尧、舜,而所以自为乃不过如秦[28],何哉?《书》曰:"酣酒嗜音,峻宇雕墙,有一于此,未或不亡。"[29]彼所谓君者,非有四目两喙[30],鳞头而羽臂也[31];状貌咸与人同,则夫人固可为也[32]。今夺人之所好,聚人之所争,慢藏诲盗,冶容诲淫[33],欲长治久安,得乎?

夫乡师、里胥虽贱役[34],亦所以长人也[35];然天下未有乐为者,利不在焉故也。圣人不利天下[36],亦若乡师里胥然;独以位之不得人是惧[37],岂惧人之夺其位哉!夫惧人之夺其位者,甲兵弧矢以待盗贼[38],乱世之事也。恶有圣人在位[39],天下之人戴之如父母,而日以盗贼为忧,以甲兵弧矢自卫邪?故曰:欲为尧、舜,莫若使天下无乐乎为君;欲为秦,莫若勿怪盗贼之争天下。

嘻,天下何常之有[40]!败则盗贼,成则帝王。若刘汉中、李晋阳者[41],乱世则治主,治世则乱民也[42]。有国有家,不思所以捄之〔43〕,智鄙相笼〔44〕,强弱相陵,天下之乱何时而已乎?

《知不足斋丛书》本《伯牙琴》

〔1〕"君道",指为君之道,即关于如何作帝王的理论。作者把传说中的上古帝王与后世君主进行了比较。认为上古时的尧、舜等君王,生活朴素,为天下人服务,与人民没有等级界限;而后世帝王竭天下人的财富以自奉,凌驾于人民头上,无所不用其极。帝王不求个人私利,而以服务人民为天职,天下才能太平;帝王如果穷奢极欲,而唯恐别人夺其位,天下就要大乱。作者借传说中的"君道"思想,从根本上对封建时代的君主制加以怀疑和批判。

〔2〕有:享有。犹言统治、治理。

〔3〕大不得已:很不得已,无可奈何。

〔4〕难有:难于治理。谓必然发生争夺。

〔5〕生民之初:人类社会的开始。

〔6〕归:归向、拥戴。

〔7〕子:你。此为假设的问答对象。至德之世:道德最高尚的时代。《史记·太史公自序》:"墨者亦尚尧、舜道。言其德行曰:'堂高三尺,土阶三等,茅茨不剪,采椽不刮。食土簋,啜土刑,粝粱之食,藜藿之羹。夏日葛衣,冬日鹿裘。'"下文中说的"至德之世"的情况即源于此。

〔8〕饭:吃。粝粱:粗糙的食物。《史记·太史公自序》:"粝粱之食,藜藿之羹。"张守节正义:"粝,粗米也,脱粟也。粱,粟也。谓食脱粟之粗饭也。"

〔9〕啜:喝。藜:似藿而表赤。藿:即"藿",豆叶。

〔10〕葛衣:葛布(葛草纤维织的粗布)做的衣服常用以指称粗劣的隐士之服。

〔11〕鹿裘:鹿皮做的衣服,常用以指隐士所穿的粗劣衣服。

〔12〕茆茨不翦:茅草盖的房子不加修剪。茆茨,即茅茨,原指茅草盖的屋顶,指茅屋。翦,原作"穷",据他本改。

〔13〕"为衢室之访"二句:为的是接待人民的来访,听取他们的问讯。衢室,尧的宫名。总章,舜的宫名。《文中子·问易》:"尧有衢室之问,舜有总章之访。"

〔14〕皇帝清问下民:语出《尚书·吕刑》。孔安国传:"清,讯也。"清问即是讯问。

〔15〕分:等级、尊卑名份。

〔16〕尧让许由,而许由逃:《高士传》:"许由,字武仲,……后隐于沛泽之中。尧让天下于许由,……不受而逃去。……由于是遁耕于中岳颍水之阳,箕山之下。……尧又召为九州长,由不欲闻之,洗耳于颍滨。"

〔17〕舜让石户之农而石户之农入海:《庄子·让王》:"舜以天下让其友石户之农。石户之农曰:'卷卷乎后之为人,葆力之士也。'以舜之德为未至也。于是夫负妻戴,携子以入于海,终身不反也。"

〔18〕反:通"返"。

〔19〕夫然:唯其这样。

〔20〕乐戴:乐于拥戴。

〔21〕释位:放弃君位。

〔22〕坏古封建:指秦始皇废除分封制度,实行郡县制。

〔23〕六合为一:统一天下。六合,天地四方。

〔24〕头会箕敛:参见朱熹《戊申封事》注〔58〕。

〔25〕固位:巩固君位。养尊:优越闲适的生活。

〔26〕惴惴然:惊恐的样子。匹夫:平民百姓。怀:怀藏。

〔27〕一夫:一人,对帝王的贬称。《孟子·梁惠王下》:"残贼之人,谓之一夫。"

775

〔28〕所以自为:用以表现自己的。

〔29〕"酣酒嗜音"四句:语出《尚书·五子之歌》。酣,沉酣。嗜音,沉湎于音乐。峻宇雕墙,高大的屋宇,雕绘的墙壁。形容居处豪华奢侈。未有不亡,没有不亡国的。

〔30〕喙:兽类的嘴。

〔31〕鳞头而羽臂:长鳞的头,生羽的臂。

〔32〕夫人:凡是人,任何人。

〔33〕慢藏诲盗:收藏财物不慎,等于诱人偷窃。语出《易·系辞上》。慢藏,收藏不慎。冶容诲淫:女子打扮得十分妖艳,容易引诱别人来调戏。冶容,打扮得艳丽。"慢藏诲盗,冶容诲淫",这二句意思是说,帝王夺人所好,聚人之所争,就像"慢藏诲盗,冶容诲淫"一样,自然会找来人们的攻击。

〔34〕夫乡师、里胥虽贱役:"乡师"、"里胥"为官名,见《周礼·地官司徒》,里胥即闾胥。作者所说的乡师、里胥,是指宋代役法制度下的里正、户长等贱役。按当时的役法,这些人要帮州县官"课督赋税"、"逐捕盗贼",如果不能做到,就要自己补贴,因此负担很重,不少里正、户长被迫弃田、破产、灭户甚至自缢。所以这种职务在当时是"未有乐为"的贱役。详见《宋史》卷一百七十七《食货志上五》。

〔35〕长人:为民众之官长。

〔36〕不利天下:不以统治天下为有利,即在君位上不谋私利。

〔37〕独以位之不得人是惧:只怕位子找不到人愿意继承。

〔38〕甲:铠甲。兵:武器。弧矢:弓箭。

〔39〕恶:何、怎么。

〔40〕常:恒常。原为"尝",据他本改。

〔41〕刘汉中:指刘邦。公元前206年,他被反秦义军盟主项羽封为"汉王",封地为汉中及巴蜀之地。李晋阳:指唐高祖李渊。隋炀帝大业

776

十三年(617),李渊留守太原,领晋阳宫监,与晋阳令刘文静密谋起兵反隋。

〔42〕"乱世则治主"二句:意谓像刘邦、李渊之类的人物,在乱世的时候就是治世之主,在和平年代再这样不轨就是乱民了。

〔43〕有国有家,不思所以捄之:享有统治国家的地位,却不想去挽救它。捄,同"救"。

〔44〕智:聪明。鄙:蠢笨。笼:控制。语本《列子·黄帝》:"圣人以智笼群愚,亦犹狙公之以智笼群狙也。"

郑思肖

郑思肖(1241—1318),福州连江(今福建连江)人。曾以太学上舍生应博学鸿词试。元军南侵时,向朝廷献抵御之策,未被采纳。以后客居吴下,寄食报国寺。原名不详,宋亡后改名思肖("肖"意指"赵"),字忆翁,以示不忘故国;又号所南,表示以"南"为"所",不降于"北"(指元朝)。名其住地为"本穴世界"(移"本"之"十"置"穴"中,即"大宋")。他擅长画墨兰,花叶萧疏而不见根土,意寓宋土地已被掠夺。著有《心史》,用铁函固封放置于苏州承天寺井中,明崇祯十一年(1638)冬,被人淘井时发现。事迹详见《苏州府志·郑所南传》。

心史总后序[1]

《咸淳集》一卷,《大义集》一卷,《中兴集》二卷,计诗二百五十首,《杂文》自两《盟檄》而下凡四十篇,又前后自序五篇,总目之曰[2]:《心史》,毋乃僭乎[3]?夫天下治,史在朝廷;天下乱,史寄匹夫[4]。史也者,所以载治乱,辨得失,明正朔[5],定纲常也[6]。不如是,公论卒不定,亦不得当史之名。史而匹夫,天下事大不幸矣[7]!

我罹大变[8],心疚骨寒[9]。力未昭于事功[10],笔已断其忠逆。所谓诗,所谓文,实国事、世事、家事、心事系焉。大事未定[11],兵革方殷[12]。凡闻语正大事,必疾走而去,不肯终听,畏祸相及,况此书耶?则其存不存,诚非可计[13],纸上语可废坏,心中誓不可磨灭。若剐、若斩、若碓、若锯等事[14],数尝熟思冥想[15],至苦至痛,庸试此心[16],卒不以毫发紊我一定不易之天[17]。熟知心之所以为心者,万万乎生死祸福亦莫能及之[18];盖实无所变,实无所坏,本然至善纯正虚莹之天也[19]。以是,敢誓曰《心史》。且天地万化,悉自此心出。纵大于天地,亦不能违乎此心[20];既秉誓不变[21],决当有成,必然之理。我断断为大宋办中兴事,即所以报我父母大德,天理一本而已矣[22]。敬沥血为语[23],发明《心史》之义,荐序于后云[24]。

维大宋德祐辛巳岁季冬十有八日[25],三山郑思肖忆翁后叙。

上海古籍出版社1991年点校本《郑思肖集》

[1] 本文是作者所著《心史》一书的总结。文章说修史本是朝廷的事,而匹夫私自作史,实是因为天下大乱。他的这些记录国事、家事、心事的诗文,在险恶的政治环境中能否流传下去,作者不敢肯定。可以肯定的是,他一颗坚强的爱国之心永远与天地同在。作者借解释"心史"含义,抒发了自己忠于宋室、反抗元统治者的爱国情感。在论述"心"与"天地万物"关系时,受到了陆九渊心学的影响。

[2] 目:命名。以上《咸淳集》、《大义集》、《中兴集》、《杂文》都是《心史》编集的各卷的题名。两《盟檄》为《杂文》的首篇。

〔3〕毋乃僭乎:难道不是僭越狂妄吗?僭,超越本分。在封建时代,只有官方才能修史,私人著述名之为史,有超越本分之嫌。

〔4〕寄:寄托。

〔5〕明正朔:意谓辨明正统。正,指正月,一年之始;朔,指每月初一,一月之始。古帝王立国,有改正朔之事,后世以"改正朔"为改朝换代。作者要"明正朔",意在不承认元朝统治的合法性。作者在写本文时,已是元朝至元年间,而作者仍在用宋朝德祐年号,所以说"明正朔"。

〔6〕定纲常:确立三纲五常。

〔7〕"史而匹夫"二句:史书由平民百姓执笔,可以说是国家的大不幸了。古史,通常由朝廷史官执笔,故作者这样说,是在表达对宋亡的沉痛之情。

〔8〕罹:遭受。大变:大的变故,指元灭宋。

〔9〕疢(chèn 趁):疾病。

〔10〕力未昭于事功:个人力量未能建有大功。昭,昭明。

〔11〕大事:指复国中兴之事。

〔12〕兵革:战争。方:正在。殷:盛。

〔13〕计:考虑。

〔14〕剐、斩、碓、锯:均酷刑。

〔15〕数:屡次。

〔16〕庸:用、以。

〔17〕卒:最终。毫发:丝毫。紊:紊乱。一定不易:坚定不移。天:此指最高原则和信仰。

〔18〕"万万乎生死祸福"句:意谓再多的生死祸福都不能使心改变。万万乎,极言其多。及,赶上、影响。

〔19〕"盖实无所变"三句:意谓心之本体不改变,不可坏,原本至善,纯正莹澈。天,指"天理"或"良心本性"。作者这里是在发挥陆九渊

的心学思想。

〔20〕"且天地万化"四句:况且天地间各种变化,都是从心中见出,即使有比天地更大的变化,也不能与此心之理相违。这些话也是在发挥陆九渊的哲学思想。

〔21〕秉誓:坚持誓言。

〔22〕天理一本:都合乎一个天理。为大宋中兴复国与报父母大德,是两项事业,一个本源,故云"一本"。

〔23〕沥血为语:谓用血写成的语言。沥,滴。

〔24〕荐:献。

〔25〕德祐:宋恭帝赵㬎的年号(1275—1276),南宋使用这个年号共二年。辛巳:指元世祖至元十八(1281),其时距宋亡已经五年。

谢 翱

谢翱(1249—1295),字皋羽,晚号晞发子,福州路福安县樟南坂(今福建福安)人。南宋著名爱国志士。咸淳三年(1267),谢翱至临安应进士试,未举。景炎元年(1276),元兵陷临安,文天祥以枢密使同都督诸路兵马的名义,传檄各州郡勤王。谢翱以布衣身份捐出全部家产,并募乡兵投奔文天祥,被署为谘议参军,随军转战东南。文天祥兵败后,谢翱隐居山林以终。生前著书殆百卷,今存《晞发集》十卷、《晞发遗集》二卷、《晞发遗集补》一卷。其生平见宋邓牧《谢皋父传》,明宋濂《谢翱传》。

登西台恸哭记[1]

始,故人唐宰相鲁公开府南服[2],余以布衣从戎[3]。明年[4],别公漳水湄[5]。后明年[6],公以事过张睢阳及颜杲卿所尝往来处[7],悲歌慷慨[8],卒不负其言而从之游[9]。今其诗具在[10],可考也。

余恨死无以藉手见公[11],而独记别时语,每一动念,即于梦中寻之。或山水池榭,云岚草木[12],与所别之处及其时适相类,则徘徊顾盼,悲不敢泣[13]。又后三年[14],过姑苏[15]。姑苏,公初开府旧治也[16],望夫差之台而始哭公焉[17]。又后四年而哭之于越台[18]。又后五年及今[19]而哭于子陵之台[20]。

先是一日,与友人甲、乙若丙约[21],越宿而集。午,雨未止,买榜江涘[22]。登岸,谒子陵祠,憩祠旁僧舍,毁垣枯甃[23],如入墟墓。还,与榜人治祭具[24]。须臾,雨止,登西台,设主于荒亭隅[25],再拜跪伏,祝毕[26],号而恸者三[27],复再拜,起。又念余弱冠时[28],往来必谒拜祠下。其始至也,侍先君焉。今余且老,江山人物,睠焉若失[29]。复东望泣拜不已。有云从南来,渶滃浡郁[30],气薄林木[31],若相助以悲者。乃以竹如意击石[32],作楚歌招之曰[33]:"魂朝往兮何极?暮归来兮关塞黑[34]。化为朱鸟兮有咮焉食[35]?"歌阕[36],竹石俱碎。于是相向感唶[37]。复登东台,抚苍石,还憩于榜中。榜人始惊余哭,云:"适有逻舟之过也[38],盍移诸[39]?"遂移榜中流,举酒相属[40],各为诗以寄所思[41]。薄暮,雪作风凛,不可留,登岸宿乙家。夜复赋诗怀古。明日,益风雪,别甲于江,余与丙独归。行三十里,又越宿乃至。其后,甲以书及别诗来,言:"是日风帆怒驶,逾久而后济;既济,疑有神阴相[42],以著兹游之伟。"余曰:"呜呼!阮步兵死,空山无哭声且千年矣[43]!若神之助固不可知,然兹游亦良伟。其为文词因以达意,亦诚可悲已!"

余尝欲效太史公,著《季汉月表》,如秦楚之际[44]。今人不有知余心,后之人必有知余者。于此宜得书[45],故纪之[46]，以附季汉事后[47]。

时，先君登台后二十六年也[48]。先君讳某字某。登台之岁在乙丑云[49]。

明万历刻本《晞发集》卷八

〔1〕西台：在浙江省桐庐县西富春山下，与东台相对峙，相传为汉代隐士严光钓鱼之处，亦称钓台。元世祖至元二十八年（1291），谢翱登西台哭祭文天祥后，写成此文。张丁《登西台恸哭记注》："若其恸西台，则恸乎丞相也；恸丞相，则恸乎宋之三百年也。"（见《宋遗民录》卷三）作者通过写哭祭文天祥，把亡国的沉痛、对烈士的怀念、激越的爱国情感淋漓尽致地表达了出来。

〔2〕始：指宋景炎元年（1276）七月。故人：老朋友。唐宰相鲁公：借唐宰相颜真卿以指宋宰相文天祥。颜真卿曾出兵抵抗安禄山叛乱，被唐代宗封为鲁郡公，世称颜鲁公。他曾做过太子太师，地位相当于宰相，又是唐代的忠烈之臣，故借以隐喻文天祥。开府南服：在南方建立府署。时文天祥在南剑州（治所在今福建南平）开府聚兵，图谋恢复。南服，南方。

〔3〕以布衣从戎：胡翰《谢翱传》："宋相文天祥亡走江上，逾海至闽，檄州郡大举勤王之师。翱倾家赀，率乡兵数百人赴难，遂参军事。"从戎，参军。

〔4〕明年：指景炎二年（1277）。

〔5〕别公漳水湄：《宋史·瀛国公本纪》载景炎二年（1277）正月"文天祥走漳州（今福建漳州）"，三月"取梅州（今广东梅县）"。可知，谢翱与文天祥分别当在是年二月前后。漳水，指漳江。湄，水边。

〔6〕后明年：宋端宗景炎三年（帝昺立，改祥兴元年），即元世祖至

元十五年(1278)。是年十二月,文天祥兵败走海丰(今广东海丰)被俘。

〔7〕"公以事"句:元世祖至元十六年(1279),文天祥被俘,被元兵押往燕京,途中经过睢阳(今河南商丘)、常山(今河北正定),凭吊古迹,作诗抒怀。唐代安史之乱时,张巡、许远守睢阳,颜杲卿守常山,城陷均被杀。

〔8〕慷慨悲歌:指文天祥所作《颜杲卿》、《许远》等诗。

〔9〕卒:最终。其言:指文天祥说过以死报国的话。从之游:谓追随颜杲卿、张巡、许远等游于地下,指共殉国难。

〔10〕具在:完全在。文天祥歌颂颜真卿、颜杲卿、张巡、许远的诗篇,见《文山集·指南后录》。

〔11〕余恨死无以藉手见公:意谓作者自恨对国事无贡献,死后无颜去见文天祥。藉手,凭藉。

〔12〕岚:山气。

〔13〕悲不敢泣:谓不敢哭泣,怕被巡逻的元兵识破。

〔14〕又后三年:指元世祖至元十九年(1282),文天祥于是年就义。

〔15〕姑苏:今江苏苏州市。

〔16〕公初开府旧治:《宋史·瀛国公本纪》载恭帝德祐元年(1275)八月,"以文天祥为浙西、江东制置使兼知平江府"。平江府治所在今江苏省苏州市。

〔17〕夫差之台:又称姑苏台,为春秋时吴王夫差所筑。在今苏州市西南姑苏山上。

〔18〕又后四年:指元世祖至元二十三年(1286),为文天祥殉难第四周年。越台:指禹陵,在今浙江省绍兴市会稽山上。

〔19〕又后五年及今:指元世祖至元二十八年(1291),作者写此记之时。

〔20〕子陵之台:即西台,又称钓台。子陵,汉代隐士严光的字。见

本文注〔1〕。

〔21〕甲、乙若丙:黄宗羲《南雷文定前集》卷一《谢皋羽年谱游录注序》:"《西台恸哭记》甲、乙、丙三人,张丁以吴思齐、冯桂芳、翁衡实之。思齐有《野祭诗》可据,桂芳有墓志可据,衡不知何所据也。杨铁崖作《严侣墓志》云:'宋相文山氏客谢翱,奇士也。雪夜与之登西台绝顶,祭酒而哭,以铁如意击石,复作《楚客歌》,声振林木,人莫能测其意也。'则其一人当是严侣。侣住江干,故《记》言'登岸宿乙家';思齐流寓桐庐,故《记》言'别甲于江';桂芳家睦,故《记》言'与丙独归'。若为翁衡,衡与桂芳俱为睦人,则乙、丙皆当同归矣。以此知丁注背记,未为实也。"由是可知,甲、乙、丙三人分别是吴思齐、冯桂芳、严侣。因要避免元统治者迫害,不敢直书其名,故用代称。若,和。

〔22〕买榜:租船。江浜:江边。

〔23〕毁垣枯甃(zhòu 宙):败坏的墙垣,干涸的水井。甃,井壁,此借指井。

〔24〕榜人:船夫。治:安排。

〔25〕主:神主、牌位。隅:角落。

〔26〕祝:祷告。

〔27〕号:号哭。

〔28〕弱冠:《礼记·曲礼上》:"二十曰弱,冠。"孔颖达正义:"二十成人初加冠,体犹未壮,故曰弱也。"后世用以称二十岁左右的男子。

〔29〕睠焉若失:留恋不舍的样子。睠,同"眷",怀念。若失,若有所失。

〔30〕潏淈浡郁:云气蒸腾的样子。

〔31〕薄:逼近。

〔32〕以竹如意击石:意指用竹如意敲打山石打拍子。竹如意,用竹木做的搔痒用具。

〔33〕楚歌:楚地的歌调。招:招魂。《楚辞》中有《招魂》篇。

〔34〕"魂朝往兮何极"二句:杜甫《梦李白》:"魂来枫林青,魂返关塞黑。"此化用其语以示招魂之意。何极,到了什么地方。关塞,边关的要塞。塞,原作"水",据他本改。

〔35〕化为朱鸟兮有咮焉食:谓死者化为朱鸟回到南方,虽然有口,但何处得食?此为暗示宋已亡国,不能为之立庙祭祀。又据古代阴阳家之说,宋以火德王,故以朱鸟配宋。朱鸟,火星名,在南。咮,鸟嘴。

〔36〕歌阕:歌罢。

〔37〕感喟(jiè 借):感叹。

〔38〕适:刚才。逻舟:巡逻的船。

〔39〕盍移诸:何不把船转移别处呢?盍,"何不"的合音。诸,"之乎"的合音。

〔40〕相属:相劝。

〔41〕各为诗以寄所思:谢翱《西台哭所思》诗云:"残年哭知己,白日下荒台。泪落吴江水,随潮到海回。故衣犹染碧,后土不怜才。未老山中客,唯应赋《八哀》。"所思,思念的人,指文天祥。

〔42〕阴相:暗中相助。

〔43〕"阮步兵死"二句:阮籍,字嗣宗,西晋人。曾任步兵校尉,世称阮步兵。《晋书·阮籍传》:"籍本有济世志,属魏、晋之际,天下多故,名士少有全者,籍由是不与世事,遂酣饮为常。……时率意独驾,不由路径,车迹所穷,辄痛哭而反。"谢翱为南宋遗民,随时可能受到迫害,与阮籍处境相似,故托以寄意。

〔44〕"余尝欲效太史公"三句:司马迁《史记》中有《秦楚之际月表》,记秦与楚之间的历史。因当时天下还没有帝王正统,因此这个月表只记月,不记年。此处说月表,暗示不承认元朝的正统地位。太史公,司马迁自称。季汉,以喻季宋。方凤《谢君皋羽行状》:"尝欲仿太史法,著

787

《季汉月表》,采独行全节事为之传,大率不务为一世人所好,而独求故老与同志以证其所得。"又宋濂《谢翱传》谓翱欲仿《秦楚之际月表》作《独行传》,未完稿。

〔45〕宜得书:应该写下来。

〔46〕纪之:把它记录下来。

〔47〕附季汉事后:附于《季汉月表》之后。

〔48〕先君:已故的父亲。谢翱父名钥,字草堂,治《春秋》,著有《春秋衍义》、《左氏辨证》。

〔49〕登台之岁在乙丑:谢翱于宋度宗咸淳元年(1265年,岁次乙丑),曾随父亲登过西台,至本文写作的元世祖至元二十八年(1291),已相隔二十六年了。